深红夜幕

夜幕之下

UNDER THE NIGHT

③

三九音域

著

北京联合出版公司
Beijing United Publishing Co.,Ltd.

"轰——"

一道粗壮的金色光柱从枪尖爆发，

刹那间贯穿整个166层，飞射向天空之外，

恐怖的余波从光柱的周围荡漾开来，摧毁了附近的墙体。

百里胖胖的身形在太极图的一条阴鱼之上浮现。

他双眸之中一道光芒闪过，拇指上的青玉扳指迅速分解，

衍化成一整副青玉盔甲，轻轻覆盖在百里胖胖的身上，破烂的披风挂在盔甲之后，

他一手托着宝瓶，一手提着一米多长的木尺。

悬浮在他背后的那只血色的眼瞳凭空消失，

随后缓缓在那张猪八戒的面具上睁开……

目
CONTENTS
录

| 第二篇 |

预备小队

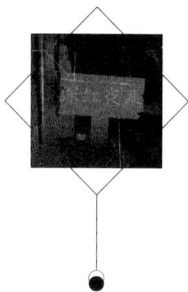

307

　　黑色的乌鸦在天空中盘旋，发出刺耳的尖叫。林七夜穿过破旧的小道，从两间矮房之中走出，看到空地中蹲着的那个身影，无奈地叹了口气。"你又闯到我的梦里来了。"林七夜缓缓开口。空地中，穿着病号服的吴老狗没有回头，而是紧紧地盯着地上的一处斩痕，仿佛看到了什么画面，浑浊的双眼浮现出一抹哀伤。

　　"这里……就是你梦境的最深处了。"吴老狗的声音有些沧桑，"这里，死过一个对你很重要的人，对吗？"

　　林七夜的目光从不远处那栋熟悉的矮房中移开，注视着眼前的空地，仿佛再度回到那个雨夜，看到了雨中那个握刀的身影。"对。"许久之后，林七夜点了点头。"所以，你一次又一次进入我的梦境，就是为了来到这里？"林七夜的眉头微皱，"你究竟想要做什么？"

　　"我只是想看看我们是不是一类人。"吴老狗缓缓站起身，转头看向林七夜，眼眸中的浑浊已然消失不见，取而代之的是一双沧桑深邃的眼眸。这还是林七夜第一次见到吴老狗从蹲的姿势站起，以正常人的口吻和他说话。

　　"结果呢？"

　　"是的。"吴老狗微微点头，笃定地开口，"我们是一类人。"

　　林七夜注视着吴老狗许久，缓缓问道："你和'灵媒'小队，到底发生了什么？"

　　吴老狗一怔，似乎想起什么，眼眸中浮现出痛苦之色，摇了摇头："我不能告诉你……"

　　"那我换个问题。"林七夜再度开口，"你想从这里出去吗？"

　　"这里？"

　　"斋戒所。"

"不想。"

吴老狗没有丝毫犹豫，果断摇头。

"为什么？"

"外面有人要杀我。"吴老狗平静地说道，"我还不能死……"

林七夜见吴老狗的态度如此坚决，便放弃拉他入伙的想法，不过心中的疑惑更加浓厚了。外面有人要杀他？是谁？"灵媒"小队吗？

"但是如果你想离开，我可以帮你。"就在林七夜思索的时候，吴老狗突然开口。

林七夜微微一愣："为什么要帮我？"

"你不该被困在这里。"吴老狗摇了摇头，"你不属于这里。"吴老狗继续说道，"不过，想从斋戒所出去，不是这么容易的……得等到时机成熟。"

"什么时候才算时机成熟？"

"不知道。"

林七夜看着吴老狗，一时之间竟然无法分辨他到底是伪装的精神病，还是真有精神病。

"到时候，我会告诉你的。"吴老狗拍了拍他的肩膀。

下一刻，周围的环境便崩碎开来，林七夜的意识快速回归本体之中……

　

数千里外，荒芜的沙漠之上，飓风席卷，漫天的黄沙翻滚而起，这片无人涉足的大漠深处，一场巨大的沙尘暴遮天蔽日。突然间，沙尘暴路径上的一处空间扭曲起来，一个穿着黑色燕尾服的身影凭空出现，回头看向沙尘暴的中央，眉头微微皱起。

"一群烦人的鬣狗……""呓语"冷哼一声，迷离闪烁的光辉从他周围空间中荡漾开来，他的身影开始虚化，消失……下一刻，七根粗壮的银色巨柱洞穿云层，从天空中急速坠落，跃动的电弧在七根银色巨柱之间流转，精准地砸向"呓语"的身躯！"呓语"的瞳孔骤然收缩！"咚——"酝酿着雷霆的七根银色巨柱仿佛雷神之锤，轰然砸落在苍茫的沙漠中，席卷的狂风直接与不远处的沙尘暴对撞在一起，发出低沉的呜咽声，沙漠都猛地一颤！

"喀喀喀……""呓语"的身影浮现在距离七根银色巨柱百米远的地方，低头剧烈咳嗽起来，黑色的燕尾服上满是焦痕与沙粒，看起来十分狼狈。他的身后，七根银色的巨柱深深嵌入沙体之中，每根仅有半截暴露在空气中，但哪怕是这半截，都有数十层楼高！黄沙滚滚，刺目的阳光照射在银色的柱体上，浮现出淡淡的光晕。"刺啦——"一道电弧连接七根巨柱，紧接着，七个披着黑色斗篷、戴着宽大兜帽的身影从电光之中显现而出，静静地站在每一根巨柱的顶端。他们低着头，宽大的兜帽将每一个人的容颜隐藏在阴影中，七个人一言不发，像是一群冰冷的裁决者。

"灵媒。""呓语"狼狈地站在沙漠之中，抬头看着这七个黑色的身影，双眸之中浮现出怨毒之色，"两年了，你们已经追杀我整整两年了！你们到底想怎么样？！"

七道黑色身影站在银色巨柱的顶端，如同雕塑般一动不动，沉默许久之后，所有人同时吐出一个简单而森然的音节。"杀——""杀"字一出，风云色变。昏暗的天穹下，狂暴的飓风凭空出现，"呓语"身旁的黄沙被骤然卷起，与此同时一柄柄凌厉风刃从飓风中爆射而出，直逼"呓语"的面门。"呓语"脸色难看至极，周身再度浮现出迷离幻彩的光芒，急速暗淡下去后，化作一道幽深漆黑的旋涡浮现在他的身侧，将所有的风刃吞噬了进去。

他死死地盯着眼前几人，片刻之后冷笑了起来："好，既然你们非要把我逼上绝路……那我，也要送你们一份大礼！"话音落下，他一脚猛踏地面，黄沙之上幻光涌动，随即便有数十只粗壮的噩梦触手从沙地中破出，闪电般地挥向银色巨柱，雷光乍起，恐怖的雷霆从七根巨柱上劈出，片刻之间便斩灭所有的噩梦触手。但所有的噩梦触手消散之后，"呓语"的身影也同样消失无踪。

"他往东南方的海域去了。"低沉的声音从某个兜帽下传来。

七根巨柱之上，为首的男人微微眯起眼睛，抬头看向"呓语"离去的方向，眼眸中浮现出疑惑之色。"东南方的海域……"随后，他像是想到了什么，脸色微变。"糟了。"

308

"前面，就是斋戒所所在的岛屿了。"波涛汹涌的海浪之上，三个人影站在半空中，为首的那人缓缓放下望远镜，平静地说道。

沈青竹微微眯起眼睛，看着远处海平面上的那处黑点，犹豫片刻之后，开口问道："就凭我们三个，真的能突破这座大夏顶尖的监狱防卫吗？"

"就凭我们，当然不行。"第二席缓缓开口，"不过'呓语'大人为了这斋戒所，已经布局数年，我们绝对不是他唯一的手段……我们不需要多想，只要按照'呓语'大人吩咐的，把事情办妥了就好。"

旁边的第五席转过头，看着沈青竹疑惑地开口："新人，你为什么要戴着面具？我们'信徒'出任务向来都是以真面目示人，何必遮遮掩掩？"

"这是'呓语'大人交代的。"沈青竹摸了摸脸上的白色狐狸面具，平静地回答，"我太年轻，样貌看起来也不够狠，出一些特殊任务的时候，很容易让人看低，只有遮住自己的面容，才能让其他人看不出深浅。"

"原来如此，'呓语'大人对你可真是重视。"第五席有些羡慕地开口。

"言归正传。"第二席淡淡开口，"我们要在斋戒所引发骚乱，就必须先接近它，斋戒所的周围到处都是哨塔，从海上过去肯定会被发现，所以最好的办法，就是潜水游过去。"

第二席的手轻轻一挥，不知从何处变出了三套潜水装置，丢到了两人手里。

"游过去？"第五席的眉头微皱，"为什么不能用禁墟直接从海底挪移过去？"

"那座岛屿方圆三百米的海域都在镇墟碑的辐射范围之内，靠近它之后禁墟就会失去作用，如果真按你说的这么做，那么我们挪移之后就一定会在三百米处被挤出空间，然后手无寸铁地被狙击手射杀。"

"好吧……"

沈青竹接过潜水套装，微微一怔，仔细观察了潜水服许久，发现它的表面镶嵌着许多奇异的白点。"这潜水服和正常的似乎不太一样？"

"没错，这附近的海域都在斋戒所的特制声呐感知范围之内，无论潜艇、鱼雷，甚至是一条普通的海鱼靠近，都会被发觉，然后用纳米鱼雷直接击杀。"

"那座岛的附近，连鱼都不允许存在？这防范也太严密了吧？而且海里那么多鱼，他们杀得过来吗？"第五席忍不住吐槽。

"我只是举个例子，岛上的狱警会定期向附近的海域投射某种物质，来驱散鱼群，一般情况下根本不会有鱼进入那片范围。"第二席看向手中的潜水服，再度开口，"你们手上的潜水服，都是在黑市花了大价钱买来的，用特制材料做成，能够躲避声呐的捕捉，让我们隐秘地穿过那三百米的海域。"

沈青竹若有所思地点了点头。

"对了，一会儿游到岛上之后，一定要记得隐藏好身形，要等到'吃语'大人所说的信号出现之后，才能行动！"第二席认真地叮嘱道。

"是！"

岛屿某侧，白色的浪花打在黑色的礁石上，发出巨大的轰鸣，两个穿着潜水服的身影随着浪潮，被冲刷到了浅滩之上。"喀喀喀喀……累死小爷了！这三百米的距离，怎么这么远？！"其中一个胖子瘫在浅滩上，摘下了氧气面罩，一副生无可恋的表情。

曹渊摘下面罩，四下张望了一圈，眉头微微皱起。"这里视野太空旷了，容易被巡逻的狱警发现，去那边的树林里。"曹渊伸手指着不远处的树林。

百里胖胖叹了口气，艰难地站起身，随着曹渊快步跑到树林之中，确认周围没有危险之后，便一屁股坐了下来。"小爷我这辈子都没游过这么长距离的泳。"百里胖胖脱下潜水服，摸了摸干瘪的肚皮，像是想起什么，转头看向曹渊，"对了，压缩饼干给我几块，有点饿了。"

曹渊看了他一眼："我们在海上漂了这么久，早就吃完了。"

"吃完了？！我都没吃几口！"百里胖胖瞪大了眼睛，"好你个曹渊，我帮你付了潜水服的钱，你居然还偷偷吃我的饼干！"

曹渊翻了个白眼："你自己吃了多少，心里没点数吗？"

百里胖胖一怔，仔细想了想，有点心虚地咳嗽了几声："嗯……也不是很饿，还可以忍忍。对了，我们已经成功进入这座岛，下一步怎么办？"

"你问我？"曹渊嘴角抽搐，"你不是说你已经有了成熟的计划吗？"

百里胖胖挠了挠头："哦，我的计划就是……上岛，然后见机行事。"

曹渊按捺住心中想抽刀砍死这个不靠谱的小胖子的冲动，深吸一口气，缓缓开口："我们现在虽然上了岛，但并没有进入斋戒所的范围，看到那些高耸的钢铁墙壁了吗？那里面才是真正的斋戒所。而想要进入斋戒所，就只有正门这唯一的通道，那里有大量守卫驻守，森严至极，所以我们当务之急，就是要想办法从那里进去……你在发什么呆？！"曹渊见百里胖胖始终心不在焉地看着海面，忍不住骂道。

"不是……"百里胖胖盯着眼前的浅滩，揉了揉眼睛，"我怎么看到，又有三个人上了这座岛？是我的错觉吗？"

曹渊一愣，转头看向他们刚刚上来的那处浅滩，只见三个和他们穿着同款潜水服的身影，正鬼鬼祟祟地从浅滩上站起来，四下张望一圈，交流了些什么，然后就径直向着两人藏身的这处树林走来。

"不应该啊……"曹渊呆呆地看着这一幕，"除了我们，怎么还有人潜上了这座岛？难道是我太久没回来，这里已经被改造成自由潜水基地了？"

就在曹渊疑惑的时候，对面那三人已经走进树林之中，看到蹲在地上的两人，同时一愣。五个人的目光相互碰撞在一起，空气瞬间沉寂了下来……

309

五人就这么僵持许久，大眼瞪小眼，画面说不出地诡异。终于，还是百里胖胖率先打破了沉寂。"喀喀，那个……你们也是来潜水基地度假的？"百里胖胖挠了挠头，试探性地开口。

"潜水基地？"听到这四个字，"信徒"的三人同时一愣，相互对视。第五席的眼中，更多的是疑惑与质问。他盯着第二席的眼睛，仿佛在说：你不是说这里就是斋戒所吗？潜水基地是什么鬼？而第二席的眼中只剩下深深的茫然，与自我怀疑。不对啊……情报上明明说的就是这里，怎么会是潜水基地呢……难道是情报错了？至于沈青竹，他看了看身旁的两位"信徒"，又看了看不远处的百里胖胖二人，面具下的表情精彩至极。

"啊，啊哈哈哈……"第五席和第二席简单地交流一下眼神，前者便干笑起来，"对啊，对，我们……就是这个潜水俱乐部的，来这里玩玩。你们……也是来玩的吗？"

百里胖胖和曹渊对视一眼，也哈哈一笑："对，我们也是！呵呵呵……"

"呃，欢迎，欢迎啊！"

"呵呵呵呵呵，同喜同喜。"

"这里的风景真不错哈！"

"对对对，你说得对。"

"嗯嗯。"

"嗯……"

…………

经过一番没有营养，并且要多诡异有多诡异的对话之后，几人再度陷入沉默。

"那个……我们去那边转转，你们继续……呃，晒太阳吧！我们就不打扰了哈！"第五席给了第二席和沈青竹一个眼神，快步向着远处走去。

"好的好的，玩好啊！"

"嗯嗯，一定！"

"信徒"三人快步走到树林深处，确保那两个人已经看不见了，这才停下脚步。

第五席愤怒地开口："你怎么回事？怎么给我们带到潜水基地来了？"

"我也不知道啊……可能情报有误？"第二席眼中浮现出茫然之色，随后，突然一愣，像是意识到什么，"不对啊，这里如果不是斋戒所，我们为什么动用不了禁墟？"

听到这句话，第五席也是一愣。对啊！这里不能用禁墟！

难道除了斋戒所，还有别的岛能做到这一点？

"你是说……这里就是斋戒所？"第五席挠了挠头，"可如果是这样，刚刚那两个人……"

"他们是装的。"第二席现在已经完全反应过来，双眸微微眯起，"什么狗屁潜水基地，都是假的，他们看起来也不像是狱警，估计也是和我们一样……"

"被他们耍了！"第五席骂骂咧咧地开口，"那我们先回去，把他们给宰了！"

"不行。"就在这时，一直沉默不语的沈青竹突然开口，另外两人同时转头看向他。"那两个人既然也上得了这座岛，就说明同样不简单。这里是斋戒所，我们无法使用禁墟，万一他们有什么特别的手段，我们未必能赢，而且就算能赢，贸然和他们动手也会发出动静，反而会暴露自己。"沈青竹严肃地开口，"'吃语'大人不是说过吗？在时机到来之前，不要打草惊蛇。"

两位"信徒"顿时陷入了沉思。

"他说得没错，我们确实不该和他们起冲突……只要他们不影响我们的计划，他们想做什么，跟我们都没有关系。"第二席点头表示赞同。

"嗯。"第五席转头看向那两个人所在的方向，"希望他们也能聪明点，跟我们保持默契。"

"我说老曹，这究竟是怎么回事？"等到三人走远，百里胖胖皱眉看着曹渊。

"还真是潜水基地？不应该啊！"曹渊沉吟片刻，突然一愣，"不对！这里就是斋戒所！这里有镇墟碑的威压！斋戒所的周围，怎么可能有潜水基地？"

百里胖胖一愣："那刚刚的三个人……"

"他们有问题。"曹渊笃定地说道，"说不定，他们和我们一样，也是想来劫狱的。"

百里胖胖一拍大腿："我说嘛！尤其是那个戴着白狐狸面具的，一看就不像什么好人！"

百里胖胖站起身，见曹渊还是愁眉不展，便开口问道："你在想什么？"

"我在想，他们会不会打乱我们劫狱的计划……"

百里胖胖一愣："我们有计划吗？"

曹渊翻了个白眼，继续说道："虽然没有计划，但如果他们冒冒失失闯进斋戒所，被狱警发现，狱警在抓捕他们之后，必然会动用大量的警力搜索整座岛屿，看有没有漏网之鱼，这么一来，我们就被动了。"

百里胖胖若有所思："那我们就去把他们绑了？免得他们坏事。"

"这里是斋戒所，无法使用禁墟，我们只有两个人，未必打得过他们三……"曹渊话还没说完，整个人就突然呆住了，只见百里胖胖一摸项链，一抹金光便环绕在他的身边，他抬头看着曹渊，表情有些古怪。"你刚刚……说什么？"

曹渊沉吟几秒："我说，干他们！"

树林中，"信徒"的三人正快速地穿行。

"斋戒所正门守卫森严，我们无法使用禁墟，是不可能穿越过去的，现在我们的主要任务，就是找地方隐蔽起来，等到信号出现，再做行动！"第二席一边警惕地环顾四周，一边对身旁的两人说道。"嗯。"第二席突然停下了脚步。

"怎么了？"第五席眉头皱起，看向第二席。

第二席没有说话，只是默默地转过身，凝视着身后的丛林。

片刻之后，两个少年从中缓缓走出。

"是他们？"第二席的眉头微皱。

"他们自己找上门来了。"第五席的嘴角浮现出冷笑，"既然这样，那就别怪我们不客气了……"

一旁，沈青竹面具下的表情凝重起来。他正欲开口说些什么，对面的百里胖胖突然笑了起来，胸口浮现出一抹金光！"嘿嘿嘿，小贼！在小爷的淫威下颤抖吧！"

一阵海风拂过岛上的树林，将林间的树叶吹得沙沙作响。

百里胖胖拍了拍手，看着眼前被绑得结结实实的三人，满意地点了点头："什么嘛，我还以为是什么棘手的角色，居然这么轻松就拿下了。"

第二席："……"

第五席："……"

沈青竹："……"

曹渊端详着被绑在一起的三人，表情古怪地开口："你这个绑法……有些不对劲啊。"

"不对劲？"百里胖胖有些疑惑。

"这种绑法……嗯……我只在一些特殊的电影里看到过。"曹渊犹豫着说道，"说实话，你把他们绑得有些太诱人了。"

"诱人？"百里胖胖挠了挠头，"这种绑法，是家里的家政姐姐们教我的，有什么问题吗？"

曹渊的嘴角微微抽搐："没，没有。"

"只要能限制住他们，怎么绑都行。"百里胖胖毫不在意地挥了挥手，走到第二席的身前，冲着他扬了扬下巴。"喂，老实点，在这里别乱动知道吗？要是让小爷我发现你们有什么异样的举动，我直接剁了你们！"

第五席死死地瞪着百里胖胖，一副要把百里胖胖活剐的表情，正欲说些什么，一旁的第二席便用肩膀撞了他一下，给他使了一个眼色。

"行了，此地不宜久留，我们该想想怎么样才能进斋戒所了。"曹渊看了眼不远处的黑色钢铁墙壁，对着百里胖胖说道。百里胖胖点了点头，跟着曹渊悄然向斋戒所的方向走去。

等到两人走远，第五席才忍不住开口："太憋屈了！那小子不过是仗着自己禁物多而已，居然这么嚣张！"

"他嚣张就嚣张吧，我们的首要任务是隐藏下来，等待信号，难道你真的想为了逞一时之能，被那小胖子杀死在这里？"第二席冷静地开口，"想报仇，等到镇墟碑的作用解除了也不迟。"

"哼！老子早晚弄死他！"第五席冷哼一声。

第二席转头看向沈青竹："新人，你怎么一直不说话？"

沈青竹默默注视着两人离去的背影，摇了摇头："我只是……不想说。"

斋戒所，林七夜和安卿鱼坐在树荫下，一边沉思，一边时不时用树枝在身前的土地上勾画着些什么，线条错综复杂，令人看一眼就头晕目眩。"整个斋戒所的地形，基本就是这样了。"林七夜端详了地上的图画许久，点了点头，"每一栋建筑，每一座哨塔，每一处关卡，都已经摸索清楚，剩下的就是找到一个可行的越狱方案。"

安卿鱼沉思了片刻："你现在有什么想法吗？"

"经过这么多天，我倒是想到了一种方案，但是并不是很完善……"林七夜缓缓开口。

"嗯？说说看。"

"我的想法是……"

林七夜将自己的想法如实说出，安卿鱼的眼睛逐渐亮起，随后便陷入了沉思。

"想法是可行的，但是，需要一些外界的条件……"

就在两人讨论之时，距离斋戒所数公里之外的天空中，突然泛起了道道迷离的幻光，紧接着天空的一角便破碎开来！"叮——"清脆的爆裂声响彻天空，正在树下讨论的林七夜和安卿鱼一愣，同时抬头看去，一颗陨石从破碎的天空中出现，卷挟着恐怖的动能轰然落下，陨石表面高速与空气摩擦，燃起刺目的火焰！

"陨石？"安卿鱼疑惑地开口，"哪里来的陨石？"

林七夜从地上站起，眯眼看着天空中急速下坠的陨石，它下落的方向，正好就是斋戒所的位置！

"这不是一般的陨石。"林七夜笃定地开口，"这是有人故意弄出来的。"

安卿鱼注视着天空中那颗急速下坠的陨石，眼眸中浮现出一抹灰色，摇了摇头："就凭这种程度的攻击，想要摧毁斋戒所，还是太天真了。"

与此同时，斋戒所办公区域。

"陨石？"代理狱长谢宇听到这两个字，眉头微微皱起，"自然现象，还是人为的？"

"大概率是人为的。"一位狱警说道。谢宇走到窗边，眯眼看着那颗即将坠落的陨石，眼中闪过一丝异样的光芒。"我知道了，通知军方吧，把它打下来。"

"是！"

"呜——"刺耳的警报声在整个斋戒所中回荡，所有的囚犯都停下手中的动作，神情有些慌乱。"自由活动时间结束，所有人立刻回到牢房中，重复一遍，自由活动时间结束，所有人立刻回到牢房中！"尚且不知道发生了什么，囚犯疑惑地张望四周，听说有陨石要落下来，一个个都快速跑出食堂，想要去看一看这陨石究竟是什么样。但下一刻便有大量的狱警出现，手中拿着枪支，督促着所有囚犯回到他们的牢房。仅片刻工夫，整片活动区域几乎被完全清场。

安卿鱼和林七夜对视一眼，林七夜沉吟片刻之后，还是开口道："先回去吧，现在的情况有些不对劲，而且计划尚不周全，小心为上。"

安卿鱼点了点头，便快步向着牢房跑去。林七夜刚用脚将地上的图全部擦掉，远处便有一护工快步跑过来，同样是奉了李医生的命令，将林七夜带回病院里保护，以防出现意外。林七夜一边和护工向病院的方向走，一边抬头看着天空中急速放大的陨石。他知道就凭这颗陨石不可能对斋戒所造成威胁，但还是很好奇斋戒所究竟会如何处理。

就在林七夜即将走进病院的时候，两枚导弹同时从地面飞上天空，拖着长长的尾焰，精准向着落下的陨石飞去！"轰——"下一刻，两枚导弹便击中急速下坠的陨石，轰鸣的爆炸声从天空中传来，翻滚的火焰之中，残碎的陨石碎片从高空中坠落，笔直地落入大海之中。这颗坠向斋戒所的陨石，就这么轻易地在半空之中解体。"居然还在岛上藏了导弹……"林七夜喃喃自语，迈步走进病院之中。能引发这种攻击程度的，绝对是顶尖的强者，可既然是顶尖的强者，应该知道就凭这种攻击是不可能摧毁斋戒所的……事情或许并没有这么简单。

311

"陨石已被击落。"一位狱警放下手中的望远镜，转身向谢宇汇报。谢宇坐在黑色的宽大办公桌前，点了点头，平静地开口："从现在开始，斋戒所全面进入一级警戒状态，通知军防组，时刻监控周围海域的动静。另外，再从监狱内抽调三分之二的警力，去支援所外的防卫力量。"

狱警一愣："抽调三分之二的狱警去支援外围会不会太多了？万一监狱里出了什么问题怎么办？"

"一级警戒状态下，监狱所有的囚犯都会被禁锢在牢房中，而且有大夏顶尖的人工智能警戒系统控制全局，能出什么事？"谢宇摆了摆手，"按我说的做。"

狱警犹豫片刻，还是应道："是。"

等到狱警快步离开办公室，谢宇缓缓站起身，走到窗前，俯视着空空荡荡的斋戒所，嘴角微微上扬。"时机到了……"

斋戒所外，百里胖胖趴在一块巨大的岩石后方，鬼鬼祟祟地探出半个脑袋，透过鼻梁上的单片眼镜注视着前方。"这防卫也太严密了吧？"百里胖胖缩回了脑袋，忍不住开口。

"确实……"曹渊叹了口气，眼中浮现出疑惑之色，"我记得以前这里的防卫力量虽然很严密，但也不至于到这个地步，光是狙击手就至少有十二个，现在就算我们变成一只苍蝇，估计都飞不进去了。"

"会不会是因为刚刚那颗陨石？"百里胖胖沉思道，"我觉得，那不像是自然事件。"

曹渊点头表示赞同："陨石坠落的概率本就不大，还不偏不倚刚好砸向斋戒所，哪有那么巧的事情？而且我总觉得，这件事应该跟我们刚刚绑的那三个人有关系……"

"管他们呢。"百里胖胖耸了耸肩，"等救出了七夜，我们掉头就跑，到时候他们想做什么跟我们没关系。"

"你收藏的禁物里没有能够帮助我们直接穿过这道关卡的吗？"

"有是有，但要么是没了作用，要么就是效用被大大削弱了。"百里胖胖无奈地叹了口气，"所有涉及空间的禁物都失效了，就算有能用的，也只能挪移两三米的距离，根本就穿不过那么长的防线，就连'瑶光'都只能散发出一米，总不能靠这一米的金光去对付那么多枪支、火炮吧？"

曹渊点了点头："这不奇怪，在镇墟碑的作用下，所有向外施展禁墟的禁物都失效了，只有一些本身就带有特殊功能性的禁物才能发挥作用……"

"那我们怎么办？"

"先等等吧。"曹渊沉吟片刻，"既然是临时增加的防卫力量，过一段时间应该会减弱不少，等到时候我们再找机会。"

"还要等啊……"百里胖胖挠了挠头，突然灵机一动，"我有一个想法！"

"说。"

"你说，我们的首要任务是什么？"

"进入斋戒所啊。"曹渊疑惑地看了他一眼。

"对！进入斋戒所！"百里胖胖一拍大腿，"那我问你，如果我们想要劫狱，失败后被那些狱警抓了，会被送到哪里？"

曹渊沉吟片刻："送上西天？"

百里胖胖嘴角微微抽搐："你乐观一点，我是说……如果我们只是试图劫狱，然后良心发现，主动自首，寻求宽恕，那狱警们会不会觉得我们……你懂我的意思吧？"

百里胖胖挤弄着本就不大的眼睛，疯狂地试图传递眼神。

"觉得我们……有病？"

"觉得我们罪不至死……"

"我懂你的意思了。"曹渊沉思起来，"你是说，我们主动找上门，他们就不会贸然击杀我们，而是会先找一个地方把我们关起来……"

"对！"百里胖胖连连点头，"而这方圆千里之内，能够关人的地方就只有一个……"

"在监狱门口自首，然后让他们把我们关进监狱……"曹渊喃喃自语，眼中浮现出狐疑之色，"我怎么觉得，这事有些不靠谱呢？"

"哪里不靠谱了？这很合理啊！"百里胖胖瞪大了眼睛，苦口婆心，"你还有什么进入斋戒所的办法？即便在这里等上两三天，守卫的力量薄弱了一些，我们就有把握闯进去了吗？"

曹渊哑口无言。确实，即便是过了两三天，这里的防卫力量也不可能减弱到哪里去。"那被押送进去之后呢？他们肯定会搜身，你的'自在空间'被收走之后，我们就真的没有营救林七夜的手段了。"曹渊再度开口。

百里胖胖拍了拍他的肩膀，叹了口气，一副"我对你很失望"的表情。"我说老曹啊，你也跟我混这么长时间了，怎么还这么不开窍呢？最好的计划，就是没有计划！车到山前必有路，等我们进入斋戒所之后，自然会有办法！就像现在，在我们来这座岛之前，能想到自首进监狱这种绝妙的想法吗？不可能啊！所以说啊，凡事不用考虑得太周全……"

在百里胖胖的持续洗脑之下，曹渊的思绪已经被完全打乱了，只觉得脑袋嗡嗡的。他看了看百里胖胖，又看了眼远处的关卡，一咬牙："好，那就这么做！"

天色逐渐暗淡，黄昏中，在那高耸的钢铁墙壁之间，一位狙击手正抱着狙击枪仔细地巡查着四周。突然，一个身影在他的瞄准镜中一晃而过，"咔嗒——"七八道枪栓拨动声同时响起，刹那间，几乎大半狙击手都做好了射击的准备，将枪口对准关卡前的某处。与此同时，分布在关卡四周的重型装甲车的车灯突然亮起，将关卡前方的阴暗处照得灯火通明，数十位全副武装的特种兵从重型装甲车上下来，迅速形成包围圈，向着前方缓缓挪动，只见不远处的道路上，两个身影正缓缓走来，抬头挺胸，面容肃穆，一副视死如归的表情！尤其是那个小胖子，双手高举过头顶，手中扯着一条不知从哪儿来的横幅，上面写着鲜红的几个大字——"大佬饶命！"

312

"你说什么？"办公室中，谢宇听到电话中的内容，愣在原地，"有两个人想要劫狱，被你们抓了？"

"是的，代狱长。"

"有没有发生战斗？怎么抓的？为什么没有直接击毙？"

"这事儿……说来挺邪乎的，我在这儿守了这么多年，从来没见过这种情况……"电话那头的军官语气有些怪异，"反正，没有发生战斗，而且他们都挺配合的，态度……呃……很诚恳。"

"很诚恳？"谢宇有些茫然。

"对，一般来说，碰到这种试图劫狱的家伙，我们都是当场击毙的，但是……他们实在太配合了，其中还有个小胖子，直接往我手里塞了几只手表……不是，总之，他们说想要一次改过自新的机会。"军官试探性地开口，"代狱长，这两个人，究竟怎么处置？是就地击毙，还是……"

"当然是就地击……不，等等！"谢宇原本打算直接就地击毙，反正这种不自量力的家伙也不是第一次出现了，以往都是杀了直接沉到海底，可话刚说到一半，他就立刻意识到了什么！不对啊！今天，可不是平时啊！谢宇的脸色一变，走到窗边，沉思起来。谢宇记得"吃语"大人曾经说过，信号发出的当天，他就会派人在斋戒所周围埋伏，等到时机一成熟，立刻从外部攻击斋戒所，分散军方的注意力。今天白天，"吃语"大人的信号刚刚发出，晚上就有两个想要劫狱的人被抓住，而且态度极好，并没有反抗……这肯定不是巧合啊！谢宇恍然大悟，觉得自己已然看透了一切！是了，这两个人，肯定就是"吃语"大人安排的"信徒"，只不过不知道什么原因被守卫的军方抓住了……难道是今天自己往外面布置的人手太多，给他们制造了太多压力？既然是自己人，那就好办了。

谢宇想通了一切，再度开口道："不用击毙，派人把他们押送到我这里来，让我看看到底是什么情况。"

"是！"

挂断电话，谢宇看着窗外，长叹了一口气。

这些"信徒"，可真不让人省心啊……

昏暗促狭的走廊中，数十位端着枪的狱警押送着两个少年，缓缓地向前走去。百里胖胖戴着镣铐，转头看向身旁的曹渊，对他扬了扬眉毛，眼中满是得意之色，那表情好像在说：怎么样？小爷我没猜错吧？曹渊默默地叹了口气，只觉得心中的压力更大了，看向百里胖胖，同样用眼神交流：你别高兴得太早了，我的刀，你的"自在空间"，都被收走了，一会儿我们怎么去救七夜？

百里胖胖：不要慌！总会有办法的！一切都在小爷的计算之中。

曹渊："……"

两人被带到一扇房门前，身后的狱警向前走了两步，轻轻敲门。

百里胖胖疑惑地打量了一下四周，开口问道："兄弟，这是哪儿啊？咱不是该去监狱吗？"

狱警瞥了他一眼："少废话，不该问的别问！"

百里胖胖耸了耸肩，老实地闭上了嘴巴。

片刻之后，房门打开，披着一件黑色风衣的谢宇面无表情地站在门内，目光落在两人的身上，浮现出淡淡的冷意。

"代狱长，人已经带到了。"一位狱警开口说道。

谢宇点了点头，淡淡开口："知道了，你们回自己的岗位去吧。"

狱警一愣："狱长，我们不能走啊，万一他们不老实怎么办？我们得保护您的安全啊！"

谢宇的双眼眯起，注视着刚刚说话的狱警，声音阴寒："你觉得，我需要你们保护？"

狱警被这眼神震慑，连忙低下头去："是，代狱长，我们这就走……"说完，他便转过身给身后的众狱警使眼色，快步离开这里。谢宇冷哼一声，反手关上了房门。百里胖胖和曹渊站在办公室中，对视一眼，都觉得事情有些不妙。斋戒所是进来了，但怎么没进牢房呢，还跑到代理狱长的办公室……这是要出事儿啊！

就在两人忐忑之际，谢宇缓缓走到他们的身前，注视着低着头的百里胖胖，缓缓开口："你们……怎么这么不小心啊？"

"实在是对不起，我们知道自己错……嗯？"正在诚恳道歉的百里胖胖听到谢宇的话，突然一愣，茫然地抬起头，与谢宇的眼睛对视了起来，只见他的眼神中，充满了关心与信任。仿佛站在他面前的，不是试图劫狱的犯人，而是自己失散多年的亲兄弟！

"啊……？"百里胖胖茫然开口。

"唉，是我的错！"谢宇叹了口气，"我只想着尽可能调走狱内的警力，却忘记考虑你们的处境……"他紧紧地握住百里胖胖的双手，晃了晃，内疚地开口，"给你们添麻烦了！"

百里胖胖："？？？"

曹渊："？？？"

百里胖胖和曹渊再度对视一眼，都在对方的眼中看到了深深的茫然。

"呃……"百里胖胖沉吟片刻，抬起戴着镣铐的双手，拍了拍谢宇的肩膀，"没事，这不是你的错，是我们……大意了？"

谢宇这才注意到百里胖胖还戴着镣铐，当即从口袋里掏出钥匙，一边帮两人解开，一边自责地说道："真是对不起，手下人不懂事，冲撞了二位……不过二位应该也能理解，我这也是形势所迫，毕竟想在这斋戒所中站稳脚跟，做事不得不谨慎些。"

百里胖胖僵硬地点了点头："嗯，理解理解。"

给二人解了镣铐之后，谢宇又走到办公桌后面，将曹渊的刀和百里胖胖的口袋都送到他们的手上，认真地说道："二位的武器，我都给你们拿来了，方便你们一会儿行动！"

曹渊接过刀，呆呆地看了半晌，默默掐了一下自己的大腿，确认这不是在做梦，然后缓缓抬起头，看向百里胖胖的眼睛——这，也在你的计算之中吗？

313

谢宇看了眼墙上的时间，开口道："二位，现在整个斋戒所，除了我的办公室，其他的每一个角落都在人工智能的监管之下，到处走动反而会有麻烦，在我的任务完成之前，就请先待在这个房间里吧。"

百里胖胖挠了挠头，斟酌着说道："可是……我们也有自己的事要做啊……"

"二位的任务很重，这我懂！"谢宇语重心长地说道，"但是现在时机毕竟还没有成熟，阳光精神病院那边的情况还不明朗，还请少安毋躁，最多再等半个小时，二位便可以行动了。"

"半个小时啊……"百里胖胖点了点头，"行吧，那就听你的！"

谢宇又跟两人客套几句，便走出了房间，只留下百里胖胖和曹渊二人待在屋中。

"老曹，你说……这究竟是什么情况？"百里胖胖凑到曹渊耳旁，小声问道。曹渊疑惑地看着他："你问我？我看你刚刚跟他对话挺顺利的，这不是在你的计算之中吗？不过我确实没想到，百里家的能量居然这么大，都能买通这座监狱的代理狱长。"

百里胖胖一愣："我没买通他啊！"

"那就是你爸买通的？"曹渊猜测道，"或许是你爸从哪里知道了你要来劫狱，知道困难重重，所以就买通这里的狱长，给你减轻压力……"

百里胖胖皱眉思索了片刻，有些狐疑地开口："嗞……难道真是这样？可是，我爸什么时候对我这么上心了……"

"怎么？平时你爸对你不上心？"

"他是个大忙人，哪里顾得上我啊。"百里胖胖耸了耸肩，"我的事情，他一般很少管的，就连当年我说要离开家去当守夜人，他都没什么反应，只是派几个人送了我一趟。"

曹渊安慰道："或许他只是表面上冷漠而已，背地里，说不定一直在关注你的行踪，要不然怎么解释这个代理狱长的行为，他连我们的目标是阳光精神病院都知道。"

百里胖胖仔细想了想："好像也是……"

曹渊迈步走到窗边，俯视着下方空荡的斋戒所，开口道："不管怎么说，我们已经成功潜入斋戒所的内部，下面……就要想办法从阳光精神病院里把七夜救出来了。"

"你在那里面待过，应该已经有办法了吧？"

"过了这么多年，我也不知道病院内部有没有出现什么变化……"曹渊沉吟片刻，"总之，现在外面的情况已经被人工智能监管，我们不能贸然离开，只能等那个代理狱长有所动作了……他既然收了你们百里家的好处，应该会负责到底的。"

百里胖胖直接坐到了谢宇的座位上，将双腿跷在桌面，长叹了口气："早知道狱长已经被收买了，我们之前就不用这么费劲了……"

谢宇宛若幽灵般穿过昏暗空荡的过道，在一扇厚重的金属门禁前停下脚步。

他激活一旁的身份验证系统，先后识别指纹、虹膜，输入十三位数的密码，只听一声轻响，身前的金属门便缓缓打开。门后，是这斋戒所的总控制室。谢宇转过一座座黑色的大型主机，径直走到核心控制台前，从口袋中取出一个小小的U盘，插入接口之中，控制台上的屏幕剧烈地波动起来。"检测到外部病毒入侵，开启自动防火墙，开启紧急报警系统，开启备用终端……"

谢宇的双眼微眯，走到了一处主机前，打开了控制面板，双手快速在其中操作起来——

"嘀，自动防火墙开启中断。"

"嘀，紧急报警系统开启中断。"

"嘀，备用终端无响应。"

大约过了两分钟，谢宇走回控制台前，此时原本高频闪动的屏幕彻底平稳下来，所有的控制权限都已经破解。谢宇嘴角微微上扬，继续操作控制台。

"A1 区、A2 区、A3 区监控系统已切断。"

"照明系统已关闭。"

"门禁自动控制系统已关闭，开启手动控制模式。"

"21682、33214、35731 号牢房门禁已开启……"

…………

"嗡——"整个斋戒所的照明灯光瞬间熄灭，一切都陷入黑暗之中。突如其来的黑暗，让所有驻守的狱警都是一愣，不光是他们，牢房中的囚犯们也蒙了。

"什么情况？怎么黑了？"

"断电了？"

"胡说！这里是斋戒所！就算整个大夏都断电了，这里也不可能断电！"

"可是它就是断电了啊！"

"快看看牢房门能不能打开！"

"打不开！"

"那就不是断电了，应该只是照明系统出了故障，估计很快就会修好。"

"啧，我还以为越狱的时候到了……"

"你在想啥，就算给你把牢房门打开了，你敢出去吗？你出去了往哪儿跑？"

"我就这么一说……"

"……"

原本寂静无声的牢房喧闹无比。原本守在这附近的狱警见灯光灭了，心中还"咯噔"了一下，现在发现门禁并没有开，同时松了一口气。还好，只是照明系统出了故障，没有灯光而已，应该很快就会被修好。没有人注意到，在这喧闹黑暗的牢房区域中，有三间牢房的房门已然缓缓打开。三位"信徒"的囚犯悄然无声地从各自的牢房中溜出，摸着黑穿过长廊，来到某个隐蔽的角落之中。

"都到了吗？"第四席压低了声音问道。

"到了。"第六席点头。

"嗯。"第十二席同样点头。

"现在监狱里的防卫力量已经被抽调大半，东边那扇门的防守最为薄弱，我们从那里突破，记住，黑暗的环境是我们的优势，下手一定要快，不能发出任何声音！"三人达成一致之后，便在黑暗中快速向牢房区域的东门移动。即便什么也看不见，他们也能灵活地避开所有的障碍，仿佛已经预演了许多遍。就在他们经过某个牢房门口的时候，牢房内的安卿鱼轻"咦"了一声，转头看去，眼眸中浮现出一抹淡淡的灰芒。

314

三位"信徒"的身手极佳，悄然无声地干翻守在门口的几个狱警之后，便用钥匙打开大门，快速离开了牢房区域。牢房中，借助那双眼睛目睹全程的安卿鱼，轻轻摩擦着下巴，陷入了沉思。事情，果然有意思了起来。

黑漆漆的露天活动场中，三道身影快速行进，这里所有的灯光都被熄灭，监控全部瘫痪，已经完全成为一片黑暗的丛林。他们先是去了一趟一层的厕所，取出谢宇放在地砖下的砍刀、锤子等工具，绕过几座建筑之后，在某片空地前停下了脚步。

"是这儿吗？"第六席低声开口。

第四席仔细地观察了一阵，笃定地点了点头："没错，根据谢宇提供的信息，镇墟碑就在这里。"

两人转过头，看向身后一言不发的第十二席，后者点了点头，脱掉上衣原地躺下来，深吸一口气："来吧，我准备好了。"

第六席将刀握在手中，缓缓开口："你还有什么遗言吗？"

第十二席沉默片刻："替我告诉'呓语'大人，能为他献出生命，是我的荣幸……"

第四席点了点头："我会转达的。"

"对了。"第十二席突然想到了什么，"你们恢复力量之后，记得替我弄死那个韩金龙，我们'信徒'的脸……不能丢！"

"放心吧。"第四席的双眼微微眯起，眼中散发出森然杀意，"我说过，我会让他求生不得，求死不能！"

"动手吧……"

第六席"嗯"了一声，闪电般地用手中的刀瞬间了结第十二席的性命，让他几乎没有任何痛苦地死去。随后，第六席便将刀锋抵在第十二席的胸腔下侧，缓缓向下划去……几分钟后，第六席缓缓站起身，手中多了一个沾满鲜血的球体，大约鹅蛋大小。他将球体放在地上，第四席抢起锤子，重重砸在球体的表面！"咚——"一声闷响传出，黑色的球体瞬间破裂开来，一柄四五厘米长的青铜刀从中掉出，刀身青光流转，散发着神秘的气息。第四席蹲下身，小心翼翼地将青铜刀反握在手，走到那片空地前，狠狠地将刀刺入虚无的空气之中！"叮——"刀锋划破空气，发出轻微的嗡鸣，突然像是碰到了什么，将空间刺破了一个小口。漆黑的空气中，仿佛嵌入一个拇指大小的缺口，第四席弯腰将眼睛移到缺口前，只见在那缺口之后，是一座高耸的黑色石碑。

"有效！这东西，真的能破开夫子的心'景'！"第六席见到这一幕，眼中浮现出激动之色。

"这可是序列035的'破妄之刃'，刀锋所指绝大部分禁墟都会被无效化，专破封印类禁墟，即便是夫子的心'景'，也不可能抵挡住它的攻击。"第四席平静地说道，"当然，这是在夫子本身不在的情况下，否则这种大小的缺口，他瞬间就能将其修复。"

"还要多久才能凿开一个足以让我们通过的缺口？"

"至少要两分钟。"第四席用手中的青铜刀，一下又一下地凿击那处缺口，心"景"一点一点地破碎开来。好在青铜刀凿击夫子的心"景"并不会发出声音，第四席奋力凿了许久，也没有人发现，最终还是将缺口成功扩大到足以容纳一人通过的大小。

"接下来，就交给你了。"第四席转头对第六席说道。

第六席点了点头，将尚有余温的第十二席的尸体背起，钻过那处缺口，进入隐藏镇墟碑的心"景"之中。他割开尸体的血管，大量的血液喷溅在他手中的锤子上，只见锤子表面那层古老的血斑就像是活过来一般，瞬间将所有的鲜血吞噬殆尽。紧接着，这柄锤子的重量诡异地增加了数倍，第六席只觉得右手一沉，双手握住锤柄才能勉强将其提起。他提着血色锤子站在高耸的镇墟碑前，深吸一口气，缓缓举起手中的锤子……轰然砸落！"咚——"镇墟碑的表面，出现了一道狰狞的裂痕！

斋戒所，监狱。

"嗯？"安卿鱼突然睁开了双眼，低头看着自己的身体，眸中浮现出疑惑之色。他伸出手掌，周围的温度迅速降低，下一刻，一朵悬浮的冰晶凝结在他的指尖。

"镇墟碑的镇压……出现松动了？"安卿鱼的脸色瞬间凝重起来。

他能清晰地感觉到原本镇压着一切禁墟的那股气息，此刻已经被削弱小半，虽然镇压效果依然存在，但可以将自身的禁墟外放！不仅是他，其他的囚犯，同样发现了这一点！黑暗的牢房中，囚犯们仔细地感知着现在可以动用的力量，眼中先是震惊，然后是狂喜，随后便开始细细思索。凭借这种程度的力量，他们能够从这里越狱吗？就在此时，一声闷响从活动场中传来，那压制着众人禁墟的气息，再度被削弱了一大截！如果说之前他们所能发挥的，大概是相当于"盏"境的力量，那现在……就被提高到了"池"境巅峰！众囚犯的眼睛逐渐亮起，差一点，还差一点……这外面，有大量的军队驻扎，光凭借"池"境的力量，还是无法从这里闯出去，他们还需要更多的力量！不过，已经有些囚犯按捺不住，眯着眼睛，一点一点地向着牢房的铁门移动，眼中浮现出前所未有的兴奋与疯狂！

"咚——"第三道锤声响起，那股气息再度被削弱，现在他们力量已经被提高到了"川"境！而少数境界本就极高的囚犯，更是直接冲破枷锁，足以发挥出"海"境的实力！

"哈哈哈哈！！天助我也！！"一声吼叫声传出，紧接着，就是牢房铁门轰然破碎的声音，一个囚犯率先打破沉寂，狂笑着向着牢房外冲去！随后，轰鸣的铁门破碎声从牢房各处传出，黑暗中，无数囚犯如同野兽出笼，显露出狰狞的爪牙！

暴动，就此开始！

315

三锤过后，第六席手中的大锤表面，血色如同潮水般褪去。

"该死！血锤的使用次数用完了。"第六席看着眼前遍布裂纹的镇墟碑，眼中浮现出不甘之色，"要是再来两锤，一定可以把它彻底砸碎！"

密集的枪声从远处传来，爆炸声、惨叫声、狂笑声混杂在一起，彻底划破死寂的夜幕。紧接着，几枚手雷状的物体从高空坠落下来，落在两人附近。下一刻耀眼的白光便迸发而出，将周围映照得亮如白昼，第六席和第四席的身形彻底暴露在白光之中！"砰砰砰——"密集的狙击枪声从钢铁墙壁上的哨塔传来，子弹铺天盖地地向着他们飞射而来，第四席冷哼一声，骤然抬手，所有的子弹都定格在他身前三米的空气中，交织成一片，不得前进分毫！

"预料之中的事情，这种规模的镇墟碑，可不是轻轻松松就能毁掉的。"第四席站在密集的子弹之前，平静地说道，"虽说还没有恢复全部力量，但凭着'无量'的境界，已经足以完成'吃语'大人交代的任务，我们不能在这里浪费时间了。"话音结束，他高悬于空中的手掌挥下来，下一刻，所有的子弹都倒飞而出，射回原本的哨塔之中，一朵朵血花迸溅在漆黑的夜空之下。

第六席从心"景"的缺口中钻出，看着远处混乱的监狱，嘴角微微上扬："希望那群蠢货能发挥点作用，多替我们牵制一些防卫力量，可别那么快就被团灭了。"

"团灭了也无所谓。"第四席不甚在意地说道，"这斋戒所里不能使用禁墟，驻守在这里的 90% 是军方的力量，没有禁墟，而那些少数拥有禁墟的守卫，最高也不过'海'境，现在夫子不在，谢宇又是我们的人，这座斋戒所中，已经没有比我们更强的存在了。"

"这倒也是，更何况外面还有'呓语'大人布置的人手替我们吸引火力，再加上囚犯暴乱，他们根本无暇顾及我们。"第六席轻松地开口。

"所以……"第四席的双眼微微眯起，"在完成任务之前，我们还可以做一些自己想做的事情……"

第六席转头看向混乱的监狱，嘴角浮现出冰冷的笑容："是时候算账了。"

阳光精神病院，金属房间之中，正躺在床上玩游戏机的林七夜突然一愣，猛地坐了起来。"压制禁墟的力量被大幅削弱了……镇墟碑出事了？"林七夜立刻就意识到问题所在。可是……镇墟碑不是被夫子藏在心"景"里吗？怎么会出事？林七夜想到了白天的那颗陨石，眉头便紧紧皱了起来，不出意外的话，这两件事情之间肯定存在着某种联系。现在镇墟碑的作用既然被削弱，监狱中的那群囚犯肯定不会就这么老老实实地待在牢里，说不定外面已经乱成了一团。或许，现在就是越狱的好时机？林七夜的眼睛亮起，他没有急着行动，而是按捺住心中的急迫，仔仔细细地思考着越狱的可行性。既然监狱大乱，那无疑是浑水摸鱼的最佳时机，但问题在于，他并不知道外面究竟发生了什么，是意外，还是外敌来袭？敌人的实力怎么样？机会肯定是有的，但与之相伴的，还有未知的风险。林七夜沉思片刻之后，还是下定决心，准备抓住这个机会，施行越狱！一方面是因为机会实在难得，他错过了这一次，很难再有下一次机会；另一方面，则是他想到既然监狱大乱，那安卿鱼肯定也身处旋涡之中，虽然他相信凭借安卿鱼的智慧与实力不会出什么意外，但还是有些不放心，而且说不定安卿鱼现在已经从混乱之中窥探到越狱的途径。既然已经打定了主意，林七夜没有丝毫犹豫，起身按下呼叫护工的按钮。片刻之后，便有护工敲门走了进来。

"怎么了？"护工疑惑地问道。

林七夜一边捂着肚子，一边打开厕所的房门，指着里面说道："那个马桶坏了，你快帮我看一眼。"

护工一愣，挠了挠头，没有多想便走进厕所之中。林七夜的双眸微微眯起，紧跟在他后面走进去，然后反手锁住厕所门。两秒后，一道闷哼声隐约从厕所中传来。

半分钟后，护工打开厕所门，走了出去，边走还边对着厕所说道："就是稍微有点堵，没什么问题，以后再出现这种情况，自己拿那个皮撅子通一下就好了，我先走了啊！"说完，他便关上了厕所门。护工瞥了眼安装在房内的监控，直接推开金属房门，迈步走了出去，顺便反手把门关上。他径直走到外围监控区的门口，熟练地输入一连串的密码，随着一声轻响，厚重的门便缓缓打开。

"老袁，怎么样？患者说什么了？"一个研究人员见他走了出来，疑惑地问道。

护工摆了摆手："没事，就是马桶有点堵，我给他用皮搋子通一下就好了，现在正在里面上厕所呢。"

"哦。"研究人员点了点头，便转身离开。

护工的目光扫过整个研究室，随后便径直推门而出，走进廊道之中。紧接着，护工就愣在了原地，只见在长廊的另一头，穿着蓝白色条纹病号服的吴老狗正蹲在那儿，低头看着脚下的空地发呆。他转头看向护工，浑浊的眼中浮现出一抹清明，有些诧异地开口："我还以为你需要我帮忙才能离开这里，现在看来，是我低估你了。"

护工……不，应该是使用变形魔法变成护工模样的林七夜眉头微皱，眼中浮现出疑惑之色："你怎么在这里？你也偷偷溜出来了？"

"我并没有出来，是你在做梦。"吴老狗耸了耸肩。

"我在做梦？"林七夜一愣，"这一切都是假的？"

"不，这些都是真的，你现在就站在研究室外面的廊道中，只不过我暂时把你拉进了梦境之中而已。"吴老狗平静地说道。

316

从开门走进廊道的那一刻，他就被拉入梦境之中？林七夜瞬间意识到，在镇墟碑的镇压作用削弱后，吴老狗的力量也恢复到恐怖的地步，能够在举手投足间将对方拉入梦境，在实战之中必然是极为可怕的能力。即便以林七夜现在的实力，竟然都丝毫没有察觉。他本身到底是什么境界？"无量"，还是"克莱因"？

"你知道外面发生了什么吗？"林七夜问道。

"知道一些。"吴老狗点了点头，"他们是冲我来的。"

听到这句话，林七夜微微一愣，随后意识到关键："他们的目标是这座精神病院？""嗯。"吴老狗缓缓站起身，乱糟糟的鸡窝头之下，双眸满是平静，"现在的斋戒所几乎没有人能挡住他们，这座病院迟早会失守……你该离开这里了。"

"那你呢？你怎么办？"

"几乎没有人能挡住他们……不代表我不能。"吴老狗的声音不大，语气却无比自信，他注视着林七夜，轻轻挥了挥手，这片梦境便迅速破碎开来。

就在这时，林七夜想到了什么，连忙开口问道："今天的暗语是什么？"

吴老狗大有深意地看了他一眼，身形逐渐消失在空气中，只留下一句话飘荡在林七夜的耳边。"你知道答案的。"

空旷的廊道中，林七夜猛地回过神，精神有些恍惚。此刻，他正站在研究室的门外，通过透明的玻璃，可以清晰地看到在其中忙碌的研究人员，而刚刚的一切，仿佛从未发生过。在梦境中，他和吴老狗至少交流了两分钟，而现在看来，只是过了几秒钟罢了。与其说那是一场梦，不如说是一次发呆出神更合适。

"我知道答案？"林七夜念叨着吴老狗的这句话，眉头紧紧皱起。前一天的晚上，吴老狗并没有将今天的暗语告诉他，他怎么会知道暗语是什么？而且，今天外面出了乱子，即便说出了暗语，也未必会放他出去。林七夜摇了摇头，暂且抛去这些繁杂的想法，径直向着离开病院的方向走去。无论是说暗语也好，用暴力离开也好，从打晕护工变成对方的模样，大摇大摆地从里面走出来的时候，他就无法回头。指纹、虹膜、工作证、密码……林七夜轻车熟路地通过一个又一个关卡。在梅林的变形魔法下，他已经完美地变成那个护工的模样，身体上的任何一个细节，都与对方一模一样，不存在任何破绽，就算要拿DNA去检测，结果也是一样的。完美地变成另一个人、另一种生物，或许这便是"梅林魔法"的恐怖之处。穿过所有的关卡之后，林七夜在那扇熟悉的透明门前停下脚步，心中志忑起来，这是所有的关卡中，他最没底的一关。

"守夜人林七夜，请回答今日的暗语。"低沉的男声从喇叭中传出，林七夜的瞳孔骤然收缩，他低头看向自己的身体，确认还是护工的模样之后，心中充满了震惊与疑惑，他现在这副模样，明明应该没有人能认出他来才对……难道是之前的行为出现了问题，还是他们发现被打晕在厕所的护工了？不，应该没有这么快。现在整个病院里，知道他真实身份的只有一个人……林七夜抬头看向那处喇叭，脑海中浮现出一个大胆的想法。

"若黯夜终临……"男人的声音缓缓传来。

听到这句话，林七夜彻底笃定心中的想法，深吸一口气，平静地回答道："吾必立于万人前，横刀向渊，血染天穹！"

"暗语正确，一路顺风。"

男人的声音就此消失，只听一声轻响，林七夜身前的透明门被打开，门外黑色的夜空下，深红的火焰在远处的建筑中燃烧，将低垂的夜幕照亮了一角。

"一路顺风吗……"

林七夜清楚地记得，之前每一次护工答对暗语之后，对方的回答都是"暗语正确，请通行"，这一次……却是"一路顺风"。如果他没猜错的话，负责对接暗语的那个人已经被吴老狗拉入梦境之中，也就是说刚刚和林七夜对话的实际上就是吴老狗。吴老狗说会帮自己离开这里，原来是这个意思。林七夜穿过透明门，回头看了这座熟悉的精神病院一眼，眸中浮现出复杂之色。"最好，别回来了。"他喃喃自语，随后转身走进了夜色之中。

斋戒所外，第二席手指轻勾，三人身上的绳子瞬间断裂开来。沈青竹站起身，拍了拍身上的灰尘，抬头看向远方深红色的天空，双眸微微眯起。

"居然把我们一直绑到了晚上……要是让老子看到那个小胖子，非得把他活剐了不可！"第五席揉了揉僵硬的肩膀，打了个哈欠。

"你能一口气睡到晚上，也是挺厉害的。"第二席冷冷地说道。

"在这儿被绑着啥也干不了，不睡觉能干吗？"第五席活动一下身子，看向远处混乱的场面，"哟，已经这么热闹了？我们是不是该出场了？"

"你说呢？"第二席冷哼了一声，"里面估计已经开始行动了，我们要尽快从外部给斋戒所施加压力，牵制住他们的火力。"说完，他转头看向沈青竹，半讥讽地说道："新人，你的实力太弱，就在这儿看着吧，否则要是被导弹一下子轰成渣了，还要连累我们回去受罚。"

沈青竹没有说话，只是默默地点了点头，白色狐狸面具下，不知是何表情。

"被压制在了'无量'境……不过也够用了。"第二席淡淡开口，双手对着面前的虚无一撕，瞬间将空间撕裂了一角！空间裂缝的另一端，便是混乱之中的斋戒所正门！他的双眸微微眯起，眼中浮现出澎湃的杀机，身形一晃便钻入其中，第五席紧随其后！两人进入之后，空间裂缝便自动关闭。沈青竹抬起头，看向远处。下一秒，斋戒所正门的方向，恐怖的爆炸轰然爆发！

317

林七夜的身影宛若幽灵般在漆黑的夜色下前行，在镇墟碑的效果被削弱之后，他的所有禁墟都被解禁，"星夜舞者"也不例外。此刻的露天活动区死寂一片，基本上所有囚犯都着正门的方向突破，没有人会再反过来向着斋戒所的深处前进。"那是……"林七夜的精神力突然感知到什么，停下脚步，向着不远处的心"景"裂缝看去。透过那处缺口，他可以清晰地看到矗立其中的镇墟碑表面已经遍布裂纹，还有三处深深的凿痕，仿佛再来几下，就要彻底破碎开来。看来果然有人用特殊的手段打开夫子的心"景"，而且还能将镇墟碑破坏成这样。要知道镇墟碑虽然只有镇压禁墟的作用，但是其本身的材质也是极其坚硬的，普通的工具根本不可能对其造成伤害。也就是说，这应该是禁物造成的伤害。在这斋戒所中，想将禁物带进来可没那么容易，除非是像安卿鱼的"诡丝"那样可以融入身体的特殊禁物，但现在破坏镇墟碑的禁物明显不在此列，从造成的伤害来看，这应该是一件大型的禁物。大型的禁物，不可能是囚犯带进来的……也就是说，这是斋戒所内部的人做的？有内鬼？林七夜推理出这个结论之后，眉头便微微皱起，不过这似乎并不奇怪，如果斋戒所中没有内鬼，这座大夏最为严密的监狱怎么可能失守？而且林七夜推测，这个内鬼在斋戒所中的地位应该不低，以后如果碰到可疑的人，必须要多个心眼。

就在这时，远处隐约有交谈的声音传来，林七夜将精神力扩散开来，感知到在不远处的建筑旁，四个身影正倚靠着墙壁，半蹲着身体，鬼鬼祟祟地向着前方挪动。而且这四个人中，还有一个是林七夜的老熟人。

"他们这时候怎么还往这里走？"林七夜有些疑惑，沉吟片刻之后，还是悄然无声地跟了上去。

角落中。

"我说韩金龙，你确定我们能从这里出去？"一个穿着囚服的干瘦男子忍不住问道。

韩金龙冷哼一声："我说可以就可以！那个厕所的下水道直通海底，只要你用禁墟将我们的身体缩小，然后让老张打开屏障，我们就能顺着水流直接冲出斋戒所！还有，我劝你放尊重点，我的名字是你可以随便叫的吗？"

"尊重？嘿嘿嘿……"干瘦男子冷笑了起来，"现在镇墟碑的压制已经解除了，我们这三个人里，随便拉出来一个都能干掉你这个只会大力的废人，你还当自己是斋戒所的老大呢？连两个少年都打不过，真是丢死人了。"韩金龙的脸色铁青。"既然我们已经知道怎么出去，那他好像没有存在的必要了，我们为什么要带一个累赘离开？"一旁的络腮胡子看了韩金龙一眼，眼中浮现出淡淡的杀机。

"不带我，你们肯定出不去。"韩金龙按捺住心中的怒火，尽可能平静地说道，"这斋戒所的排水系统错综复杂，只要走错一个岔口，你们就永远别想绕出去。"

干瘦男子、络腮胡子和老张三人交流了一下眼神，干笑起来。"跟你开个玩笑，干吗这么当真呢？怎么？玩不起啊？"络腮胡子重重地拍了拍韩金龙的肩膀，笑道。话音刚落，络腮胡子突然一怔，似乎感知到了什么，猛地转头看向身侧的某处黑暗中，眼中闪过一抹凶光！"那里有人！"老张脸色一变，伸出手掌骤然向那个方向挥去，淡蓝色的屏障汇聚成一只巨大的手掌，随着他手的轨迹拍向黑暗之中！"砰——"只听一声轻响，淡蓝色的屏障手掌便被夜色撕裂，迅速崩散在空气之中。黑暗中，一个少年的身影缓缓走出，平静的双眸中攀上一层阴影，周围的夜色似乎更加浓郁了。

"是你？！"韩金龙见到这少年，眼中瞬间燃起了怒火，咬牙切齿地开口。

林七夜的目光扫过三人，淡淡地说道："你们想做什么，我没兴趣……我只是路过而已。"

"路过？"四人听到这个词，脸上都写满了不信。"现在禁墟解除了，你居然还敢出现在我的面前？"韩金龙死死地盯着林七夜，眼中充满了怨毒之色，一副恨不得将他千刀万剐的表情。自己被废掉右臂，丢掉斋戒所老大的位子，彻底沦为人人喊打的丧家之犬……这一切，都是因为他！在镇墟碑失效之前，韩老大确实不敢再找他麻烦，毕竟不知道为什么这小子在斋戒所内都能使用禁墟，但现在都可以使用禁墟了，那大家还有什么区别？一个二十岁左右的少年而已，境界能高到哪里去？

林七夜瞥了他一眼，似乎根本没把他放在眼里，平静地转身向监狱区的方向走去。而络腮胡子、老张和干瘦男人三人只是注视着林七夜的背影，有些犹豫，并没有出手阻拦。毕竟在这个特殊的情况下，多一事不如少一事，大家各凭本事逃命，谁也别招惹谁才是最明智的。

韩老大看着林七夜的背影，以为他是怕了自己，嘴角浮现出阴狠的笑容，转头看向身旁的三人："我改主意了，想要让我带你们离开斋戒所，就先帮我把这小子宰了！"

三人的脸色一变："韩金龙，你别得寸进尺！"

韩金龙冷笑起来，指着林七夜离去的背影，森然开口："我是认真的，你们不帮我杀了他，今天谁也别想离开这里！"

三人见韩金龙的表情是认真的，眉头紧紧皱起，犹豫片刻之后，看向林七夜的眼神有些不善起来。虽然他们心中十分不爽，但韩金龙的作用确实很大，如果他真撂挑子不干了，他们的越狱计划也就泡汤了，所以……

就在这时，默默离去的林七夜停下了脚步。他转头看向韩金龙，双眸眯起，漆黑的双眸中浮现出淡淡的杀意。"我也改主意了。既然你诚心找死，那我就成全你。"

—318—

不知为何，韩金龙看到林七夜的目光，心中微微一颤，突然有种不祥的预感。但事情已经到了这个地步，没有丝毫挽回的可能，而且韩金龙始终相信，在这镇墟碑的作用下，林七夜撑死了也就是个"川"境。想要再高，那除非林七夜原本就是个"无量"或者"克莱因"，但结合他的年纪，这根本就是不可能的事情。而他们这边的四个人，都是清一色的"川"境，同境界下四打一，他想不到自己还能怎么输！

四人之中，最先出手的就是干瘦男人！他随手从脚下抓起一把石子，用指尖将其高速弹射向林七夜，与此同时石子的表面浮现出一抹白光，在半空中体积急速放大，等到了林七夜身前的时候，每一枚石子都变成半径四五米的巨石！数块巨石卷挟着恐怖的动能，宛若炮弹般轰击到林七夜的面前！而林七夜只是静静地站在那儿，丝毫没有闪避的意思，在巨石即将触碰到他身体的时候，他伸出手，轻轻打了个响指。"啪——"刺目的金光突兀地闪烁在每一块巨石之上，紧接着这些巨石顺着原本的移动轨迹恰好交会在一点，相互碰撞，然后弹开。弹开之后，又恰好出现了一个细微的空隙。而这处空隙，又恰好地出现在林七夜的身前！数块半径四五米的巨石，只是相互轻轻一碰，竟然就完美错过林七夜的身体，连他的一根头发都没有碰到！这一幕实在太诡异了，就连扔石头的干瘦男人都愣在原地。这种极小概率的事件，他长这么大从来没遇到过，现在居然就这么出现在他的眼前。从理论上来说，这些巨石可能会碰撞在一起，碰撞之后也确实会出现缝隙，而这缝隙能错过林七夜的身体。这种情况可能发生，但概率极小！

满足"奇迹"的触发条件。

而林七夜现在的精神力，足以制造出这个小小的奇迹，于是有了刚刚那匪夷所思的一幕。

见干瘦男人失手，韩金龙暗骂一声"废物"，双脚猛踏地面，在恐怖力量的加持下，几乎瞬间就飞跃到林七夜的面前！他紧握左拳，骤然挥出，拳头卷挟着恐怖的动能破开周围的空气，竟然发出刺耳的音爆声！事实证明，即便只是普通的力量增强类禁墟，在达到高境界之后，同样能发挥出强横的杀伤力！他出拳很快，但在黑夜中，林七夜的速度更快！林七夜的身形在空气中拖出一道模糊的残影，刹那间错开韩金龙的拳头，随后身上爆发出绚烂的魔法光辉！

下一刻，林七夜的身体迅速膨胀，变成通体绿色的高大巨人！变形魔法！绿巨人双手合握成拳，高高举起，像是一柄粗壮的大锤骤然从头顶向着韩金龙的脊背锤下！几乎同时，一声轻吟从绿巨人的嘴中传出："天连五岭银锄落，地动三河铁臂摇！""咚——"周围的大地猛地一颤，沉闷的巨响轰然爆发，韩金龙的身形像是仔鸡般被一锤砸入大地之中，身下的地面寸寸碎裂，砸出一个庞大的圆形深坑！翻滚的气浪将碎石拍打而出，高速溅射在目瞪口呆的另外三人身上。刚刚……发生了什么？

此刻，韩金龙的脊背已经彻底凹陷下去，刚刚林七夜的那一捶直接击碎他的脊椎，若非他的禁墟本就能大幅地增强体魄，现在已经归西了。不过现在，他离死确实不远了。扬起的滚滚烟尘之中，那道庞大的绿色身影逐渐缩小，变回少年的模样。林七夜一脚踩在奄奄一息的韩金龙侧脸上，漠然的双眸浮现出淡淡的杀机。

"不能让那个废物死了！"老张大喝一声，身前迅速凝聚出数道屏障，汇聚成一双大手，一只手抓向林七夜，一只手抓向韩金龙。另外两人也迅速反应过来，一旦韩金龙死了，他们想从下水道离开这里的计划也就泡汤了。老张和络腮胡子对视一眼，前者伸出手轻轻拍了络腮胡子一下，一抹白光闪过，络腮胡子的身体迅速变大，直到变成身高近五米的巨人。随后络腮胡子浑身散发着幽绿的光芒，刹那间分解成数以千万计的飞蚊，如同奔涌的浪潮铺天盖地地涌向林七夜！说是飞蚊，但实际上每一只都有蚂蟥大小，通体由金属构成，目露红光，狰狞的口器像是粗壮的钢针，仿佛一口就可以吸干一个普通人。

林七夜用夜色撕开老张的屏障手臂，看到这恐怖的画面，眼中浮现出凝重之色。将自身分解为其他生物的禁墟，他还是第一次见，光是从这些飞蚊的外形上来看，就知道它们的破坏力有多么恐怖，若是真的被吸上一口，即便不死也会元气大伤。不过他相信这个能力原本并没有这么棘手，那个干瘦男人先将络腮胡子的身体放大，后者才分解成飞蚊，这就相当于给每一只飞蚊都放大了一遍，这才会有如此恐怖的效果。眼看着这汹涌的钢铁飞蚊浪潮般涌来，林七夜的眼中浮现出异样的光芒，他再度抬手，身前出现一个召唤魔法阵，下一刻一只小小的木乃伊便从中走了出来。小木乃伊看到林七夜，似乎异常兴奋，浑然不顾眼前即将到来的危机，蹦蹦跳跳地在林七夜的身前挥手。说起来，这小家伙已经一年多没有看到林七夜。这么长时间它独自在异世界中，也是无聊至极。

林七夜苦笑着摸了摸它的头，然后指了指涌来的飞蚊浪潮，木木瞬间领会他的意思，身上的绷带迅速崩开，一根根粗壮的炮管从中伸出。与此同时，林七夜的身上再度散发出变形魔法的光辉，身形迅速缩小，眨眼间变成第二只战争木乃伊！木木看到身旁跟自己一模一样的林七夜，先是一愣，随后更加激动地鼓起掌来，兴奋得像个找到同类的孩子！变成"木木"的林七夜无奈地和它进行了一番"眼神交流"，然后身上同样伸出一根根粗壮的炮管。两只小木乃伊瞬间化作两座庞大的战争堡垒，同时抬起手臂，刺目的火光从掌间迸发而出！

319

"轰——"惊天动地的爆炸从监狱区后方爆发，刺目的火光刹那间吞没所有的钢铁飞蚊，在两只战争木乃伊的火力齐射之下，一切的诡异手段都显得苍白无力。滚滚浓烟冉冉上升，翻涌的火光之中，林七夜变回原本的模样，宠溺地摸了摸木木的脑袋，便将其送回原本的世界。在所有钢铁飞蚊都被歼灭之后，络腮胡子的身形再也没有出现过，早已随着每一只飞蚊的死去而烟消云散。换句话说，他被林七夜轰死了。不仅他，不远处的干瘦男人也受到了波及。他的一条腿已经被炸飞，只剩下残破的躯体躲在老张的屏障之后，痛苦地哀号着。

同样在屏障之后的，还有刚刚趁乱被老张救走的韩金龙。这三个人缩在残破的屏障之后，看着林七夜一步步走来，眼中同时浮现出无尽的惊恐之色！太可怕了！这个少年实在是太可怕了！明明大家都是"川"境，为什么他可以一个人轻松摁着四个人打。短短几分钟，他们就已经落得一死两残的下场。他们根本无法理解眼前发生的一切，就像当初无法理解在食堂里，林七夜是怎么一个人干翻了二十多个人一样。一切仿佛都变了，又仿佛都没变……

"等等！"老张咽了口唾沫，仿佛下定了什么决心，紧张地开口，"你不是要杀韩金龙吗？我给你就是了！你杀了他，放我走！我保证以后都不出现在你的面前！"

瘫在地上的韩金龙侧着头，狠狠地瞪着老张："你疯了？我死了，你也别想从这里出去！"

"老子不走下水道就是了！大不了去正门那边搏一搏，总比跟着你这个瘟神一起死了好！"说完，老张打开了身前的屏障，一脚把韩金龙踹了出去。

林七夜见到这一幕，双眼微微眯起，正准备说些什么的时候，有两个身影悄然从他的身后走出。林七夜瞳孔骤然收缩，想也不想，身形急速向侧面闪去。几乎在他移动的瞬间，一枚铁片擦着他的头皮飞射而过，斩下一缕黑发。若是再晚哪怕半秒钟，被斩下的就是他的头颅。林七夜迅速后退数十米才站稳身形，眉头紧锁，看向黑暗中走出的两个身影，眼中满是凝重之色。

　　"咦？他竟然躲开了？反应快得有些惊人啊……"第四席停下脚步，看着远处如临大敌的林七夜，眼中浮现出诧异之色，一枚枚从钢铁墙壁上扒下的铁片悬浮在他的周围，散发着森然寒光。第六席走到他的身边，点了点头："对于一个'川'境的小家伙来说，确实有些厉害……不过，咱还是先办正事。"

　　两人将目光从林七夜的身上移开，落在瘫在地上的韩金龙身上。瘫倒在地的韩金龙勉强侧过头去，远处跳动的火焰照亮两人的面容。他看清两人长相的瞬间，脸色如死灰。他知道，今天自己是无论如何也活不了了。

　　第六席慢慢悠悠地走到韩金龙身边蹲下，一只手抓住他的头发，硬生生将他的头拽起，盯着他的眼睛，笑眯眯地开口："韩金龙，我们又见面了。"

　　韩金龙张了张干裂的嘴唇，声音沙哑地开口："我们之间可能有些误会……"

　　"误会？"第六席的眉梢一挑，伸手猛地扇了韩金龙一个耳光，"我记得，你当初很牛啊？怎么现在不牛了？嗯？"

　　韩金龙的脸颊迅速红肿起来，他长这么大，何时受过这种侮辱？再加上刚刚就被林七夜和老张弄得一肚子火，现在自知已经不可能活下去了，反而激起了血性。他眼中浮现出怒意，猛地吐掉被扇落的牙齿，歇斯底里地说道："老子知道今天活不了了！要杀要剐随便，反正……"

　　"轰——"他话没说完，一条条钢筋就从身后的建筑中被抽离出来，闪电般地刺在偷偷溜走的老张和干瘦男人身上，即便老张试图张开屏障，也都像是纸糊的一般被钢筋洞穿。刹那间，鲜血四溅！

　　"不好意思，有人不把我们放在眼里，处理了一下……"第四席的目光再度落在韩金龙身上，"你刚刚说什么？"

　　韩金龙呆呆地看着被瞬间刺成筛子的两人，脸上还沾着刚溅射上去的鲜血，温温热热，原本准备好的豪言壮语瞬间哽在了喉咙口。"我……我……"

　　远处，目睹全部过程的林七夜，一颗心已经悬了起来。这两个人他之前见过，据说是"信徒"的成员，刚刚那个第四席接近他的时候，他对对方的精神力居然没有任何感知。若非"凡尘神域"捕捉到铁片的轨迹，再加上"星夜舞者"带来的恐怖反射神经，他早已死在对方的手下。他推测，那个第四席至少是一个"无量"境，虽然没见过第六席出手，但想来境界不会比他低到哪儿去。两个"无量"在这里，林七夜根本没有丝毫胜算。他也想过趁这个机会溜走，但从刚刚老张和干瘦男人被对方秒杀来看，贸然行动，反而可能会引得对方提前出手。就算林七夜再强，也很难在两个"无量"境手下逃脱，毕竟足足相差了两个大境界。或许，静观其变才是最好的办法。林七夜悄然无声地站在一旁，看着两个"信徒"对韩金龙实施了十多分钟的折磨，等到韩金龙已经彻底失去意识，才缓缓将其杀死。这血腥的场面，连林七夜看了都眉头紧皱。

两人解决完了韩金龙，便同时看向林七夜，第四席仔细打量了林七夜片刻，缓缓开口："我知道你，林七夜，'呓语'大人曾经下达过对你的必杀令。"

"嗯？"第六席听到这句话，似乎想起了什么，眼中浮现出惊喜之色，"你就是林七夜？嘿嘿，没想到这次行动不仅能杀了吴通玄，还能顺手杀一个双神代理人，这回……很赚啊。"

<h2 align="center">320</h2>

见两人已经认出自己，林七夜的心中再无侥幸，知道了自己的命在古神教会和"信徒"之中到底有多值钱。今天，他是不可能全身而退了。他深吸一口气，将意识沉入诸神精神病院中，提前和梅林与倪克斯打好招呼，随时准备承载他们的灵魂。这一年，林七夜的灵魂创伤已经彻底恢复，能够再度短时间地承载神明的灵魂。若是能将境界提升到"无量"，他也未必没有一战之力，就算再不济，自保的能力也还是有的。这也是林七夜最后的倚仗！

"时间不多了，赶紧杀了他，然后再去杀了吴……"第四席话刚说到一半，突然怔在原地，眼眸中浮现出呆滞之色，同样陷入呆滞的，还有一旁的第六席。

"这是……"林七夜见到这一幕，想到了什么。下一刻，他眼前的画面也变换起来，原本漆黑的活动场已经消失不见，取而代之的是一片汪洋大海。没有风，没有云，整个海面没有一丝波澜，像是一面光滑的镜子，清晰地倒映着昏黄的天空。远处海平线的尽头，一轮橘红色的太阳下沉大半，残阳映照在镜面般的海水之上，仿佛整片海域都被浸染成暗红色。林七夜抬起头，只见不远处的海平面上，第四席和第六席正站在那儿，脸上写满凝重。

"这里是……梦境。"林七夜喃喃自语。他转头望去，那个穿着蓝白色条纹病号服的中年男人不知何时已经站在林七夜的身后。他赤足站立在海平面上，夕阳在他的双眸中倒映出点点血色。

吴老狗平静地走到林七夜的身前，眯眼看着前方的二人，缓缓开口："放心吧，他们……我来处理。"

林七夜点了点头，默默向后退了两步。不是他不想帮忙，而是这个层次的战斗，他根本插不上手。而且他切身体会过梦境世界的恐怖之处，相信吴老狗有对抗他们的手段。

第四席见到吴老狗，冷笑起来："也好，两个人一起杀了，省得我们再去闯精神病院。"

吴老狗长叹了口气："我只是个可怜的精神病人，你们为什么不惜付出这么大代价，也要来杀我？"

"可怜的精神病人？"第六席的眉毛一挑，"你是不是真疯，我们不知道，但我们知道只要杀了你……就等于埋葬了整个'灵媒'小队的未来。"

听到这句话，吴老狗的脸色瞬间阴沉了下来。"是谁告诉你们的？"

第四席的嘴角微微上扬，眼中浮现出讥讽之色："你猜？"

吴老狗眸中光芒闪动，片刻之后，冷哼一声："想要在这里杀了我，凭你们……还不够格！"话音落下，他脚下平静的海面突然荡起一层涟漪，七道身披黑色斗篷的身影凭空出现在他的身后，散发着森然的杀机！

"'灵媒'小队？！"第六席看到这一幕，脸色瞬间就变了！

"不对，不是真的'灵媒'小队。"第四席的双眸微微眯起，"是他在梦境中制造的幻影而已。就算他在外界有'克莱因'境的实力，现在在镇墟碑的压制之下，也和我们一样都是'无量'。这些制造出的幻影，撑死了也就是'海'境巅峰的水准。"听到第四席的话，第六席的脸色终于缓和了一些。"既然是梦境，那就好办了。"第六席轻笑一声。

远处，吴老狗回过头，目光在身后的七个身影上依次掠过，眼中浮现出复杂之色。"请诸位，再助我一臂之力……""刺啦——"一道狰狞的雷霆划过昏黄的天空，紧接着七道身影一晃，脚踏雷光，眨眼间就到两位"信徒"身边，将他们包围。其中一人双手抬起，整个人飞上天空，狂暴的旋风以他为中心扩散开来，将脚下的海水倒吸到空中，化作一道巨大的水龙卷，轰然砸落！

就在这时，第六席笑吟吟地抬起一根手指，点在了虚无之中。"'精神反制'。"以他的指尖为中心，周围的梦境寸寸碎裂开来，龙卷、海水、阳光，都被诡异地抹消，他们两人脚下不再是平静的海面，而是变回原本的露天活动场的泥土地面。在这片梦境世界中，出现了一角真实。这一角真实出现之后，整个梦境世界都不稳定起来，平静的海面掀起一阵阵浪花，远处的夕阳也逐渐坠落，即将消失在海平面的一端，就连那七道黑色身影都开始模糊了起来。

"'精神反制'？"吴老狗见到这一幕，瞳孔微缩。

"吴通玄，我们知道你是'灵媒'小队的副队长，实力恐怖，可我们既然敢来杀你，自然是做足了准备。"第四席冷笑着开口，"禁墟序列059，'精神反制'，专门破解一切序列在其之下的精神类禁墟，如果我没记错的话，你的'我梦'序列好像是070吧？"

吴老狗皱眉看着他们，一言不发。

"嘿嘿，在我面前，你的禁墟没有任何意义。"第六席笑吟吟地开口，以他为中心，整个梦境世界都在迅速崩塌，用不了多久，一切都将消失无踪。

林七夜见吴老狗的禁墟被破，眉头紧紧皱起，有些担忧地看着吴老狗的背影，正准备说些什么，吴老狗便挥了挥手，整个梦境世界便彻底破碎开来。他自己解除了这片梦境世界。

第六席见到这一幕，先是一愣，随后哈哈大笑："吴通玄，你是知道自己没有胜算，所以放弃抵抗了吗？"

吴老狗平静地看着他们，嘴角浮现出淡淡的笑意。"我不知道，你们是从谁的口中得知的关于我的情报，但很遗憾，你们的计划似乎出现了一些偏差……"

听到这儿，第四席的眉头微微皱起，第六席的眼中也浮现出疑惑之色。

吴老狗伸出手，整理了一下自己乱糟糟的头发，微笑着说道："谁说，'我梦'是我的禁墟的？"

321

听到这句话，在场的所有人都是一愣。

"不过这也不能怪你们，这个禁墟我用了这么多年，会被人误会也不奇怪，毕竟……它确实挺好用的。"吴老狗一边说，一边缓缓地走到林七夜的身边，拍了一下他的肩膀。林七夜茫然地看着吴老狗的动作，不知道他到底想做什么。吴老狗拍完一下，突然一愣，表情有些古怪，犹豫片刻之后，又拍了一下，又是一愣，又拍了一下……随后陷入沉思。

"你究竟有多少个禁墟？"吴老狗忍不住问道。

林七夜沉吟片刻："你等我数数……"

吴老狗："……"

"算了，这个也行。"吴老狗摆了摆手，转头看向一旁迷惑的"信徒"二人："就让你们看看，我真正的禁墟吧……'无相'。"

吴老狗的双眸被浸染成黑色，一抹极致的黑暗以他为中心扩散开来，瞬间吞噬周围的一切光线。漆黑的夜空低垂下来，与他脚下的黑暗连接在一起，深邃如渊。地面、天空、跳动的火焰、残破的建筑，还有远处混乱的一切都消失无踪，半个斋戒所都被笼罩在绝对的黑暗中。只有吴老狗的身上，依然保留着原有的色彩。他站在那儿，像是一个黑夜中的君王。

"这是……'至暗神墟'？"林七夜怔怔地看着脚下这熟悉的黑暗，确认其中还蕴含着黑夜女神的气息之后，猛地抬头看向吴老狗，眼中浮现出震惊之色！他复制了自己的神墟？！

不远处，第四席的脸色瞬间难看起来："'无相'？！居然是'无相'……"

"'无相'是什么？他的禁墟不是'我梦'吗？这些黑暗是什么鬼？"第六席忍不住问道。

"所有的禁墟中，序列排名位列前 30 的禁墟都触碰到神明的领域，其中有 23 个来自神明恩赐，被称为'神墟'。而除此之外，还有 7 个禁墟并非来自神明，而是源于人类本身……"第四席死死地盯着吴老狗，缓缓说道。

第六席像是想到了什么，难以置信地开口："他的禁墟，就是其中之一？"

第四席点了点头："禁墟序列 028，七大'王墟'之一——'无相'，能够完美复制最近一次接触到的任何禁墟，并将禁墟的等级提升到与自己相应的境界，不光禁墟，就连神墟也能复制，只是复制的完成度并没有原版那么高。"

"'王墟'……这怎么可能？"第六席看了眼旁边的林七夜，"他刚刚碰了双神代理人林七夜，也就是说他现在使用的，就是……"

"黑夜女神的神墟，而且是半步'克莱因'级别的黑夜神墟！"第四席神色凝重地开口。

第六席倒吸一口凉气！

吴老狗站在夜色中，瞥了眼旁边的林七夜，表情有些古怪。原本他是打算直接复制林七夜的"凡尘神域"的，毕竟那可是 003 级别的超强神墟，可谁知道他连续复制几次，都是些奇奇怪怪的能力。第一次摸出了个"星夜舞者"，虽然也有点厉害，但从效用来说未免有些太弱了。第二次更离谱，摸出了个"天空的吟诗者"，本来吴老狗就没上过几天学，文化知识储备就那样，靠吟诗来战斗几乎是痴心妄想。好在第三次摸出了"至暗神墟"，虽然比不上"凡尘神域"那么强，但至少也说得过去了，便将就着用一用，毕竟谁知道再一手拍下去，又会抽到什么奇奇怪怪的禁墟。"无相"虽然能复制禁墟，但一次只能保留一个，如果再抽到一个新的禁墟，那刚刚摸到的"至暗神墟"就会消失，看那小子的模样，还不知道藏了多少个禁墟。凭借着七大"王墟"之一的"无相"，以前吴老狗觉得自己也算是个妖孽了，可今天遇到了林七夜，才真正知道了什么叫一山更比一山高。你小子这么多禁墟，是菜市场批发来的吗？！

此刻的林七夜丝毫没有意识到自己无形之间已经给吴老狗的心理造成极大的打击，不过即便知道了也没什么办法，谁让他身上的禁墟确实有点多……

"凡尘神域""星夜舞者""至暗神墟""召唤系魔法""变形魔法""天空的吟诗者"……足足六个禁墟，其中还有三个是神墟，吴老狗摸了三次才摸到一个神墟，这运气实在是一般。

吴老狗眯眼看着两位"信徒"，缓缓伸出双手，凭空对着第六席一扯！第六席的瞳孔骤然收缩，浑身的汗毛瞬间立起，死亡的威胁涌上心头，整个人迅速往侧面挪动半步。下一刻，一抹黑暗侵蚀他的身体，刹那间便将他的手臂与躯干撕裂开来，就像是有一只无形的大手，狠狠扯碎了一个毛绒玩具。第六席根本没有丝毫抵抗之力，整个人就被扯成两部分，鲜血喷涌而出！当然，被撕裂的不仅是他与他的手臂，还有他脚下的大地、身后的建筑，乃至天空之上的厚重云层！

"轰——"被瞬间撕扯成碎片的钢铁建筑轰然崩塌，一道足有两三米宽的沟壑狰狞地出现在他身后的地面上。漆黑的夜空之下，厚重的云层不知何时已然被分割成两块，蜿蜒的裂痕一直延伸到天空的尽头。

"啊啊啊啊！！"第六席痛苦地惨叫起来，哀号声在夜空中回荡。仅仅一击，吴老狗便废掉一个"无量"境的强者。一旁的第四席见此脸色铁青，迅速伸出双手向身后破碎的建筑一抓，沉重的金属结构冲天而起，在空中被削成一根根巨大的尖锐钢柱，宛若利剑般坠向吴老狗！与此同时，吴老狗脚下的地面剧烈震颤起来，掩埋在土地中的金属管道猛地破土而出，像是蟒蛇般缠绕在吴老狗的身上，禁锢住他的身形。被金属管道捆住身躯的吴老狗直接被拖离地面，死死地悬挂在半空中，像是一个被钉在钢铁十字架上的囚徒，即将被命运审判。

322

半空中，吴老狗的神情没有丝毫慌乱，他平静地注视着即将刺穿他身体的钢铁巨柱，缓缓握紧了双手，周身的黑暗瞬间蔓延开来，一抹夜色攀附在所有的金属之上，半秒钟后，金属就像是全部被涂抹黑色的颜料一般，漆黑如墨。随着吴老狗双手握拳，半空中的钢铁巨柱发出刺耳的嘎吱声，仿佛有一双无形的巨手，揉搓着每一根金属，将其直接拧成了麻花！"砰砰砰——"一根又一根金属被拧得断裂开来，定格在空中，任凭第四席如何催动，都无法再掌控它们半分。吴老狗嘴角微微上扬，漫天的漆黑钢铁便悬浮在他的四周，围绕成环。当它们被黑暗侵蚀的那一刻，就只属于吴老狗。吴老狗手指轻勾，缠绕在他身上的钢铁巨蟒便松了开来，急速地折叠旋转，瞬间变成一尊黑色的钢铁王座，悬浮在空中。他坐在这钢铁王座之上，双眸微微眯起，俯视着身下的两位"信徒"，散发着无形的威压。

林七夜看着眼前这一幕，心中莫名地酸了起来。明明是个盗版神墟，但被提升到半步"克莱因"之后，居然能强悍到这个地步。别的不说，光是侵蚀所有的金属，折叠出钢铁王座那一幕，就超乎林七夜的想象。等自己到了那个境界，一定会比现在的吴老狗更厉害，林七夜默默地安慰自己。

第四席见吴老狗反过来控制自己的金属，脸色更加难看，就在这时，一道空间裂缝突然在战场中央打开！"那是……"第六席见到这一幕，眼中浮现出一抹喜色。空间裂缝中，"信徒"第二席双手插兜，缓缓从中走出，抬头看到悬浮空中的吴老狗，双眸眯起。

"在外面感觉到这股气息，就觉得不对劲……看来还是出了变故啊。"第二席长叹了口气。

又是一个"无量"！不，从他身上散发的气息来看，原本应该和吴老狗一样都是"克莱因"境界，只不过在镇墟碑的压制之下，境界被限制在"无量"境的巅峰。

吴老狗的眉头逐渐皱起。现在场上已经有了三个"无量"境的敌人，其中还有一个与他平级，最关键的是，对方的禁墟似乎涉及了空间。要是像第四席这样，以有形之物作为攻击手段的敌人还好，"至暗神墟"能够轻松地侵蚀一切物体，反过来得到控制权。但如果是空间这种无形之物，那他所能造成的影响就很小了。第二席的出现，直接将原本一边倒的局势，拉回平衡。

沉吟片刻之后，吴老狗转头看向林七夜，开口道："这里一会儿可能会有些危险，你先走吧，不然会把你卷进去。"

林七夜犹豫片刻，便点了点头："你多保重。"

吴老狗的嘴角微微上扬，他缓缓从黑色的钢铁王座上站起，周身的黑暗交织成一件长袍，与夜色融为一体。"走吧，离开这儿，最好别再回来……或许有一天，我们会在斋戒所外再见的。"吴老狗像是想到了什么，眼眸中浮现出淡淡的哀伤，用只有自己能听到的声音喃喃自语，"希望那一天，永远都不要到来。"

林七夜最后看了吴老狗一眼，身形一晃便消失在夜色中，吴老狗用黑暗掩盖林七夜的踪迹，即便"信徒"三人想要拦住他，也根本找不到他。

"让那小子跑了。"第四席眉头紧锁。

"跑就跑了，只要他出了斋戒所，早晚会找到他的。"第二席淡淡开口，"现在，先处理吴通玄。"

吴老狗平静地望着身前的三人，雄浑的气息轰然爆发，四道"无量"级的力量波动毫无花哨地对撞在一起。"想杀我，可没那么容易。"

办公室，百里胖胖站在窗前，看着不远处火光冲天的监狱区，暗自咽了口唾沫。"我爸这是花了多少钱，才能买到这样的效果……这个阵仗，是不是太夸张了？"

曹渊翻了个白眼，没好气地说道："花钱？你没感觉到那边都已经有几个'无量'打起来了吗？整个斋戒所都快被拆了，这很明显是有人真的来劫狱了啊！"

百里胖胖一愣："你是说……除了我们，还有人来劫狱了？"

"只可能是这样。"曹渊思索着开口，"你还记得我们在外面绑的那三个人吗？我怀疑，这个代理狱长就是他们的人，只不过错把我们两个当成了他们……"

经过这么长时间的思考，曹渊终于察觉到其中猫腻，成功地从百里胖胖的降智光环中摆脱，拥有了自己的思考。

"能有这么巧？"百里胖胖瞪大了眼睛。

"不然为什么那个代理狱长说去完成他的任务之后，整个斋戒所就乱套了？而且行为上也鬼鬼祟祟，不像个狱长。他很明显就是内鬼！"曹渊笃定地说道，"而且我猜测，另外一批来劫狱的人，目标和我们一样，也是阳光精神病院！"

"他们的目标也是七夜？"百里胖胖脸色一变，快步向着门外走去，"那我们得赶紧去救他，可不能让别人抢先了。"

他刚走到门口，办公室的房门就从外面被打开了，谢宇站在门口看到房里的二人，突然愣在原地，百里胖胖虎躯一震。

"你们怎么还在这儿？"谢宇的眉头微皱。

"我们……正准备出发。"百里胖胖挠了挠头，犹豫着回答道。

"不对啊。"谢宇的眉头皱得更紧了，"你们两个在这里，那在斋戒所外面吸引火力的那两个人……是谁？"

百里胖胖表情一僵，张了张嘴，却连半个字也说不出来……身后曹渊眼眸微凝，缓缓将手掌伸向刀柄。就在这时，谢宇察觉到了什么，猛地转头看去，只见在走廊的尽头，一个身穿白大褂、戴着眼镜的身影正缓缓走来。"是你？你怎么会在这里？"谢宇见到来人，脸色有些难看起来。

李医生双手插兜，在谢宇的前方停下了脚步，遗憾地摇了摇头："没想到，你居然是内鬼……"

323

谢宇眯眼看着李医生，眼眸中浮现出冰冷的杀意："是又怎么样？就凭你，能杀得了我吗？"

李医生摊手，无奈地摇了摇头："我只是个医生，哪里会那些打打杀杀的事情。"

"你倒是挺有自知之明。"谢宇冷笑起来。

"谢宇啊……"李医生看着谢宇的眼睛，幽幽开口，"你来斋戒所，好像已经三年了吧？"

谢宇眉梢一挑："怎么？你想跟我打感情牌，劝我回头是岸？这种电视剧里的把戏，你真的觉得会有用吗？"

"不，我不是要感化你……"李医生摇头，"我就想问问你，你还记得这三年里，我给你做过几次心理疏导吗？"

谢宇的眉头微皱："你想说什么？"

"三次，我给你做了三次心理疏导。"李医生伸出三根手指，"你们这群天天跟囚犯打交道的家伙，需要心理医生定期进行心理疏导，防止长期的阴暗与暴戾环境对你们的心灵造成影响。在斋戒所，这个频率大概是一年一次，不光是你，这座监狱里的每一个狱警都接受过我的心理疏导……"

"你到底想说什么？"谢宇有些不耐烦起来。

李医生的嘴角微微上扬，脸上浮现出笑容："我这个人，有一个坏习惯……每次给人治病的时候，总是会手痒地在别人的脑海中种下一些不属于他的潜意识。当然，对绝大部分人来说，这些潜意识就像是沙漠中的一粒沙，根本不会影响到他们，可以完全忽略它的存在。只有在某些情况下，它才会发生作用……"

谢宇听到这句话，先是一愣，心中开始浮现出不祥的预感。

"比如……这样。"李医生的眼中浮现出一抹异样的光芒，紧接着，对面的谢宇浑身一颤，双眸中的神采突然消失，瞳孔涣散，像是完全失去意识，整个人如同一尊雕塑般呆呆地站在原地。李医生不慌不忙地走上前，轻轻推了谢宇一下，他僵直的身体便直挺挺地倒了下去。"好好活着不好吗？非要和精神科医生作对。"李医生叹了口气。

突然，他像是察觉到了什么，转头看向屋内，目光正好迎上了那两双震惊的眼眸。

"李医生？"

"是你？"李医生见到曹渊，眼中浮现出诧异之色，"曹渊？你怎么会在这里？"

曹渊犹豫片刻之后，开口道："我来救我兄弟……"

"你兄弟？"李医生看了眼地上不省人事的谢宇，眉头微皱，"你和他们是一伙的？"

"不是。"曹渊连连摆手，"我兄弟是林七夜，他应该也是你的病人，我是想来救他，但我们跟这群人一点关系都没有。"

"救林七夜啊……"李医生若有所思地点点头，"那你不用费劲了，他已经从精神病院离开了。"

曹渊一愣，连忙问道："他去哪儿了？"

"刚走没多久，现在应该快到正门门口了。"李医生想了想说道。

曹渊和百里胖胖对视一眼，快步跑出门外，向着斋戒所正门的方向跑去。

"对了。"曹渊想到了什么，转头看向李医生，表情有些古怪，"李医生，你是不是也在我的脑海里，种下了……潜意识？"

李医生一怔，随后笑眯眯地摇头。

"你想多了，我只是唬他的，别当真。"

曹渊的嘴角微微抽搐，看着那张笑脸，心中满是不信。

他冲着李医生挥了挥手，便随着百里胖胖迅速离开了这里。

已经脱离战斗范围的林七夜向着斋戒所正门的方向飞奔，从露天活动场离开后，一路上都没遇到别的麻烦，不一会儿便抵达正门附近。还没看到正门所在，轰鸣的爆炸声就将林七夜震得耳膜生疼，刺目的火光接连燃起，也不知是军方的热武器，还是囚犯这边的禁墟导致的。大地微微震颤，林七夜穿过监狱区破碎不堪的牢狱，终于看清正门的情形。两座高耸的钢铁围墙之间，夹着一扇数十米宽的厚重金属门，此刻在这扇门前，包围着大量的装甲车与坦克，彻底将这扇门堵得水泄不通。在这些装甲车与坦克之间，数百名防卫军人手持枪械，不停地扣动扳机，连绵的火光从枪口中喷吐而出，子弹宛若洪水般倾泻。距离这道防线不过五十米远的空地中，大量穿着黑白条纹囚服的囚犯像疯了一般，向着那扇大门冲刺，各种各样的禁墟张开，风刃、火球、猛兽、雷光，无数匪夷所思的攻击落入军方防线之中，不断破坏着防线。与此同时，还有几名守夜人站在防线之前，与冲在最前面的那群囚犯生死搏杀，硬生生抵御住了囚犯的冲击。只是囚犯的人数实在太多，仅凭他们几个人，顷刻之间就被淹没在人海中。"砰！砰！砰！"几辆坦克同时开火，炮弹呼啸着落入囚犯最密集的区域，火光迸溅，成功杀死几名囚犯，但还有更多的囚犯用禁墟挡住炮火，兴奋地咆哮着向前继续冲刺。

"杀！冲过这扇门！我们就自由了！！"

"杀！！"

"敢挡老子路的，统统得死！！"

"那边的几个，先把那个挡路的守夜人宰了！"

"快！他们不行了！他们的弹药要用完了！冲！！"

"老子要自由了！哈哈哈哈！！"

"等老子出去，第一件事就是宰了你们这些个抓老子的守夜人！你们不是牛吗？！有本事再抓老子一次试试？！"

"哈哈哈！对！绑了他们的老婆孩子，让他们跪下来给老子磕头！等他们磕完了，老子再砍了他们的脑袋当夜壶！"

"啧啧，要是他们的老婆长得不错的话，用来当夜壶岂不是可惜了？哈哈哈哈！！"

"杀杀杀！！杀光他们！我们报仇的机会就来了！！"

"……"

禁墟、枪支、火炮等交织在一起，伴随着此起彼伏的哀号与吼叫声，整个斋戒所的正门已然陷入绝对的混乱之中。林七夜的目光迅速扫过正门，终于在不远处的角落之中，找到了那个孤零零的身影。

"怎么样了？"林七夜走上前问道。

安卿鱼见林七夜终于来了，不由得松了一口气，开口说道："打十几分钟了，防卫军中的那几个禁墟拥有者快顶不住了，火炮的储备应该也已经见底。囚犯那边也损失了不少人，不过死的都是实力较弱的，剩下的那些才是真正的主力。"

324

林七夜沉吟片刻，抬头看向一旁高耸的黑色围墙，疑惑地问道："为什么没有人选择翻墙出去？就算墙体再高，也总有人能用禁墟翻越过去吧？"

安卿鱼摇了摇头，随手从脚下捡起一块碎石，奋力丢向高墙之外。只见碎石刚刚越过墙体，就有一道刺目的电光从墙顶迸发而出，刹那间便将碎石击成飞灰。

"斋戒所号称拥有整个大夏最严密的防卫系统，可不是闹着玩的，每座高墙内部所用的砌砖，都具备极强的导电性。我猜测在地下的某处，有一件能够自动起电的高危禁物，与整座高墙相连，一旦有异物试图越过墙体上方导致磁场改变，就会引发电击。"安卿鱼推了推鼻梁上的眼镜，无奈地开口，"一开始，我也没有注意到这个细节，只不过暴动刚开始的时候，就有人试图越过高墙，结果直接被电成了焦块。"

"也就是说，想离开斋戒所，就只有突破正门这一条路？"林七夜沉思起来。

"没错。"安卿鱼点头。

见林七夜没有反应，安卿鱼转过头，疑惑地问道："我们还不出手？囚犯的数量再这么减少下去，我们想突破那扇门，就没有那么容易了。"

林七夜注视着眼前混乱的战场，眉头微微皱起。"我们当然要出手。"

安卿鱼点了点头，正欲加入囚犯的进攻队列中，林七夜一把按住了他的肩膀。安卿鱼疑惑地回过头，只见林七夜正紧盯着战场的中央，眼中浮现出坚定之色。"我们要出手……但，不是帮他们。"

"不帮他们？"安卿鱼错愕地开口，"你是想帮军方守门？"

林七夜点了点头："借囚犯之势，一鼓作气冲出斋戒所确实是目前最佳的越狱途径，但如果真的这么做了，恢复自由的不仅是我们……还有他们。虽然我很想离开这里，但如果代价是释放这么一群人回到现代社会，那也太大了些。"

安卿鱼沉吟片刻："也就是说，我们要放弃这次逃离机会？"

"不。"林七夜摇了摇头，双眸微微眯起，他抬头看向一侧高耸的黑色钢铁墙壁，眸中浮现出异样的神采，"我想到了一个更好的办法！"

大量的囚犯如同一只只悍不畏死的野兽，疯狂地向前方拥去。他们的数量已经只剩下原本的一半，但直到此刻，那些默默躲在后方，用其他囚犯的身体当挡箭牌的阴狠角色，才真正开始发力！囚犯中隐忍许久的真正强者，见挡路的守夜人已经死得差不多了，终于露出他们狰狞的獠牙！一道道强悍的身影从囚犯群中冲出，狂奔进军方防线之中，就像是冲入羊群的嗜血饿狼，开始疯狂地杀戮！！一个囚犯连杀数十人，冲刺到一辆坦克前，双手散发着褐色的光芒，直接将坦克的炮管拧成麻花。紧接着另一个囚犯从天而降，一拳重击在坦克的表面，震荡的余波瞬间将坦克内的驾驶者轰成了肉泥。

"轰——"与此同时，另一边的装甲车已经被直接引爆，破碎的钢铁残片混杂着驾驶员的血肉被高高抛起，零碎地散落在地。失去了那十几位守夜人的阻挡，再也没有人能够对抗囚犯们的禁墟，重炮、枪弹组成的热武器防线，瞬间被冲击得面目全非。

"挡住他们！就算是死！也要挡住他们！"火炮轰鸣声中，斋戒所对外防御总指挥拿着手中的对讲机，歇斯底里地吼道，"一旦让这群疯子恶性超能者回到现代社会，后果不堪设想！"

"砰！砰！砰！"一轮火炮齐射，仅暂时延缓了囚犯们的攻势，但紧接着更多的囚犯就趁着火炮断层的间隙，疯了似的向前拥来，无情地收割着生命。就在这整条防线即将被摧毁之际，一道炽热的火焰突然从远处呼啸而来，精准地横在最后一道防线之前，熊熊燃烧的火墙令众多囚犯都停下了脚步。

"守夜人都死光了，怎么还有禁墟拥有者插手？"一个囚犯看到这一幕，眉头微微皱起。

下一刻，两个穿着黑白色条纹囚服的男人从火焰中缓缓走出。王路的目光平静地扫过众囚犯，右手轻轻握拳，掌间跃动的火焰消散，身后的火墙瞬间消散无踪，只剩下点点余烬在空中飘荡。"谁说，守夜人都死光了？"他的身旁，方阳晖缓缓开口。

"是你们？"人群中，很快就有人认出了这两个人，哈哈大笑着开口，"怎么？两个被逐出守夜人的杀人犯，现在还想出来逞英雄？别忘了，你们已经不是守夜人了！从脱下斗篷、拿掉勋章、穿上这件囚服的那一刻，你们和我们一样！是囚犯！是罪人！"

"现在拦在我们面前，是找死吗？！"

"快看啊！两个傻子！哈哈哈哈哈……"

"要不我怎么说，守夜人都是一群蠢货。之前被老子用人质做要挟轻松砍死的守夜人是蠢货，这两个也是蠢货！"

"既然他们想螳臂当车，那我们就顺手把他们给宰了！"

"杀了他们！！"

"……"

人群之中，刺耳的讥讽声连绵不绝，一个又一个囚犯冲出，饱含杀机地拥向王路和方阳晖。王路静静地站在那儿，看着铺天盖地的攻击，缓缓开口："没有斗篷又怎样？穿着囚服，又怎样？"他伸出双手，扯住身上囚服的衣领，双手骤然用力，轻松地将身上的囚服撕成了碎片！囚服碎裂，王路赤着上身，古铜色的健壮身躯之上，是一道又一道狰狞的疤痕，刀伤、枪伤、灼伤、刺伤……密密麻麻的疤痕相互交织，像是一件丑陋而华丽的斗篷！一件暗红色的斗篷。方阳晖同样撕开了自己的囚服，他身上的疤痕比王路更多。王路的双拳燃起火焰，他死死盯着眼前的囚犯，大声吼道："老子身上的疤！就是老子的斗篷！老子身上的弹孔，就是老子的勋章！脱了这身囚服，老子还有这些斗篷和勋章！你们脱掉了囚服，还是一群恶心丑陋的害虫！"话音落下，汹涌的火光以王路为中心轰然爆发，他赤着上身站在火焰之中，像是一尊守望着人间的神明，伫立于最后的防线之前。"守夜人王路在此，何人来战？！"

王路的声音在整个空地上回荡，冲在最前面的几个囚犯被他的气势一镇，脚步不由自主地缓慢了下来。王路怒吼一声，以攻为守，主动向着他们冲去。方阳晖站在那儿，双手浮现出一层层的螺旋气劲，目光在众囚犯的身上扫过，无奈地叹了口气。"要是我的刀还在，就好了……"他摇了摇头，跟随着王路的脚步，身形一晃同样撞入囚犯群中，囚犯们的攻势瞬间就被两人拖得滞缓下来。

军方的总指挥见到这一幕，立刻开口："所有单位立刻重组队形！装填弹药，支援他们！"

仅剩的些许装甲车和坦克再度开动，迅速收缩原本的防线，火光与弹药喷射而出，帮助两人勉强抵御着囚犯们的进攻。

"他们两个，是什么人？"总指挥一边关注着战场，一边问道。

"那边那个叫方阳晖，曾经是驻川湘市守夜人队伍的成员，几年前杀了七个普通人，据他所说，那是一群专门贩卖儿童的人贩子，曾经他的妹妹就是被他们卖掉的，不过后来调查了几个月，都没有找到具体的证据，最后他无法证明自己行动的合理性，就被关进了斋戒所。

"另外一个用火的叫王路，某次行动中抓捕了一个恶性超能者，本该将其押送到斋戒所，他因为一些私人恩怨半路劫车，失手打伤了几个护送恶性超能者的守夜人，还将恶性超能者当场格杀，最后也被送到了斋戒所。"

听完身旁副官的描述，总指挥的眉头微微皱起，看着那两个浴血奋战的身影，长叹了一口气："可惜了……"

"轰——"惊天动地的爆炸轰然爆发，炽热的火光化作一道冲天的光柱，在混乱的战场中闪耀，一层又一层的热浪席卷，将周围的数名囚犯逼得连连后退。火焰在王路古铜色的上身游走，散发着无尽的光和热，在这样的地形下，他的力量被最大限度地释放出来，燃烧的烈火一如他心中的炽热，将一切肮脏与丑陋烧灼殆尽。方阳晖的身形如同魅影般穿梭在人群中，掌间的螺旋气劲激荡，单手震开一个囚犯释放出的风刃，随后一掌拍向大地，将周围的地面直接崩裂开来，使得周围几个囚犯连连后退。

"这家伙，比我想象中的更可靠啊……"方阳晖看着一旁气势逼人的王路，喃喃自语。

下一刻，又有三位囚犯一拥而上！王路和方阳晖的突然出现，成功地拖延了囚犯们冲击防线的速度。他们争取的宝贵时间使得军方缓了过来，再度发挥出了热武器远距离的杀伤优势。接连的火炮声响起，猝不及防之际，又有几个囚犯受伤倒下。

囚犯之中，有人很快就意识到了不妙，高声喊道："不用管那两个碍事的家伙！直接冲门！"

他这么一喊，绝大部分的囚犯都反应了过来，王路和方阳晖虽然很强，但人数太少了，没有必要和他们纠缠，只要绕过他们，所有囚犯同时冲击那扇大门，他们根本不可能拦下所有人。正与两人交手的囚犯同时后退，挑衅地看了他们一眼，随后迅速分散开来，以惊人的速度向着大门的方向冲刺。王路见到这一幕，怒吼一声，便要转身追击，紧接着脚下的大地突然暴起，化作一只巨大的手掌挡住他的去路，随后五花八门的禁墟同时丢在他的身上，虽然未必能就此杀死他，但在短时间内将其拦下并不成问题。反倒是一旁的方阳晖凭借着灵动的身法，轻松地躲开所有攻势。但即便如此他也只能拦下两三个囚犯，在这群如同疯狗般不管不顾地向前冲刺的囚犯面前，他所能发挥出的力量太小了。

"该死！有本事冲老子来啊！"王路眼看着一个又一个囚犯闪过他的身边，狞笑着冲破最后的防线，愤怒地咆哮道。

在几个比较有战略头脑的囚犯的带领下，囚犯们没有像之前那样试图全歼军方防卫，而是由十几个囚犯带头在防线中冲出一道裂口，再由后面的囚犯将这道裂口扩大，直接无视了周围的重型武器与军人，笔直地向那扇门冲去！一开始，军方的火炮还能对他们造成伤害，但是当他们彻底冲入防线之后，重型武器所能发挥出的作用就微乎其微，因为他们之间的距离太近了，而且场面混乱至极，稍有不慎不仅打不到囚犯，反而可能误伤到自己人。但囚犯们可不管这些，禁墟一旦张开，各种各样的攻击不分敌我，直接轰到了人群之中！就这样，军方最后的防线被这群囚犯硬生生地撕开了一条通道！那扇厚重的大门，终于彻底暴露在众囚犯的眼前，再也没有什么能拦住他们！

"冲啊！！"

"哈哈哈哈！！！老子要自由了！！"

"去他的斋戒所！去他的守夜人！"

"破开那扇门！就再也没有什么能拦住我们了！！"

"……"

"咚——"一道身影从空中急速坠落，重重地撞在那扇门前的地面之上，破碎的石渣轰然溅开，烟尘四起。所有即将冲到门前的囚犯同时一怔，只见那滚滚浓烟之中，一个穿着蓝白色条纹病号服的少年正静静地站在那儿，随风飘动的黑发之下，是一双如熔炉般熊熊燃烧的金色瞳孔。

326

"是你？！"几乎所有的囚犯都认识眼前这个少年。就在一天之前，他们中的一部分人还称呼这个少年为"林老大"，殷勤地替他打饭、递毛巾。

"病秧子，你也想拦我们？你以为自己现在还是这里的老大吗？！"其中一个囚犯冷笑着开口，"不想死的话，就赶紧让开！不然别怪老子把你剁成肉酱！"

"还跟他废话什么？一个小屁孩，还真把自己当回事了！直接杀了他！"

"杀！"

众囚犯的脚步只是一滞，便以更快的速度冲向大门，也就是向林七夜拥去，面目狰狞，丝毫不掩饰脸上的杀意。其中闹得最凶的那几个，林七夜对他们的印象很深。之前在斋戒所里的时候，就数他们几个奉承得最殷勤，现在变脸变得这么快，林七夜倒也并不意外。这些人说到底，都是一群犯了罪的卑劣小人，最擅长的就是见风使舵、落井下石。你强大的时候，他们自然不敢对你有想法，收敛起爪牙，堆起笑容，伺候你就像伺候亲爹一样，但他们重新掌握了主动权后，便会露出凶恶的真面目。从一开始，林七夜就没把这群人放在心上。

烟尘之中，林七夜的双眸微微眯起，左眼中原本璀璨的金色急速暗淡，取而代之的是如墨的漆黑，昏暗的天空下，一金一黑两种截然不同的颜色，同时在他的眼眶中浮现。他平静地注视着眼前疯狂前冲的囚犯们，双眸骤然收缩！"嗡——"无形的气场以林七夜为中心，急速扩散开来，两位神明的威压以林七夜的双眼为媒介，如同奔涌的江河，刹那间涌出！所有冲向林七夜的囚犯心脏骤缩，只觉得一股前所未有的恐怖气息锁定了他们，浑身的汗毛立起，巨大的压迫感让一些境界较低的囚犯直接一头栽倒在地上！所有人不约而同停下了脚步，面色苍白地注视着林七夜，眼中充满了惊恐与不解。林七夜眸中的光芒褪去，目光一一扫过众人，随后缓缓伸出双手……两道绚烂的定向召唤法阵在他的掌间浮现。下一刻，林七夜的双手中，便多了两柄入鞘的直刀！林七夜握住刀柄，骤然用力！"叮——"双刀出鞘。深蓝色的刀锋在昏暗的天穹下划过，带起轻微的嗡鸣，林七夜手握双刀站在那扇厚重的黑色大门之前，一股强大的压迫感油然而生。林七夜低头看着手中这两柄熟悉的直刀，嘴角微微上扬。两柄直刀的刀身上，都刻着名字，左手那柄刻着"林七夜"，右手那柄刻着"赵空城"……他没有猜错，和那些囚犯不一样，他是以精神病人的身份进入斋戒所的，所以随身的装备都暂时被收容在阳光精神病院的某处。这里距离阳光精神病院并不远，尚在定向召唤法阵的有效范围之内，所以他才能将其召唤出来。这两柄刀，在病院的仓库中尘封一年，即便刀鞘表面已经布满了灰尘，出鞘的那一刻，锋芒却丝毫不减。刀锋震颤，发出轻微的嗡鸣，仿佛是在雀跃！

林七夜抬起头，那双异色的瞳孔平静地扫过惊恐不已的众人，他缓缓举起右手的直刀，淡淡开口："守夜人林七夜在此，何人……来战？"

同样的一句话，林七夜说得很平淡，不像王路那么霸气凛然，但就是这淡然的口吻，令数十位囚犯胆寒！没有人挑衅，没有人讥讽，没有人开口说话，甚至一时之间没有人敢上前半步。刚刚那恐怖的神威在他们的心中留下了前所未有的阴影，以至于现在还没有人从中缓过神来，他们看着驻守在门前的林七夜，眼中浮现出迟疑之色。

就在这时，另一个穿着黑白色囚服的少年走到林七夜的身边，推了推鼻梁上的眼镜，伸手在空中虚握，下一刻，一柄冰霜长剑便凝结而出，被他握在手中。他微笑着扫过众人，缓缓开口："谁伤他，我就杀谁！"

剑拔弩张之际，一道刺目的金光飞剑从远处飞射而来。在那金光之上，还有两道身影局促地挤在一起，笔直地冲向正门。"哈哈哈哈哈！！七夜，小爷我终于找到你了！"站在前面驾驭着金色飞剑的小胖子看到林七夜，顿时乐呵呵地笑了起来，激动地向他挥了挥手。

突然出现的怪异组合，瞬间吸引了所有人的眼球。在众人古怪的目光下，曹渊的嘴角微微抽搐，一脚踹在百里胖胖的屁股上，将他踹下了金色飞剑，随后自己抱着直刀，轻飘飘地从空中落了下来。

"啊啊啊啊啊啊啊啊！！"在一阵惨叫声中，百里胖胖一屁股跌在地上，整个人像皮球般弹了起来，连滚带爬地冲到林七夜的面前。

"曹渊？胖胖？你们怎么在这里？"林七夜见到两人，错愕地开口。

百里胖胖在林七夜身前停下身形，拍了拍屁股上的灰尘，挺直了腰板，嘻嘻笑了起来："听说你有危险，小爷我立马就来救你了！怎么样？够意思吧？！"

曹渊抱着刀，默默地走到了林七夜的身边："怕你在斋戒所有危险，就想着来救你出去，你不在，这死胖子要闹翻天了。"

林七夜怔怔地看着二人，又回头看了看安卿鱼，一时之间，竟然不知该说些什么。因为担心他的安危，这三个人，一个不惜把自己送进监狱，两个不惜冒着生命危险来劫狱……这样的朋友，一般人一辈子能结交一个，也就值了。而他，则有三个这样的朋友……或者，兄弟。林七夜第一次觉得，自己是个幸运的人。他的目光扫过三人，眼中浮现出感激，千言万语汇聚到嘴边，只是变成了两个字："谢谢。"

安卿鱼笑了，曹渊笑了，百里胖胖也笑了。

百里胖胖转过头，看向眼前站立的四五十名囚犯，开口问道："现在进行到哪一步了？"

林七夜沉吟片刻："放狠话？"

"放狠话啊，那我擅长。"百里胖胖嘿嘿一笑，昂首挺胸地看着众多囚犯，大声喊道：

"百里胖爷在此，你们……过来啊！！"

"一群毛头小子，就敢在这儿逞英雄？"一个面容阴狠的囚犯眯起眼睛，冷声开口，"守夜人又怎样？老子这辈子杀的守夜人还少吗？"说完，他周身便涌现出一股黑色的旋风，无数凄厉惨叫声从风中涌出，听得人头皮发麻！与此同时，极度接近"海"境的威压从他的身上散开，围绕在他身边的囚犯脸上同时浮现出惊讶之色，眼神中充满了欣喜，还有一丝忌惮。在镇墟碑的压迫下，都能使用如此强横的力量，说明他本身就是个"海"境强者，他隐忍到此时才出手，明显是要动真格的了。阴狠男人出手之后，又有两道不弱于他的境界波动从囚犯中释放而出，到了这最后的关键时刻，谁再藏拙，那就是真的愚蠢了。这三个人的出现，瞬间给予其他囚犯莫大的信心。随着那黑色怨灵旋风的呼啸卷出，所有人都不约而同地跟在其后，气势汹汹地向着那扇厚重的黑色大门冲去。铺天盖地的禁墟同时张开，形态各异的能力汇聚在一起，奔涌向前，像是一条致命的斑斓巨蟒，杀意冲霄！

黑色大门之前，呼啸的阴风将四个少年的衣袂吹得翻飞，在这恐怖的禁墟海洋之下，他们像磐石般岿然不动，曹渊平静地转过头，看向一旁的林七夜。

"七夜。"

"嗯？"

"全杀了吗？"

林七夜扫了一眼，淡淡开口："挡在我们面前的，全杀了吧。"

"好。"

曹渊点了点头，一句多余的话都没有说，只是默默地伸出右手，搭在了直刀的刀柄上，拔刀半寸，一抹森然的刀芒在他的掌间闪耀，紧接着，黑色的煞气宛若熊熊的火柱，冲天而起！漆黑的煞气火焰从曹渊的每一寸肌肤燃起，刹那间便将他的上衣燃烧殆尽，相互交织，逐渐凝固成了诡异的煞气外衣。"嘿嘿嘿嘿……"似人似魔的曹渊嘴角咧开，阴森诡异的笑声突然回荡在门前，他抬头骤然看向急速冲来的众囚犯，猩红的眼眸之中是狂涌的凶光！这冲天的煞气，让所有囚犯的心神都微微一颤！"嗖——"疯魔曹渊身形下躬，将直刀握于腰间，双脚猛踏地面，身形瞬间消失无踪，只剩下一缕煞气火焰在空中燃烧。一抹黑色的庞大刀芒轻松地割开阴风，无数怨灵在触碰到曹渊身上煞气的一刹那，便被燃烧殆尽，他就像是一只杀戮的猛兽，径直撞入囚犯人群之中！煞气狂溢，刀芒四起，鲜血淋漓！

林七夜看着这一幕，眼中浮现出惊讶之色，能清晰地感觉到，现在曹渊身上的煞气比一年前不知雄浑了多少倍。即便是他，都能感觉到一股巨大的压迫感。毫无疑问，曹渊已经踏入了"川"境。

"曹贼！敢抢小爷的风头！"百里胖胖看着曹渊的背影，骂骂咧咧地开口，急忙手伸进口袋中掏出了一连串的禁物，戴上单片眼镜"真视之眼"，左手一柄银色长剑"一化三千"，右手一柄枯叶扫把"雷卷风"，胸口一串佛珠"念禅"，脚踏化作金色飞剑的"瑶光"……五颜六色的光芒从百里胖胖的身上散发而出，晃得人睁不开眼，真正诠释了什么叫贵气逼人！

"小爷我来了！"百里胖胖脚踏"瑶光"冲天而起，左手的长剑轻轻一挥，漫天剑雨便从空中落下，人群中瞬间乱作一团。林七夜转过头，只见安卿鱼正直勾勾地盯着大杀四方的疯魔曹渊，眼中充满了兴奋与好奇。"他们，是你的朋友吗？"

林七夜点头："是啊。"

"我可以解剖吗？"

"不行……"林七夜的嘴角微微抽搐。

安卿鱼沮丧地叹了口气，脸上写满了失落。

"不行……就不行吧。"安卿鱼摇了摇头，伸出右手食指，数十根无形的丝线从指尖飞出，在门前交织出一张锋利的丝线巨网。紧接着，他握着手中的冰霜长剑，身形一晃便同样撞入了囚犯群中。林七夜的双眸微眯，周身的黑暗越发浓郁，他松开紧握直刀的手掌，两柄直刀便自动悬浮在黑暗之中，高频震颤起来！他指尖轻勾，其中一柄直刀便呼啸着飞射而出，瞬间刺穿一个毫无防备的囚犯胸膛，随后一抹魔法阵光芒在刀柄处闪现，林七夜的身形便凭空出现！反向召唤！他猛地拔出插在囚犯胸膛的直刀，溅起的鲜血染红了他脚下的一抹夜色。秒杀一个囚犯之后，林七夜握着一柄刀遁入黑暗之中，像是幽灵般在战场中游走，另一柄直刀急速在他周身环绕，随时准备刺出或者反向召唤。林七夜被关在精神病院的这段时间里，除了思考如何越狱，就是在研究新的作战方式，身上的禁墟太多、太杂，想要将它们融会在一起形成一套独属于他的战斗体系，需要大量的模拟与实践。林七夜挥刀又斩杀两个囚犯，正欲遁入黑暗之时，一股莫名的气息突然附着在他的身上。"嗯？"林七夜低下头，只见自己的身体就像是被人拦腰斩断般，诡异地被切割成了三段，双腿、躯干、头部逐渐分离，却没有鲜血涌出，甚至根本没有痛感，只是在被截断的躯体表面散发着淡淡的灰色光芒。紧接着，分离的部位越来越多，膝盖、手臂、手腕……林七夜就像是被一柄无形的长刀切片了般，从头到脚被分割成了十几段！

"不是斩击……是控制类的禁墟？"即便亲眼看见自己被切片，林七夜的眼中也满是镇定，大脑飞速运转之下，想到了最有可能的情况。"凡尘神域"时刻覆盖着周围，绝对没有人可以在这种情况下斩到他。更何况这只是肉体的"分离"，依然可以感觉到四肢的存在，只不过对身体的掌控程度正在随着身体被切片的段数增长而急速减弱！有人在暗中对他使用了某种神秘的禁墟？林七夜的目光快速地扫过周围。

　　他们所面对的，是四五十名身怀禁墟的囚犯。这些禁墟五花八门，根本不可能完全避开，在战斗过程中冷不丁被人用诡异的禁墟所控制，也是不可避免的，毕竟这是一场四战四五十的战斗！林七夜很快就锁定目标，在距离他大约百米远的墙角，一个身高仅有一米的侏儒囚犯正躲在那儿，一边冷笑，一边用双手在虚空中比画着什么，掌间泛着淡淡的灰光。每当他的手掌落下一次，林七夜的身体就被切断一截，与此同时他对身体的掌控程度也在急速减弱。现在的林七夜，身体就像是被麻痹了一般，就连握刀都有些困难。他眉头一紧，周围的两柄直刀瞬间飞出，径直向着角落的侏儒囚犯刺去！既然是那个侏儒在搞鬼，那直接将他杀了，一切自然都能恢复原样，在这样一个混乱的战场之中，如果继续失去对身体的控制权，只能是死路一条。但盯上林七夜的可不仅侏儒一人。两柄直刀尚未飞到侏儒的面前，便像是刺入墙壁般嵌在半空中，无法前进半寸，林七夜转头看去，只见不远处一个独臂男人已然伸出手臂，在林七夜的周围布下了无形的牢笼。就在这时，林七夜像是感应到了什么，挪动被切成数十片的身体，向前移动了些许，下一刻一道庞大的身影轰然坠落在他原本站立的地面！"咚——"碎石飞溅，滚滚烟尘之中，一个半人半狼的巨影缓缓站起，足有三米高，深褐色的毛发宛若钢针般立起，冰冷的双眸注视着身前被切断的林七夜。他低吼一声，抬起粗壮的双臂，尖锐的利爪散发着森然的寒光，猛地挥向林七夜的身体！这一爪若是挨实了，可就不是被禁墟切断那么简单，整个人都会被瞬间撕成碎片！这一场针对林七夜的杀局，终于到了绝杀的时刻！

　　就在所有人都觉得他死定了的时候，林七夜的眼中闪过一抹讥讽，周身爆发出刺目的魔法光芒，紧接着他被切成十几段的身体摇身一变，变成一个穿着青色护工服的红发女人——变形魔法——004号护工，炎脉地龙，红颜。

　　变成红颜的林七夜，彻底摆脱被切成片的负面状态，在那狼爪挥落的瞬间，"红颜"白皙的双臂猛地向上抬起，化作一对赤红的龙爪，与狼爪拍在一起！"砰——"强劲的旋风以两人为中心爆发，那狼人被"红颜"一击震得双手发麻，猛地后退数步。还没等他回过神来，"红颜"张大了嘴巴，一股炽热的火焰龙息便在其身前酝酿，狼人的瞳孔骤然收缩！"这是什么怪……""轰——"火焰龙息彻底淹没狼的身形，甚至将周围几个囚犯都卷入其中，即便现在的林七夜还无法完美地变形成为"海"境的红颜，发挥出龙息真正的力量，但对付这群"川"境的囚犯，绰绰有余了。"红颜"身上再度绽放魔法的光芒，重新变回被切成片的林七夜的模样。虽然变成炎脉地龙确实很强，但问题在于，变身之后原本属于林七夜的禁墟都无法使用，也就是说想使用其他禁墟，就必须变回"林七夜"。秒杀狼人之后，林七夜的手掌一翻，魔法阵的光辉再度闪烁，一个银色的三阶魔方便凭空出现在了他的手中——定向召唤魔法——003号护工，混乱魔方。

下一刻，林七夜掌间的魔方飘浮在空中，自动飞速旋转起来！空间扭转，落在林七夜周围的牢笼瞬间被拆解开来，他的双眼微眯，嵌入空中的两柄直刀再无束缚，瞬间取下惊骇的侏儒头颅！恢复原状的林七夜缓缓转过头，平静地看向那个给他施加牢笼的独臂男子。见证了整个过程的独臂男子心神狂震，恐惧再度涌上心头！从林七夜中了他们的阴招，到破局反杀，整个过程加起来也不超过十秒钟，对方那诸多诡异的能力，太过匪夷所思！这少年究竟是个什么样的怪物！他转过身，迈开双腿想要飞快地远离林七夜，然而刚跑了两步，只觉得一阵头晕目眩，等到站稳身形的时候，才发现……不知何时，自己已经到了林七夜的面前。林七夜一手托着银色的混乱魔方，一手握着直刀，刀身上的鲜血一滴滴地落在地面，将他脚下的黑暗染成深红。那双淡金色的眼眸眯起，他缓缓抬起了染血的直刀……"不，不……不要杀……"独臂男人惊恐地开口！"噗——"淡蓝色的刀锋划过独臂男人的脖颈，求饶声戛然而止。

林七夜的目光从倒在地上的尸体上挪开，平静地望着空无一物的身侧，幽幽开口："你以为你一直不出手，我就看不见你？"

"叮——"第二柄直刀从远处飞射而来，径直刺穿林七夜身侧的虚无，血色瞬间染红空无一物的空间，一个瘦削的身形缓缓浮现而出。他的胸口已然被直刀贯穿，手中紧握的断裂钢刺"叮当"一声掉在地上，看向林七夜的眼神满是恐惧与不解。他直到死也想不明白，自己明明已经彻底掩去了踪影，为什么林七夜还能看见他……

"不好意思。"林七夜面无表情地拔出直刀，甩了甩刀身的血迹，淡淡开口，"我的禁墟有点多，你的隐身……对我无效。"林七夜的目光扫过周围横七竖八躺着的尸体，挥手将混乱魔方送回精神病院，不紧不慢地继续向前走去。

他的周围，已经空无一人。他脚下的黑暗，已经一片血红！

"杀疯了……七夜已经彻底杀疯了。"脚踏金色飞剑在空中观察全局的百里胖胖看到这一幕，不由得咽了口唾沫，喃喃自语。说完，他转头又看向煞气冲霄的疯魔曹渊，还有远处一边微笑一边把人肢解的安卿鱼，嘴角微微抽搐……"这一个个的，怎么都是杀人坏？"

329

斋戒所上空，迷离的幻光凭空显现，在真实的世界中打开一条缝隙，一个穿着燕尾服的修长男人狼狈地从中走出，拍了拍身上的尘土，眼中浮现出一抹怒意。"'灵媒'……这都是你们逼我的！"他低头望去，第一眼便看到了斋戒所活动场中与吴老狗激烈战斗的几道身影，眉头微微皱起。"居然还没有杀死他？这群蠢货到底在做什么？"他缓缓抬起双手，一抹幻光在他的掌间酝酿，现实与噩梦之间的墙壁在"呓语"的掌间熔断，头顶的虚空瞬间扭曲起来。

"呓语"的双眼微微眯起，像是一个演奏家，双手向下轻轻一挥。"轰——"数十颗陨石打破了现实的壁障，从"呓语"的头顶呼啸而下，与大气摩擦逐渐产生耀眼的火焰，卷挟着恐怖的动能，坠向斋戒所——真实噩梦，星陨浩劫。"全部毁灭吧……派大星！！""呓语"冷笑着开口，说到一半，脸色瞬间就变了，猛地堵住自己的嘴巴，四肢开始控制不住地颤动起来，像是在压制着什么，眸中浮现出痛苦之色。

与此同时，那坠向斋戒所的数十颗陨石突然紊乱，像是天女散花般地分散坠落，绝大多数都呼啸着向周围的海面落去，只有少数几块砸向了斋戒所。但即便仅有这几块，也不是现在的斋戒所能够抵挡的。整个斋戒所的防卫力量已经支离破碎，导弹拦截系统也在谢宇的入侵下瘫痪，凭借着现有的热武器，根本无法击落这些陨石。几颗陨石拖着燃烧的焰尾，笔直地向着斋戒所砸落！

活动场，正在与第二席和第四席战斗的吴老狗突然抬起头，看向那急速坠落的陨石，脸色越发凝重起来。"'呓语'？他竟然也来了？"吴老狗喃喃自语。

突然间，第二席的身影穿过空间，凭空出现在吴老狗的身后，手掌猛地向下切落，直接斩碎附近的大片空间。吴老狗的身形在黑暗中接连闪烁，避开了这一击，手指轻轻一勾，散落在周围的大量石块、钢铁表面同时浸染上一抹黑色，向着第二席的身影飞射而去。逼退第二席后，吴老狗整个人迅速地向高空飞去，周身的黑暗急速扩散，像是滴落在水中的一滴油墨，瞬间将整个斋戒所的上空遮蔽。半空中，吴老狗伸出双手，眸中爆发出浓烈的黑暗，像是要撕开整片天空。他不能让这座斋戒所就这么被毁掉。极致的黑暗攀附在急速下降的陨石表面，一道道裂纹开始在陨石上蔓延，随着吴老狗双手骤然用力，一颗又一颗陨石在半空中解体！"轰——"刺目的火光在空中涌现，下一刻就被黑暗吞噬无踪，这场席卷整个斋戒所的浩劫，就这么被吴老狗用双手撕扯殆尽。

吴老狗闷哼一声，脸上浮现出苍白之色。长时间的战斗加上这一次徒手撕陨石的消耗，使得他的精神力快见底了，毕竟他使用的不是普通的禁墟，而是货真价实的神墟！一道空间裂缝在他的头顶突然打开，第二席身形一闪，便从空间裂缝中落下，双手在胸前轻轻一拍，周围的空间瞬间便凝聚成六个巨大透明的锥体悬于胸前，向吴老狗砸落！"咚咚咚——"这六个锥体接连轰落，将吴老狗的身形直接从空中打入地面，整个斋戒所的地面都接连颤动，一道圆形巨坑在地面凿开，烟尘四起。穿着蓝白色病号服的吴老狗咳嗽着从中站起，肩头、腹部都已经被鲜血染红，蓬松糟乱的头发之下，一道道血流缓缓流淌。还没等他站稳身子，附近黑色的钢铁墙壁瞬间扒落几块钢皮，扭曲成粗壮的钢柱，狠狠地拍向他的身体！"轰——"金属撞击的震荡声在空中剧烈回荡，缠绕在吴老狗周身的钢柱不停地收缩，锁死吴老狗身上的每一个关节，像是一座钢铁囚笼般将其禁锢在内！

第四席冷笑着站起身子，往地上吐了口血痰，蹒跚着向被锁死的吴老狗走去。"你很强啊？"第四席走到吴老狗的面前，见锁在吴老狗身上的金属钢柱又开始被黑暗侵蚀，眉头一皱，紧接着又是一根根钢柱从远处飞来，不断地加固吴老狗身上的囚笼！

吴老狗的身体像是被钢铁包成了粽子，他抬起满是血痕的头，看着第四席的眼睛，平静地开口："三个打一个，居然还被我反杀一个，要不是'呓语'出手，你也得死在我的手里……'信徒'的前几席，也不过如此。"

第四席的脸色顿时沉了下来。早在战斗刚开始的时候，吴老狗便找机会秒杀了第六席，然后一边应付着第二席神出鬼没的攻击，一边追着第四席打，若不是"呓语"引发了真实的噩梦，现在第四席确实已经一命呜呼了。"那又怎么样？现在你还不是落在了我的手……"

"刺啦——"第四席话音未落，一道粗壮的雷霆便从昏暗的天空之中轰然坠落。电光石火之间，他身后的空间突然扭曲，第二席一把抓住第四席的衣领，将其拖入另一处空间之中！紧接着，那道雷霆便精准地落在了吴老狗的身前半米处！一道恐怖的雷击深坑出现在第四席原本站立的地方，雷光迸溅，若是他没有被拖入空间，只怕已经被当场劈死。距离吴老狗百米远处，第四席跟跄着从空间裂缝中跌出，险些直接栽倒在地。他看着那道恐怖的深坑，脸色苍白无比。他的身旁，第二席微微抬头看向天空，眼眸浮现出凝重之色。

"看来今天，吴通玄是杀不了了……"

七根银色的巨柱从云层中急速下坠，密集的雷光缭绕在银色巨柱的周围，像是七道天罚般降临人间！"当当当当当当当——"这七根银色巨柱接连坠落斋戒所之中，柱身嵌入地面数米，将被钢铁囚禁的吴老狗围在中间，跃动的电弧交织成一张大网，将吴老狗保护其中。巨柱之上，七道黑色的斗篷在风中猎猎作响。

330

"'灵媒'小队？！"第四席见到这一幕，脸色骤变，"他们怎么会在这里？！"

"多半是追着'呓语'大人来的。"第二席警惕地看着七人，周围的空间隐隐扭曲起来，时刻准备跑路。杀吴通玄？别逗了，就连"呓语"大人都只有被"灵媒"小队追杀的份儿，他们两个"信徒"能在人家手里撑一分钟吗？即便他们同样都是"克莱因"境，但实力可以说是天差地别，更何况对方还是专门追杀超高危恶性超能者的"灵媒"小队，无异于死神般的存在，谁敢跟他们正面冲突？银色巨柱之上，一个黑衣人影对着第二席和第四席，缓缓伸出了右手……"走！！"

第二席顿时汗毛竖起，周身的空间瞬间裂开，他一把抓住第四席向后跃去，空间扭转，眨眼间就消失无踪。那抬起手臂的黑衣人影一顿，缓缓放下了手臂，沙哑开口："'信徒'第二席、第四席，失去目标，狩猎失败。"

交织的雷光巨网刹那间消失，七道黑色身影同时从银色巨柱之上跃下，站在被囚禁的吴老狗身前。中央的那道黑衣身影缓缓走上前，在吴老狗的面前停下了脚步。

"你们来了……"吴老狗嘴角泛起苦涩的笑容。

那黑衣身影伸出手，摘下了斗篷的兜帽，露出一张异常年轻的面孔，冷峻的眼眸之中，浮现出一抹温柔之色。没有人会想到，传闻中极度神秘的"灵媒"小队队长，竟然是这么年轻的一个男人……他，便是大夏人类战力天花板之下最强者——卜离。

他上下打量了吴老狗片刻，嘴角泛起一抹微笑："多少有点狼狈了……吴小狗儿。"

"他们人多欺负我一个，我也没办法，毕竟你们又不在身边。"吴老狗无奈地叹了口气。

卜离身后的一个黑衣人影抬起手，将腰间的直刀拔出半寸，凌厉的刀芒刹那间划过吴老狗的身体，将禁锢在他身上的金属全部切成碎渣！金属囚笼叮叮当当地落在地上，总算恢复自由的吴老狗活动一下身体，目光落在出刀的那人身上，笑着对他挥了挥手："张小花儿，你的刀还是这么快啊。"

那黑衣人影低着头，像是尊雕塑般，一言不发。

卜离笑了笑，开口道："他说：'老子的刀快，还用你说？看看你，这么多年不见，已经胖成什么样了？以后干脆改名叫吴小猪儿好了。'"

"吹你两句，你还膨胀了？"吴老狗没好气地瞪了他一眼，随后便笑了起来。

卜离也笑了。笑着笑着，两人就沉默了下来。寂静的活动场中，微风拂过那六道黑衣身影，他们就像是死寂的磐石，一动不动。吴老狗的嘴唇微微颤动，他低下头，紧紧攥着双拳，满是血痕的脸上浮现出痛苦之色。

卜离叹了口气，拍了拍他的肩膀："一把年纪了，怎么还跟孩子一样……他们都看着呢，只是不会说话而已，再这样下去，你副队长的脸都要丢尽了。"

"脸？我要个屁的脸？！"吴老狗抬起头，瞪大了满是血丝的眼睛，他伸出手指着身后的那六道身影，近乎咆哮着开口，"我不要脸啊队长！我可以什么都不要！我只要……他们回来！！"

泪水止不住地从吴老狗的眼眶中涌出，他的身体控制不住地颤抖，缓缓蹲在地上，乱糟糟的头发之下，是一双充满了悲痛与哀伤的眼眸。

卜离陷入了沉默。

许久之后，他缓缓开口："他们一直都在，只是你不是我，感觉不到而已……

等你重回'灵媒'的那一天，你就会懂的……"

"监测到古神教会'呓语'，即将开始狩猎……"卜离身后的一个黑衣身影突然开口，声音沙哑地说出了一句话。卜离转头看向远方，片刻之后同样蹲下身，对着吴老狗轻声开口："吴小狗儿，我们该走了，你就安安心心地待在这里，听明白了吗？"

"队长……"吴老狗抬起头，看向卜离的眼中满是祈求，"我能提个要求吗？"

"不能。"卜离果断摇头。

吴老狗僵在了原地。

"我知道你想说什么。"卜离严肃地说道，"你不能和我们一起走，你的任务，就是好好地待在这座病院里。"

"可是……"

"我们当初说好的，不是吗？"卜离看着他的眼睛，"我们两个，绝对不能同时置身于危险之中。"

吴老狗张了张嘴，似乎想说些什么，却又什么都说不出口。

卜离站起身，将兜帽重新戴回头上，七道身影一晃便回到各自的银色巨柱之上，缕缕电光在巨柱之间跃动。

"'灵媒'小队副队长吴小狗儿！"卜离突然开口。

吴老狗身躯一震，下意识地站起身，大喊道："在！"

"好好待在斋戒所，直到……那一天的到来。"

刺目的电光迸发而出，七根银色巨柱冲天而起，刹那间便消失在天空之上。吴老狗独自站在狼藉的大地之上，鼓起勇气，使出全身的力气，大声回答道："是！！"

穿入云霄的银色巨柱之上，卜离低头看着那消失的身影，嘴角微微上扬："总有一天，你能昂首挺胸地走出这斋戒所的……到时候，你，就是新的'灵媒'小队的队长。我相信，你，一定会比我强。"

斋戒所，外围，沈青竹独自坐在礁石旁，看着远处火光冲天的斋戒所，不知在想些什么。突然间，一道绚烂的幻光在他的身旁绽开，沈青竹的眼神一凝，快速站起。下一刻，"呓语"的身影便缓缓从中走出。"'呓语'大人！"沈青竹恭敬开口。

"嗯。""呓语"点了点头，目光落在远处的斋戒所，脸色有些沉重，"'灵媒'小队来了，这次袭杀吴通玄的任务算是彻底失败，我们只能及时止损。转告第二席、第四席，还有第五席，让他们立刻撤退。""呓语"说完，身形便再度融入幻光之中，向着远处疾驰而去，紧接着一抹电光划过天空，紧追不舍。

沈青竹面具下的嘴角微微上扬。"好的……"

一道空间裂缝在礁石边打开，第二席和第四席的身影从中快速走出。

正坐在礁石上的沈青竹站起身，微微鞠躬："晚辈沈青竹，恭迎二位前辈凯旋。"

第四席看到这戴着白狐狸面具的身影，有些疑惑地看向第二席："他是谁？"

"新来的第十五席，'呓语'大人最重视的心腹。"第二席平静地解释道。

第四席仔细打量了沈青竹几眼，点了点头，并没有放在心上。

"第五席呢？"第二席四下张望了一圈，问道。

话音刚落，一个熟悉的身影便从一旁的树林中走来，身上满是灰土与灼痕，不过基本没有什么伤口。

"我在这儿。"第五席缓缓开口，"我刚刚一直在拖延外围的火力，你们里面怎么样了？杀掉吴通玄了吗？"

第二席和第四席脸色一僵。

"没杀掉？"第五席一愣，"不应该啊！"

"他比我们想象的更强，第六席已经牺牲了。"第四席开口说道，"后来'灵媒'小队来了，根本没有杀死他的可能。"

"所以你们就跑了？"第五席敏锐地抓住了重点，冷笑道，"原来是逃兵啊……"

"要是你在场，估计连逃都逃不掉。"第二席冷冷地开口。

"不论怎么说，这次袭杀任务算是失败了……对了新人，我刚刚好像看到'呓语'大人落在你的附近了，他有下达撤退命令吗？"第五席似乎想起了什么，转头问道。第二席和第四席同时转头看去。沈青竹点了点头："'呓语'大人说了，这次袭杀吴通玄的任务，已经结束……"就在三人松了一口气的时候，沈青竹再度开口，"不过，他又下达了一个新的任务。"

听到这句话，另外三人都是一愣："还有任务？什么任务？"

沈青竹深吸一口气，一字一顿地开口："伏杀……陈夫子！"

"什么？！"听到最后三个字，三人顿时瞪大了眼睛，眼中满是难以置信。"伏杀一位人类战力天花板？就凭我们？开什么玩笑？"

沈青竹正色开口："'呓语'大人接到消息，人类战力天花板之一的陈夫子在从魔都回来的路上遇到一位神明袭击，已然身受重伤，生命垂危，现在是他最虚弱的时候！若不是'呓语'大人本体被'灵媒'小队追杀，他甚至已经亲自出手。现在陈夫子正在回归斋戒所疗伤的路上，能够有机会伏击他的……就只剩下我们了！这是我们古神教会和'信徒'，击杀一位人类战力天花板的唯一机会！"

听到沈青竹这一连串的话，三位"信徒"直接傻在了原地。

"陈夫子在大夏境内，遭到了神明袭击？"

"身受重伤？"

"生命垂危？！"

三人难以置信地开口，不管怎么想，这都太离谱了！先不说有其他几位人类战力天花板坐镇，有没有外神能够进入大夏境内，光是一个神明专程伏击陈夫子这件事，就根本无法理解。以陈夫子的能力，就算是对上了一位神明，也不至于被打到生命垂危的地步吧？而且这么大的事情，为什么他们一点风声都没有收到？

"要不，我们回去请示一下'呓语'大人？"第五席犹豫着开口。

沈青竹摇了摇头："陈夫子即将抵达斋戒所，我们没有时间了，这将是整个'信徒'和古神教会唯一的机会……"

第二席眯起了眼睛："你敢以'呓语'大人的灵魂契约发誓，你说的是真的吗？"

沈青竹郑重地点了点头，伸出四根手指，一字一顿地开口："我沈青竹，以'呓语'大人与我的灵魂契约发誓，刚才所说，句句属实！其中原委虽然我也无法理解，但是我相信'呓语'大人的判断！"话音落下，沈青竹身上没有丝毫异动，三位"信徒"顿时陷入沉思。实际上，有灵魂契约存在，沈青竹基本不可能传递假消息。因为灵魂契约是从思想上改变一个人的力量，沈青竹如果是假传情报，那与背叛"呓语"大人无异。而所有的"信徒"在灵魂契约的作用下，都是不可能背叛的。即便如此，第二席还是让他用灵魂契约立誓。这样一来，即便沈青竹用了什么讨巧的手段，都不可能避开灵魂契约，所以可以确定的是……沈青竹说的一定是真话！陈夫子真的生命垂危了！想到这儿，三人的眼睛同时亮了起来。如果真是这样，他们成功伏杀了一位人类战力天花板，绝对是大幅推动了黑暗时代来临的进程，即便放在古神教会之中，也是一等一的大功！到时候，他们三个人的奖赏都将到达一个恐怖的地步，说不定能就此摆脱灵魂契约的束缚，恢复自由之身……越想，三人的内心就越发火热，他们对视一眼，同时点了点头。"好，既然是'呓语'大人的命令，我们必将不负重托！"第四席重重地点了点头。

随后，第五席像是想到了什么，转头看向沈青竹："对了，那你呢？"

沈青竹沮丧地叹了口气："我的力量太微弱，伏击陈夫子这件事，我只会给各位前辈拖后腿，按'呓语'大人嘱咐，我还是像这次行动一样，主要任务就是在一旁学习观摩……"

第二席点了点头，表示理解。毕竟是伏击一位人类战力天花板，就算陈夫子再怎么身受重伤，也不是沈青竹一个"川"境的新人能伤到的。他在一旁观摩学习，也是在情理之中。

"好！"第二席的眼中浮现出坚定之色，"既然这样，我们这就去准备，你就待在这里，不要乱跑。"

沈青竹重重地点头。

第二席手掌一挥，便在身前扯开了一道空间裂缝，深吸一口气之后，迈着坚定而沉重的步伐走进其中。第四席、第五席同样目光凝重，缓缓走入其中。他们的肩上，仿佛承担着整个"信徒"和古神教会的期望！

一旁，沈青竹摘下面具，郑重而严肃地开口："晚辈沈青竹，祝三位前辈……凯旋！"

332

距离斋戒所数公里之外，一辆虚幻的马车踏着海浪正向着斋戒所的方向疾驰而来！马车车厢内，陈夫子坐在院中，手中轻轻摇晃着一盏茶，眉头微微皱起。一小时前，他还慢悠悠地在淮海市最好的茶馆里品茶，和茶馆的老板娘畅谈人生，突然察觉到自己留在斋戒所的心"景"被破碎，知道大事不妙，提着茶杯就赶了回来。淮海市和斋戒所之间的距离很远，即便是夫子，也用了近一个小时。就算是一架超声速战机，也未必能比这驾马车更快。但夫子心里很清楚，能够打破自己留在斋戒所的心"景"的，绝对不是普通的宵小，这很可能是一次针对斋戒所的有预谋的袭击！一个小时的时间，足以发生很多事情……陈夫子此刻心中十分忐忑，生怕等自己赶回去，斋戒所已经没了。

"再快点。"陈夫子放下手中的茶杯，再度对驾车的书童吩咐道。

"夫子，这已经是最快了……"紧紧握着缰绳的书童带着一丝哭腔说道。

陈夫子长叹了一口气。突然间，他察觉到了什么，眉头微微上扬，轻"咦"了一声。他指尖一弹，手中的杯盏便呼啸着飞出窗外，从心"景"之中穿越而出，径直砸向某处虚空！"砰——"杯盏击碎一片空间，其后三个身影被震荡而出，第二席的额头已经被杯盏砸出了一个红通通的大包。他捂着额头，惊疑地盯着这驾马车，大脑急速运转。

"不是说夫子已经生命垂危了吗？他怎么还能发现我们的存在？"第四席震惊地开口。

第二席沉吟片刻："夫子就算受了重伤，但感知能力还是有的，看穿了我们在这里埋伏，所以主动出击，想要掩盖自己受伤的事实……"

第四席恍然大悟："空城计？"

"一定是这样！"第五席坚定地开口，眼中浮现出兴奋的光芒，"不然他为什么不用别的杀招，而是向我们扔茶杯？正常人谁会拿茶杯当武器？"

看来"呓语"大人的消息果然没错，堂堂人类战力天花板，连空城计都用上了，一定已经到了强弩之末的地步！振兴"信徒"的机会，就在吾等的手中了！他哈哈大笑一声，脚踏狂风直接飞到停下的马车之前，气焰嚣张地开口："陈夫子，不要强撑了，今天遇到我们，是你命中注定无法躲过的劫数，哈哈哈……"

车厢内，陈夫子错愕地看着眼前的三人，都被气笑了。"'信徒'？你们的脑子是坏掉了吗？竟然敢来找老夫的麻烦……"他缓缓在车厢内站起身，车厢的心"景"急速向周围扩散，刹那间便将方圆十里都融入其中！三位"信徒"只觉得周围的环境一变，波涛汹涌的海面瞬间消失无踪，取而代之的是一片鸟语花香的古代中式院落。"嘎吱——"车厢的门被缓缓推开，一袭白袍的陈夫子从车厢内走出，双眸扫过三位"信徒"，人类战力天花板级的威压骤然降临！"既然你们找死，老夫就成全你们……"

三位"信徒"见到这一幕，脸上的笑容瞬间僵硬。

斋戒所，正门，原本轰轰烈烈的战斗余波越来越小，躺在地上的尸体越来越多。林七夜、百里胖胖、曹渊——这三个人，虽然都在以各自的方式战斗，相互之间却又配合得极其默契。开了疯魔模式的曹渊像是一个冲锋陷阵的狂战士，只要蒙着头到处砍，总能撕扯出一个又一个缺口，凭一己之力，限制住对面50%的战斗力。百里胖胖凭借着一身禁物，能战斗，能补刀，能跑路，能帮曹渊打控制，控场能力极其恐怖。而林七夜，就像是一个游走于阴影中的杀手，无情地收割着囚犯们的生命。他们之间的这种战斗默契，源于集训营，即便已经过去一年多的时间，相互之间依然没有丝毫的生疏，反而配合得更加紧密。而安卿鱼，虽然从来没有和他们并肩作战过，但凭借着自身对战局近乎变态的洞悉与理解，完美地融入了他们的这套战斗体系中。

林七夜将直刀从一个囚犯身上拔出，身上的蓝白色条纹病号服已经血红一片。他伸手擦掉了脸颊的鲜血，目光平静地扫过周围。原本的四五十个囚犯，现在只剩下十几人，而且绝大多数都已经失去战意，有些畏畏缩缩地向后退去。到现在这个地步，有血性、有胆量、有实力的囚犯都已经死在林七夜四人的手下，剩下那些都是一群软骨头。见眼前这四个恶魔般的少年竟然杀了这么多人，他们心中的恐惧已经彻底侵占了心神，根本生不起与之战斗的心思。

林七夜提着染血的直刀，缓缓走到最前方，每迈出一步，那群囚犯就往后退一步，看向林七夜的眼眸满是惊恐……他们已经被杀破胆了。

"怎么没人往前冲了？"林七夜停下脚步，伸手指向身后的大门，淡淡开口，"你们不是要破门吗？不是要自由吗？"

剩余的囚犯又齐刷刷地向后退了两步，暗自咽了口唾沫，手心已经紧张得满是汗水。

"嘿嘿嘿嘿……"诡异的狞笑声从他们的侧面传来，疯魔曹渊提着刀，一步一步向他们走来。听到这声音，所有囚犯的心理防线彻底崩溃，一个个如同受惊的兔子，怪叫着如潮水般向另一个方向退去。煞气冲霄的疯魔曹渊，已经成为他们的梦魇。

"不了不了……我们，我们本来就不敢越狱……"

"是啊是啊！我们只是看他们都往这儿跑，就来凑个热闹！"

"我、我真的一个人都没杀！我就一直在旁边看着的！真的！不要杀我！！"

"林老大！我就是因为偷窃禁物进来的，没干什么伤天害理的坏事啊！我真的还不想死啊！"

带着哭腔的声音接连从人群中传出。

333

林七夜的目光一一扫过众人，他知道，剩下的这批人，真的已经被吓破了胆子，没有丝毫的战意。这斋戒所中关押的，并不都是罪大恶极的犯人，也有很多像安卿鱼这样，因为一点无心的过失或者小事被押送进来。他们普遍胆子比较小，凑热闹还行，若真是让他们越狱，还真的没这个胆子。既然他们没了战意，林七夜便也不想赶尽杀绝，缓缓将两柄直刀收回鞘中。

"嘿嘿嘿嘿嘿……"曹渊依然傻笑着向众人挪动，将他们吓了一跳！

"啊啊啊啊！！救命啊！！"

"不要杀我！！"

"……"

林七夜一拍脑袋，眼中浮现出无奈之色……差点忘了还有这个大麻烦。林七夜转头看向百里胖胖，后者顿时会意，从口袋里掏出"封禁之卷"，直接丢给了林七夜。他一手拿着胶带，一手握着直刀，身形一晃便拦在了疯魔曹渊的身前。

"曹渊，该收手了。"林七夜平静地开口。

"嘿嘿嘿嘿嘿……"曹渊拖着刀，一步一步向前走来，周身的煞气越发浓郁，猩红的眼珠死死地盯着林七夜，似乎根本没有收手的意思。林七夜长叹了口气。"也好，让我看看这一年，你究竟成长到了什么地步……"林七夜将胶带缠在手掌，双眸微眯，看向眼前的曹渊，眼中浮现出一抹战意。

远处，安卿鱼看着这一幕，诧异地问道："他们这是要干什么？"

"哦，要打起来了，挺有意思的。"百里胖胖反手从口袋里掏出一包烧烤味薯片，递给安卿鱼，"来一包？助助兴。"

安卿鱼犹豫片刻，还是接过了薯片，撕开包装袋吃了起来。

"轰——"另一边，林七夜和曹渊的身形已经碰撞在一起，两柄直刀在空气中摩擦出刺目的火花，汹涌的煞气彻底压制住了林七夜。"刺啦！"曹渊一刀将林七夜震得后退数步，紧接着双脚猛踏地面，眨眼间便冲到林七夜的面前，又是一刀挥出！林七夜的身上爆发出魔法光辉，瞬间从原地消失，来到悬浮于空中的第二柄直刀之处，左手缠绕的胶带向下挥出，直接缠绕在了疯魔曹渊的脖颈。但这一次，疯魔曹渊身上的煞气并没有彻底消失，而是迅速抬起头，向着天空再度挥刀！林七夜惊"咦"一声，身上再度亮起魔法阵，身形一晃便成了阿朱的模样。数道蛛丝连接上周围的墙壁，整个人轻飘飘地飞起来，错开了这一道煞气刀芒。还没等曹渊再有所动作，缠绕着胶带的蛛丝已然迅速地将曹渊捆得结结实实，彻底隔绝煞气外露。密集的蛛丝回到"阿朱"的体内，法阵流转，又变回林七夜的身形。这一次，捆在曹渊身上的胶带是之前的三倍之多，若非林七夜能将胶带缠绕在蛛丝之上，一口气封锁住他的行动，想要将这么多胶带缠在曹渊身上，难度肯定要上升一大截！除非他正面战斗打赢了曹渊，否则根本难以将其制服。而想要打赢疯魔状态的曹渊，谈何容易？即便是林七夜，都要打起十二分的精神，稍有不慎就会被曹渊反杀。一旁，满身捆绑着胶带的曹渊站起身，一边扯着胶带，一边抱歉地对林七夜笑了笑。

"本来我是可以稍微掌控一点的，这次一不小心释放的力量太多了，所以有些收不住。"

林七夜拍了拍他的肩膀："没事。"

他转头看向缩在角落的那些囚犯，狠狠地瞪了一眼，把他们吓得一个劲地往后缩，恨不得整个人都钻到墙缝里去。就在这时，林七夜的精神感知到了什么，眉梢一挑。

"夫子要到了……我们快走！"

"走？"百里胖胖看了眼四周，"往哪儿走？开门出去吗？"

"开门太慢了，而且距离海面太远。"林七夜摇了摇头，伸手指向不远处的黑色钢铁墙壁，"我们从那儿出去。"

安卿鱼一怔："你确定？"

"确定。"林七夜点了点头。

他的目光扫过三人，郑重地开口："等夫子到了，我们就一个都走不了了……你们相信我吗？"

"相信。"三人异口同声地说道。

"那就……跟我闯一遭。"林七夜的嘴角微微上扬，身形一晃，便向着那处高耸的钢铁墙壁冲刺而去，安卿鱼、百里胖胖、曹渊三人紧随其后！林七夜冲到墙根，脚底泛起了一缕缕金芒，竟然直接踩上垂直的墙体，然后像是一支利箭般向上飞驰。安卿鱼同样双脚直接踩上垂直墙体，凭借着蜥蜴基因强大的吸附力，毫无压力地跟上了林七夜的步伐。曹渊和百里胖胖对视一眼，"瑶光"呼啸而出，两人脚踏金色利箭贴着墙体飞了起来，径直冲上墙顶！

林七夜一脚踏在高墙的顶端，飞跃而起，将右手伸到头顶，低声吟诵："雷车动地电火鸣！"

"刺啦——"密集的电光从钢铁墙壁之上涌出，本将直接落在四人身上的雷电，在半空中改变了轨迹，竟然全部涌到林七夜的掌间，汇聚成一道刺目的雷电光团！在具备足以满足诗歌条件的环境下，"天空的吟诗者"将会优先利用周围的环境，达成诗歌所描述的效果，就和林七夜在厕所里吟诗，水却从水龙头流出来一样，从墙体飞出的雷电也将优先被林七夜所操控。交织的电光汇聚到林七夜的掌间，仿佛一轮深蓝色的太阳，四人的身形就这么越过电网的防御，落在黑色墙体的边缘。站在这高耸的黑色墙壁之上，眼前，便是一座断崖。一抹微光刺破昏暗的黎明，将周围的海面荡漾成金色，翻腾的白色浪花拍打在断崖之上，金色的水珠四溅而起。前方，是黑色的断崖、浩瀚的大海与初升的朝阳。电光在林七夜的掌间游走，他的嘴角微微上扬，转头看向身旁的三人，深吸一口气……"跳！"

"嗖——"四位少年从漆黑的高墙之上一跃而起，迎着呼啸的狂风，一往无前。

334

"哗——"巨大的浪花拍打在岸边的礁石上，发出雷鸣般的巨响，那四道身影从高墙之上落下，沿着绝壁急速下坠！就在四人即将落入海面的时候，林七夜深吸一口气，再度开口："大鹏一日同风起，扶摇直上九万里！"

狂风骤起，恐怖的上升气流将林七夜四人急速下坠的身形吹得一滞，然后硬生生地将他们托了起来，卷着他们的身体，向大海的另一端飞驰！海浪被狂风吹出白色的长痕，他们就像是一支悬于半空的利箭，呼啸而过！林七夜身上血色的衣服被吹得猎猎作响，他回头望去，那座矗立在岛上的庞然大物，已经逐渐离他们远去。他们的前方，是宽阔而自由的大海。

百里胖胖的余光突然看到了什么，转过头望向另一处的悬崖，只见在那座峭壁之上，一个戴着白狐狸面具的男人正静静地站在那儿，注视着他们离去的身影。"嘿嘿……"百里胖胖咧嘴一笑，很嚣张地对着那人比了个中指。

绝壁之上，沈青竹看到百里胖胖的中指，面具下的嘴角微微抽搐，按捺住抽干空气让那死胖子掉进海里的冲动，"哼"了一声，背过身去。在原地站了几秒，他又微微转过头，看向那几个离去的身影……眼中浮现出向往之色。他摇了摇头，嘴角泛起一个苦涩的笑容，独自向着另一处的海面走去。

斋戒所中，夫子的马车穿透数座建筑，在一片狼藉的正门处停下。陈夫子从车上走下来，环顾四周，此刻防卫的军方正在收拾地上的尸体，他眉头微皱，转头问道："怎么回事？"

指挥官走上前，一五一十地将刚刚的情况说了一遍，陈夫子紧锁的眉头才缓缓舒展开来。他抬头看向远处那四道身影离去的方向，嘴角微微上扬。"这小子……罢了，走……就走吧。"他拂了拂衣袖，转身便向斋戒所中走去，这里还有一大摊的事情等着他处理。突然，他停下了脚步，狐疑地开口："不对啊，总觉得我好像忘记了什么事情……"

"什么？！"叶梵瞪大了眼睛，盯着眼前的李医生和陈夫子，一副"你们是不是逗我"的表情。"跑了？你们就这么让他跑了？"叶梵抓着厚厚的一沓文件，脸都青了，"我不是让你们看好他，等我来提人吗？"

陈夫子和李医生对视一眼，脸上都浮现出尴尬之色。

"当时情况有点特殊，一时之间忘了这茬，呵呵呵呵……一点小意外。"陈夫子从桌上端起一杯茶，递到叶梵的面前，"叶司令，别这么大火气嘛，喝杯茶冷静一下。"

叶梵沉着脸，犹豫片刻之后，还是接过茶杯喝了一口。"这茶不错……"他咂了咂嘴，继续说道，"斋戒所的事情我已经了解了，但无论如何，林七夜都不能有事。他可是我指定的未来第五支特殊小队的队长，我为了这些文件，差点把嘴皮子都磨破了！"

"叶司令，你放心。"陈夫子开口，"从他们离开到现在，也就过了一个多小时，凭他们的速度，现在应该还在海上漂着，你现在去追，肯定追得上……"

叶梵立刻将手中的茶杯放回桌上，严肃地开口："这么重要的事不早说，他们往哪个方向跑了？"

一望无际的海面上，一艘简易的冰船正载着四个少年，随着海浪，一点点地向前挪动。林七夜坐在船头，闭着双目，不知在想些什么。"叮——"突然，他身旁的直刀刹那间出鞘，飞射入海面之下，几秒钟后又从海中飞出，刀身已经穿插五条还在扭动的鲜活海鱼。他握住刀柄，轻轻一甩，五条海鱼便落到了冰船的船板上。安卿鱼正坐在船边，一只手时刻搭在船身，不停地使用冰霜来加固船体，以防融化。在海水之中，冰块的融化速度要比在空气中快得多。若是没有他时刻加固船体，只怕十几分钟之内，这艘冰船就要彻底融化在海中。斋戒所在海域中的位置太过偏僻，距离陆地太远，想横渡海域，靠一个人的精神力肯定是不够的，所以他们只能轮流上场，一会儿坐安卿鱼的冰船，一会儿坐百里胖胖的"瑶光"，循环接力。

曹渊抓起船上的一条海鱼，仔细打量了一番，确认可以食用之后，对着船尾的百里胖胖说道："穿起来吧！"

百里胖胖耸了耸肩，从口袋里掏出"一化三千"剑，轻轻一晃，就甩出五柄长剑，就像是竹扦般挨个将海鱼穿了起来，然后用剑锋往自己的胸口刺去。"刺啦——"百里胖胖身上的防火墙瞬间点燃剑身上的海鱼，片刻之后，一股鱼香就开始在船上蔓延。

"七夜，怎么多了一条？"百里胖胖一边将四条烤鱼分给众人，一边问道。

"可能是扎鱼的时候一不小心多穿了一条。"林七夜道。

安卿鱼接过烤鱼，凝视许久之后，还是叹了口气，张嘴一点点吃了起来。他们还不知道要多久才能回到陆地，刚刚又经历了一场大战，现在再不摄入能量的话，一会儿的状态只会更糟。林七夜吃着烤鱼，整个人突然一愣，猛地从船上站了起来，警惕地看着前方的海面。

"七夜，怎么了？"百里胖胖见到这一幕，疑惑地问道。

林七夜将手放在刀柄上，双眸微微眯起，一副如临大敌的姿态。"前面的海面上……有人。"正是初晨，海面上的薄雾氤氲，朦胧之间可以看到，不远处的海面之上，一个身影正在缓缓走来。其余三人的脸色一变，同时站起身，摆出了战斗姿态。就在四人蓄势待发之际，薄雾中的那道人影清晰了起来。那是一个披着暗红色斗篷、腰间挂着直刀的中年男人，他脚踏着翻滚的海面，如履平地，走到冰船之前便停下了脚步。他的目光扫过众人，嘴角微微上扬。"警惕性很不错。"

335

见到那件斗篷和直刀，林七夜并没有丝毫的松懈，依然紧紧盯着对方，随时准备出手。虽然这是守夜人的标配，但并不代表，不会有其他人用这一身装束来迷惑别人。在这种时候，警惕一些总是不会错的。

"不用这么紧张。"叶梵微笑着开口，"自我介绍一下，我是大夏守夜人总司令，叶梵。"

"守夜人，总司令？"听到这几个字，林七夜的眉头皱得更紧了。堂堂守夜人的总司令，怎么会突然出现在这不知道哪个角落的海域？而且看样子，还是在等他们……

"你怎么证明你的身份？"林七夜冷静开口。

叶梵笑了笑，伸手指向一旁的曹渊："他可以证明。"

林七夜、百里胖胖、安卿鱼同时一怔，转头看向曹渊，不知何时曹渊已经放下了手中的直刀，对着众人点了点头。"没错，这位就是叶司令，当时把我从斋戒所调到九华山的就是他。"

"要是你们还不相信，可以看我们的纹章。"叶梵从口袋里掏出了自己的纹章，在纹章图案的下方，工工整整地写着"叶梵"两个字。

林七夜三人对视一眼，表情顿时古怪了起来，默默收起手中的武器。这是他们的顶头上司啊！整个大夏守夜人的领袖，五位人类战力天花板之一！他们刚刚要是打起来了，这乐子可就大了。

"喀喀喀喀……原来是叶司令。"林七夜干咳了几声，有些尴尬地开口，"刚刚我们不清楚情况，多有冒犯……"

叶梵笑着摆了摆手："时刻保持警惕心，这是好事。"

"叶司令是恰好路过,还是……"

"我是专程来找你的。"

林七夜的嘴角微微抽搐。他不就是越了个狱吗,怎么连叶司令都找过来了?!

似乎是看出了林七夜心中所想,叶梵摇了摇头:"放心,我来不是找你麻烦的,就算你不从斋戒所跑出来,今天我也会放你出来。或许,我还要感谢你替陈夫子守住了斋戒所,要是让那群囚犯跑出去,确实是个不小的麻烦。"

听到这句话,林七夜的心总算是定了下来。"那叶司令您找我……"

叶梵的鼻子嗅了嗅,笑眯眯地开口:"在吃烤鱼?方便给我一串吗?我们坐下边吃边聊。"

林七夜一愣,片刻之后,五道人影围在冰船的船板上,各自啃起了手中的烤鱼。百里胖胖狐疑地看了林七夜一眼,开始怀疑他是不是能未卜先知,不然为什么不多不少正好叉了五条鱼上来。林七夜自己也纳闷,自己随手叉的鱼,怎么恰好就是五条呢……而且自己当时叉的时候,精神力明明只感知到四条啊,那多出来的一条鱼是哪儿来的?林七夜突然想到了某种可能,瞥了眼旁边吃得津津有味的叶梵,表情顿时古怪了起来。该不会……

叶梵有滋有味地啃完了烤鱼,满足地长舒了一口气,将满是油腻的双手在斗篷上抹了抹,开口说道:"味道不错,我们来说说正事吧。"

四人顿时正襟危坐。

"林七夜。"叶梵的目光落在林七夜的身上,严肃地开口,"你对特殊小队,怎么看?"

"特殊小队?"林七夜一愣,似乎没想到叶梵会问这个问题,沉吟片刻之后,说道,"由一群实力极强的人组成的,肩负着不同重任的特殊队伍?"

叶梵点了点头,赞同了林七夜的观点。

"那你觉得,如果让你来当一支特殊小队的队长,怎么样?"

"喀喀喀喀……"一旁的百里胖胖险些被鱼肉噎住,使劲拍着胸口,好不容易才缓过来,震惊地看向林七夜。不光是他,安卿鱼和曹渊都是一惊,同时转头看去。

"我来当特殊小队的队长?"林七夜声音下意识地提高了不少,诧异地开口,"可是……现在的几支特殊小队,不都好好的吗?而且我的实力和他们差得太远了。"

"你误会我的意思了。"叶梵平静地说道,"我不是说让你取代现有特殊小队中的任何一个队长,而是……组建一个全新的特殊小队,由你来担任队长。"

林七夜似乎想到了什么,试探性地开口:"第五支特殊小队?"

"没错。"叶梵点头。

"现在整个大夏范围内出现的'神秘'越来越多,而且实力也越来越强,仅凭现有的这几支特殊小队,很难再像之前一样维持社会的稳定。而且现在大夏的处境十分特殊,需要有一支全新的小队,来履行第五支特殊小队的职能,所以……"

第五支特殊小队的成立，迫在眉睫。而组建一支全新的特殊小队，最关键的，就是队长人选。"

"可是，为什么选择我？"林七夜忍不住问道，"我只是个刚刚加入守夜人一年多的新人，而且实力也只有'川'境，资历比我老、实力比我强的守夜人应该很多吧？"

叶梵笑着摇了摇头："你知不知道，对一支特殊小队的队长来说，最重要的是什么？"

"实力？决断力？"林七夜疑惑道。

"不，最重要的……是潜力。"叶梵认真地说道，"所谓特殊小队，就是由一群大夏最具成长潜力的人组成的队伍，在旁人的眼里，他们每一个人都是天才，是妖孽！他们拥有强大的禁墟，实力的增长速度极其恐怖。而特殊小队的队长，必须是天才中的天才，妖孽中的妖孽！他必须要有掌控整个小队的能力，他必须是带领整个小队成长的那个人，他必须走在所有人的前面！队长走得越远，走得越快，其他的队员才会拼尽全力地跟上他的脚步，整个特殊小队的实力才会以恐怖的速度飙升，最终成为大夏顶尖的小队。"

叶梵注视着林七夜的眼睛，一字一顿地开口："而你，林七夜……你就是整个大夏守夜人之中，最具潜力的年轻人。第五支特殊小队的队长人选，非你莫属。"

336

林七夜哑口无言，一旁的三人听着叶梵的话，连连点头，林七夜的潜力到底有多大，他们心里最清楚。妖孽中的妖孽？那不就是林七夜吗！

"当然，你身上有很多问题，实力不够，资历不足，而且还有精神病隐患……所以你到底能不能当这个队长，在守夜人的高层是个很有争议的话题。"叶梵顿了顿，继续说道，"所以，我并不是要你现在就当第五支特殊小队的队长，你需要用行动和时间来向所有人证明，你有这个资格。而且一支特殊小队的成立，也没有这么快……"

林七夜听到这儿，眼中的疑惑之色更浓了。"那您的意思是……"

"成立一支预备队。"叶梵缓缓开口。

"预备队？"

"也就是暂时不被守夜人官方所认可为特殊小队的特殊小队。"叶梵将手中的文件取出，递到了林七夜的手上，"从档案上来说，这支队伍并不存在。它不属于任何一支驻守城市的普通小队，但同样不在特殊小队的序列中。这支队伍就像一队幽灵，履行着特殊小队的职能，当哪一座城市或者无人地区出现当地小队无法处理的事件，它就要去哪里，帮助他们解决。"

百里胖胖忍不住问道："那这支队伍既然不存在，没有关于他们的档案，该怎么向当地的守夜人队伍证明身份？"

叶梵无奈地摊手："没有档案，自然就没有办法证明。"

"无法证明身份，人家怎么会相信？"曹渊皱眉开口，"一支自称特殊小队，却又不在档案之中的队伍突然出现，根本没有人会相信吧？反而可能会引起他们的警惕心，说不定还会兵戈相向……"

"所以最好的办法就是，不要和当地的守夜人小队正面接触。"叶梵平静地开口，"这也是对预备队的考核要求之一。既然是特殊小队，就必须有独自应对各种状况的能力，在不借助任何外力，甚至顶着双方压力的情况下，也要能完美地完成任务。只有这样才能在一些极端的条件下，拥有超乎常人的决策力量。"

林七夜听了许久，皱眉开口道："所以，这支预备队……就是履行着特殊小队职能的、幽灵队伍？"

"可以这么理解。"叶梵点了点头，"当满足成为真正特殊小队的条件之后，这支预备队就会立刻转正为第五支特殊小队，履行第五支特殊小队的特殊职能。"

"什么条件？"

"第一，小队的人数最少要有六人，最多只能九人；第二，小队的队长，也就是你，必须达到'海'境巅峰；第三，小队中除了队长之外，其他所有队员都必须跨过'海'境的门槛；第四，小队必须有一次越阶击杀'无量'境敌人的经验；第五，小队必须立下过重大功劳，获得一次'星辰'及以上的集体功勋，而且这枚勋章必须属于整支小队，而不是个人，所以你之前在集训营中获得的那枚勋章是不算的。"

林七夜听到这些条件，陷入了沉思。这五个条件之中，除了第一个，其他的都是需要硬实力的考核标准，想一口气达成这么多，并不是什么简单的事情。"那第五支特殊小队的特殊职能，到底是什么？"

叶梵摇了摇头："这个现在还不能说，第五支特殊小队的职能，是高度机密，只有等到你正式成为第五支特殊小队队长的那一天，才具备查阅的权限。"

林七夜犹豫着开口："如果我拒绝成为这个……预备小队的队长，会怎么样？"

"这是你选择的权利，就算你拒绝，也不会把你怎么样的。"叶梵微笑着开口，"不过，我把你从精神病院调出来就是靠着这份文件，如果你拒绝了，那文件自然也就失效了，我只能把你押回阳光精神病院，观察个三年五载……"

三年五载？林七夜的嘴角微微抽搐，这威胁得还敢再明显一点吗？！林七夜的目光扫过百里胖胖、曹渊、安卿鱼三人，他们都注视着林七夜的眼睛，眸中仿佛闪烁着期待之色。

"对了，我想问一下。"林七夜突然想到了什么，"我如果当了这个队长，这个预备队伍的人选，是我自己决定，还是守夜人高层指派？"

"你是队长，对于队员拥有绝对的选择权，而且还拥有破格招收非守夜人群体的人员成为小队队员的特殊权力。也就是说，如果你看上了哪个具备极大潜力的非守夜人人员，可以直接让其跳过审核、集训等阶段，成为守夜人，当然前提是人家自己愿意。如果你没有找到合适的队员，也可以向守夜人高层申请，高层会给一份守夜人中极具潜力的人员名单，你拥有强行招收任何守夜人入队的权限。"叶梵的嘴角微微上扬，"这还只是预备小队队长，而特殊小队队长的权力，可是更大的……大到超乎你的想象。"

林七夜转头看了安卿鱼一眼，后者对着他眨了眨眼睛，微笑不语。总感觉，破格招收非守夜人成员成为守夜人那项权力，简直就是为了安卿鱼量身定做的。

"还有一点，我可以和你透露一下。"叶梵想到了什么，再度开口，林七夜抬头看向他，"第五支特殊小队的职能，和迷雾之外有关……"

听到这句话，林七夜的瞳孔骤然收缩。迷雾之外？迷雾之外是什么？是沦为废墟的其他国家，是呼吸致死的恐怖毒素，还是……盘踞在各自神国之间的，外神们？林七夜的脑海中顿时闪过了两个名字——洛基，盖亚。不由自主地，林七夜的双拳缓缓握紧，眼眸之中浮现出异样的光芒。或许，这是他接触外神的……最好机会？

林七夜低头沉思许久之后，再也找不到任何拒绝的理由，便深吸一口气，缓缓开口："好，我愿意当这个队长。"

337

听到这句话，叶梵的脸上浮现出笑容。

"既然这样，那这些文件就交给你了，等你们登陆上岸之后，就会有第一个任务的信息发到这部手机上，记得尽快赶过去。"

叶梵将一部装在密封袋里的手机递给林七夜，缓缓站起身："不用太担心，毕竟只是预备队，而且还是初期，交给你的任务都比较简单，等到这支队伍逐渐成长起来之后，任务的难度才会提升。"

"我还有一个问题。"林七夜再度开口。

"说吧。"

"既然我们无法表明身份，不能和当地的守夜人正面接触，那么我们完成了任务之后，该通过什么来判定这个任务是不是由我们完成的呢？"林七夜开口道，"打个比方，我们到了某个城市，成功清剿一只'神秘'，那你们怎么知道这只'神秘'是我们杀的，还是当地的守夜人队伍杀的？"

"这个简单。"叶梵笑道，"只要你们清剿完一只'神秘'，或者完成某个任务之后，在附近留下一个专属于你们的记号就好，可以是一个物品，也可以是一个图案……"

林七夜若有所思地点点头："我明白了。"

"没别的问题的话，我就先走了。"

"等等！"

叶梵又回过头。

"能顺路把我们捎回陆地吗？"林七夜厚着脸皮开口。

这里距离陆地太远了，他们没有补给，没有船只，若是以林七夜几人现在的速度，想回到最近的陆地至少还要两天。

叶梵笑着摇了摇头，迈步踏出冰船，身形逐渐消失在薄雾之中。"特殊小队，要有独自应对任何情况的能力，属于你们的考核已经开始了……林队长。"随着最后一个字传出，叶梵的身形已经消失不见，无垠的大海之上，只剩下一只孤零零的冰船独自漂泊。

林七夜叹了口气，原地坐了下来。虽然他早就猜到会是这个结果，但想到还要在海上浪费两天的时间，心中就有些苦闷。他刚一坐下，身旁三双眼睛就齐刷刷地盯着他。

"你们看着我做什么？"林七夜表情古怪地开口。

"林队长。"百里胖胖忍不住开口，"你不打算说些什么吗？"

"说什么？"

"特殊小队啊！这可是大夏的第五支特殊小队啊！"百里胖胖一副恨铁不成钢的表情，"不知道有多少人盯着特殊小队队长的这个位置，现在你已经成为队长，即将组建出一支顶尖的特殊小队，难道一点都不激动吗？"

林七夜想了想："为什么要激动？这不是个苦差事吗？"

百里胖胖："……"

曹渊的嘴角上扬："不管怎么说，这都是一件好事，没想到当初在集训营里说的玩笑话，居然成真了……"

林七夜也不由得有些感慨，没想到自己只是越个狱，居然就顺手成了特殊小队的预备队长。在一年前，他还只想着留在沧南，安安心心地当个十年的守夜人，然后回家照顾姨妈。现在，他似乎又踏上了一条很远、很远的路。林七夜想到了什么，从文件袋中翻出了几页文件，将其中两张递到曹渊和百里胖胖身前。"签了吧。"

曹渊和百里胖胖一愣，对视一眼，将文件接到了手中……

"这是……"

"预备队员申请书。"林七夜微笑着开口，"我以第五支特殊小队预备队长的身份，诚挚地邀请二位加入……我的特殊小队。"

百里胖胖拿着文件的双手微微颤抖，片刻之后，猛地从冰船上站起，将周围几人吓了一跳。

"哈哈哈哈！！老爹，你看到了吗？小爷我也要成为特殊小队的队员了！我看以后还有哪个敢在背后乱嚼舌根子，说小爷我是除了钱和背景一无所有的废物！"百里胖胖对着海面狂笑不已，肥硕的身躯剧烈颤动，整艘冰船都摇晃了起来。

林七夜的嘴角抽搐，但也没有去阻止，而是苦笑着看向曹渊。曹渊不像百里胖胖那么激动，看起来十分平静，郑重地咬破了指尖，鲜血染红拇指，在文件右下角留下了自己的指纹。

"其实可以等到了陆地上，用印泥按指纹的。"林七夜提醒道。

曹渊笑着摇了摇头："仪式感还是要有的。"

随后，百里胖胖也咬破了手指，在文件上留下自己的指纹，虽然还有一些详细信息没有填写完整，但这些都可以等到陆地再慢慢填补。

将两份文件收好，林七夜又转头看向了安卿鱼。

"怎么样？要不要试着当一下守夜人？"

安卿鱼有些腼腆地挠了挠头："你会禁止我做解剖实验吗？"

"只要不危害到社会安全，可以做。"林七夜沉思片刻，点了点头。

安卿鱼的嘴角上扬，他抬头看向远处冉冉上升的朝阳，深吸了一口气，然后缓缓吐出。

"我加入。"安卿鱼微笑着开口，"下水道确实有些无趣了，跟着你当守夜人，或许能拥有更精彩、更有挑战性的生活……只要能更多地接近真理，赌上这条命也无所谓。"他接过林七夜递出的文件，郑重地留下了自己的指纹。

林七夜将三份文件收起，目光扫过眼前的众人，满意地点了点头。"全员加入，这么一来，小队的人数已经达到四个人，只要再多两个，就满足第一项条件了。"

"剩下的人选，你打算怎么办？找守夜人高层要名单推荐吗？"曹渊问道。

林七夜想了想，摇头否定了这个提议："现在小队才刚刚组建，不急着凑够六个人，毕竟从别的小队调来的陌生人，未必能完美融入我们，我们可以再等等，说不定以后会遇到更好的人选。"

"我同意。"百里胖胖举手赞同。

林七夜抬头看向远方，眼中浮现出一抹坚定之色。

"干活吧，等回到陆地，我们的征途才算正式开始……"

百里胖胖点了点头，从口袋里掏出"雷卷风"，走到冰船的最后，用力一挥！

这艘载着四个少年的冰船，便驱使着狂风与雷霆，破开汹涌的海浪，眨眼间消失在海平线的尽头。

338

古神教会，沈青竹拖着满是伤痕的身体，缓缓推开了教堂沉重的大门。"嘎吱——"古老而低沉的声响在空旷的教堂中回荡，他满是血痕的手掌颤抖着垂在身前，呼吸粗重无比，每一步踩在教堂之中，都留下了一个深深的血印。一侧的荆棘王座之上，绚烂的幻光浮现而出，"呓语"的那具噩梦分身再度显现。他见到狼狈至极的沈青竹，脸色一变。"沈青竹，你身上的伤是怎么回事？其他几个'信徒'呢？怎么没和你一起过来？"

沈青竹走到"呓语"王座之下，艰难地躬身行礼，干裂的双唇微微张开，渗出了些许血迹，沙哑地开口："'呓语'大人……其他几位前辈……都……都牺牲了！！"

"什么！！""呓语"猛地从王座上站起，脸上的从容与优雅消失不见，取而代之的是前所未有的严肃与凝重。"怎么回事？"

"我们袭杀吴通玄失败后，就立刻撤离斋戒所，可谁知道半路遇上赶回斋戒所的夫子……"

"你们遇到夫子了？！""呓语"的脸色如同霜打的茄子一般难看。

"夫子见到我们，二话不说直接出手，第二席、第四席、第五席三位前辈拼死奋战！其中第二席前辈自知不是对手，便在死战之际，顶着夫子的压力，用空间裂缝将我强行送走，我这才逃过一劫！三位前辈，是为了救我而死啊！"沈青竹低下头，一滴泪水从脸颊上滑落。

"呓语"怔怔地坐回王座，整个人都不好了。除去本就是死士的第十二席不谈，光是这次行动，就牺牲了第二席、第四席、第五席和第六席四位"信徒"的顶级强者。"信徒"二十席中，前十的几人竟然牺牲了快一半！算上一个月前死的第八席，三个月前死的第十席、第十一席，半年前死的第十八席……还有一年多前死的第十三席，韩少云；第十四席，马逸添；第十六席，被某狗吞掉的无名人士……"信徒"二十席之中，竟然硬生生死了十二个，只剩下八个了……尤其是前十的强者，到现在居然只剩下第一席、第三席、第七席、第九席四个人。这对于"信徒"和古神教会来说，绝对是毁灭性的打击啊！原本还好好的"信徒"，是从什么时候开始，死伤这么惨重的呢……"呓语"心痛许久，深吸了一口气，目光落在台阶下即便身负重伤依然面不改色的沈青竹身上，心中有些欣慰。还好，他最看重的种子选手活下来了……

"沈青竹。""呓语"缓缓开口。

"在。"

"经此一役之后，'信徒'受到了重大的损失……我知道这对你而言可能还有点早，但你必须要担负起重任了。""呓语"从荆棘王座上站起身，语重心长地说道，"你有能力，有潜力，只要好好地成长下去，一定会是我最得力的干将，从今往后，你就先接替第十席的位置，担负起重任吧。等你突破到了'海'境，我再交给你更重的任务。"

沈青竹抬起头，郑重地开口："'信徒'第十席沈青竹，听从'呓语'大人调遣。"

"呓语"点了点头，满怀期待地说道："我相信，未来的某一天，你必将带领整个'信徒'，重获荣光！"

沿海某岸，清澈的海水冲到金色的沙滩上，又缓缓退去，留下一滩沙石，无数泳装男女凑在海岸边，嬉笑打闹。突然间，一个比基尼少女一愣，低头看向脚下的海水，眼中浮现出疑惑之色。

"怎么了？"同行的另一位少女问道。

"你觉不觉得，海水好像变凉了？"

"凉了吗？你别说，好像真有一点……"

比基尼少女蹲下身，将手探到海水之中，摸索了片刻，掏出了一个鸡蛋大小的晶莹冰块。"冰？海里怎么会有冰？"

"哗——"就在两人疑惑的时候，身侧的海水中一个肥硕的身影猛地探出，水花直接溅在了两位少女的脸上。

"啊啊啊啊！！流氓！！"其中一个少女尖叫起来，一巴掌呼在身旁的那个身影脸上，转身就扑腾着水向岸边跑去。

这一声尖叫瞬间吸引一部分人的注意力，他们转头看过来，只见一个穿着湿淋淋衣服的胖子正茫然地站在海里，手摸着一边通红的脸颊，环顾四周——我是谁，我在哪儿，我为什么吃了个嘴巴子？

就在众人疑惑之际，又有三个身影从海面上探出，其中还有一个穿着囚服，一个穿着……病号服？

"什么情况？"

"不知道啊，他们怎么穿成这样？"

"不会是从哪个监狱里跑出来的吧？"

"你看那个穿病号服的，身上好像有血啊！"

"快快快！赶紧报警！！"

岸上的人瞬间沸腾了，各自掏出手机，有的开始录视频，有的直接打电话报警，整个乱成了一团。

"七夜……什么情况？这是在哪儿？"百里胖胖茫然地问道。

林七夜的嘴角微微抽搐："在哪儿已经不重要了，我只知道我们再不跑，马上就要被当成变态抓起来了！"

话音落下，林七夜脚踏海水，飞快地冲向海岸的另一边，夺路而逃，另外三人紧随其后！万万没有想到，堂堂第五支特殊小队，第一次出现在世人面前……竟然是以这种形象！几分钟后，四人喘着粗气蹲在一个墙角，汗水夹着海水滴落在地上，曹渊伸出头看了一眼，松了口气。"没有追上来……"

百里胖胖揉着脸颊，忍不住问道："我们到底被冲到什么地方来了？怎么正好在一个风景区？”

"刚刚跑路的时候，我看到了岸边的广告牌，好像是黄金海岸浴场……如果我没猜错的话，这里应该是宏连市。"

"宏连？"曹渊一愣，"我们已经到东北了？"

一旁的林七夜掏出叶梵给的手机，将其从密封袋里拿出，长按开机键后，成功地将其打开。下一刻，一条信息便弹了出来。

| 第三篇 |

森林诡事

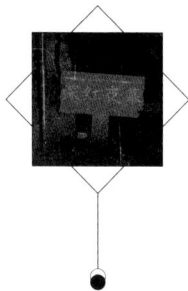

339

"哐当哐当哐当哐当……"一列绿皮火车从车站缓缓启动，伴随着阵阵轰鸣声，沿着铁轨向着远处加速驶去。其中一节车厢内，四个少年面对而坐，身前只有一块不到一米的小桌板，小桌板上已经放了一盘橘子皮、一小包枸杞，还有一个冒着热气的保温杯。他们的身边，还分别坐着一个五十多岁的老大爷和一个十岁出头的小姑娘。四个少年对视一眼，同时无奈地叹了口气。像这种比较老式的绿皮火车，都是两条长椅面对面放置，一条长椅上坐三个人，形成一个六人的小空间，但是只有一个很短很小的桌子供六人使用。很明显，他们面前的这个小桌子，已经被坐在林七夜身边的老大爷征用了。

"乖孙女儿，再吃一个橘子吧！"老大爷又剥了一个橘子，笑眯眯地递到对面的小姑娘面前。

小姑娘连连摇头，一对长长的麻花辫晃来晃去："我吃不下啦！你已经给我吃了六个橘子了！"

老大爷有些为难地看着手中的橘子，半晌之后，叹了口气，往自己的嘴里塞："可不能浪费了……"

四人再度对视一眼，百里胖胖张了张嘴似乎想说些什么，却欲言又止。林七夜给了其他三人一个眼色，悄悄凑到一起，小声地交流起来。"七夜，我们堂堂第五支特殊小队，为什么非得来坐绿皮小火车啊？人家的特殊小队不是都坐着运输机到处飞吗？！怎么到我们这里就这么拉胯？"百里胖胖忍不住问道。

"我们还是预备队，预备队……是不给配飞机的。"林七夜无奈地开口。

"那我们至少能坐个高铁吧？"

"我们这次的目的地太偏远了，高铁根本通不到那里，只有绿皮火车能到那附近，而且就算下了火车，我们还要坐汽车才能过去。"林七夜开口解释道。

"我们在海上耽误了一天，现在路上又耽误这么久，真的没问题吗？"曹渊眉头微皱，"一般只有遇到当地守夜人小队无法解决的事件，才会申请特殊小队支援吧？两天的时间，万一情况恶化……"

"这次的事件比较特殊，短时间内不会对人类社会造成威胁，如果真的遇到紧急情况，叶司令会派飞机来接我们的。"

就在四人鬼鬼祟祟说着悄悄话的时候，一旁的老大爷古怪地看了他们一眼，不慌不忙地喝了口热茶，幽幽开口："婷婷啊，以后你可得好好学习，当个对社会有用的人，别学那些小偷小摸的……哼，都是社会的害虫！"

林七夜四人："……"

这地方就这么大，老大爷一边说话，一边还用眼神往这儿瞟，言语间的意思再明显不过了。悄悄话戛然而止，百里胖胖听到这话，满脸不服，正要站起来跟那老大爷理论，对面的林七夜便一只手按住了他的肩膀，对着他摇了摇头。这倒也不能怪老大爷误会，毕竟林七夜四个人实在不像是旅行的样子，没带行李，形迹可疑，鬼鬼祟祟地凑在一起说话，怎么看都不像好人。老大爷说这句话，也是想敲打敲打他们，让他们不要动歪心思，好好做人。

四人的谈话被打断，便各自坐在位子上，开始睡觉打发时间。

大约过了十几分钟，小姑娘似乎有些坐不住了："爷爷，我想上厕所。"

"好好好，爷爷带你去。"老大爷站起身，刚要离开位子，犹豫片刻之后，伸手将位子下的格子行李袋扯了出来扛在肩上，跟着小姑娘离开了位子。临走时，他还不忘瞪林七夜四人一眼，似乎是想警告他们不要乱来。等到两人离开，林七夜四人立刻围到小桌旁边，将桌上乱七八糟的橘子皮挪到一边，腾出来一片空地。

"我说，那老头多少有点过分了吧？我们堂堂第五支特殊小队，居然说我们是贼……"百里胖胖憋了半天，终于说出了这句话。

林七夜摇了摇头："不用放在心上，他其实也是好心……现在最重要的，是任务！"

他将手机放在桌上，打开了地图，快速滑动起来。

"这次的目的地，是安塔县。"

"安塔县？"百里胖胖一愣，"没听说过啊。"

"是田合市市辖的县城，人口不多，处于兴安岭边缘，几乎是大夏最北边的城市，再向北走穿过原始丛林之后，就是大夏边境了。"安卿鱼推了推眼镜。

"这么偏？"曹渊挑眉，"那任务的具体内容是什么？"

"大约三天前，驻安塔县守夜人小队向总部发出求援，说是在安塔县北部的原始丛林中，发现了疑似大规模蚁类'神秘'的踪迹，初步判定实力在'川'境与'海'境之间。"

"'川'境或者'海'境？"百里胖胖疑惑地开口，"这种程度的'神秘'，当地的守夜人小队不能自己解决吗？"

"你以为全大夏的守夜人小队都是广深市的水准吗？"曹渊无奈地开口，"除了少数几个一线城市之外，其他的二线、三线城市基本都没有'海'境的强者，一些偏远地区的城市，甚至连'川'境的队员都没有，面对一个疑似'川'境或者'海'境的'神秘'，发出求援申请是很正常的。"

"倒也是……"

"总之，我们这次的任务，就是从安塔县开始，向北面的原始丛林深入，寻找并清剿掉这几只'神秘'。"林七夜顿了顿，"不过现在的问题是，原始丛林的范围太广了，而且地势错综复杂，初来者想要深入，几乎没有走出来的可能。安塔县那边的气候条件十分极端，常年平均气温都是零下五摄氏度，现在天气逐渐入冬，丛林中的温度很可能降到零下十几摄氏度，甚至更低。"林七夜抬起头，认真地看着众人。"我们要做好在极端条件下，长期在原始丛林生存的准备。"

·340·

"嗡——""尊敬的各位旅客，前方到站，田合市……"在一阵沉闷的轰鸣声中，绿皮小火车缓缓停靠，林七夜等人从火车上下来，看了眼时间。"按原计划，分头行动，胖胖和安卿鱼去采购生存用品，我和曹渊去找从这里去安塔县的车。"其他三人点了点头。

林七夜看着百里胖胖的眼睛，认真地嘱咐道："等到了安塔县，就没有能够让我们采购生存用品的商场了，所以一切的装备都必须在这里买齐，一定不能忘了。"

百里胖胖拍了拍胸脯："放心吧，小爷我心里有数。"

林七夜直接无视了他的保证，转头看向他身边的安卿鱼，后者对他点了点头，林七夜顿时心安了下来。让安卿鱼和百里胖胖一起，就是为了防止百里胖胖丢三落四，有安卿鱼在一旁看着，这事绝对稳了。四人约定好了集合时间，便迅速分开。

田合市已经是大夏边境的城市，各项基础设施相对而言都没有那么完善，大街上也冷冷清清的，基本上看不到什么人，而安塔县则是田合市最北面的县城，更是人迹罕至，别说火车了，就连个客运中心都没有。想去安塔县，唯一的方法就是驾车，或者搭顺风车。林七夜和曹渊在车站附近寻了许久，终于找到一个要去安塔县的司机，交完定金之后，便回到约定的地方等待。大概过了一个小时，百里胖胖和安卿鱼便回到了集合地点。

"怎么样？都买全了吗？"林七夜直接问安卿鱼。

安卿鱼的表情十分古怪，他沉吟了片刻，有些不确定地开口："买全了是买全了，就是……"

"买全了就好。"林七夜点了点头。

百里胖胖从口袋里掏出了四件防寒服，还有登山包，林七夜将每个背包都分了一些食物和水，还有生存必需品，然后递给众人。其实有百里胖胖的"自在空间"，他们根本没有必要背包。林七夜之所以这么做，一是为了将自己一行人伪装成冒险者，顺便将直刀藏进背包里，以防当地的守夜人小队猜疑。二则是为了防止众人走散，失去补给。值得一提的是，另外三人的入队申请林七夜刚刚才寄给叶梵，所以安卿鱼的直刀、徽章和斗篷都还没有到手，不过对现在的预备队而言，披上斗篷去做任务，无异于直接告诉当地的守夜人小队他们来了，到时候想证明自己的身份，又是一堆麻烦。

将防寒服的拉链拉到顶，戴上满是绒毛的防寒雷锋帽，双手套进厚重的手套中，将沉重的深色登山包背起，林七夜看着镜子中的自己，满意地点了点头，有北境旅行者的那味儿了。

经过近 5 个小时的颠簸，四人终于抵达安塔县。5 个小时的车程，对于大夏的南方来说，已经足以穿过四五座城市了。但这里接近大夏边境，又在原始森林的边缘，城市之间的距离极远，5 个小时的车程只能算是正常时间。

林七夜从车上下来，看到远方的景象，微微一怔，只见在那蔚蓝天空的尽头，连绵的群山之后，与天地相接的迷雾仿佛一堵没有尽头的白色围墙，蜿蜒地盘踞在地平线的另一端……这些迷雾紧贴着大夏的国境，剧烈翻滚，就像是被罩在玻璃缸内的海水，始终无法前进半寸。

那是大地的终点，那是天空的切面。

"那是……迷雾。"安卿鱼看着远方的迷雾围墙，同样怔住了。

他们从未见过这样的画面。如果不是这次来到大夏边境的城市，他们或许永远无法想象，所谓的迷雾边境到底是什么样的情景。

"难以想象，这样的迷雾边境，竟然蔓延了五万多公里……"曹渊感慨着开口。

林七夜缓缓收回了目光："走吧，先去这里的守夜人据点看一看。"

"去守夜人据点？"百里胖胖一愣，"我们不是要避免和他们接触吗？"

"我们现在是冒险者，接近他们并不会暴露身份。"林七夜摇了摇头，"更何况原始森林的范围太大了，我们没有关于那几只'神秘'出现地点的具体线索，就这么一头闯进原始森林，无异于大海捞针。"

"我们要以旅行者的身份，从驻守在这里的守夜人嘴里套出线索？"曹渊眉头微皱，"这个难度会不会太高了？"

林七夜抬头看向远处，缓缓开口："或许，我们可以用更直接的手段……"

半小时后——

"七夜……"百里胖胖的嘴角微微抽搐，"你确定，这里是守夜人的据点？"

此刻，四人正站在一座又矮又破的二层楼房前，陷入了沉默。这里已经是安塔县的边缘，放眼望去，周围除了荒芜的树木，就是老旧的泥土小道，方圆三公里之内，只有这栋二层楼房孤零零地立在这里。这栋楼房的年代似乎很久远了，楼外侧的红色墙漆已经脱落大半，门口的空地也凹凸不平，在这栋楼的楼梯右侧，挂着一块泛黄的白色金属牌，上面写着几个大字——"安塔县护林局"。

林七夜点了点头："叶司令发过来的信息里，写的就是这个地方，应该不会错。"

特殊小队的预备队拥有了解任何城市驻守的守夜人队伍信息的权限，林七夜在来之前的路上，就向叶梵要了田合市守夜人队伍的信息，出乎意料的是，安塔县和田合市的守夜人队伍是相互独立的。原因在于，这两个城市之间的差距过远，而且安塔县本身就在原始森林附近，所以在这里单独设置了一处守夜人据点。不过据林七夜所知，这支驻守安塔县的守夜人小队，算上队长也只有两个人，而且境界都不高，全部都只有"池"境……不出意外的话，这应该是整个大夏守夜人之中，人数最少的小队。

"先进去看看吧。"林七夜开口说道。

341

安塔县护林局内——

"啧，这玩意儿咋又坏嘞？"一个裹着军大衣，胡子拉碴的男人拍了拍暖气片，皱眉开口道。

"我们这儿太偏，管道又太老，坏了也正常。"一个二十岁出头的年轻人拎着火炉，将其放在局促的办公室中央，用手在火炉表面探了探，确认有暖意之后，继续说道，"李叔，要不咱还是向上面申请一下，把据点的位置换到城里去吧？每年冬天暖气都供不上，这怎么行？"

李德阳眉头皱了皱，坚定开口道："那不成，监视后面的这片原始森林，那是咱小队的使命，要是搬到城里去，万一林子里出事儿了可咋整？"

年轻人张了张嘴，似乎想说些什么，但还是没有开口，默默地将冻红的双手缩进袖子里，低头在屋子里走了起来。暖炉的热量还没完全散开，整个房间如同冰窖，这时候如果停下脚步，一会儿整个人都会被冻僵了。李德阳鼓捣了一会儿暖气，还是一点用没有，便彻底放弃挣扎，缓缓站起身，走到房间边缘的一块老旧的黑板前。那块黑板像是从以前的学生教室里拿出来的，不过只有半截，黑板中央断裂了，尖锐的边缘处已经挂上了几缕蛛丝，黑板的表面也被冻裂，到处都是细密的裂纹。黑板上，用一枚图钉钉着一张巨大的森林地图，上面用红笔勾出了一个又一个的圆圈，还有大量的小箭头和问号，密密麻麻地分布在一起，看得人头晕眼花。

李德阳站在这张地图前，用手摩擦着下巴的胡楂，浓厚的眉毛越皱越紧。

"小陈啊，我总觉着那玩意儿的位置不太对，咱再来好好研究研究……"李德阳随手从黑板下面的凹槽里掏出红色记号笔，想要在地图上再写些什么，笔尖落在地图的表面却只留下一道微不可见的淡痕。李德阳用力甩了甩笔，将笔尖放到嘴前，张嘴哈出了一团白气。

陈涵叹了口气："李叔，我们境界不够，再怎么分析那几只'神秘'的行径，也杀不了它们啊！"

"那也得整！"李德阳瞪了他一眼，"申请已经发出去了，上头早晚会派特殊小队过来的，咱的任务，就是替他们找到那玩意真正的藏身地儿！"他回头看向地图，继续说道，"现在整个大夏的'神秘'数量都在变多，特殊小队的负担太重，咱现在把门儿摸清了，到时候能帮他们多节省点儿时间，这也是为国家做贡献！"

陈涵忍不住说道："我们都被冻成这样了，还有工夫想着大夏的局势呢？再说我们这地方这么偏，而且申报的还只是'川'境与'海'境的'神秘'，真的会有特殊小队来帮我们吗？"

李德阳怔住了，沉默了片刻，重重地点了点头。"会的，一定会的。"

"咚咚咚——"话音落下，一阵不轻不重的敲门声便随着响起，李德阳和陈涵对视一眼，都在对方的眼中看出了疑惑之色。这护林局，可是有近一年没有人来敲过门了。陈涵走上前将门打开，看到门口站立的四个游客打扮的年轻人，愣在了原地。"你们有什么事吗？"

林七夜摘下了厚厚的口罩，脸上浮现出微笑，客气地开口："你好，我们是来这里游玩的，不过对前面林子的情况不是很熟悉，所以想来问问有没有地图可以给我们一份……"

"地图？"屋子里的李德阳听到这句话，都被气笑了，"你们以为这后头是啥？主题公园吗？那是原始森林！"

林七夜沉吟片刻，缓缓伸手指向屋中黑板上的地图。"那……黑板上那个是什么？"

李德阳："……"

"那只是一份林区规划图，跟后面的原始森林没有关系。"陈涵平静地开口，认真地看着林七夜的眼睛，"而且，你们不能进入那片林子。"

林七夜眉梢一挑："为什么？"

"因为……林区里面有熊。"

"熊？"林七夜的脸上浮现出欣喜之色，"那可太好了，我们就是专门跑来拍摄有关熊的纪录片的，不麻烦的话，我们能进去坐坐吗？我想多了解一下里面的情况。"

陈涵的眉头微微皱起，他回头看向屋里的李德阳，后者注视了林七夜四人许久，缓缓点了点头。

"年轻人，外面风大，进来喝口茶吧。"李德阳从桌下面取出热水壶，又从柜子里拿了四个纸杯，开始给他们倒水。蒸腾的水汽从纸杯中升起，屋子里的暖炉也终于开始发挥作用，林七夜四人走进屋中放下背后的登山包，围着一张八仙桌坐了下来，摘掉手套，开始在暖炉旁取暖。"年轻人，我不管你们到底想进林做啥，但现在绝对不是进去的好时机。"李德阳裹着军大衣坐在一侧，严肃地开口，"你们要实在想进去，可以等到一个月之后。"

林七夜四人对视一眼，百里胖胖摸了摸口袋，掏出一块亮闪闪的手表，递到李德阳的面前。"叔啊，这林子到底为什么不能进，您仔细跟我们说说呗？"百里胖胖憨笑着开口，"我们大老远从广深跑过来的，确实是不容易，要是就这么回去……实在是亏了啊！"

李德阳瞥了眼手表，"哼"了一声："不要跟我玩城里那套把戏，看得出来你们也是出来寻刺激的富家公子，我再劝你们一句，不要因为去寻那点刺激丢了性命。"

见李德阳的话已经说到这个份上，百里胖胖只能讪讪坐下，林七夜转头看了眼身旁一直盯着那张地图的安卿鱼，后者转过头来，微微颔首。林七夜又找话题和李德阳扯了两句，感谢了一番，便起身离开。曹渊刚打开门，就看到一个熟悉的老大爷肩上扛着格子布袋正站在门口，身后跟着那个留着两条麻花辫的小姑娘，伸出手似乎正准备敲门。老大爷看到屋里的四人，先是一愣，随后表情便古怪了起来。

342

"老爹，你怎么来了？"李德阳看到门口的老大爷，微微一愣，然后快步走上前帮他卸下了肩头的格子布袋，"这么沉？这里头装了啥？"

老大爷没搭话，而是先狐疑地看着林七夜四人走出屋子，这才收回目光，压低声音问道："德阳，那四个人是来干啥的？"

李德阳一愣："就是一群准备进林的游客，被我给劝回去了，咋地了？"

老大爷摇了摇头："没啥……对了，这些都是给你带过来的过冬衣服，你洗洗都能穿。"

"爸爸！"一旁的小姑娘直接扑到李德阳的怀里，红通通的脸上浮现出灿烂的笑容。

"哎，我的小婷婷！"李德阳的脸上同样浮现出笑容，他弯腰抱起小姑娘，用满是胡楂的下巴开始蹭她的脸蛋，"这么久不见，有没有想爸爸？"

"有！"小姑娘一边笑着躲李德阳的胡楂，一边说道。

李德阳看了眼布袋中满满的衣服，叹了口气："我说老爹，我这儿有衣服，您又大老远带这么多过来干啥啊？"

"有？你除了这件军大衣，还有个什么！"老大爷"哼"了一声，"你们这儿暖气又不好使，自己又舍不得买衣服，我不给你带过来，这个冬天你怎么过？"

李德阳抱着小姑娘，无奈地笑了笑。

"早就让你到城里找个正经工作，咱不说能挣多少吧，至少冬天能暖暖和和地过不是？说不定还能碰着个好女人，以后老了也能照顾照顾你，小婷也能有个后妈……"老大爷一边将行李放在桌上，一边絮絮叨叨地开口。

"我都这么一大把年纪了，还找什么老婆啊，我就在这儿挺好的。"李德阳摆了摆手。

"好什么好？"老大爷瞪了他一眼。

李德阳装模作样咳嗽了两声，便扯开了话题："你们大老远跑过来，旅馆订好了吗？"

"订好了，就在离你这儿不远的那个……高兴旅馆。"

李德阳的眉头皱了皱："怎么不订个好点的？跑到这么偏的地方来？"

"就过个夜，要那么好干吗？"老大爷理直气壮地开口，"那里离你这儿近，晚上回去的时候又方便，小婷明天要是想你了，还能再过来。"

"好好好，您说了算。"

老大爷将东西收拾好，从袋子里又取出了几捆蔬菜和肉，快步朝着门外走去："在这儿坐着，我去给你们整点儿晚饭……"

李德阳抱着小姑娘，看着老大爷倔强的背影，苦笑着摇了摇头。

"都记下了吗？"林七夜问道。

"记下了。"安卿鱼推了推眼镜，"不会错的，那张地图的边缘和我们刚刚经过的森林外围相符，那就是这片林区的地图，不过里面一些标记的含义我还要回去再研究一下……"

"不是，你们等等。"百里胖胖嘴角微微抽搐，看向安卿鱼的眼神像是在看一个怪物："刚刚那么短的几分钟，你就已经把那张地图记下来了？"

"不用几分钟。"安卿鱼淡淡开口，"十几秒就够了。"

百里胖胖："……"

听听，这说的是人话吗？

"我以为你说的直接点的手段，是把他们打趴下，然后用刑拷问。"安卿鱼看向林七夜。

林七夜的眼皮一跳："大家都是守夜人，不至于用这么极端的手段……我的本意是先去摸清楚据点的门路，然后找机会偷一些线索出来，谁知道他们居然光明正大地把地图挂在了黑板上。"

"说起来，这支守夜人小队确实有点太惨了。"百里胖胖叹了口气，"一共就只有两个人，还住在这么偏远的地方……"

"安塔县人口较少，人气衰弱的地方，一般不会出现太强大的'神秘'，最多也就是'盏'境或者'池'境的小喽啰，两个人的小队也确实够用了。"曹渊开口道。

"既然这样，这次为什么还会出现这么厉害的'神秘'？"

"不知道。"林七夜摇了摇头，"这几只'神秘'最开始就是从原始森林里出来的，应该是林子里面出现了一些变数……具体的原因，就要我们去调查了。"

曹渊点了点头："现在装备已经齐全，线索也到手，接下来是不是……"

林七夜"嗯"了一声，抬头望去。昏黄的落日逐渐下沉，前方连绵的山林中的阴影越来越多，这片坐落于迷雾围墙边境的广袤的原始森林，开始一点一点地被黑暗所侵蚀。

"该进林了。"

进林的道路，比林七夜想象中要顺利一些。这里不像津南山，道路崎岖坎坷，地势差距极大，至少在这片原始森林的外围，地形还是比较平缓的。初入林中，周围的树木不算密集，也不算高大，这里原本的树木早在开发这一片县城的时候，就被砍伐过一次，后来的这些都是新种上去的。四人背着沉重的登山包，打着手电筒，一点点地穿行其中。对于他们来说，完全可以做到更快，但就现在而言并没有这个必要。这里不再是之前集训的津南山，而是一整片广袤的原始森林，即便他们再怎么负重翻越，短时间内也不可能穿过，反倒会消耗大量的体力与食物。在这片原始森林之中，还有"川"境甚至"海"境的"神秘"蛰伏，他们必须时刻让自身保持最佳状态，以应对随时可能发生的危险。

"是这个方向吗？"林七夜转头看向身后的安卿鱼。

安卿鱼点了点头："嗯，是这个方向，只不过还要更深入一些，再往前走大概3个小时，就是一片废弃的林场，第一次发现疑似蚁类'神秘'踪迹的地方，就在那里。"

"废弃的林场？"百里胖胖疑惑地问道，"既然是废弃的，那怎么会有人过去？又是怎么发现踪迹的？"

走在他前面的曹渊一愣，回过头古怪地看了百里胖胖一眼。

"你看我干吗？"百里胖胖疑惑地问道。

"没什么。"曹渊摇了摇头，"虽然你的脑袋不太好使，但似乎总能关注到一些奇怪的地方……"

"这件事情，情报上也没有详细解释。"林七夜回想了一下，缓缓开口道。

安卿鱼沉吟片刻："之前在田合市采购装备的时候，我倒是听到了一些传闻。"

"什么传闻？"

"在兴安岭这附近，有许多寻宝人。"

"寻宝人？这附近有宝藏？"百里胖胖的眼睛顿时亮了起来。

"倒也不是，这里的'宝'，大多是指上了年头的人参，或者其他生长在深山之间的名贵草药，虽然关于宝藏遗迹之类的传说也有，但并不多，而且与之有关的，大都是一些恐怖传说。"

"原来是草药啊。"百里胖胖有些遗憾地叹了口气。

"恐怖传说？"曹渊反倒来了兴趣，"详细说说。"

百里胖胖一愣，转头看了眼周围，阴森黑暗的深林之中，死寂得令人头皮发麻，不由得咽了口唾沫："在这里听鬼故事？你确定吗？"

"可以听一听，很多'神秘'都是源于这种乡野传闻，说不定以后碰得上。"林七夜开口道。

百里胖胖咧了咧嘴："为什么听你的口气，好像很期待的样子？"

安卿鱼清了清嗓子，缓缓开口道："关于兴安岭的恐怖传说很多，狐狸大仙、马猴传说、纸人抬轿……不过我所听闻的那个，似乎更加诡异。传说中，在原始森林的深处，有处林场……"

"等等！"百里胖胖打断了安卿鱼，忍不住问道，"林场？我们现在要去的林场？你确定这不是为了烘托恐怖气氛，自己现编的故事？"

"当然不是，林场并不是这个故事的关键。"安卿鱼摇了摇头，继续说道，"传说在这座林场的旁边，有一片阴森的鬼林。有一天，一位在那里工作的伐木工人走进鬼林中，准备伐木，刚砍完第一棵树，就看到鬼林深处隐约出现了一道影子……一开始，他以为那只是普通的林间野兽，但走近了看，才发现那个影子是人形的，而且身材矮小，身上穿着诡异的鲜红服饰，十分扎眼，不过最重要的是他看到了对方的脸……那是张惨白的脸，五官模糊，看着像人……但更像是死人。"百里胖胖猛地打了个哆嗦。"后来，这件事情传了出去，有一队年轻人来这片鬼林探秘，想要寻找那神秘人影的踪迹。他们进入鬼林之后并没有觉得有什么不对，只是环境有些阴森，在鬼林中转了一圈就出来了。直到出来之后，他们才发现……队伍里少了一个人。失踪的那个人，是他们在本地找的向导，他们回鬼林附近找了许久，都没有找到他的踪影。后来他们遇到了那个遇见人影的伐木工人，向他展示了失踪那个人的照片，希望他发动周围的伐木工人一起找。可就在伐木工人看到那张照片的时候，脸色瞬间就变了。失踪的那个人的样貌，和他当初在林子里看到的那张死人脸……一模一样。"

安卿鱼的话音落下，周围便陷入了一片死寂。百里胖胖脸色煞白，从口袋里掏出佛珠，喃喃念叨起来，余光不断地向两侧的黑暗瞥去，几乎把整个脸都缩进领子里，生怕有什么东西从旁边跳出来。

林七夜听完这个故事，沉思着开口："所以，这个故事到底想说什么？"

"这个故事讲的其实是，在兴安岭深处的无人之地，有一处永恒的国度，死人可以在那里拥有新生，永恒地存在下去。而那个失踪的年轻人，其实就是死人国度里误闯出来的死人，他之所以要随着队伍探索鬼林，其实就是为了找到回家的路径。"安卿鱼开口解释道。

"原始森林中的死人国度……倒是有点意思。"曹渊若有所思地点点头。

就在此时，走在最前面的林七夜突然停下了脚步。他们四个人在森林中一直是以"一"字长蛇阵前进的，林七夜能够感知周围的环境，所以走在最前面，身后就是安卿鱼和百里胖胖，曹渊走在最后压阵。林七夜一停下脚步，身后三人也同时停了下来。

"怎么了？距离废弃林场至少还有两个小时的路程……"百里胖胖疑惑地问道。

林七夜站在最前方，眉头微微皱起，手电筒的光束缓缓在漆黑的深林中移动，双眸扫过周围。他将手向身后的背包探去……"这附近……有东西。"这句话的声音很低，但他身后三人都听得一清二楚，所有人都紧张了起来，警惕地看向四周。这片黑暗的深林之中，死寂一片，除了他们呼吸的声音，再无其他。他们的每一次呼吸，都在昏暗的灯光下凝结成一团白雾，随着这团白雾的逸散，所有人的心都提到了嗓子眼。突然间，林七夜的瞳孔骤然收缩，"叮——"一声轻吟划破死寂的夜色，他手中的直刀瞬间出鞘，淡蓝色的刀锋划过黑暗中的树枝，笔直地向着众人身侧的林中飞去！紧接着，一道刺耳的嘶号声便从林中传出！那声音十分尖锐，根本不像是人类能发出的声音，下一刻，一道如同牤牛的黑影从黑暗中蹿出，闪电般地撞向四人！来不及有多余的动作，四人的身手都极快，瞬间向着周围退散而开，那黑影从百里胖胖的身后掠过，直接撞在一棵大树之上！"咚——"沉闷的声响轰然传出，那棵大树竟然就这么被黑影拦腰撞断！

与此同时，四道手电光束同时汇聚，众人终于看清那黑影的原貌。那是一只血红色的巨蚁！高约一米五，身长至少有两米，狰狞的口器如同一对锋锐的弯刀，六只粗壮的巨足支撑着庞大的身体，它迅速掉转身形，面对林七夜四人。诡异而刺耳的声音再度从它的口器中传出，它六条腿飞速地在林中爬行，笔直地冲向离它最近的百里胖胖！

"怎么偏冲着我来？！"百里胖胖怒骂一声，脖颈之间便有一道金芒乍闪！

在那血红的巨蚁即将撞在百里胖胖身上时，"瑶光"瞬间张开，在他的身前凝聚成一块厚重的盾牌。"咚——"巨蚁的身躯如同炮弹般砸在金色盾牌上，恐怖的力量直接将百里胖胖连人带盾撞飞，横空飞行了十几米，连续撞断好几棵树才停了下来。百里胖胖倒在黑暗的丛林中，揉着后背，呻吟着缓缓站了起来。若非有"瑶光"替他缓冲了一下，刚刚这一口气被撞飞这么远，估计得断好几根骨头，这只巨蚁的力量未免太恐怖了些。不远处，手电的光芒在黑暗中飞速晃动，几道人影已经和巨蚁战在了一起。

林七夜的身形在一道魔法光辉中消失，瞬间转移到插在巨蚁背后的直刀之上，之前他向天空丢出的那一刀，精准地刺入了巨蚁的身体，只是对方的速度实在太快，并没能伤到要害。还有一个原因，是林七夜根本不知道这玩意的要害在哪儿。他瞬移到巨蚁背后，周围的夜色浸染了手中的第二柄直刀，斩下了巨蚁的两条腿，绿色的鲜血从巨蚁的腿根喷涌而出。两条腿被斩断，巨蚁顿时再度嘶号起来，重心向一侧偏移，飞速地转过身，便要向林七夜扑去。

"砍它的触角沟。"就在这时，安卿鱼眼眸中一抹灰色闪过，突然开口。林七夜一愣，来不及多想，身形如同鬼魅般在黑夜中向侧面挪动，避开了残疾巨蚁的一次咬合。

"触角沟是哪儿？"林七夜忍不住问道。

"就是它头顶两根触角中间偏后的那一块凹陷。"

林七夜站稳身形，手中的两柄直刀正欲挥出，残缺的巨蚁便顺着原本的惯性直接冲入昏暗的森林中，急速向着深处爬去。眨眼间，众人的手电筒光芒中便失去了它的踪迹。

"想跑？"林七夜的眸中浮现出一抹黑暗，双手的直刀刹那间飞出，呼啸着向深林之中追去。巨蚁的爬行速度虽然不慢，但在至暗侵蚀之下，两柄直刀的飞行速度更快！当两柄直刀追上巨蚁身形的瞬间，林七夜的身影再度反向召唤而出，在半空中便伸手向着下方的巨蚁轻轻一握。极致的黑暗与周围的夜色融为一体，急速浸染巨蚁的身躯，随着林七夜手掌握紧，巨蚁细长的关节就像是被一只看不见的巨手抓住，开始诡异地扭曲起来！"咔嚓！"清脆的折断声在死寂的丛林中传出，紧接着又是一道凄厉的嘶号，巨蚁的身体已经被拧成好几截，但依然没有死去，只是彻底失去行动能力。

林七夜握住两柄直刀，身形在半空中自然旋转半圈，淡蓝色的刀锋在空中划过一道优雅的弧线，精准地刺入了巨蚁头部的触手沟中！"噗——"刀身轻而易举地刺入了半截，从巨蚁的下颚捅了出来，凄厉的嘶号声戛然而止，巨蚁的身躯仿佛失去所有的支撑，软绵绵地瘫了下来。林七夜平静地将直刀拔出，甩掉刀身上的绿色血迹，然后缓缓插回鞘中。

不远处，三道手电筒的光芒快速赶了过来。曹渊拿着手电，手中提着入鞘的直刀走在最前面，见巨蚁已经死了，表情彻底放松下来。倒不是他不想帮忙，而是他一旦出手，后劲太大，在这片原始森林之中，"黑王斩灭"要是暴走了，只会给林七夜他们添麻烦。

"没受伤吧？"曹渊看了林七夜一眼，开口问道。

林七夜摇了摇头："一只'川'境的蚂蚁而已，威胁不大，要不是袭击得太过突然，这里又是一片深山老林，我在一开始就能杀了它。"

百里胖胖揉了揉屁股，悲愤地开口："所以，我就成了唯一的牺牲品……"

安卿鱼将手电的光芒照射在巨蚁的尸体上，双眼微微眯起，在巨蚁旁蹲下身，抬头看了林七夜一眼，眼神之中带着询问之色。林七夜沉吟片刻，点了点头。安卿鱼从背包中取出一只黑匣，将其打开，里面整整齐齐地放着十多片形态各异的刀片。他随手从中取了一片，轻轻捏在手里，开始解剖巨蚁的尸体。百里胖胖看到这一幕，眼中浮现出茫然之色。他转头看向林七夜，那眼神仿佛在说：他在干吗？林七夜对着他摇了摇头，伸出一根手指，比了个噤声的手势。

大约过了十分钟，安卿鱼双指在刀片的边缘一捏，一层细薄的冰霜便覆盖在刀身之上，随后屈指轻轻一弹，薄薄的冰霜便带着刀身上的血迹与残渣掉落在地。他将刀片收好，缓缓站起，推了推眼镜说道："这东西不属于现代知识范畴中的物种，应该是'神秘'没错，从传统蚂蚁体态结构的角度推测，这应该是只工蚁，而且似乎刚诞生不久。"

"这么大的体形，还是刚诞生不久？"百里胖胖看了眼被切成片的巨蚁尸体，嘴角微微抽搐。

"不要试图用常理来解释'神秘'。"曹渊耸了耸肩，"所以说，这次出现的'神秘'是群居类的？"

"应该是。"林七夜点点头，"从之前的情报来看，这片原始森林中的巨蚁应该不止一只，而这种同类型的'神秘'以群体的形式出现，就一定会有一个类似首脑的存在……"

安卿鱼想了想："就像是难陀蛇那次？"

"不，难陀蛇本质是分裂蛇种来侵蚀其他个体，使其成为自己的分身。现在的情况，更像是当初沧南的怪物和暗面王的关系。"

"原来如此。"安卿鱼若有所思地点了点头，"也就是说，这片原始森林中，除了这些'工蚁'，应该还有一只……蚁后？"

林七夜点了点头。

"光是'工蚁'就有'川'境的力量，那蚁后岂不是至少得有'海'境？"百里胖胖咧了咧嘴。

"面对一只'海'境的'神秘',不是预料之中的事情吗?"曹渊开口。

"还有一件事情,"安卿鱼沉吟片刻,再度开口道,"我刚刚切开了它的胃,发现里面基本是空的,也就是说之前的那一切,应该是它在极度饥饿的情况下进行的狩猎行为。"

345

林七夜等三人对视一眼:"所以呢?"

"对于蚂蚁族群而言,工蚁会将所有收集到的食物搬运回巢穴之中,等蚁后食用完了,才会吃剩下的部分,既然这只工蚁是空着肚子出来狩猎的,也就是说……它们的食物可能已经吃完了。"

林七夜像是意识到了什么,眉头微微皱起。

一旁的百里胖胖依旧满脸茫然:"然后呢?"

"如果巢穴中的食物吃完了,那这些工蚁必然会疯狂地在四周搜寻食物,否则一旦蚁后饿死,整个族群都完了。"林七夜缓缓开口,"而这里,又是一片毫无人烟的原始森林,这些工蚁想要获得足够养活整个族群的食物,就只能不断地向外围探索,扩大狩猎的范围。这也是我们才刚刚进入森林没多久就碰到了工蚁的原因。要知道这里距离第一次目击'神秘'的地点,足足有两个小时的路程。"

曹渊皱眉开口:"你是说,这些工蚁会往城镇的方向去?"

"不一定。"安卿鱼摇了摇头,"扩大搜索范围,不代表全部向城镇移动,它们的巢穴应该在广袤的原始森林的深处,就算以圆形大范围地向外扩张,也未必恰好就会往城镇的方向去。"

"但还是有可能的,而且概率不小。"林七夜看了眼地上的工蚁尸体,"毕竟,我们只是随便选择一条路线,就正好撞见了一只,排除我们运气极好的可能……就只能说明,这支巨蚁族群的工蚁基数很大。"

"那城镇边缘的那些人家,岂不是会有危险?"百里胖胖脸色微变。

"好消息是,安塔县的边缘,靠近原始森林的人家极少,而且这里距离最近的一个市中心都至少有几十公里的路程,短时间内应该不会造成太大的影响。"林七夜深吸一口气,"当然,前提是我们能尽快找到它们的巢穴,杀掉那只蚁后,再拖下去,事态就真的严重了。"

百里胖胖环顾四周,无奈地叹了口气:"这片森林这么大,等我们找到它们的巢穴,还不知要多久……"

众人顿时陷入沉默。现在最大的难题,就是在这茫茫林海之中找到那处蚁穴。之前按照林七夜他们的计划,至少要在这片森林中探索半个月,才有可能发现蚁穴的位置。但就现在的情况来看，他们并没有这么多时间。就在这时，林七夜想起了什么，眼中浮现出一抹微光。"下次，如果我们再碰到一只工蚁，留它一命……"

"为什么？"百里胖胖疑惑地问道。

林七夜抬头看向头顶黑色的天空，不知在想些什么："我有个想法，想要验证一下。"

原始森林之外，黑暗之中，零星的几座老房坐落在空旷的荒野上，点点灯光从窗中透射出，微微驱散了四周的夜色。老房前的泥泞小道上，老大爷裹着厚厚的衣服，蜷缩着身体，牵着小姑娘的手顶着寒风向前走去，最终在边缘的一间老房前停下了脚步。惨白的灯光从老式金属移门的玻璃透出，玻璃的表面用红色的剪纸贴了四个大字——"高兴旅馆"。剪纸的颜色已经因为老化近乎褪成白色，门前的墙角也到处都是蛛丝，看起来很有年头了。老大爷带着小姑娘走到金属移门之前，抓住把手，艰难地将移门向一侧推去，留出一道足以让一人通过的门缝。老化的金属移门在轨道上摩擦，发出刺耳的嘎吱声，随着移门被推开，一股暖气迎面扑来。老大爷让开身形，让小姑娘先走进去，然后自己再进去，反身推上了房门。

坐在一张破木桌子后面的老太太抬头看了他们一眼，缓缓开口："明天中午十二点前退房，晚了要多收费。"

"晓得晓得。"老大爷点了点头，带着小姑娘踩着满是灰尘的楼梯，向着二楼走去。说是旅馆，其实两层楼加起来也就只有三个房间，其中一楼的那个小房间还是"前台"老太太的住所。虽然设施简陋了些，但老大爷似乎并不在乎，只要有暖气，他们睡哪里都行。两人走进房间，小姑娘脱掉外套，便直接扑到床上。这一天奔波下来，她早就累得不行了。

老大爷脱掉手套，摘掉帽子，环视屋子一圈，开口道："婷婷，你先休息休息，爷爷下去给你打点热水。"小姑娘"嗯"了一声。老大爷关上房门，走下楼去，正欲开口跟那前台的老太太讨壶热水，窗户碎裂的声音便突然从二楼传来。"砰——"下一刻，小姑娘刺耳的尖叫声从楼上传来。老大爷和老太太同时一愣，前者迅速反应过来，飞快地跑上楼梯。

"婷婷！怎么了婷婷！！"他猛地推开房门，愣在了原地。寒冷的夜风从破碎的窗户卷进来，两侧泛黄的窗帘翻飞，屋内的地面上满是玻璃碴，整个床体都被撞碎成了几块，而原本躺在床上的小姑娘消失不见。老大爷冲进屋中，跑到窗边向外看去，只见不远处昏暗的灯光边缘，一只血红色的巨蚁正驮着昏迷不醒的小姑娘，急速地向森林的方向爬行。

"婷婷！！"老大爷大喊一声，不顾一切地从窗户口跳了出去。好在二楼的窗户并不高，老大爷的身子也硬朗，在地上滚半圈，就挣扎着爬了起来。然而等到他抬起头的时候，那只巨蚁与小姑娘的身形已消失无踪。他瞪大了眼睛，大声呼喊着小姑娘的名字，而回应他的，只有呜咽的风声。这个五十多岁的老人站在寒风中，张大了嘴巴，花白的头发被吹得翻飞，被玻璃碴割破的手背上淌下缕缕鲜血。他一咬牙，飞快地转过身，顶着刺骨的寒风向着另一侧的黑暗跑去。

二十分钟后，安塔县护林局。
一阵急促而沉重的敲门声惊醒了睡梦中的李德阳。

<h1 style="text-align:center">346</h1>

李德阳披上军大衣，打开了房门。刺骨的寒风之中，一个老人颤巍巍地站在那儿，双耳被冻得通红，脸上苍老的沟壑之中，还凝固着被冻成冰痕的泪水。"老爹？！"李德阳一怔，连忙拉着对方的手想让他进屋。"德阳！！"老大爷冻裂的手掌甩开李德阳的手，哭喊着开口，"婷婷出事了！"

听到这句话，李德阳的脸色瞬间就变了。"咋回事？"

"我们到旅馆之后，我下楼想给婷婷打点热水，然后就听到楼上有窗户破碎的声音，我赶紧跑上楼，就看到一个，一个……怪物，把婷婷抓走了！"老大爷有些语无伦次地说道。

"怪物？"李德阳的眉头紧锁，"什么样的怪物？"

"有点像蚂蚁，红色的，但是个头特别大！大得吓人！"老大爷一边比画一边说道。

红色的蚂蚁？李德阳的心"咯噔"一下沉了下去："你看到它往哪儿去了吗？"

"往森林里去了！"老大爷焦急地开口，"德阳啊！你是这护林局的队长，赶紧给上面打个电话，让他们派人啊，还有直升机啊什么的过来，把婷婷给救回来啊！"

"这事儿，上面管不了。"李德阳快步走回屋中，戴上帽子、手套，拿上猎枪，从一旁的角落里抽出一柄入鞘的直刀，犹豫片刻之后，又从箱底掏出一件暗红色的斗篷。

"德阳啊，德阳！你这是干啥啊？！"老大爷呆呆地看着这一幕。

"进林。"李德阳背着猎枪，提着刀快步走到屋外，回头对老大爷嘱咐道，"您年纪大了，就在这儿待着，哪儿也别去了，要是三天以后我还没回来，您就报警吧。对了，我床下面的抽屉里有张银行卡，里面是我存下来的三百万元，密码是婷婷的生日，您拿回去，到时候带婷婷到大城市里买套房，好好享享清福吧，别老是往这旮旯角跑了。"

"德阳！我跟你一起去！"老大爷见此，倔强地跟在他的身后，"想当年你老爹我也是村儿里最有名的猎户，进林子这种事……"

"这不一样！！"李德阳加重了语气，将老大爷推回了屋里，严肃地开口，"老爹，你就听我的，在这里等着，我一定会带婷婷回来的。"说完，他便直接锁上房门，任凭老大爷在里面如何呼喊，也不为所动。

李德阳在冷风中大喊。"陈涵！"

"在！"陈涵的身影从隔壁房间走出。这房子隔音不太好，他听到了两人的对话，早就换好了装备，准备出发。两人提着入鞘的直刀站在夜风中，许久不曾披上的暗红色斗篷纤尘不染。李德阳看了眼黑暗幽深的森林，坚定地向前走去，缓缓开口。"332小队，全员出动！"

原始森林中，林七夜四人依次从一片高大的密林中穿出，手电的光束在一片荒芜的空地上晃过，缓缓停下了脚步。

"这里，就是那处废弃的林场了吧？"曹渊开口道。

安卿鱼点了点头："地图上标的就是这里。"

百里胖胖用手电仔细地四下扫了一圈，这附近大多是空荡的泥地，远处倒是有几座两三层的矮楼的影子，还有许多杂乱的藤蔓与荒草覆盖。

"这地方……怎么阴森森的？"百里胖胖缩了缩脖子。

林七夜瞥了他一眼："这句话你在来的路上已经说至少二十次了。"

"二十六次。"安卿鱼淡淡开口。

"这、这里确实很阴森啊！你们不觉得吗？"百里胖胖忍不住反驳。

"先去里面看看吧。"林七夜直接无视了百里胖胖，径直向着前方走去。那些矗立在黑暗中的都是灰白色的老式砖土房，墙上的窗户几乎全部碎掉，只留下一个个诡异的黑色方口，手电的光芒照射进去，能隐约看到残破的桌椅和腐烂的墙壁。密密麻麻的藤蔓缠绕在墙壁上，荒芜的杂草几乎将整个楼房围住，透过荒草的间隙，能看到楼房一层黑洞洞的大门——凄凉、阴森、诡异……即便是林七夜站在这些废弃的矮楼前，身上的汗毛都不由得立了起来，有些毛骨悚然的感觉。

"所以当初那个目击者，到底是为什么要来这种鬼地方？"百里胖胖十分不解地开口。林七夜等人也陷入了沉默。

"情报中说，目击者发现那只红色巨蚁时，对方正在一座矮楼的楼顶啃食一只死去的乌鸦。"林七夜打破了沉寂，缓缓开口道，"如果我没猜错的话，这些矮房的窗户，都是被这些巨蚁打碎的，它们应该经常在这片区域活动，大家小心一些……"

"放心吧，我会保护好自己的！"百里胖胖鼓起勇气说道。

林七夜看了他一眼，无奈地开口："我的意思是，动手的时候小心一点，别把工蚁给杀了，给我留个活口。"

百里胖胖："……"

林七夜四人踏过丛生的荒草，向着其中一座矮房的正门走去。现在林七夜等人最重要的目标就是找到一只活的巨蚁。而这座曾经出现过巨蚁的废弃林场，是最有可能找到它们踪迹的地方。他们必须将这里彻底搜索一遍。

　　手电筒的光束投射进黑洞洞的大门中，百里胖胖看着眼前这座阴森恐怖的房子，不由得咽了口唾沫，闭上了眼睛，硬着头皮往里走。突然间，他的头撞到了什么。百里胖胖怪叫一声，猛地向后退了两步，只见林七夜站在这栋楼房之前，缓缓转过身。

　　"走吧，我的精神力扫过了，里面什么东西也没有。"

　　林七夜有些遗憾地耸了耸肩，迈步向隔壁的楼房走去。

　　百里胖胖："……"

　　你能用精神力扫倒是早说啊，害得小爷在这里担惊受怕这么久！

　　知道自己不用进这座鬼屋之后，百里胖胖明显松了口气，就这么跟着林七夜依次经过几座楼房，都没有找到巨蚁的踪迹。就在众人即将走到最后一座矮楼的时候，林七夜突然停下了脚步，眉头微微皱起。"这栋也没有？"百里胖胖试探性地开口。林七夜凝视着眼前这座阴森诡异的矮楼，一点点将手伸到背包之中，缓缓说出了一句令三人头皮发麻的话："二楼左边数第三个窗户后面……有个人。"

347

　　"有人？"听到这句话，曹渊和安卿鱼同时皱起眉头，做好战斗准备，百里胖胖脸色一白，有些哆嗦地开口："是……是活人还是……死人？"

　　"在窗户后面看着我们，当然是活人了！"曹渊忍不住开口。

　　"不。"林七夜凝视着那扇黑洞洞的窗口，另一只手缓缓握紧直刀的刀柄，深吸一口气，声音沙哑地开口，"那不是活人……你们要做好心理准备。"

　　不是活人？安卿鱼转头看向那处窗口，眼眸之中浮现出一抹灰色，片刻之后，愣在了原地。"这怎么可能……"曹渊的瞳孔微微收缩，下意识地将手电的光束移到那扇窗户上，想要看清那到底是什么东西。明亮的光束掠过破败的灰墙，照射到那漆黑的幽洞，只见在棕红色的破烂木框之后，一张惨白的人脸紧贴在墙边，一对没有眼白的漆黑双眸直勾勾地盯着楼下的四人！这张脸实在太奇怪了，不像正常人脸那样立体，而是有种诡异的平面感，细长的斜眉、漆黑的眼睛、鲜红的嘴唇……那张脸上没有鼻子，只有两个黑洞洞的窟窿。看到这张脸的瞬间，曹渊顿时觉得一股寒意从脚底板冲上了大脑，浑身的汗毛都立了起来。这哪里是人！这分明就是一个入殓用的纸人！一旁的百里胖胖看到这一幕的瞬间，心脏猛地一抽，好在在集训营训练出的强大心理素质让他没有直接尖叫出声，而是死死地咬住嘴唇，二话不说反手从口袋里掏出一串佛珠，塞到曹渊手里。

"你干吗？"曹渊被他吓了一跳。

"你不是和尚嘛！佛珠给你，快念咒收了它啊！！"百里胖胖脸色煞白，压低了声音焦急说道。

曹渊："……"

被手电光束照射之后，那个惨白的纸人脸突然一晃，消失在黑洞洞的窗户后，林七夜的瞳孔骤缩，提着刀刃如闪电般冲入楼中，一边大喊："抓住它！别让它跑了！"然而，有一个人比他更快。安卿鱼早在林七夜之前就冲了出去，眼镜下的双眸死死盯着纸人消失的那扇窗户，反手将一柄解剖用的手术刀握在手上，垂直贴着墙壁直接冲上楼去，脸上写满了兴奋与求知欲！曹渊见林七夜冲了出去，立刻紧跟其后，只剩百里胖胖攥着一串佛珠愣在原地，片刻之后同样撒丫子狂奔。"别丢下我啊！！"

伸手不见五指的矮楼之中，林七夜的速度极快，不到两秒就从楼下跑到纸人原本所在的房间之中，安卿鱼同时从窗外翻了进来。但此刻，房中已没了纸人的踪影。"它从那儿翻出去，往林子里跑了。"纸人的一举一动都在林七夜的感知之中，他当即从对面的另一扇窗户口翻了出去。在踏入"川"境之后，"凡尘神域"的感知范围直接飙升到五百米，那纸人的速度虽然快，但短时间内还跑不出林七夜的感知。四人离开废弃的林场，全速向着另一侧的森林狂奔！深山老林之中的废弃林场，突然出现一个纸人，这件事本身就极其诡异，林七夜等人自然不可能就这么让它跑了。那纸人的身体似乎没有丝毫重量，顺着夜晚的寒风，轻轻一跃便在林中腾飞极远，随后又飘飘悠悠地落到某处深林之中。林七夜等人冲进林中追击许久，始终无法拉近与纸人的距离，反而被越甩越远，逐渐失去了对方的踪迹。

林七夜的眉头微皱，在林中停下了脚步。过了大约半分钟，曹渊三人的身影才跟到林七夜的身后，四下张望一圈后并没有看到纸人，无奈地叹了口气。事实上，林七夜并不是没可能追上。在这夜色之中，他的速度本身就被加持到恐怖的地步，若是再用"天空的吟诗者"加持，追上纸人的概率不小，但问题是曹渊等人没有这么多手段，速度根本不足以跟上林七夜的步伐。强追下去，能不能追上纸人不说，但他必然会与队伍脱节，到时候四人分散在这片广袤的原始森林中，就真的麻烦了。

百里胖胖喘着粗气，忍不住问道："七夜，那到底是个什么东西？"

"没有生命波动，没有精神力反应，也没有被禁墟操控的痕迹……"林七夜沉思了片刻，摇了摇头，"不像是'神秘'，但具体是什么，我也没有头绪。"

安卿鱼有些遗憾地叹了口气："要是让我解剖一下就好了。"

一旁的曹渊似乎想到了什么，有些不确定地开口："你们不觉得，刚刚的这一幕……好像在哪里听过吗？"

听到这句话，其余三人都一愣。

"惨白的脸，五官模糊，像是人，又像是……死人。"安卿鱼喃喃自语，"原来如此，这么一对比，跟我之前听到的传说很像。"

"那传说，不会是真的吧？"百里胖胖忍不住开口，"当初那个伐木工人看到的，其实就是我们刚刚看到的纸人？"

"地点也确实是一处林场……"林七夜的眉头微皱，"地点、事件，全部都对得上，这似乎有些太巧合了。"

"既然纸人的部分是真的，那这个传说的其他部分，会不会也是真的？"曹渊问道。

"什么部分？"

"存在于森林深处的，永恒的死人国度。"

众人同时陷入沉默。在原始森林的深处，真的存在一个永恒的死人国度？听起来像是天方夜谭，但偏偏他们刚刚又证实了，传说的一部分确实是真的……神秘的红色巨蚁，摸不清位置的蚁后巢穴，莫名其妙出现又诡异消失在森林中的惨白纸人，传说中存在于山林深处的永恒的死人国度……

林七夜抬头看向周围茂密的黑色树林，还有远处隐藏在夜色下的山岭轮廓，长叹了口气。"看来这地方的秘密，远比我们想象的要多。"

348

"今天就在这里过夜吧。"林七夜走到一片还算宽阔的林间空地，用精神力仔细地感知了一遍，开口说道。现在已是深夜，从入林到现在过了近 6 个小时，他们又先后经历了与红色巨蚁的战斗和对纸人的追击，再加上极度严寒的持续侵袭，难免有些疲惫。

"休息 4 个小时，然后继续探索。"林七夜看了眼时间，又转头看向百里胖胖："把住宿的帐篷什么的，都拿出来吧。"

"好嘞！"百里胖胖应了一声，将手伸进口袋中，下一刻便从中掏出两顶黑色的巨大帐篷，放在了林地的中央——结实的金属支架、厚实的外皮、保暖的内部结构，这两顶帐篷放在空地中央，让人看一眼便知道价格不菲。林七夜打量了两顶帐篷片刻，眼中浮现出一抹诧异之色。他想过百里胖胖买装备，都会买比较好的，毕竟是百里集团的人，不是差钱的主。不过像这么高端的帐篷，他倒还真没见过。

"帐篷已经弄好了，就来安排一下守夜的顺序吧。"林七夜沉吟片刻，"卿鱼和曹渊守前两个小时，我和胖胖守后两个小时，怎么样？"

其余三人都没有意见，林七夜便点了点头："好，那我们就先休息了……"

"等等！"百里胖胖突然开口。林七夜和曹渊疑惑地看向他，只有一旁的安卿鱼默默地叹了口气，好像已经知道百里胖胖准备干什么了。

"我还没布置好呢。"百里胖胖咧嘴笑了笑，又伸手到口袋里掏了起来。下一刻，在林七夜和曹渊震惊的目光下，两张两米宽的柔软席梦思被他从口袋里掏了出来，塞进帐篷里。好在百里胖胖买的帐篷足够大，即便是塞一张席梦思进去，也完全不会影响内部的空间。紧接着，是四条天鹅绒被子、四把"老头乐"牌摇椅、两台高功率电热暖炉、四台柴油发电机、二十四桶柴油、四台高配版"外星人"台式电脑、四张红木桌子、四张电竞椅，还有空气净化器、加湿器、落地灯、小茶板、紫砂茶具……等到十几串闪亮的星星灯被恰到好处地环绕在帐篷上之后，百里胖胖拍了拍手，后退两步，满意地点了点头。"可以了！"奢华落地灯温暖的灯光照在林七夜和曹渊呆滞的脸上，他们站在这个"豪宅版"野外生存空间前，看着拿起一支喷火枪慢悠悠炙烤雪花牛肉的百里胖胖，直接石化在原地。

"你……你……"

"怎么了？"百里胖胖疑惑地挠了挠头，"生存的装备应该都齐了啊，还差了什么吗……"突然，他像是想起了什么，一拍大腿！"我去，忘了买老干妈！"

林七夜的嘴角微微抽搐，缓缓转头看向一旁的安卿鱼，后者无奈地闭上眼睛，长叹了口气。

原始森林，另一边，寒风中，裹着暗红色斗篷的李德阳蹲在泥地上，手电的灯光沿着地上的印痕，一点向外延伸。他眯起了眼睛，眸中浮现出疑惑之色。

"李叔，不是这条路吗？"陈涵看到李德阳的神情，开口问道。

"是这条，那只巨蚁的身体太庞大，重量全部压在六条腿上，所以足迹很容易辨认，它就是往这个方向去了……"李德阳缓缓从地上站起身，继续说道，"但奇怪的是，除了那只巨蚁的足迹，这里还有另外四个人的脚印……"

"还有人的脚印？"陈涵一愣，"这个时候怎么可能还会有人进林？"

"从泥土的痕迹来看，他们应该比巨蚁更早进林，很可能是巨蚁在抓了婷婷之后，又发现他们的踪迹，所以沿着那四个人的踪迹追了上去，想一口气捕到更多的猎物。"李德阳的眼睛微眯，"这玩意儿，智商可不低啊……"

"四个人……"陈涵像是想到了什么，"李叔，会不会是白天那四个……"

"有可能。"李德阳点了点头。

"那他们岂不是有危险？"陈涵的脸色有些难看。

李德阳叹了口气，抬头看向前方的幽深树林，有些恼火地开口："这些年轻人一个个的，真是不怕死！"他紧握着手中的直刀，带着身后的陈涵，再度朝着前方飞奔而去。

温暖舒适的帐篷中，躺在席梦思上的林七夜突然睁开双眼。他缓缓坐起身，看了眼时间，裹好一旁的防寒服，戴好帽子，便拉开帐篷的门帘走了出去。"该换班了，你们去休息吧。"林七夜走到暖炉旁，对着安卿鱼和曹渊说道。随后，他又去隔壁帐篷，一脚踹醒了睡得像死猪的百里胖胖。等到两人各自进帐篷睡下，林七夜将手放到暖炉旁烤了起来，一旁的百里胖胖揉着惺忪的睡眼，一边打着哈欠，一边从口袋里掏食物。"七夜，你早饭喜欢喝咖啡，还是牛奶？"

林七夜的嘴角一抽："咖啡吧。"

百里胖胖掏出一个半米高的咖啡机，咖啡豆像是不要钱一样撒了进去，将一旁的发电机连上去，几分钟后，一杯热气腾腾的咖啡就送到了林七夜的眼前。林七夜坐在"老头乐"牌摇椅上，看着身前小桌板上热气腾腾的咖啡、曲奇，还有一块肉香四溢的雪花牛排，陷入沉思……这好像和他想象中的野外生存，有些不一样。林七夜摇了摇头，抛去那些繁杂的思绪，不紧不慢地拿起了手中的餐刀，开始切牛排。刚切下第一刀，林七夜的手就停在了半空中。他抬起头，看向远处的森林，只见在森林的边缘，一只红色的巨蚁正驮着一个昏迷的女孩，直勾勾地盯着林七夜这里，也不知是在看林七夜，还是在看他手上的牛排。林七夜沉吟片刻，用叉子叉起了第一块香喷喷的牛肉，笑眯眯地举在身前，那表情好像是在说：想吃吗？你过来啊！来了，我就给你吃一口……

349

一道刺耳的叫声划破了寂静的夜空，巨蚁背着女孩，飞快地向举着牛排的林七夜冲去！"当——"两柄摆放在一旁桌上的直刀自动出鞘，发出一道轻吟，闪电般地向疾驰而来的巨蚁射去！与此同时，林七夜缓缓收回了举在空中的手臂，喃喃自语："来如雷霆收震怒，罢如江海凝清光！"

"刺啦——"两柄飞旋于半空的直刀表面突然涌现出密集的电光，速度再度暴涨，电光石火之际，便与那红色的巨影交错而过！蓝色的电弧在空气中跃动，直刀在林七夜的操控下微微下斜，刀锋精准地切开了红色巨蚁的六条腿根！刹那间，六条残腿伴随着绿色的血液，飞溅而起！失去了腿脚的巨蚁重重地摔落在地上，由于惯性继续向前擦去，与此同时另一柄直刀回旋，将那束缚住女孩的大颚同样切下！一抹黑暗浸染了身旁的第二把摇椅，使其瞬间腾空而起，飞到女孩的身下将其稳稳地接住，在原地打转半圈，椅身微微摇晃。失去所有进攻手段的巨蚁在地上翻滚数圈，狼狈地滚到了林七夜的摇椅前，凄厉的嘶号声在林间回荡。

"咔——"两柄直刀回鞘，林七夜低头俯视着脚下的巨蚁，微笑着将手中的牛排送入嘴中，不紧不慢地咀嚼起来。在巨蚁不具备先下手偷袭优势的时候，它在林七夜的手下，注定不可能撑过一招。

"怎么了？怎么回事？！"一直在后面烤比萨的百里胖胖匆忙走上前，看到眼前的这一幕，直接愣在了原地。安卿鱼和曹渊同样听到了动静，从各自的帐篷里出来。

"没事，终于抓到了一个活口。"林七夜缓缓从摇椅上站起，端着咖啡走到巨蚁前蹲下，一抹极致的黑暗从他的影子中延伸而出，开始侵占巨蚁的身体。"星夜舞者"给林七夜带来的，不仅是在黑暗条件下强大的身体素质，还有与夜行生物交流的能力。从传统意义上来说，蚂蚁既属于昼行生物，也属于夜行生物，在这方面的界定比较模糊，而且在林七夜突破到"川"境之后，与夜行生物的交流能力也被加强了一大截，与"至暗神墟"配合，甚至开始拥有精神控制的力量。在那抹黑暗侵蚀到巨蚁头部的时候，原本已经奄奄一息的巨蚁再度剧烈扭动起来，仿佛是在拼命地挣扎，尖锐刺耳的嘶号声在山林间回荡，震得人耳膜生疼。

"有点吵。"林七夜的眉头微皱，转头看向安卿鱼："可以让它闭嘴吗？"

安卿鱼点了点头，随手取出一把锋锐的手术刀，眸中浮现出一抹灰芒，解析片刻之后，将刀锋精准地刺入巨蚁大脑的某个部分。下一刻尖锐的叫声戛然而止，巨蚁彻底失去发声能力。随着林七夜眼中的黑暗越发浓郁，巨蚁的挣扎也激烈起来，不停地用自己的头部撞击地面，发出沉闷的咚咚声。几分钟后，林七夜的眉毛微微上扬，眼眸中的黑暗褪去，站起身来看向某个方向。

"我知道大概的方位了。"林七夜平静地开口。

"大概的方位……"安卿鱼的眉头皱了皱，"也可以，应该能节省不少时间。"

"应该说，暂时只知道大概的方位。"林七夜看了眼瘫在地上一动不动的巨蚁，继续说道，"只要每隔一段时间，侵占它的心神搜索一次，就能不断地调整路径，最终它会将我们指引到巢穴的所在位置。"

百里胖胖的眼睛逐渐亮起："也就是说，我们已经有找到巢穴的办法了？"

"没错。"林七夜走到昏迷的小姑娘旁，用精神力将她的身体情况仔细检查一遍，神色微微缓和下来。

"这不是火车上那个小姑娘吗？"曹渊疑惑地开口，"她怎么在这儿？"

"被那只巨蚁带过来的。"林七夜看着衣着单薄的小姑娘，脱下身上的防寒服，想了想，又脱了一件加绒外套，盖在她的身上，自己只留下一件单薄的黑色衬衫。"她应该是正好在原始森林外围，遇到出来替蚁后狩猎的巨蚁，然后就被带了过来……幸好她当时没有抵抗，而是直接昏了过去，否则估计巨蚁会先杀了她，再将她带走。"

百里胖胖端详了小姑娘许久，长叹了口气："幸好被我们碰到了，要不然……"

"这也说明，工蚁们的狩猎范围在不断扩大。"林七夜的表情越发凝重，"留给我们的时间不多了。"

"那这小姑娘怎么办？"曹渊开口道，"我们要带着她去蚁后巢穴吗？"

林七夜看着昏睡的小姑娘，犹豫起来。这里距离安塔县太远了，要是原路返回，来回至少要浪费 12 个小时，再拖下去，巨蚁只会在城里闹出更大的骚乱，他们已经没时间回头了。

"先带着吧。"林七夜开口道，"等快到蚁巢附近的时候，我找人在外面照顾她。"

"找人？"百里胖胖疑惑地问道，"这荒山野岭的，找谁啊？"

"我自有办法。"

找人对林七夜来说，确实不是一件难事，精神病院里那么多护工，随便找一个出来都能保护小姑娘的安全。若非召唤出来的护工不能离林七夜太远，他甚至想让李毅飞直接从这里送小姑娘回家。

"等等！"百里胖胖像是想到了什么，匆匆忙忙跑到帐篷边，"比萨马上烤好了，那小姑娘一会儿醒了肯定会饿，给她带着路上吃。"

百里胖胖忙活之际，曹渊主动走到摇椅边，将椅子上的小姑娘背了起来。毕竟他们四个人里，也就只有他不能轻易出手。非必要时刻，他都只能在一旁观战，小姑娘在他的身上最安全。就在这时，安卿鱼的目光落在林七夜的身上，犹豫片刻之后，将自己身上的防寒服脱下，递到了林七夜的面前。林七夜一愣。

"我改造过身体，体内有冰霜的基因，不怕冷，你拿去穿吧。"安卿鱼微笑着说道，"或许，这就叫……与子同袍？"

350

林七夜怔了片刻，无奈地笑了笑，还是接过了安卿鱼手中的衣服。"谢谢。"虽然在晋升到"川"境之后，林七夜的身体素质被大幅加强，已经完全超出了普通人的范畴，但毕竟还是肉体凡胎，长时间在严寒的侵袭下，行动难免会有些僵硬。更何况，黎明时候的林中极易结霜，只穿一件单薄的衬衫，很快就要被露水打湿，到时候反而更加麻烦。

没多久，百里胖胖就将整个营地都收回口袋，又将原本用来装烧烤架的大铁箱改造一下，将残疾的巨蚁塞了进去，方便携带。四人收拾好行装，再度向原始森林的深处走去。每过半个小时，林七夜就将铁箱打开一次，用黑暗侵蚀巨蚁的精神，从中读取前进的路线，不断地调整方向。大约走了一个半小时，趴在曹渊背上的小姑娘身体突然一颤，仿佛梦到了什么可怕的事情，猛地睁开了眼睛。她惊叫一声，便下意识地惊恐挣扎起来。

四人同时停下脚步，转头向曹渊的背上看去，百里胖胖快步走上前，开口安慰道："小妹妹，别怕啊！怪物已经被哥哥们赶跑了！"

小姑娘惊疑不定地环顾四周，没有看到巨蚁的踪迹，脸色逐渐缓和，又仔细打量几人一眼，有些疑惑地开口："你们是……火车上的那几个哥哥？"

"是我们。"百里胖胖嘻嘻一笑，"小妹妹，你叫什么名字啊？"

小姑娘犹豫了片刻，还是怯生生地开口："我叫李婷婷。"

"婷婷啊……"百里胖胖凑到李婷婷身边，和蔼地开口，"你别怕，哥哥们不是坏人，我们是进森林来拍纪录片的游客，等拍完了就带你回去。"

李婷婷看着百里胖胖，有些将信将疑。

"安塔县护林局的李德阳，是你的爸爸吧？"林七夜微笑着开口。

听到"李德阳"三个字，李婷婷的眼睛顿时亮了起来："你们认识我爸爸？"

"我们是好朋友，你忘了，昨天我们还去护林局做客呢。"

这句话一出，李婷婷的神情彻底放松下来，看向林七夜几人的目光多了几分信任。百里胖胖默默地对林七夜伸了个大拇指。随后，他想到了什么，从背包里掏出保温盒中的比萨，递到李婷婷的面前，笑着说道："给你留的早饭，吃点吧。"

李婷婷嗅到比萨的香气，狠狠地咽了口唾沫，这一晚上的惊吓与严寒，她早就饥肠辘辘，此刻再也没有丝毫顾虑，便接过比萨大口吃了起来。

"哎，慢点吃慢点吃，没人跟你抢。"百里胖胖嘿嘿笑道，又从背包里掏出两个保温杯。"咖啡，还是牛奶？"

黎明的微光逐渐从山林的另一端，缓缓浮现。李德阳披着斗篷，背着猎枪，快步在森林之中穿行，沧桑的面孔之上满是疲惫与风霜。陈涵紧跟在他身后，脸颊也被寒风吹得通红。两人沿着地上的脚印，来到一片还算是空旷的林地。李德阳看着身前杂乱的脚印，眉头微皱，低下身仔细地观察起来。

"李叔，这里有帐篷搭建的痕迹。"陈涵四下走动一圈，开口说道，"他们应该是在这里休息了一段时间。"

李德阳从地上站起，点了点头。"这里的痕迹太乱了，看不出什么，不过走向林子的脚印都很新，他们应该才刚离开没多久，我们全速前进，很快就能追上。"

陈涵"嗯"了一声，两人再度迈开脚步，飞快地沿着脚印的方向追去。全速跑了一个多小时，四道身影隐约出现在他们的视野之中。仅看到他们的背影，李德阳就可以确定，这四个就是昨天下午来护林局要地图的那几个年轻人。不过当他的目光落在其中一个年轻人背上时，瞳孔骤然收缩！"婷婷！"他张开干裂的嘴唇，大声喊道。

远处，百里胖胖等人同时看向林七夜，林七夜默默地点了点头，四人便停下了脚步。

"爸爸！"李婷婷猛地回头看去，看到来人立刻激动地从曹渊的背上跳了下来，快步朝着李德阳的方向跑去。李德阳的双唇微微颤动，因寒风席卷而僵硬的脸上逐渐浮现出笑容，一把将跑来的李婷婷抱起，坚实的臂膀紧紧地环绕住她的身体。"婷婷！你怎么样，没有受伤吧？那只巨蚁呢？"李德阳迅速检查了一下李婷婷的身体，确认连一道擦伤都没有之后，悬着的心顿时放下来。

"我没事啊，我醒过来的时候，就在曹哥哥背上了！"李婷婷摇了摇头，两根长长的麻花辫晃来晃去。

李德阳抱着李婷婷，转头向不远处的四人看去。

林七夜的嘴角上扬，对着他挥了挥手："又见面了。"

陈涵和李德阳对视一眼，都看到了对方眼中的疑惑，李德阳走到四人的身边，忍不住问道："是你们把婷婷救下来的？"

"对啊。"百里胖胖点头。

"那你们……有没有看到别的什么东西？"李德阳眉头紧皱，"比如，红色的蚂蚁？"

林七夜等人对视一眼，迷茫地摇头："什么红色的蚂蚁？"

听到这句话，李德阳眼中的疑惑之色更浓了："那你们是怎么找到婷婷的？"

"林子里捡到的。"林七夜坚定地回答，其余三人重重点头。

他们自然不可能直接跟李德阳说，那只红色的巨蚁已经被削成棍子，现在正在百里胖胖背后的铁箱子里塞着。这事要是被李德阳知道了，必然会对他们的身份起疑。

"捡到的？"李德阳蒙了。

"对啊，我们就这么走路，正好看到她在一棵树下躺着，然后就捡起来了。"百里胖胖一边比画，一边开口道。"咚咚——"他背后的铁箱突然发出沉闷的撞击声，仿佛有什么东西在里面扭动。李德阳的目光顿时落在铁箱上。林七夜默默走到铁箱旁，一巴掌拍在铁箱的表面上，里面沉闷的撞击声戛然而止，林七夜笑了笑，有些不好意思地开口："路上顺便打的野味，有点不老实，呵呵呵……"

351

野味？李德阳将信将疑地把目光从铁箱上移开，眉头又皱了起来。"我不是警告过你们，不要进林吗？你们真就不怕死啊？"

百里胖胖咧了咧嘴："我们进来这么久了，不也没什么事吗？再说我们要是不进来，怎么能救你的女儿呢？"

李德阳听到后半句，原本准备好的斥责顿时噎在了喉咙口。"你们现在没事，是因为你们命大！"李德阳冷哼一声，强硬地开口，"现在马上跟我回去，不能再深入了！"

林七夜摇了摇头："您先带着女儿回去吧，在完成拍摄目标之前，我们是不会回去的。"

李德阳瞪大了眼睛，狠狠地盯着林七夜，厉声开口："胡闹，再往前走，你们真就要把小命搭在这儿了！我送你们回去！"

"不回。"林七夜坚定摇头。

"回去！"

"不回。"

"……"

李德阳瞪着几人，肺都快气炸了。你们这群小兔崽子，怎么不听人劝呢？跟你们说了往前走就是死路一条，非要急着去送死？现在怎么办？直接带着婷婷回去？不管他们？眼睁睁地看着四个年轻人去送死，他可做不到。更何况要不是他们，婷婷说不定已经被冻死在林子里了。要不把他们打晕，扛回去？可他们四个人，就凭自己和陈涵也拖不动啊！这可是好几个小时的路程。

思前想后，李德阳一咬牙，像是下定了什么决心，转头看向陈涵："小陈，你带着婷婷先回去，我跟他们往前走一段，然后就把他们带回去。"

陈涵一愣："可是，万一碰上了……"

"放心。"李德阳给了陈涵一个眼神，指了指自己背后的猎枪，"你们先走，几分钟后，我肯定让这群小年轻心甘情愿地回去。"

陈涵看到这一幕，瞬间明白了李德阳的用意。

"好，那我们先走一步。"陈涵点了点头。

李婷婷张了张嘴，正欲说些什么，李德阳便蹲下身摸了摸她的头，轻声开口道："婷婷，你先回去找爷爷，爸爸马上就回来。"说完，他想到了什么，伸手从胸口的衣服里掏出了一包皱皱巴巴的压缩饼干，塞到了李婷婷的手里。"路上要是饿，就吃点饼干，知道吗？"

李婷婷将李德阳的手推了回去，摇了摇头说道："爸爸，你留着自己吃吧，我不饿，我刚刚吃了一大块比萨。"

李德阳一愣："吃了什么玩意儿？"

"比萨啊！"李婷婷摸了摸肚子，"胖哥哥给我的，海鲜风味的，可好吃了！"

李德阳："……"

他回头看向四人，百里胖胖嘿嘿一笑。陈涵走上前将李婷婷背起，对着李德阳点点头，示意让他放心，随后便向着来时的方向走去。等到两人的身影彻底消失无踪，李德阳缓缓转过头，看向林七夜四人。

"叔。"百里胖胖耸了耸肩，"要不你也一起回去吧，我们真的没事……"

"少废话！"李德阳的目光扫过四人，"哼"了一声，从背后掏出了猎枪……"咔嗒——"子弹上膛！李德阳端着猎枪，枪口指着四人，一副"没想到吧？"的表情。他是绝不可能放任林七夜四人继续往前走的，也不会赌上这条命，陪这四个作死的年轻人继续前进。所以，他只能用一些粗暴的方法，逼他们回去！虽然这手段有些不合规矩，但李德阳管不了这么多。他没念过几年书，说不出什么大道理，现在，只能用这种最粗暴却最有效的办法。刚才婷婷在这里，他不好拔枪，毕竟这怎么看都不像是好人做的事情。现在让两人先行离开，他就可以自由行动了。

"你们这群兔崽子，好好说话不听，非要老子跟你们动武。"李德阳粗犷的声音在林间回荡，语气之中满是严肃，"不想让身上多个窟窿，就马上跟老子回去！"

空气瞬间凝固了，百里胖胖的嘴角微微抽搐，三人默默转过头看向中间的林七夜。林七夜看着面前黑洞洞的枪口，还有坚定无比的李德阳，无奈地闭上眼睛缓缓叹了口气。

几只飞鸟从林间惊起，十秒后——"好好说话不听，非要我们跟你动武。"百里胖胖坐在一旁的石头上，把玩着手中的猎枪，很无奈地开口。他的身侧，鼻青脸肿的李德阳正四仰八叉地躺在地上看着头顶的天空，整个人陷入呆滞，仿佛彻底停止了思考。安卿鱼蹲在他的旁边，手中拿着一团酒精棉，认真地给李德阳的伤口消毒。

"李叔，我们真不是故意下手这么重的。"林七夜坐在他的身边，严肃地解释道，"你说……明明枪都被我们缴了，你干吗还非要冲上来抢呢？抢就抢吧，自己一把年纪了，动作幅度上也不知道注意一点……不仅摔了一跤，还把腰给扭了，这你找谁说理去？"

李德阳的嘴角一抽，正好牵扯到正在消毒的伤口，疼得脸都扭曲了起来。"你们……究竟是什么人？"李德阳盯着林七夜，表情古怪地问道，"我虽然年纪大了，但也不是几个毛头小子能制服的，你们来这里的目的到底是什么？"

林七夜眨了眨眼："我说过的，拍纪录片。"

"什么纪录片？"

"《熊出没》。"

李德阳不信邪："既然是来拍摄的，为什么我没见到你们的拍摄器材？"

一旁的百里胖胖沉吟片刻，默默从背包里掏出一个三脚架、两台摄影机、一块反光板，甚至还掏出了一件绿色的马甲套在身上。

李德阳："……"

"不可能。"李德阳笃定地摇头，"拍纪录片的，不可能有这么好的身手。"

"为什么不能？"林七夜的眉梢上扬，"我出身古武世家，近身战一向是我的强项，那么近的距离，就算你有枪也不可能赢得了我。"

"你是古武世家的传人？"李德阳眉头微皱，又看向其他三人，"那他们呢？"

林七夜沉吟犹豫片刻，伸手指向安卿鱼："这是随行医生。"又指向曹渊，"专业摄影师。"又指向百里胖胖……"地主家的傻儿子。"

352

百里胖胖："……"

"喀喀，同时也是这次纪录片摄影工作的投资方。"林七夜补充了一句。

李德阳的脸上写满了不信。不过，让他猜这几个人的来历，倒还真的猜不出来。刚刚短暂的交手中，只有林七夜动了手。而且林七夜没有显露出丝毫的超自然力量，纯粹使用近身战斗的技巧，瞬间从他的手上夺去了猎枪。至于李德阳身上的伤，确实就是因为被夺枪之后，一时激动，动作幅度过大扭了腰，然后就摔了一跤。光是从这一点上来看，林七夜的实力确实让他捉摸不透。说他很厉害吧，好像也就夺枪比较快；说他不厉害吧，却又从一个守夜人的手中夺走了枪。面对这四个年轻人，李德阳承认自己有些轻敌，而且一开始也没有动用禁墟的打算，毕竟谁又能想到，一个毛头小子能有这么厉害的身手？

李德阳仔细思索，推测出了三种可能。第一种，这四个人确实如同他们自己所说，就是来拍纪录片的，一个富家公子带着一个身手好的年轻人当保镖，似乎也合情合理。第二种，他们是"信徒"。不过这种可能性很小，如果他们是"信徒"，根本没必要救下李婷婷，而且现在自己是穿着守夜人斗篷的，"信徒"不可能不认识，又怎么会放过自己的性命，还仔细地给他伤口消毒？第三种，他们也是守夜人。这个念头只是刚出现在李德阳的脑海中，就被他否定了。一般来说，守夜人都有自己驻守的城市，非必要情况，不会到处乱跑，更何况是在这片原始森林。唯一具备机动性的就只有特殊小队，而据他所知，这四个年轻人不符合任何一个特殊小队的特征。最关键的是，如果他们真的是特殊小队，为什么要伪装？思来想去，眼前这四个年轻人，好像确实只可能是第一种情况。

李德阳单手撑地，另一只手扶着腰，勉强地从地上站起，一旁的林七夜快步走上前想搀扶住他，却被李德阳挥手拒绝。"小子，我不管你们到底是什么人，总之……你们不能再前进了。"

林七夜沉吟片刻："如果我们非要前进呢？"

李德阳张嘴想了半天，也没憋出一句话来。对啊，他们非要前进……自己又能怎么样呢？现在他自己走路都不利索，枪又被夺了，刀也被拿走了，禁墟倒是能用，但也不能真的把他们全杀了吧？

林七夜见李德阳一脸蛋疼的表情，嘴角微微上扬，给了曹渊和安卿鱼一个眼神，两人顿时会意，一左一右凑到李德阳身边，架着他往前走去。

"李叔，慢点走，可别再扭着腰了。"百里胖胖笑嘻嘻地开口。

对林七夜来说，带着李德阳反而是个累赘，但也不好就这么把他一个人丢在林子里，毕竟随便冒出一只巨蚁都是"川"境，凭他现在的状态，根本不是对手，这么尽职尽责的一个守夜人，可不能让他就这么死了。

就这样，四人带着一个李德阳，不断地向森林深处前进。大约走了两个小时，被架着的李德阳肚子便传来阵阵声响，林七夜回头看去，只见李德阳老脸一红，默默地扭过头去。

"你们两个把我放一放，我吃点饼干。"李德阳对着安卿鱼和曹渊说道。

林七夜看了眼时间，开口道："都在这儿休息休息吧，离目的地……应该不远了，好好调整一下状态。"

　　听到这句话，安卿鱼三人的目光顿时认真起来，他们当然知道目的地指的是什么，不出意外的话，马上就有一场恶战。两人将李德阳放在树下，后者从衣服中掏出那包皱皱巴巴的压缩饼干，撕开包装狠狠地啃了一口，谁知压缩饼干已经被冻得梆硬，这一口下去，只啃下一角不说，差点连牙都给崩掉。李德阳只是皱了皱眉，继续将压缩饼干送到嘴边，更加用力地啃了起来。他看到林七夜四人都在看他，微微一愣，犹豫片刻之后，从包装里取出了大半的饼干，递到身前。

　　"你们食物吃完了吧？一起吃点吧，虽然难吃了些，但是还是能补充不少力气的。"李德阳认真地说道。

　　百里胖胖张了张嘴，似乎想说些什么，此时林七夜走到他的耳边，低语片刻，百里胖胖顿时会意，点了点头，转身向林子深处走去。

　　见百里胖胖独自离开，李德阳有些疑惑地开口："他去干吗？"

　　"哦，他去打猎了。"林七夜回答。

　　"打猎？"李德阳摇了摇头，"这个时候，在森林里打猎不是那么容易的……你还是把他叫回来吧，如果饼干不够的话，我少吃一点也没事。"

　　"不用。"林七夜笑着回答。

　　过了不到三分钟，百里胖胖就回来了。他左手拎着一袋牛肉卷，右手提着一沓毛肚，怀中抱着还在咕噜咕噜冒着热气的鸳鸯火锅，下面自带一个便携式天然气灶台，兴冲冲地跑了过来。"看！我抓到了野生的鸳鸯火锅！！"他自豪地开口。

　　林七夜："……"

　　安卿鱼："……"

　　曹渊："……"

　　李德阳："？！"

　　野生的鸳鸯火锅？！你逗我呢？

　　林七夜一把拉住百里胖胖，有些头疼地开口："我让你去弄点合理的食物，你就给我弄这个？"

　　百里胖胖一愣："火锅，很合理啊！"

　　林七夜无奈地闭上了眼睛。

　　当热气腾腾的火锅放在李德阳面前的时候，他整个人已经石化了。林七夜四人默默地拿着筷子和酱料走到火锅旁坐下，一言不发地吃了起来。

　　"等等……"李德阳表情古怪地开口，"这火锅……哪里来的？"

　　"林子里抓的啊。"百里胖胖理所当然地说道。

　　"林子里能抓到火锅？"李德阳都被气笑了，觉得自己的智商受到了侮辱，"你有本事再去给我抓一个看看？"

百里胖胖的筷子一顿，沉默片刻之后，缓缓站起了身。

三分钟后，李德阳看着身前热气升腾的第二口番茄牛肉火锅，陷入了沉思……

353

五个人默默地涮着牛肉和毛肚，气氛透露着些许诡异。

"喀喀。"林七夜率先打破了沉寂，"李叔，你当了这么久的护林人，有没有听说过这林子里……有什么怪事？"

听到这句话，百里胖胖的脸色一白，似乎想到了什么，转头看向李德阳。

李德阳的眉头微皱："怪事？"

"就是一些传说，比如狐狸大仙、马猴、纸人，或者……死人国度？"

李德阳表情古怪地看了四人一眼，缓缓放下了手中的筷子，眼中浮现出了然之色。

"我算是明白了，你们不是来拍什么《熊出没》的……"李德阳眯眼看着林七夜的眼睛，一字一顿地道，"你们，是冲着那些传说中的遗迹宝藏来的。"

林七夜等人对视一眼，默默低下头，没有回答。

"我说嘛，一般拍纪录片的怎么可能有这么好的身手，你是专门干这一行的吧？"李德阳的表情仿佛洞悉了一切，冷笑着说道，"你们救了婷婷，说明心眼也不坏，我好心提醒你们一句……传说只是传说，不是有传说的地方就有宝藏的，现在社会讲究的是科学，哪里有那么多神神鬼鬼的东西？都是迷信！不要去相……你扯我斗篷干什么？"

李德阳回过头，见他身旁的百里胖胖正低头拽着他身上暗红色的斗篷，脸色一青，一把将斗篷从百里胖胖的手中抢了过来，小心翼翼抚平表面的褶皱。

"没什么，就是觉得这斗篷挺好看的。"百里胖胖笑了笑，"对了，你刚刚说到哪儿了？哦对，没有那么多神神鬼鬼的东西……"

"你的意思是，这座林子里，没有纸人，也没有什么死人的国度？"林七夜沉吟着问道。

"当然没有。"李德阳坚定摇头。

林七夜陷入了沉思。从李德阳的神情来看，不像是在骗他们，而是真的不觉得有纸人这种东西存在。他在这片林子前守了这么多年，对这片林子的情况应该是最了解的。可偏偏，林七夜他们又亲眼看到了那个窗后的纸人，甚至还狂追了它许久。

这片林子里，到底发生了什么……

吃饱喝足之后，林七夜等人率先站起，安卿鱼和曹渊一左一右，又准备架着李德阳离开，后者对着他们摆了摆手。

"不用你们，我现在自己能走。"李德阳揉了揉腰，坚决地开口。堂堂守夜人，扭了腰被两个毛头小子架着走了这么久，说出去简直丢死人了，李德阳现在坐了这么久也算是缓了过来，坚决地拒绝了两人的"好意"。

"你愿意跟我们继续往前走了？"林七夜诧异地开口。

李德阳果断地摇头："不，我还是那句话，你们不能再往前走了，那些遗迹传说都是假的，你们不要为了这种不切实际的东西赌上自己的性命。"

林七夜正欲开口说些什么，百里胖胖身后的铁箱突然剧烈震颤起来。"咚咚咚咚咚！！"林七夜走到铁箱旁，又是一巴掌拍在铁箱的表面，但这次巨蚁的动静并没有就此消失，反而更加急促地撞击起来！林七夜仿佛意识到了什么，脸色微凝，目光缓缓扫过周围的树林，苦笑着开口："恐怕，现在就算我们想走，也走不掉了……"

李德阳一愣，转头看去，整个人都僵在原地，只见林子的周围，一只只巨大的红色轮廓从阴影中爬行而出，逐渐将他们包围，十只、二十只、三十只……其中，绝大部分都是林七夜等人遇见过的那种红色巨蚁。但还有五只，通体覆盖着黑色的甲壳，身躯比红色工蚁还要大一圈，散发的境界波动也明显比红色工蚁更强，已然是"川"境巅峰！它们细长的触角微微震颤，相互之间像是在交流着什么，一点点地向五人挪动。

林七夜眉头微皱，转头看向安卿鱼，压低了声音开口："红色的是我们之前见过的工蚁，黑色的是不是……"

安卿鱼点了点头："是兵蚁，相比于专门用来收集食物的工蚁，它们的攻击力更强。"

"它们怎么会知道我们在这里？"

"它们的触角，应该是某种特殊的交流手段，当相互之间进入一定范围之后，就能隔空交流……这里距离蚁巢已经很近了，想必是那只铁箱中的工蚁向它们发出了求救信号。"安卿鱼平静地说道。

林七夜四下张望一圈，有些遗憾地叹了口气："可惜，蚁后没来……"

"非必要情况，蚁后都是在巢穴之中，不会轻易出来的。"

"也是。"林七夜点了点头，"现在这个情况已经很棘手了，要是再加上一个疑似'海'境的蚁后，恐怕我们也应付不了。"

就在林七夜和安卿鱼交流的时候，一旁的李德阳已经面如死灰。

"这是捅了蚁窝啊……"李德阳喃喃自语，深吸一口气，往地上啐了一口，骂骂咧咧地从百里胖胖手上抢过了直刀和枪支，"让你们回去不听，非要走这么深入，这下好了！都得死在这儿！"李德阳一边骂，一边拎着刀走到四个人的身前，将子弹安进猎枪的枪膛，拉动枪栓。"咔嗒——"李德阳的目光一一扫过周围的巨蚁，最终锁定一个方向，那是整个包围圈中最为薄弱的部分。他将手伸进斗篷之中，从衣服的夹层里郑重地取出一枚闪亮的纹章，低头在纹章的表面哈上一口白气，用拇指擦了擦……嗯，亮了。这才配得上老子。

李德阳长舒了一口气，将这枚纹章紧紧攥在手中，眸中浮现出一抹坚定，缓缓开口："臭小子们，别被吓得腿软了，不是什么大场面，一会儿老子给你们打开一条路，你们就拼了命地往前跑……不要回头，听见没？"他的身后，林七夜默默掏出包中的两柄直刀，点了点头。"听到了……杀光它们！"

354

"听到就……嗯？"李德阳一愣，还没等他回头，四道身影就如同闪电般从他的身旁掠出！"当——"林七夜手中的双刀同时出鞘，一抹黑暗浸染刀身，两柄直刀便悬空而起，向密集的巨蚁群中飞射而去！与此同时，两道召唤系魔法的光辉从他的手中绽放！一只身材矮小的木乃伊出现在他的左侧，激动地对着林七夜挥了挥手之后，身上的绷带散开，一根根粗壮的炮管从体内伸出。林七夜一把拽住它，严肃地开口："森林之中，不能用明火……给我换刀子！"

木木："……"

木木默默地将所有炮管又塞回身体，下一刻明晃晃的直刀刀锋从它的体内刺出，它就像是只长满了刀子的刺猬，张牙舞爪地冲到了蚁群之中。另一边，穿着护工服的阿朱茫然地站在地上，看到一只只比他都高的巨蚁气势汹汹地冲过来，小脸被吓得煞白！"啊啊啊啊！！好大的蚂蚁！！红颜姐姐救我！"阿朱带着一丝哭腔掉头就跑，刚嘱咐完木木的林七夜眼皮一跳，反手拎着阿朱的衣领，硬是把他拖了回原地。"都是'川'境，你怕什么？你那么敏捷，它们根本碰不到你的身体，养蛛千日，用蛛一时，现在是你为组织做贡献的时候了！"

林七夜拎着阿朱的手骤然用力，直接将他整个人甩进蚁群之中！"啊啊啊啊啊啊啊！！我还不想死啊！！"下一刻，在一阵惊恐哭喊的声音中，一只白色的大蜘蛛飞快地在群蚁之间爬行，任凭巨蚁们如何追赶，根本追不上它的速度。时不时还有一根根蛛丝从尾端喷射而出，将巨蚁的身躯缠在一起。被蛛丝所连接的巨蚁片刻之后便昏倒在原地，灵魂被蛛丝所牵引，交织在了空中的无形魂网之中。林七夜看着这两个不省心的活宝，无奈地叹了口气。一口气面对数十只工蚁，已经比较有挑战性，现在又多了几只"川"境巅峰的兵蚁，他们四人未免有些分身乏术，最稳妥的办法，就是拉来几个外援，虽然这两个外援……都不是很靠谱的样子。

另一边，黑色的煞气火焰直冲天际，疯魔曹渊已经彻底放飞自我，提着直刀游走在工蚁群中，如同砍瓜切菜般收割起来。好在煞气凝结成的火焰并非真正的火焰，不会引燃林间的草木，否则林七夜也只能忍痛出手，把曹渊给打晕了。安卿鱼出手倒是安静得很，脚下的冰霜直接将四周的巨蚁冻结，无形的"诡丝"悄然划过空气，无声地将巨蚁切片……除了场景有些血腥诡异之外，倒也没有别的不妥。百里胖胖出手算是最正常的一个，应该是之前被巨蚁偷袭怕了，现在正一手护着屁股，一手提着"风雷卷"扫把，贼兮兮地在外围游走，时不时地扇一下，狂暴的风雷便将几只巨蚁掀飞。

林七夜的目光从战场中扫过，最终落在中央的那五只黑色兵蚁之上，眼中浮现出一抹夜色，两柄直刀环绕在他的身旁，一步步地向它们走去。途中，三四只红色工蚁注意到林七夜，便嘶鸣一声，快速地向他飞驰而来！林七夜看都没有看它们一眼，只是缓缓闭上了眼睛，再度睁开之时，双眸之中，两团刺目的金色火光熊熊燃烧！神威降临！炽天使的威压如同一把大锤，重重砸在林七夜周围所有的红色工蚁之上，前所未有的压迫感涌入它们的精神，庞大的身躯瞬间被压得匍匐在地！在这份威压下，它们短时间内失去了身体的控制权。林七夜平静地从匍匐在地的红色工蚁前走过，手指轻轻一勾，两柄飞旋的直刀瞬间刺穿了所有匍匐在地的工蚁的触角沟，扼杀了它们的生命，顷刻之间，林七夜的身旁便汇聚出了一汪绿色的血泊。

后方，李德阳呆呆地看着眼前这一幕，嘴巴越张越大……这……什么情况？我都准备好英勇就义了，你们就给我看这个？李德阳当然认出了他们手上的直刀，守夜人的刀，他一辈子都不可能忘。但为什么，他们明明是守夜人，却偏要隐瞒自己的身份？他们究竟是什么人？特殊小队？可如果是特殊小队，为什么只有四个人？

就在李德阳苦苦思索之际，林七夜已经走到那五只兵蚁面前。五只兵蚁同样被林七夜的威压所震慑，不敢随意上前，但在群族的生存压力之下，还是嘶鸣一声，快速地向林七夜冲去。黑色兵蚁的速度明显比红色工蚁快了一大截，头上的两根触手不再像工蚁那样软绵绵的，而是化作两根尖锐的甲刺，快速挥舞。

"嘿嘿嘿嘿……"就在此时，一道浑身冒着煞气火焰的身影从侧面呼啸而出，像是辆飞驰的火车直接撞飞了一只兵蚁，随后提着刀狂追不舍。下一刻，无形的丝线从空气中显现，缠绕住另一只爬行的兵蚁，冰霜沿着丝线攀上兵蚁的甲壳，大幅减缓了它的移动速度。握着冰霜长剑的安卿鱼从天而降，控制着指尖延伸出的丝线，急速收缩，彻底将这一只兵蚁禁锢在原地。顷刻之间，冲向林七夜的五只兵蚁，便只剩下了三只。

林七夜周身的黑暗越发浓郁，左眼的金芒迅速褪去，取而代之的是一片如渊的漆黑，他伸出双手，对着第一只疾驰而来的兵蚁，凌空一撕！"咔——"黑暗浸染兵蚁的瞬间，第一只兵蚁的两只前足仿佛就被一只无形的双手握住，猛地向两侧拉扯而去，在一声凄厉的嘶号声中，连根断裂，绿色的鲜血喷涌而出！失去前肢的兵蚁瞬间失去重心，像是一辆失去前轮的装甲车，头部的下颚率先摔落在地，紧接着整个庞大的身躯在地上翻滚数圈，狼狈地倒在林七夜身前。

"至暗神墟"，本就是利用最原始的黑暗侵蚀所有被笼罩其中的物体或者生物的能力，所有被夜色所浸染的存在，都会落入林七夜的掌控之中。原本这个能力出于境界，只能用来操控直刀、箭矢等相对轻便的物体。现在林七夜进入"川"境之后，无论是掌控力与杀伤力都比原先增长了一大截，甚至可以用"至暗侵蚀"徒手撕裂"川"境巅峰巨蚁的部分身躯！等境界继续提升下去，拥有像吴老狗那样徒手撕裂天空、折叠钢铁王座的能力也是迟早的事。

第一只兵蚁暂时失去移动能力，另外两只兵蚁身形却没有丝毫停滞，瞬间来到林七夜的面前，挥舞的甲刺触角骤然刺出！悬浮在林七夜周围的两柄直刀划破空气，精准地迎上甲刺触角，刀锋与尖锐的甲刺表面剧烈摩擦，生出刺目的火花！与此同时，变身魔法的光辉在林七夜的身上绽放，他摇身一变，化作了穿着青色护工服的红发护工——"红颜"！"红颜"的双手浮现出密集的龙鳞，死死地握住其中一只兵蚁镰刀似的口器，手臂的肌肉微微隆起，硬生生将这一对口器向两侧掰开……"刺啦——"在恐怖力量的加持下，一只兵蚁的口器就这么被"红颜"徒手撕裂！这还没完，趁着兵蚁剧烈挣扎之际，"红颜"的双手直接塞进兵蚁的嘴部，暴力地扯开食道，一抹刺目的火焰龙息在她的身前急速地酝酿。

"轰——"火红的龙息直接灌入兵蚁的食道，凄厉的嘶号只出现了一刹那便戛然而止，片刻之后，几团焦黑的浓烟便从兵蚁的体内逸散而出。这股龙息完美地消耗在兵蚁的体内，没有丝毫火光外泄，兵蚁的身体就像是融入一团火球，甲壳都滚烫无比。"红颜"随意地将烤焦的兵蚁丢在地上，另一只被直刀缠住的兵蚁终于突破防线，两根甲刺极其刁钻地向她的身躯刺去。两道魔法的光辉同时从"红颜"的身上绽放，在甲刺触碰到"红颜"身体之前，她便消失无踪。第一个魔法，是变回林七夜本体的变身魔法；第二个魔法，是反向召唤魔法！

就在兵蚁因"红颜"的消失而愣神的时候，林七夜握着两柄直刀，出现在了它的头顶！"雷车动地电火鸣！"林七夜轻吟道。"刺啦——"两抹深蓝色的电光浮现在直刀的表面，发出密集的电鸣，锋锐的刀锋卷挟着跃动的雷光，精准地刺入兵蚁的触角沟之中！兵蚁的身躯剧烈抽搐起来，即便触角沟已经被洞穿，却并没有立刻丧失性命，两根甲刺再度向着背上的林七夜刺去。兵蚁的生存能力，要比工蚁强悍得多。林七夜的眉梢一挑，黑暗便侵蚀了两根甲刺的表面，使其在即将触碰到林七夜的瞬间悬停在空中，无法再前进半步。"既然这样都杀不死你，那就只能……"林七夜紧握着刺入触角沟内的双刀，分别向两侧用力，密集的雷光在巨蚁的头部涌动，直接将它的头部撕开！下一刻，这只黑色的兵蚁便彻底瘫在地上，失去了生机。

林七夜将两柄直刀拔出，甩去上面绿色的血液，迈步朝着最开始被他撕掉前肢的兵蚁走去。那只兵蚁即便失去移动能力，触角上的甲刺也依然可以挥动。但这种程度的攻击，根本无法对拥有感知能力与超强动态视觉的林七夜造成威胁。林七夜一边躲避着甲刺的攻击，一边用"至暗侵蚀"腐蚀着两根甲刺，随后伸手轻轻一握，那两根已经被黑暗掌控的甲刺便反过来插入了兵蚁的身体！林七夜的双刀接连挥动，飞速斩断了这只兵蚁剩下的几条腿，又割掉了触角，彻底将它削成和之前铁箱内的工蚁一样的蚁棍。林七夜看着依然生龙活虎地在地上像蛇一样扭曲的兵蚁，满意地点了点头。之前抓的那只工蚁太脆弱了，根本禁不住林七夜折腾，换这只兵蚁来领路，应该能多坚持一会儿。

此刻，剩余的那些工蚁已经被其他人收拾得差不多了，林间被打出了一大片空地，地上满是巨蚁们的残肢与尸体。出乎意料的是，这次曹渊并没有让林七夜帮忙，而是自己在角落里挣扎了一会儿，身上的煞气便逐渐小了下去，身形也恢复了原样。他虚弱地靠在树旁，面色苍白，仿佛透支了一样。

"你没事吧？"林七夜走到他的身边，开口问道。

曹渊笑着摇了摇头："这次没有释放得那么彻底，还可以靠自己的意念压制下黑王的煞气，就是有点费力，不过也算是对精神力的锤炼，对境界有好处。"

听到曹渊这么说，林七夜顿时安心了不少。

就在这时，浑身是血的木木一蹦，直接跳到林七夜的背上，也不管自己身上有多脏，就开始兴奋地在林七夜的身上手舞足蹈起来。对它来说，这些巨蚁身上的甲刺也是一种武器，所以刚刚它就将所有的甲刺都吞了个精光，心情大好。林七夜无奈地将它放下，看着满地的尸体，像是想到了什么，眼睛逐渐亮起。此刻，正畏畏缩缩地躲在树后面，小心翼翼地打量着百里胖胖几人的阿朱惊叫一声，整个人都被林七夜提了起来。

"你们两个，帮我把这些尸体都聚集起来，我有用处。"林七夜对着木木和阿朱说道。

阿朱哭丧着脸："院长，为什么又是我来做啊？"

"因为你是我的护工嘛。"林七夜拍了拍他的肩膀，和蔼地开口，"不弄完，今晚回去不许吃饭。"

阿朱：[委屈脸.jpg]

林七夜放下两小只，便向着魂不守舍的李德阳走去，默默地将两柄带血的直刀藏在身后，沉吟着开口："要是我现在说，我们真的是来拍纪录片的……你会信吗？"

信？我信你个鬼！李德阳将目光从满地的尸体上移开，看着林七夜的眼睛，深吸了一口气："你们也是守夜人？"

林七夜无奈地耸了耸肩："是。"

"哪个编队的？"

"没有编队。"

李德阳盯着林七夜，似乎想从他的眼里看出些什么，笃定地摇了摇头："不可能，守夜人怎么可能没有编队？就算是特殊小队，也有自己的编号。"

林七夜一副早知如此的表情，无奈地摆了摆手："没有就是没有，你信也好，不信也罢，我们确实是守夜人，来这里就是替你们 332 小队解决巨蚁的问题的。"

李德阳听到这句话，直接愣在了原地。林七夜能一口道出他们小队的编号，确实让李德阳吃了一惊，毕竟他们小队的编号太偏门，知道的人很少。当然，这也并不能完全证明林七夜等人的身份。不过李德阳的心里，此刻已经信了几分。林七夜没有再和李德阳多解释，而是径直向着木木和阿朱堆起来的尸山走去。自从沧南事件之后，他就再也没有使用过次元召唤魔法，因为被关在斋戒所里，根本碰不到可以使用的献祭材料，这也就导致了到现在为止，林七夜的次元召唤生物就只有木木一个。现在一口气杀了这么多"川"境的巨蚁，林七夜打算把握好这次机会，再度使用次元召唤，与一个全新的召唤生物签订契约。

将木木和阿朱两人送回去之后，林七夜便蹲下身，用一片树叶沾染上巨蚁的血液，开始在尸山周围绘制次元召唤魔法阵。安卿鱼、百里胖胖、曹渊和李德阳站在一旁，看着林七夜的举动，都有些疑惑。

"哎，老曹，你说七夜这是在干吗？"百里胖胖小声问道。

曹渊眉头微皱："感觉像是在画某种阵法……"

"七夜还懂这些？"

曹渊默默地看了他一眼："要不然怎么说他是妖孽呢？"

安卿鱼安静地站在一边，一边疑惑地看着林七夜绘制阵法，眼底同时浮现出灰色的光芒，似乎在解析这个魔法阵。他的眉头越皱越紧，似乎遇到了什么难题，双眼却越发明亮起来。李德阳的心理活动就更精彩了，他看着林七夜这神神秘秘的举动，甚至开始怀疑这四个人是不是假扮成守夜人的"信徒"或者古神教会的人，毕竟这怎么看怎么像是一个邪恶的献祭仪式。

过了几分钟，林七夜将手上的树叶丢到一旁，端详起眼前庞大的召唤阵法，每一根线条都完美地交错在一起，组成一个庞大的圆形图案，彻底将几何的美感发挥到了极致。"差不多了……"林七夜确认没有错误之后，便咬破自己的手指，将鲜血涂抹在阵法的一角。林七夜深吸一口气，将精神力依次灌入魔法阵的每个节点，地上用绿色血液构建的庞大魔法阵便亮了起来。林七夜站在法阵前，周身弥漫着魔法的光辉，缓缓闭上双眼，将心神沉浸在诸多位面之中。大约过了十分钟，魔法阵的光辉褪去，阵法中央堆积起的尸山消失不见。林七夜睁开了双眼，眸中浮现出一抹喜色。契约完成！林七夜用脚破坏了地上的残余法阵，防止以后有人来这个地方看到这个阵法，估计到时候兴安岭的神秘传说中，又要多一个关于森林献祭恶魔的传说。

几人收拾好东西，继续按照兵蚁指向的路线前进，李德阳知道四人的真实实力之后，索性直接放弃抵抗，跟在他们的队伍之中，想看看他们究竟有什么目的。

远处，那庞大的迷雾边境，在他们的视野中越来越清晰。林七夜等人进林到现在，一直在向着原始森林的深处，也就是大夏的边境前进，不知不觉中已经靠近迷雾的边缘。和之前在城里遥遥看到的景象不同，此刻他们站在迷雾的脚下，才真正感受到这片迷雾带来的压迫感，与这充斥着天地的翻滚迷雾相比，他们的身形实在是太渺小了。"到了。"林七夜感受着兵蚁的指引，在一片大地裂纹前停下了脚步。这是一条绵延在迷雾边境，纵横数里的大地裂纹，宽度大约只有三米，但从两壁的边缘向下望去，底下却黑漆漆一片，不知有多深。林七夜在裂缝边缘蹲下身，将手电的光束照向底部，但即便如此，依然一眼望不到底，入目之处只有无尽的幽深与黑暗。

"这里居然有这么大一条裂缝？"李德阳有些诧异地开口，"以前，好像从来没有听说过……"

安卿鱼推了推眼镜，仔细地观察着裂纹两侧的岩壁，片刻之后，缓缓开口："从土壤的解析来看，这道地底裂缝应该是近两年才出现的，具体的原因还看不出来，不过不像是自然地质变动产生的。"

"不是自然变动？"林七夜沉思片刻，"原因暂且不论，从兵蚁的反应来看，这下面就是我们要找的蚁穴，不过里面到底有多少只巨蚁尚未可知，而且地形太过狭窄，可能对我们不利，大家小心些。"

百里胖胖从口袋里掏出绳降工具，和曹渊一起在裂纹旁边布置起来，他们还在集训营的时候受过专门的训练，这点工作对他们来说就是小菜一碟。至于安卿鱼，根本用不着绳降，蜥蜴的基因能够让他自由地在垂直的壁面攀爬，速度只会比绳降更快。

林七夜走到李德阳身边，开口劝道："我们一会儿要下去，你就在上面等我们吧。"

李德阳眉头微皱，直接摇头："不，我也要下去。"

"这下面可是有一只疑似'海'境的蚁后，还有不知道多少'川'境的巨蚁，你太弱了，到时候打起来，我们保护不了你。"林七夜直截了当地说道。

听到这句话，李德阳的脸色一僵，略微迟疑了片刻，还是坚决地摇头："我怎么说也是个守夜人的队长，用不着你们保护，而且在这种地形下，我的禁墟是很强的。"

357

见李德阳如此坚决，林七夜一怔，沉吟片刻之后便点了点头。几人准备妥当，便利用绳降，沿着垂直的壁面，一点一点地向下挪动。虽然以他们的手段完全可以有多种方法下到这裂纹底部，比如百里胖胖的"瑶光"，或者林七夜的诗句，但这裂纹底部的情况对林七夜几人来说还是个谜，贸然大张旗鼓地动用禁墟，反而会暴露自身，招来群蚁的围攻。从一开始，林七夜等人的目标便只有那只蚁后，这种群体出现的"神秘"，只要核心首脑死亡，其他的子体自然就会消散，所以尽量避免和其他巨蚁发生战斗，才是最佳策略。为了避免自身暴露，林七夜还特地将装有兵蚁的铁箱留在了上面，否则有它时刻跟同伴交流，林七夜他们能悄然无声地摸进去才见鬼了。

几人下降了许久，林七夜的精神力才探到裂缝的底部。他的眉头微皱，抬起手比了个手势，众人立刻停止了下降。

"怎么了？"百里胖胖小声地问道。

"下面有工蚁。"

"有多少？"

"整条裂缝的底部，到处都是。"林七夜的目光在幽深的底部扫过，脸色凝重无比，"粗略估计，有四百多只。"

"四百多只？！"四个人的脸色同时变了。

"怎么会有这么多？！"曹渊不解地开口，"就算是一个'海'境的群体'神秘'降临，数量也不可能到这么恐怖的地步啊！"

"初始降临，确实不可能。"林七夜叹了口气，"但别忘了，这条裂纹已经出现了大概两年……"

"你是说，它们早在两年前就已经降临，生活在这处裂纹之中了？"李德阳的脸色铁青。

"不出意外的话，应该是这样。"林七夜点了点头，"这两年的时间，蚁后不停地繁衍新的后代，能堆积到这么恐怖的数量并不奇怪。"

"而且这还只是我目前感知到的，真实数额只会比这个更多。"林七夜补充道。

几人顿时陷入了沉默。他们几个人，杀四十只工蚁还行，但要是和四百多只"川"境的工蚁打起来，根本不可能有丝毫胜算，更何况这是一处狭窄至极的裂缝，想逃走都异常困难，葬身蚁腹几乎是必然的下场。

"这么多巨蚁要是从森林中出来席卷城市，估计周围的几座大城市都会直接沦陷。"李德阳眉头紧锁，"除非特殊小队出手，否则根本没有队伍能拦住它们。"

李德阳想到了什么，转头对林七夜说道："这么多的巨蚁，就算你们几个再厉害，也根本应付不过来，我们已经探到了蚁穴的位置，这次还是先撤退回城里，等到特殊小队过来，让他们来处理吧。"

李德阳的建议很中肯，不管从哪个角度来说，情况已经完全超出林七夜四人的能力范围，眼下最佳的处理方案，就是记录下蚁穴的位置并撤退，要是在这里全军覆没，才是真的得不偿失。林七夜几人对视一眼，无奈地苦笑了起来。让特殊小队来处理？他们自己就是特殊小队啊！总不能让他们就这样撤退，然后跟叶梵说"这里的问题我们处理不了，你们派个更靠谱的特殊小队过来"。怎么说这也是他们小队的第一次任务，要是用这种可笑的方式收场，谁会甘心？

"不，我们不会回去的。"林七夜摇了摇头，"只要避开这些工蚁，找到那只蚁后实行斩首行动，成功的概率还是很大的。"曹渊等人点头赞同。"但问题在于，我们要怎么确认蚁后的位置？"安卿鱼沉吟着开口，"这处裂纹的长度不短，而且视野很暗，地形上也不方便我们将这里彻底搜索一遍，而且稍有不慎，就会引得下面的四百多只工蚁追杀……"

"我可以变成工蚁，混在这些工蚁之中，去裂纹底部搜索蚁后的位置。"林七夜缓缓说道。

"七夜，你确定吗？"百里胖胖忍不住开口，"万一被发现了，你可就要被几百只巨蚁追杀……"

"放心吧，我心里有数。"林七夜平静地说道，"你们就在这里等我，不要轻举妄动。"

他将背后的背包取下，又将身上臃肿的防寒服脱掉，全部交给百里胖胖收起来，只穿着一件单薄的黑色衬衫，将两柄直刀背在身后。他解下身上的绳降装备，从岩壁的一侧轻轻跃下，向着幽深的裂纹底部落去。其余四人看着他消失在黑暗中的身影，眸中都充满了担忧。随着林七夜的不断下落，一道魔法的光辉从他的身上闪过，下一刻整个人摇身一变，成了一只红色的工蚁。林七夜已经和这群巨蚁交手过好几次，死在他手上的工蚁少说也得有七八只，算是对它们比较了解，此刻变成工蚁之后，从外形上来看根本没有丝毫瑕疵。他沿着一侧的壁面快速地爬行，不久之后，便看清了底部的情况，只见狭窄的裂纹底部，一只又一只红色的工蚁整齐地列队爬行，分别向着两个相反的方向，像是潮水般涌动，仅是看一眼就令人头皮发麻。此刻，见有一只工蚁从侧壁上爬下来，其中几只工蚁顿时一愣，似乎无法理解。但确认那是自己的同伴之后，并没有起疑，继续顺着队伍向着原本的方向前进。

林七夜所化身的工蚁便顺利地混入其中一支队列，模仿着其他工蚁的动作，顺着蚁潮向前移动。现在林七夜自己也不知道蚁后在哪个方向，只能先顺着这个方向找过去，如果没有，再回头向另一个方向找。林七夜在工蚁队伍中走了约五分钟，两侧岩壁之间的距离越来越狭窄，终于，在裂谷的尽头，隐约看到了一只庞大的白色巨蚁。那只白色巨蚁比林七夜所见到的任何一只巨蚁都大，光是高度就近四米，像是一座白色的小山，此刻正匍匐在地面，仿佛陷入了沉睡。

358

从它身上散发出的威压来看，这毫无疑问是一只"海"境的"神秘"！这，就是蚁后！林七夜远远打量着那只沉睡的白蚁，一颗心顿时落了下去，只见在蚁后的周围，密密麻麻的黑色兵蚁整齐地围在它的身边，足足有四十多只，全都散发着"川"境巅峰的威压，时刻警惕着四周，像是一群忠诚的守卫。有这些兵蚁在，想悄然无声地实行斩首行动，几乎没有任何可能。林七夜一边思索着如何才能绕过兵蚁击杀蚁后，一边沿着工蚁的队列向前行进。

随着与蚁后的距离越来越近，林七夜这才看清这支队伍的前端，只见一只只工蚁正从蚁后前的空地上经过，从背后丢下一些果子、碎肉、鸟类的尸体，或者林间捕猎的野味……虽然都是一些个头很小的食物，和蚁后庞大的身体比起来，可能还不够塞牙缝的，但数量极多，此刻已经在沉睡的蚁后身前堆出了一座小山。林七夜放眼望去，好像前面的每一只工蚁身上，或多或少都会带着一些食物，在兵蚁的监视下，一个个地放在蚁后的身前。

林七夜的心中顿时浮现出不妙的预感。看得出来，这支队列是专门向蚁后进贡食物的，要是他一会儿走到了队列前面，却拿不出食物，必然会让周围的兵蚁甚至蚁后起疑。万一对方试图和他交流，就彻底露馅了。毕竟林七夜只是变成工蚁的模样，并不会工蚁之间交流的方法。而且在变身模式下，除了魔法其他的禁墟全都无法使用，想用"星夜舞者"的交流能力就必须解除变身，可一旦解除变身，周围无穷无尽的巨蚁就会对他发起进攻。

想不被其他巨蚁起疑，就只能上缴贡品，但他身上可什么都没带，一会儿到了蚁后的面前，拿什么进贡才能蒙混过关？林七夜苦苦思索许久，一个大胆的想法突然浮现在他的心头。要是这么做……说不定不仅能蒙混过关，而且能重伤，甚至直接杀死蚁后！林七夜所化的巨蚁身形微微下躬，趁着其他工蚁没注意，身下骤然闪过一道魔法光辉，紧接着一个矮小的木乃伊茫然地出现在了他的背后。木木见到自己身下的工蚁，先是一愣，随后反应过来，亲昵地贴在了工蚁的背后。

虽然林七夜改变了外形，他与木木之间的灵魂契约却不会改变，林七夜只要心念一动，就能与木木无障碍交流。林七夜背着木木一步步地向前挪动，只听一声闷响，沉睡中的蚁后似乎苏醒了，小山般的身躯缓缓站了起来。蚁后抬起头，看了眼身前小小的食物山峰，又无精打采地低下头去，仿佛对这些食物十分不满。

它懒洋洋地躺在那儿，看着一个又一个的工蚁奉上它们搜寻的食物，丝毫不为所动。突然间，一只红色的工蚁走到它的面前，身形一晃，往食物小山堆里丢了个白色的小东西，然后不紧不慢地迈开步伐，沿着返回的队伍走去。只见那食物山峰之上，小木乃伊嘿咻嘿咻地爬上峰顶，茫然地四下张望了一圈，对着趴在地上的蚁后挥了挥手。

"嗡——"蚁后见到食物山峰上居然多了个活物，顿时来了兴趣，庞大的身躯从地上站起，一步步向着食物山峰走去。木木坐在山顶，蚁后的阴影将它瘦小的身躯整个笼罩在下面，它却丝毫没有害怕，而是歪了歪脑袋，用两根小手指对着蚁后比了个心。蚁后一怔，当即来了食欲，猛地张开大嘴，一口将木木连带着下面的食物山峰吞进肚子里，满足地晃晃脑袋，又趴回了地上。下一刻，一缕缕光芒从它的肚子透射而出，蚁后一愣，周围的兵蚁也是一愣。

"轰——"刺目的火光瞬间从蚁后的肚子爆发而出，惊天动地的爆炸声响彻整个裂谷，蚁后的身形瞬间被火光吞没！周围的兵蚁大惊，却丝毫不明白发生了什么，慌张地向着蚁后靠近。刺耳的嚎叫声在裂谷间回荡，剧烈的火光之中，蚁后猛地从浓烟中冲出，整个下半身已经被炸飞，绿色的鲜血顺着破碎的腹腔流淌在地。但即便如此，它还活着！一只浑身绿油油的木乃伊从蚁后的体内滑出，在地上滚了两圈，甩了甩身上的血液，激动地鼓起了手掌，似乎想要再来一次。下一刻，大量的兵蚁向它冲去，就在千钧一发之际，木木的身上爆发出魔法的光辉，瞬间被传送回原本的位面。失去目标的兵蚁只能凑到原本木木所在的地方，仔细地四下搜索起来。

重伤的蚁后意识到有人攻击，当即拖着残破的身躯转过身，跌跌撞撞地向着身后一处洞穴冲去。与此同时，原本整齐的工蚁队列顿时骚乱起来，所有的工蚁都乱成一团，混杂在其中的林七夜见到蚁后尚未死亡，并且迅速离开了这里，顿时知道事情不妙——蚁后想逃！

他犹豫片刻之后，还是下定了决心，飞速地回头向着蚁后的方向冲去！他好不容易才找到蚁后的位置，又用木木将其重伤，要是错过这个千载难逢的机会，下次找到蚁后的所在地又不知是什么时候！一道魔法的光辉从红色工蚁的身上涌动，林七夜直接变回原本的身体，背着两柄直刀，身形在狭窄的裂壁之间鬼魅般地闪动，急速向着蚁后追去！

与此同时，绳降在另一侧壁面的其余四人，听到远处传来的爆炸声，脸色同时一变！

"不好！"

"救七夜！！"

"嗖嗖嗖嗖——"几人同时解开身上的绳降装备，再也不顾会不会暴露身形，一道金灿灿的"瑶光"飞剑载着几人，如同流光般向着爆炸传来的方向飞去。这道突然出现的金色巨剑瞬间吸引大量工蚁的注意力，它们当即攀上两侧的裂壁，如同浪潮般向着几人扑去！

"当——"林七夜在壁面用力一跃，整个人腾空而起，一抹黑暗浸染天空，背后的双刀骤然出鞘，杀气四溢！蚁后周围的四十多只兵蚁见此，不顾一切地向着林七夜蜂拥而来，一个接一个踏着同伴的身躯跃起，仿佛一道平地掀起的黑色浪潮！林七夜的双指轻挥，两柄直刀便呼啸着穿过黑色浪潮的间隙，笔直地向着远去的蚁后飞射而去！就在兵蚁组成的黑色浪潮即将拍下林七夜的身体时，反向召唤魔法瞬间发动，林七夜的身形便凭空消失！下一刻，他握着两柄直刀，直接出现在浪潮之后！

林七夜的速度已经极快，但蚁后的速度更是惊人，虽然身体被炸飞一半，但背后长出了一对透明的双翼，轻轻一振便向前闪烁数百米！顷刻之间，它便到了绝壁的尽头！就在林七夜认为蚁后无处可逃的时候，一只只红色的工蚁又从绝壁角落下的一处洞口疯狂钻出，蚁后嘶号一声，所有的工蚁顿时环绕在它的身后，组成一道红色的防线，而它则一头撞进了那个洞口，消失无踪。

林七夜没想到在这绝壁的尽头居然还有一处蚁穴存在，此刻见蚁后的身形消失，脸色越发凝重了起来。但事到如今，他已经没有退路了。他双刀在手，急速地向着那数十只红色的工蚁防线冲去，黑色的双眸转化成闪耀的金芒，仿佛有两个熔炉在他的眼中熊熊燃烧！"滚开！！"穿着单薄黑衬衣的林七夜身上涌现出无尽的神威，刹那间便将守在洞口前的工蚁全部压倒在地，他提着双刀身形如电，直接掠过数十只工蚁的身躯，紧随着蚁后闪进洞口之中！与此同时，一道金色的剑芒划过天空。

"他跟着蚁后，钻到那个洞里去了！"一直注视着林七夜的安卿鱼突然开口，伸手指向林七夜进入的洞口。

"杀出一条路来，我们也进去！"百里胖胖操纵着金色剑芒，灵活地躲过一只又一只工蚁的扑击，一滴滴汗水从他的脸颊滑落。虽然他的精神境界已经到达了"川"境，但是用"瑶光"一口气载着四个人，对他来说还是有些吃力的。更何况他还必须时刻关注两侧绝壁上的工蚁，避开它们的攻击。曹渊站在剑芒最前面，缓缓伸手握住刀柄，神情之中有些犹豫。他无法保证自己在拔刀之后，还能保持理智，要是没控制好力道，反而可能会将身后的三人拖入深渊，但若是不拔刀，他们似乎也没有冲破群蚁防线的办法。安卿鱼的主要攻击手段是冰和丝线，百里胖胖又要驾驶"瑶光"，开路的任务只能落在他的身上。曹渊深吸一口气，正欲拔刀，就在这时另一个身影走到了剑芒之前，伸手按住了他的刀柄。

"你用禁墟的话，会失控的吧？"李德阳嘴角微微上扬，"交给我吧，在这种地形下，我还是能发挥点作用的……"

曹渊一怔，犹豫片刻之后，向后退了两步。金色的剑芒躲避着工蚁的攻击，飞速向前方的洞口疾驰，那些被林七夜镇压的工蚁纷纷缓了过来，再度组成防线，死死地拦在洞口之前。李德阳深吸一口气，纵身从金色剑芒之前一跃而下！这一幕直接让其余三人愣在了原地。

"不好！"

就在曹渊准备拔刀下去救人时，令人震惊的一幕发生了，只见李德阳从剑芒跃下后，直接向着红色工蚁防线之前的地面落去。在他的身形即将被工蚁淹没之前，他猛地一掌拍在地面！"咚——"一道沉闷的声响从裂谷之中爆发，狰狞的裂纹再度从李德阳脚下的地面蔓延开来，瞬间勾连两侧的绝壁，下一刻，地面急速地向下塌陷！这蔓延数里的大地裂纹，竟然再度向下碎裂开来！刹那间，所有的巨蚁都失去了重心，顺着下裂的大地急速地向下坠去！当然，同样坠下裂缝的，还有李德阳。强烈的失重感充斥着李德阳的心神，他将腰间的绳索用力地甩向身侧的壁面，想要凿开一个落点，却被另外一只同样坠落的工蚁弹开，李德阳的脸色瞬间难看起来。就在这时，一道无形的丝线突然缠绕在他的腰上，随后一股巨大的拉力便拖拽着李德阳的身体，再度向上飞去！李德阳错愕地抬起头，只见安卿鱼正站在剑芒侧面，手中拉着一条无形的丝线，对他露出了腼腆的笑容。

"诡丝"急速收拢，李德阳的身体就这么被安卿鱼给拽了上来，他坐在剑芒之上，才发觉双腿已经彻底软了。

"李叔，有点东西啊！"百里胖胖操控着金色剑芒，对着李德阳竖了个大拇指，"不说别的，就冲这胆量，小爷我佩服！"

"你是怎么做到让这片裂谷的地面再度破碎的？"曹渊忍不住问道。

李德阳看了眼身下的裂缝，苦涩地开口："我的禁墟，就是通过震动在物体的表面制造裂纹，不过我的境界太低，一般只能用来震裂一些房屋结构，杀伤力不够……这里的地质结构比较特殊，很容易再度崩碎，不过说实话，我也没想到效果会这么好。"

百里胖胖一愣："你的禁墟，是不是叫'万象频动'？"

"你怎么知道？"李德阳疑惑地看向百里胖胖。

曹渊笑了笑，看了百里胖胖一眼："以前他喜欢的姑娘，也是这个禁墟。"

百里胖胖瞪了曹渊一眼，疑惑地看向李德阳："这不是超高危禁墟吗？有这种潜力，你怎么会被分配到安塔县这种偏僻的地方？不说进入那些一线大城市的守夜人队伍，进个二线的应该没问题吧？"李德阳一怔，无奈地摇了摇头，并没有说话。见李德阳不愿意说，百里胖胖自然也很识趣地没有往下问，专心操控着脚下的"瑶光"，径直冲进绝壁上的洞口，消失其中。

第四篇

酆都古城

360

　　昏暗的洞穴之中，林七夜身形急速地向前移动。也不知是蚁后进入了回光返照的状态，还是已经初步修复好伤势，爬行越来越快，而在林七夜的精神感知之中，他们之间的距离正在逐渐拉长。最终，蚁后还是摆脱了林七夜的感知。不过林七夜并没有就此停下脚步，一是因为这洞穴只有一条通道，根本不存在被甩掉的可能。二是因为地上残留着蚁后的血液，只要顺着血迹向前找，总能找到它的所在。林七夜在黑暗的洞穴中追击了几分钟，两侧逼仄的岩壁突然消失，周围的空间豁然开朗。林七夜一怔，逐渐放缓了身形。

　　这是一片漆黑空旷的地下空间，即便林七夜将精神感知延伸到极限，也无法探知到其边缘，也就是说，这片空间的直径在五百米以上。林七夜回头望去，只见在他身后平整光滑的墙面上，一个数米高的圆形洞窟正嵌在其中，他刚刚就是从这里走出来的。他的眉头微皱，走到了墙体前，伸手轻轻摩擦着墙壁的表面。和洞窟内部的岩壁不一样，这片广阔的平整墙面，是由一块块青灰色的砖体搭建而成，与皮肤接触，传递出丝丝的凉意，砖块之间没有丝毫缝隙，就像是长在了一起，做工精巧无比。在墙体前的地面上，还散落着一些碎裂的砖块和泥土，应该是曾经工蚁挖洞时破坏了这面墙壁。

　　"人工建造的？"林七夜看着眼前这宏伟的青灰色墙壁，眼中浮现出震惊之色。

　　要知道，这里可不是别的地方，而是原始森林的最深处，距离地面近百米的地下空间，在这里，怎么会有这么一座人工建造的宏伟墙壁？而且从砖块的质量和做工上来看，这似乎不是近代建筑的风格。林七夜收回了手掌，思索片刻之后，继续顺着地面的血迹向着前方走去。虽然这面墙壁的来历确实可疑，但当务之急还是先追杀重伤的蚁后。不过林七夜并没有放松警惕，在这样一个诡异的环境下，他已经将感知能力发挥到了极致，随时准备应对可能出现的危险。地面蚁后的血迹越来越少，线索也越发模糊，看来蚁后并非回光返照，而是在快速恢复着伤势。毕竟是一只"海"境的"神秘"，哪怕被炸掉了半个身子，也不是轻易就会死的。

林七夜顺着血迹向前追踪，突然像是感知到了什么，愣在了原地。他抬头看向前方幽深的黑暗，眼眸中浮现出浓浓的惊骇之色。"野火烧不尽，春风吹又生。""噗——"一缕微弱的火光在林七夜的掌间绽放，借着这缕光芒，林七夜终于看清了眼前的景象。在他的前方，再度出现一面墙壁，但与之前的那面墙体不同，这面墙通体黑色，散发着诡异的乌光，将落在墙体表面的光线尽数吸收。而在这墙壁的中央，一扇宏伟而古老的青铜巨门矗立着，高三十多米，满是尘埃的大门表面遍布着斑驳的深绿色铜锈，在火光的照耀下呈现暗红色，若是注视久了，那么诡异的暗红便像是烙印在脑海中一般，挥之不去。

林七夜立刻转移目光，抬头仰望门的顶端，掌间的火光并不能照出这扇青铜巨门的全貌，但即便如此，站在这扇青铜巨门之下，依然能感受到一股莫名的压迫感笼罩在他的心头。最关键的问题是，林七夜的精神感知竟然无法穿过这扇青铜大门。不光是这扇门，它两侧的黑色的石砖墙壁同样无法穿过，仿佛有一股无形的力量在排斥林七夜的精神力，禁止一切存在进入其中。

"这究竟是什么……"林七夜的眉头紧锁，眼中的疑惑之色更浓了。

这里是大夏最北境，原始森林深处，大地之下……除了林七夜他们，根本不可能有任何人抵达过这里，但偏偏在这里，出现了这样一座诡异神秘的人造建筑。它是什么时候出现的？是什么人打造的？它存在的目的是什么？一连串的疑惑涌上了林七夜的心头，他站在这青铜巨门前，陷入了沉思。突然，他像是想到了什么，在青铜巨门的四周搜索了起来。从门上的尘埃来看，这扇门应该很久很久没有打开过，既然如此，那说明蚁后并没有通过这扇门，那么它去了哪里？片刻之后，林七夜便找到了答案。只见在距离青铜大门约五十米处的墙脚，一道庞大的地洞倾斜着打入地底，大约八米宽，正好是蚁后的体形，从洞口倾斜的角度来看，应该是蚁后打洞从地底越过那面黑色的墙壁，直接去了墙的后方。不，不对！林七夜仔细观察着地上的碎土，眉头越皱越紧——这个地洞的边缘土壤并非向内侧卷，而是向外侧龟裂，而且从土壤的触感来看，这些土应该已经被刨开很久了。也就是说……这个洞，是从墙的里面向外打的，而且在很久之前就存在！林七夜缓缓站起身，看向洞口的目光凝重起来。他原本以为蚁后只是降临在地缝之中的"神秘"，而这条通往青铜巨门内侧的通道应该是它为了逃生留下的，但现在看来，并非如此——蚁后，是从青铜巨门之后逃出来的生物！

林七夜注视着洞口残留的些许血迹，无奈地叹了口气。眼前的一切都已经超出他的预期，无论是这扇门本身，还是门后未知的风险，似乎都在警告着他不能继续深入下去。他确实想杀蚁后，但理智地分析现在的情况，已经不适合继续追杀下去。这次的任务，注定只能到此为止了。

　　林七夜转过头，准备暂且离开这里，就在这时，身体又僵在了原地。微弱的火光在漆黑的地下空间中跃动，昏暗的光芒之下，一个个惨白的纸人，不知何时围在了他的身后……它们空洞的眼神直勾勾地盯着林七夜，猩红画笔绘制的嘴角勾起一个诡异的弧度，像是在笑。

361

　　一、二、三、四……林七夜的目光扫过前方，看着密密麻麻的惨白纸人，一颗心顿时沉了下去。太多了，这些纸人的数量太多了！他不知道这些纸人是从哪里出现的，刚刚检查附近的时候根本没有发现纸人存在的踪迹，就好像从某一个瞬间开始，它们就像幽灵般凭空出现了一样！林七夜的后背已经被汗水浸湿，但即便如此，他依然保持着镇静，一只手握着手中的火焰，另一只手缓缓伸向背后的直刀。从这些纸人的身上，他感觉不到丝毫的精神力波动，也不存在境界之分，仿佛一把火就能把它们全部烧尽，不过林七夜的直觉告诉他……这些纸人没有这么简单。

　　就在林七夜准备试着突围之时，令人头皮发麻的一幕发生了，只见所有纸人的面部突然定格，然后脸上绘制的五官迅速地扭曲起来，像是变脸一般，时而痛哭，时而冷笑，时而愤怒，时而微笑……诡异的气息从它们的身上延伸而出，像是一根根无形的丝线，与林七夜身上的人气混杂在一起。林七夜看不见那些丝线，也同样无法感知。但就在这一瞬间，掌心燃烧的火焰骤然熄灭，他觉得自身的温度开始迅速降低，就像坠入冰窖一般，身体诡异地轻盈了起来，一抹惨白在他的脸上浮现……

　　与此同时，围在林七夜周身的纸人脸部停止变换，每个五官都开始潜移默化地改变，空洞眼神开始凝聚，猩红的嘴唇逐渐淡化，鼻梁越发挺拔，一缕缕黑发从它们的头顶延伸而出……唯一不变的，是它们脸上那诡异的笑容。它们正在变成林七夜，而林七夜……正在变成它们。

　　冰冷的死气在林七夜的体内肆虐，他浑身的力气仿佛都被抽走，勉强支撑着身形，死死地看着一个个变成"林七夜"的纸人，意识都开始模糊起来。林七夜紧咬着牙关，深吸了一口气，下一刻一抹金芒从他的双眸中绽放！一个"奇迹"，在他的体内轰然爆发！"奇迹"的出现瞬间打断林七夜身上的变化，力量再度涌回他的身体，即将被折叠为纸张的脸庞恢复原样，意识刹那间回归！

　　而纸人的变化也同时中断，有的只变出了林七夜的鼻子，有的只变出了他的眼睛，有的只变出了他的头发……它们错愕地摸着自己的脸，猛地抬头看向林七夜，干瘪的表情同时变成极致的愤怒！它们无声地咆哮着，身形一晃，如同奔涌的白色洪流，急速地向林七夜扑来！这些纸人并没有死心，原本被"奇迹"所切断的诡异气息再度凝聚，勾连在一起，想要联结上林七夜的活人气息。在鬼门关外走了一圈的林七夜见到这一幕，脸色阴沉无比，刚刚用"凡尘神域"缔造出的那个"奇迹"，几乎直接抽空了他的精神力。这也恰恰说明了，这群纸人的诡异攻击完全超他所能应付的范围，而且超出很远！若是再被它们的气息沾上，林七夜就再也没有摆脱的可能了。

他迅速地环顾四周，目光最终停留在地上蚁后留下的洞口，只是迟疑片刻，便下定了决心，纵身跃入其中！虽然他不知道门后究竟是什么，不知道会有什么样的危险，但总比被这群纸人抽干了要强！林七夜跃入洞口之后，那些纸人似乎并没有放过他的意思，而是一个接着一个地飘入洞中，消失不见。

几分钟后，一道金色的剑芒从青灰色墙壁上的蚁穴飞出，在黑暗的地下空洞中盘旋起来。

"咦？这里是什么地方？"百里胖胖见周围的空间一下子宽阔了许多，诧异地开口。曹渊拿着手电筒，一点点地照过四周，眼中浮现出疑惑之色。"人为建造的？我们下去看看。"四人从金色剑芒上跃下，百里胖胖伸手一挥，"瑶光"便化作项链回到他的胸前。安卿鱼走到青灰色的砖墙面前，眸中浮现出一抹灰色。半晌之后，他缓缓开口："是人造的，不过年代久远，从砖石内部的风化情况来看，应该是两千多年前的产物。"

"两千多年前？"曹渊一愣，算了算，"那不是汉朝吗？"

安卿鱼点了点头："没错。"

"汉朝的时候，有人在这么偏的地方，建了一面地下的城墙？"百里胖胖眉头微皱，"是闲得发慌吗？"

安卿鱼没有回答，而是默默地观察着周围的其他墙壁，不知在思索些什么。

"不管了，找七夜要紧。"曹渊低头看向脚下的蚁后血迹，开口道，"七夜肯定沿着蚁后的血迹向前追了，我们走！"

四人顺着血迹走了一段路，同样来到了那面黑色的墙壁与古老的青铜巨门之前。

"我去……"百里胖胖张大了嘴巴，"还有一面？古人是真够闲的啊！"

安卿鱼打量了黑色的砖墙片刻，眉头微微皱起："不对。"

"什么不对？"

"这堵墙，和之前那个不一样。"安卿鱼缓缓开口，"这面墙的材质我解析不出来，那扇青铜巨门也是一样，这些东西的分子结构和现代材料学已知的任何材料都不一样……"

"不一样？"百里胖胖歪头，"所以呢？"

"这些，不是人类造出来的东西。"

安卿鱼的这句话一出，其余三人都陷入沉默，表情凝重起来。不是人造的，那只可能是"神秘"，或者……神明。

"那边有个地洞。"李德阳发现了一旁林七夜钻进去的洞穴，开口说道。

百里胖胖等人过去仔细观察了一番，相互对视，都看到了对方眼中的诧异之色。

"七夜追着蚁后，从这里面跑到门后去了？"百里胖胖忍不住说道，"这也太拼了吧？"

"周围没有他的踪迹，应该就是进去了。"安卿鱼点了点头。

"那我们也进去吧。"

"好。"

"嗡——"就在四人准备进入洞穴之时，只听一声巨响在整个空间中回荡，他们抬头看去，眼中同时浮现出了错愕之色。黑色的墙壁之间，那座顶天立地的青铜巨门，正在缓缓向外打开。

<h1 style="text-align:center">362</h1>

"咚——"在沉闷的声响中，堆积在青铜巨门表面的灰尘缓缓落下，这扇古老而神秘的大门，最终向着四人彻底敞开！烟尘拂过四人的身形，他们蹲在洞穴旁看着这一幕，眼眸之中满是震惊。随着青铜巨门开到边际，整个空间再度陷入死寂，四人相互对视，陷入了沉默。

"你们刚刚……有人敲门了？"百里胖胖忍不住开口。

"怎么可能？"李德阳嘴角微微抽搐，"那玩意儿一看就邪乎得很，谁没事去敲门？"

"那它怎么开了？"

"不知道。"

百里胖胖沉吟片刻，犹豫着说道："那我们是钻洞……还是走正门？"

"走正门吧。"安卿鱼推了推眼镜，"正门，至少能看清门后的情况，从洞穴里钻过去，根本不知道在洞口的另一头等待我们的是什么。"

"有道理！"百里胖胖对着安卿鱼竖了个大拇指。

四人走到青铜巨门前，用手电的光束扫向门后，朦胧的烟尘之中，隐约勾勒出一座古老城市的轮廓。曹渊握着刀柄，走在最前面，后面是李德阳、百里胖胖和安卿鱼。想象中的危险并没有出现，他们顺利地穿过青铜巨门，来到了黑色围墙的另一侧。在踏入其中的瞬间，阴森的冷气便钻入他们的肌肤，所有人同时打了个寒战。

"怎么这么冷？"李德阳皱眉开口。

"是死气。"曹渊平静地开口，"门后的空间，到处充斥着死气，对于活人的阳气有很大的压制作用。"

"老曹，你知道得还挺多啊。"百里胖胖开口道。

"我师父跟我提过。"

"你师父？"百里胖胖一愣，像是想起了什么，"就是你说的那个……金蝉法师？"

曹渊点了点头，用手电的光芒在身前仔细地扫过，脚下是一条石子路，两侧空空荡荡什么也没有，远处能看到一些低矮的土屋，参差错落，散发着森然诡异的气息。

"像是座废弃的古代城镇。"李德阳的眉头紧锁，满是不解地开口，"我在安塔县待了这么久，怎么从来没听说过，这原始森林里以前还有座城？"

安卿鱼看了他一眼，平静地开口："或许，你早就听说过。"

李德阳一愣，像是想起了什么："你是说，那些稀奇古怪的传说？"

"存在于森林深处的，永恒的死人国度。"曹渊喃喃自语，"确实很符合这里的环境。"

听到这儿，百里胖胖忍不住咽了口唾沫，小心翼翼地四下打量起来。

"死人国度，是不是会有鬼？"他小声地问道。

"不知道。"曹渊迟疑片刻，"不过金蝉法师和我说过，死气阴郁，应该是游离的灵魂聚集所致，但一般它们不会靠近有活人气息的存在，而且肉眼是无法看到鬼魂的。"

"肉眼无法看到？"百里胖胖一愣，想到了什么，从口袋里掏出了一个单片眼镜。他看着手中的单片眼镜，心中纠结了起来……要不，戴上看看？万一真能看到灵魂呢……他长这么大，还没见过灵魂是什么样。可是，万一很吓人怎么办？索性不看？但是真的很好奇啊！恐惧与好奇心在百里胖胖的心中徘徊，就这么犹豫许久，最终还是好奇心占据了上风，百里胖胖手握佛珠，小心翼翼地将单片眼镜戴在了鼻梁上。在其他人的眼中，百里胖胖戴上单片眼镜之后，整个人突然一震，僵硬地转头，目光一点点地扫过周围，脸色瞬间难看了起来。

"怎么了？你看到了什么？"曹渊疑惑地问道。

百里胖胖艰难地吞咽口水，缓缓张开嘴，脸色苍白地说道："灵魂……到处都是灵魂！"

另一边，林七夜的身形从地洞中闪出，飞快地转过身，趁着那些纸人还未穿过洞穴之际，一掌拍在地面之上。"大地毗岚起，人天觉树摧。""嗡——"林七夜脚下的地面寸寸龟裂开来，蔓延至洞穴边缘，紧接着整个洞口轰然坍塌，将空洞的穴道彻底封死！滚滚烟尘席卷，林七夜的身形没有丝毫停滞，反身便向着远离坍塌洞穴的方向冲去。他心里清楚，这点小手段最多只能延缓纸人上来的速度，想将它们彻底封死在地底，这种程度根本不够。果不其然，就在林七夜身形消失的十秒钟后，坍塌的洞穴再度被破开，一个个纸人从中蜂拥而出，诡异的面孔四下张望，似乎在搜索林七夜的踪迹。片刻之后，它们便整齐地四下散开，向着周围一点点地搜索开来。此时，林七夜的身形已经连续穿过几条街道，在一间小小的昏暗宅院前停下了脚步。

甩掉纸人之后，林七夜终于有机会好好地观察四周，四下环顾一圈，发现自己已经身处一座古老的废弃城镇之中，眸中浮现出诧异之色。他也猜想过青铜巨门之后究竟是什么，或许是一处更大的蚁穴，或许是某个恐怖存在的封印之所，或许是一处"神秘"的乐园……但他从来没想过，门后……是一座城。

目光落在眼前漆黑矮小的宅院之中，不知为何，林七夜总有种不对劲的感觉，但这种不对劲究竟源于哪里，一时之间也说不上来。就在这时，一个白色的纸人闯入林七夜的精神感知范围之中，它正快速地在错综的石子路前飘荡，像是在寻找着什么，很快便要向这里搜索过来。林七夜眉头微皱，目光在周围飞速扫过，最终还是落在了眼前的诡异宅院之中。除了这里，好像也没有别的藏身之所了，林七夜深吸一口气，缓缓推开宅院的红漆大门，出乎意料的是，不像是一座废弃已久的门户，推门的过程十分顺畅，连一丝一毫的声音都没有发出。无声推开门，林七夜身形一晃便进入门后，随后又将红漆大门缓缓关闭。

朱红色的大门前，空气再度陷入一片死寂。

363

林七夜站在门后，精神力时刻关注着门外的情景，只见那个白色的纸人轻飘飘地落在宅门前的石子路上，惨白的脸上，一双不对称的大小眼扫过周围，打量了林七夜藏身的宅院片刻，便回过头去，继续向着前方搜索而去。林七夜见纸人离开，这才轻轻地舒了口气。在这种地方，若是被一个纸人缠上，凭林七夜的速度未必能够将其甩开，到时候追杀他的纸人越来越多，在青铜巨门之外的情景早晚会再现。

这些纸人的手段太过诡异，林七夜丝毫不想与它们扯上关系，只想尽快离开这个地方，与外面的同伴会合。林七夜伸手试图打开宅门离开这里，可就在这时，他突然愣在了原地。原本轻松开启关闭的宅门，此刻竟然纹丝不动，任凭他如何用力，都无法将其撼动丝毫！

林七夜的眉头微微皱起，心中浮现出一抹不祥的预感。"啪——"死寂黑暗的环境中，一声轻响从林七夜身后的宅屋中传来，林七夜猛地回过头去，右手瞬间搭在背后的刀柄上，身上每一块肌肉绷紧，随时准备出手。他的目光扫过漆黑的院子和宅屋，眸中满是疑惑之色。在进入这间屋子之前，他已经用精神力扫过宅院中的一切，确认根本没有任何人在这里，既然这样，刚刚的那道声响又是从何而来？

林七夜用精神力一寸寸地扫过周围，将每一个物件与发声之前的位置对比，片刻之后，终于找到了声音的来源，只见在院子的东北角，一个纸扎的扫把不知何时倒在了地上。

"纸扫把？"林七夜的眉头紧锁，他分明记得，刚刚的那道声响很脆，应该是某个坚硬的东西落在地上的声音，就算是扫把，那应该也是个真扫把才对，纸张怎么可能发出这样的声音？

"嘎——咚——"正中央的宅屋大门突然向外敞开，然后迅速地关闭，门撞击在老旧的门槛之上，发出轻微的碰撞声！林七夜猛地转头看去，将精神力扩散到极致……什么也没有，没有任何人、任何东西触碰到那扇门，可它就这么自己打开了，然后又自己关闭……就像是有一个他无法看见、无法感知的人，在开这扇门一样。林七夜的眉头微皱，双手握住背后的刀柄，将两柄直刀缓缓从鞘中抽出，紧握在手，一步步地向着那座发声的宅屋走去。紧锁的宅门，突然碰落的纸扫把，自动开闭的门户……这一切似乎都在预示着，这座宅子里有一股神秘的力量……或者，是神秘的人存在，但是林七夜看不见。

林七夜握着刀走到宅屋门口停下了脚步，精神力已经将屋内的景象全部映入脑海，屋子里除了惨白的纸床、纸钱，还有纸扎的桌椅之外，再也没有其他东西。林七夜的心中不由得有些疑惑，那么薄、那么轻的纸床和纸扎桌椅，究竟是给什么东西用的？但凡有点重量的生物在上面，都会将它们压塌吧？

林七夜摇了摇头，抛去这些繁杂的思绪，将注意力高度集中，随时准备出手。即便从精神力反馈来看，这屋子里根本没有东西，林七夜也不敢有丝毫松懈，因为能隐约猜到这里面的东西……他看不到，也感知不到。一抹夜色浸染了林七夜身前的屋门，在黑暗的推动下，这扇门缓缓打开……林七夜握着刀站在门口，双眸之中浮现出一抹淡淡的金芒。"噗——"门刚刚打开一个小口，大量的纸钱就从门缝中飞撒出来，铺天盖地地涌向林七夜！

林七夜的瞳孔骤缩，掌间的双刀迅速挥舞，淡蓝色的刀锋在林七夜的身前勾勒出密集的刀光，刹那间便将所有纸钱斩碎，没有一张触碰到林七夜的身体！但很快林七夜就发现，他的动作是多余的，因为这些纸钱没有丝毫的攻击蕴藏在内，轻飘飘地从门内撒出，在空气中飞舞……它们只是纸钱。就在林七夜错愕之时，屋内的纸扎桌椅突然翻倒在地，就像是有人撞到了它们一样。纸扎的桌椅摔在地面，同样发出坚硬的碰撞声，仿佛掉在地上的不是纸张，而是真正的木制家具一样。

林七夜的眉头微皱，目光缓缓扫过屋中，没有任何人存在的迹象。犹豫片刻之后，他索性摊开了手掌，轻吟道："野火烧不尽，春风吹又生。"一缕火苗出现在他的手中，他手掌轻轻翻起，便要将这些诡异的纸扎桌椅和纸钱全部烧尽。就在这时，一张纸钱突然从地上飘起！那张纸钱颤颤巍巍地飞到了林七夜的面前，林七夜见到这一幕，一愣，只见在那张纸钱之上，用黑色的线条歪歪扭扭地写着几个大字。

——老爷饶命！

"老爷饶命"？林七夜错愕地看着这几个字，茫然地站在原地，片刻之后，试探性地开口："你们……是人？"

那张纸钱飘落在地上，黑色的线条凭空再度勾勒起来，很快，第二行字就在纸钱上浮现。

——我们是灵魂，生活在这里的灵魂。

林七夜眉头紧锁，第三行字迅速浮现。

——老爷，您要实在想杀，就杀了我吧！放过我的妻女，小女刚刚只是受了惊，不小心碰倒墙角的扫把惊扰了老爷，请老爷高抬贵手！

林七夜看到这句话，脑海中顿时浮现出刚刚摔落在地的纸扫把，心中的疑惑之色更浓了。撞倒纸扫把的，也是灵魂？不过，他还是散去了手中的火焰。就目前的情况来看，这些灵魂似乎并不能对他造成威胁。

林七夜沉声开口："魂也好，人也罢，我似乎并没有惹你们，为什么锁上大门，不让我出去？"

第四行字飞快地写在了纸钱上，似乎生怕写慢了，就要被林七夜打得魂飞魄散。

——老爷，我们不是故意锁门的啊！我们这里所有的大门都是这样，生人可入不可出。您是生人，从外面进来可以，但是想从里面出去……就难了！

"你们这里？"林七夜疑惑地问道，"这里……是什么地方？"

那灵魂顿了顿，片刻之后，在纸钱上写下了两个大字。

——鄮都。

"灵魂？"李德阳眉头一皱，有些不信地开口，"哪有灵魂？"

百里胖胖戴着单片眼镜，嘴皮子直哆嗦，伸手指着周围："那边那棵树下面，有个没有脚的男的正盯着我们；左手边的那个老屋子门口，有一个女孩探着脑袋，也在看着我们……还有，李、李叔，你的背上，挂、挂着一个没有眼睛的小男孩……"

李德阳虎躯一震，脸色顿时煞白，猛地拍打起自己的肩膀，想要将脏东西拍下去。

"还有吗？"李德阳焦急地问。

"他……爬到你头上去了……他在薅你的头发！！"

李德阳瞪大了眼睛，拼命地开始揉自己的头发，一根根黑发转变成银白色的发丝，从他的头顶落下，顷刻之间发量锐减！曹渊眉头一紧，一把将佛珠从百里胖胖的手中抢过，对着李德阳念叨起来。李德阳只觉得自己的头顶一轻，整个人无与伦比地轻松了下来，发丝也终于不再掉落，不过黑发之间已然多了几缕银白。

曹渊见此，终于松了一口气，回头看去，只见百里胖胖正死死地盯着他。"好你个老曹，你还说自己不是和尚！"

曹渊："……"

"我只是念了一段金蝉法师教我的经文。"曹渊耸了耸肩，"之前我控制不住体内的黑王的时候，都是靠这段经文来稳定心神的。"

"你不是说，灵魂一般不会靠近活人吗？"安卿鱼疑惑地问道。

曹渊一怔，有些犹豫着开口："一般来说，应该是不会的啊……难道是这里的阴气实在太重，所以这些灵魂都失控了？"

百里胖胖拍了拍他的肩膀："老曹，你的道行还是不够啊！"

曹渊翻了个白眼："你能看到灵魂，刚刚我念经的时候，是什么情况？"

百里胖胖想了想："你刚刚拿着佛珠念叨的时候，趴在李叔身上的那个小朋友身上就出现了点点金光，然后身体就开始透明，最后就消失不见了……"

曹渊低着头，若有所思。

就在这时，百里胖胖脸色微变，默默地向后退了半步。

"不过，有个坏消息……"

"什么？"

"你念完经之后，刚刚观望的那两只灵魂……都凑到你面前来了。"

曹渊一愣，随后就觉得周围的温度急速下降，一股刺骨的冰寒开始侵蚀他的身体，他的脸色微变，拿着佛珠再度念叨了起来。等到那阴寒的气息彻底消失，曹渊便松了口气，只觉得有些口干舌燥。

"没了吧？"曹渊舔了舔嘴唇，开口道。

百里胖胖的表情更加古怪了："嗯……那两个是没了，不过，那边的街道上，好像有十几只灵魂在向我们这儿冲过来……"

曹渊脸色一白，只觉得后颈都开始发凉，猛地开口道："快跑！！"四人二话不说，反身就朝着与那些鬼魂相反的方向冲去！一边跑，李德阳一边疑惑地开口："咱为什么要跑，你不是能念经念死它们吗？"

"不是念死，那是超度！"曹渊无奈地开口，"那段经文应该是可以用自身的修行去度化残存在世间的游魂，将它们送去极乐净土，对那些游离的鬼魂而言，算是梦幻中的最佳归宿。"

"那不是好事吗？"安卿鱼疑惑地问道。

"但是我没有那么深厚的修行，更何况我的身上还缠着大量的杀孽，再这么给它们度化下去，我估计会直接业火焚身而死！"曹渊叹了口气，"要是我师父在这儿，以他老人家的修为，将它们度化，弹指一挥间而已……"

"所以啊。"百里胖胖忍不住开口，"老曹，你的道行还不够啊！"

曹渊："……"

"有没有别的办法，能杀死它们？"安卿鱼皱眉问道。

"灵魂无形无质，本质上只是一种特殊的磁场，除了我'黑王斩灭'的煞气火焰，你们的攻击对它们无效，但如果我在这里解放黑王，没有林七夜在……你们摁得住我吗？"曹渊回头望去。

百里胖胖沉吟片刻："我们还是逃跑吧！"

"同意！"

"酆都？"林七夜看着这两个字，眼中浮现出惊讶之色。

林七夜作为土生土长的大夏人，这类传闻自然没少听，阎王殿、奈河桥、孟婆汤、黄泉路……全都源于传闻中的酆都。他没有想到，穿过那扇青铜巨门之后，竟然就是大名鼎鼎的酆都？可这里……和他想象中的也太不一样了。奈河桥呢？黄泉路呢？阎王殿呢？就算没有这些，这里也不应该是一幅破败萧条的景象吧？传说中的酆都，可是北方灵国，山高两千六百里，周围三万里，还建造着属于灵魂的宫殿的庞大国度，这里怎么看……都只是一座破败的城镇而已。

想到这儿，林七夜便忍不住问道："这里，本来就是这样吗？"

很快，纸钱上便飞快地写下了一段话。

——并不是，很久以前的酆都，是一片独属于灵魂的死亡国度，范围极大，但从某一天开始，神明突然消失无踪，酆都大帝也不见踪影，好在酆都的死亡法则不需要神明主持也能自动运行，所以当时并没有出现什么问题。又过了很久，四个长相很奇怪的神明突然闯入酆都，将整个酆都打成五块碎片，各自取走一片后，就只剩下这最小的一片，也就是这里。

林七夜看到这句话，脸色顿时沉下来。酆都大帝，便是传说中的酆都之主，是阴府的至高神明，可以和传说中的玉皇大帝硬碰硬的存在。从现在所知的情况，林七夜大概能猜出当时发生了什么。

百年之前，大夏神明无故消失，而酆都大帝自然也不见踪影，失去神明的酆都被几位外神侵占，强行夺走几块最大的酆都碎片。

林七夜忍不住问道："抢走酆都碎片的那四个，都是什么神？"

下一刻，一行黑色的小字在纸钱上缓缓浮现。

——那四个外神，分别自称为"奥西里斯"、"哈迪斯"、"阎摩"以及……"路西法"。

365

林七夜不由得冷笑了起来。这四个神明的名号，他都听说过，甚至可以说如雷贯耳——奥西里斯，是埃及神话中的九柱神之一，也是古埃及神话中的冥王；哈迪斯，自然就是奥林匹斯十二神之一，古希腊神话中的冥界之王，波塞冬和宙斯的大哥；阎摩，是印度神话中的冥王，被认为是死亡之神；至于路西法……则是西方神话中掌管地狱的堕落天使。

这四位神明都执掌着与死亡有关的权柄，在酆都大帝消失之后，将酆都打碎融合，对他们来说自然是有着极大的益处！而这最后一块无人问津的碎片，则被永远掩藏在了大夏北境的地底。

"既然现在没有酆都大帝，那这座城镇，由什么在管理？"林七夜再度开口。

——没有人管理，神明们离开后，六道轮回的规则并没有改变，依然能够将所有生灵送入往生。但我们这些曾经滞留在酆都的灵魂，只能永远地被困在这里。

——我们存在的时间太久了，其中有些灵魂已经发生异变，变成凶残的阴魂，若是再这么下去，这座破碎的酆都，早晚会演变为一座被阴魂统治的城镇。

林七夜见到这句话，微微一愣，没想到在外面险些将他置于死地的纸人竟然是守护这片灵国的纸人阴兵。想必是蚁后钻通墙内和墙外之后，纸人便顺着通道来到外侧，更有甚者机缘巧合之下从蚁后的洞穴离开，穿过裂缝进入了原始森林。于是，有了那些神秘的传说。这也是林七夜等人在废弃林场发现纸人，对方却没有主动进攻，而是专注逃离的原因。它们的职责是守护这座酆都，一切不会对酆都造成威胁的，都不是它们的目标。而之前林七夜闯入青铜巨门之前，算是外来的闯入者，自然会引得纸人阴兵的围攻。若非林七夜有"凡尘神域"，只怕当场就要被纸人同化。

林七夜想到了什么："那你们有没有见过一只白色的、巨大的蚂蚁？"

——见过，大概是两年前，它突然出现在了酆都的某个角落，引起所有纸人阴兵的追杀，后来重伤逃离了这座城镇，不知去了哪里。

林七夜心中了然，事实和他猜测的差不多，蚁后就是从这酆都之中逃出来的。而通往这里的那些洞穴，就是它逃离时留下的路。

"我明白了。"林七夜点了点头，"最后一个问题，我该怎么离开这座宅子？"

生人可入不可出，林七夜生人的气息无法穿过那扇朱红色的大门，但也不能一直被困在这里。

那鬼魂迟疑了片刻，小心翼翼地在纸钱上写了一句话。

——门开不了，要不你跳墙出去？

林七夜："……"

林七夜的嘴角微微抽搐，转身便向宅屋外走去。好一个不能开门就翻墙，你们可真是太机智了！事实证明，翻墙确实是可行的……林七夜的身形轻轻一跃，便翻过那本就不高的围墙，瞬间回到了宅院的外面。林七夜用精神力扫过四周，确认周围没有纸人之后，便迅速向着来时的方向跑去。有"凡尘神域"的精神感知在，林七夜总能在纸人来搜索之前藏好自己的身形，一路有惊无险地回到了那面黑色的墙壁前。此时，来时的洞穴通道已经彻底坍塌，想要再将其打通，还需要很长一段时间，但这周围完全是一片空旷，根本没有任何藏身的地方。在打洞的过程中被任何一个纸人发现，那他就必将面临恐怖的追杀。沉吟片刻之后，林七夜从洞口边离开，走到了那扇青铜巨门前，也不知道这扇门从里面能不能打开。

林七夜将手放在青铜巨门之上，逐渐用力，甚至用上"天空的吟诗者"，却依然无法挪动它分毫。尝试了一分钟后，林七夜无奈地叹了口气。酆都之内任意门户，生人可入不可出。他打不开这扇门。而且这里又和那处宅院不一样，在宅院里开不了门，林七夜还能跳墙出来，这座黑色的城墙连一根拇指长的缺口都没有，根本翻不出去。难道他真的只能冒着风险，去挖通那个洞穴？就在林七夜苦苦思索的时候，远处，一道刺目的金光突然在黑暗中绽放，紧接着，就是一连串的轰隆声，林七夜错愕地抬起头，向那个方向看了片刻，确认了那就是百里胖胖的"瑶光"之后，直接愣在原地。他们怎么也进来了？林七夜回过神，没有丝毫犹豫，立刻向着声音传来的方向疾驰而去！

鄤都之内，四个身影正沿着中央的破碎石子路，向着前方狂奔！"怎么样了？"曹渊一边跑，一边开口问道。百里胖胖扶了下单片眼镜，抽空往后看了一眼，空空荡荡的黑暗道路上，什么也没有，只有一股极致的阴冷气息正在急速席卷而来！百里胖胖的嘴角疯狂抽搐，脸色苍白地开口："又多了一批，现在至少有一百多个灵魂了！而且里面还有几个长得不一样，像是昆虫，又像是野兽，跑得特别快！"

"就不能想办法甩掉它们吗？"李德阳忍不住说道。

"这鬼地方到处都是灵魂，怎么甩？"百里胖胖回过头来看向前方，先是一愣，然后焦急地开口，"前面也来了一群！大概三十个！"

"左边拐！"李德阳往旁边瞥了一眼，想也不想，当即开口大喊，四人同时刹车，猛地向左边的空荡道路冲去。他们的身后，两道阴冷气息汇聚在一起，如同浪潮般向着他们涌来！

"这种程度的死气，随便沾染上一点，都够我们受的！"曹渊感受着背后袭来的寒风，开口提醒道。

"小爷我还不想死！！"百里胖胖大喊。

366

"要不是断魂刀丢了，小爷也不至于这么狼狈。"百里胖胖一边跑，一边怀念着那柄随着沈青竹一起消失在大地深处的断魂刀。能对灵魂造成伤害的禁物太少了，即便是他也就只有那一个。四人身后的灵魂越聚越多，它们就像是疯了一般，向着曹渊拥去，呜咽的声音如同阴风般拂过四人的耳旁，像是有人在哭，在乞求，在……咆哮。

"求求你，救救我们！"

"超度我，超度我！再这样下去，我也要变成阴魂了！"

"不要啊……我想超脱……"

"你明明可以做到，为什么不超度我？为什么？！"

"求求你了，就算不超度我，超度我的孩子也好，求了……"

"……"

曹渊以自身修行为代价的超脱经文，对阴魂的诱惑力太强了，尤其是这些因为神明消失而被困在这个灵国中近百年的孤魂，对超脱与往生的渴望，已经成了一种执念！

曹渊，是它们唯一的希望。

"右拐！！"四人来到一处岔路口，李德阳再度喊道。

百里胖胖和他们一起扭头往右边跑，忍不住问道："李叔，还有多久才能到门口？再这样下去我们真的只能被耗死在这儿了！"

李德阳一愣："什么门口？"

狂奔中的三人虎躯一震。

"什么？"曹渊猛地回头，"你不是在指挥回青铜巨门的路吗？"

"这黑灯瞎火的，我哪记得清路？"

"那你喊的那些……"

"我随便喊的啊。"

"……"

这次死定了！百里胖胖险些一口老血喷出来，万万没想到，跟着李德阳跑了这么久，居然是凭感觉！不过这也不能怪李德阳，这里面都没有一丝光亮，他们只能靠手中的手电来辨别方向，被一群灵魂狂追这么久，早就冲到鬼城的深处，哪里还看得到回去的路？

前方，四人再度来到一处岔路口。

"左拐！"李德阳再度开启瞎蒙模式。

"呸，这次跟着我，右拐！！"百里胖胖这句话刚说出口，整个人便要往右边拐去，只见右边的巷道中，一大批惨白的纸人像是白色的浪潮，蜂拥而来！"啊！听李叔的！"百里胖胖猛地一刹车，撒丫子便跟着三人往左手边的巷道冲去。纸人阴兵的速度比百里胖胖等人更快，片刻间便超过穷追不舍的众灵魂，与四人间的距离开始急速缩小。

"'瑶光'！！"百里胖胖伸手在胸前一抚，一缕金色的光芒便汇聚成闪耀的长剑，刹那间掠过众人，笔直地向追来的纸人阴兵斩去！就在这时，所有的纸人瞬间折叠，化作一张张没有厚度的白纸，轻松地避开了"瑶光"的斩击。这巨大的剑芒扫过，竟然连一个纸人都没有伤到。"轰——"金色剑芒扫过周围的低矮房屋，直接将一座土屋轰塌，滚滚的烟尘弥漫在四人的身后，紧接着那些纸人的身影便又从烟尘中冲出，如同附骨之疽，根本甩不掉。就在四人即将被追上的时候，一座座宏伟的黑色大殿在前方道路的尽头，若隐若现。这些黑色的大殿通体泛着乌黑的幽光，材质似乎和外面那些城墙一样，建筑风格阴森诡异，远远看去却又大气磅礴，给人一种强大的压迫感！

"要被追上了！"安卿鱼回头看了眼距离众人不过百米的纸人，皱眉开口道。

曹渊凝视着那些大殿，不知为何，心中竟然有些发怵，这些大殿的压迫感让他整个人都有些毛骨悚然。但现在的情形，已经别无选择。"冲进去，把门关上！"曹渊大声喊道。四人用上全身的力气，一鼓作气冲到其中一座大殿门前，百里胖胖伸出手，重重地推着朱红色的殿门！红色的殿门轻飘飘地打开，仿佛没有重量一般，四人飞速地冲进门后，李德阳和曹渊一人顶住一扇门，用力将其合上。门外的纸人即将飘到门口的瞬间，朱红色的殿门便彻底关闭，没有留下丝毫缝隙。它们在门前停下，似乎是有些畏惧地向后退了几米，徘徊片刻之后，便四下散开。

门后，百里胖胖大口喘着粗气，豆大的汗珠从脸颊滑落，眼中还有一丝后怕："那些纸人究竟是什么东西？怎么感觉跟我们在废弃林场里看到的不太一样了？"

安卿鱼点了点头："它们的五官更精致了，像是活过来了一般……而且我总觉得，那些脸好像在哪里看到过。"

"我也这么觉得。"曹渊重重地点头。

李德阳长舒一口气，随后像是想到什么，用手电在周围照了起来。这个大殿内部的空间很大，手电的光束照在头顶，只能看清一小片区域。白色的灯光下，布满青灰色道纹的黑色殿顶如同夜幕般深邃，两侧是一根根支撑着大殿的巨柱，每一根都有五六人合抱粗，同样遍布青灰色的道纹。

"这里……是什么地方？"李德阳眉头微皱。

"刚刚进来的时候，门口好像有一块匾，但是写着什么，我没看清。"曹渊无奈地开口。

"宗灵七非天宫。"安卿鱼突然开口，"我看清了。"

"宗灵七非天宫？"李德阳有些疑惑地挠了挠头，"这名字好像有点耳熟……"

"是传说中的罗酆六天宫之一。"曹渊若有所思地开口，"在神话中，阴界由酆都大帝掌管，其下便是五方神宗，在酆都之中，还有六座神明宫殿，被称为罗酆六天，每一座天宫都有一位神明镇守……宗灵七非宫，就是其中一座天宫。"

"你是说，这里是酆都？"百里胖胖瞪大了眼睛，"难怪这么多灵魂……那我们闯进了一座天宫，应该不会有危险吧？"

"不知道，但可以确定的是，早在百年之前所有的神明都已经消失，如今罗酆六天，只是一座座空殿。"曹渊转头看向幽暗的大殿深处，缓缓开口道。

"既然是空殿，那我们要不要进去看看？"百里胖胖有些好奇地往大殿里看了一眼。

"恐怕，我们是不得不进去了。"安卿鱼将手从朱红色的大门上挪开，皱眉说道，"这扇门，好像从外面锁上了，里面根本打不开。"

"打不开？"李德阳看了眼瘦弱的安卿鱼，有些不信邪地走到门口，用力拽了几下门，发现确实纹丝不动，不由得疑惑开口，"不应该啊，刚刚推门的时候，挺轻松的。"

曹渊叹了口气，将手电的光芒缓缓在殿内扫过："开不了门，那就进去看看吧，找找其他能出去的路。"

四人迈开脚步，警惕地观察着四周，开始一点点地向着大殿内移动。大殿的前端空空荡荡，除了几根粗壮的巨柱，什么也没有，直到进入大殿中央，才出现了一张镏金雕刻的巨型王座。这张王座至少有三十米高，加上后方的雕纹椅背，整体高度有七十多米，若非这座大殿的殿顶足够高，恐怕光是这张椅子就要捅破屋顶。

百里胖胖用手电的光束一点点地打量着眼前的巨型王座，忍不住开口道："这椅子也太大了吧？"

"这是镇守这座天宫的神明的座椅，阴界神明的体形大很正常，估计酆都大帝的那张椅子，比这个更大。"曹渊开口解释道。他回过头去，只见安卿鱼正低着头，像是在沉思着什么。"你在想什么？"曹渊走到他的身边。

安卿鱼推了推眼镜："你还记得我们进来的时候，看到的那面青灰色的墙壁吗？"

"记得啊。"

"有一点，我不是很明白。"安卿鱼思索着开口，"如果这里就是传说中的酆都的话，那为什么在酆都之外还有一面汉朝建立的围墙？"

曹渊听到这话，不由得愣在了原地。

"酆都的存在，肯定比汉朝更加久远。既然他们在外面修建了围墙，说明汉朝一定有人发现了酆都的存在。在那时候，想在地下修建这么大一面城墙，必将耗费大量的人力和物资，最关键的是，这么大的工程，竟然没有在史书上留下任何痕迹……"安卿鱼摇了摇头，"我不明白，他们为什么要这么做。"

曹渊沉吟了片刻："会不会是某位皇帝为了追求永生，和酆都达成了某种契约？"

"有可能，但如果是这样，为什么是建墙？"安卿鱼疑惑地问道，"如果是皇帝想要求长生，不应该是进献一些贡品吗？那样一面围墙建在那里，就像是……生怕什么东西从酆都里跑出去一样。"

"跑出去……"曹渊沉思片刻，"会不会是某种'神秘'？不，不对，'神秘'应该是百年前迷雾降临后才出现的，时间对不上。"

安卿鱼听到这话，眉梢一挑："为什么你觉得，迷雾降临之前没有'神秘'？"

"如果迷雾降临前就有'神秘'出现的话，没有守夜人在，那大夏不早就一团糟了。"曹渊理所当然地开口。

安卿鱼大有深意地看了他一眼："可是在迷雾降临之前……我们有神。"

曹渊整个人怔在原地，眼眸中浮现出震惊之色："你是说，'神秘'可能在迷雾降临之前就存在，而大夏之所以没有陷入动乱，是因为有神明在暗中护佑？"

安卿鱼点了点头："这只是我个人的猜测，毕竟没有任何证据可以表明迷雾降临之前就有'神秘'存在。"

曹渊看了眼这把巨大的座椅，叹了口气。"不管怎么说，那面城墙确实有些奇怪……不过当务之急，还是找办法离开。"

四人绕过座椅，直接顺着侧面的走道来到大殿之后，那是一片更加广阔的空间，不过这里的陈设相对前殿，倒是多了一些。一张床、一张桌，还有一个摆满了卷宗的黑色书架，在角落甚至有一些燃尽的古香。

"这里是卧室？"百里胖胖狐疑地开口。

"这叫寝宫。"曹渊翻了个白眼，"如果我没猜错的话，这里应该就是镇守这座天宫的鬼神寝宫。"

"神也要睡觉的吗？"

曹渊直接无视了百里胖胖的问题，默默地走上前用手电观察起来。这些陈设看起来虽然都很普通，但是这是从神明的角度来说。在曹渊等人眼里，这些家具都是庞然大物，尤其那张床，几乎有两个足球场那么大，想要将这个房间搜索一遍，不知需要多久。

百里胖胖还独自认真地思考着神明要不要睡觉这个问题，安卿鱼已经走到书架下面，用手电一个个地扫过那些卷宗的名字。突然，他的目光在一个卷宗上停了下来。他的掌间射出几根丝线，遥遥拉扯住那卷宗的边缘，用力一拽，便将其从书架的高层取下。

"这是什么？"李德阳疑惑地走了过来。

安卿鱼将这个卷宗摊在地上，目光快速扫过上面的文字，微微一愣。他抬头看向同样走过来的曹渊，缓缓开口："我想，我明白那面墙是怎么来的了……"

林七夜一边躲避着沿途的纸人阴兵，一边快速地向刚刚声音传来的方向移动。好在百里胖胖等人已经引走了绝大部分纸人，这一路上也算是顺利，除了周围老是有阴冷的风吹过，没有别的异样。林七夜虽然看不见他们，但经过刚刚和宅院主人的交流之后，已经能猜到这些时不时刮过的冷风其实是一些他看不见的灵魂。很快，他就看到了被百里胖胖轰塌的房屋，这也是刚刚声音传来的方向，不过现在这个地方已经空无一人。

"他们往哪个方向去了？"林七夜眉头微皱，看了眼来时的路线，目光沿着脚下的这条道路，一直延伸到远方……那里，一座座黑色的宫殿巍然耸立。是神明们留下的宫殿？林七夜只是犹豫片刻，便迈步向着那些耸立的宫殿走去，从路线上来看，百里胖胖等人必然进入了其中一座宫殿之中。

368

此时，包围在大殿外围的纸人已经散开。林七夜如同黑暗中的幽灵，悄无声息地向着这几座宏伟的大殿移动，精神力在这几座大殿外扫过，眉头微微皱起。由于这些大殿材质特殊，他无法感知到殿内的情形，只能游走在外围，用精神力感知着悬挂在殿外的巨大牌匾——纣觉阴天宫、泰煞谅事宗天宫、明晨耐犯武城天宫、恬昭罪气天宫、宗灵七非天宫、敢司连宛屡天宫。林七夜站在这六座宫殿之前，无奈地叹了口气。精神力无法感知到殿内的情景，那他该怎么找到百里胖胖四人所在的宫殿？而且他们多半不知道这里"生人可入不可出"的规则，估计已经被困在其中一座宫殿里。一个个找过去？可他一旦进去之后，同样无法从殿中出来。林七夜思索片刻之后，眼睛一亮，顿时想到一个好办法！他快步走到最近的明晨耐犯武城天宫门前，伸手推开朱红色的大门，和之前开宅门的时候一样，开门的时候轻飘飘的，感受不到丝毫重量。

林七夜走进门后，却没有让门就这么关闭，身后绽放出两团召唤法阵，下一刻两道身穿青色护工服的身影便站在了他的身后。手里拿着半根胡萝卜、身上围着围裙的李毅飞一愣，茫然地四下环顾了一圈，目光最终落在林七夜的身上。"七夜，你倒是难得叫我出来啊？"

在确认自己被召唤离开诸神精神病院后，李毅飞顿时激动起来，一把扔掉手里的胡萝卜，扯掉身上的围裙，咧嘴笑了起来。自从被收进诸神精神病院之后，他就再也没有从中出来过，憋了快两年，终于重见天日了！"刚刚阿朱还在跟我说，你看他表现不错，今晚让我给他加鸡腿来着。"李毅飞一边活动着筋骨，一边笑着拍了拍旁边阿朱的脑袋。阿朱听到这话，矮小的身躯一震，嘴唇都开始哆嗦了起来。"我……我……其实……"阿朱的目光闪躲着林七夜，小脸煞白，好像下一刻就要哭出来了一样。

林七夜哭笑不得地看了他一眼，见阿朱惨兮兮的模样，摆了摆手："加吧，加吧。"

阿朱一愣，抬起泪汪汪的眼睛，感激地看着林七夜："谢谢院长！"

林七夜默默地点头。嗯，这么一笼络，下次应该能更卖力地给我干活儿了……

"对了七夜，这里是哪儿？怎么这么冷？"李毅飞打量着四周，伸手搓了搓胳膊，不由得打了个冷战。

"哦，这里是阴界。"

李毅飞嘴角微微抽搐："我突然想起来，我菜还没做完……要不，让阿朱陪你，我先回去做饭？最近奶奶的牙口越来越好了，今天准备的菜好像不够吃啊……"

林七夜翻了个白眼："只是失落的酆都而已，而且不用你们去冒险，你们的任务就是在这里撑好这扇门，别让它关起来就行。"

李毅飞一愣："就这么简单？"

"就这么简单。"

"那行，不就是看门嘛！"李毅飞拍了拍胸脯，"包在我身上！"

林七夜点了点头，便转身向着殿内走去。既然这里的门，生人都不能从里面打开，那只要让它们关不上不就行了？要是换成别人想做到这一点可能还有些麻烦，但林七夜的手下多的是护工，守门这种事根本不需要他亲自动手。至于为什么召唤了两个出来……他是怕以阿朱的性格，万一他不在的时候有什么风吹草动，阿朱会被直接吓晕过去，到时候门关上了，那乐子可就大了。再说了，薅羊毛总不能一直逮着一只羊薅……偶尔也要两只一起薅嘛！

黑暗中，林七夜一步步向着大殿的内部走去，突然间，像是感知到了什么，在门槛之前停下了脚步，只见在大殿中央，整齐地摆放着一根根黑色的十字木架，每一根木架之上，都悬挂着一副青铜甲胄。每一副甲胄之间相隔不到一米，密密麻麻地排列在殿内，粗略望去，便有近三百副！林七夜的眉头微皱，轻吟诗句，指尖燃起一缕火光。不知为何，在这昏暗宏伟的黑色大殿之中，林七夜掌间的火光竟然变成深绿色，就仿佛空气中有一种无形的力量，在压制着一切光芒存在。林七夜托着这团幽绿色的火焰，缓缓地穿行在密集的青铜甲胄之中，诡异的火光之下，那些锈迹斑驳的青铜甲胄表面，遍布着暗红色的血痂，还有一道道狰狞的豁口，仿佛是被什么利器砍伤过。有的甲胄保存得比较完整，表面也没有太多的血痕，但有的甲胄则已经破碎不堪，就连挂在木架上都有些困难。这些甲胄表面的伤口狰狞无比，像是被某种尖锐的兵器刺伤过，而且伤口大多在正面。

林七夜不由得有些疑惑，若是在战场上，怎么会只留下这么多的正面伤口……背面却如此完整？莫非，他们战死之前，是在保护着某种东西？林七夜穿过甲胄阵列，转头望去，只见在这些青铜甲胄的最后方，黑暗的神灵王座之前，一口红色的雕纹方棺正静静地摆在石台之上。这方棺约两米长，棱角分明，像是一个工整的长方体，棺材的表面用黑色的雕纹镌刻着大量的图画，令人眼花缭乱，从远处乍一望，像是一个红底黑纹的长盒。

林七夜走到这口棺材旁，目光落在棺材表面繁复的图案之上，凝视许久，眼中浮现出诧异之色。

他的精神力同样无法穿过这口棺材的表面。如果他没猜错的话，这六座大殿应该就是传说中的罗酆六天，乃是驻守六宫的神明居所，可为什么在这座神明居所之中，会出现一口棺材？而且林七夜可以确定的是，这口棺材绝对不是给神用的。因为从这棺材表面的图画来看，充满了古代绘卷的气息，只不过林七夜并不擅长历史和艺术，一时之间也无法从上面的图画推理出具体的朝代。再有就是，这口棺材的大小和鬼神的体形相差太大了，能够坐上三十多米高王座的鬼神，怎么可能死后被塞到这么小的一口棺材之中？

林七夜蹲下身，仔细观察起棺材表面的图画。第一幅图，画的是一个穿着蓝衣的人影，站在一座祭坛之上，坛前供奉着各种祭品，有水果、野兽甚至黄金，祭坛前的空地上跪着大量的身影，似乎是在朝拜他的存在；第二幅图，主角还是那个蓝衣人影，只不过这次他站在一座燃烧的宫殿之前，周围是一片废墟，他的身上满是鲜血，许许多多的青色士兵站在他的身前，与如同潮水般密集的诡异生物战斗；第三幅图，在另外一座宫殿之前，站着一个穿着皇袍的男人，他的身前摆着一口黑红色的棺材，而那蓝衣人影一只脚踏入棺中，似乎正要躺进去；第四幅图，那道蓝衣人影已经消失不见，取而代之的是大量的黑甲兵士，在阵列的最前端扛着一口黑红色的棺材，正向着一扇半开的青铜巨门移动。

画面到此结束，林七夜眉头微皱，缓缓从棺材旁边站起，陷入沉思。从这四幅图画中，能够获取到的信息并不多，而且这个故事在林七夜看来充满了谜团，那个蓝衣人影是谁？为什么会有那么多人供奉他？那些包围宫殿的诡异生物又是什么？不过从最后两幅图画中不难看出，最后那个蓝衣人影自己躺在了棺材中，然后被军队送进青铜巨门之后，而青铜巨门之后……自然就是酆都。他们为什么要将这口棺材送入酆都，还存放在一座天宫之内？

林七夜摇了摇头，将这些繁杂的思绪收起，目光从这口棺材上移开，转身便向着殿外走去。这口棺材的故事再怎么神秘，也已经是几百甚至几千年前的事情了，他没有兴趣在这里玩解密游戏，既然确定百里胖胖他们不在这里，就该换一个宫殿继续搜索下去。可就在他回过头的时候，"咚——"一声轻响突然回荡在空旷的大殿之中。林七夜猛地停下了脚步。他浑身的每一寸肌肉都瞬间绷紧，精神力延伸到极致，扫过大殿的每一个角落——没有任何奇怪之处。所有的甲胄，所有的物品，都好好地摆放在原本的位置，而且他的精神力本就没有收回来过，刚刚的那一个瞬间，这个大殿里绝对没有任何其他的东西存在。又是灵魂？

林七夜紧绷着在黑暗中站立许久，见没有什么异样发生，再度迈步缓缓地向殿门口挪动。"咚——"第二声轻响再度传出！这一次，林七夜听得清清楚楚，他飞速地转过身，目光锁定了那口静静躺在石台之上的黑红色棺材，一只手握住背后的直刀刀柄，随时准备拔出！他死死地盯着那口棺材，后背渗出细密的汗珠，表情凝重无比。声音，是从棺材里传出来的。一口在酆都鬼城中，尘封了不知多少岁月的棺材。这怎么可能？即便棺材里躺着灵魂，这么长的时间也该魂飞魄散了吧？林七夜注视着那口黑红色的棺材，轻轻地抬起脚步，向着殿门的方向后退了一步。

"咚——"果不其然，第三道声响再度传出！不仅如此，这道声响传出之后，林七夜周围的青铜甲胄同时一颤,仿佛是要活过来一般,诡异地向着林七夜的方向偏转了一丝。林七夜将那只脚缩了回去,沉吟片刻之后,又向着棺材的方向缓缓踏出一步。这次,没有丝毫声响传出。只有远离它的时候会发出声音,靠近它却不会?林七夜摸清了这声音的发声规律,心中的疑惑更浓了,难道这棺材里的东西是不想让他离开?林七夜就这么站在众多甲胄之间,一时之间陷入了僵局,不知究竟是该前进,还是该后退。拔腿就往殿门那儿跑?万一那棺材里的声音连续出现多次,周围的青铜甲胄发生异变怎么办?

经过纸人阴兵的教训之后,林七夜算是知道了,酆都之内的兵甲、阴兵等诡异力量都属于神迹的范畴,根本不是他现在的境界所能应对的。若是这些诡异的青铜甲胄复苏,他多半将陷入极度危险的境地。可是不跑,他难道就这么一直在这儿耗下去?林七夜在原地纠结了许久,心中突发奇想。"当——"他单手抽出一柄背后的直刀,缓缓将其拔出鞘。既然人不能走过去,我用直刀的反向召唤魔法阵直接瞬移出去,总可以吧?可就在林七夜将刀身拔出鞘的瞬间,那些青铜甲胄背后的长刀同样发出一声轻响,竟然诡异地自动向外伸出,仿佛有一只无形的手握住刀柄,将它们拔了出来——三百柄长刀同时出鞘!

林七夜拔刀到一半的手突然顿住,犹豫片刻之后,默默地将背后的刀又插回鞘中。"当——"三百长刀,同样入鞘。黑暗的大殿之中,三百甲胄静悄悄地陈列在那里,仿佛什么都没有发生过。

林七夜:"……"

在这座大殿里,拔刀也不行?

林七夜有些头疼地看着这些甲胄,在原地思索片刻之后,索性一咬牙,迈着大步直接向中央的那口黑红色棺材走去!没有任何异样发生,林七夜就这么顺顺利利地走到这口棺材的旁边停了脚步。

"不让我走,不让我拔刀,你究竟想怎样?"林七夜眉头紧皱,看着眼前的棺材喃喃自语。棺材静静地躺在他的面前,安静无比。林七夜深吸一口气,将双手缓缓搭在棺材板边缘,同时双眸之中染上了一层璀璨的金芒!他已经不能在这里耗下去了,不管这棺材里是什么,不将它解决掉,永远无法离开这间大殿。"力拔山兮气盖世!"林七夜的双手骤然用力!随着一声沉闷的巨响,黑红色的棺材板被林七夜缓缓抬起。

370

随着棺材板的掀开,一股异香突然涌入林七夜的鼻腔,目光紧盯着棺材的缝隙,林七夜看到棺材板下的情景后,突然愣在原地——黑色平整的棺材里,一个穿着深蓝色衣袍的少女正躺在那里,白皙的皮肤吹弹可破,墨色的长发勾勒出精致的五官，粉嫩的薄唇微抿，其上是如同白玉般的琼鼻，细长的眼睫毛微微颤动，那双如星辰般璀璨的眼眸缓缓睁开……林七夜怔怔地看着棺内的少女，眸中充满了震惊之色。人？怎么会是个人？

　　林七夜的精神力扫过少女的身体，人类的内脏、人类的大脑、人类的血液、人类的容貌……一切的一切似乎都证实了，她真的是个人。开棺之前，林七夜大胆地设想了棺材内可能出现的东西，比如脑门上贴着黄符的千年僵尸，变成恶灵的鬼魂，怨气冲天的血尸……就算里面跳出来一个奔波儿灞林七夜都不会觉得奇怪。可偏偏……里面是个活生生的人。什么人能在这酆都天宫的棺材里躺上成百上千年？别说腐烂了，她的身上连一丝一毫的皱纹都没有，皮肤如白玉般细腻，长发如瀑，就连身上的深蓝色衣袍都崭新如初，纤尘不染。谁能相信，这样的一个少女，竟然会躺在这阴森诡异的酆都天宫的棺材之中？

　　少女的目光定格在林七夜的脸上，涣散的双瞳缓缓聚焦，眼中浮现出茫然之色。她艰难地从棺材里坐起，柔长的黑发顺着深蓝色的绸缎滑下，披散在肩头，玉颈微侧环顾四周，那双明亮的眸子透出恍如隔世之感。林七夜看到这神秘少女身上的蓝衣，瞬间联想到棺材表面的几张图画，那画中被人供奉，又自己踏入棺中的身影，竟然是个女人？

　　林七夜张开嘴，正欲问些什么，如同雷鸣般的拔刀声突然回荡在大殿之中！"当——"林七夜脸色骤变，转头望去，只见那些原本侧对着殿门的青铜甲胄不知何时竟然同时转过头，正面对着林七夜，一缕缕诡异的黑烟从甲胄缝隙之中涌出，迅速地凝聚成人形。这些青铜甲胄背后的长刀，已然出鞘！披着青铜甲胄的黑烟人影手握长刀，森然的刀锋笔直地对准林七夜，缕缕幽绿色的光芒从头盔之下散发出来，强大的死气瞬间降临整个大殿！三百青铜甲，三百杀生刀，黑烟涌动，所有的青铜甲胄从悬挂的十字木架上离开，手握长刀，急速地向着林七夜飘来！林七夜见此，眼眸微凝，深吸一口气，同样拔出背后的两柄直刀。该来的，还是来了。他双手握刀，一抹极致的黑暗在他的脚下蔓延，双眸中的金芒再度燃起，黑色衬衫的衣领在三百青铜甲胄卷起的狂风下剧烈摇摆。

　　就在这时，那蓝衣少女眉头微皱，抬脚便要从棺中走出，或许是关节长时间不曾运动过，脚掌落地之时失去重心，猛地摔倒在地。眼看着不远处三百青铜甲胄已然冲到身前，蓝衣少女银牙紧咬，飞快地从地上爬起，跌跌撞撞地冲到了林七夜的面前。正欲挥刀的林七夜见此，握刀的手一顿，愣在了原地，只见那蓝衣少女赤着双足冲到林七夜身前，转身正对着蜂拥而来的三百青铜甲胄，张开双臂将林七夜护在身后。汉装宽大的袖摆被三百青铜甲胄卷起的狂风吹起，少女星辰般明亮的眼眸坚定地望着前方，一柄森然长刀定格在她额前半寸，只差分毫便要斩在她的脸上。所有的青铜甲胄停下了动作，整个大殿都陷入一片死寂。蓝衣少女的目光扫过三百青铜甲胄，双唇轻启，尝试许久之后，一个含混的音节从她的嘴中吐出。"……退。"这个声音响起，被黑烟所缠绕的长刀同时归鞘，所有的青铜甲都如同潮水般向后退去，回到各自的木架上。黑烟散去，那些青铜头盔之下的幽绿色光辉逐渐暗淡，最终消失无踪，这三百具青铜甲胄就像林七夜刚进大殿时那般，静静地悬挂在木架之上，仿佛刚刚的一切都只是一场幻觉。

目睹整个过程的林七夜站在蓝衣少女的身后，眉头紧紧皱起，心中的疑惑越发浓厚。犹豫片刻之后，他将双刀归入鞘中，眼眸中的金芒也迅速收敛。"你是谁？"林七夜看着蓝衣少女的背影，沉声问道。

蓝衣少女转过身，那双明亮的眸子凝视林七夜的脸庞片刻，如同月牙般轻轻弯起，笑靥如花。她张开双唇，努力地想要说些什么，发出的却总是一些含混的音节。尝试多次之后，蓝衣少女有些懊恼地跺了跺脚，纤细的眉头紧紧皱起，一副苦闷之色。

林七夜沉吟片刻，试探性地问道："因为太久没说话，所以忘记怎么发声了？"

蓝衣少女重重点头！

林七夜有些无奈地叹了口气："那，我问，你比画。"

蓝衣少女眨了眨眼。

"这个棺材上画的人，是你吗？"林七夜指着棺材上第一幅图上的蓝衣身影，问道。蓝衣少女点头。

"你一直待在这个棺材里？"蓝衣少女再度点头。

林七夜眉头微皱："你在这里面待了多久？"

蓝衣少女迟疑了片刻，有些不确定地伸出了两根手指。

"两百年？"林七夜诧异地开口。蓝衣少女摇头。

林七夜一愣，张了张嘴，试探性地问道："两……千年？"蓝衣少女点头。

林七夜看到她点头，心神狂震，直接呆在了原地。先不说一个人怎么可能活两千年，哪怕是在棺材这样一个黑暗狭小的空间里躺两天，都足以逼疯任何一个心智成熟的男人，躺两年就更不用说了。可眼前的这个少女，竟然在棺材里躺了两千年？这两千年，没有人说话，没有任何光明，甚至连动一动手臂都不可以，陪伴她的只有无尽的黑暗与死寂……她是怎么做到的？林七夜呆呆地看了少女许久，缓缓问出了另一个问题："你叫什么名字？"

蓝衣少女一怔，低头思考了许久，似乎在想怎么样才能把自己的名字给比画出来。

片刻之后，她直接放弃挣扎，快步走到林七夜的身前，摊开他的手掌，用指尖轻轻地在他的手掌上一笔一画地写下了两个字——"迦蓝"。

"汉朝的那堵墙？"百里胖胖在鬼神寝宫内晃悠一圈，听到这话，凑到了安卿鱼的身边，"让小爷看看，是哪个古人这么闲啊？"

安卿鱼："……"

"说说吧。"曹渊和李德阳同样走到安卿鱼的身边。

安卿鱼扶了扶眼镜，缓缓开口道："如果我没猜错的话，这座天宫应该就是用来收藏那些发生在阳间的逸事卷宗的地方，而我手中这个卷宗，描述的就是汉朝的一起奇异事件。在汉朝时期，民间突然出现一个奇异的少女，拥有赋予任何接触到的物体'不朽'特性的力量，被她赋予'不朽'特性的物体，不会被任何外界因素影响。她身上的衣服无论是刀砍火烧，都不会有丝毫破损，她接触过的木斧头可以切开金石，她所射出的箭矢可以轻易地洞穿重甲……而她本身，更是刀枪不入，火焰无法在她的皮肤上留下灼痕，强酸无法在她的身上留下任何痕迹，甚至时间都对她失去了作用，无论经过多少年，容貌都不会有丝毫衰老。不过缺陷是，她一次只能对一件物体施加'不朽'特性，在赋予箭矢'不朽'之力的同时，她自身就会失去'不朽'的守护，变得和普通人一样会受伤……但奇怪的是，即便自身失去了'不朽'的守护，她依然不会衰老，就好像她自身的时间被永恒地定格了一般。突然有一天，神秘的怪物如同潮水般从虚空之中爬出，围攻拥有'不朽'之力的奇异少女，三百青铜死士为保护少女与怪物死战，最终全军覆没，不过那些怪物也诡异地消失了。

"皇帝听闻这件事后，便认为这少女乃是血煞灾星，不知道什么时候会引来怪物的围攻，对家国不利，便遣人用玄阴木打造一口隔绝一切气息的棺材，将少女封入其中，又派人将这口棺材送入了酆都。在那之后，皇帝还是不放心，便偷偷让人在酆都附近造了一堵围墙，这样万一有一天那些怪物再来杀少女，就算它们闯出酆都，也能被这堵围墙拦下，无法进入到阳间，对社稷造成危害。"

安卿鱼合上了手中的卷宗，周围的人都陷入了沉思。

"不朽……"李德阳的眉头微皱，"真的有这种力量存在？而且听这描述，怎么感觉这么像……"

"禁墟。"曹渊接着他的话说道。

"对，感觉跟禁墟差不多，不过我所知道的禁墟序列中，好像没有这种禁墟的存在。"

"可是……禁墟不是在迷雾降临之后才出现的吗？"百里胖胖疑惑地问道，"这可是两千多年前的事情，那时候怎么可能有禁墟？"

曹渊点了点头："禁墟确实是在迷雾降临之后才出现的，这一点早就被守夜人论证了，要么她的这种力量本就不是禁墟，要么……她或许是世界上最早出现的禁墟拥有者。"

"听起来是挺厉害啊……"李德阳点了点头，"不过，这好像和我们并没有关系。"

百里胖胖从地上站起，咧了咧嘴："那也不一定，她不是不朽吗？万一活到了现在，还在某个棺材里躺着呢？"

"李叔说得没错，眼下当务之急，是找到出去的路。"曹渊的目光在寝宫内扫过，眉头微微皱起，"不过这座大殿是完全封闭的，除了进来的那扇门，似乎再也没有别的出口。"

百里胖胖沉思片刻："要不，我试试？"

其余三人转头，看向百里胖胖的目光有些诧异。

"我有能够穿过空间的道具……呸，是禁物，不过这里是天宫，也不知道能不能起作用。"百里胖胖耸了耸肩。

"有这种东西，怎么不早拿出来？"李德阳郁闷地问道。

"这玩意是消耗品，用完了就没了，世上可仅此一根。"百里胖胖从口袋里掏出一截粉笔，有些肉痛地说道。他走到殿内的一处墙角蹲下身，用粉笔在墙壁上画了个大圆，当粉末头尾相接的瞬间，大圆内的墙体突然荡漾起来，圆中的墙壁已然消失不见。

"有用！"百里胖胖眼前一亮，"快过去，这玩意儿只能支撑十秒。"

其余三人见到这一幕，脸上浮现出喜色，立刻从粉笔圆圈中钻过去，待到最后的安卿鱼走出后，那道连通外界的圆圈便消失不见。曹渊用手电照过四周，这里已经不是他们之前进入的大殿正门，而是在大殿的正后方，蜿蜒崎岖的道路向前延伸，在道路的尽头，一座宏伟的红色宫殿正悬浮在半空之中。这座悬空宫殿的体积远比地上的六座宫殿要大，而且外表的墙壁和殿顶都是朱红色，这几乎是百里胖胖四人进入酆都以来，唯一见到的不是黑色的建筑物。地上六宫，都是墙壁黑色、大门朱红，眼前这座悬空宫殿却恰好相反，墙壁朱红，大门漆黑，那黑洞洞的大门矗立在半空中，如同深渊。

"那个，应该是酆都大帝的帝宫了吧？"安卿鱼同样抬头看着那座宏伟的宫殿，开口说道。

"应该没错了。"曹渊点头。

百里胖胖打量着那座气派的悬空宫殿，不由得咂了咂嘴："我们要上去看看吗？"

"不去。"曹渊果断拒绝，"我们是来找七夜的，不是来旅游的。"

"好吧……"百里胖胖沮丧地叹了口气。

就在这时，一道白色纸人组成的浪潮突然席卷过天空，曹渊等人脸色微变，立刻贴了宫殿的墙壁边缘，掩藏自己的身影。好在那些纸人似乎并不是冲着四人来的，只是掠过这座宫殿的顶端，便向上方飞去。曹渊探出头，眯眼看向纸人浪潮的前方，突然愣在原地，只见纸人浪潮的前端，一只白色的巨蚁正急速地在大地之上爬行，沿着悬浮在空中的黑色石板，径直冲上了悬空宫殿！

372

"蚁后？！"曹渊见到那只巨蚁，诧异地开口。

安卿鱼双眼微眯："看来，那些纸人是这座酆都的守护者，巨蚁被七夜追着进入酆都之后，暴露踪迹，引来了纸人的追杀。"

"既然这样，那七夜会不会也在附近？"百里胖胖四下张望起来。

"暂时没看到。"安卿鱼沉吟着开口，"不过纸人追杀蚁后这么大的动静，如果他在附近的话，一定会看到，然后往这边赶过来。"

"也就是说，我们只要偷偷跟在蚁后后面，就能找到七夜？"

"相比于无头苍蝇一样到处乱跑，这应该是最靠谱的办法了。"安卿鱼点了点头，"不过，一定要和蚁后与纸人保持距离，不然倒霉的就是我们。"

四人点了点头，等到纸人群追着蚁后完全消失在悬空宫殿之上，才迈开脚步，沿着蜿蜒的小路向着悬空宫殿的方向跑去。小路的尽头，是一连串悬浮的巨大石板，从地面一直延伸到天空中的红色宫殿，像是阶梯一般。百里胖胖三人径直踏上第一块石板，这些石板也不知是如何悬浮的，承受着三个人的重量却没有丝毫的晃动，他们紧盯着头顶的悬空宫殿，飞快地向上冲去。队伍的最后，李德阳同样一步踏上了第一块石板。"嗡——"李德阳的脚掌踏上第一块石板之后，石板肉眼可见地震动了一下。他的身体突然顿在了原地。

"迦蓝……"林七夜感受到手中的字符，喃喃自语。迦蓝抬头注视着林七夜的眼睛，听到他喊自己的名字，嘴角浮现出笑容，点了点头。"咚——"一声闷响从大殿之外传来，仿佛一场恶战正在发生，林七夜猛地抬起头，看向殿门之外，脸色微变。"你是人类吗？"林七夜回头看向迦蓝，认真地问出了这个问题。迦蓝一愣，迟疑了片刻之后，再度点头。"好。"林七夜的目光落在大殿之外，"我带你出去。"他抓住迦蓝的手腕，快步穿过青铜甲胄阵列，向着大殿的门外冲去，然而刚跑没两步，迦蓝的脚下便一个踉跄，险些跌倒在地。林七夜回过头，想到了什么。

"不好意思，忘了你在棺材里躺了这么久，不太会走路了。"林七夜犹豫片刻之后，将背后的双刀摘下，背对着蓝衣少女微微下蹲。"上来吧，我背你。"

迦蓝在原地愣了片刻，脸颊微微有些泛红，并没有扭捏，大大方方地爬到了林七夜的背上，搂住他的肩膀。轻轻的呼吸声在林七夜的耳边拂过，隔着单薄的黑色衬衫，他能清晰地感觉到少女身上的体温，他的嘴角微微上扬，心中只剩一个想法……嗯，确定了，活的！他拎起地上的双刀便要离开，就在这时，他背后的迦蓝轻轻拍了拍他的肩膀，伸手指向大殿角落的木架。那座木架之上，挂着一张淡黄色的硬木弓和一个由竹叶编织而成的箭筒。

"那是你的？"林七夜转头问道，他背后的迦蓝点了点头。

林七夜快步走上前，直接从木架上取出硬木弓和箭筒，递给迦蓝，后者注视着硬木弓，轻轻抚摩了许久，郑重地将其背在了背后。林七夜背着迦蓝迅速地跑出大殿，正百无聊赖守着殿门的李毅飞和阿朱见他背着一个女人出来，都震惊地张大了嘴巴。

"七夜……你，你这是……从哪儿拐过来的？"李毅飞不解地开口，"一个人进去，怎么两个人出来？"

林七夜摇了摇头："没时间解释了，我先出去，剩下的回病院再聊。"

李毅飞见林七夜表情如此严肃，"嗯"了一声："那病院见。"

两道魔法的光辉分别从阿朱和李毅飞的身上绽放，顷刻之间他们便消失不见，失去支撑的殿门缓缓关闭，林七夜的身形一晃便回到了殿外。他回头望去，只见在六座天宫的中央，那座庞大的朱红色悬空宫殿之上，几个人影正沿着悬空石板一步步地向上跑去，即将进入其中。林七夜没有丝毫犹豫，同样向那座朱红色的宫殿疾驰而去。他一路跑到悬空石板之前，只见李德阳正呆呆地站在第一块石板之上，抬头仰望着悬空宫殿，不知在想想什么。

"李叔，你怎么在这儿发呆？"林七夜跑到他的身边，疑惑地问道。

"啊？哦……没什么。"李德阳摇了摇头，伸手指向头顶的悬空宫殿，"那三个已经进去了，蚁后也在里面，你赶紧去帮他们吧。"

林七夜点了点头，随即意识到了什么："你不去？"

"去。"李德阳低头看着自己脚下的石板，缓缓开口，"只是……我可能还需要一些时间。"

林七夜犹豫片刻之后，拍了拍他肩膀："李叔，你的境界太低，能走到这里已经很不错了，接下来的就交给我们吧，你还是别去冒险了。"

李德阳嘴角微微抽搐，没好气地开口："去去去，别在这儿埋汰我！"他的余光瞥到林七夜背后的少女身上，突然一愣，眼中浮现出诧异之色，"这是……"

"从一个天宫里救出来的，具体的晚点再说，我先上去了。"林七夜迈开脚步，身形在黑暗中如同惊鸿般向头顶的宫殿掠去，顷刻之间便不见踪影。李德阳怔怔地看着他们离去的背影，长叹了一口气。他缓缓迈开脚步，踏在了第二块石板之上。"嗡——"石板再度一震，这一次的振幅，比踏在第一块石板上的时候，还要大……

百里胖胖追着蚁后和纸人，踏上最后一块石板，站在这座朱红色的帝宫之前。帝宫的宫顶，一只白色的巨蚁正沿着红色的巨柱，急速地向上攀爬，大量的纸人飘浮在空中，环绕在帝宫宫顶周围，像是一朵白色的纸云，但是就像畏惧着这座宫殿一般，不敢进入宫殿的范围。蚁后仿佛早就料到这一幕，攀附在宫殿顶端的壁面，对着天空中的纸人无声地咆哮。

373

在蚁后的挑衅之下，天空中的纸人似乎愤怒无比，纸面上的苍白面孔扭曲，飞速地在宫殿之外盘旋。百里胖胖、安卿鱼、曹渊三人紧贴着帝宫的黑色殿门，见纸人近乎疯狂的模样，脸色微变。此刻，他们头顶的巨柱上已经有大量的纸人注意到他们的存在，开始向这里接近。

"李叔呢？！"百里胖胖突然意识到了什么，四下张望起来。

"好像在爬石板的时候，就没有跟上来。"安卿鱼接着开口。

曹渊听到这句话，反而松了口气："也好，这里太危险了，他的境界不够，万一出了什么事我们也不一定能保护好他。"

百里胖胖抬头看了一眼："现在怎么办？往我们这儿聚集的纸人越来越多了……啧，它们怎么不去杀那只蚁后啊？"

"那只蚁后对这里的情况似乎很熟悉，知道在什么地方能避开纸人的攻击，应该不是第一次进入鄷都。"安卿鱼思索着开口。

曹渊凝视着天空中越聚越多的纸人，皱眉思索片刻之后，一只手搭在了身后的黑色大门之上。"实在不行，我们就进去躲躲，反正有胖子的粉笔，随时能够出来。"百里胖胖一听这话，脸色顿时苦了下来，有些心疼自己的粉笔禁物，但是和小命比起来，还是更愿意舍财免灾。曹渊用力推开那扇漆黑的大门，一股阴寒冰冷的气息从中扑面而来。

林七夜背着迦蓝，快速地沿着悬空石板向着头顶的红色宫殿前进。他眯眼看向帝宫的顶端，看到了环绕天空中的密集纸人，还有那只躲在宫顶挑衅纸人的蚁后。"它知道纸人不敢进入宫殿范围，所以有恃无恐。"林七夜一眼便看穿了真相，"也是，早在两年前它就出现在鄷都之中，那时候它应该就摸索出了一些这里的规则，否则根本不可能逃到外界。"

迦蓝凝视着宫顶的蚁后，沉吟片刻之后，试探性地问道："杀……它……？"

林七夜点了点头："我们来这里，就是为了杀它。"

迦蓝想了想，伸手从背后取下那把淡黄色的硬木弓，又从箭筒中抽出一支羽箭，将箭搭在弓上，纤细的手指拉开弓弦，缓缓将弓拉满。

林七夜见到这一幕，突然一愣。"你要干什么？"

"杀……"迦蓝将箭尖对准宫殿顶端的蚁后，明亮的眼眸微微眯起，蓝色的衣袍随着林七夜的奔跑在风中飘荡，一抹淡淡的白光凝聚在锋利的箭尖。这一瞬间，林七夜明显感觉到，一股奇异的气息在自己的背后聚集，随之而来的，还有一种淡淡的压迫感。"距离这么远，能射下来吗？"林七夜下意识地放缓了脚步。迦蓝点了点头，弓箭在手，她的气质似乎发生了一些变化。弓弦上的羽箭凝聚着白光，迦蓝指尖一松，这支羽箭便呼啸着洞穿了空气，瞬间消失在林七夜的感知范围中。林七夜的眼中浮现出诧异之色。这支羽箭，速度快得有些惊人啊……

帝宫宫顶，蚁后原本被木木炸碎的身体已恢复得差不多了，趴在宫顶雕梁画栋的墙壁之上，肆意地对着天空中的纸人咆哮。看着那些纸人聚集在天空中，想下来却又不敢下来的样子，它只觉得无比舒畅。"嗖——"就在这时，一支泛着白光的羽箭突然出现在它的身边！蚁后一怔，下意识地便要挪动身体避开，却发现这支羽箭的目标根本不是它……而是它身下的宫殿壁顶！那支羽箭瞬间轰在它身下的墙壁之上，这由天庭神材打造的帝宫墙壁，竟然没能扛住这一支普通羽箭的箭镞，密集的裂纹在墙体表面迅速地蔓延。

"轰——"只听一声巨响，蚁后脚下的墙体破碎开来，失去重心的蚁后猛地刺出镰刀般的前肢，嵌入墙壁边缘的缝隙中稳住身形，悬挂在宫殿的边缘。它转头看向箭矢射来的方向，森然的口器张开，愤怒地朝着林七夜和迦蓝咆哮起来。

"嗖——"第二支箭矢呼啸来临！悬挂在墙体边缘的蚁后这一次无法像上次那样灵活避开箭矢，即便极力地扭动身体，依然被那支羽箭射中躯干，箭镞深深地没入它坚硬的甲壳之中。它庞大的身躯被箭矢蕴含的动能撼动，前肢从缝隙中震出，整个身体控制不住地从宫殿的边缘滑落下来，前肢在朱红色的墙体上摩擦出刺目的火花。它从宫殿顶端坠落而下！

见到这一幕，聚集在空中的无数纸人阴兵像是疯了般向下拥去，诡异的气息勾连在一起，向着滑落宫殿边缘的蚁后冲去。已经跑到宫殿门口的林七夜，目睹蚁后的身躯从他眼前落下的全过程，紧接着大量的纸人从上方蜂拥而下，好在蚁后已经吸引它们全部的注意力，并没有纸人察觉到林七夜和迦蓝二人的存在。

"你的箭居然能射穿帝宫？那是什么材质？"林七夜看了眼宫殿边缘残缺的壁面，诧异地开口。迦蓝微微一笑，从背后的箭筒中取出一支羽箭，递到了林七夜的手中。林七夜用精神力反复探查着这支羽箭，无论怎么看，这支羽箭都没有丝毫异常之处，用的都是再简单不过的材料，甚至做工远没有现在的弓箭精良。就凭这样的一支箭，能射穿帝宫？

"是你的禁墟？"林七夜将羽箭还给迦蓝，刚一问出口，就皱眉摇了摇头，"不对啊……你们那个时候，应该没有禁墟出现才是。"

迦蓝开口似乎想解释什么，奈何根本发不出完整的声音，只能默默地闭上了嘴巴。林七夜转头看向眼前这扇黑色的宫殿大门，他记得百里胖胖三人就是推开了这扇门走入其中的。他将手掌搭在殿门之上，用力将其推开。

374

漆黑的大门缓缓打开，林七夜背着迦蓝走入其中，刚一进门，就看到三个身影鬼鬼祟祟地贴在墙边，一动不动。那三人见到林七夜，脸上浮现出一抹喜色，但见到林七夜身后背着的少女，笑容突然僵住。三人对视，表情不由得古怪起来。

安卿鱼：嗯？七夜的身后背个女人？

曹渊：什么？居然有女人在七夜背上？

百里胖胖：什么？七夜的贞操不保了？！

林七夜看到他们，眉梢一挑："你们怎么……"

"嘘！！"百里胖胖伸出两根手指，对着林七夜做了个噤声的手势，然后伸手指了指帝宫中央。林七夜一怔，转头望去，只见在昏暗的大殿中央，一个造型古朴的黑色神座正静静地悬浮在空中。在那神座之上，一个人形的身影正端坐在那里，一动不动，却散发着令人心悸的威压！"那是……"林七夜怔怔地看着那神座上的人影，眼中浮现出疑惑之色。他犹豫片刻之后，还是迈步走向了百里胖胖三人的身边。

"七夜，你……怎么背着一个女人？"百里胖胖见林七夜走了过来，终于按捺不住内心的疑惑，压低了声音问道。

林七夜沉吟片刻："在一个宫殿里捡的。"

"捡的？"百里胖胖狐疑地看了迦蓝一眼，"捡到了，就背上了？"

"是啊。"

"捡到美女这种事，在小说、电视里确实是挺常见的……不过，这应该跟你没关系啊！"百里胖胖挠了挠头，一副世界观受到了冲击的表情，"你不是异性绝缘体吗？除了吸引男人，你居然还会吸引女人？"

林七夜："……"

林七夜默默地把手搭在了刀柄上。上一次他这么想宰了百里胖胖还是在集训营，这货恬不知耻地要给他闻脚丫子的时候。林七夜深吸一口气，按捺住心中澎湃的杀意，缓缓开口："所以，你们贴在墙边上，到底想干什么？"

曹渊抬起手，指了指大殿中央悬浮的王座："进来之后才发现，那个神座上居然有人……虽然他没有主动攻击我们，但是我们也不敢轻易乱动，这里有点邪乎。"

林七夜看了半空中的人影一眼，摇了摇头。

"我用精神力探查过了，那不是人，只是一件衣服。"

听到这话，其余三人都是一愣："衣服？"

林七夜轻吟一声，掌间浮现出一团细小的火焰，手掌轻轻一挥，这团火焰便被他抛到半空中，照亮了黑暗的大殿。火光之下，神座之上的身影终于显露出真容，那是一件黑色的宽大帝袍，帝袍之上用金色的丝线勾勒出繁复纹路，神秘而又充满了神圣之感。此刻，那件帝袍像个真人一般，端正地坐在神座之上，空荡荡的双袖放在椅子的扶手上，衣摆自然下垂，帝威浩荡，仿佛当年的酆都大帝依然在世，庇佑着这座灵魂的国度。

"这件帝袍……在等酆都大帝回来。"林七夜注视着半空中的帝袍，长叹了一口气，"这座城，也在等他回来。"

"一百年了，他还能回来吗？"百里胖胖忍不住问道。

曹渊沉吟片刻："只要他入了轮回，就一定能回来……毕竟连杨戬都出世了，大夏诸神已经开始回归，早晚有一天，酆都大帝的转世身会来到这里，重启酆都。"

这时，林七夜像是想起了什么，疑惑地问道："对了，你们是怎么进入酆都的？我已经把洞口堵住了才对……"

曹渊一愣："我们没有走洞口，直接走正门进的啊。"

"正门？"林七夜眉头微皱，"你们是怎么打开那扇青铜巨门的？"

"我们什么也没干，它自己就开了……"

听到这句话，林七夜整个人愣在了原地。什么也没干，自己就开了，还是一扇自动门？可如果是这样……自己当初走到青铜巨门门口的时候，它为什么没有开？林七夜陷入了沉思。

"轰——"就在这时，那道漆黑的大门被撞开，一个白色的庞大身影跌跌撞撞地从门外冲了进来，只见原本威风凛凛的蚁后，现在已经狼狈不堪，好不容易修复好的躯体已经有近三分之一变成纸片，被撕扯得破败不堪，浑身死气弥漫，庞大的头部有半边干瘪下来，变成扁平的纸张，看起来诡异至极。它冲入殿门之后，猛地转过身用躯体将漆黑的大门关闭，蜂拥的纸人被它拦在外面，整个大殿陷入一片死寂。蚁后像是筋疲力尽了一般，缓缓转过身，突然看到猫在墙边的五个人，庞大的身躯一僵。林七夜四人默默地对视了一眼，都从对方的眼中看到了惊喜之色。或许……这就叫冤家路窄吧。

林七夜将迦蓝轻轻放在墙壁边缘坐下，看着她的眼睛，认真地说道："你太重了，在我背上会影响我的速度，先在这儿坐一会儿。"

迦蓝："……"

百里胖胖嘴角疯狂抽搐，强忍着不要笑出来，拱了拱身边的曹渊，小声地说道："你看，我就说七夜是个异性绝缘体吧？这发言……啧啧。"

曹渊疑惑地转过头："我觉得，他说得很有道理啊！"

百里胖胖："……"

在迦蓝幽怨的目光下，林七夜缓缓从地上站起，双刀搭在刀鞘上，瞬间将两柄直刀拔出！"当——"清脆的刀鸣在黑暗的大殿中回响。林七夜握着双刀，目光落在不远处狼狈的蚁后身上，淡淡开口："第五预备队，第一次'神秘'清剿任务……开始！"

林七夜的话音刚刚落下，他身后三人的身形便同时掠出，曹渊冲在最前方，将手搭在怀中的刀柄上，嘴角微微上扬。直刀出鞘，黑色的煞气火焰交织在他的身体表面熊熊燃烧，惊天的杀意从他黑色的刀锋之上肆虐而出，像是一个堕入地狱的疯魔，狞笑着向前方的蚁后冲去！

375

蚁后明显从曹渊的身上感知到威胁的气息，身躯微微下沉，随后身形如同利箭般飞射而出，庞大的身形在空气中撞出呼啸的狂风，锋锐的前肢迎着曹渊的黑炎长刀斩去！"当——"长刀与前肢碰撞，刺耳的嗡鸣回荡在空旷的大殿之间，浑身漆黑的曹渊被这一击击退数十步，才勉强停下身形。而蚁后则更加凄惨，对撞的震荡之力直接撕扯开它躯干的部分纸片，一条后腿被整个撕裂下来，它痛苦的咆哮声响彻大殿。倒不是说曹渊有多强，恰恰相反，如果两者都在正常情况下打出这一击，那曹渊肯定是被打飞的那个，可惜蚁后在纸人术法的侵蚀下，三分之一的身躯都变成纸片，轻轻一动就要撕扯下部分的身体。无论是力量、速度，还是身体的强度，它都被纸片身体拖累了一大截。

与此同时，又是两道身影接连从曹渊的身后闪出。安卿鱼的眼眸紧紧注视着眼前的蚁后，时刻解析着它的身体构造，无形的丝线从他的掌间弹射而出，顷刻间缠绕在蚁后的所有关节之上。蚁后剧烈地挣扎着，恐怖的力量将安卿鱼拽得踉跄向前，他的眉头一皱，紧接着一抹极寒的冰霜顺着丝线蔓延而出，精准地凝结在蚁后的肢体活动区域之上！冰霜延缓了蚁后的速度，它就像一个关节失灵的残疾蚂蚁，僵硬地扭动着自己的身体，大量的冰碴从关节处掉落，似乎很快就要挣脱开来。就在这时，百里胖胖脚踏"瑶光"，飞行到半空之中，从口袋中掏出一个老式的彩色玩具风车，对着下方的蚁后轻轻吹了口气。风车的风叶快速转动，熊熊烈火从风车之内席卷而出，像是一道灼热恐怖的火焰龙卷，从半空中轰然坠下！"轰——"火焰龙卷瞬间淹没蚁后的身形，凄厉的嘶吼声从火中传出，蚁后身上那三分之一的纸片躯体，瞬间就被火焰燃烧殆尽！

蚁后的身躯从火焰中闯出，半张面孔已经消失不见，后半截躯体正冒着黑烟，纸片完全碳化，随着它身体的晃动飘浮在空气之中。这一把火下去，对本就重伤的蚁后来说雪上加霜。残缺的蚁后勉强稳住身子，一边对着林七夜几人咆哮，一边缓缓向宫殿的角落缩去。与此同时，一条条诡异的红色纹路在它的躯体表面浮现出来。不仅是它的身体，它脚下的地面也开始有红色的纹路蔓延，像是一根根蠕动的血管，不断地蚕食周围的大地，一股诡异的气息从蚁后的身上爆发！

与此同时，酆都之外的大地裂缝之中，一只只红色的工蚁正攀爬在绝壁之上，突然间，所有的工蚁表面都浮现出血红色的纹路，身躯一震，躯体就像气球一般，急速膨胀起来！"砰——"其中一只工蚁的躯体膨胀到了极致，突然爆开，绿色的血液与残肢飞溅，一抹诡异的红光遁入虚无，不知去向何处。随后，第二只工蚁的身体也轰然爆开，然后是第三只、第四只、第五只……这遍布着密密麻麻工蚁的大地裂缝之上，一只又一只的工蚁如同烟花般爆开，大量的红光涌入虚无之中，消失不见。不仅工蚁，那些黑色的兵蚁身体表面同样浮现出了这种纹路，但与那些惊恐慌张的工蚁不同，它们似乎明白即将发生什么，默默地将身体拜服在地，静静地等待着自己的身体爆开。"砰砰砰——"兵蚁的身体爆开后，凝聚出的红光足足是工蚁的三倍之多，瞬间遁入虚无，消失无踪。

酆都帝宫，大量的红光从蚁后脚下的红纹地面涌出，顷刻间就将它的躯体笼罩其中，那些红光急速融入它的躯体，蚁后身形顿时暴涨，足足有原本的两倍之高，残破的躯体也在急速地重生。红色的甲壳在它的躯体表面凝聚，像是给它穿上一层厚重的甲胄，黑色的镰刀般的利刃从甲胄缝隙中延伸而出，一对细长的白色触角变成诡异的彩色，粗壮而又灵活，就像是两条斑斓的巨蟒！它的气息在以一种恐怖的速度攀升，从一开始的奄奄一息，到初步恢复"海"境，一直冲到"海"境巅峰，甚至有冲破那层桎梏，抵达"无量"的迹象！

安卿鱼看到这一幕，眉头紧紧皱起，似乎想到了什么，沉声开口："禁墟序列347，'血脉献祭'……"

"'血脉献祭'？"百里胖胖疑惑地问道。

"通过献祭具有至亲血脉的生命，补足身体的亏空，提升自己的邪恶禁墟……不过这个禁墟对于一般人来说并没有什么用，因为至亲就那么几个，而且血脉中所蕴含的力量少得可怜，就算真的全部献祭了，最多也只能让一个普通人突破到'盏'境，或者'池'境，所以序列极度靠后。"安卿鱼凝视着眼前的蚁后，脸色阴沉无比，"但是对蚁后这种具备超强繁衍能力的生物来说，要是真的全部献祭那几百只兵蚁、工蚁，很有可能直接突破到'无量'境。"

"这么离谱？！"百里胖胖大惊失色。

"没有弱小的禁墟，只有不适合的禁墟……这个禁墟和蚁后搭配，简直是超乎常理的变态组合！"

林七夜紧握着手中的直刀，冷声开口："无论如何，一定要打断它，要是真的让它踏入了'无量'，我们就危险了。"

安卿鱼皱眉摇头："血脉献祭的纹路才是它的力量来源，那并非实体，我们的攻击或许根本……"

"嗖——"话音刚落，一支箭矢呼啸着从林七夜的身旁飞射而过！这支箭矢的箭镞泛着白光，轻易地洞穿了蚁后周身缭绕的红光，刺入红色的厚重甲壳就像是捅破一张纸片一样，轻松地没入了那密密麻麻的红色纹路之中！箭镞的白光瞬间截断献祭纹路，蚁后的身体突然一颤，不断攀升的气息戛然而止！

林七夜、安卿鱼、百里胖胖三人同时一愣，扭头向箭矢飞来的方向看去。穿着宽大蓝色汉袍的迦蓝正静静地站在宫殿的角落，手中握着淡黄色的硬木弓，面对着蚁后的方向，指尖悬停在半空中。见到三人惊讶的表情，迦蓝微微一愣，似乎无法理解他们为什么用这种眼光看自己。"咚——"沉闷的撞击声从蚁后的方向传来，被打断献祭仪式的蚁后暴怒无比，前肢重重地踏在宫殿的大地上，将脚下蠕动的红色纹路全部崩碎。如同蟒蛇般的触角缠绕住身体上的那支羽箭，用力将其从甲壳缝隙中拔出，愤怒地嘶吼了一声，骤然用力，想要将这支破坏它献祭仪式的羽箭折断，但羽箭纹丝不动。红甲蚁后一愣，两根触手又加了把劲，羽箭依然纹丝不动。红甲蚁后龇牙咧嘴，一对触手飞快拧成麻花，庞大的身躯都微微颤动起来！那支普通的羽箭还是纹丝不动……就连一根羽毛都没能被拽下来。

红甲蚁后："……"

它默默地将这根羽箭撇到宫殿的角落，紧盯着眼前几人，凶残地咆哮起来。

百里胖胖狐疑地看着这一幕，有些不确定地说道："我怎么觉得……它好像恼羞成怒了？"

"不用你觉得，它就是恼羞成怒了。"林七夜的脚下一抹夜色迅速浸染开来，平静地开口，"现在它大概是'海'境巅峰，虽然没有突破到'无量'，但跟之前的战力应该天差地别，都小心些。"

"明白。"安卿鱼点了点头。

"嘿嘿嘿嘿……"疯魔曹渊二话不说，提着刀就像疯狗一样追着红甲蚁后砍，黑色的煞气刀芒斩在蚁后的红甲上，只留下一道道不深不浅的斩痕，并没有像之前一样直接破开蚁后的防御。红甲蚁后早就看这个缺心眼儿不顺眼了，现在不仅伤势恢复，境界还提高到了"海"境巅峰，它没有丝毫的犹豫，直接和曹渊硬碰硬地撞在了一起！数道长如镰刀的黑色利刃从甲壳下刺出，轻松架住曹渊的斩击，身躯被曹渊推得微微后退些许，随后两根灵活的斑斓触角甩出，直接将疯魔曹渊打飞数十米。

"你们稍微离我远点。"林七夜看着这一幕，想到了什么，对着身边的安卿鱼和百里胖胖说道。两人一愣，虽然不明白林七夜准备做什么，但还是向后退了几步。林七夜蹲下身，一只手掌按在地面上，紧接着一道刺目且庞大的魔法阵突然涌现！随后，无数粗壮的树根从魔法阵中破空而出，自动扎入地面之中，盘踞错落的棕色树干拧结在一起，组成一根半径四五米的巨大树干！这树干疯狂地向天空延伸，长到几乎接近大殿顶端的时候，才缓缓停下，一根根枝丫从树干上延伸而出，带有刺的树藤高高垂下，在半空中急速扭动。

一旁的百里胖胖震惊地张大了嘴巴："这，这是……"

"远古树妖。"林七夜拍了拍身旁的树干，"新召唤物。"

之前林七夜在原始森林中，献祭了五十多只"川"境的工蚁尸体，得到了一次次元召唤的机会，不过由于林七夜自身的境界限制，还是只能召唤实力匹敌"川"境的召唤物。当然，"川"境和"川"境之间还是有很大区别的，献祭五十多只"川"境才签订契约的召唤物，其战力和潜力自然不是普通的"川"境能比的，这只远古树妖几乎是这个境界的战力天花板了。最关键的是，它的体积和战力会随着林七夜的境界增长而增加，最多甚至可以提升到"无量"的境界。唯一的缺点就是，召唤这玩意费的时间比较长，而且如果是在狭小的空间里，它的身体估计会随便就把周围的环境撑爆。

红甲蚁后看着这突然出现在大殿中的庞大树妖，咆哮两声，但并没有放在心上，毕竟境界差距摆在那里，它根本就不惧怕对方。当然，林七夜也没天真到认为凭一个召唤物就能打败一个"海"境巅峰的蚁后。"砰——"蚁后脚下的地面突然爆开，无数粗壮的树根从地下破土而出，每一根都有水桶那么粗，像是一条条棕色巨蟒，抓向蚁后的躯体！蚁后的触手进化之后，感知力似乎更加灵敏，瞬间移出原本站立的地面，如同一道红色魅影穿行在空旷的大殿之中，无数藤蔓与树根不断地从地底爆出，封锁它的走位。就在蚁后在树藤间辗转腾挪之时，一柄直刀潜藏在藤蔓间，瞬间挪移到蚁后的头顶，林七夜的身形凭空出现，带着一片夜色闪电般落下！"当——"双刀的刀锋与蚁后身上的尖刃碰撞在一起，擦出刺目的火花，蚁后的身形被林七夜的攻势冲击得微微下沉，但凭借着恐怖的力量，依然挡下了这一刀。两根触手在半空中扭动，随后像是长鞭一样拍向林七夜的身体。林七夜看都没有看这两根触手一眼，因为下一刻，数根附着冰霜的丝线精准地预判了触手的轨迹，从另一个方向将其死死地扯在了半空中。安卿鱼指尖微弹，不断有丝线缠绕在触手之上，顷刻间就将那两根粗壮的触手覆满了寒冰。

"雷车动地电火鸣！"林七夜轻吟一声，深色的雷霆便从他的刀间迸发，顺着刀身涌入红甲蚁后的躯体，蚁后的身体微微一颤，陷入僵直。与此同时，大量的藤蔓树干死死地缠绕住它的身体，像是一个远古木牢般将其禁锢在原地，动弹不得。林七夜深吸一口气，用力将手中的直刀刺入蚁后的红甲，刀锋没入蚁后的躯体，极致的黑暗疯狂涌入它的体内，侵蚀一切内脏血肉。"至暗侵蚀"所带来的剧痛，让蚁后几乎疯狂，凄厉的嘶吼在大殿之间回荡，暴走状态下硬生生扯开了部分的树藤，锋锐的尖刃急速切割，在身前卷起了狂刃风暴。

"嘿嘿嘿嘿……"疯魔曹渊带着冲天的煞气，敌友不分地直接剁碎了缠绕在红甲蚁后身上的树藤，冲到蚁后的身前，刀锋缠绕着煞气火焰，迎着蚁后的狂刃砍了起来！黑炎直刀和数根锋锐无比的尖刃，刹那间对撞了数十次，这两个疯子的动作已经拖出了残影，煞气四溢，看得人眼花缭乱。但这势均力敌的对砍只持续了片刻，因为在这短短的时间内，林七夜已经成功侵蚀蚁后40%的身体，这些黑暗对蚁后来说，甚至是比纸人化更加恐怖的致命毒药！失去力量支撑的蚁后顿时萎靡下来，曹渊的刀却越挥越快，森然的煞气轻松地在蚁后的红甲上留下一道又一道深深的伤口，最后甚至直接将整个红甲砍得支离破碎！遍体鳞伤的蚁后嘶吼一声，转身便跑，根本不愿意跟曹渊这个疯子继续纠缠，但它背后的林七夜却根本没有放过它的意思。他紧紧握住刺入蚁后体内的直刀刀柄，用力搅动，在蚁后的背部拖出两道深刻无比的血痕。"满堂花醉三千客，一剑霜寒十四州！"森然的剑气从林七夜的刀间翻滚而出，直接从血痕涌入蚁后的体内，刹那间将其内脏搅得支离破碎，以林七夜的刀为分界线，蚁后半个身子都被剑气切割了下来！林七夜随着那被切下的躯体落在地上，绿色的血液将他的黑色衬衫全部浸湿，他抬头看向几乎只剩个头部的蚁后，眉头紧紧皱起——应该说不愧是"海"境的"神秘"吗？身体被"至暗侵蚀"腐蚀大半，连大半个身子都被切碎了，即便这样居然还活着？不过可以肯定的是，蚁后如今已经是强弩之末，它今天……必死无疑！只剩下小半截身子的蚁后凄厉地嚎叫着，已经完全失去感知能力的它像个无头苍蝇一样在大殿内乱冲，不断有绿色的鲜血从体内涌出，内脏都散落了一地，但强大的求生欲迫使着它去寻找存活的希望！

好巧不巧地，它最终选定了大殿的某个角落，用尽全力向那里冲去！林七夜等人见到这一幕，脸色骤然变化，只见在蚁后无脑冲击的方向，那个身穿蓝色汉袍的少女正静静地站在那儿，看到蚁后向她冲来，眼中也浮现出诧异之色。

"不好！"林七夜眉头一皱，迅速甩出了手中的直刀，呼啸着向着迦蓝身前拦截而去！但他和迦蓝之间的距离实在是太远了，而且失去大半的身体，濒死挣扎的蚁后速度又奇快无比，哪怕是以直刀的飞行速度，都很难及时地拦到迦蓝身前！暴走的蚁后闷头前冲，即便已经失去大半的身体，身躯依然庞大，配合上那惊人的速度，就像一列全速行进的高铁一般！少数破碎的红甲附着在它的头部，闪烁着森然的寒芒，刹那间便来到了少女的身前！迦蓝平静地注视着呼啸冲来的蚁后，默默地将硬木弓背在身后，伸出一只白皙柔嫩的手掌，缓缓挡在身前。"咚——"那快到惊人的蚁后瞬间撞上迦蓝的手掌，尖锐的甲壳残片轰然爆碎，肉眼可见的气浪向着四周席卷而开，将少女深蓝色的汉袍吹得猎猎作响。

这列急速行进的高铁列车，在碰撞到那瘦小的身影之后，竟然硬生生地被挡在了手掌之前，根本无法前进半分。在恐怖的动能之下，蚁后的头部寸寸破裂开来，最后的哀嚎尚未发出，震荡之力就瞬间将它的神经系统全部捣碎。已经扭曲不堪的蚁后残躯就像一摊烂泥，软软地瘫在了迦蓝身前，彻底失去了生命波动。迦蓝缓缓收回手掌，那白玉般的手掌表面没有留下丝毫伤痕，仿佛刚刚蚁后连她的一根汗毛都没有碰到。

整个大殿陷入一片死寂，林七夜、百里胖胖、安卿鱼三人看到眼前这一幕，震惊到无以复加。蚁后濒死前的最后一击究竟有多强，他们心里是有数的，即便是他们中的任何一个人对上了，也不可能赢得太过轻松。可偏偏，这个看似平凡的少女，竟然单手就化解了这一切？！百里胖胖和安卿鱼扭头看向林七夜，眼神中充满了质问，而林七夜则是无奈地摇了摇头，示意自己也不清楚这是怎么回事。

"嘿嘿嘿嘿……"曹渊提着刀，一边傻笑一边冲到了林七夜的面前。

林七夜："……"

两分钟后，被捆得严严实实的曹渊生无可恋地躺在地上，而林七夜三人都已经凑到了迦蓝的身边。

"你没受伤吧？"林七夜开口问道。

迦蓝摇了摇头，黑色的长发在腰后轻轻摇晃。

"你真的是人吗？"林七夜再度问道。

迦蓝："……"

很无奈地，迦蓝又点了点头，看向林七夜的目光充满了幽怨。

百里胖胖拍了拍林七夜的肩膀，忍不住劝道："七夜，你说话的本事挺不错的，以后不许再说了。"

安卿鱼上下打量了迦蓝一番，眸中浮现出淡淡的灰芒，脸上充满了前所未有的好奇！"我能不能……"

"不能。"

"哦……"安卿鱼沮丧地低下头去。

一旁的曹渊扯开了身上的胶带，从地上爬起，看着不远处的迦蓝陷入了沉思，有些不确定地开口："你们觉不觉得……刚刚那一幕有点熟悉？"

百里胖胖回过头，疑惑地挠了挠头："哪里熟悉了？"

安卿鱼想到了什么，突然开口："你是说，那个卷宗里记载的，拥有'不朽'特性的少女？"

曹渊点了点头："能够赋予箭矢'不朽'的特性，自身刀枪不入，无坚不摧，而且从她身上的装束来看，应该是属于那个年代……"

林七夜有些疑惑地问道："什么卷宗？"

安卿鱼简单地将那份卷宗内的案件描述了一遍，林七夜顿时了然，这个故事和他在棺材板上看到的画面完全对得上，不出意外的话，眼前这个少女，应该就是卷宗中记载的"不朽"之人。

"他们说的，是你的故事吗？"林七夜转过头，看向一旁沉默的迦蓝。

迦蓝抿着双唇，轻轻点头。林七夜张开嘴，正欲说些什么，就在这时，一连串的雷鸣声从大殿之外传来！下一刻，端坐在神座之上的那件帝袍像是感应到了什么，突然从神座上飞起，如同一道电光撞开帝宫的大门，消失无踪。

378

三分钟前，酆都帝宫之外，李德阳站在第五块悬空石板之上，抬头看向头顶的宫殿，脸上浮现出无尽的沧桑，无数尘封的记忆从灵魂深处涌出，眼眸充满了痛苦与纠结。"原来是你……操控六道轮回，让我出生在离这里最近的安塔县的是你；每夜入睡之后，呼唤着我的名字，让我回到安塔县的是你；将我带到废弃林场，目睹那只工蚁出现，向高层申请救援的也是你；原始森林里，也是你在暗示着我和他们继续前进；甚至进入酆都之后，你也在一路指引着我，来到这座宫殿之前……我的人生，一直在你的影响之下。"

他缓缓迈开脚步，踏上第六块石板。"嗡——"嗡鸣声在宫殿外的天空中回荡。李德阳的眼眸中，沧桑之意又浓郁了些许。"一定要这样吗……"他喃喃自语，"我只是想安安静静地守着边疆，给老爹买套房子养老，给女儿找个靠谱的女婿，给他们一份幸福美满的生活……然后像个战士一样在万万人前死去。你的责任，你的大道，对我来说，实在太沉重了。成为你……我还是李德阳吗？"他的声音很轻，像是在问自己，又像是在问别的什么人。他迈开脚步，踏上了第六块石板。震颤声再度响起，像是一道沉闷的惊雷，回荡在酆都的上空。那些零碎的、不属于他的记忆，从他灵魂最深处涌出，灌入了他的脑海。恍惚之间，他又听到了那些灵魂的祈求之声。

"求求你，救救我们！！"

"……再这样下去，我也要变成阴魂了！"

"你明明可以做到，为什么？为什么？！"

"求求你了……哪怕只有我的孩子也好，求求了……"

"……"

他错愕地睁开双眼，回头看向自己的身后，他站在悬浮空中的石板之上，俯视着脚下这座凄凉古城。他的脚下，是一座容纳着无数灵魂的城市。它们已经在这里等了一百年。"原来如此，原来，你是这个意思……"他俯视着脚下的鬼城，眼中一抹光亮缓缓绽放，像是想通了什么，嘴角微微上扬。他张开双臂，像是要拥抱这座古城。"它们……也是万万人啊！"

李德阳从口袋中摸出一枚闪闪发亮的勋章，用拇指仔细地在它的表面擦拭起来，看着那上面工整刻着的"李德阳"三个字，脸上浮现出不舍之色。他拇指在勋章之下，轻轻一弹，"叮——"这枚陪伴了他二十年的、象征着荣耀与责任的勋章，被他弹至半空中，飞快地旋转起来，勋章的表面清晰倒映着脚下的这座古城和李德阳平静的面容，随后坠入脚下的古城之中，消失不见。

"若黯夜终临，吾必立于万万人前……"李德阳目送着那枚勋章落下，喃喃自语，"今日，就算我李德阳为这万万人而死……又如何？"他转过身，迈步向着第七块石板踏去，然后没有丝毫犹豫，又踏上了第八块、第九块、第十块……"咚咚咚咚——"连续四道巨响如同雷鸣般在酆都上空炸开，瞬间吸引所有灵魂的注意力。它们同时抬头看向天空，看向那座它们守望了百年的宫殿。

宅院之中，那曾与林七夜交流过的灵魂怔怔地看着那道伫立在宫殿之前的身影，双唇控制不住地颤抖。它双腿一弯，整个人拜倒在地，热泪盈眶！"恭迎大帝回归！！"它的身后，它的妻子和女儿同样跪伏在地，对着那道身影重重地磕头。整个酆都，所有尚存人性的灵魂，全部拜倒在地，激动地看着那宫殿前的身影，无声地呐喊："恭迎大帝回归——"

这个声音，所有人都听不见，但李德阳可以。他站在最后一块石板之上，俯视着脚下朝拜的众鬼魂，脸上的纠结、疑惑、犹豫都消失不见，取而代之的，是前所未有的平静。"从今往后，世间再无守夜人李德阳。我是，酆都大帝！"

"砰——"他身后的宫殿大门突然被打开，那件黑色的宽大帝袍从中呼啸飞出，盘旋在李德阳的周围，像是在雀跃！李德阳见到这熟悉的帝袍，嘴角微微上扬，伸手轻轻一招，帝袍便披在了他的身上，无风自动，金色的纹路闪烁着前所未有的光芒，一股强横的帝威骤然降临。

背后的帝宫之中，林七夜四人站在门后，看着眼前这一幕，震惊地张大了嘴巴。

"李、李叔这是……"百里胖胖感受着李德阳身上传来的气息，看着那件翻滚的帝袍，连一句完整的话都说不出来。

林七夜注视着李德阳的背影，虽然同样惊讶，但相对其他两人来说要好一些。

"他是酆都大帝。"林七夜缓缓开口，"其实早该想到的，酆都是传说中的灵魂国度，它的大门，怎么可能随随便便就对着你们打开？"

"可是、可是……他怎么会是酆都大帝呢？"百里胖胖还是难以置信，"他明明是个普通的好心大叔，哪里有大帝的气质？"

"在轮回的记忆苏醒之前，他就只是李德阳而已。"曹渊长叹了一口气，有些感慨地说道，"但是现在……不一定了。"

宫殿之外，李德阳身披帝袍，缓缓闭上双眼，境界急速地攀升。"池"境、"川"境、"海"境、"无量"境、"克莱因"境……当"克莱因"最后的那道桎梏被轻松地冲开之后，他的气质仿佛升华一般，踏入了一个玄妙的境界。随后，他的气息就停步原地。他眉头微皱，低头看向自己的双手，有些无奈地摇了摇头："只能恢复到这个地步了吗……"就在这时，他似乎察觉到了什么，突然抬起头看向酆都的天空，表情凝重起来，只见那个漆黑的穹顶，突然诡异地泛起鲜红的涟漪，一股阴森至极的气息降临在酆都之内，所有的灵魂在这道气息之下身躯都控制不住地颤抖起来。鲜红的涟漪之内，一只黑色的手掌突然伸出，然后是手臂、肩膀、头颅、躯体……他从涟漪之中浮现而出，静静地悬浮在空中——一个黑色的、赤着上身的神明。

379

"那是……"曹渊抬头注视着天空中飘浮的那道身影，脸色微变。

"神。"林七夜深吸一口气，"那股气息，只可能是神。"

没有人比林七夜更清楚神明的威压，早在沧南的时候，他就和因陀罗打过照面，甚至杀了洛基的一个分身。

"可是酆都境内，怎么可能有外神？他是怎么进来的？"曹渊眉头紧锁。

林七夜端详着那道身影，将线索和那宅院之内灵魂的描述相结合，得出了一个大胆的猜想。"或许，他本就在这儿，从未离开。"

酆都大帝抬头看着天空中的那道身影，眼眸微微眯起。

"阎摩。"酆都大帝的声音在半空中回荡，"你抢了我酆都的碎片还不够，居然还在这里留下了一个投影，想做什么？"

那道飘浮在半空中的纯黑神明俯视着脚下的酆都大帝，冷笑着开口："当年我们打碎酆都的时候，我没抢过那三个浑蛋，只拿了最小的那一块，自然只能偷偷留个后手，惦记上最后一块碎片了……可惜有你的帝威坐镇，过了这么多年我竟然依然无法撼动分毫。"阎摩的身形缓缓下落，飘到酆都大帝的身前，有些戏谑地打量了他一眼，眼中浮现出邪异的光芒。

"没想到，你居然又回来了，而且……还比之前弱了这么多。"他的嘴角抑制不住地上扬，"要是把你在这里杀死，你的帝威就将彻底抹消，到时候这最后一块酆都碎片，就彻底落入我的手中了。"

酆都大帝淡淡开口："你连我的帝威都撼动不了，还想杀我？"

"若是你全盛时期，我当然是有多远跑多远。"阎摩双眸微眯，"但现在不一样，这两年我们已经摸清你们的底细，你大夏诸神虽然出世，但都是轮回之身，实力比从前差得不是一星半点……或许你还不知道吧？现在迷雾中的诸多神国，已经隐隐有联手之势，要在你们大夏神彻底复苏之前，直接将你们抹去。到时候，就凭你们那几个转世神，能挡得住吗？"

听到这句话，酆都大帝的眉头微微皱起，随后便又舒展开来，冷笑道："你们这些外神，一个个的心思诡谲，敢将后背交给彼此吗？就算要联手进攻大夏，那你们这些神国……谁敢打头阵？"

听到这句话，阎摩目光一凝，脸色有些难看。"酆都大帝，死到临头，就别妄图挣扎了，今天……你的尸体和你的酆都鬼城，我都收下了。"阎摩盘坐在半空之中，双手在胸前掐了一个诡异的印诀，天空泛起的血色涟漪突然剧烈涌动起来，一张由无数血色怨灵凝聚而成的鬼脸咆哮着从空中落下！这张鬼脸几乎占据了酆都三分之一的天空，凄惨的哀嚎声在空中回荡，那鬼脸的嘴部张开，嘴角一直咧到耳根，像是要一口将下方的酆都大帝吞入其中。

酆都大帝身上的帝袍猎猎作响，他抬头仰望着天空中不断逼近的鬼脸，面容平静无比。"我虽是一个转世身体，但你也不过是一个投影，想杀我……还不够格。"他抬起手臂，手掌对着天空轻轻一按，雄浑的幽冥死气凝聚而出，化作一只巨大的手掌，径直拍向空中的血色鬼脸！黑色手掌与血色鬼脸相互碰撞，后者被直接震散在空中，消散的血色怨灵化作一朵浓厚的红云，被幽冥死气一点点蚕食，消失无踪。

阎摩见到这一幕，脸色微沉，正欲有所动作，身体却突然一顿，只见原本站在悬空石板上的酆都大帝，已然消失不见，阎摩似乎是察觉到了什么，猛地抬头看去。黑色的穹顶之下，酆都大帝伫立在空中，黑底金纹的帝袍无风自动，伸手轻轻一招，一个造型古朴的黑色王座从帝宫之中飞出，悬停在他的身后。

酆都大帝缓缓坐在神灵王座之上，俯视着身下的阎摩，缓缓开口："阎摩，你别忘了，这里是酆都……我的神国。"话音落下，王座前的虚无中，突然绽放出一道银色的光芒，一个庞大的银色球体悬浮在半空中，它的表面环绕着六道银色圆环，毫无规律地在半空中旋转，令人看一眼就头晕目眩。当这银色球体出现的刹那间，一股古朴而神秘的大道威压突然降临在酆都之内，就仿佛是某种法则发生改变，玄妙至极。阎摩看到那银色的球体，神情骤变！

酆都大帝端坐在王座之上，缓缓开口："你不是想要酆都吗？它的核心就在这里，六道轮回……给你，你承受得住吗？"他的手掌轻翻，一道银环从球体的表面翻出，像是一道闪电划过天际，直逼阎摩的面门！阎摩皱着眉头，像是下定了什么决心，反身便化作一道流光向着远处疾驰而去，但那银色的圆环只是轻轻一震，便无限扩大起来，瞬间笼罩了整个酆都！这笼罩了整个酆都的银色圆环，自然也将阎摩套入其中，酆都大帝手指轻勾，那道圆环便开始以惊人的速度缩小！阎摩在这银环之中，任凭他全速前进，但从整体来看，依然在随着这个圆环一起向中心收缩，快速地退回原本的位置。

"酆都大帝！"阎摩恼羞成怒地抬起头，大声地喊道，"你居然动用大夏的法则之力，若是我本体在此，你别想这么轻易地困住我！"

"本尊自己缔造的法则，为何不能用？"酆都大帝坐在王座之上，悠悠开口。他指尖微弹，又是两道银色圆环从球体表面翻出，再度笼罩阎摩的身体，从三个不同的角度向着中央急速收缩！

"阎摩。"酆都大帝的双眸微微眯起，注视着下方狼狈的阎摩，声音之中充满了森然杀气，"你告诉奥西里斯、哈迪斯和路西法，他们从这里抢走的酆都碎片……本尊会一个一个、连本带利地夺回来！"他指尖轻弹，那三道银环就像是三片没有厚度的刀刃，瞬间割下了阎摩的头颅！

380

银色的圆环在空中收缩成一个黑点，然后再度展开恢复原样，阎摩的头颅已然从黑色的身躯上落下，没有血液，没有温度，就仿佛眼前悬浮的这道身影只是个泥胎，并不曾拥有过生命。半空中的酆都大帝指尖轻勾，三道圆环轻盈地飞回了他的掌中，随后套入那旋转的银色球体之上，六道银色的圆环尽数回归，以一种神秘的轨迹环绕旋转。他手掌翻覆，那个银色的球体便消失不见。

酆都大帝缓缓从神灵王座之上站起，一步从空中踏上宫殿的地面，黑色的帝袍随着他的脚步轻轻摆动，向着大殿中央走去。他的目光平静地扫过林七夜四人，眉宇之间看不出任何喜怒，仿佛所有的感情都已经离他而去，只剩下淡淡的帝王威压，以及绝对的平静。突然，他在大殿中央停下了脚步。酆都大帝像是感知到了什么，侧头看向殿门方向，缓缓转过身，恭敬地对着前方的虚无轻轻作揖。"冥司主管，见过元始天尊。"

林七夜等人见此，微微一怔，同时转头看向空空荡荡的宫殿大门，只见虚无之中，一个身披粗布道袍的道人身影缓缓勾勒而出，束发挽簪，双眸璀璨如星，双手背在身后，缓缓向前走来，微笑着开口："不知我是该称呼你为酆都大帝，还是……李德阳？"

酆都大帝的身躯微不可察地一震，神情不变地开口："守夜人李德阳已死，吾乃道尊座下冥司主管，北阴酆都大帝。"

道人走到他的面前，那双深邃的眸子注视酆都大帝片刻，轻笑一声，拂袖道："酆都大帝也好，李德阳也罢，总之……欢迎回来。"

酆都大帝深深作揖，随后抬起身子，犹豫片刻，还是开口问道："元始天尊来此，可是担心我赢不了那阎摩投影？"

道人一怔，有些无奈地笑道："百年不见，你的性子似乎比之前更直了……没错，我本想着你刚刚觉醒记忆，即便继承原本酆都大帝的部分力量，但也未必赢得了那外神，现在看来，是我想多了。"

"幸得六道轮回在此，才略胜一筹。"酆都大帝如实说道。

"我大夏名列第二的法则神器，镇压区区一个外神投影，自然不是问题，我没想到的是，你刚从轮回中苏醒，竟然就能动用它……看来你这具轮回之身，也是天赋异禀啊。"

道人笑了笑，目光从酆都大帝的身上移开，最终落在一旁的林七夜四人身上。见这道人的目光扫了过来，四人瞬间紧张起来，从酆都大帝的言语中也不难知道眼前这看似普通的道人，实际上是三位天尊之一。传闻中的元始天尊站在他们的面前，自然有些不知所措。

林七夜从自我世界苏醒的时候就见过元始天尊，当然那时的他并不知道对方的身份，眼下再度见到这道人，心中自然是震撼无比。"守夜人林七夜，拜见元始天尊。"林七夜深吸一口气，恭恭敬敬地作揖。他身后的三人同样如此。

道人注视着眼前的林七夜，嘴角微微上扬："比我之前见到你的时候，好了不少……你已经踏上这条路了。"他伸出手，轻轻拍了一下林七夜的头顶，随后将手掌收回袖袍之中，"好好走下去吧，在天庭，还有人在等你……等着与你并肩作战的那一天。"

林七夜听到这句话，微微一愣，眸中浮现出疑惑之色。天庭？有人在等他？那会是谁？林七夜犹豫着，要不要开口继续问下去，道人的目光就扫过了其他三人。突然，他的身形微微一顿。他注视着一边作揖一边几乎把上半身弯到地上去的百里胖胖，眉头微微皱起，眼眸中先是浮现出诧异，然后是疑惑，最终像是想通了什么，脸上露出淡淡的笑容。

"小胖子，抬起头来。"道人张开口，平静地说道。

百里胖胖虎躯一震，笔直地挺起了身子，目光对上道人那双深邃的眼眸，不由得咽了口唾沫，眼中浮现出激动之色，试探性地问道："天尊……您是要收我为徒吗？我一直觉得，我的天赋其实挺不错的……"

道人陷入了沉默。他再度仔细地打量了百里胖胖片刻，摇了摇头："不，我不会收你为徒，和那小子一样，你有属于自己的路……"百里胖胖遗憾地叹了口气。"不过，我可以送你一个东西。"道人突然开口，伸手探进宽大的袖袍之中，从中取出一柄玉如意。他屈指轻轻一弹，这柄玉如意便化作一道白光，进入百里胖胖的肚子，消失无踪。百里胖胖错愕地低头看着自己的肚子，伸手摸了摸，觉得好像并没有什么变化，像是想到了什么，抬起头带着一丝哭腔说道："天尊……您，您不会送了我个孩子吧？我还年轻，我……我爸会打死我的！"

听到这句话，道人的嘴角微不可察地一抽，直接无视了百里胖胖的话，袖摆轻轻一拂，百里胖胖的哭诉声戛然而止，仿佛屏蔽了他的声音一般。他的目光扫过曹渊和迦蓝，分别在他们的脸上停顿了片刻，微微点头。"酆都之事，不可外传。"

听到这句话，几人先是一怔，随后重重点头。道人再度抬起袖摆，在即将挥出的瞬间，后面的酆都大帝突然开口："天尊，且慢！"道人的动作停在了半空中。酆都大帝走到林七夜的身前，那张威严平静的面容罕见地浮现出一丝纠结，沉吟片刻之后，还是缓缓开口：“林七夜，这次回去见到婷婷和我老爹，记得和他们说……我已经死了。”酆都大帝顿了顿，加上了一句，“是战死的。”

林七夜一愣，注视着酆都大帝那张熟悉的面孔，许久之后，缓缓点头。

“还有，帮我带话给陈涵，我不在之后，332小队就交给他了……我办公室柜子里的那些收藏，让他替我用了。”

“我知道了，放心吧。”

酆都大帝微微点头，转头看向道人。道人伸出袖摆，轻轻一挥，只见一道白光闪过，林七夜五人的身形便消失无踪。空荡的大殿中，只剩下道人和酆都大帝两人。

道人转头看着沉默不语的酆都大帝，无奈地叹了口气：“你啊，既然在意，何不回去与他们告个别？”

酆都大帝抬起头，透过那扇为他敞开的宫殿大门，望着绵延的鬼城，嘴角泛起一抹苦涩。

“我怕，告别之后……我就回不来了。”

381

原始森林边缘，废弃林场，一道白光突然闪过，林七夜五人的身影凭空出现在林场之前。

曹渊的目光扫过周围，长舒了一口气：“总算从地下出来了，而且天尊还直接把我们送到了森林边缘……”

百里胖胖低头捏了捏自己肚子上白花花的肉，哭丧着脸，转头看向林七夜：“七夜，你说……天尊不会真的给了我个孩子吧？！”

林七夜嘴角微微抽搐：“应该不会，这属于观音的业务范畴。”

“可是，为什么我的肚子大了这么多？！”百里胖胖焦急地开口。

曹渊翻了个白眼：“你肚子本来就这么大，自己心里没数吗？”

百里胖胖晃了晃圆滚滚的肚皮，像是想到了什么，扭头看向林七夜，义正词严地说道：“七夜，要不是你带队进的酆都，我就不会有这个孩子，反正……要是这孩子真生下来了，你得对他负责！”

林七夜：“……”

一旁的安卿鱼沉吟片刻：“要是真有那么一天，我可以帮你做剖宫产。”

林七夜按捺住抽刀直接砍了这俩货的冲动，深吸了一口气：“总之，我们先离开这里再说。”

曹渊走到林七夜的身边，伸手指了指身边的迦蓝，小声地问道：“那她怎么办？”

林七夜转过头，只见迦蓝正站在自己的后面，静静地看着自己，见林七夜看向他，那双秋水般的眸子眨了眨，不知在想些什么。

林七夜沉吟片刻："这是任务过程中发掘的特殊产物，回去先写个报告，然后打包上交给国家。"

迦蓝："……"

曹渊一愣："她不是个人吗？这怎么算是……"

还没等他说完，百里胖胖就拍了拍他的肩膀，感慨着开口："老曹啊，我没想到，连你都比七夜开窍……看来我还是高估他了。"

四人一边说话，一边向着原始森林外走去，眼下的情况远没有进林时那么急迫，所以他们也放慢了速度，欣赏起自然风光来。等到五人走出原始森林的时候，已经是黄昏。他们站在护林局的门口，不约而同地停下了脚步。

"七夜……"百里胖胖有些犹豫地开口，"我们，真的要这么做吗？"

林七夜沉默片刻，点了点头。

他伸出双手，缓缓推开了护林局的大门。

天色渐暗，昏黄的夕阳洒落在矮小破旧的楼上，寒风呼啸着吹过荒芜的大地，将窗户吹得咔咔作响。凝霜覆盖窗沿，在黄昏的映照下略显苍白，这扇窗户之后，是一张更加苍白的幼小面庞。小姑娘裹着一件大衣站在窗前，身体被窗户缝隙中漏出的寒风吹得微微颤抖，背后暖炉的光芒倒映在玻璃上，她却只是倔强地注视着那扇紧闭的大门。

"婷婷……"老大爷从暖炉旁缓缓站起，浑浊的眼中满是心痛之色，他走到小姑娘的背后，拉着她的手说道，"咱们离窗户远一点好不好？外面风大。"小姑娘的双眸紧盯着那扇门，一言不发地摇了摇头。"婷婷，坐在火炉旁边看也能看见，这里离暖炉太远了，你刚从林子里受了冻回来，身体受不了啊！"老大爷拽着小姑娘的手，就要将她往屋子里拉。

小姑娘甩开了老大爷的手，站在窗前，倔强地开口："我不！我不要进去！进去我就看不见爸爸了！"

老大爷呆呆地站在她的身后，一时之间竟然手足无措，一旁的陈涵走到小姑娘的身边，蹲下身，温和地开口："婷婷乖，你爸爸不会有事的，很快他就会回来……"

"骗人！你们都骗人！"小姑娘猛地转过身，眼圈通红，紧紧地抿着双唇，用尽全身的力气喊道，"你不是说我们先走，爸爸很快就会追上来吗？！为什么？为什么三整天过去了，爸爸还是没有回来？！明明说好了……为什么你们都说话不算数啊……"她的声音越发哽咽，声音越来越小，双唇开始颤抖，哪怕她努力地想要控制不让自己哭出来，泪水依然不断地从眼眶中涌出。最终，她彻底放弃控制自己，这个十岁出头的小女孩像是失去了一切般，号啕大哭起来。老大爷双手微微颤抖，将小姑娘搂入怀中，苍老的面容上同样滑下两道泪痕。他的儿子和他说过，如果三天之后他还没有回来，就报警。现在，已经是第四天了。

"婷婷乖，咱不哭，不哭啊……"老大爷抹了把泪水，颤巍巍地开口。

"可是森林里面有怪物啊！万一爸爸被他们抓到了怎么办？我不想让爸爸死！"小女孩泣不成声地开口。

眼看着二人相拥而泣，陈涵的双唇微微抿起，他低头看了眼时间，攥着表的手越来越紧……"咚——"就在这时，那道老旧的房门被人突然推开，寒冷的狂风从门框内呼啸着灌入屋中，瞬间驱散暖炉的暖意，将屋子里的陈设吹得东倒西歪，满面泪痕的小姑娘抬起头看向门口，突然愣在原地——门外，站着五个人，三个是她曾经在林子里见过的哥哥，一个不认识的漂亮姐姐……在他们的身前，那呼啸狂风灌入的门槛之外，站着一个高大伟岸的身影。那是个胡子拉碴的中年男人，脸上的线条坚毅而匀称，微乱的头发在风中飘扬，他披着一件老旧、满是油腻的军大衣，衣摆猎猎作响。他的目光落在哭红了双眼的小姑娘身上，张开双臂，嘴角微微上扬，目光前所未有地温和。"婷婷，爸爸回来了。"

老大爷听到这熟悉的声音，愣在原地，小姑娘还泛着泪花的眼睛笑弯成一条缝，不顾一切地冲上前，冲入那坚实而温暖的怀抱之中！他将小姑娘抱起，粗糙的胡子蹭在那张满是泪水的脸蛋上，小姑娘这一次没有像之前那样躲避，而是笑着凑到他的脸旁，双手环绕住他的脖子，就像是抱住了整个世界。

"爸爸。"小姑娘抿着双唇，开心地说道，"欢迎回来！"

382

"德阳啊。"老大爷上下仔细地打量了李德阳一圈，"你没事吧？"

"没事，我能有什么事？"李德阳咧了咧嘴，"对了，要真说起来，还真有件好事。"

"什么事？"

"我升官了。"李德阳乐呵呵地开口，"上面来了调令，以后我就不在这里当护林人，要去军营里当班长。"

"去当班长？那敢情好啊！这地方又冷又破，换个地方也好。"老大爷一拍手，"对了，你要去哪儿啊？"

"齐市。"

老大爷瞪大了眼睛："齐市？那不是在西边吗？"

"对啊。"李德阳点了点头，"虽然离这儿远点，但是环境还好，而且军营里面生活有保障，还是个小官，总比在这儿吃苦强。"

"这、这也太远了……"老大爷眉头紧皱，随后想到了什么，"不对啊，你不就是个守林子的吗？严格来说也不算军伍人员啊，怎么突然要把你调到齐市去当班长？"

"托了点关系，老爹你就别问了。"李德阳含糊其词。

"那你，什么时候走啊？"

"把这里收拾收拾，这两天就走。"

"这么急？"老大爷连忙开口，"那我和婷婷多待两天，到时候送送你。"

"我们是保密单位，不让送的。"李德阳认真说道。

老大爷一愣，狐疑地开口："德阳啊，你老爹我读书少，可别骗我……哪有孩子去当兵还不让送的道理？"

"你看，正因为读书少，就不知道了吧？现在有的单位确实是这样的。"李德阳好说歹说，一通忽悠，总算是把祖孙两个哄得相信了。

"爸爸，你要去很远的地方吗？"婷婷歪着脑袋，有些不舍地问道，"我可不可以去看你啊？"

"婷婷乖，爸爸是要去当戍边将士。"李德阳摸了摸她的头，"那个地方很远，婷婷可能去不了……不过你放心，等婷婷长大了，爸爸就回来了。"

小姑娘想了想："那我什么时候算长大？"

李德阳沉默了片刻，笑道："等有一天，轮到你来照顾爷爷的时候，就长大了。"小姑娘似懂非懂地点点头。李德阳看了眼时间，将婷婷放下，站起身来："老爹，时间差不多了，我让他们送你们去车站吧？最近山里出了那些事情，我还得赶紧忙工作，向上头汇报。"

老大爷本来不愿意走，听到李德阳说要忙工作，便纠结了许久，点了点头："那、那你忙，到了齐市有时间就赶紧给家里打电话，知道没？"

"知道了老爹，放心吧。"李德阳对他们挥了挥手，给门外的四人一个眼神，百里胖胖顿时笑呵呵地走上前，抱着小姑娘晃晃悠悠地往外面走去。等到老大爷和小姑娘被百里胖胖等人带走，整个屋子顿时安静下来。李德阳回过头，只见不知何时陈涵手中已经多了一柄直刀，刀锋正笔直地对准李德阳的鼻尖，散发着森然寒芒。

"你不是李德阳。"陈涵笃定地说道，"你究竟是谁？"李德阳平静地望着他的眼睛，下一刻一抹魔法的光辉绽放，整个人变回林七夜的模样。陈涵目睹了这一幕，脸色微沉，冷声开口："你们果然有问题，是你们杀了李叔？！"

林七夜的双眸微眯，陈涵手中的直刀突然被一抹黑暗浸染，剧烈地颤动起来，猛地摆脱他的手掌，刺入头顶的天花板中！

"守夜人驻安塔县 332 小队陈涵……"林七夜从怀中摸出了一枚纹章，缓缓开口"我是守夜人第五支特殊小队预备队队长林七夜，现在，我很遗憾地向你宣布……332小队队长李德阳，在与红甲蚁后一战中，英勇战死！"陈涵听到这句话愣在原地，盯着林七夜手里的纹章，许久之后，脸色逐渐苍白下来。

"不可能，我不相信！"陈涵瞪着林七夜，怒吼道，"我从来没有听说过第五支特殊小队，更别说什么莫名其妙的预备队……你的纹章是假的，是你杀了李叔！"

"如果是我杀了他，为什么还要费尽心思去替他做刚刚那一切？"林七夜平静地开口。

陈涵怔住了。林七夜摇了摇头，转身向屋外走去，打开房门，狂风从外面灌了进来。"李德阳临死时，让我替他捎句话。"林七夜走到门口，平静地说道，"以后332小队就交给你了……他柜子里的那些收藏，你就替他用了吧。"说完，他的身形一晃，便消失在渐浓的夜色之中。

寒风卷入屋中，发出阵阵呜咽声，陈涵呆呆地站在原地，手指微微松动，掌间的直刀刀鞘落在地上。"李叔……"陈涵僵硬地转过身，走到屋内的办公桌旁，将办公室柜子下面的第二个抽屉打开，里面整整齐齐地放着一抽屉的卷烟。他看着抽屉里的卷烟，眼神有些恍惚，深吸一口气之后，弯腰从中取出了一根卷烟，叼在嘴上，机械地一步步迎寒风走到屋外。

他在门前的老台阶上坐下，看着远方逐渐堕入黑暗的天空，从口袋中掏出一张折叠整齐的纸张，缓缓将其打开，那是一封调离申请书，一封调离332小队前往另一个城市的调离申请，而申请人的名字叫陈涵。他低头一个字一个字地看完这封信，嘴角浮现出一抹自嘲的笑容，从口袋中掏出打火机，放在纸张的边角。寒风中，他连续按动好几次，才燃起一缕细微的火苗。这缕火苗点燃纸张，越烧越旺，黑色的余烬随着风卷入空中，消失无踪。他平静地注视着这一幕，低头将自己嘴上的卷烟凑到纸张的火焰之上，将其点燃，一缕青烟从卷烟顶端冉冉升起。他深吸了一口，剧烈咳嗽起来。"喀喀喀喀……"他叼着烟，长叹了一口气，抬头看向天空，用只有自己能听见的声音呢喃，"李叔，你的品位，也太差劲了啊……"

与此同时，黑暗的天空之上，酆都大帝怔怔地站在空中，目光望着脚下那座矮小的房屋，那双眼眸仿佛穿透无尽的空间，注视着刚刚发生的一切。他就像是一尊雕塑。他的身旁，那道人轻轻一笑："怎么样？我们选的人……还不错吧？"酆都大帝目送着那一对祖孙离开，沉默许久，转过身向着远处的黑暗缓步走去。那张冷峻的面容罕见地浮现出一抹柔色，他的嘴角微微上扬。"我……欠这小子一个人情。"

第五篇

姑苏取经

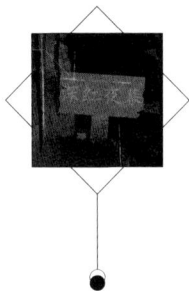

383

"七夜，我们没按大帝的意思做，他不会生气吧？"绿皮火车上，百里胖胖撑着头望着窗外，有些担忧地说道。林七夜沉默片刻，摇了摇头："不会，相比于那个悲伤而揪心的结局，这个结果或许才是李德阳内心深处，真正向往而不可得的……"

"也是。"曹渊点了点头，"比起号啕大哭，那个小姑娘还是笑起来更好看。"

林七夜搓了搓发冷的双手，将其塞进袖中，望着窗外逐渐飘落的雪花，喃喃自语："这里的天，太冷了，需要一些能够带来温暖的故事，而不是冰冷无情的现实……或许，这就是故事本身存在的意义。"

"但你还是把真相告诉了陈涵。"百里胖胖耸了耸肩，"估计这会儿，他心里也不好受吧？"

"这件事情，本来就不可能瞒过他的。"林七夜淡淡开口，"守夜人，不该是听故事的人，而应该是站在众人身前，一边用后背替他们扛下刀子，一边笑着给他们讲故事的人。"

"听起来挺惨的。"百里胖胖叹了口气。他的余光瞥到林七夜身旁，只见迦蓝手里正捧着一本《奇奇宝宝汉语拼音大全》，双唇轻启，认真地念叨着什么。"迦蓝小姐。"百里胖胖凑到她的面前，眼中浮现出睿智的光芒，"你要是有哪个字不会念，可以问我，这群人里面就数我知识最为渊博！"

迦蓝抬头看了他一眼，犹豫片刻之后，将书放在小桌板上，指着两个汉字含混不清地开口："撒……傻……"

百里胖胖："……"

百里胖胖一脸无奈地伸出手，指着那两个字，开口道："不是'傻'，这两个字念'沙弥'！跟我念，沙弥！"

"傻鸟。"

"沙弥！"

"沙鸟？"

"沙……算了，七夜，你自己教她吧。"百里胖胖郁闷地坐回了座位。

林七夜沉吟片刻，指着那两个字，一字一顿地开口："沙、弥。"

迦蓝张开嘴，认真地模仿着林七夜的口型："沙弥？"

"嗯，对了。"

百里胖胖："……"

百里胖胖幽怨地看着迦蓝，甚至开始怀疑，这女人刚刚是不是故意的……

"七夜，任务交上去了吗？"曹渊想到了什么，开口问道。

"刚刚在车站的时候，我就已经把行动报告连带着迦蓝的资料交上去了，不过特意隐去了鄸都那一部分，这会儿估计叶司令已经看完了。"林七夜回答道。

"那下一次任务是什么时候？我们有没有假期啊？"百里胖胖像是想到了什么，愁眉苦脸地说道，"再过几天，就是我爸生日了，到时候我估计得回家一趟，参加他的寿宴。"

"你爸的寿宴？百里集团的那位董事长？"

"对啊，平时他过生日都很低调的，不过这次不一样。"

林七夜等人对视一眼："为什么不一样？"

百里胖胖摸着头，嘿嘿一笑："今年，是他五十岁生日，过完这个生日，他就要退休了，也算是一场告别会吧。"

"百里集团的董事长要退休了？"

安卿鱼诧异地开口："这可是一件大事，百里集团是整个大夏最庞大的企业，还牵扯到神秘的力量，掌管着诸多禁物，而且是守夜人除了政府之外的第二大赞助者，董事长本人还是守夜人的荣誉高层之一。他要是退休了，这么大一个百里集团，该交给谁打理？"

所有人的目光看向百里胖胖，而后者正一脸憨笑，有些不好意思地挠了挠头发，笑容更加灿烂了。

"你？！"林七夜惊异地开口，心中生出的第一个想法就是……百里集团完了。

"是我，毕竟我是我爸的独生子，从出生起就被指定为百里集团继承人，他老人家退休了，自然该我顶上……啧，哎呀，其实我们家也没有那么厉害，就是稍微有点钱罢了，我也只是个普通人，大家不要见外哈。"百里胖胖一边笑一边示意大家冷静。

曹渊翻了个白眼，忍不住问道："那你要是回去继承了家业，小队怎么办？"

"放心，我就算继承了集团，也还没到可以独自运营这么大一个企业的年龄，经验上也差了不少，所以到时候只是挂个名，会有专门的人来替我打理公司，我还是可以继续留在小队的！"百里胖胖拍了拍他的肩膀，众人不由得松了一口气。当然，不是因为担心百里胖胖回来，而是为百里集团的未来捏了把汗。

"既然这次寿宴这么重要，那你还是要回去的。"林七夜想了想，开口道，"到时候就算有任务，我也让你请一天的假赶上这场寿宴。"

"哎，别光我请假啊！"百里胖胖瞪大了眼睛，"你们可都是我百里胖胖的兄弟，这么重要的仪式，当然也要参加，要来给小爷我撑场面！放心，到了广深的地盘，我绝对会好好招待你们，让你们来了就不想走！"

林七夜无奈地笑了笑："如果时间允许的话，我们就去看看。"话音刚落，一阵急促的手机铃声突然响起，林七夜一怔，从口袋中掏出那部叶梵交给他的手机，眉头微微皱起。"我去接个电话。"林七夜的目光扫过嘈杂的车厢，快步走到绿皮火车的末端，推开门走到围栏边。呼啸的冷风吹起林七夜的黑发，他掏出手机，接通了电话。"喂？"

"第一次的任务，你们完成得很好。"叶梵的声音从电话中传来，"你的报告我都看了，但具体的现在不方便说，姑苏市那边出现极度紧急的状况，你们需要立刻赶过去！"

林七夜眉头微皱："极度紧急？我们怎么过去？"

"直升机马上就到，它会把你们带到最近的机场，那里有一架运输机等你们，任务资料还有关于上次任务的一些反馈都在那里。"

"到哪儿接我们？"

"到你现在的位置。"

林七夜一愣："可是我们现在……"

"我知道，在火车上。"叶梵打断了林七夜的话，"两分钟后直升机到你现在的位置，你赶紧叫上你的队员跳车吧。"

384

"哐哐哐哐……"黑暗的天穹下，一列绿皮火车快速地沿着轨道向前行进，飘零的雪花散落在黑色的铁轨上，逐渐消融。

"欸？你们这么多人去干什么？"火车尾端的门口，正倚靠在门侧的警卫见一行五人冲到了门前，当即警惕地开口问道。林七夜将手搭在门把手上，微微侧头扫了他一眼，一抹淡淡的金芒从他的眼眸中闪过，下一刻那警卫双眼一翻，便当场晕了过去。曹渊伸手稳稳地接住警卫的身体，将其无声地放在地上，对着林七夜点了点头。林七夜打开门，寒风混杂着雪花灌入车厢内，他身形一晃，脚尖轻盈地在围栏上一点，整个人便跃下车身，飘飘悠悠地落在了铁轨之上。紧接着，迦蓝、曹渊、安卿鱼、百里胖胖也先后从火车末尾跳下，好在众人的身手都很不凡，而且绿皮火车的行进速度也不算太快，所以都稳稳落地。

黑暗中，林七夜转过身，看着那列绿皮火车疾驰着沿着铁轨离开，消失在视野之中，有些遗憾地叹了口气。

"怎么了？"曹渊走到他的身边，疑惑地问道。

"车票钱，可惜了。"林七夜摇了摇头。

百里胖胖在寒风中裹了裹身上的衣服，哈出一口白雾，忍不住吐槽道："这天也太冷了……话说姑苏市到底出什么事了，居然紧急到了要我们跳车的地步？"

"等上了飞机，自然就知道了。"

林七夜抬起头，漆黑的夜色中，一架直升机掠过天空，黑色的机翼拖出一道道残影，狂风呼啸着席卷大地。林七夜五人静静地站在原地，凝视着这架飞机，身上的衣服被狂风吹得猎猎作响。这架直升机在铁轨旁的空地上停稳，林七夜五人顶着螺旋桨的风压，快步走进机舱，随着直升机的缓缓升起，消失在夜空之中。

十分钟后，一架黑色的运输机从田合军用机场起飞，径直向着南方飞去。机舱内，林七夜五人面对面坐在长椅上，身上绑着安全带，神情之中浮现出忧虑之色。

"你好，这是叶司令让我转交的关于两次任务的资料。"一个军官走上前，向林七夜敬了个军礼，然后将手里的文件递交，身后还有两个人拎着几只黑匣，放在了他们的身前。

"嗯。"林七夜点了点头，接过了文件。这两份文件的表面，都打着"高度机密"的印鉴，林七夜犹豫片刻之后，先打开刚刚完成的安塔县任务报告。这份文件之中的内容并不是很多，林七夜的目光在纸上迅速扫过。第一张纸上，用十分官方的语气对林七夜等人这次的行动表达了赞许和肯定，并承诺向全体队员授予"星辉"勋章。林七夜只是扫了一眼，就略过这张纸，看向了下一张。目光落在这张纸上的瞬间，林七夜的瞳孔微微皱缩，眼中浮现出诧异之色，这张纸上写的是一份关于"第三王墟"的资料——"禁墟序列015，第三王墟'不朽'"。

在大夏历史中，第三王墟"不朽"仅出现过一次，疑似是世界上第一个出现在人类身上的禁墟，拥有者存在于两千多年前的汉朝，是一名十八岁左右的少女。"不朽"拥有赋予一件物体或者生物绝对恒定状态的能力，从理论上推测，任何来自外界的影响因素（包含神明攻击）都无法对"不朽"造成影响，它拥有无尽寿命的同时，还拥有着绝对的防御能力，据研究人员评估，该禁墟拥有对神明造成威胁的可能，故将其位列"第三王墟"。据残缺的皇家史料记载，该王墟的拥有者在两千年前被封入棺中，送往不知名之地，从此消失无踪，研究人员根据"不朽"的特性推测，这位王墟拥有者有极大的可能性依然存活……

在这一大段研究报告之后，还附上了叶梵亲手写的几行字，从意思上来看，大概就是让林七夜不要急着将其上交，可以考察一段时间，如果综合评判过关的话，可以将其纳入第五支特殊小队麾下。毕竟像这种具备超强潜力的人类，除了特殊小队，似乎也没有地方可以让她去了。但现有的特殊小队人员都没有缺员，所以最好的办法当然就是塞进这支刚刚拥有雏形的第五支特殊小队之中。林七夜领会到叶梵的意思，抬头看向身旁的迦蓝。迦蓝见他看向自己，有些疑惑地侧了侧头，细长的睫毛轻轻颤动，眼眸中浮现出不解之色。

林七夜犹豫片刻，还是开口问道："你，有地方想去吗？"

迦蓝一愣，皱眉想了会儿，摇了摇头。

"那就留在我的身边……怎么样？"林七夜看着她的眼睛，认真地说道。

迦蓝听到这句话，脸颊飞速地染上一抹红晕，微微转过头去，双唇抿起，看向林七夜的目光古怪了起来，一副"我没想到你是这种人"的表情。

林七夜似乎是明白了什么，连忙开口："我的意思是，待在这支队伍里……"

迦蓝一怔，嘴角微微上扬，有些含混地开口："不上……交？为……什……"

"你是想问我，为什么改变主意，不把你上交？"林七夜试探性地问道。

迦蓝点了点头，看向林七夜的眼眸中满是期待。

林七夜想了想，老实巴交地说道："因为你太能打了。"

迦蓝表情一僵，生气地瞪了他一眼，猛地转过头去，一副不打算再理他的架势。

林七夜茫然地挠了挠头，不知道为什么，总觉得现在的局势好像有些麻烦，索性将这些事情抛到一边，继续看向第二份文件。这份文件，就是关于接下来的姑苏市紧急事件的描述。他拆开印有"高度机密"印戳的文件，从中取出厚厚的一沓纸张，在其中第一张纸的最上方，用鲜红的颜色写着一行大字。

——姑苏突发大规模精神污染区域，污染源疑似一年前逃离沧南市的境外"神秘"，"贝尔·克兰德"。

385

"贝尔·克兰德"？林七夜看到这五个字，脑海中顿时浮现出那卷倒放的录像带、被劫持的飞机，以及那完成仪式之后从水晶中逃离的小虫子。这个事件，林七夜再熟悉不过了，毕竟他曾经参与其中。当时，他们虽然阻止飞机失事，斩杀酒馆老板，但是"贝尔·克兰德"依然完成了仪式从水晶中逃出，后来还没等开始追踪，就迎来了沧南大劫。他本以为这只境外"神秘"已经被"凤凰"小队清剿，没想到居然活着，而且时隔一年之后，还出现在了沧南市隔壁的姑苏市。一年的时间，应该足以让它恢复到巅峰状态了吧？

林七夜的目光继续向下看去，这份文件的前半部分，讲的都是"贝尔·克兰德"第一次出现在沧南市的资料，这些他根本不用再看，直接跳过看向了姑苏市的部分。

…………

昨天 23：16，一场突如其来的紫色迷雾从姑苏中心爆发，向着周围缓缓扩散，截至今日 7：42，紫色迷雾的半径已经扩大到十公里。据统计，目前被笼罩在紫色迷雾范围之内的人数，约为六千三百人，并且迷雾范围依然在不断扩大。

驻姑苏市守夜人 017 小队及时抵达迷雾周围区域，并动用"无戒空域"封锁迷雾周围三十公里的街道，对迷雾进行取样调查。经过分析之后，判定该紫色迷雾具备极强的精神污染能力，所有被笼罩其中的人类精神都会被污染，失去自我意识，陷入痴呆、癫狂，或者错乱的状态之中，但其他生物似乎并不受影响，过程可逆，污染的严重程度与自身的精神力强度有关。初步推测精神强度在"池"境及以下的人员，在迷雾中的清醒时间约为 5 个小时，"川"境清醒时间约为 12 个小时，"海"境的清醒时间约为 30 个小时。

驻姑苏市守夜人 017 小队了解迷雾特性之后，在外部留下一位队员接应，其余六人第一时间进入紫色迷雾之中，进行"贝尔·克兰德"清剿行动。截至今日 16：12，守夜人 017 小队进入紫色迷雾时间超过 16 小时，迷雾并无消散迹象……

看完整份文件，林七夜的脸色凝重无比，他看了眼机舱内悬挂的时间，已经是 19 点 10 分。也就是说，017 小队进入紫色迷雾近 19 个小时。文件中，还有一份详细的关于 017 小队队员的资料，其中只有队长秦凯一人是"海"境，其余成员都只是"川"境。如果不出意外的话，他们中除了队长之外的绝大部分人……都已经沦陷在精神污染之中了。就在林七夜翻到最后一个队员的资料时，手指一颤，眉头紧紧皱起。他抬头看向百里胖胖，表情有些复杂。

"怎么了？"百里胖胖见林七夜的眼神有些奇怪，不由得疑惑地问道。

林七夜将手中的文件递出，交给众人传阅起来。

"莫莉？！"百里胖胖读完事件介绍，看到最后一个队员的照片，愣在了原地，"对，没错，我记得她确实被调去了姑苏市守夜人小队，那她岂不是？！"百里胖胖猛地从座位上站起，脸上罕见地浮现出焦急之色。

"别急。"林七夜开口安慰道，"文件上写了，他们留了一个队员在外面，莫莉只是刚进入这支小队一年，算是个新人，很可能没有进入迷雾之中。"听到这句话，百里胖胖的脸色略微缓和了下来，但紧皱的眉头依然没有松开的意思。

"'贝尔·克兰德'？"安卿鱼看完文件，有些疑惑地抬起头，"不是说，境外的'神秘'都是交给'凤凰'小队处理吗？"

"叶司令说了，'凤凰'小队正在另一个城市执行任务，短时间内根本赶不过来，其他小队也是一样，现在这个时间，只有我们是能去姑苏的。"林七夜无奈地摇头，"守夜人特殊小队数量根本不够，要不然高层也不至于这么急着成立第五支特殊小队了。"林七夜的目光落到文件袋里，从中又取出两份文件，扫了一眼，分别将它们交到安卿鱼和曹渊的手上。"你们两个的入队申请已经批下来了，卿鱼，那边那个匣子里装的应该就是你的纹章，还有按你的要求用直刀材质打造的一整套手术刀。"林七夜伸手指向其中一个黑匣。"斗篷的话，因为在正式成为特殊小队之后还会定做，所以暂时没有发放。"

安卿鱼从座位上站起，打开了那个黑匣，里面果然整齐地躺着一枚闪亮的纹章，还有一小盒泛着幽光的轻薄手术刀。安卿鱼低头捏起一把手术刀，仔细观察了许久，眼眸中浮现出一抹灰色。"奇怪的材质……但似乎很好用。"安卿鱼满意地点了点头。

"那我呢？我怎么没有文件？"百里胖胖见两人都拿到了文件，不由得疑惑地问道。

林七夜摇了摇头："不知道，里面没有了……可能是时间太过紧急，你的文件暂时还没走好程序。"

"好吧……"百里胖胖苦着脸，坐回位置上。

林七夜的精神力扫过另外一只黑匣，眉梢微微上扬，他走上前将其打开，里面正静静地躺着一条项链。"'蔚蓝守护'？"林七夜见到这条项链，有些诧异地开口。这条项链，是当初在集训营的时候，他用"鲜血沸腾"和袁总教官换来的精神保护类禁物，在进入精神病院之后，身上的物品都被收缴，这条项链自然也在其中。现在，叶司令又派人把它送了回来。

"总之，这次的任务就是进入那片紫色迷雾之中，救出迷失的驻姑苏市 017 小队成员，并清剿境外神秘'贝尔·克兰德'……还有什么疑问吗？"林七夜将项链收起，把双刀放入黑匣中背在身后，目光在众人身上扫过。众人纷纷摇头。

"林队长，马上就要到姑苏市上空了，你们准备好了吗？"那位军官走到林七夜的身边，开口问道。

"准备好了，找个机场降落吧。"林七夜点头。

"降落？"军官一愣，"我们这架飞机，从来不会降落在别的机场的，其他特殊小队都是直接跳机下去……你们，不会没有飞行手段吧？"

听到这句话，机舱内的五个人身体同时一僵，默默地对视了起来。飞行手段？倒也不是完全没有……百里胖胖的"瑶光"可以化作飞剑，但这东西在接近地面时飞一飞还好，真要从高空中飞下去，就凭他现在的精神力水准，还有些困难，更何况一口气载五个人绝对可以算是超载，估计半空中飞剑直接就崩了。

"七夜，要不你像在斋戒所那时候一样，给咱念句诗？"百里胖胖凑到林七夜身边，小声地问道。

林七夜摇了摇头："乘风最多只是滑翔，从几十米高的墙上跳下来还可以，从这么高的空中落下去，只靠滑翔肯定是不够的……"百里胖胖的神色顿时尴尬了起来。林七夜深吸一口气，走到军官面前，厚着脸皮开口："你们这飞机上，有降落伞吗？"

军官迟疑了片刻："有是有，不过是为了在紧急情况的时候，给驾驶员和我准备的，一共只有四个。"

只有四个？林七夜的目光扫过其他几个人，眉头顿时皱了起来。他们这儿，可是一共有五个人，四个降落伞哪里够？……等等！林七夜突然想到了什么，抬头看向坐在一旁的迦蓝，眼神顿时亮了起来。迦蓝看到这目光，不知为何，心中隐隐有种不祥的预感。

一分钟后，姑苏市上空，一架黑色的运输机呼啸着掠过天空，机尾的舱门缓缓开启，五道身影并肩站在舱门口，狂风将他们的衣服吹得猎猎作响。夜空中，这座霓虹璀璨的繁华都市的中央，紫色的迷雾就像是一只巨碗扣在大地之上，一点点地吞噬着周围的街道，仿佛一只蛰伏在黑暗中的诡异怪物。林七夜低头望着脚下，眉头微微皱起。从飞机上看，目测这片紫色迷雾的覆盖范围已经超过了十五公里，而且还在缓慢地增加……留给他们的时间不多了。

"'贝尔·克兰德'清剿行动，开始。"林七夜背着降落伞包，手中提着黑匣，率先迈步从机舱上跳下，身形消失在夜空之中。安卿鱼、曹渊二人紧随其后。百里胖胖苦着脸，凑到机舱边，小心翼翼地向下看了一眼，嘴皮子都哆嗦起来。"怎么这么高，这跳下去该不会……啊啊啊！！"百里胖胖还没说完，一只脚就猛地踹在了他的背上，他整个人像是皮球般从机舱内飞出，然后在一阵刺耳的惨叫声中向地面坠去。

迦蓝站在机舱旁，幽怨地看着四个背降落伞跳下的身影，抿着双唇，几乎把"不开心"三个字写在了脸上。"哼！"她气鼓鼓地哼了一声，纠结片刻之后，一咬牙，直接从机舱边缘一跃而下。和前面四人的差别在于，她的身上并没有降落伞……狂风将她身上蓝色的汉袍吹得翻飞，黑色的长发如同一道瀑布飘在空中，她背着一把淡黄色的硬木弓，像流星般向地面坠去。五人的身影距离地面越来越近，紧接着四道降落伞先后张开，他们的身形一滞，开始晃晃悠悠地向下方飘荡。但那蓝色的身影没有任何的缓冲，甚至以更快的速度向下俯冲，顷刻间超过背着降落伞的四人。迦蓝的身影从林七夜的身旁掠过，后者微微一愣，恍惚之间，他好像看到迦蓝向自己挥了挥拳头，一副要揍人的表情。林七夜摇了摇头，嗯，一定是看错了。

"嗖——砰——"那道蓝色的身影以惊人的速度洞穿迷雾，毫无花哨地砸在一栋五层的办公楼楼顶，身形并没有就此停下，而是瞬间砸穿五层楼的楼板，轰然撞在大地之上。碎石飞溅，滚滚的浓烟顺着那"大"字形的洞口缓缓上升，从楼顶飘起。林七夜四人晃晃悠悠地坐着降落伞进入迷雾，用绳索调整方向，径直朝着迦蓝坠地的地上靠近。等他们降落到楼前的街道上的时候，一个身影已经缓缓从深坑中爬出，拍了拍蓝色汉袍上的灰尘，走到玻璃旋转门门口停下脚步，对着玻璃整理了一下发型和衣领，然后推门而出。

林七夜解开降落伞的绳索，转头正好迎上迦蓝那幽怨无比的目光，有些不好意思地咳嗽了两声。"你……没事吧？"迦蓝白皙的拳头顿时硬了起来。"时间不等人，在这片迷雾中多待一秒，我们受到的精神污染就越严重，我们还是赶紧来商量一下策略吧。"林七夜扭过头，正色开口。迦蓝狠狠瞪了他一眼，仔细想了片刻之后，还是暂且松开了拳头。

"卿鱼，说说你的想法。"林七夜暗自松了口气，转头看向安卿鱼。

安卿鱼想了想，开口说道："刚刚下落的时候，我仔细分析了一下这次任务的所有细节，虽然任务目标很明确，但是这个过程并不简单。首先，'贝尔·克兰德'的体积很小，比一块石子大不了多少，而且十分狡猾，想要在这片极大范围的迷雾中找到它，无异于大海捞针……"

林七夜听到这句话，连连点头："没错，这一点我也想到了，这片迷雾几乎将姑苏中心周围整个商业区都笼罩了进去，即便是我，用精神力全部搜个遍也得要十几个小时。"

"那怎么办？"百里胖胖忍不住开口，"十几个小时之后，就连我们的精神都要被污染了。"

"所以，光靠我们……是不够的。"安卿鱼缓缓开口。

曹渊疑惑地皱眉："可是除了我们，还有谁？"

安卿鱼的脸上浮现出一个腼腆的笑容，就在这时，周围的窨井盖突然剧烈颤动起来，仿佛有什么东西要从中破出。"砰——"厚重的窨井盖直接被顶飞，一只只灰色的老鼠从下水道中疯狂地涌出，像是一道灰色的洪流般瞬间铺满街道，它们环绕在安卿鱼的周围，恭敬地趴在了地上。曹渊等人下意识地眉头一皱，准备进入战斗状态，见到这一幕都愣在了原地。

这片鼠潮的中央，安卿鱼推了推眼镜，镜片反射着街边路灯的光芒，缓缓开口："这一年，我的'鱼种'分裂进程从来没有停止过……沧南市周围的这几座城市，已经完全被我渗透了。"

鼠潮？林七夜诧异地看着眼前的这一幕，瞬间联想到在沧南市地下空洞中所见到的鼠群。安卿鱼从难陀蛇的身上解析出"鱼种"的能力，这一点他是知道的，但没想到这一年的时间，安卿鱼居然能把鼠潮扩大到如此庞大的规模。密密麻麻的灰色老鼠在安卿鱼的指引下，蹿入周围的街道建筑之中，像是一张逐渐铺开的地网，缓缓融入这片迷雾之中。

"有鼠潮在，确实会简单很多……但这还不够。"林七夜的嘴角微微上扬，他抬头看向迷雾顶端，眼眸之中浮现出一抹黑暗。夜空之下，一只只蝙蝠和猫头鹰从城市的边缘飞起，穿过紫色的迷雾，环绕在林七夜头顶的天空中，像是一片黑色的乌云。林七夜凝视这团黑云片刻，轻轻挥手，那些飞旋在空中的蝙蝠和猫头鹰就像是收到了指令一般，飞速地四下散开，朝着不同的方向疾驰而去。在林七夜晋升"川"境之后，"星夜舞者"带来的与夜行生物交流的能力也被大幅增强，不仅能够做到像之前一样对于工蚁的强行精神读取，还能主动召唤周围的夜行生物来到他的身边。

百里胖胖怔怔地看着这一幕，不由得笑道："又是鼠潮又是鸟的，这是天罗地网啊？"

林七夜微微一笑："幸好这片精神污染只对人体有效，有这片天罗地网在，找到'贝尔·克兰德'并不是什么难事。"

安卿鱼点了点头，继续说道："不过，我们还需要提防它的攻击，这片精神污染迷雾是它制造出来的，我们在进入其中的时候想必它就有所察觉，一年前就是我们两个破坏了它的晋升仪式，这一次它恢复全部实力，估计会来找我们的麻烦。"

"它要是来了那才正好，直接清剿完毕收工。"百里胖胖自信地开口。

"没有这么简单。"安卿鱼摇头，"别忘了，十几个小时之前，驻守这里的017小队已经进入迷雾，现在除了队长应该已经全体沦陷了。所以我们要面对的不仅是一只'海'境的境外'神秘'，还有一整支被操控的姑苏市守夜人小队。"

听到这句话，曹渊的脸色顿时凝重了起来。"这么说，确实有些棘手……"

"如果被这支队伍拖住，我们就会陷入十分被动的局面。"安卿鱼认真地说道，"虽然5对5的情况下，我们应该不会输，但如果被拖住，它很可能会调动大量的无辜民众赶过来，用人海战术将我们困在原地。"

"它知道我们不会对普通民众出手？这么聪明？！"百里胖胖苦着脸说道，"感觉本来挺简单的一个事情，怎么被你一说，就这么复杂呢……"

"那是一只在濒死状态都能策划一场危害到上万人生命的灾难的境外'神秘'，不能小瞧。"林七夜开口。

"这本身就是一场心理博弈。"安卿鱼平静地说道,"从我们进入这片迷雾开始,我和它这场暂停了一年的博弈,就已经开始了。"

"所以,你已经有对策了?"林七夜挑眉。

"有,但是相对而言风险较高。"安卿鱼推了推眼镜,"眼下最好的方法就是……分组行动。我和七夜是一年前破坏了它晋升仪式的罪魁祸首,只要我们两个离开队伍,就能在很大程度上分散它的注意力,吸引仇恨。我会在你们三个人身边留一只老鼠,当我的鼠潮找到'贝尔·克兰德'的位置之后,就会让它们带领你们过去,执行清剿任务。"

"分组行动?可是这么一来,你们两个去吸引火力了,就凭我们三个人杀得了那只'海'境的神秘吗?"曹渊皱眉。

安卿鱼微微一笑:"这个问题简单,七夜,你给他们留下一把刀就行了。"

林七夜听到这句话,先是一愣,随后眼中浮现出一抹光芒,彻底明白了安卿鱼的意思,嘴角上扬。"你的意思是,当他们找到'贝尔·克兰德'之后,我再反向召唤过去,加入他们那边的战场?"林七夜点了点头,"从分兵之计,变成了声东击西……这个方法很不错。"

百里胖胖好不容易才听明白了整个计划,古怪地看着安卿鱼,眼中浮现出羡慕之色:"这种方法你都想得出来?你的脑袋究竟是怎么长的?"

"那你呢?"曹渊看向安卿鱼,"如果你们处在危险之中,七夜反向召唤过来了,你一个人怎么办?"

安卿鱼摆了摆手:"放心吧,我不会有事的,我有后手。"

林七夜见安卿鱼如此笃定,便点了点头:"既然这样,那就按卿鱼的计划,兵分两路,声东击西!"

"等等!"百里胖胖似乎是想到了什么,突然举手。众人纷纷看向他。"我有一个问题。"百里胖胖严肃地开口,"你们刚刚说,我们有可能跟017小队正面干起来,要是我们把他们胖揍一顿……他们出去之后记得我们的脸怎么办?"

林七夜:"……"

"这么匪夷所思的点,你究竟是怎么想到的?"曹渊忍不住吐槽。

林七夜想了想,目光在周围的街道扫过,看到了某个店铺,眼睛微微一亮:"这个也好解决,只要我们遮住脸就好了。"他迈开脚步,径直走到了街对面的儿童玩具店。此刻,原本繁华无比的街道早已空空荡荡,两侧的店铺一个人也没有,也不知去往了何处。林七夜走进玩具店,从门口的货架上取下几张塑料面具分发给众人。他首先给了百里胖胖一个猪八戒面具,然后给了曹渊一个沙和尚面具,又给了安卿鱼一个唐僧面具,自己手里留了一个孙悟空面具,最后将满是胡楂的黑脸李逵面具递给迦蓝。

迦蓝:"……"

林七夜的手微微一顿，默默地将李逵面具放回了货架上。沉吟片刻之后，他取下一张红孩儿面具递给了迦蓝，然后低下头将自己的面具戴起。他的目光扫过化身西游众人的同伴，满意地点了点头。"嗯，完美。"

388

姑苏市，迷雾中央，南方之门。这座外形酷似秋裤，高耸在云层之上的宏伟建筑，就是姑苏市的地标之一，而在这座门状建筑的顶端，两个身影正站在夜色之下，静静地注视着脚下笼罩在迷雾中的城市。晚风拂过女人黑色卷曲的长发，露出一张妖冶而魅惑的面孔，一双诡异的竖瞳仿佛蛇眸一般，似笑非笑地看着前方。如果林七夜在这里，一定一眼就能认出这个妖冶而带有变态气质的女人，去年过年之前，两人还在一条老旧的街道上有过激烈的战斗，后来因为"信徒"韩少云的插手，对方才得以逃脱。她是古神教会的邪神，美杜莎代理人，代号"蛇女"。

"猎物好像入场了。"她伸手将一缕黑发撩到耳后，悠悠开口。她的身旁，一个浑身笼罩在黑色大衣之下，身形如同铁塔般高大挺拔的男人微微皱眉："不对……来的不是'凤凰'小队。"

"蛇女"一怔，弯长的眉毛同样皱起："不是说，遇到境外的'神秘'，一定会是'凤凰'小队来处理吗？"

"确实是这样。"铁塔般的男人缓缓开口，"但是可以肯定的是，'凤凰'小队不会用降落伞从飞机上下来……这个档次太低了。"

"蛇女"迟疑片刻："来的会不会是其他特殊小队？"

"不可能。"男人笃定地开口，"现在在外界活动的，只有'灵媒'、'凤凰'和'假面'三支特殊小队，'灵媒'向来都是坐雷神柱行动，'凤凰'骑的是'凤凰'，'假面'则是直接飘浮在空中……他们都不可能用这么原始的方法降落。"

"蛇女"的蛇眸扫过身旁的三个黑箱，眼中浮现出遗憾之色。

"'凤凰'小队的队长夏思萌才是我们这次行动的主要目标，她不来……我们这三件专门针对她的禁物，还有好不容易抓到的'贝尔·克兰德'，岂不都是白准备了？"

男人犹豫了片刻："再等等看，虽然不是特殊小队，但既然能被守夜人高层派过来解决'贝尔·克兰德'，应该不是什么无名之辈，既然我们舍掉了'贝尔·克兰德'，总得有所收获才行。"

"蛇女"的目光落向紫色迷雾深处，舔了舔嘴唇："我去会会他们？"

"不急。"男人平静地开口，"等那群废棋先去探一下虚实再说。"

空旷无人的街道上，戴着孙悟空面具的林七夜和戴着唐僧面具的安卿鱼正无声地向前行走。昏黄的路灯在寂静的路边投下一片又一片光影，将两人的影子不断拉长，又缓缓缩短。即便整个姑苏市中心已经被迷雾笼罩，但是电力供应依然正常运行，远处的南方之门表面霓虹的灯光不断闪动，一次次地拼接成"我爱姑苏"的字样。安卿鱼走在湖畔，深吸了一口气，缓缓吐出。

"怎么了？"林七夜转头问道。

安卿鱼摇了摇头："没什么，我只是很久没像这样走在城市里了，从沧南的下水道，到斋戒所，再到原始森林……突然回到正常的人类社会之中，感觉挺不错的。"

林七夜微微一怔，苦笑着说道："可惜，要是没有任务在身就好了，可以在这城里多转转，以前我在沧南的时候就经常听姨妈念叨姑苏有多好，还让我有机会来这里上大学……"他抬起头，看向平静的湖面，喃喃自语，"现在，大学是没机会上了，那个让我来上大学的人……也不在了。"

安卿鱼看了他片刻。"总感觉我们两个走在一起，画风就开始伤感了。"安卿鱼同样苦笑着说道，"习惯了那个百里胖子在身边活跃气氛，这突然安静下来，反倒是有些不习惯。"

"这倒也是。"林七夜笑了笑，"一群人整天待在一起不说话，也挺难受的，有个脑袋不太灵光的在也不错。"话音落下，林七夜像是感知到了什么，突然停下了脚步。

安卿鱼的脚步同样一顿，眉头微皱："怎么了？"

林七夜皱眉看着前方，只见昏暗的道路尽头，几十个人影正手牵着手，沉默着从黑暗中向前走来，双眸涣散，步伐诡异地整齐，身体僵硬无比。他们就像是一道移动的人墙，两端的人分别贴着墙体向前走，几十个人肩并着肩，中间没有一丝缝隙，将整个路段都彻底堵死。

"被精神污染的居民？"安卿鱼注视着眼前这一幕，脸色微凝，"应该是来拖住我们的……奇怪，它为什么不直接派 017 小队来杀我们？"

"不知道。"林七夜摇了摇头，目光落在两侧的办公楼和店铺上，"但，我们好像已经被包围了。"

一个又一个宛若僵尸般的人影从两侧的窗户中显现而出，空洞的眼神凝视着道路中央的二人，还有大量的人从楼梯排队向下移动，像是潮水般往街道涌来。安卿鱼回头望去，只见来时的街道上同样有几十个人手牵着手，肩并着肩，如同人墙般一点点地向这里挪动。成百上千的被精神污染的民众，将整个街道围得水泄不通。

"这种程度，应该困不住你吧？"林七夜转过头看向安卿鱼。

后者点了点头："我没问题。"

林七夜"嗯"了一声，指尖在黑匣的把手上轻轻一按，一柄直刀便从匣旁弹出，黑暗笼罩刀身，直刀悬浮空中，自动出鞘。"当——""东南方向的那座高楼楼顶上见。"林七夜平静地开口。下一刻，悬浮在他身旁的直刀呼啸而出，径直向着矗立在黑暗中的摩天大楼飞去，一抹魔法光辉笼罩了林七夜的身形，顷刻间他便消失不见。

安卿鱼长叹了一口气，有些羡慕地开口："真是方便的能力……"他的双脚骤然用力，从道路上弹跳起惊人的高度，随后轻盈地落在垂直的楼房表面，四肢吸附其上。一根无形的丝线从他的掌间弹出，刺入对面楼的楼壁，紧接着就像是蜘蛛侠一般轻松地荡起，越过下方包围的众人，瞬间消失在夜色之中。

389

"为什么我就非得戴猪八戒啊？"百里胖胖耷拉着头，憨笑的猪脸面具之下，小胖脸幽怨无比。

戴着沙和尚面具的曹渊拍了拍他的肩膀，安慰道："没给你李逵，你就知足吧！"

两人的身边，迦蓝的身体微不可察地一僵。

"咯咯。"百里胖胖挠了挠头，"这么说，猪八戒好像也不错……至少比李逵要白一点。"

此刻，三人正走在与林七夜二人相反的道路上，沿着这坐落在姑苏市中央状似金鸡的巨大湖泊旁的小路，朝着迷雾的深处移动，不远处湖畔的摩天轮闪烁着绚烂的光芒，舱内却空空荡荡，一个人也没有。

"老曹，你说……过几天我爸生日，我该送个什么礼物呢？"百里胖胖想到了什么，有些纠结地说道。

"他喜欢什么？"

"好像没有喜欢的东西……他就是那种，整天板着脸，一心只想着集团和禁物的工作狂，对其他任何事似乎都不感兴趣，我长这么大，都没见他笑过。"

"没笑过？对你也没有吗？"

"没有。"百里胖胖叹了口气，"我估计我的存在，只是他年轻时留下的一个美丽的意外。"

曹渊仔细打量了一下百里胖胖："嗯，意外确实是意外，美不美丽就……"

"……"

"我猜，以你爸的地位，凡是能用钱买得到的，都不太合适，毕竟他可是整个大夏最富有的男人。"曹渊沉思着开口。

"还有什么是钱买不到的？"百里胖胖挠了挠头。

曹渊想了想："要不，等任务结束之后，你去寺庙里给他求一道符吧。"

"求符？"

"由子孙亲自去为父母求的平安符，在世界上应该也算是独一无二了。"曹渊开口说道，"而且这符里，也蕴含着你对他的美好祈愿，他应该会喜欢……毕竟哪个父亲会不想要自己的孩子孝顺呢？"

听到这句话，百里胖胖的眼睛顿时亮了起来。"这提议不错啊……姑苏这儿正好有不少寺庙，等清剿任务结束之后，我就去求一个。"

两人一边往前走，一边有一搭没一搭地聊着，迦蓝就默默地在一旁听，嘴角时不时地浮现出淡淡的笑容。"当——"黑暗的天空之下，一道悠扬的古筝声突然响起。三人的身形同时一愣。湖面之上，平静的水面突然被划开一道口子，仿佛有一柄无形的刀刃从其表面掠过，刹那间斩碎了岸边的石制围栏，来到三人的面前！迦蓝的瞳孔骤然收缩，猛地向前一步，站在两人之前，伸出白皙的手掌迎着那道无形的刀刃握上去！无形刀刃毫无花哨地斩在她的手掌，狂风拂起蓝色汉袍宽大的袖摆，黑色的发丝舞动，迦蓝的眉头微皱，目光落在了银鸡湖的中央，只见不知何时，一个披着暗红色斗篷的倩影，正坐在湖中央的一艘挂满花灯的游船之上，身前摆着一架雕纹古筝，指尖悬停在空中。

"那是……"百里胖胖瞪大了眼睛。

"是017小队的……"还没等曹渊说完，百里胖胖就激动地喊出了下一句话，"是美女！！"

曹渊郁闷地闭上了嘴。

"这气质……都说姑苏盛产美女，看来是真的啊。"百里胖胖感慨地说道。

迦蓝回过头，狠狠地瞪了百里胖胖一眼。

百里胖胖轻咳两声，收起欣赏的目光，严肃地开口："如果我没猜错的话，她应该已经被那个什么贝勒爷污染了，就让小爷我来拯救她于水火！"

曹渊翻了个白眼："那是你猜的吗？那是安卿鱼推理出来的！"

"我不管！"百里胖胖胸前的项链上闪过一道金芒，化作一把金色的飞剑，他迈步踏在剑上，化作一道流光向着湖中央的游船飞去。"姑娘莫怕，小爷我来救你了！"

百里胖胖刚飞到湖面一半的距离，连续几道古筝声再度响起！"当当当——"那道倩影的指尖每一次拨动琴弦，伴随着悠扬的古筝声，都有一柄锋锐无比的音刃从弦上飞出，呼啸着向空中斩去。百里胖胖坚毅的脸上充满了自信，反手从口袋里掏出一把枯木扫把，迎着那些音刃用力一扫！飓风混杂着跃动的雷霆，从"风雷卷"的末端涌出，迎着数柄音刃碰撞到一起，无形的气浪从两人身前爆开，将下方的湖面炸出一圈弧形的水浪。百里胖胖拿着扫把，驾着飞剑，冲破白色的浪花，一往无前地向着游船冲去！

"这么点攻击，根本难不倒小爷我！"他自信一笑。游船上，那道倩影沉默了片刻，从古筝下面取出了两面锃亮的铜锣。百里胖胖的表情突然僵硬。"哐当——"刺耳的铜锣声从湖中心的游船上爆发，恐怖的音刃风暴直接将周围的水面炸开，顷刻间便将半空中的百里胖胖连人带扫把直接轰落飞剑，在湖面倒飞数十米，然后"扑通"一声落入水面之下，荡出大片的涟漪。

岸边，曹渊脸色一变，闪身到一旁的石墙处蹲下，下一刻密集的音刃直接斩在石墙的表面，留下一道道深刻的刀痕。

"她怎么还能用铜锣？"曹渊忍不住吐槽，"这和形象也不符啊！"

迦蓝伫立在音刃风暴中，皱眉望着这一幕，似乎是在犹豫要不要上前去帮一下那个小胖子。突然间，她感觉有什么东西叮了她一下。她一愣，挥手拍了拍自己的肩膀，宛若无事般继续向前看去。然后，那叮咬的感觉再度出现。这次，她快速地转过头，伸手在肩膀上抓了抓，手中多出了一根极细的丝线，眼中浮现出疑惑之色。这是什么东西？"嗯？"

一旁，曹渊的身体突然一震，手臂颤抖着抬了起来。他的眉头紧锁，努力地想要控制住自己的身体，但身体就像是被人操控一般，根本无法自由行动。

"糟了！"曹渊的脸色一沉。他猛地抬头看向远方，只见不远处的一座楼顶上，一个披着暗红色斗篷，骨瘦如柴的年轻人正站在那儿，十指微屈，似乎在操控着什么。

曹渊的手控制不住地摸向腰间的刀柄，他转头看向迦蓝，神情严肃地喊道："你带着百里胖胖快走！"

390

另一边，高耸的摩天大楼顶端，林七夜单手握刀，伫立在黑暗之中。突然，远方一阵剧烈的爆炸声传来，他微微一愣，猛地转头看去。"那是……"

"他们和017小队正面遭遇了。"安卿鱼的身影从半空中飘落，轻盈地落在地上，站起身看向声音传来的方向，皱眉开口。

"对方有几个人？"林七夜问道。

安卿鱼的眼睛微微眯起，利用鼠潮之间的精神联结，远程观看着那里的局势。

"两个。"安卿鱼平静地开口，"但是他们的禁墟似乎都很克百里胖胖和曹渊，而且实力很强，局势不太乐观。"

"驻守在姑苏市的守夜人队伍，实力自然不会弱……"林七夜沉吟片刻，转头看向安卿鱼，"你觉得，他们的赢面有多大？需要我现在过去支援吗？"

按照原本的计划，这一手反向召唤，声东击西本应该在最后迎战"贝尔·克兰德"的时候使用，如果现在林七夜就传送过去，原本的布局就会被打乱，他们也就从主动的一方瞬间转化成被动的一方。而且这样，安卿鱼就要面临一个人行动的危险处境，很容易被"贝尔·克兰德"针对，所以不到万不得已的时刻，林七夜是不应该传送过去的。

安卿鱼犹豫片刻，开口说道："如果没有迦蓝，他们的胜算不到三成。"

林七夜微微一愣："那如果算上迦蓝呢？"

安卿鱼抬起头，嘴角微微上扬。

"八成。"

　　银鸡湖畔，曹渊的手掌缓缓握在直刀刀柄之上，一根根无形的丝线缠绕在他的身体关节上，诡异的力量通过丝线涌入他的身体，操控着他的每一寸肌肉。他紧咬着牙关，一颗颗豆大的汗珠从脸颊滑落，他掌间的力量却越来越强。"你快走啊……七夜不在，你是摁不住我的！"曹渊看着迦蓝，咬牙说道。

　　迦蓝平静地望着他，从背后将淡黄色的硬木弓摘下，弯弓搭箭，对准那个站在楼顶的身影。她的余光看向曹渊，嘴唇轻启："放……心……"

　　似乎是察觉到了迦蓝的杀意，那个楼顶的身影指尖突然一勾，曹渊手掌上的力量顿时骤增数倍。"咔——"只听一声轻响，直刀从刀鞘中被拔出了半寸。下一刻，黑色的火焰瞬间铺满曹渊整个身体，冲天的煞气喷薄而出，他仿佛化身为狰狞的杀戮机器，提着手中的黑炎直刀，双眸之中再无半分清明之色。"嘿嘿嘿……"他狞笑一声，猩红的双眸紧盯着眼前唯一的生物，身形刹那间便向前冲去！

　　在曹渊禁墟解放的瞬间，楼顶的那道身影突然吐出一口鲜血，向后踉跄数步，十指指尖同时显现出一缕血液，那些缠绕在曹渊身上的丝线，都已经被瞬间崩断！他被曹渊的煞气反噬了。但这并不妨碍曹渊的暴走。迦蓝感受到身旁传来的呼啸狂风，脸色微凝，迅速将硬木弓背在身后，双手微微抬起，摆出充满古韵的战斗架势。曹渊手中缭绕着黑色煞气的刀锋，径直斩向迦蓝的咽喉，迦蓝没有丝毫闪避的意思，看着那柄刀斩向自己，眼睛都不眨一下。"叮——"刀锋斩在迦蓝细长的脖颈上，发出一道轻吟，无论是煞气火焰还是锋锐的刀身都没能破开她的皮肉半分，就像是斩在一块坚不可摧的钢铁上一般，无法进入丝毫！与此同时，迦蓝的一只手如同闪电般扼住疯魔曹渊的咽喉，一只手拽住他的衣领，骤然用力！疯魔曹渊，竟然被她硬生生提起，一个过肩摔砸在了脚下的地面之上，砖石破碎飞溅！疯魔曹渊怒吼一声，背部在接触到地面的瞬间，恐怖的巨力爆发，竟然直接从地上弹起，如同炮弹般撞在了迦蓝的身上，两人的残影贴地飞行而过，撞碎数面石墙之后，迦蓝的身形都被嵌入最后一面石墙之中。滚滚浓烟四起，疯魔曹渊反手握刀，对着迦蓝就是一顿疯狂劈砍，黑色的煞气火焰爆发，直接将周围的环境尽数淹没。"嘿嘿嘿嘿……"

　　"咔——"突然间，一只白皙的手掌从烟尘中探出，死死地扼住了黑炎直刀的刀锋！迦蓝的身体从破碎的石墙中踏出，猛地一记侧踢，直接将疯魔曹渊踢飞数十米，后者在半空中将直刀刺入地面，拖出一道长长的裂痕才稳住身形。身披蓝色汉袍的迦蓝身上纤尘不染，一步步从烟尘中走出，黛眉微蹙，看向曹渊的目光不善了起来，似乎是被打出了火气。她伸出手掌，对着疯魔曹渊招了招："……来！"

"砰——"两人的双脚同时用力，踏碎脚下的石板，身形快到在空气中拖出残影，轰然对撞在一起！一旁，百里胖胖好不容易从湖面上探出头，大口大口地呼吸着新鲜空气。突然，他的余光瞥到岸上两个人形猛兽厮杀的狂暴一幕，表情突然一僵。"亲娘嘞……这姑娘这么生猛吗？！"

"哗啦啦……"一艘游船轻飘飘地划到了他的身边，百里胖胖错愕地抬起头，只见那位美女正站在船头，空洞的眼神注视着漂在湖面的百里胖胖。"都该死……古神教会都该死……如果不是你们……韩队长就不会走……"她的双唇微启，含混不清的话语从她的喉间吐出。她反手从背后掏出一支唢呐，缓缓放在嘴前……

百里胖胖："……这么离谱！幸好小爷早有准备！"

百里胖胖猛地探出一只手，在半空中一握，一道沉闷的巨响就从水下传来，紧接着刺目的火光就从游船的中央爆开，直冲天际！游船的船头剧烈晃动，那位美女的身形一晃，险些直接栽入水中，百里胖胖手疾眼快，"瑶光"瞬间击飞了她手上的唢呐！随后，整个游船从中央断裂，湖水涌上船头，将那些乐器全部卷入湖底，那美女也控制不住地落入水中。

"刚刚小爷在水里潜那么久，可不是什么也没干啊……"百里胖胖站在"瑶光"之上，将其从水里捞起。然后从口袋掏出"封禁之卷"，一边堵上了美女的嘴巴，一边开始捆绑起她的身体。

—391—

百里胖胖将五花大绑的美女拽上飞剑，摇摇晃晃地向着岸边飞去。在"封禁之卷"的作用下，她无法发出任何声音，只能老老实实地躺在飞剑上，双眸无神地望着天空，口中似乎还在呢喃着什么。

"轰——"湖边，一蓝一黑两道身影再度对撞在一起！迦蓝无视曹渊的疯狂攻击，一只手肘顶开他握刀的手，闪电般地蹿到他的面前，另一只手的手掌猛地向上击打曹渊的下颌，将其整个人打得后仰飞起。趁此机会，她轻盈地跃起，蓝色的宽大袖袍拂过空气，像是一只轻盈的蝴蝶，脚踝如同战斧般从上方踢在曹渊的胸口上！"咚——"疯魔曹渊的身影被直接踢入地面，嵌在石砖之中。黑色的煞气火焰熊熊燃烧，迦蓝面无表情地走到他的身边，又是一脚重重地踩在疯魔曹渊的胸口上，将其向大地之中又砸入几分。

"好汉！好汉！"百里胖胖驾着飞剑从一旁飞来，见到这一幕，不由得咽了口唾沫，将手中的胶带丢给了迦蓝。"用这个！"

迦蓝伸手接住胶带，之前在鄷都大帝的帝宫之中，见林七夜用过这东西，此刻手法也极其娴熟，从胶带上扯下一大截，绕着疯魔曹渊的脖子紧紧缠了数圈，周遭的煞气火焰才逐渐平息。

"喀喀喀……呃呃……"逐渐恢复理智的曹渊觉得自己快要窒息了，指了指自己脖子上紧绕的胶带，脸色开始苍白起来。

"呃……好汉，哦不！蓝姐，蓝姐！"百里胖胖试探性地开口，"你是不是勒得太紧了？我感觉他好像要憋死了……"

迦蓝一愣，看到曹渊的这副模样，连忙手忙脚乱地帮他把脖子上的胶带扯了下来。终于恢复呼吸的曹渊生无可恋地躺在地上，像一条失去梦想的咸鱼。

迦蓝凑到他的面前，一双黑宝石般的眼睛眨了眨，眼眸中充满了歉意："对不……起。"

"不用。"曹渊气若游丝地开口，"你做得很好，就是下次勒的时候记得轻一……喀喀喀……"曹渊挣扎着从地上爬起，身上满是伤痕，长舒了一口气，终于有种活过来的感觉。

就在这时，迦蓝似乎是想起了什么，从地上站起，目光落在一旁楼顶的那个操纵曹渊的 017 小队队员身上。她将背后的硬木弓摘下，弯弓搭箭，瞄准了那个身影……但是箭矢并没有射出。她犹豫了。片刻之后，她还是放下了手中的弓箭。

"你怎么不射箭啊？"一旁的百里胖胖疑惑地问道。

迦蓝指了指自己的箭，又指了指那个被曹渊煞气反噬，已经受伤的 017 小队成员，含混不清地说道："射……他……死。"

"你是说，你这一箭射出去，他可能会死？"百里胖胖沉思片刻，点了点头，"也是，你的箭一般人可吃不消，那就让小爷处理吧！"他将被俘的美女队员放在地上，脚踏飞剑便向那个身影飞去。过了四五分钟，百里胖胖就拎着同样被五花大绑骨瘦如柴的男人回来。

"这么容易？"曹渊诧异地开口。

"你的煞气把他反噬得不轻啊，我都没怎么动手他就晕过去了。"百里胖胖耸了耸肩，将目光投向迦蓝，有些庆幸地开口，"幸好有迦……蓝姐在！不然我真制不住你。"他拍了拍曹渊的肩膀，笑道，"以后这个队伍里，能摁住你的人又多了一个……"如果说之前百里胖胖和曹渊对迦蓝的印象，只是停留在"不会受伤"而且射箭很准的程度，那经过这一次暴打曹渊之后，他们总算是认清了这个看似人畜无害的少女究竟有多么恐怖的实力。得罪不起，得罪不起啊！百里胖胖现在回想到林七夜之前对迦蓝说的那些"作死言论"，不由得开始替他担忧。

"救下了两个 017 小队的队员，也算是好事。"曹渊从地上站起，拍了拍身上的灰尘，"就是不知道，其他那四个人怎么样了……"

南方之门，顶端。

铁塔般的男人似乎是感知到了什么，眼眸中浮现出诧异之色。

"怎么了？""蛇女"的竖瞳微微侧移，看向男人。

"'贝尔·克兰德'和他们打过照面了。"男人缓缓开口，"他们果然不是任何一支特殊小队，他们实力虽然强，但是还没到特殊小队的地步。"

"哦？他们有什么特征吗？"

"特征……"男人犹豫了片刻，"他们都戴着面具？一个孙悟空、一个猪八戒、一个唐僧、一个沙和尚，还有一个红孩儿。"

"西游面具？""蛇女"嗤笑一声，"这是什么奇怪的组合。"

"其中的那个猪八戒，有点像百里家的那位小太爷，身上的禁物似乎很多，而且都符合传闻中的描述……"

"百里家的那个？""蛇女"的蛇眸微微眯起，猩红而细长的舌头在唇间舔过，"最近，杀他的悬赏似乎很高啊，既然这次杀不了夏思萌，能带个值钱的人头回去也不错。"

"先不急，那个孙悟空和唐僧倒是一直没有动作，摸不太清他们的虚实。"男人的眉头微皱，"等确认了他们不会对我们造成威胁之后，再行动。"

"好吧。""蛇女"似乎想到了什么，"对了，那两个017小队的老鼠，抓到了吗？"

"没有。"男人摇了摇头，"那两个人从5个小时之前就没出现过，应该是躲在某个地方疗伤吧，不用管他们，就算是那个'海'境的队长，再过一段时间，精神也该被'贝尔·克兰德'污染了，更别提那个小姑娘。"

"也是。""蛇女"的眼眸微眯，"在这片迷雾里，拖的时间越久，对我们越有利……"

"吱吱吱……"就在两人交谈之时，他们并没有注意到，在这座大楼的角落，一只不起眼的灰皮老鼠从管道中钻了出来。它悄悄地爬到楼顶的边缘，那双细小的眼睛注视着那两个身影，眼眸诡异地深邃了起来。

392

"咦？"摩天大楼的顶端，安卿鱼察觉到了什么，眉梢微微上扬。

"怎么了？"林七夜问道。

"南方之门的顶端，站着两个人。"安卿鱼转头看向远方，那座霓虹闪烁的庞大建筑之上，漆黑一片，肉眼根本看不到上面的景象。

"站着两个人？"林七夜一怔，"是017小队的人吗？"

"不像，他们没有穿斗篷，也没有守夜人的装备，而且在他们的身旁还放着三个黑色的大箱子……"

林七夜眉头微皱："不是守夜人，还在这片精神污染的迷雾之中，带着三个大箱子……"

他沉吟片刻，开口道："他们有什么特征吗？"

"我画出来吧。"

安卿鱼蹲下身，指尖浮现出一抹冰霜，目光专注地看着身下的地面，手指快速地勾勒起来。林七夜诧异地看着这一幕，没想到安卿鱼居然还会画画，而且虽然只是草草几笔，却已经很好地勾勒出两个人的形貌，气质一下就显现了出来。看到安卿鱼画中的女人，林七夜的双眸微缩，瞬间就想到了曾经与他交手的古神教会"蛇女"，眉头紧紧地皱了起来。

"你认识？"安卿鱼察觉到林七夜的表情变化，开口问道。

"是古神教会的人。"林七夜缓缓开口，眼眸中浮现出凝重之色，"他们怎么会在这里？"

"古神教会？"安卿鱼听到这四个字，沉吟了片刻，"这次的'贝尔·克兰德'事件，和他们有关？"

"多半是这样，看来这次的事情没这么简单。"

"难怪被污染的017小队没有按照预测来找我们复仇。"安卿鱼眼眸中浮现出淡淡的光芒，"原来是和我对弈的那位棋手，中途换人了……"他转头看向林七夜，"那现在怎么办？叫上他们撤退吗？"

林七夜看着那座高耸在夜空下的南方之门，沉思起来。"'贝尔·克兰德'认识我们两个的气息，但那两个古神教会的人应该不知道，我们自始至终都戴着面具，而且我也没有出过手，她应该不知道我是林七夜，否则早就来杀我了，而不是去找百里胖胖他们的麻烦……而且我们只是一支不存在于档案中的幽灵队伍，来这里也是突发情况，就算他们要用'贝尔·克兰德'布局，目标也不可能是我们。"

安卿鱼似乎是明白了什么："所以，他们的目标应该是……"

"专门处理境外'神秘'的'凤凰'小队。"林七夜笃定地说道，"他们在姑苏市中心放出'贝尔·克兰德'，应该就是想引'凤凰'小队过来，只是他们没想到引来的是我们这支未知的队伍，所以直到现在，他们都没有贸然出手，而是派被污染的017小队前来试探。"

"既然他们布了这么大一个局，想对'凤凰'小队下手，那说明他们一定有能够战胜'凤凰'小队的实力或者底牌，就凭我们这五个人，应该不是他们的对手。"安卿鱼沉声说道。

林七夜眯眼注视着脚下的两张画像，平静地开口："那个男人我不认识，但是我之前和'蛇女'交过手，一年前她还只是个刚加入古神教会的新人，即便成长到现在，境界也不可能太高，所以问题应该在那个男人或者他们背后的三个大箱子上。"

安卿鱼听到这话，微微一愣，有些惊讶地看向林七夜。

"听你的意思，你是不打算就这么撤退？"

"既然他们觉得自己能对抗整个'凤凰'小队，那个男人的实力就不会弱，除非他是古神教会最古老的三位邪神之一，否则自身实力再强，也不可能撼动一整支特殊小队，所以……问题一定出在那三个大箱子上！那里面装的，应该是某种专门针对'凤凰'小队的物品，而且只对'凤凰'小队有效，否则他们早就动用它们将我们斩杀，而不是在一旁默默地观望。这就说明……抛去这三个箱子，他们并没有抗衡一支特殊小队的底气。"林七夜的双眸微微眯起，眼眸中浮现出闪烁的光芒。"或许……只要布局得当，我们并不是没有胜算。"

安卿鱼静静地注视着他的眼眸，片刻之后，点了点头："从逻辑分析上来看，确实是这样……但会不会太冒险了？我们只是一支全员'川'境的预备小队，如果那个男人是一个'克莱因'，那我们根本不可能跟他抗衡。"

"想成为特殊小队，总不能遇到危险就退缩，等着别人来处理吧。更何况我们不需要和他们发生正面冲突。"林七夜摇了摇头，"我们的任务，只是救出 017 小队的队员，并清剿'贝尔·克兰德'而已。"

"在避开那两个人的情况下，完成清剿和救援任务？"安卿鱼的眼眸中光芒闪烁，"难度很大，但很有挑战性……"

林七夜看着安卿鱼的表情，微微一愣："怎么感觉你很兴奋？"

"就是因为有挑战性，所以才有意思啊……"安卿鱼的嘴角微微上扬，"而且，只要是我们两个联手布局，就从来没有输过，不是吗？"

林七夜想了想，笑着点了点头："你这么说，好像还真是，不管是难陀蛇妖还是'贝尔·克兰德'，最终还是输在了我们的手里。"

"一年前它输了一次，这次它也不可能赢……它背后的那两个人也是一样。"安卿鱼自信地说道，"所以，你有什么想法吗？"

"我们的优势在于，我们已经知道了他们的存在，他们却还没有摸清楚我们的虚实，应该不会急着对我们动手，而且我们一直戴着面具，他们没有见过我们的容貌。"林七夜沉思道，"但是仅靠这几点，我们该怎么制订作战计划呢……"

安卿鱼眨了眨眼，似乎是想到了什么，脸上浮现出一个腼腆的笑容。"我有一个想法……"

夜空下，两个少年站在摩天大楼的顶端，低语声随着晚风，悄然消散在空中。

393

"蓝姐，你饿不饿？我看那边的小卖店里有零食，要不我去给你买点？

"蓝姐，你身上这件衣服真好看，配上你的气质，简直秒杀那些电视里的明星几十条街啊！

"哎哟，蓝姐，你的皮肤这么好啊？讲真的，我家里那些女仆姐姐跟你比可差远了！

"蓝姐，你平时对手表有研究不？"

"……"

百里胖胖凑在迦蓝的身边，从胳膊上的十几块名牌表中取下一块，对着迦蓝的手腕比画了一下，连连摇头。"不行啊……这款也配不上你，咱再看看别的！"话音落下，百里胖胖随手把那块手表丢到旁边的湖里，溅起一朵水花，消失不见……

曹渊："……"

百里胖胖余光瞥到曹渊在看他，当即叉腰，理直气壮地问道："老曹，你偷看我干吗？"

曹渊沉吟片刻："我在想，等你掌管了百里集团之后，把它败到破产大概要几天……"

百里胖胖正欲反驳些什么，走在三人身前的灰色老鼠突然一颤，像是发现了什么一般，快速地向某个方向爬去。三人对视一眼，脸上同时浮现出一抹喜色，快步跟了上去。

姑苏中心，某大厦，二十三层。这座大厦之中，几乎全都是中小型企业的办公室，这座曾经坐满了白领和老板的写字楼，如今空空荡荡。漆黑的夜色笼罩在天空，对面南方之门的霓虹灯光透过巨大的落地窗照进廊道，楼道间的灯光忽明忽暗，一间普通网络公司的办公室中，一个浑身是血的男人正虚弱地躺在角落里。他的右腿已经完全石化，小腿以下的部分破碎不见，断口处混杂着淋漓的鲜血，已经凝固起来。

"秦队长……"落地窗边，脸色苍白的莫莉将目光从外面的道路上移开，用太刀支撑着身体，一点一点地向秦凯移动过去。"我看到孙栾走进这座楼了。"

一旁，倒在地上的秦凯无奈地笑了笑："那小子隔着老远都能闻到血腥味，就算被'贝尔·克兰德'控制了，本能还在，找过来是迟早的……"

"队长。"莫莉走到他的身边，认真地开口，"这里不能再待了，我背着你离开这儿。"

秦凯摇了摇头："不，只要我在，孙栾一定会找过来的……你自己走吧，有清心符护体，这片精神污染对你是无效的，你赶紧离开这片迷雾，出去告诉高层……绝对不能让'凤凰'小队进来！'凤凰'小队全员的体内都流淌着一缕凤血，而那两个人的手上，有着针对这种血脉的诅咒类禁物，他们一旦进来，就真的危险了！"

莫莉皱眉开口："可是我如果走了，孙栾会杀了你的！"她紧咬着牙关，像是下定了什么决心，用太刀撑着身体向办公室外走去。"我先去打晕孙栾，保住你的安全，再往迷雾外去！"

"你已经被筝筝用声波震伤了内脏，赢不了孙栾的。"秦凯压低了声音，严肃地开口，"听我的，不用管我……我只是一个普通的驻守小队的队长，和一整支特殊小队比，哪个比较重要，你自己心里不清楚吗！"

莫莉一步步地向办公室外走去，听到秦凯的声音，双唇微抿，眼中浮现出倔强之色。"那又怎么样？你是我们的队长，我是不可能让你就这么死在自己的队员手里的！否则等孙栾清醒过来，他也一定会自杀谢罪。上一个姑苏市小队的队长已经付出了太多，这一次……我不能让你再重蹈覆辙！"

听到这句话，秦凯的眼神微微一颤，像是想起了什么，脸上浮现出一抹悲哀。"韩少云队长……"头顶的灯光忽明忽暗，莫莉推开办公室的玻璃门，顺着长长的廊道向外走去，在她的身后，一只瘦小的灰色老鼠悄然向前跟去。"嘟、嘟、嘟……叮！""二十三层，到了。"没有感情的机械音从电梯井中传来，莫莉的身躯突然一顿。身侧的电梯门缓缓打开，一个穿着暗红色斗篷的年轻人正站在门后，手中握着一柄血色的直刀，双眸无神地望着前方。他抽了抽鼻子，从电梯中走出，空洞的目光落在电梯旁的莫莉身上，手中的直刀缓缓抬起，一抹诡异的血红从脖颈开始向着周身蔓延。"古神教会……都……得死……"他的喉中发出阵阵低语。

"孙栾！"莫莉眉头紧蹙，大声开口，声音在空旷的室内回荡，"你清醒一点！我们不是古神教会！我们是你的队友！！！"

已经化作一个血人的孙栾微微抬起头，注视着眼前的莫莉，缓缓开口："……死！"

"嗖——"孙栾的身形一晃，身影在空气中拖出一道血色的残影，刹那间便来到莫莉的身前，直刀如同闪电般斩向她的咽喉！莫莉挥动手中的太刀，刀身以一种神秘的频率剧烈震颤起来，迎着孙栾的直刀挥了过去！"轰——"恐怖的震荡波将莫莉周身的地砖全部崩碎，随着莫莉刀锋的方向，气浪狂涌，数米之外的落地窗被震得直接爆碎开来，尖锐的玻璃碴从高空中掉落，消失无踪。然而这条路径之上，早已没了孙栾的身影。下一刻，血色的孙栾悄然无声地在莫莉的背后出现。莫莉似乎猜到了他的动作，闪电般地转过身，将太刀横在胸前，同时快速地后退。孙栾的血色直刀却像是化作液体一般，诡异地穿过太刀刀身，斩向莫莉的胸口！在内脏受损的情况下，莫莉的速度还是慢了一丝，那柄血色的直刀在穿过太刀之后凝固刀身，轻飘飘地砍在了她的肩胛骨上，留下一道长长的血痕。莫莉踉跄着后退数步，用太刀支撑住身体，脸色比之前更加苍白了，一抹殷红鲜血从嘴角渗出。刚才的那一刀，又牵动了部分伤势，她能感觉到自己的身体已经开始虚脱。"孙栾……"莫莉紧咬着牙关，双眸死死盯着孙栾，眼中浮现出愤怒之色。

孙栾只是提着刀，如同僵尸一般，一步步地向前走去，手中的血色直刀高高抬起。"砰——"一抹刺目的金芒从莫莉背后的破碎落地窗爆发，飞过莫莉的身体，直接挡在了她的身前。莫莉一愣，回头望去，只见朦胧的夜色下，一个戴着猪八戒面具的男人站在窗边，背对着席卷的狂风，手中握着一柄长剑，缓缓走来。

莫莉看到这张憨笑的八戒面具，愣在了原地。那道金光，那柄剑，还有那圆润体形……怎么感觉这么熟悉？随后，又有两道身影从窗外翻了进来，那穿着蓝色汉袍的红孩儿正欲出手，一旁的沙和尚就按住她的肩膀，摇了摇头。"这次，咱还是看着吧。"曹渊低声说道。迦蓝有些不解地歪头，但看到曹渊的目光中充满了认真，还是默默地将背后的硬木弓放回去，看向站在前方的百里胖胖。

百里胖胖迈步走到莫莉的身边，面具下那双小而有神的眼睛眨了眨，然后侧过头去，看向手握血色直刀，正欲出手的孙栾。"找死……"百里胖胖低吟一声，手中的银色长剑骤然挥出，无数道剑光从剑身上分裂而出，如同洪流般向着孙栾飞去！孙栾空洞的双眸注视着前方，似乎是察觉到了危险逼近，身形顿时紧绷起来，整个人化作一道血影穿梭在剑雨之间。下一刻，他便来到百里胖胖眼前！血色的直刀如同电光般闪过，泛着寒芒的刀锋径直斩向百里胖胖的咽喉，后者手中的银色长剑快速抬起，便要拦下那柄直刀。

"小心！"莫莉见到这一幕，当即大喊。只见那柄血色的直刀仿佛化作了液体，轻易地穿过了百里胖胖的长剑，然后再度凝固，在空气中拖出一道红芒划过。就在这刀锋即将碰到百里胖胖脖子的瞬间，一股炽热的火焰凭空燃起，交织成一道火网阻拦在血色直刀之前，将其拦截在了半空中。孙栾空洞的眼神微微一颤，似乎是没想到会有这种情况出现。但下一刻，一只硕大的拳头就重击在他的下颌，雄厚的力量直接将他的整个头部打得向上仰去，只听"咔嚓"一声，他的下颌就脱臼了。百里胖胖这一记上勾拳直接将孙栾的身影打得腾空些许，然后重重地向后仰去，但他似乎并没有收手的意思，而是从口袋里又掏出了一把扫把，向着他猛地一挥！汹涌的狂风混杂着雷霆，将那道血色的身影直接卷飞，连续撞断三面墙体之后，被嵌在第四面墙体之上，狼狈至极。

百里胖胖"哼"了一声，从口袋里掏出"封禁之卷"，丢向了身后的曹渊和迦蓝。"你们两个，帮小爷去把他捆起来，动作要快！别给我磨磨蹭蹭的！"百里胖胖昂着头，一副霸道总裁的架势，整个人浑身上下散发着自信的气息。迦蓝接住胶带，听到这句话，双眸微眯，看向百里胖胖的目光有些不善。百里胖胖暗自咽了口唾沫，开始对迦蓝挤眉弄眼起来。迦蓝自然没看懂他的意思，就在这时，曹渊凑到了她的耳边说了些什么，后者的眼睛顿时亮了起来！她看了看百里胖胖，又看了看莫莉，眼中浮现出恍然之色。她二话不说，快步走到孙栾的面前，一边低头用胶带捆绑着他的身体，一边偷摸用余光看向百里胖胖和莫莉二人，眼中写满了激动与好奇。

曹渊面具下的嘴角微微抽搐，同样走到了迦蓝身边，蹲下身小声地问道："迦蓝，你也喜欢嗑 CP？"

迦蓝疑惑地歪头，似乎并不能理解这是什么意思，但是并不妨碍她继续兴冲冲地看着远处的二人。曹渊瞥了眼地上的孙栾，表情顿时古怪起来。"迦蓝，刚刚胖子好像没能彻底制服他，他好像还要反抗！"躺在地上的孙栾浑身浸染了血色，一只手撑着地面，就要将身子站起，另一只手紧握着旁边的血色直刀，摇摇晃晃地似乎要准备做些什么。迦蓝的脸色一沉，"唰"的一下回过头，二话不说一拳重击在他的胸口，直接把他又打得躺回了地上，在一阵沉闷的声响中，他身下的地面都浮现出些许的裂纹。孙栾吐出一口鲜血，双眼一翻晕了过去。

远处，戴着猪八戒面具的百里胖胖走到莫莉身边，帅气地挽了个剑花，清了清嗓子，正欲说些什么，就被这一声闷响打断了。两人转头看去，只见迦蓝正坐在地上，微微一愣，连连摆手做了个"无事发生"的手势，然后一只手掌前伸，又做了个"请继续你的表演"的手势。

"喀喀……"百里胖胖咳嗽两声，看向身前的莫莉，"姑娘，你没事吧？"

莫莉表情古怪地打量他："百里涂明，你不认得我？"

"谁是百里涂明？"百里胖胖背着双手，目光遥遥落在窗外，平静地开口，"我是天蓬元帅。"

莫莉伸出手，直接就要掀下他的面具，百里胖胖突然抓住了她的手腕。莫莉感受到手腕上传来的温热气息，愣在了原地。月光中，那面具下，百里胖胖的双眸深情注视着莫莉，一字一顿地开口："你希望我是天蓬，还是……百里涂明？"

"咔嚓！"一声清脆的骨折声从远处传来。迦蓝扭头望着百里胖胖二人，眼中充满激动之色，手上扯着一根胶带——正紧紧地缠在晕厥的孙栾胳膊上。一旁的曹渊嘴角疯狂抽搐："迦蓝，你轻一点，他的胳膊好像被你折断了……"迦蓝一怔，低头看向孙栾已经隐约有些变形的手臂，有些手忙脚乱地给他把胶带松了开来，然后又转头看向二人——看我干吗？继续啊！

百里胖胖："……"

莫莉的脸颊有些泛红，她看向百里胖胖的眼睛，有些羞怒地开口："百里涂明，你唱的这是哪一出？你再不放开我，我就要震你了！"

百里胖胖松开她的手腕，低头轻轻摘下自己脸上的面具，那张白白胖胖的脸上浮现出一抹笑容。"莫莉，好久不见啊？"

看到那张熟悉的面孔，莫莉微微有些恍神，仿佛现在不是在一座危机四伏的污染迷雾之中，而是又回到了那个令人心安的集训营。"你怎么会在这里？"她忍不住问道。

"找到那两只老鼠了。"南方之门顶端，身形如同铁塔般的男人突然开口。

"哦？""蛇女"的眉梢一挑。

"但是，他们被那群戴着西游面具的人救下了。"男人缓缓开口，"'贝尔·克兰德'的棋子，也快用完了。"

"无所谓。""蛇女"毫不在意地说道，"反正他们迟早得死在这片迷雾里，一群'川'境而已，我们两个人就能杀光他们。"

"不能轻敌，毕竟还有两个人的实力没有暴露。"男人平静地开口，"而且一定要让'贝尔·克兰德'隐藏好，要是它死了，这片迷雾也就散了。"

"现在最后一枚棋子正带着它的本体不停地在迷雾中调换位置，不会出事的。""蛇女"懒洋洋地说道，"话说，你打算放任那两个人在迷雾里乱闯到什么候？你堂堂一个'无量'，就这么怕死？一个人均'川'境的小队，应该不会有比你更强的强者吧？"

男人瞥了她一眼："你忍不住了？"

"蛇女"的嘴角微微勾起，邪魅的竖瞳中浮现出嗜血之意："既然他们都凑到一起了……不把他们一网打尽岂不可惜？要是又像之前一样，被他们散开，想找到他们又得花好久的时间……"

男人听到这句话，眉头微微皱起，仔细地思索片刻，点了点头："你说得也有道理，现在那几个人聚在一起，正是好机会……你一个人，处理得了吗？"

"蛇女"轻笑一声，从身后的三个黑箱中拎起了一个："可以。"

男人看了眼她手中的黑箱，冷哼一声："你还挺会挑。"

"既然都借出来了，总是要用一下的。""蛇女"将黑箱拎在手中，猩红的舌尖舔过嘴唇，轻盈地从南方之门的顶端一跃而下，顷刻间就消失在夜色之中。男人独自站在楼顶，目光落在远处林七夜和安卿鱼所在的方向，犹豫片刻之后，还是长叹了一口气。"也罢，姑且先去冒一次险吧……"他手掌一挥，身后的两个黑箱凭空消失，然后身形一晃便消失在原地。他们没有注意到的是，在他们离开这座建筑之后，一只瘦小的老鼠从角落缓缓爬出，同样来到楼边，纵身跃下，身形在夜空下一阵模糊，隐约化作一个人影……

姑苏市中心。

"他们动了。"戴着唐僧面具的身影突然开口。

"嗯。"他的身旁，孙悟空面具点了点头。

"'蛇女'去了百里胖胖那边，男人往我们这来了，他是个'无量'境，我们正面打不过他。"唐僧的声音平静无比。

"那不是正好？"孙悟空面具下的嘴角微微上扬，"按计划行事。"原本不慌不忙向前走动的两人突然加速，身形像两道闪电，急速向着远离市中心的方向飞驰。

"咦？"身影急速在众多楼房顶端跳跃的男人眼中浮现出疑惑之色，"他们两个突然往远离我的方向跑了？他们知道我的存在，而且还知道我的位置……"他的眼眸微微眯起。他似乎是想到了什么，突然抬起头，只见黑暗的夜空之下，几只蝙蝠正盘旋在空中，环绕在自己的头顶。"操控生物类的禁墟吗？而且见到我就跑……看来他们的实力确实不怎么样。"男人冷笑一声，反而更加笃定心中的猜测，再无顾虑，以更快的速度向着两人移动的方向飞跃而去。

"特殊小队预备队？"办公楼内，莫莉有些诧异地开口，"我怎么从来没听说过？"

"没听说过就对了。"百里胖胖笑了笑，"我们是幽灵小队，就连档案里都没有我们的存在，你没听说过很正常。"

莫莉的目光落在一旁的曹渊身上，有些不确定地开口："你……是不是曹渊？"

曹渊叹了口气，将自己的面具摘下："没错，好久不见啊，莫莉。"

"你们俩都在，那林七夜不会也在吧？"莫莉疑惑地问道。

"那当然，他可是预备队的队长，也是未来的第五支特殊小队队长。"百里胖胖咧了咧嘴，"只不过因为任务需要，他和我们分头行动。"

莫莉若有所思地点了点头："可是，你们既然是来清剿'贝尔·克兰德'的，为什么要戴面具？"

听到这句话，百里胖胖有些不好意思地咳嗽了几声。"因为知道要跟你们交手，所以得遮住样貌，要不然从迷雾里出去之后你们找我们算账怎么办？"百里胖胖指了指一旁被捆成粽子的三个017小队队员，无奈地说道。

"筝筝，王田？"莫莉看到另外两个队员，惊讶地开口："他们没事吧？"

"没事，就是晕过去了而已。"

"可是……"莫莉表情古怪地看向百里胖胖，"你为什么把筝筝姐捆得那么……那么……奇怪？"

百里胖胖一愣，回头看去。这三个017小队的成员里，只有那个在游船上的美女捆绑手法和其他两个不一样，因为她是百里胖胖亲手捆的，所以……不得不说，在百里胖胖的特殊手法之下，古筝美女被捆得有些过于诱人了。百里胖胖有些茫然地挠了挠头："她是我捆的啊，有什么问题吗？"

莫莉看向他的目光有些不善，狠狠地瞪了百里胖胖一眼："你们跟我来……记得戴好面具。"她转过身，用太刀支撑着身体，穿过长廊，走进秦凯藏身的那间办公室之中，百里胖胖三人戴好面具，紧随其后。"队长！"莫莉走进办公室，就看见秦凯已经面色苍白地倒在地上，不省人事。她急忙想要走上前，脚下一个踉跄，险些摔倒在地，好在后面的百里胖胖手疾眼快，直接拉住了她。

曹渊和迦蓝面具下的脸色微变，快步走上前，探查起他的身体状态。"失血过多，伤势过重。"曹渊的眉头紧锁，"他的情况不太妙……这样下去，他在迷雾中支撑不了多久，必须马上带出去治疗！"

迦蓝注视着昏迷的秦凯，犹豫片刻之后，一只手抓住他的手腕，一抹柔和的白光度入了他的体内。

"你把'不朽'特性转移到他身上了？"曹渊感受着秦凯逐渐平稳的脉搏，有些诧异地看向迦蓝，"能治好他吗？"

迦蓝摇了摇头。"不朽"只是将物体状态恒定的能力而已，不具备恢复伤势的功能，也就是说她只能用"不朽"让他的情况不再恶化，并不能将他治好。

396

"可是这样，你自己就失去'不朽'的守护，没关系吗？"曹渊皱眉问道。迦蓝摇了摇头，伸出一截白皙的胳膊，用力地挥舞一下，比了一个强壮的姿势。曹渊笑了笑，弯腰将重伤的秦凯背起。

"莫莉，你们队长怎么会伤成这样？他不也是一个'海'境的强者吗？那个贝勒爷有这么强？"百里胖胖看到秦凯重伤的模样，忍不住问道。

莫莉皱着眉头："不，这件事情没有这么简单，如果只是一个'贝尔·克兰德'，我们小队根本不会狼狈到这种地步……这件事的背后，有古神教会在暗中操纵！"

"古神教会？"听到这四个字，百里胖胖和曹渊的脸色同时难看了起来。

"昨晚，这片精神污染迷雾出现没多久，我们在分析完了它的特性之后，队长就带队进入了迷雾之中，一开始没有什么异样，我们仔细地在迷雾中搜索了很久，依然没有发现'贝尔·克兰德'的蛛丝马迹。就在我们打算先离开迷雾，将自身受到的精神污染祛除，然后再进来的时候，两个人影就突然出现了。他们中的那个诡异的女人，能够凭借目光让人石化，而另一个男人的身体可以化作沙石，将我们所有人禁锢在原地。我们和他们大战了一场，最后还是输了，那个男人的实力很恐怖，至少有'无量'的境界，若非最后队长杀出了一条路，我们也没法从沙暴中逃出。在那之后，其他被禁锢住的队员都受到了精神污染，被'贝尔·克兰德'操控，一直在追杀我们……"

百里胖胖疑惑地问道："那你呢？你在迷雾中待了这么久，为什么没有被污染？"

"之前我们小队清剿了一只强大的'神秘'，高层奖励了一件精神庇佑类的禁物，叫清心符，因为那时候我刚进小队，还是个新人，所以队长他们就决定把这件禁物给我防身……"莫莉从脖子上解下一个类似于香囊的物件，散发着淡淡的蓝光。

"'无量'境的古神教会成员……"曹渊眉头紧锁,"他们用'贝尔·克兰德'布这么一个局,到底想干什么?"

"他们的目标是'凤凰'小队。"莫莉抬头说道,"他们的手上,有着专门针对'凤凰'小队的东西,只不过不知道为什么,来的不是'凤凰'小队,而是你们……但即便是这样,那个'无量'境的男人,也不是你们能应付的,当务之急还是赶紧离开这里,向高层汇报这件事,让'假面'或者'灵媒'小队过来。"莫莉抬起头,认真地说道。

百里胖胖和曹渊对视了一眼,同时看向角落里的灰色老鼠。那只灰色老鼠静静地趴在那儿,一动也不动。"什么情况?"百里胖胖疑惑地说道,"卿鱼掉线了?听到这么重要的信息,怎么一点反应也没有……"

曹渊沉吟片刻:"他和七夜的天罗地网铺满了整个迷雾,说不定早就察觉到了那两个人的存在。"

"那他们为什么不让我们离开?"

百里胖胖伸手,摸了摸背后背着的林七夜直刀的刀柄,有些担忧地开口:"他们不会已经被那两个人抓住了吧?"

"不可能,以七夜的实力,就算赢不了,也不可能这么轻易地消失,一定会给我们征兆才对……"曹渊思索了片刻,有些不确定地开口,"难道,他们两个已经有了计划?"

"那我们现在怎么办?"

"既然他们两个没有给我们信号,我们就继续按原计划行事。"曹渊深吸了一口气。

"好。"百里胖胖点了点头。

"你们不打算离开?"听到两人的对话,莫莉的眼中浮现不解之色,"可是……"

"我们相信七夜。"百里胖胖笃定地开口。

曹渊背着重伤的秦凯,迈步便向办公室外走去,百里胖胖和迦蓝随后便跟了上去,莫莉怔怔地看着他们离去的背影,犹豫片刻之后,同样跟在其后,可是没走几步,前面的人就突然停了下来。

"老曹,怎么不走了?"被曹渊打住的百里胖胖疑惑地问道。

曹渊站在办公室外,目光扫过周围的走廊,眼神之中浮现出前所未有的凝重。他抬起手,缓缓开口:"我们来的时候……走廊里有这么多眼睛吗?"

百里胖胖一愣,转头向周围看去,只见办公室外,电梯附近的墙壁上,不知何时被画上了一只只诡异的蛇眼,漆黑的线条简单地勾勒几笔,就给人一股阴森恐怖之感。不光是墙壁,天花板、地砖、电梯门、花坛、玻璃……甚至连操控电梯上下的箭头按钮,都不知何时变化成了妖异的竖瞳!整个楼层,都已经被密密麻麻的蛇眼所覆盖。

"是那个女人！"莫莉见到这一幕，像是想起了什么，眼眸中浮现出凝重之色，"那个能靠目光将人石化的女人，她出手的时候周围就会浮现出蛇眼。"

"看来我们已经被盯上了。"曹渊的眉头微皱，手掌缓缓搭在腰间的刀柄上。

百里胖胖的脸色同样阴沉，他似乎是想到了什么，将林七夜的直刀从背后取下，转身塞到了迦蓝的手中。"蓝姐，你现在没有'不朽'守护，就不要参加战斗了，交给我们就好。"百里胖胖看着迦蓝的眼睛，认真地说道。迦蓝怔怔地看着自己手中的直刀，正欲开口说些什么，曹渊便将他背后重伤的秦凯也扶到她的身边。"胖子说得没错，现在你和普通人一样容易受伤，就在一旁照顾好伤员吧。"

"滋，滋，滋……"头顶明暗交替的灯光像是失灵了一般，突然暗淡了下来，光芒由原本的白色变化为深红，诡异的红光洒落在宽阔的电梯平台上，在平台的中央，一只妖异的蛇眸缓缓浮现。下一刻，一个女人的身影凭空出现在蛇眸之上。她的那双冰冷竖瞳缓缓扫过几人，猩红的舌尖舔过嘴唇，嘴角勾起一个令人毛骨悚然的弧度。

沙和尚和猪八戒面具在忽明忽暗的灯光下，反射出深红之色，两人迈开脚步，平静地走到了平台中央，凝视着这个诡异的女人。气氛顿时凝固。

397

黑色天穹之下，两道身形如同电光般划过天空，轻盈地在诸多楼房顶端跳跃，此刻，他们与迷雾边缘的距离越来越近。而他们的身后，一场恐怖的沙尘暴正在酝酿。那戴着孙悟空面具的身影回头看了一眼，混杂着沙粒的狂风将他的衣角吹得翻飞，他双眸微微眯起。

"他的速度似乎并不快啊，我们要不停下来等他一会儿？"

"唐僧"摇了摇头："停下来，反而刻意了，就径直向着迷雾外冲就好，他一定会追上来的。"

"孙悟空"点了点头，两道身影没有丝毫停滞，继续向着前方飞驰！几分钟后，就在两人即将抵达迷雾边缘的时候，一堵堵沙墙从边缘处急速升起，贴着边境将所有的出路全部封死！两道身影被迫在沙墙前停下身形，同时回头望去，只见在他们来时的道路上，同样有一堵堵沙墙堆积而起，化作一个圆环将他们彻底封锁其中，随着沙墙高度不断增加，这个沙环最终汇聚在了头顶的某个区域，严丝合缝地凝成一团。一个半球形的沙罩，就像是一只巨碗扣在大地之上，彻底封死了两人的路线。

"看来，他不是速度慢，是怕我们逃跑啊……居然在这儿等着我们。"戴着孙悟空面具的身影苦笑着摇了摇头，"还是天真了。"半空中，点点黄沙汇聚成一个高大伟岸的男人身影，静静地悬浮在半空之中。"无量"境的威压降临大地。"唐僧"抬头看着天空中的那个身影，皱眉沉思了起来。"与沙有关的神明的代理人吗……"

半空中，那个男人低头俯视着二人，缓缓开口："你们，还能往哪里跑？"

"气势还挺足。"戴着孙悟空面具的身影耸了耸肩，对着天空比了个中指，"你下来啊！我们不跑！咱俩好好唠唠！"

见那人如此嚣张，男人的眉头皱了皱，冷笑起来。"死到临头，居然还这么嚣张……我倒是很好奇，你们究竟是哪支队伍？戴着西游面具到处跑的小队，我还真是第一次听说。"

"我们？""唐僧"抬起头，注视着那个男人，面具下的嘴角微微上扬，"我们是……第五支特殊小队。"

"特殊小队？"男人的眉梢一挑，摇了摇头，"你们太弱了，不可能是特殊小队。"

"实力，不是衡量一支队伍的绝对因素。""唐僧"平静地开口，"就像今天，你虽然是'无量'，但依然拿我们没办法一样。"

"我拿你们没办法？"男人像是听到了什么笑话，"被困在了我的结界之中，你们能怎么跑？难道还等着你们那三个队友来救你？很可惜……他们自己都自身难保了。我想不出来，你们……还能怎么翻盘？"

"唐僧"就这么静静地看着他，笑而不语。男人摇了摇头，伸手在虚空中一招，无数沙粒汇聚在他的掌间，化作一柄长达六米的黄沙巨刃，双眸冷漠地看着脚下的二人。"团灭在这里，是你们这支所谓的第五支特殊小队，最终的宿命。"

戴着孙悟空面具的那人见到这造型夸张的大刀，嘴角微微抽搐，转头看向一旁的"唐僧"，小声开口："安卿鱼，我是不是可以撤了？"

戴着唐僧面具的安卿鱼点了点头："可以了，这次多亏你了，李毅飞。"

"嘻，举手之劳，反正天天在那儿待着也挺无聊的，只是没想到，我居然还能在这里再见到你……"戴着孙悟空面具的李毅飞嘿嘿一笑，"下次等我出来，咱仨一起去烧烤摊喝酒！"

安卿鱼的嘴角微微上扬。

"对了，你一个人在这儿，真的没事吗？"李毅飞像是想起了什么。

"放心吧，我死不了。"

"好，那下次再见。"

李毅飞抬头看向天空中的男人，将面具掀起一角，对他吐了个舌头，然后身上绽放出一道魔法的光辉，整个人消失在原地。见一个人就这么凭空消失，男人的脸色瞬间阴沉了下来。他刚刚还说这支队伍肯定会团灭在这里，可没想到刚一说完，就跑了一个。"空间类的禁墟吗？这我倒是没想到。"男人沉声开口，目光落在仅剩的安卿鱼身上，嘴角浮现出一抹冷笑，"看来，你的队友把你给抛下了……"

"是吗？"安卿鱼缓缓开口，"看来，你很想杀我。"

男人静静地看着他："是又怎么样？"

"既然这样，那就不等你动手了。"

安卿鱼微微一笑，伸手开始解自己衣服上的扣子，一抹冰霜突然浮现在他的胸口，沿着他的皮肤向周围急速扩散开。沙石组成的结界内的温度，开始急速地下降。男人的眉头微微皱起。

"你很强，布下的这个局也很妙，但是细节的处理上还是差了一些，比如在这片迷雾之间，你们只能通过'贝尔·克兰德'的视野来掌控全局，情报的处理能力太差；又如你的行动太过犹豫，错失了最佳的出手机会……"安卿鱼的衬衣已经敞开，他胸口的位置，一抹白芒正在急速地亮起。"很遗憾，'贝尔·克兰德'的位置，已经被我们找到了。"安卿鱼的脸上浮现出一抹笑容。下一刻，他的身体轰然爆开，极致的冰霜瞬间凝固周围的一切，一道高耸的冰柱以他为中心向天空蔓延，周围的沙石结界也被彻底底冻结，寸寸碎裂开来，寒霜四溢！男人的瞳孔微缩，身形急速地后退，但即便如此，双脚还是被寒冰封锁，固定在了半空中。"自爆了？"男人看着脚下这块几乎有大半个楼层高的恐怖寒冰，有些诧异地开口，"说了那么多，结果还是自爆了？死都死了，还这么麻烦……"他没有注意到的是，在大楼的阴影中，一只老鼠从冰块的角落叼起一根无形的丝线，悄然钻进下水道之中。

沧南市，地下空洞，"砰——"一个状似棺材的白色实验箱的盖子突然打开，寒气如同潮水般向外涌出，一个赤身少年缓缓从中坐起，低头看了看自己的这具身体，嘴角微微上扬。"第一个分身损耗得比我想象中的还要快。不过，这十切鬼童的分身能力，倒是意外地好用啊……"

398

姑苏市中心，某个宽阔无人的街道上，明亮的路灯突然暗淡下来，沥青路面之上，一个影子如同利箭般划过诸多光影，高速地向着远处飞驰。空中，大量的蝙蝠盘旋，紧跟着那道影子向着远方飞去。夜色之下，一只苍鹰快速划过天际，鹰眸迅速锁定了高速移动的影子，双翅微振，便开始向下俯冲。这只苍鹰的速度快到惊人，身姿如同一道黑色的闪电，穿行于众多路灯之下，身躯几乎紧贴着地面，与影子之间的距离正在急速缩短。突然间，一道蓝色的魔法光辉从苍鹰的身上爆发，变化成一位黑发少年，双眸冷厉地看着那道影子，伸手从背后拔出了一柄直刀！那柄直刀一震，刹那间穿过空气，笔直地刺入影子前方的路面上，刀身反射着一旁路灯的光影，在地面上投出一道亮斑。那道影子突然凝实，从平整的路面跃起，变成一个披着暗红色斗篷的男人，脚尖轻盈地点在直刀的刀柄上，身影飘忽着向着前方跃去。他的身体如墨般浸染开来，仿佛下一刻又要变成影子融入光影之中。

林七夜的眉头一皱，开口轻吟："闻说鸡鸣见日升。"话音落下，一道刺目的阳光从天空中投射而下，顷刻间便将整个道路照得明亮无比，沥青路面在阳光下反射着灼灼阳光，再也没有丝毫阴影存在。那人身上的墨色瞬间消散，身形落在路面之上，并未像之前一样融入大地中，缓缓站起身，回头看向林七夜。

林七夜认识这张脸，他叫钱浩然。早在运输机上的时候，他们就将017小队众人的资料看了个遍，自然也了解017小队众人的禁墟，所以当其他017小队队员都出现过之后，只剩下钱浩然一人从未露过面，联想到他的能力，并不难推测出"贝尔·克兰德"可能的藏身方法。那就是借用钱浩然的能力，藏身于影子之中，时刻保持移动，与林七夜他们小队时刻保持距离。在天罗地网搜索的时候，他和安卿鱼特地关注所有的阴影角落，没想到居然真的找到了钱浩然的位置。

"'贝尔·克兰德'。"林七夜从路面上拔出直刀，平静地向他走去，"这次，你要往哪里跑？"

钱浩然的双眸空洞地望着前方，下一刻，嘴巴微微张开，舌尖之上一只金色的小虫正趴在那里，一动不动。

"你怎么会在这里？"钱浩然的声带颤动，发出僵硬的声音，"你应该在被那个该死的代理人追杀才对。"

"金蝉脱壳而已。"林七夜淡淡地说道，"你们把战场铺得太大了，大到连你们自己都无法完全掌控，而且他并没有见过我的样貌，只要在某个时间点让另外一个人戴上我的面具，我就能靠变身从你们所有人的监视中遁走，由明转暗。"

"以前，你好像并没有变身这个能力。""贝尔·克兰德"操控着钱浩然的声音，继续说道。

林七夜的嘴角微微上扬："人，总是会变的。"

钱浩然陷入沉默，片刻之后，再度开口，声音比之前森然许多。"你真的以为，凭你一个人，就能战胜我？只要把你操控了，这些弃子都无关紧要了……"钱浩然的舌尖上，那只金色的小虫突然张开一对薄薄的双翼，轻轻一振，身形如同一道细小的金色电光划过空气。它的速度太快了，快到连林七夜的恐怖动态视觉都差点没有反应过来，他猛地侧过头去，那道金色电光刹那间擦破了他的脸颊，在脸颊表面留下了一道浅浅的伤痕。林七夜没有时间庆幸自己躲过一击，因为下一刻，钱浩然已经拔出了他腰间的直刀，刀锋径直挥向他的脖颈！"当——"两柄直刀碰撞在一起，擦出刺目的火花，与此同时一抹黑暗浸染了钱浩然的刀身，在"至暗侵蚀"的操控下，他的刀直接脱手而出！林七夜一脚踹在钱浩然的胸口，然后接住对方已经被"至暗侵蚀"操控的直刀，飞速地转过身，向着半空中劈去。

"贝尔·克兰德"所化的金色电光撞在两柄直刀的刀锋之上，恐怖的力量直接将林七夜震飞，就连两柄直刀都差点脱手。"贝尔·克兰德"毕竟是一只"海"境的境外"神秘"，即便对方擅长的是大范围的精神操控，但在其他相对薄弱的战斗方面，也要比林七夜强上些许。

林七夜的身形在半空中调整角度，稳稳地落在了路面之上，紧接着一道紫色的迷雾龙卷直接向他冲来！林七夜感知到这片紫色的迷雾，脸色微变，虽说他们本身就在精神污染的迷雾之中，但是眼前的这片迷雾龙卷，所蕴含的精神污染浓度足足是周围迷雾的百倍。

如果说"川"境的精神强度在普通迷雾之中能够坚持的时间大约是12个小时，那在这片浓缩迷雾龙卷之中，他最多只能坚持几分钟。而且随着时间的流逝，他的精神越发混乱之后，战斗力也会直线下降。好在这片浓缩迷雾将林七夜笼罩其中之后，他胸口的"蔚蓝守护"便散发出淡淡的蓝光，在他周身撑起了一个屏障，能够暂且抵挡住迷雾的侵蚀。可即便如此，"蔚蓝守护"的光芒也在以肉眼可见的速度暗淡下来，说到底这只是一件"池"境到"川"境适用的普通禁物，在"海"境的"贝尔·克兰德"全力腐蚀之下，根本不可能坚持太久的时间。

林七夜的双眸微微眯起，眼中浮现出凝重之色。在这片浓缩的紫色迷雾之中，肉眼几乎无法辨别周围的环境，更别提找到一只细小的虫子，若是换成别人，估计只会硬生生地被磨死在这里，好在林七夜有精神感知的力量，可以时刻锁定"贝尔·克兰德"的位置。他的双眸之中燃起两团金色的光芒，如同熔炉般熊熊燃烧，手中的两柄直刀轻颤一声，同时呼啸着向迷雾的角落飞去。

399

"叮——"金铁交鸣的声音从迷雾中传来，林七夜想也不想，身形向着侧方一闪，紧接着"贝尔·克兰德"所化的金色电光便擦着他的肩膀飞过。林七夜脸色微沉，伸手在虚空中一握，两侧楼房的玻璃同时被黑暗浸染，轰然爆碎开来。破碎的玻璃碴汇聚成一道洪流，铺天盖地地向着半空中的"贝尔·克兰德"涌去，虽然这些玻璃碴并不一定能对它造成伤害，但可以略微减缓它移动的速度，否则林七夜的刀根本跟不上它。现在的林七夜，虽说基本上已经是"海"境之下无敌手，但单挑一只"海"境的境外"神秘"，还是十分吃力的，更何况有周围的精神污染存在，他必须要尽快解决战斗，否则必死无疑！可偏偏"贝尔·克兰德"的移速又快，身体强度又极高，再这么磨下去，肯定是林七夜先吃不消。

林七夜的大脑飞速运转，冷静地思考着破局的方法。突然间，他的脑海中灵光一闪。既然单挑打不过，那就搬救兵！两道魔法的光辉同时从他的身旁绽放，一个银色的三阶魔方凭空出现，静静地悬浮在他的掌心，在魔方表面的一角上，镌刻着一串小小的数字——003。与此同时，盘错的粗大树根从林七夜身旁的大地中急速生长，顷刻之间便覆盖了整个道路，甚至已经开始向两侧的楼房中延伸。粗壮无比的树干冲天而起，密集的树枝混杂着绿叶向四周扩散，仿佛一片绿色的云朵悬浮在半空之中。这片紫色迷雾的精神污染只对人类有效，所以无论是混乱魔方还是远古树妖，都不会受到丝毫影响。

这两个召唤生物的出现，直接让"贝尔·克兰德"愣在了原地，还没等它有所动作，林七夜手中的混乱魔方便急速地转动起来。"贝尔·克兰德"周围的空间顿时错乱，飞速地错位、拼接、扭转……它再度化作一道金色的电光想要冲出这片空间错乱的区域，却像一只无头苍蝇般被困在其中。它的速度很快，但混乱魔方的扭动速度更快，只见一道道刺目的银光从魔方的表面绽放，令人眼花缭乱。为了困住"贝尔·克兰德"，混乱魔方可是直接用上了全力，不过毕竟只是一个"川"境的"神秘"，这种全速的扭转状态也不可能持续多久，等到它的力量用尽，"贝尔·克兰德"便会脱困而出。

林七夜深吸一口气，将一柄直刀握在手中掂了掂，"凡尘神域"缓缓张开，开始在直刀的表面缔造"奇迹"。点点金芒附着在直刀之上，直接抽走了林七夜三分之一的精神力。"希望有点用处啊……"林七夜喃喃自语。他闭上眼睛，放弃视觉和精神两种感知手段，随手挑了个方向，用力将手中的直刀掷出！他掌间混乱魔方的力量耗尽，银色光芒逐渐暗淡，"贝尔·克兰德"周围错乱的空间骤然停止，在混乱的方向感下，它随机选择了一个方向激射而出！就在它飞出不到一米的时候，一柄直刀就像是长了眼睛般呼啸着擦过它的身体。

淡蓝色的刀锋精准地切开仅有四毫米宽的薄翼，失去平衡的"贝尔·克兰德"飞行轨迹顿时大幅偏移，像一只无头苍蝇般在空中乱飞，并且飞行速度直线下降。林七夜睁开双眼，看到这一幕，眼睛顿时亮了起来。有用！下一刻，大量的树枝编织而成的厚重木网从天空中盖下，将半空中的"贝尔·克兰德"直接砸在了地面上，那些树枝就像是一根根庞大的触角，疯狂地鞭打它所在的路面。"砰砰砰——"树枝一次又一次砸在"贝尔·克兰德"的身上，将其身下的道路砸得碎石飞溅，裂纹在沥青表面急速地扩散，硬生生地将这片路面砸下去了近半米。

"噗！"一道金色的电光终于冲破树枝的封锁，摇摇晃晃地飞上了天空，大量的紫色迷雾再度从它的躯体中席卷而出，向周围扩散开来。深紫色的迷雾充斥在"蔚蓝守护"的周围，那道蓝色的光辉几乎被彻底湮灭，大量的精神污染涌入林七夜的精神，他的意识逐渐模糊了起来。林七夜明显地感觉到，自己的精神感知范围正在逐渐缩小，而且动态视觉的能力也急速下降，虽然无法准确知道自己周身的污染浓度，但可以确定的是，再这样拖一两分钟，他必然会和其他017小队的成员一样，丧失理智，成为"贝尔·克兰德"的操控品——必须要有个了结了！

林七夜的眸中，金色的火焰再度燃起，身形如同闪电般向着"贝尔·克兰德"冲去。"贝尔·克兰德"的身体在空中飘忽了许久，才勉强重新掌握平衡，它单翅一振，以一道诡异的弧线向着远处飞驰。它想逃！林七夜的双眸微眯，将大量的精神力灌入周围的夜色之中，如墨的黑暗迅速浸染了周围的环境，他单手握刀，另一只手伸出对着"贝尔·克兰德"远去的身形凌空一扎！"贝尔·克兰德"仅剩的单翅突然扭曲了起来，身躯失去双翅的支撑后，急速向下坠去！"噗！"林七夜猛地喷出一口鲜血，脸色比之前苍白了许多，强行跨境界地施展"至暗神墟"，对他的精神力负荷太大了，更何况他之前使用"凡尘神域"就消耗了大量的精神力，此时精神力亏空之下，周围的精神污染疯狂地涌入他的脑海。

林七夜只觉得周围的一切都像是活过来了一般，诡异地摇晃起来，眼前的画面逐渐暗淡。他眉头紧皱，用力咬破舌尖，利用疼痛强行唤醒自己的理智，然后双脚骤然用力，像是利箭般冲向摇摇欲坠的"贝尔·克兰德"！呼吸之间，林七夜已然向前飞驰了数十米！他每迈出一步，眼前的画面都暗淡些许，等到他来到"贝尔·克兰德"面前时，眼中只剩下了那道金色的细小身影——手起，刀落！刀锋割开空气，径直斩在"贝尔·克兰德"的身体之上，紧接着刀锋之上一抹淡金色的光芒闪过，直刀便轻易地切开了那细小的身躯。

400

浓厚的紫色迷雾翻滚，被一刀斩断的"贝尔·克兰德"轻飘飘地从空中落下，掉在满是裂纹的沥青路面之上。林七夜弯腰捡起那具尸体，将其放入口袋之中，身形一个踉跄，险些栽倒在地。他用直刀勉强支撑住身体，摇摇晃晃地站在原地。一股暖流从刀柄涌入他的体内，直到此刻，林七夜悬着的心终于放了下来。"贝尔·克兰德"的灵魂已经被收入诸神精神病院之中，这就意味着，它这次是真的死了。

紫色的迷雾缓缓消散，但林七夜的精神力依然没有丝毫好转，他吸入了太多精神污染，此刻意识已经模糊，一股前所未有的怪异感觉涌上了他的心头。当精神被污染后，每个人的情况都有所不同，有的人会变得疯疯癫癫，有的人会变得痴傻，有的人则会变得极具攻击性。当"贝尔·克兰德"活着的时候，它能够操控被污染者的精神，但现在它已经死了，被污染的精神也就失去了操控者，根据每个人的特殊情况，演变成不同的症状。就在林七夜即将晕倒在地之时，一根粗壮的树枝缠绕在他的腰上，将他整个人从浓重的迷雾中央举起，轻轻放在迷雾还算稀薄的另外一处。虽然"贝尔·克兰德"已经死了，但这片覆盖了十几公里范围的迷雾并不会立刻消失，而是会随着风的轨迹，缓缓消散……

"谢谢……"林七夜虚弱地坐在墙边，头脑昏沉的他已经无法再支撑这两个召唤物的存在，轻轻一挥手，混乱魔方和远古树妖的身上都绽放出一抹魔法的光辉，随后便消失在原地。他不停地深呼吸，来抵抗精神中的污染，努力地将意识拉回现实世界。他心里很清楚，"贝尔·克兰德"死了，并不代表这次的事情就这么结束，安卿鱼能够拖住那个"无量"境男人的时间十分有限，刚刚这里的战斗动静必然引起了他的注意，很快对方就会找到这里。

一旦在这里失去意识，他必然会落到古神教会的手里。但是凭他现在的状态，根本就无法快速地移动，那个男人很有可能已经在前来这里的路上，留给他的时间不多了。"只能赌一把了。"林七夜深吸一口气，下一刻，一个反向召唤阵法在他的身形之下出现，随着一道光芒闪过，他的身形便凭空消失在原地。

半分钟后，大量的狂沙涌入这片街道，那个铁塔般的男人的身形在半空中凝聚而出，目光落在周围，见到紫色的迷雾开始以肉眼可见的速度消散，脸色阴沉无比。"该死……"

办公大楼。"刺啦——！"一缕电火花在灯罩中绽放，电梯间深红色的灯光晃了晃，光芒又暗淡了些许。

"嘿嘿嘿嘿……"随着一声声狞笑，漆黑的煞气火焰疯狂地向周围蔓延，戴着沙和尚面具的曹渊提着直刀，身形如同鬼魅般在忽明忽暗的电梯间闪动。他每一次移动身形，"蛇女"的身体总会在他的背后同时出现，尖锐的无柄之刃与缭绕着黑色火焰的直刀摩擦，随后曹渊的身形便被直接击飞，将一层墙壁直接撞穿才勉强停下来。

"不能看眼睛，不能看眼睛，不能看眼睛……"百里胖胖将一只手挡在脸前，偷偷从指缝里瞄"蛇女"的位置，随后挥出手中的"一化三千"剑，密集的剑光直接覆盖了他身前的整个扇形区域，大量的窗户被斩碎崩落，从高空掉落下去。只可惜，"蛇女"的踪影实在太过诡异，身形急速地在整个楼层之间的蛇眼之间随时切换，快到连残影都来不及消失。有那么一瞬间，百里胖胖的周围同时出现了四个蛇女的身影！"滋——"无柄之刃的刀锋斩向百里胖胖的身躯，却在即将触碰到他皮肤表面的时候，被一层炽热的火网拦下，"蛇女"的眉头一皱，身形瞬间消失在了原地，下一刻百里胖胖的剑芒就将她的残影直接淹没！

"她怎么跑这么快？！"百里胖胖从指缝中看到这一切，忍不住骂道。

莫莉扛着手中的太刀，双眸紧盯着这处令人眼花缭乱的战场，脸色越发凝重。不是曹渊和百里胖胖不够强，而是"蛇女"的蛇眼禁墟实在太过诡异，整个楼层密密麻麻覆盖的数千个蛇眼，都是她有可能出现的地方，想要伤到她，难如登天。莫莉的目光扫过周围，像是想到了什么，用力将手中的太刀插入脚下的地面。"嗡——"肉眼可见的震波从她的体内散发而出，通过太刀直接传递到脚下的楼板之中，紧接着整个楼层都剧烈晃动了起来，密集的裂纹在众人脚下飞速扩散。百里胖胖见到这一幕，先是一愣，随后便反应过来，对着莫莉竖起一个大拇指！"蓝姐，保护好伤员，我们要掉下去了！！”百里胖胖扯着嗓子对角落里的迦蓝喊道。

"轰——"在恐怖的震荡之下，二十三层与二十二层之间的楼板直接被震碎，一个巨大的空洞出现在电梯间，几人的身形瞬间穿过楼板，掉落进第二十二层。百里胖胖咳嗽着从烟雾中站起，余光飞速地瞥向周围，眼中浮现出一抹喜色。这一层，没有蛇眼！

"蛇女"的身形从烟雾中站起，看向那个手握太刀，勉强站稳身形的少女，妖冶的竖瞳微微眯起。"居然想到用打破楼板切换场地的方式，来削弱我的神墟……你倒是挺聪明。""蛇女"的嘴角浮现出一抹冷笑，"但是很可惜，你们也低估了我制造蛇眼的速度。"

她那双诡异的蛇眸微微收缩，大量的蛇眼以她为中心，急速向附近扩散开来。

"嘿嘿嘿嘿……"一道缭绕着黑色火焰的人影从天而降，庞大的煞气刀芒闪过，直接将那团尚未完全铺开的蛇眼淹没其中。翻滚的黑色煞气之中，"蛇女"手握无柄之刃，死死地挡下了这一道斩击，她眯眼看着狞笑的曹渊，突然将自己的面孔贴到沙和尚面具之前！"看着我的眼睛……"

401

当蛇眸与那双猩红的眼对视的瞬间，曹渊面具下的面孔浮现出一抹灰芒，肌肤开始以肉眼可见的速度石化起来！

"老曹！！"百里胖胖大喊一声，二话不说，提起手中的"风雷卷"扫把向前扇去，席卷的狂风同时淹没了那两道身影。"蛇女"身形一晃，再度出现在不远处的一只蛇眸之上，曹渊的身形则直接被扇飞数十米，卷挟着黑色的煞气火焰撞碎一扇宽大的落地窗，直接从二十二层坠落了下去。百里胖胖的嘴角微微抽搐。"老曹……这，这可不能怪我啊！"他嘀咕了一句。

"蛇女"的双瞳转落在百里胖胖身上，似乎是对他刚刚打断自己的石化进程感到不爽，脚下的诡异蛇眼如同潮水般漫延，顷刻间再度铺满了整个空间。

"百里家的小胖子。""蛇女"猩红的舌尖舔过嘴角，双眸微微眯起，"你知不知道，现在你的人头值多少钱？"

百里胖胖虎躯一震："谁？谁是百里家的小胖子？你是不是认错人了？我是天蓬元帅啊！"

"蛇女"："……"

"蛇女"冷笑了起来："百里涂明也好，猪八戒也好……反正，你们今天全都得死在这里！"

蛇女的身形再度闪出，百里胖胖想也不想，闭着眼睛拖着手中的"风雷卷"扫把猛地扇过自己的身后，然后又扇向自己的身侧，完全是毫无章法乱挥一通。

"不看眼睛，不看眼睛，不看眼睛……"狂暴的飓风混杂着雷霆，肆虐在空间的每一个角落，"蛇女"的身形连闪，脸色有些阴沉。也不知这胖子是有意还是无意的，他彻底放弃了所有的判断与战术，完全是闭着眼睛瞎挥一通，但事实证明……这确实起作用了。百里胖胖没了章法，"蛇女"自然也无法预判他的动作，不敢轻易地出现在他的附近，毕竟谁也不知道这胖子下次会往哪里扇。这"风雷卷"虽然算不上有多恐怖，但是对于"蛇女"这种防御薄弱的代理人来说，挨一下还是不太好受的。

百里胖胖这一举动，真正诠释了什么叫无招胜有招。莫莉倚靠在墙边剧烈地咳嗽着，狂风从墙角掠过，将她的长发吹得纷飞。她微微侧过头，顶着狂风从墙角看向战场中央，只见百里胖胖正独自闭眼在那儿乱扇一通，"蛇女"的身形试探性地换了几次方位，就凭空消失不见。莫莉微微一愣。下一刻，一股寒意突然从她的身前传来！她猛地回过头，只见一头黑色鬈发随风飘摇，手握无柄之刃的"蛇女"不知何时出现在她的眼前，那双妖冶的竖瞳浮现出狡黠的笑容。"噗！"莫莉只觉得小腹一痛，无柄之刃的刀锋已经刺入她的身体，前所未有的剧痛席卷了她的脑海，殷红的血迹从衣服下浸染开来。

"趁着那小胖子发疯的时候，先杀了你们……似乎也是一个不错的选择。""蛇女"的嘴角勾起一个冰冷的弧度。"蛇女"一只手握着无柄之刃，另一只手用力摁住她的头部，将自己的双眸一点点地向她靠近。在剧痛的侵蚀下，莫莉几乎丧失了理智，控制不住地抬起头，即将对上蛇女的目光。"嗖——"就在她即将开始石化莫莉的时候，一支箭矢精准地从她的眼前飞过，瞬间隔开两人的目光，同时箭矢尾端的白羽擦过了蛇女的眼睛！

"啊！！""蛇女"惊呼一声，猛地闭上了右眼，眉头紧紧皱起，又猛地转过头望去，只见穿着一袭蓝色宽大汉袍的迦蓝正站在不远处，手握淡黄色的硬木弓，迅速将第二支箭矢搭在弓弦之上，眼眸之中满是冷静。她指尖一松，这支羽箭瞬间在空气中拖出一道残影，径直射向"蛇女"的面门！然而，这支羽箭刚飞了一半，蛇女的身形便消失无踪。

迦蓝银牙一咬，飞快地转过身去，右手放下即将搭上的第三支箭矢，转而双手握住硬木弓，将其像是长刀一般用力挥出！"刺啦——"瞬间，一柄无柄之刃斩在这硬木弓的表面，失去"不朽"特性守护的弓身被轻易地斩出一道缺口。"蛇女"并没有停手的意思，双眸中浮现出怒意，手中的无柄之刃以更快的速度挥出，一次又一次砍在木弓的缺口处，将那块缺口急速扩大。也不知这硬木弓的木头究竟是什么材质，竟然硬生生扛下了无柄之刃四刀，当第五刀砍出之时，它才从中央断裂开来！"啪——"弓弦断裂，长弓破损，手持半截硬木弓的迦蓝抿着双唇，连续向后退了数步。她低头看向自己的双手，原本白皙的手掌心已经被断裂的弓弦崩得鲜血淋漓，鲜血顺着半截硬木弓的弓身，滴滴答答地落在地上……她受伤了。她注视着那半截硬木弓，眼圈微微泛红，这张从她母亲手上接过的，陪伴了她三千多年的硬木长弓，最终还是被斩成了碎片。

"蛇女"见到这一幕，脸上浮现出兴奋之色。"对，这个表情……这个表情真是太棒了！"她的脸颊浮现出一抹潮红，整个人激动不已。迦蓝紧攥着半截木弓，猛地抬起头，准备将附着在秦凯身上的"不朽"特性收回。虽然这么做，会让他的伤势加剧，甚至直接死亡，但若不这么做，他们这群人都只能死在这里！就在这时，她身后背着的那柄直刀刀柄上突然绽放出一抹蓝色的光芒，紧接着一个温暖的身体就贴在了她的背后。她错愕地转过身，只见摇摇晃晃的林七夜正从身后抱着她的身体。准确地说，他是抱着那柄直刀。在精神污染之下，意识模糊的林七夜几乎将全身的重量压在了迦蓝的身上，失去重心的迦蓝向前倾了两步，撞在了结实的墙壁之上。

"你……干……吗？！"她羞恼地转过身，张开双唇，似乎是想要质问林七夜，但看到那张像是喝醉酒般酡红的面孔，整个人又愣在了原地。林七夜晃了晃脑袋，一只手撑着迦蓝身后的墙壁，缓缓抬起头，那双迷离的眼眸迎上了迦蓝的目光。"……嗯？"林七夜迟钝了片刻。

"是迦蓝啊……"林七夜的双眸微眯，仔细地注视着迦蓝的面孔，半晌之后，缓缓说出了下半句话，"你长得……真好看。"

402

迦蓝听到这句话，先是愣了几秒，随后脸上突然浮现出红晕，伸出手想要推开林七夜。谁知，她的手刚刚抬起，就被林七夜的手握在了掌心。

迦蓝："？！"

林七夜抓着迦蓝的手，感受到温暖的同时，还有一片滑腻之感。他低头看去，见到那鲜血淋漓的手掌，眉头顿时皱了起来。"你受伤了？"林七夜的脸色阴沉下来，他抬起头，紧盯着迦蓝的眼睛，浑浊的双眸之中强行浮现出一抹清明。"谁伤的你？"

迦蓝双唇微抿，目光落在林七夜的身后，表情古怪的"蛇女"身上。林七夜转过身，冰冷的眼眸注视着那个熟悉的身影，一股强横的杀意从他的身上散发而出。"是你啊……"凌乱的黑发散落在林七夜的额头，他凝视了"蛇女"片刻，转过身，伸出双手将手足无措的迦蓝从墙边抱起，然后摘下了她背后的那柄直刀。

"放心。"林七夜握着刀，认真地看着迦蓝的双眸，"谁伤你，我就杀谁。"

"阿嚏！"沧南市边缘，正开着一辆黑色面包车，油门踩到底向姑苏市疾驰的安卿鱼，突然打了个喷嚏。他揉了揉鼻子，眼眸中浮现出一抹疑惑之色。"奇怪，难道是制造这具身体的时候出了什么问题……怎么会感冒呢？"他仔细回忆了一下制造分身的流程，确认没有出现什么差错之后，摇了摇头。"算了，早点去姑苏和七夜他们会合要紧。""嗡——"黑色的面包车发出一阵轰鸣，急速消失在了高速公路之上。

迦蓝怔怔地看着林七夜的眼睛，脸颊已经通红一片。林七夜转过身去，握着两柄直刀，缓缓向着吃瓜的蛇女挪动。冰冷的杀意肆虐而出，他的眼眸之中燃起两道金色的火焰，虽然他的身形还有些跟跄，目光却坚定无比。"没有人可以伤害我的队员……"林七夜眼帘低垂，喃喃自语。

直到他抬头向这里走来，"蛇女"才看到了他完整的面孔，眼中浮现出震惊之色："是你？"

"古神教会。"林七夜咬着牙，一字一顿地开口，"一年前的账，是时候清算了……"他的身形一晃，快速地向着"蛇女"的方向冲去。

"蛇女"的眼眸微眯，冷笑着开口："你的意识已经很模糊了吧？就凭你现在的状态，能赢得了我？"

林七夜的手中，一柄直刀刀身染上黑暗，瞬间飞射而出，"蛇女"的身形一闪，便消失在了原地。"你错了。"林七夜平静地站在原地，指尖轻勾，那柄直刀便飞旋回来，"我……不是一个人。"

"轰——""蛇女"的身形刚刚站稳，她身旁楼梯间的安全门就轰然爆开，漆黑的煞气火焰从中狂涌而出，刚刚怒爬二十二层楼梯的疯魔曹渊吼了一声，挥刀便向"蛇女"的身形冲去！煞气刀芒接连斩过数面墙壁，滚滚浓烟四起，"蛇女"的身形却消失无踪。与此同时，在某个墙角之上的蛇眸前，"蛇女"沉着脸显现出来。

"嘿嘿，撞在小爷手上了？"她的身后，一个熟悉的胖子掏出了枯木扫把，冷笑一声，用力向着前方挥去！狂暴的雷霆飓风席卷而过，"蛇女"猝不及防之下，身形被几道雷霆扫中，肌肤顿时浮现出几片焦黑，身形被拍飞了数十米远才堪堪停下来。林七夜的掌间绽放出召唤魔法的光芒，一个银色的三阶魔方出现在他的手中，魔方的表面快速扭转，整个楼层的空间也随之变动起来。从大楼外看去，这栋办公楼的二十二、二十三层已经完全和其他楼层剥离开来，悬浮在半空之中，开始令人眼花缭乱地换位。布满蛇眼的墙壁、地面，以及天花板，全部在混乱魔方的操控下汇聚到一起，组成一片全封闭的空洞区域，而没有被蛇眼覆盖的区域，则被全部移动到了空洞区域之外。

等到混乱魔方停止扭动的时候，蛇眼的覆盖局域已经完全控制在肉眼可见的范围之内，而且有大半的蛇眼都被挪动到天花板上倒垂，根本没有任何立足点。"蛇女"看到眼前的这一幕，脸色顿时难看至极。

"你的神墟很强，越是成长下去，就越是无解……"林七夜的脸色泛白，但依然平静地向"蛇女"的方向走去。"所以,在那天与你交手之后,我就一直在思索破解这个神墟的办法,后来……我找到了。只要将所有的蛇眼聚集在一起,你的机动性就会大幅减弱,这些蛇眼就不再会是你换位的倚仗,而会成为你的囚笼。"

"蛇女"的无柄之刃连续与疯魔曹渊的直刀碰撞数次,用力将其震飞,随后目光落在了林七夜身上,诡异的竖瞳微微收缩。"林七夜,你真的以为限制了我的蛇眼,就赢定了吗?""蛇女"将身后背着的黑色箱体取下,嘴角浮现出一抹冷笑,"我承认你们很厉害,但是今天……你们是不可能赢得了我的。这是我们古神教会诸多邪神的底蕴之一,本是为其他特殊小队准备的,虽然你们不是特殊小队,但用这件东西杀一个双神代理人,应该也不算亏。"

听到这句话,百里胖胖的脸色微变,下意识地向后退了两步,看向林七夜。古神教会的底蕴,能够对特殊小队造成威胁的东西……可不是闹着玩的! 反观林七夜,表情倒是异常平静,他静静看着"蛇女"手中的箱子,嘴角微微上扬,像是在笑。"蛇女"看到林七夜的表情,不知为何,心中隐隐浮现出不祥的预感。"故弄玄虚。""蛇女"冷笑一声,将手中的黑箱平放在地上,双手搭在箱子边缘,便要将其打开。"好好见识一下,来自邪神的愤怒吧……"

"啪——"一个清脆的响指声响起。林七夜的身边绽放出一团魔法的光辉,下一刻,一个熟悉的黑箱出现在他的面前。"蛇女"微微一愣,低头看去,不知何时,自己手中的箱子已经消失不见。林七夜慢悠悠地倚靠在黑箱边缘,手指轻轻摩擦着箱子的表面,似笑非笑地说道:"邪神的愤怒……原来是这么高危的东西啊? 既然这样,那我就全部笑纳了。"

"啪啪——"连续的响指声响起,又是两个召唤阵法同时显现,紧接着三个黑箱整整齐齐地摆在林七夜的面前。

林七夜拍了拍箱子,笑着开口:"惊不惊喜,意不意外?"

403

"蛇女"看了看自己空荡荡的手,又看了看林七夜身前那三个熟悉的箱子,表情陷入了呆滞——那些,该不会是……不,不可能啊! 他是什么时候……

林七夜像是看出了她心中的疑惑,平静地说道:"是不是很好奇,我是怎么做到这一切的?"他将身前的三口箱子转过来,只见在每个箱子的角落,都镌刻着一个不起眼的阵法印痕,规模很小,而且边缘有些参差不齐,看起来像是用什么东西刻上去的一样。"论战术和阴谋,你们两个还是差得太远了。"林七夜淡淡地开口。

早在林七夜和安卿鱼意识到古神教会存在的时候,就猜测到了这两个人敢对"凤凰"小队布局的倚仗,就来自这三口神秘的黑箱。所以在制定战术的时候,他们首要考虑的目标，就是如何抹除这三个箱子可能带来的危险。林七夜等人，无论是实力、场地，还是时间上都不占据优势，所以能够利用的无非就是和古神教会两人之间的时间差和信息差，以及众人一直都戴着面具这不多的优势。所以，在他们经过某间大楼的时候，林七夜就从精神病院召唤出了李毅飞，让他穿上自己的外套并戴上面具，顶替孙悟空的身份来继续让古神教会的两人放松警惕，而他自己则用变身魔法变成老鼠混入鼠群之中，来了一招金蝉脱壳。虽然这让安卿鱼大受震撼，但好在林七夜还是用召唤魔法的理由蒙混了过去，并没有暴露诸神精神病院的存在。当然，这件事也不能怪古神教会的那两人，毕竟谁会想到，这原本进入迷雾的五个人，竟然能凭空多出来一个，而原本的一个人又能掩去身形，遁入视觉盲区之中。化身为老鼠的林七夜在脱壳之后，第一件事就是来到了古神教会二人所在的地方，悄然在三口黑箱上留下自己的召唤魔法，然后再悄然无声地遁走，在解决黑箱带来的危险的同时，又继续让他们放松警惕，为己方争取更多的时间。随后发生的事情就顺理成章了，"蛇女"见百里胖胖等人都聚集到了一起，主动出击，而那个控制风沙的代理人也向"诱饵"追杀而去，利用这一段时间差，林七夜又找到了隐藏的"贝尔·克兰德"，将其直接击杀。

这是一个与时间赛跑的战术。

所有的一切，都在林七夜和安卿鱼的算计之中。

百里胖胖呆呆地看着林七夜身前的黑箱，眼中浮现出崇拜之色，虽然并不清楚林七夜究竟做了什么，但感觉好像很了不起……林七夜的手从黑箱之上挪开，目光平静地注视着面如土色的"蛇女"，缓缓张开干裂的双唇："杀了她。"他暂时不打算用这些黑箱子来对付"蛇女"，如果说这里面装的是能够对特殊小队造成威胁的恐怖杀器，那就这么耗费在注定无法逃脱的"蛇女"身上，未免太浪费了些。这些箱子，还另有用途。

"嘿嘿嘿嘿……"疯魔曹渊就像是一个不知疲倦的战斗机器，裹挟着恐怖的煞气火焰，一次又一次地向"蛇女"冲去。当"蛇女"的换位范围被林七夜约束在这么一个狭小的范围之后，机动性明显下降，即便依然可以靠蛇眼换位来躲避曹渊的攻击，但无论身体换位到哪里，都会在另外两个人的攻击范围之内。原本猫捉老鼠般将几人玩弄在股掌之中的"蛇女"，此刻已经变成了三人组无情打地鼠游戏的牺牲品。看得出来，这三个人里面玩得最开心的就是疯魔曹渊，因为林七夜能明显感觉到他狞笑的声音都高了好几个分贝，更加嚣张。围剿攻势之下，"蛇女"身上的伤痕越来越多，换位的速度也越来越慢，当再度换位到林七夜附近的时候，悬在空中的直刀光华一闪，带着一抹电光径直斩落！刀锋在"蛇女"的肩头斩出一道血痕，紧接着大量的雷电便涌入了她的身体，将其瞬间麻痹！

林七夜的身形反向召唤到她的身边，第二柄直刀精准地刺入了她的后心，极致的黑暗快速地侵蚀她的内脏，"蛇女"的表情因剧痛而抽搐，痛苦地哀号起来。

"该死，该死！！""蛇女"歇斯底里地怒吼，"我要死了，你们也别想活！"

不等林七夜再度动手，她猛地将双手按在了自己的眼眶之前，骤然用力！鲜血顺着空洞的眼眶滑落，下一刻密布在周围墙面上的蛇眼就像是活过来一般，散发着诡异的光辉，一只只竖瞳颤动起来，四下晃动，似乎是在寻找着什么。紧接着，成千上万的石化蛇眼，同时锁定下方的林七夜等人。众人的肌肤表面开始浮现出灰色，迅速石化。

"不好！"林七夜眉头顿时皱起，手中的混乱魔方开始旋转，准备打乱这些墙体的位置。但混乱魔方的扭转也是需要时间的，不可能在一瞬间就将所有墙面挪走，就在此时，密密麻麻的裂纹突然在周围的墙面上蔓延。林七夜转头望去，只见莫莉手中的太刀已经插入地面，她一只手捂着鲜血淋漓的下腹，脸色苍白无比，似乎随时都有可能倒下，另一只手却死死地抓住刀柄，将全部的精神力都灌入"万象频动"之中。"咔咔咔——""砰——"众人脚下的墙体突然爆碎，在重力的作用下向下方坠去！由于二十二、二十三层的格局已经被混乱魔方打乱，从楼中独立出来飘浮在夜空中，所以在脚下的墙面破碎之后，众人的脚下并不是二十一层，而是空无一物的高空。

呼啸的狂风吹拂在众人的脸颊，强烈的失重感笼罩了所有人的心神，面色苍白如纸的莫莉终于到了极限，沉重的眼皮缓缓闭合，头部朝下急速地下坠！"莫莉！"百里胖胖大喊一声，一抹金芒从他的胸口迸发而出，化作一柄飞剑踩在脚下，向着坠落的莫莉疾驰而去！

404

金色的剑芒最终还是赶上了那道浑身是血的身影，百里胖胖抱住下坠的莫莉，感受到对方微弱的鼻息，焦急无比。"莫莉，莫莉！！"莫莉闭着双眼，并没有回应。

"大鹏一日同风起，扶摇直上九万里。"半空中的林七夜轻吟一声，席卷的狂风从下方涌出，瞬间接住即将坠落地面的迦蓝、秦凯，以及被捆绑住的 017 小队三人。在风的缓冲下，几人落地时虽然也有些冲击，但都并无大碍。当然，一个人除外。"咚——"黑色煞气缭绕的曹渊如同陨石般直接砸落在地上，根本没有任何缓冲可言，身形直接在马路之上砸出了第二个人形缺口。第一个人形缺口，是他刚刚被百里胖胖扫落的时候砸出来的。

"嘿嘿嘿……咳咳咳……"煞气火焰逐渐平息，曹渊在坑中剧烈咳嗽了起来，长时间的作战之下，就连他的精神力都已经耗尽了，自动退出了"黑王斩灭"状态。林七夜扶着墙，精神萎靡地看着众人，终于松了一口气。这次的姑苏市救援任务，绝对是第五预备队建立以来最为惨烈的，战斗接踵而至，而且对手的实力都十分恐怖，每一次的战斗都需要竭尽全力。安卿鱼死了一次，曹渊精神力耗尽，迦蓝受伤，而林七夜更是连续打了两场越阶战，无论是身体还是精神力，都到了极限。一旁，还有重伤的莫莉和濒死的秦凯。

林七夜深吸一口气，迈步向前走去，身形却一个踉跄险些栽倒在地。就在这时，一双手扶住了他的身体，林七夜转过头，只见迦蓝正静静地站在他的旁边，黑宝石般的双眸眨了眨，似乎是想到了什么，飞快地撇过头去，脸颊浮现出一抹红晕。

"谢谢。"林七夜的嘴角挤出一抹笑容。他走到马路的边缘，低头望去，只见一块块石化的身躯支离破碎地散落在人行道上，石块的缺口之处，还能看到鲜血从中渗出。他的目光落在其中一块石头上，那是半张妖异的女人面孔，血泪从空洞的眼眶中流淌而下，死死盯着天空，仿佛充满了不甘与愤怒。

"她死了。"曹渊摇摇晃晃地从一旁走来。

"嗯。"林七夜点了点头，"我们杀了一个邪神的代理人。"

曹渊想了想："应该算是个大功吧？"

"加上'贝尔·克兰德'，一枚星辰勋章应该是没跑了。"

"呼……"曹渊长舒了口气，"想成为真正的特殊小队，真不容易啊。"

寒风渐起，就在这时，林七夜像是感应到了什么，猛地抬头看向不远处的天空。一颗颗沙粒混杂在狂风之中，扫过空荡荡的街道，两侧的路灯暗了暗，最终熄灭了下来，整条街道都陷入了一片黑暗。大量的黄沙汇聚在半空中，缓缓勾勒出一个男人的身影，他注视着脚下的几人，眼中浮现出一抹怒色。

"那是……"曹渊感受到对方身上传来的恐怖气息，双眸微微收缩。

"事情还没有结束……你们不要轻举妄动，一会儿万一我和他打起来，你们就带着其他人先撤退。"林七夜眼中光芒闪动，深吸一口气，缓缓松开迦蓝的手，拖着疲惫的身躯，一步步向前走去。迦蓝张开嘴，似乎想说些什么，含混不清的音节从她的嘴中吐出，那个身影却丝毫没有回头的意思。他一直走到众人之前，在道路的中央停下脚步。黑暗的街道中，林七夜抬头看向空中的那道身影，眼眸之中满是平静。

"很好。"男人咬着牙，冷笑着开口，"骗过了我，偷了我们的箱子，救下了一支驻守队伍，杀了'贝尔·克兰德'，又杀了'蛇女'……能做到这一步，你们真的是让我大吃一惊。要是让你们成长起来，未来守夜人必定又要多出一支极其恐怖的特殊小队。"

林七夜的双眸微眯："所以？"

"所以……你们今天，别想活着走出这里！"

男人抬起双手，狂沙涌动，瞬间覆盖整片天空，"无量"境的威压降临大地，令所有人的眉头紧紧皱起。"嗒、嗒、嗒……"黑暗中，沉稳的脚步声响起。林七夜转头望去，微微一愣。一个披着蓝色汉袍的少女走到林七夜的右侧，手掌紧握着半截木弓，抬头望着空中那道强大的身影，眼中没有丝毫惧色。她侧头看向林七夜，脸上浮现出笑容，伸出满是鲜血的胳膊，比了个"强壮"的姿势。

曹渊的嘴角微微上扬，长叹一口气，虚弱地迈开脚步，走到了林七夜的左侧。他将手掌搭在刀柄之上，缓缓开口："七夜，一个人来抢功劳，可不是队长该干的事情啊……"

百里胖胖确认莫莉暂且没有生命危险之后，终于松了口气，将目光从她的身上移开，看向天空中的那道身影，眼中浮现出怒色。"敢把我们家莫莉伤成这样，小爷我跟他没完！"他气冲冲地走到三人的身边，扭头看向林七夜："七夜，你说，切片还是剁丝？"

林七夜："……"

"我什么时候说要打架了？"林七夜无奈地叹了口气。虽然这三人冒着战死的风险走到他的身边，让林七夜很感动……但他原本就没打算靠暴力解决问题啊！在几人疑惑的眼神中，他轻轻一挥手，三道魔法光辉绽放，那三只来自古神教会的神秘黑箱依次出现在他的身前。

林七夜抬起头，注视着天空中的那道身影，嘴角微微上扬。"毕竟是能够对特殊小队造成威胁的大杀器，有它们在，对付一个区区'无量'，岂不是手到擒来？"

看到这三只箱子出现的瞬间，男人的脸色就变了。这三只箱子是他带过来的，里面究竟装了什么，他自己最清楚，虽说有一个箱子里装的是针对"凤凰"小队的特殊物品，对其他人不具备威胁，但是光凭另外两只箱子里的东西，就足以让他死上一遍。男人瞪着林七夜，只觉得整个人都要被气炸了。自己带来的大杀器，最后落到了敌人的手里，还被狠狠地威胁了一通……这叫什么事？！

405

那男人紧盯三只黑箱许久，最终还是放弃出手的想法。他虽然是古神教会的成员，但也是堂堂黄沙之神赛特的代理人，没有必要为了这一支无名队伍赌上自己的性命。"蛇女"死就死了，他可不想再把自己搭进去。"很好。"男人咬牙开口，"这次，就先放过你们……不过拿了我们古神教会的东西，就要做好被追杀的准备。希望你们能活到我们再见的那一天，到时候，我一定亲手杀了你！"他冷冷地看了林七夜一眼，身形分散成漫天的黄沙，随着晚风消散在夜空之中。

林七夜确认他离开之后，总算是松了口气。虽然在制订计划的时候，他和安卿鱼就预想到会有这么一幕发生，但依然决定赌一把，赌这三只箱子里的东西，足以威胁到"无量"境界的生命。当然，林七夜敢赌，也并不是没有底气的。从这场布局就可以看出，那个男人是一个做事求稳、万事谨慎至上的人，不会擅自去冒任何风险。既然这箱子能对特殊小队造成威胁，就一定会威胁到"无量"本身，只要有一点失败的可能，他都不会去做。在林七夜和安卿鱼的推算中，这个男人见到箱子在林七夜手上之后，会退走的概率至少有七成。而事实证明，他们的猜测是完全正确的。

见男人退走，曹渊等人也放松了下来，重新回到原本那一副累得半死不活的样子。

"对了，安卿鱼呢？"曹渊疑惑地问道。

"他啊……"林七夜想了想，"现在应该还在高速上吧。"

无戒空域之外，蒋晗见到那片紫色的迷雾逐渐消散，眼中浮现出惊喜之色！作为留守在迷雾之外的017小队第七位成员，只有她自己知道，这十几个小时是怎么熬过来的……当12个小时一过，队友们依然没有出来的时候，她心态就已经开始崩溃。如果不是事先约定好了必须在外面接应，她早就想提着刀进去救人了，比起和队友一起深陷困境，独自在外面等候才是最煎熬的事情。好在几个小时之前，特殊小队的飞机就经过迷雾的上空，这也让蒋晗稍微安心了一些。有特殊小队在，问题应该不大吧？就是不知道，来的是不是传说中的"凤凰"小队？

"全部跟上！我们进去救人！"蒋晗对着周围等候许久的十几辆救护车和收尾队的车辆大喊，然后直接跳上一辆军用吉普车，一脚重重地踩在油门之上。"嗡——"在一阵轰鸣声中，吉普车径直向着姑苏的中心飞驰而去，庞大的救援车队紧随其后。穿过已经稀薄无比的紫色迷雾，吉普车如同利箭一般在道路上疾驰，明亮的车灯照亮前方的道路，隐约之间，几个人影正向外缓缓走来。"停车！"蒋晗见到这一幕，眉头微皱，拿起对讲机说道。

众多车辆逐渐减速，停在宽大道路的中央，一束束车灯将紫色的迷雾照得透亮，在那灯光的尽头，四个戴着面具的身影在迷雾中勾勒而出——孙悟空、猪八戒、沙和尚，以及红孩儿。

"孙悟空"和"红孩儿"走在最前面，"猪八戒"的背后背着一个女人，"沙和尚"的手中抓着一辆拖车，车轮在路面上摩擦发出咕噜噜的声响，拖车上整整齐齐地摞着四个身影，其中三个被绑得结结实实，一副生无可恋的表情。看到这一幕，救援队众人直接呆在了原地。这是……什么情况？

"莫莉！"蒋晗看清了百里胖胖背上那个重伤的身影，惊呼一声，快步向前跑去。

"你是017小队的人吧？"戴着孙悟空面具的林七夜停下脚步，"莫莉和秦凯需要立刻治疗，除此之外还有一个队员被打晕在南方之门那边，记得把他带回来。"

蒋晗一愣，连连点头。"谢谢……"

"哎，你们轻一点啊，小心别磕着我们家莫莉。"戴着猪八戒面具的百里胖胖一边将莫莉轻轻放在救护车上，一边对周围的救援队员嘱咐道，双眼时刻注视着昏迷的莫莉，眼中写满了心疼。

林七夜走到他的身边，拍了拍他的肩膀："该走了。"

百里胖胖依依不舍地将目光移开，跟在林七夜的身后，耷拉着脑袋一副无精打采的模样。

"放心，她不会有事的。"林七夜开口安慰道，"我们会在姑苏待一段时间，等她醒了，你可以摘了面具去医院看她。"

"真的？"百里胖胖顿时来了精神，"那倒挺不错的……七夜，你说我去寺庙里求符的时候，要不要给莫莉也求一个？"

"什么求符？"林七夜茫然开口。

"就是老曹跟我说……"百里胖胖一五一十地将曹渊的建议说了出来，就在两人交流的时候，蒋晗已经快步走到了他们的面前。"那个……"蒋晗忍不住问道，"请问，你们是'凤凰'小队还是'假面'小队？"蒋晗当守夜人也有几年了，也知道一些关于特殊小队的事情，不过眼前的这支小队似乎怎么看都和其他特殊小队不太一样，虽然戴着和"假面"一样的面具，面具的款式却有很大的不同，而且人数也对不上。

听到这句话，林七夜和百里胖胖对视了一眼，眼中都浮现出无奈之色。"我们是第五支特殊小队。"林七夜含糊地回答了一句。

"第五支特殊小队？"蒋晗整个人愣在了原地，"可是，我怎么从来没听说过？"

"没听说过就对了。"百里胖胖嘿嘿一笑，"不要迷恋我们，毕竟我们只是一个传说……"

两人转过身，沿着道路的另一个方向离开，等候在一旁的迦蓝和曹渊跟上前，和他们并肩同行。"走了。"林七夜背对着蒋晗等人，挥了挥手。蒋晗张开嘴，似乎想要再问些什么，却又什么都没有说出口。那四个戴着西游面具的背影，就这么在众人的注视之下，逐渐消失在紫色迷雾之中。

406

"所以，我们到底为什么要往这个方向走？"四人走了一段路，曹渊忍不住开口问道，"我们为什么不坐他们的车，直接离开这片迷雾呢？"

百里胖胖"啧"了一声："你懂什么？这叫神秘感！要是就这么随意地跟他们一起坐车傻笑着离开，我们还怎么留下背影？"

曹渊扭头看向林七夜："七夜，你也是这么想的吗？"

林七夜沉吟片刻："我只知道，别的特殊小队任务完成之后，不会坐救援队的车离开现场……"

"这么一说，档次好像确实有点低。"曹渊叹了口气。

"我们出场本来就很没有排面了，现在退场总得帅一点吧？"百里胖胖耸了耸肩，"要是像'灵媒'那样，直接坐柱子'嗖'的一下飞走，那才叫有排面！"

迦蓝静静地听着三人的聊天，含笑不语。林七夜注意到了迦蓝，犹豫片刻之后，径直走到她的身边，低头看向她手里的断裂木弓，皱了皱眉头。"一会儿回去之后，我帮你向高层申请，给你重新用直刀的材料再打一张弓。"林七夜开口道。迦蓝注视了片刻手中的弓箭，眼中浮现出不舍之色。

　　"这张弓很重要？"林七夜疑惑地问道。迦蓝点了点头。

　　林七夜想了想："那就把这把弓寄过去，让他们再给你修补好了送回来。"

　　听到这句话，迦蓝的眼睛顿时亮了起来，她抬头看向林七夜，那双仿佛蕴藏着星辰的眼睛眨了眨，笑弯成了月牙。

　　"哎，老曹。"百里胖胖凑到了曹渊面前，表情古怪地说道，"你觉不觉得……蓝姐看七夜的眼神不太对劲？"

　　曹渊瞥了他一眼："哪里不对劲？"

　　"啧，就是，就是……算了，反正你个直男也不可能懂。"百里胖胖放弃了挣扎。

　　曹渊翻了个白眼："你要意识到一个问题。"

　　"什么？"

　　"如果我是直男的话，七夜只会比我更直。"曹渊认真地说道，"我看不出来的东西，他更不可能看得出来……"

　　百里胖胖："……"

　　你说得好像有道理！

　　百里胖胖同情地看了迦蓝一眼，长叹了口气。蓝姐啊，你未来的路还很长……不对，你未来的路，还很长、很长、很长、很长啊！

　　几人就这么穿过迷雾中的街道，走到了无人的市中心外围，轰鸣的引擎声从远处传来，一辆黑色的面包车出现在道路的尽头。

　　"我们的退场方式出现了。"林七夜看着那辆车，开口道。黑色的面包车在几人面前缓缓停靠，手扶车窗一点点摇下，戴着眼镜坐在驾驶座上的安卿鱼伸出手拍了拍车门，帅气地甩头。"上车。"

　　百里胖胖嫌弃地看了一眼破旧的面包车："我能不坐吗？这档次跟骑共享单车回去好像也差不了多少。"

　　"如果你想骑二十公里到安全屋的话，当然可以不坐。"林七夜沉吟片刻，认真地回答道。

　　"等等！"曹渊突然开口，"我们是不是还有什么事情没做？"

　　林七夜和百里胖胖疑惑地转头看向他。

　　"留下印记啊！"曹渊提醒道，"不留下印记，怎么证明我们来过呢？"

　　他这么一说，林七夜就想起来了。之前在原始森林做任务的时候，他们就是因为反正没人看见，而且驻守安塔县的守夜人小队一共就两个人，所以懒得留下自己的印记。但现在的情况又不一样了。这次的任务过程中，他们立下的功劳太大了，而且还有一支 017 六人小队也在迷雾之中。为了方便记功，他们还是留下一个独属于自己的印记比较好。

"我们该留下什么样的印记呢？"林七夜低头沉思了起来。

"要不，我们在地上画一个胖子吧！"

百里胖胖一掏口袋，直接拿了个黑色的喷漆出来，兴奋地开口！他不等其他人阻拦，直接按下了喷嘴的按钮，在地上喷了一个歪歪扭扭的人形。"不行，太丑了！"曹渊一把夺过百里胖胖的喷漆，犹豫片刻之后，在人的右手喷了一柄直刀。说是直刀，但其实就是个黑色的"丿"而已，这还没完，曹渊又在这个"丿"上喷了一圈弯弯绕绕的线条，象征着煞气火焰。迦蓝的双眼雪亮，她对着曹渊招了招手，一副跃跃欲试的表情。"蓝姐想画，快拿来给蓝姐玩玩！"百里胖胖又从曹渊手里抢过喷漆，递到了迦蓝手上。于是，迦蓝又在这个人的左手上喷了一个弓箭，不得不说，相对于百里胖胖和曹渊的画技来说，迦蓝的这把弓是这张图里唯一能看得出来是什么的东西。安卿鱼从驾驶位上下来，从迦蓝手里接过喷漆，沉吟片刻之后，又给这个人喷了一副黑色的眼镜。于是，一个左手拿着弓箭、右手握着直刀，还戴着黑框眼镜的胖子就这么诞生了！

林七夜："？？？"

"毕竟是象征我们小队形象的东西……这样，未免也太丑了。"林七夜抚额。几人互相对视，默默地点了点头。

"七夜，你说怎么画？"百里胖胖将喷漆递到林七夜的手里。林七夜有些头疼地看着这一幅抽象画，苦苦思索了许久，也没想到该怎么改良，索性直接按下喷嘴，将整幅画面涂成了黑色。为了美观，林七夜特地动用自己画法阵的经验，在地上画了一个完美的圆圈，中央全部涂黑，整幅画面又变成了一个"●"。"好像又有点太简单了。"林七夜喃喃自语。余光瞥到自己背后的双刀，眼睛一亮，他用手中的喷漆简单地在这个圆圈上打了一个大大的"×"。这两笔线条平稳而充满力量感，就像是两柄黑色的直刀，将这片夜色斩开，干净利落。

"这样看起来，好像还可以。"安卿鱼点了点头，补充一句，"比刚刚那个要好……"

"那就这样吧。"林七夜将喷漆丢给百里胖胖，拍了拍手，低头看着自己的杰作，满意地点头。"收工！"

第六篇

万物缴械

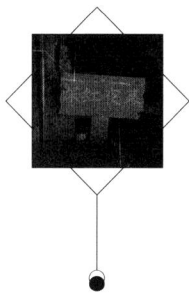

407

医院，秦凯紧闭的双眼微微颤动，在一阵轻微的呻吟声中，缓缓睁开了双眸。"嗞……"他看着头顶纯白的天花板，愣了几秒，随后便下意识地想要坐起身，一股痛感从他的腿上传来，疼得他直咧嘴。

"队长！"听到这个声音，斜靠在墙边打盹的蒋晗猛地回过神，快步走到他的身边，惊喜地开口，"队长，你终于醒了！"

"小晗啊……"秦凯见到她，表情放松下来，四下环顾一圈，有些疑惑地问道，"我怎么会在这里？"

蒋晗一愣："你受伤了，当然得来医院。"

"不是，我是说……迷雾呢？'贝尔·克兰德'呢？"秦凯像是想到了什么，皱眉问道，"还有莫莉，她怎么样？"

"放心吧队长，迷雾还有'贝尔·克兰德'都被特殊小队解决了。"蒋晗笑道，"莫莉的伤虽然比较重，但也没有大碍，昨天晚上就已经醒了，就在隔壁房间。笭笭她们几个在楼下给你办住院手续，应该马上就回来了。"

"特殊小队？"秦凯迷茫了片刻，"是'凤凰'小队？她们没事吧？"

"不是'凤凰'小队……"蒋晗的神情有些犹豫。

"那就是'假面'？"秦凯松了口气，"幸好来的不是'凤凰'小队，不然事情就麻烦了……"

就在两人交谈之际，四个身影从门外走了进来，看到坐在床上的秦凯，脸上同时浮现出喜色。被称为笭笭的少女快步走上前，将一个精致的果篮放在病床边。"队长，我们在楼下水果店里给你买了点水果，有胃口的话可以吃一点。"她的声音很轻柔，像是一阵春风，让人听起来就很舒服。

"谢谢。"秦凯笑了笑，转头看向蒋晗："对了，你继续说，'假面'小队怎么样了？"

"队长，来的也不是'假面'小队。"蒋晗挠了挠头，"虽然他们也戴着面具，但是都是西游主题，跟'假面'的不一样。"

"西游主题的面具？"秦凯愣了许久才反应过来，"我怎么从来没听说过有哪个特殊小队是戴西游面具的？"

"是真的，队长。"一个枯瘦的队员忍不住开口，"我们被精神操控的时候，和他们交过手了，里面有个戴红孩儿面具的，还有一个戴沙和尚面具的，实力都非常强，而且都是从来没见过的禁墟。而且……筝筝还被那个变态猪八戒揩了油！"

秦凯诧异地转头看向筝筝，筝筝脸色微红，皱眉思索了片刻："其实，那好像也不算揩油……就是绑我的时候手法有点奇怪？"

"捆成那样了，还不叫揩油？"枯瘦男人义愤填膺，"那猪八戒，一看就不是什么正经人，下次要让我看见他，我肯定得教训他一顿！"

"不，最过分的是那个红孩儿！"孙弈一只手打着石膏，倚靠在墙边，像是想起了什么，眼中浮现出恐惧之色。"我都被打晕了躺在地上，她还硬生生地掰断了我的胳膊……实在是太凶残了！"

秦凯陷入了沉思。

"里面还有一个没戴面具的少年，实力很强。"钱浩然站在病床前，认真地说道，"他好像只有'川'境，却单杀了'贝尔·克兰德'，这是我亲眼所见。"

"能以'川'境单杀'贝尔·克兰德'的少年……这么厉害的一群人，是从哪儿冒出来的？"秦凯皱眉说道。

"对了队长，还有一件事。"蒋晗像是想起了什么，从包里掏出一部平板电脑递到了秦凯的手上。"昨天迷雾消散之后，扫尾部队进去扫扫战场，发现在姑苏中心前面那个最大的十字路口中央，有一个黑色的喷漆印记。"

秦凯接过平板，看到上面的一张高空俯角拍摄的照片，只见在十字路口的中央区域，不知何时出现了一个黑色的大圆，这圆形被两条笔直的线条分割，看起来神秘至极。

"我们调了那附近的监控录像，发现这是那支特殊小队留下的。"蒋晗开口说道，"在他们画完这个图案后，就开着一辆破旧的黑色面包车离开了……"

"破面包车？"秦凯一愣，"什么特殊小队会开面包车走？"

"我们查了下那辆车的车牌，发现是套牌，根本无法追踪，这辆车在开出了两条街道之后就消失在了监控之下，再也没有出现过。"

秦凯盯着那张图案思索许久，长叹了一口气，将手中的平板电脑又递给了蒋晗。"不管他们是什么人，既然'贝尔·克兰德'事件已经解决了，就是最好的结果……把这些都记录下来，汇报给高层，一切都交给他们处理吧。"

"是。"

"当——当——当——"姑苏郊区，一座古朴庄严的寺庙中，悠扬的古钟声缓缓回荡。微风卷挟着金黄色的银杏叶，缓缓飘落在地，一位位游客手持香束，抬头望着寺庙中央的那座佛像，许下诚挚的愿望，轻轻拜下。袅袅烟气在庙中升腾，仿佛能够净化一切世间浮躁，在一阵阵经文声中，心神便如同这间世外古刹般宁静。

"施主，请问您有什么需要吗？"一位僧人站在木质柜台前，双手合十，轻声开口。

柜台外，一个胖子挠了挠头："你们这儿，有平安符卖吗？"

"有的。"僧人从柜台中取出几个红色雕纹的符袋，依次摆放在柜台上，"我们这里有家庭平安符、事业平安符、长寿平安符……施主，您要哪一种？"

胖子看着眼前这一串符袋，表情犹豫了起来："看起来有点多啊……挂在手上没有手表那么好看。"

僧人一愣："施主，如果您觉得这种不行的话，不如直接买一个本寺特产，檀木平安符。"他从柜台中取出一个散发着淡淡檀香的木片，大约半个巴掌大，材质沉厚，上面拴着一串小佛珠，可以挂在任何地方。"这檀木都是由本寺高僧开过光的，效果要比那些符袋好，而且它的背面可以刻上您想要赠予之人的名字，正面可以刻上一个您的祈愿……比如健康长寿，诸邪不侵，步步高升……"

百里胖胖接过这檀木平安符，仔细打量了许久，满意地点了点头："这东西不错啊……对了，我能不能多刻几个祈愿？"

"施主，贪多，则心不诚啊……"

百里胖胖二话不说，从口袋里掏出厚厚一沓钞票，摊在了柜台上。"给我刻二十个！"

408

半晌之后，百里胖胖拎着两个檀木平安符，喜滋滋地从庙里走了出来。百无聊赖地靠在墙边的曹渊看到他出来了，眉梢一挑："这么快就求完了？符呢？拿给我看看。"

"喏。"百里胖胖递出了两个平安符，嘿嘿一笑，双手叉腰，"有这东西在，我爸的下半辈子肯定顺风顺水，诸邪不侵！"

曹渊低头看向手中的檀木牌，只见背面工工整整地刻着"百里辛"三个大字，反过来看向正面，上面密密麻麻地刻着"步步高升""长命百岁""诸事顺心""金玉满堂""诸邪退避""清心静气"……看着这令人眼花缭乱的刻纹，曹渊的嘴角疯狂抽搐。

"怎么了？这符不行吗？"百里胖胖见曹渊的表情古怪，有些担忧地问道，"做和尚这块，你是专业的，要是不行你就跟我说，我再回去让他给我换一个……"

"这符……挺好。"曹渊憋了半天，缓缓开口。

"那就行。"百里胖胖乐呵呵地将两块符放在口袋里，"一个送给莫莉，一个送给我爸，完美！"他四下张望了一圈，见这里只有曹渊和安卿鱼两个人，有些疑惑地问道，"对了，七夜和蓝姐呢？"

"刚刚迦蓝拉着七夜，买了几炷香往那边去了。"安卿鱼伸手指了一个方向。

"那边？"百里胖胖看着远处的寺庙，挠了挠头，"他们去拜佛了？"

"好像是。"曹渊点了点头。

"以七夜的性子，他应该不会去拜佛，所以去拜的应该是蓝姐……"百里胖胖似乎是想到了什么，回头和曹渊对视了一眼，两人的眼神顿时古怪起来。

没过几分钟，林七夜就带着垂头丧气的迦蓝走了回来。

"七夜，你们去哪儿了？"百里胖胖开口问道。

"迦蓝说要去烧炷香，就让我陪她去了。"林七夜平静地说道。

"哦……你也烧了？"

"没有，我在她旁边看她上香。"

"她许了什么愿？"百里胖胖试探性地问道。

林七夜沉吟片刻："许了什么愿我不清楚，反正她刚要拜下去，香就自己灭了……三次。"

百里胖胖："……"

百里胖胖扭头看向一脸沮丧的迦蓝，默默地叹了口气。

"接下来去哪儿？"曹渊问道。

百里胖胖的眼神微微亮起："去医院看莫莉啊！顺便把平安符交给她！"

一旁的安卿鱼耸了耸肩："你们去吧，我回去还有实验要做。"

"我也不去了。"林七夜开口说道，"017小队有人见过我的样貌，我去了会被认出来，你们去吧，帮我向莫莉问个好。"

"行。"百里胖胖转头看向曹渊和迦蓝："那就咱们仨去！"

医院，莫莉的病房外，枯瘦男人、孙栾、钱浩然正依次坐在长椅上，有一搭没一搭地聊着天。

"你们说……那帮戴着西游面具的人，真是特殊小队吗？"孙栾忍不住问道，"又是揩油又是折手的，怎么感觉跟土匪一样？"

"土不土匪不知道，反正变态是有的。"枯瘦男人笃定地开口。

"其实我倒觉得，我们的境界都差不多，但不知为什么……他们就是比我们强。"钱浩然叹了口气，"可能他们就是传说中的天才吧。"

"天才男变态。"

"天才折手怪。"

枯瘦男人和孙栾对视一眼，在半空中击了一掌，达成共识。

就在这时，三个身影从走廊的尽头缓缓走来。百里胖胖一边走，一边看着门上的牌子，一路走到莫莉的病房门口，伸手便要敲门。

"等等！"孙栾突然开口，站起身，仔细打量了三人片刻，"你们是什么人？"

"哦，我们是莫莉的朋友。"百里胖胖一看，是个熟人，脸上顿时绽放出笑容，"听说她受伤了，来探望她。"

听到这话，孙栾三人对视一眼，眼中都浮现出疑惑之色——什么时候莫莉在姑苏还有朋友了？

"那你们在外面等等吧，她在里面换药。"孙栾说道。

"好的好的。"百里胖胖礼貌地点点头，和迦蓝、曹渊一起，在孙栾等人对面的长椅上坐了下来。六个人的目光碰撞在一起，空气顿时陷入了安静。似乎察觉到气氛的尴尬，枯瘦男人礼貌地笑了笑，坐在他对面的曹渊三人默默注视着对面的三人，脸上也绽放出灿烂的笑容。

"哎，我怎么感觉……他们有点眼熟？"孙栾凑到钱浩然耳旁，小声地问道。

"没有啊。"钱浩然茫然地回头，"我没见过他们，是不是你多心了？"

孙栾狐疑地看了他们一眼："或许吧……"

"别说，你这么一提，我倒也感觉有点眼熟。"枯瘦男人小声开口，"尤其是那个胖子……"

"那胖子倒是还好，我就是看那女的有点眼熟。"

"算了吧，你看哪个女的都眼熟。"

"也是……"

"对了，我跟你们讲，那个变态折手女手劲可大了，她就这么一拧啊，我的胳膊就断了……也不知道面具下长得究竟是什么样。"

"力气这么大，估计是个满脸胡楂的女壮士吧？"

"也不一定，说不定她本来就是个男的，就是胸肌太发达了。"

"有道理！"

"……"

对面三人的窃窃私语，被百里胖胖几人听得一清二楚。百里胖胖悄悄侧过头，只见迦蓝嘴角正噙着笑容，静静地看着对面三人交谈，抓在扶手上的手掌越发用力，在不锈钢扶手上硬生生摁出了指印。百里胖胖咽了口唾沫，连忙站起身。"哎，各位兄弟，我看你们都是姑苏本地人啊？来来来，一点点礼物，不成敬意！"百里胖胖从口袋里掏出手表，笑着走到了三人的身边。

三分钟后。

"莫莉，那你就好好休息，我先出去啦？"筝筝对着躺在病床上的莫莉挥了挥手，推门而出。刚走到走廊，就愣在了原地，只见孙栾三人正围在一个熟悉的胖子身边，哈哈大笑，一边亲热地拍着肩膀称兄道弟，一边聊得热火朝天。

"胖兄弟！我跟你说啊，前段时间，我一直对胖子有不太好的误解，今天看到你我才真正意识到，是我以偏概全、以貌取人了，毕竟这世界上还是好人多嘛！"枯瘦男人手腕上戴着闪亮的手表，精神焕发地说道。

409

百里胖胖见筝筝从屋里走出来，便回头跟三个"好兄弟"挥了挥手，然后直接走进病房之中。筝筝皱着眉头，在百里胖胖从她身边经过的时候，仔细打量着他的侧颜，眼中浮现出疑惑之色。"砰——"百里胖胖走进屋中，反手就将病房反锁了起来。

筝筝表情古怪地看向坐在椅子上的孙栾三人："他是谁？"

"哦，好像是莫莉的朋友。"孙栾解释道，想了想，又补充了一句，"为人挺大方的……"

莫莉见到走进屋中的百里胖胖，先是一愣，随后脸上浮现出无奈的笑容。"你倒是真敢来，他们都还在外面呢，你就不怕他们认出你，把你揍一顿？"

"揍就揍吧，就算他们把我的腿打断了，我推着轮椅也要来看你。"百里胖胖笑了笑。

莫莉听到这句话，脸颊微红，自动将脸转了过去。

"莫莉，我给你准备了一个礼物。"百里胖胖走到床边坐下，从口袋里掏出一个精致的礼盒，递到了莫莉的身前。

莫莉看了礼盒，表情古怪起来："不会是手表什么的吧？"

"不不不，你打开来看看就知道了。"百里胖胖连连摆手。

莫莉将礼盒拆开，在盒子的中央，用海绵夹层仔细地包裹着一块沉甸甸的檀木平安符，她微微一愣，抬头看向百里胖胖。

"今天我去寺庙里，专门给你求的平安符。"百里胖胖嘿嘿一笑，"我跟你说，为了让那个和尚给我多刻几个愿望，我可没少费嘴皮子。这个啊，全大夏只有两块，写着你名字的，就只有这一块。"

看着百里胖胖的笑容，莫莉的精神有些恍惚，她低头将这沉甸甸的木牌取出，只见在木牌的正面，像是蚂蚁般密密麻麻地刻了一个又一个愿望——"万世平安""永远开心""青春永驻""诸邪退避"……她怔怔地看着手中的檀木平安符，半响之后，才将其翻转过来，只见这块牌子的背后，工工整整地刻着四个大字——"莫莉老婆"。这四个字，并不完全一样，最上面的"莫莉"两个字，是用刻刀一笔一画地刻上去的，笔锋精练，干净利落，一看就是出自书法大家之手。而下面的"老婆"两字，明显是用黑色记号笔写上去的，笔画歪歪扭扭，就像是小学生写的字一样，跟上面两个字一对比，未免有些辣眼睛。"谁是你老婆！"莫莉放下手中的木牌，狠狠地瞪了百里胖胖一眼，没好气地说道。

"哎呀，不要在意这些细节。"百里胖胖憨笑起来，试图蒙混过关，"我让那个和尚给我刻这四个字，他死活不愿意，最后还是只刻了'莫莉'两个字，下面那两个还是我自己写上去的。"

"多此一举！"莫莉羞恼说道，一拳打在了百里胖胖胸口。她的力气不大，但这一拳在情绪的加持下，也不算轻。百里胖胖挨了一拳，忍不住弯腰咳嗽了两声，然后一边揉着胸口，一边继续笑吟吟地看向莫莉："怎么样？这个礼物还喜欢吗？"

莫莉"哼"了一声："如果将'老婆'两个字去掉，还勉强说得过去。"

"反正是用笔写上去的，你要是实在不喜欢，就擦了嘛！"百里胖胖幽怨地开口。

"那还差不多！"

"既然你喜欢这个全大夏独一无二的礼物，作为回礼，那能不能答应我一个条件？"百里胖胖贼兮兮地凑到她的面前。

"什么条件？"

"大后天是我爸的生日，到时候我要回去给他老人家过寿。"百里胖胖笑着说道，"你跟我一起回去，等过完生日了，我带你到我爸面前露个面……"

"不可能！"莫莉果断拒绝，"我是不可能跟你去见你爸的……"话音落下，莫莉犹豫了片刻，小声地补充了一句，"如果单纯只是去广深玩玩的话……还可以考虑。"

"那就这么说定了！"百里胖胖激动地站了起来，"你跟我一起回广深，我带你好好玩几天！"

莫莉表情古怪地看着百里胖胖，不知道为什么，有种中了对方圈套的感觉。"我要养伤，不能跟你一起回去。"莫莉瞪了他一眼，开口道，"等你爸过完寿的那一天，我自己坐飞机去广深……而且当天去当天回！"

百里胖胖听到这句话，有些沮丧地叹了口气。

"不愿意的话，那我就不去了。"

"别，那就这么说定了。"百里胖胖生怕莫莉改主意，"那天，你记得早点去广深找我，我保证带你玩得开开心心的，再送你回去。"

莫莉看着他的眼睛，嘴角微微上扬。

"好。"

姑苏市，某郊区出租屋中，林七夜端详着正忙碌地搭建解剖台的安卿鱼，忍不住开口道："所以，在解剖了十切鬼童后，你就获得了制造分身的能力？"

安卿鱼想了想："不能说是能力，只能说是掌握了制造分身的手段，但是限制也很多，想制造分身就必须要用到大量的科学器械，不是在哪儿都能制造的，而且制造每一个分身都要很长的时间。同时，因为我没有分割精神的手段，所以只能完整地将精神意识转入一个分身之中，这就意味着同一时间我就只能操控一个身体。"

"那也已经很惊人了……"林七夜感慨道，"难怪你在斋戒所的时候，就说那里根本困不住你，原来是因为你在那里的本就只是一个分身。"

安卿鱼抬头看着林七夜，腼腆一笑。

"所以，现在在这里的，也是你的分身之一……还是本体？"林七夜再度问道。

"你猜？"安卿鱼微笑开口。

"我想，我已经有答案了。"林七夜苦笑说道。

"对了，'贝尔·克兰德'的尸体你带着了吧？"安卿鱼似乎是想起了什么，双眼绽放出异样的神采，"能不能先给我解剖一下？"

林七夜嘴角微微抽搐，长叹了一口气，将"贝尔·克兰德"的尸体递给安卿鱼，认真嘱咐道："解剖完了记得还给我，我还有用。"

"明白！"

410

清晨的阳光洒落在深色的沥青路面上，红绿灯的光芒闪动，随着阵阵引擎声，马路上的车流缓缓挪动。一辆黑色的面包车缓缓停靠在一栋大厦门前。

"真这么急？不再等两天和我们一起过去？"坐在副驾座上的林七夜转过头，看向后座的百里胖胖。

百里胖胖无奈地开口："大后天就是老爷子的寿宴了，我这个唯一继承人肯定得早点回去，那些什么七大姑八大姨，还有其他集团和大家族的代表，都是重要人物，需要我亲自接待，寿宴需要布置的地方还有很多……"

曹渊的嘴角微微抽搐："为什么听起来你这么期待的样子？"

"嘿嘿，毕竟我还是第一次主持这么大的局面，以往这些事情都是我爸一手安排的。"百里胖胖笑道。

林七夜点了点头："好，那你就先走一步吧，迦蓝的入队文件和送去修理的弓都要明天晚上才能到，安卿鱼的实验也需要一段时间，等大后天我们直接去寿宴跟你会合。"

林七夜将手伸到后座，拍了拍他的肩膀："到时候，记得穿帅一点。"

"放心吧！没有人比我更懂穿搭。"百里胖胖嘻嘻一笑。

百里胖胖从口袋里掏出四封黑底金纹的信封，递到其他人的手中。这些信封的质地有些磨砂感，不知是用什么材质制成，在阳光的照耀下散发着淡淡的金芒，看起来高端而正式，在信封的角落印着百里集团的印戳。

"这是寿宴的请帖，拿着这个，到时候就可以直接进去了。"百里胖胖开口道，"你们就等着到广深之后，好好享受我给你们安排的超豪华休闲套餐吧！"说完，他看了眼时间，就匆匆打开车门从车上走了下去。

"我先走了，寿宴上见。"百里胖胖冲着车子挥了挥手，便转身走进了大厦之中。

大约过了两分钟，一架直升机就从远处飞来，缓缓停靠在大厦楼顶的停机场上，随后载着百里胖胖消失在众人的视野之中。林七夜注视着那架直升机离开，收回了目光。"百里集团啊……"

驾驶座上的曹渊打开信封，从中取出了一张请帖，从头看到尾，长叹了一声："这寿宴看起来很高端的样子，出席的人不是集团老总就是社会名流……我们是不是也穿正装出席？"

林七夜想了想："应该要，你们有正装吗？"

"没有。"曹渊摇头。

后座的迦蓝也茫然摇头。

林七夜叹了口气："走吧，先去商场里一人挑一件正装……"犹豫片刻之后，他又补充了一句，"把小票收好了，到了广深让百里胖胖给我们报销。"

"嗡隆隆隆……"在一阵轰鸣声中，直升机缓缓落地，机舱门打开，螺旋桨卷起的狂风将百里胖胖的头发吹得纷飞。他摘下耳罩，从口袋里取出一副墨镜戴在鼻梁上，迈着平稳的步伐向着另一处空地走去，那里已经有一架私人飞机静静地停靠在跑道之上。

"小太爷早上好！"私人飞机旁，一个穿着制服的美女露出甜美的笑容，微微鞠躬。

"嗯。"戴着墨镜的百里胖胖微微点头，目光落在制服美女的身上，微微一怔，有些疑惑地开口，"你是……"

"我是您的新私人空乘。"制服美女微笑着说道，"您可以叫我小许。"

"哦，小许啊……"百里胖胖点了点头，直接迈步走进飞机，小许紧跟他的身后走了进去，反手将机舱门关闭。这架飞机的内部空间很大，即便摆了一整个真皮沙发，一条商务长桌，还有一处调酒的吧台，依然有足够宽敞的活动空间，大气而高端。

百里胖胖躺在了真皮沙发上，舒服地呻吟起来。没多久，这架飞机就沿着跑道起飞，在一阵轻微的颠簸感中冲上云霄，径直向着广深市的方向飞去。等到机身稳定之后，小许端着一杯特调的鸡尾酒，走到百里胖胖的身前，微笑着将其放在了桌面之上。

"对了，这架是我爸新买的私人飞机？"百里胖胖环顾周围，满意地点了点头，"跟之前的那几架比，档次确实好了不少。"

"不是的，这架是景少爷的飞机。"小许温柔地解释道。

"百里景？"百里胖胖一愣，"他怎么都买上私人飞机了？"

"据说是景少爷最近把集团打理得很不错，董事长奖给他的。"

百里胖胖的眉头微皱，将鸡尾酒拿起来喝了一口，有些苦恼地开口："小爷我都没有私人飞机，这小子居然比我先搞到一架……回去之后，估计又得被他嘲讽了。"

百里景，是百里胖胖的父亲，也就是百里集团董事长百里辛的养子，和百里胖胖同岁。但是和游手好闲的百里胖胖不同，这位百里家的养子自小聪慧异常，成年之后，就被百里辛悄然无声地塞到了百里集团的基层，从一个不起眼的小职员干起。凭借着其聪明的大脑和超群的商业天赋，他很快就凭自己的实力，一路摸爬滚打到百里集团的高层，等到他的身份曝光后，引起百里集团内部的轰动，也因此拥有一批忠实的追随者。也正是由于他从底层做起的经历，百里景对于百里集团的了解丝毫不亚于董事长百里辛，所以后者也经常将集团的一些事务交给他打理，逐渐积累起自己的人脉。等到百里胖胖继承百里集团之后，百里景便是被指派给百里胖胖，替他打理公司的那个人。

"景少爷给集团创造的收益，可比一架私人飞机贵多了。"小许含笑说道。

百里胖胖张开嘴，正欲说些什么，眼前的画面突然模糊了起来。

"这是……"百里胖胖伸手支撑住摇摇欲坠的身体，眉头紧紧皱起，看向桌上的鸡尾酒，又抬头看向微笑不语的小许，"你给我下药了？！"

"很抱歉。"小许面带歉意地开口，"我们不能让你活着回到广深。"

"嗖——"一枚拖着长长焰尾的导弹掠过天空，在层叠的云层之上，精准地撞上了那架高速飞行的私人飞机，刺目的火光在半空中轰然绽放！

411

诸神精神病院——

"杀。"

"闪。"

"诸葛连弩。"

"过河拆桥！"

"？？？"

活动室中，李毅飞瞪着对面的布拉基，忍不住开口道："现在是我的回合，你不能对我用过河拆桥！"

布拉基疑惑地挠了挠头："那我什么时候用？"

"等轮到你的回合的时候再用。"

"哦……"布拉基沉吟片刻，把手中的过河拆桥卡牌挪到了梅林的面前，认真地开口，"过河拆桥！"

李毅飞："……"

"主公大人，您看到了吧？他居然想对您用过河拆桥！妥妥的反贼啊！"李毅飞凑到梅林身边，义愤填膺地开口，"让本忠臣来保护您，击杀这个大胆逆贼！"

梅林瞥了他一眼："他只是个内奸而已，你才是反贼。"

李毅飞一愣："你怎么知道？"

梅林平静开口："因为我是预言家。"

李毅飞："……"

穿着白大褂的林七夜走到活动室门口，看到正围在桌旁认真地玩着三国杀的倪克斯、梅林、布拉基、李毅飞、阿朱五人，嘴角微微抽搐。

"你们玩的游戏，倒是越来越丰富了啊。"林七夜忍不住说道，"三个人的时候玩斗地主，四个人玩麻将，五个人就开始玩三国杀了？"

李毅飞见到林七夜，眼睛顿时一亮："七夜，一起来玩会儿？"

林七夜摆了摆手："你们玩，我还有正事要做。"

林七夜转身从活动室门口离开，径直向着院长室走去。梅林见林七夜离开，不慌不忙地从手中抽出一张牌，丢在了桌上，淡淡开口："无懈可击。"

地下牢房，深处的某间牢房之中，一只匍匐在地的金色小虫似乎是感应到了什么，双翅微微张开，警惕地向墙壁挪动了些许，一副如临大敌的表情。"嗒、嗒、嗒……"沉稳的脚步声从远处悠悠传来，戴着黑框眼镜，双手插在白大褂口袋中的林七夜缓缓在牢笼之前停下脚步，目光落在了牢房角落的金色小虫身上。"又见面了，'贝尔·克兰德'。"林七夜平静地开口。

金色小虫贴在墙边，身形微微前躬，双翅颤了颤，发出一阵嗡鸣，像是在警告什么。

林七夜的眼睛微微眯起，随后像是想起了什么："忘了你不会说话，你在这儿等我一会儿。"

于是，在"贝尔·克兰德"的目光下，林七夜又快步离开牢房，过了大约一分钟，就提着一只半死不活的哈巴狗走了进来。这只哈巴狗双眼泛白，头顶上还有一个大包，像是刚被揍了一顿，隐约之间还能听到些许的怪声从它的喉咙间发出——"雅蟻……蝶……"

林七夜走到牢房前，将哈巴狗从栏杆中央丢了进去，正好落在"贝尔·克兰德"的面前。

"用它的声带吧。"林七夜开口道。

"贝尔·克兰德"看了看身前半死不活的哈巴狗，又抬头看向林七夜，一副"你在逗我"的表情。这是条狗啊！怎么说人话？！在林七夜的注视下，"贝尔·克兰德"不情不愿地爬到了哈巴狗的舌尖，缕缕雾气从它的体内散发而出，侵入哈巴狗的大脑中。下一刻，这只"呓语"分身所变而成的哈巴狗，猛地从地上站了起来，扭头看向林七夜，眼中浮现出轻蔑之色，狗嘴微微张开。"你是不是……傻？狗……怎么可能……说……人话？"这句话刚说完，狗都愣住了。金色小虫趴在哈巴狗的舌尖上，陷入了沉思。

林七夜看着这一幕，嘴角微微上扬。如果是一般的狗，当然不可能说人话，但这只哈巴狗可是梅林亲自用"呓语"的灵魂分身捏出来的，鸡语、鸭语、鹅语样样精通，还能不会说人话？

"现在，我们可以好好聊一聊了。"林七夜倚靠在对面牢房的栏杆上，双手插兜，悠悠开口。

哈巴狗眉头一皱（虽然根本没有眉头）："你想聊什么？"

林七夜指了指它："聊聊你愿意为你的命，付出些什么。

"你心里应该很清楚，在这里，我就是执掌你灵魂生灭的那个人……要么向我展现你的价值，要么，魂飞魄散。"

听完这句话，哈巴狗陷入沉默，像是在思考着什么。它在思考，林七夜也在思考。这只虫子……它到底能干吗呢？洗衣做饭？那不可能。哄老头老太开心？也不像是那种类型。人家混乱魔方虽然也不是个人，也不会哄老人开心，但人家至少能当个全自动麻将机……这只虫子好像除了吓人，什么也干不了。要不就直接把它做了吧？

似乎是察觉到林七夜的眼神有些不善，哈巴狗的身体颤了颤，片刻之后，它缓缓开口："我可以拿迷雾里的情报跟你交换。""贝尔·克兰德"控制着哈巴狗的声带，继续说道，"你们大夏一直被隔绝在迷雾之外，对于海外的情况应该并不了解，我是海外的迷雾中诞生的生灵，我所知道的，应该正是你们所缺少的。"

听到这句话，林七夜的双眼微微亮起。自从百年前地球被迷雾笼罩之后，大夏之外的所有地域全都成了生灵禁区。这一百多年大夏虽然从未停止过对迷雾的探索，但所获得的信息情报都是凤毛麟角，迷雾中的情况，对于他们来说始终是一个未解之谜。而外神们的神国，也潜藏在这迷雾之中。若是之前，林七夜自然没有获取迷雾中的情报的方法，但现在不一样，一个来自迷雾中拥有足够智商与人交流的生灵，就在他的眼前。当这个条件被"贝尔·克兰德"抛出的那一刻，林七夜就知道，他无法拒绝这个交易。当然，他不会就这么简单地将自己的意愿表露出来，不榨干"贝尔·克兰德"的所有价值，他这个院长也就白当了。

"还不够。"林七夜摇了摇头，"除此之外，你还需要为我打工，并无条件地答应我所有的要求。"

哈巴狗死死地盯着林七夜："你不要太过分了，我'贝尔·克兰德'也是有尊严的……答应你的这些条件，跟当一条狗有什么区别？"话刚说完，哈巴狗就陷入了沉默。

林七夜表情古怪地看了它一眼，转身就向牢房外走去："你要是不愿意，那就没什么好谈的了，希望你下辈子能当个人……哦不，你已经不会有下辈子了……"

"等等！"哈巴狗突然开口叫住了林七夜，纠结了许久之后，还是咬着牙张开了嘴……"汪！"

412

"上面的这些协议条款，你自己都要看好了，我们是正规病院，从来不干那些昧着良心的黑心厂家干的事。"林七夜将契约递给"贝尔·克兰德"，耸了耸肩说道。

哈巴狗咬着牙，看完了上面自己密密麻麻的义务，再看了看空空荡荡的另一栏，气得狗腿都开始发抖："你……"

"不签就还给我。"林七夜伸手就要拿回契约。

哈巴狗的爪子死死按在契约上："别动……我签！"

它张嘴叼起地上的笔，歪歪扭扭地在协议上签下了一串英文名字，当名字写完的那一刻，整个协议便化作飞灰消失无踪。哈巴狗舌尖上的"贝尔·克兰德"身上光芒一闪，在右翅之上，浮现出了一串小小的数字——005。这串数字出现后，"贝尔·克兰德"就像是失去梦想的咸鱼，瘫了在哈巴狗的舌尖上。

林七夜满意地点了点头："很好。"

有了"贝尔·克兰德"之后，诸神精神病院的护工人数终于变成了五个，只是可惜在鄷都的时候，蚁后的最后一击是迦蓝给的，所以蚁后的灵魂并没有在牢房中出现。

他转身向牢房外走去："走吧，我们找个地方好好聊聊。"

这一人一狗走出了牢房，正抱着一团衣服往洗衣房走的阿朱看到林七夜，乖巧地停下身鞠了一躬。"院长好。"林七夜满面笑容，点了点头。哈巴狗看到阿朱鞠躬，默默地翻了个白眼。阿朱察觉到哈巴狗的目光，表情逐渐古怪起来："院长……我好像看到这只狗在鄙视我？"

林七夜像是想起了什么，笑着对阿朱介绍道："对了，这个是我们病院新来的护工，以后它就归你管了。"

林七夜踢了旁边的哈巴狗一脚，后者才不情不愿地吐出舌头，露出上面那只小小的金色虫子。

"是只金苍蝇啊？"阿朱恍然大悟，"院长，它叫什么名字？"

"嗯……"林七夜沉思片刻，"它叫贝勒爷。"

"贝尔·克兰德"："……"

"贝勒爷。"阿朱蹲下身，用手摸了摸哈巴狗的头，露出了一个友善的笑容，"既然这样，那厕所的打扫就交给你……一定要舔得很干净哦！"贝勒爷虎躯一震！它忽然联想到这具狗的身体，脑海中隐约有种不祥的预感。

"走了。"已经走了很远的林七夜回过头，开口呼唤贝勒爷。被阿朱吓得浑身僵硬的贝勒爷好不容易缓过神，垂头丧气地跟在林七夜的身后，走进了休息室之中。

林七夜给自己泡了壶茶，坐在了梅林的摇椅上，缓缓开口："说说吧，你来自哪里？迷雾之中究竟是什么样的？"

贝勒爷控制哈巴狗在门旁坐下，沉默片刻之后，开口说道："我来自一个遥远的西方城市，那是一片无论是文化还是地貌都和大夏完全不同的地域，气候阴冷潮湿，建筑造型古朴，大多数都尖顶而且比较低矮……迷雾早就将城市中的所有生物扼杀殆尽，在满是尸体与残骸的城市之中，只有一些从迷雾中出现的'神秘'依然在活动。它们能够免疫迷雾的影响，而且都拥有各自的奇异力量，强大异常……也就是你们口中的'神秘'，而我也是其中一员。"

林七夜用手撑着下巴，若有所思。"所以，迷雾之中也有'神秘'的存在？"一开始，林七夜以为"神秘"只是出现在大夏境内的强大生物，迷雾之中应该不会有任何生命存在，现在看来，他的判断是错误的。"神秘"并非只出现在大夏，它们同样在迷雾之外降临了，而且具备对迷雾的免疫特性，能够在迷雾中自由行走。也就是说……迷雾之外，可能已经变成了独属于"神秘"的危险世界。

"没错。"哈巴狗点了点头，继续说道，"我从迷雾之中诞生后，从残破的城市废墟之中找到了一些残缺的书本，并花费时间学习了当地的语言，那是一种和你们大夏的语言截然不同的表音文字，比较简单，学起来比较容易。在掌握这种文字之后，我才开始进一步地向更广阔的区域探索，从一些资料和路标上，我知晓了这座城市的名字……"哈巴狗停顿了片刻，缓缓开口，"在百年之前，这座城市叫爱丁堡。"

"爱丁堡？"林七夜听到这三个字，眉头微微皱起，似乎是在极力思索着什么，"听起来有些耳熟……好像是百年前失陷的某一个国家的城市。"在集训营的时候，教官们曾经教过一些百年前的国外历史和人文，不过主要是为了方便讲解外国神话，并没有深入介绍城市本身。

"这座城市，曾是一个名为'英国'的国家的城市之一。"哈巴狗继续说道，

"离开爱丁堡之后，我又去了被称为'利物浦''利兹''牛津''曼彻斯特'的城市，基本上和爱丁堡一样，都只剩下了残骸……"

"果然，百年前被迷雾笼罩的诸国，都已经失陷了……"林七夜的眉头微微皱起，目光看向哈巴狗，"除了废墟和'神秘'，迷雾中还有别的东西吗？"

"有。"哈巴狗张开嘴，笃定地开口，"还有人。"

"人？！"

林七夜一怔，脸色微变，从摇椅上站起，走到哈巴狗面前蹲下，严肃地开口："你是说……迷雾中还有活人？"

"虽然数量极少，但确实是有的。"哈巴狗缓缓开口，"因为，我差点就死在他们手里。"

林七夜的双眸微眯："你一个'海'境的神秘，差点死在他们手里？他们是什么人？"

哈巴狗的双眸中浮现出回忆之色："当我探索到一个名为'伦敦'的城市之后，发现那里的'神秘'数量相对于其他城市来说少了很多，而且实力并不强，建筑也保存得更加完整。就在我疑惑地探索这座城市的时候，他们就突然地出现了。他们披着红白色的全身盔甲，拿着银色骑士长枪，骑着重型摩托车，在迷雾中追杀那些弱小的'神秘'……他们的实力很强，而且身上都闪烁着金色的光芒，迷雾根本无法接近他们的身体。他们，自称为'圣裁骑士团'。"

413

"圣裁骑士团……"林七夜反复地念叨着这个名字。

"他们用一种奇异的手段，探知到我的存在，然后就开始追杀我。""贝尔·克兰德"控制着哈巴狗，继续说道，"他们的进攻手段和你们的禁墟完全不一样，战斗力似乎源于他们的盔甲。那些盔甲赋予了他们强大的力量与速度，甚至还有一些特殊能力，比如火焰和雷霆，盔甲上的红色纹路越多，他们的实力相对也就越强。为首的那个男人，即便不依靠重型摩托车也拥有惊人的速度，举手投足之间都能够释放出恐怖的圣光，如果用你们的境界划分来衡量，那他至少是一个'无量'。好在我的速度比他快了一些。当我逃离了伦敦的范围之后，他们就停止了追杀，转而退入城市之中。在那之后，我就再也没有踏入过伦敦市内，而是一路向东探索，最终发现了这座没有被迷雾笼罩的神秘国度。""贝尔·克兰德"讲完了自己所知道的信息，便闭上了嘴巴。

林七夜皱着眉头坐回了摇椅之上，陷入了沉思。不得不说，"贝尔·克兰德"给他带来的信息，实在是太过震撼了。迷雾之中，居然还有人类存活，而且拥有着神秘的力量，不仅能够抵御迷雾，还能对强大的"神秘"造成威胁。他们是怎么活下来的，那些盔甲又来自哪里？是神明的眷顾？除了他们，在其他的国家，还有没有别的人类幸存？他们也拥有着神秘的力量吗？林七夜越想越觉得大夏对于迷雾的了解太少了，在这片被称为生命禁区的迷雾之中，藏着的秘密远比众人想象的要复杂。

"我知道的，都已经告诉你了。"哈巴狗幽幽开口，"我能不能再多提一个条件？"

林七夜瞥向它："什么？"

"可不可以换个差事？我不想打扫厕所……"哈巴狗的眼神满是卑微。

林七夜和蔼一笑："不可以哦。"

"喀喀喀……"某个荒僻无人的海岸边，一个浑身湿漉漉的胖子踉跄着身形，脚踩细碎的礁石，一点点地向岸边挪动。腥咸的海水顺着他的发梢落在地上，他面色苍白，双唇没有一丝血色，满是血丝的双眼控制不住地闭合，瞳孔涣散，仿佛下一刻就要昏倒在地一般。"哕……"他突然跪倒在礁石之上，低头吐出大量的海水，然后整个人剧烈地咳嗽了起来。

"幸好我命大。"百里胖胖跪在地上缓了许久，才再度从礁石上站起，虚弱地自言自语，"想杀我的人多了去了，这么多年下来，小爷不还是活蹦乱跳的？想阻止我回广深，门都没有！"话音落下，百里胖胖再度迈开步伐，虚弱地向着海岸旁的公路走去。

在那枚导弹击中飞机之前，百里胖胖就知道了酒有问题，好在他在集训营的时候就受过守夜人专业的意志训练，而且只喝了一口，还能勉强保持意识清醒，就在这时，制服美女小许就从柜台下取出一件禁物，果断对他发起了进攻。意识模糊的百里胖胖自知不是对手，电光石火之际，选择用"风雷卷"轰开了机舱门，纵身从飞机上跃下。他刚刚坠下飞机，就看到一枚导弹从远处飞射而来，击中了上空的私人飞机！当机身直接随着导弹一起爆炸的瞬间，目睹了一切的百里胖胖直接被吓出了一身冷汗。若是他刚刚跳机的速度再慢一点，只怕现在也和这架飞机一起被炸成了碎片！高空坠落的百里胖胖放出"瑶光"，一边减弱自己下坠的速度，一边操控着方向，让自身落入靠近陆地的大海之中。他抵抗着迷药的药性，硬生生在海里游了近二十分钟，才成功踏上这片海岸。

接近虚脱的百里胖胖走到马路边，四下张望一圈，一屁股直接坐在了地上。这里和宏连市那个热闹的黄金海岸不同，根本看不到任何人影，周围都是连绵的山丘，海岸旁就只有这一条马路贯穿而过，绕着山丘的弧度向前曲折延伸，一眼望去根本看不到尽头。日渐西斜，从海面上照射而来的残阳越发昏暗，百里胖胖背对着大海坐在柏油路面上，后背倚靠着围栏，低头像是在思索。这次的袭击，和以往的不太一样。袭击者不仅精确地知道他回广深的时间和路线，而且能在飞机上安插一个内鬼，甚至还能调动导弹拦截飞机……不，仔细想想，那架飞机他以前从没见过，很可能也是对方袭击计划中的一环。可袭击者是怎么将这些东西完美地安插进他的行程之中的？为什么连空乘和飞机都被调包了，百里家还一点动静都没有，像是什么都没发生过一般？

就在这时，百里胖胖又回忆起了私人空乘小许说过的话。

"这架是景少爷的飞机……

"景少爷给集团创造的收益，可比一架私人飞机贵多了……

"我们不能让你活着回到广深……"

回广深。寿宴。景少爷。

"百里景……"许久之后，百里胖胖的双眸微微眯起，"是你吗……"

"嘀嘀——"昏暗的天空下，道路的另一旁，一辆蓝色的轿车打着远光灯，正向这里疾驰而来。百里胖胖眼前一亮，勉强站起身走到马路的中央，奋力地挥动起双手。在他的拦截之下，这辆小轿车还是缓缓停在了他的面前。"你有病啊？！"驾驶座上的中年男人摇下车窗，满脸不爽地对着车前的百里胖胖吼道。百里胖胖面无表情地走到车旁，打开车门，直接坐进了副驾驶位。

中年男人呆呆地看着这一幕，过了半晌才反应过来："你谁啊？谁让你上我的车的？"

百里胖胖瞥了他一眼，从口袋中掏出厚厚一沓钞票，甩在了驾驶座上，淡淡开口："开车。"

414

夜幕渐浓，一辆蓝色的轿车驶过蜿蜒的公路，明亮的车灯破开前方的黑暗，径直向着南方驶去。

"兄弟，你这是怎么回事啊？"坐在驾驶座上开车的男人嘴碎道，"我看你也不像是个差钱的主，怎么浑身湿成这样，跟刚从海里爬出来似的，遇上什么麻烦了？"

百里胖胖低头摆弄着已经被海水泡坏的手机，随意地回答："算是吧。"

"嘿，年轻人嘛，血气方刚的也正常，我年轻的时候也出去鬼混过，群架也没少打，不过我还是劝你啊，要是实在处理不了，就找警察。"男人语重心长地说道，"现在毕竟是法治社会，古惑仔那一套啊……过时啦！"

百里胖胖嘴角微微抽搐，摇下车窗，将废掉的手机丢出了窗外。"手机借我用一下。"

"啊？行！"男人将自己的手机递给百里胖胖，后者接过手机，打开拨号功能，手指却悬停在了半空中。百里胖胖看着拨号盘，陷入了沉默。林七夜的那部手机，是经过守夜人特殊信号处理的，除非是同样来自守夜人的内线电话，其他外来的电话号码都会被自动屏蔽。也就是说，他根本无法用这部手机联系上林七夜。而曹渊那小子，又根本没有电话，安卿鱼好像也没有，更别说刚从棺材里跑出来没多久的迦蓝了。他根本就联系不上他们。可除了林七夜等人，他还能联系谁？他的助理？司机？女仆？管家？如果真是百里景策划的这一切，他一定早就将这些人的电话监听了，自己打电话给他们无异于自投罗网，搞不好连他爸的电话都被做了手脚。如果是别人，那未必能做到这一切，但百里景就另当别论了，毕竟现有小半个百里集团都在他的手下管着，说是手眼通天也不为过。

"怎么？不知道打给谁？"男人笑了笑，"不行的话，就打110吧！"

"不能报警。"百里胖胖果断地摇了摇头。

百里家的能量有多庞大，百里胖胖心里最清楚，警察的内部肯定有自家的眼线，一旦自己打电话过去，下一秒自己还活着的消息甚至所在地点，都会被送上百里景的办公桌。百里胖胖虽然看起来憨，但并不愚蠢，甚至从某种意义上来说他是个聪明人，只不过他和太多的聪明人待在一起，就不愿意开动脑筋罢了。但现在，他没有了可以倚靠的队友，必须要靠自己的力量，平安地回到广深。听到百里胖胖如此干脆地拒绝了报警的提议，男人微微一愣，余光通过镜面看向百里胖胖，表情逐渐古怪了起来。这小子……该不会是什么逃犯吧？回想到刚刚百里胖胖水鬼般的模样，还有随手就从口袋里掏出的一沓百元大钞，男人顿时觉得自己发现了真相，默默地咽了口唾沫，握着方向盘的手都开始出汗。

"对了，这里是什么地方？把地图调出来给我看一下。"百里胖胖凑到了车载智能控制板前，伸手开始缩放上面的地图。

男人虎躯一震，主动将地图调了出来，声音有些颤抖地开口道：

"那个，小兄弟……哦不，老大哥，这些钱你拿回去，我，我不要了……"

男人一边开车，一边颤巍巍地将手里的钞票递到了百里胖胖的面前。

百里胖胖记下了地图，狐疑地看了男人一眼，正欲开口说些什么，众多刺目的亮光出现在了远处的道路之上。

只见一辆辆警车横在马路的中央，蓝红色的灯光闪烁，明亮的车灯撕开了深沉的夜幕，将人的眼睛晃得生疼，在这些警车之前，几个穿着荧光背心的交警正挨个敲开每一个经过车辆的窗户。

"前面什么情况？"百里胖胖皱了皱眉，抬头问道。

"我也不知道啊，好像是查酒驾？"男人疑惑地开口，"奇了怪了，怎么今天突然就开始查酒驾了？"

百里胖胖转过头："以前不查吗？"

"不查，这条路我走了不知道多少年了，从来没见过有人在这儿查酒驾的。"男人笃定地说道。

百里胖胖凝视着不远处的交警，突然开口："靠边停车。"

"啊？"

"我说停车！"

"哦哦哦！"

轿车在路边的岔道口停下，百里胖胖二话不说，直接推开车门，侧头看了不远处的酒驾关卡一眼，翻过围栏，身形一晃就消失在路旁的树林中。见证了这一幕的男人张大了嘴巴，更加笃定心中的判断！这小子绝对是个通缉犯！不然他干吗要避着警察？男人在车中犹豫片刻，一咬牙，踩下油门疾驰到酒驾的关卡之前。"我要举报！！"男人摇下窗户，对着前方大声喊道。

山丘的树林之中，借着朦胧的月光，百里胖胖的身形快速地穿梭其中，径直向着东南方向跑去。他几乎可以断定，前面那些突然出现的酒驾关卡，就是为了寻找他而设立的，多半是袭击者发现了自己没有随着飞机坠毁，通过当时飞机的路径推算出可能落在海岸线周围。而海岸线旁边，又只有这一条公路贯穿南北方向，只要稍加推理，并不难判断自己可能的逃生路径，只要在两个方向的路口设上关卡，就有很大的可能找到自己。"果然是百里家的人……"百里胖胖喃喃自语。除了百里家，他想不出还有谁有这么大的能量，居然能调动警方的力量来寻找自己。好在他已经记下地图，知道广深市大概的位置，不过这里和广深的距离至少有两百多公里，单纯靠脚力肯定是不行，他必须要找到别的靠近广深市的办法。就在百里胖胖一边思索，一边在树林中行进的时候，三道脚踏金光的身影突然掠过头顶的天空！紧接着，几束刺目的手电光芒就从空中落了下来，聚焦在百里胖胖的身上。

"小太爷……这大晚上的，您怎么这么狼狈地在林子里乱跑啊？"一个站在微缩版"瑶光"之上的男人低头看着林间的百里胖胖，嘴角浮现出冰冷的笑容。

—415—

"仿制版'瑶光'……"百里胖胖见到三人脚下的金芒，双眸微微眯起，"百里家的人？"

"怎么了小太爷？您不认得我了？"那男人笑着开口，"早年前，我还当过您跟班呢，您每次去高级会所，我都在会所大门右边的那个石狮子后面给您站着岗。"

百里胖胖想了想，如实说道："我的跟班太多了，为什么要记得你？"

男人："……"

"你们身为百里家的成员，知道我是谁……还敢飞在我头顶？"百里胖胖的表情逐渐阴沉下来，"给我滚下来！"

听到这句话，踩着仿制版"瑶光"的三人脸色微变。

另一个女人冷笑着开口："小太爷，既然我们今天这么大摇大摆地出现在你的面前，就没打算让您活着走出这片林子……您觉得我们还会乖乖听话吗？"

百里胖胖凝视着他们："就凭你们三个，就有把握杀掉我？"

"我们三个？小太爷，您可能是误会了。"男人的嘴角微微勾起，"我们只是负责搜索您的下落而已，出手的，另有其人。"

他的话音落下，百里胖胖像是察觉到了什么，猛地转头看去。昏暗婆娑的树影中，四道身影缓缓走来，当如白霜般的月光洒落在他们脸上的时候，百里胖胖的瞳孔骤然收缩。

"地、火、风、水四禁物使，见过小太爷。"火使看着百里胖胖的眼睛，平静地开口。

"你们？！"百里胖胖怔怔地看着这一幕，眼中满是难以置信之色，"这怎么可能？你们可是我的贴身保镖团，为什么要杀我？！！"

百里胖胖看着这四张熟悉的面孔，脸色苍白无比，双手的指甲狠狠嵌入肉中。在剧烈的疼痛之下，他意识到眼前的一切并不是幻觉。但他无法理解！这地、火、风、水四位禁物使，可是直属于他的保镖团，从小到大他受过上百次的暗杀袭击，其中有一大半是这四位禁物使替他摆平的。如果没有他们，他早就死在了不知道哪次袭击之中。在沧南遭到"信徒"和古神教会的追杀时，也是这四位禁物使冒死与敌人厮杀，他和曹渊、沈青竹等人才能顺利脱身。在百里胖胖的眼里，这四个人就是他成长的保护伞，是他一直敬仰尊敬的前辈。可如今，居然连他们都要来杀自己？！

"抱歉了，小太爷。"水使缓缓闭上了双眸，似乎不愿再直视百里胖胖的眼睛，"我们不能让您活着回广深……"

狂暴的飓风从林间席卷而来，将百里胖胖的身形吹得后退了数步，他伸手挡在脸前，皱着眉头注视着眼前的四人，眼中满是愤怒与不解。"为什么？为什么你们都不让我回广深？！"百里胖胖积压在心里的怨愤就像是火药桶般被点燃，他张开嘴，迎着狂风大声吼道，"我只是想回去参加我爸的生日而已！他百里景要是这么想要这百里家主的位置，我给他就是了！什么公司、集团、家业……谁来掌管，小爷我根本就不在乎！我不懂这些，我也不想懂这些！为什么他非要置我于死地？他连站在我的面前，和我当面聊一聊的勇气都没有吗？只敢使用这些下三烂的手段？！"百里胖胖愤怒的声音混杂在狂风之中，他的对面，地、火、风、水四位禁物使沉默不语。

火使的指尖燃起一抹刺目的火苗，在狂风的席卷下，顷刻之间就变成一片火焰龙卷，卷挟着恐怖的热量铺天盖地地向着百里胖胖涌来。百里胖胖紧咬牙关，从口袋中掏出"风雷卷"，用力迎着这片火焰龙卷扇过去！混杂着雷霆的风与火焰龙卷碰撞到一起，将附近的树木吹得倾倒而下，与此同时，一双手臂突然从百里胖胖脚下的地面破出，死死地抓住了百里胖胖的脚踝！百里胖胖眉头紧锁，正欲有所动作，一个窈窕的身影出现在他的面前。水使的指尖微画，细密的水珠从空气中析出，凝结成两道薄薄的水刃，径直割向百里胖胖的脖颈！

百里胖胖的瞳孔微缩，整个人灵巧地向侧方扭去，薄薄的水刃几乎是擦着他的鼻尖飞过，随后一抹刺目的金芒从他的胸前绽放，汇聚成一柄金色飞剑，拦腰斩向水使。水使后退数步避开这一击，潜藏在地底的地使身形如同鬼魅般出现，双手掐印，四周的地面剧烈颤动起来，紧接着一根根地刺爆射而出！"起！"百里胖胖及时收回金色飞剑，一脚踏在其上，避开所有的地刺，径直向着天空冲去。

四位禁物使联手的实力有多强，百里胖胖的心里最是清楚，而且对方对他有什么禁物都了如指掌，想必早就有了应对之策，在这种地形下与他们战斗，只会是死路一条！就在百里胖胖的身形刚刚飞到半空的时候，那三个踩着仿制版"瑶光"的身形迅速将其包围。

"小太爷，这是要去哪儿啊？"那男人冷笑一声，拔出背后的一根银色长棍，另外两人也同样如此，他们脚踏仿制"瑶光"紧跟在百里胖胖身后，密集的电光从这些银色长棍上绽放，相互连接，组成了一道三角形的电网。

"雷神柱的仿制品？现在连这东西都造出来了？"百里胖胖见到这三根雷光涌动的铁棍，顿时想到了"灵媒"小队的那些银色巨柱，脸色顿时难看了起来。

"小太爷，你已经太久没有回家了，根本不知道……现在的百里家有多么强大！"

女人手握银色长棍，骤然甩出，这三根电光缭绕的银色长棍轻易地破开空气，径直射向百里胖胖。百里胖胖凭借着战斗本能勉强躲开了两根长棍，却被其间相互连接的雷光击中。百里胖胖闷哼一声，浑身的肌肉麻痹，整个人控制不住地向下坠去。

百里胖胖一边坠落，一边用余光看着身后追来的四位禁物使，眼中浮现出不甘之色。就在这时，他坠落方向的山林之间，一个戴着白狐狸面具的男人轻"咦"一声，抬头看向天空，面具下的面孔浮现出古怪的表情。

—416—

"啧，真是不让人省心……"那戴着白狐狸面具的男人双眸微微眯起，目光落在那脚踏狂风与火焰，向着百里胖胖追去的几个人身上。他缓缓抬起右手，在他的食指和中指之上，分别戴着两枚戒指，一枚银白色，一枚漆黑色。"啪——"一道清脆的响指声在夜空下回荡，正脚踏狂风追赶百里胖胖的四位禁物使，身形突然一顿！刹那间，周围所有的空气都被抽空，周身的狂风、火焰，全部消失，前所未有的窒息感笼罩了他们的心头！失去狂风带来的作用力，他们四人同时向着脚下的林间坠落而去，双眸瞪大，环顾四周，似乎是在努力寻找着什么。那三个驾着仿制版"瑶光"的身影在强烈的窒息感下也停住了身形，浑身的青筋暴起，双手不停地抓着自己的脖颈，眸中浮现出痛苦之色。顷刻间，所有追踪百里胖胖的身形全部都被拖在了原地。

戴着白狐狸面具的年轻人平静地注视着这一幕，确认百里胖胖逃离现场之后，默默地将双手插进兜中，转身走进黑暗的丛林之中。大约走了二十分钟，另外一个身影出现了林间。"沈青竹，刚刚我听见你那边好像有动静，是找到百里涂明的踪迹了吗？"那个身形走到他的身边，开口问道。沈青竹摇了摇头："回第九席大人，并没有发现百里涂明的踪迹，只是百里家族的其他人在搜索他而已，不知道他跑到哪里去了。"

第九席若有所思地皱起眉头："百里家的人怎么出来找他了……也不知道是来保护他的，还是跟我们一样，是来追杀他的？"

沈青竹沉吟片刻，开口问道："我们来追杀他是为了赏金，但他们不是一家人吗？为什么百里家的人要追杀他？"

"谁知道呢，这种大家族就是乱，什么样的人都有。"第九席摇了摇头，"我们重新推理一遍百里涂明可能的逃离路线，如果下一次截杀还不能找到他，就只能去广深市蹲守了。"

沈青竹点头："好的。"

姑苏市。

"叮咚——"门铃声响起，坐在沙发上的林七夜眉梢一挑，快步走到门前，从猫眼向外看了一眼，将门打开。"你好，林七夜队长。"门外，是一个穿着便装的年轻人，手中拿着一口黑色的长匣，递到林七夜的面前。"您要修补的弓箭已经完工，还有新的勋章、入队资料都在这里，请签收。"林七夜点了点头，将长匣抱在手中，在守夜人专用的资料卡上签上自己的大名，便转身走进了屋中。

这里是守夜人总部安排在姑苏市郊区的一座安全屋，从外表上来看，是一间废弃了许久的别墅，但其实里面的家具都有人定期维护，住几个人并不是问题，除了守夜人的人，并不会有其他人知道这个地方。林七夜抱着长匣走进屋中，一旁的迦蓝快步走上来，伸手指了指这个黑匣，又指了指自己，好奇地眨了眨眼睛。"我……的？"

"对，是你的。"林七夜将手中的黑匣递给迦蓝，笑着开口，"打开来看看吧。"

迦蓝兴奋地将黑匣抱到茶几上，伸手按下把手上的按钮，黑匣便自动弹开，黑色的塑性海绵之中，静静地躺着一张淡黄色的硬木弓。迦蓝的眼睛顿时明亮起来，她轻轻将这张弓从海绵中拿出，双手仔细地摩擦着弓身，其上没有丝毫的断裂痕迹，就像是原本就是完整的一般。迦蓝的脸色浮现出淡淡的笑容，眼中满是喜爱之色。

"这不还是之前那样吗？"坐在沙发上的曹渊看到那柄和之前并无差距的弓

身，疑惑地开口。

林七夜伸手取出了放在海绵上的一张卡片，目光一扫，开口说道："总部的人说，用直刀的材质来重塑弓身，会使原本的弓失去弹性，所以只是用技术手段将弓身复原了，转而用一种与直刀材质相近的纳米涂层在弓身表面镀上了一层薄膜，虽然看起来和之前没有区别，但其实硬度已经远超一般的钢铁。"

曹渊若有所思地点了点头："看来，总部确实是用心了啊……"

林七夜转头看向抱着淡黄色木弓爱不释手的迦蓝，微笑着开口："怎么样？还喜欢吗？"

迦蓝如同小鸡啄米般点头。

"那就好。"林七夜将黑匣中的塑性海绵取下，在海绵下方的夹层中，还静静地躺着两份用密封袋封装的机密文件。林七夜随手取出一份文件，拆开阅读起来。这份文件主要是高层对他们小队这次"贝尔·克兰德"事件的反馈。总体来说，他们对第五预备队的成果非常满意，并决定授予他们一枚集体"星辰"勋章，和在原始森林的那枚"星辉"勋章一同发放。在文件中，高层还询问了林七夜勋章发放的方式。"星辰"及以上的勋章，都有两种不同的发放方式，一种是用这种送快递的方式送到他们的手上，另一种则是整支小队前往上京市守夜人总部进行正式授勋。林七夜思索片刻，决定还是使用第一种送上门的方式。这种方式虽然有欠正式，但是对于经常需要满大夏跑的特殊小队来说，才是最方便的，毕竟总不能动不动就回上京受个勋，浪费时间又浪费精力。更何况明天他们就要起程去广深参加百里寿宴，并没有时间去上京市。

林七夜放下了这份文件，目光扫过另一份文件，嘴角微微上扬。这一份是迦蓝的正式入队文件，其中还有一枚独属于迦蓝的守夜人纹章。她原本不是守夜人的成员，所以纹章还是需要补充发放的。也就是说，从这一刻起，迦蓝就正式成为第五预备队的成员。就在这时，林七夜像是想到了什么，眉头微微皱起。连迦蓝的入队文件都已经下来了，为什么百里胖胖的入队文件还没有出现？

417

"百里涂明的入队文件？"电话中，叶梵的语气有些疑惑，"你什么时候往上面提交过百里涂明的入队申请了？我这里审批的时候，并没有看到啊。"林七夜拿着手机站在窗台，听到这句话，整个人都愣在了原地。"可是我分明提交了，和曹渊、安卿鱼两个人的入队申请一起提交的。"林七夜仔细回忆了片刻，认真地说道。

电话的另一边，叶梵沉默许久，随后传出了一阵窸窸窣窣的寻找声。"我这里并没有收到百里涂明的入队申请。"叶梵肯定地说道，"要么是文件在中途缺失了，要么……就是有人把文件扣住了。"

"把文件扣住了？"林七夜忍不住开口，"什么人要扣住百里涂明的入队申请？"

"应该是守夜人内部的人，这件事你就先不用管了，我来处理。"叶梵沉吟了片刻，"另外，你记得让百里涂明再交一份入队申请上来。"

林七夜点了点头："好的。"

林七夜挂断电话，望着窗外荒芜的郊区，眉头微微皱了起来。虽然只是一份文件缺失，但林七夜不知为什么，总有一种不祥的预感。他拿起手机，连续给百里胖胖的手机打了三个电话，却都没有人接通。

"叶司令怎么说？"曹渊从客厅中走出，开口问道。

"他说是文件中途缺失，或者被某人扣住了。"林七夜如实回答，"但我总觉得，这件事情似乎没有这么简单……"

曹渊点了点头："你想怎么做？"

林七夜低头沉思片刻："去看看安卿鱼的实验做完了没有，如果差不多了，我们马上就订机票去广深。"

广深市，高速路口，一辆大型卡车带着低沉的轰鸣声，缓缓停靠在路的边缘，司机拉起手刹，迈步从驾驶座上走了下来。车前，几个交警仔细地环顾着这辆卡车的外部，似乎是在寻找着什么。"朋友，你哋呢系查咩呢？（朋友，你们这是在查什么呢？）"

司机走到一个交警面前，从口袋里掏出一根香烟，笑着递给了对方。交警瞥了他一眼，摆了摆手，并没有收下这根烟："你呢部车上装嘅咩？（你这车上装的是什么？）"

司机一愣："都系度好嘅猪呀！（都是上好的猪啊！）"

"打开睇！（打开它！）"

见司机愣在原地不动，他指了指身前的车厢，重复道："我叫你打开呀！"

"好好嘅。（好的好的。）"司机抓住卡车车厢门，用力一扯，在一阵嘎吱声中车厢的大门缓缓打开，一阵恶臭随着气流涌出外界，让几位交警直皱眉。其中一个交警一边捂着鼻子，一边用手电扫过昏暗的车厢，只见局促的车厢中，几十只白白胖胖的肥猪正拱在一起，发出阵阵低哼声。"走啦！"交警有些嫌弃地扫了车厢一眼，不愿在这里多待，挥了挥手便离开这里，向着后面的一辆轿车走去。

司机点头哈腰地将车厢门关上，快步走回驾驶室内，拉起手刹一踩油门，卡车便逐渐消失在道路的尽头，径直向着远处霓虹璀璨的广深市驶去。没有人注意到，在车厢的顶部，一抹粉笔的痕迹突然显现，在顶部画了一个大圈，下一刻厚重的车厢壁就此消失，一个浑身脏兮兮的身影从中爬出，躺在车厢的顶端，大口大口喘着粗气。

"喀喀喀……臭死小爷了。"浑身恶臭的百里胖胖咳嗽几声，脸色苍白无比。

他四下环顾了一圈，确认这辆车已经驶入一条偏僻的小道，并且周围没有监控摄像头后，从卡车的顶端一跃而下！在路边翻滚了几圈卸掉惯性之后，他的身形迅速遁入马路旁的阴影之中，消失不见。从那处树林逃脱之后，百里胖胖就随机选择了一辆驶过路边的卡车，利用空间粉笔躲入车厢逃避那些人的追捕，可谁知道好巧不巧地选择了一辆满载着老母猪的卡车。但事已至此也没有办法，他就只能强忍着气味的不适，与这群母猪在车厢里共同度过了六个小时的车程。他在选车的时候，就特地留意了车牌，这辆车是广深市的牌照，而且上的也是去广深市的高速，所以百里胖胖推测这辆车的目的地就是广深市，事实证明他的推理并没错。在下高速通过收费站的时候，百里胖胖敏锐地察觉到了外界的变动，提前用空间粉笔打穿车厢顶部的车厢壁，躲在车顶，这才躲过了一轮搜寻。等到那些交警离开，他又立刻遁入车厢内，防止在经过收费站的时候被监控摄像头发现。身体和精神双重疲惫的百里胖胖站在小山丘的顶端，遥望着远处的这座灯火通明的都市，满是污渍的脸上看不出丝毫情绪波动，他的双拳缓缓握紧，眼眸深邃起来。

"广深……我回来了。"他喃喃自语。

百里胖胖凝视远方的都市圈片刻之后，迈开脚步继续向前行进。虽然他现在已经进入了广深市的范围，但这并不意味着危机就此过去。在这座被百里家族主宰的城市之中，他所面临的危险反而是其他地方的数倍！作为整个大夏最为庞大的集团，百里集团的能量已经辐射到全国各地，就像是一张大网覆盖出去，而广深市，则是这张大网的中央，也是能量最为恐怖的地域。这里，到处都是百里家族的眼线。如何避开过这些眼线，平安地回到家中，是他此刻必须要面对的难题。靠自己的力量，肯定是不够的，在百里家族的眼皮子底下，哪怕是一只苍蝇也别想悄无声息地接近百里集团的范围，他必须要找人帮助他……可就连他最相信的地、火、风、水四禁物使都已经背叛了他，他还能相信谁？

百里胖胖蹲下身，用树枝在地上写下了几个名字，沉默许久之后，又一个个地划去。任何与百里家族沾边的人，都已经不可以相信了，那就只能求助于百里家族之外的力量。最终，他的目光停顿在了某个名字上。

418

"嗡——"引擎声在空中划过，一架飞机从高空徐徐降落，落在平整的跑道之上。

"尊敬的各位旅客，航班已经抵达广深市青云机场，请您带好随身的行李……"优美的空乘声音回荡在机舱之内，林七夜随着长长的队伍走出飞机，通过廊道进入机场的抵达大厅。取好了各自的行李之后，四人站在抵达大厅的门口，看着一眼望不到尽头的出租车队伍，陷入了沉默。

"七夜，咱们现在怎么走？先去找酒店还是先去百里集团？"曹渊忍不住问道，"我们对广深也不熟啊，坐出租不会被宰吧？"

林七夜看着眼前的车流，长长地叹了口气。如果按原本的计划，他们应该是明天中午才抵达广深，百里胖胖早就安排好了人来接应。但是他们这一次提前过来并没有通知百里集团的人，所以一时之间就陷入迷茫之中。倒不是林七夜舍不得出租车钱，而是百里集团在广深市的产业太多了，他根本不知道该去哪里找百里胖胖。

就在几人愁眉不展的时候，一辆黑色豪车缓缓停靠在众人的身前，一个穿着西装、戴着白手套的英俊男人走下驾驶位，快步地向他们走来。"你好，请问是林七夜队长吗？"

听到这句话，林七夜一愣。从对方的这一句话中，他就得知了两个信息，一个是对方知道他的名字，另一个则是对方知道他特殊小队队长的身份……可要知道，他们是一支根本就不存在于守夜人档案中的队伍，除了守夜人的高层，根本不可能有人知道他们的存在，更别说他的队长身份了。

"你是百里家的人？"林七夜眉头微皱。林七夜唯一想到的可能知道他身份的人物，就是那位百里集团的董事长，守夜人的荣誉高层之一，百里辛。他本身就是守夜人的高层，又是百里胖胖的父亲，知道这支特殊小队的存在并不让人意外。

"是的，我是景少爷的管家，我叫常康盛。"常康盛看到林七夜茫然的神情，笑着解释道，"百里景少爷是我们百里集团董事长的养子，也是百里胖胖的弟弟，一般董事长没空的时候，都是他在打理和集团有关的大小事务。"

听到这句话，林七夜若有所思地点了点头。

"可是，我们明明约的是明天到达广深，今天没有打招呼突然过来，你们是怎么知道的？"安卿鱼的双眼微眯，开口问道。

常康盛微笑着开口："在各位贵客刚订完来广深的机票的时候，我们家景少爷就已经知道了各位的行程了，担心各位贵客初来乍到人生地不熟，所以特地安排我来接待各位。"

林七夜的眉头微微皱起。虽然人家是一片好意，但是这种自身的一切都被对方掌握的感觉让他有些不悦，可想到对方又是百里胖胖的弟弟，就没有多说什么。"好。"林七夜点了点头。

常康盛帮助众人把行李搬上车，林七夜等人便坐进这辆豪车之中，里面的空间比他想象的还要宽敞，不仅有两张加长的真皮沙发，甚至还在沙发旁边摆了一个观赏用鱼缸，所有的陈设挂件，看起来都价值不菲。迦蓝坐在沙发边缘，好奇地打量着这座鱼缸，手指轻轻杵着玻璃的表面，目光一刻不停地随着其中的金鱼挪动。

常康盛坐到驾驶座上，系好安全带，微笑着开口："各位贵客，我们已经为你们准备好了住所，现在过去可以吗？"

林七夜沉吟片刻，点了点头："可以。"

车辆缓缓启动，坐在车中的林七夜等人没有丝毫的震动感，悠扬的古典音乐从昂贵的车载音响中传出，让人仿佛置身于音乐会的现场。

林七夜的目光看向窗外的路景，片刻之后，开口问道："百里涂明到广深了吗？"

开车的常康盛微笑着回答："昨天就已经到广深了，他没有跟你们汇报行程吗？"

林七夜摇了摇头："并没有……而且他的手机似乎打不通。"

常康盛想了想："他昨天回来之后，就一直在忙，可能是没有时间看手机吧？毕竟他要接待的重要客人实在是太多了。"

"回来了就好。"听到百里胖胖平安无事的消息，林七夜松了口气，靠在真皮沙发的靠背之上，缓缓闭上了眼睛。

"为什么是百里景的人来接待我们，而不是百里涂明的人？"就在这时，一直沉默的安卿鱼突然开口。林七夜的双眸再度睁开。

常康盛听到这话，微微一愣："小太爷一直在忙着处理明天寿宴的事情，可能是忙忘了吧？毕竟他从小就是这么一个喜欢丢三落四的人……而且他和我们家景少爷的关系一直很亲，你们是小太爷的朋友，就是景少爷的朋友，景少爷自然会对你们的事情上心。"

安卿鱼的双眼微眯，似乎是在思索着什么，并没有继续追问下去。大约行驶了半个小时，这辆豪车在一座奢华的五星级酒店大堂前缓缓停下，林七夜等人刚下车，几位门童就帮他们拿好了行李，走入大堂中。

"这是我们百里集团的产业之一，整个广深市顶尖的豪华酒店。"常康盛一边介绍，一边直接带着众人走上电梯，途中前台帮他们把房卡送了过来，连入住手续都没有办理。随着电梯的缓缓上升，透过干净明亮的玻璃梯门，几人可以清晰地看到大半个广深的夜景。最终，电梯在第88层停靠。整个88层，就只有一间套房。

"景少爷为几位贵客准备的，是这酒店最豪华的总统套房，一般人就算是再有钱，也不一定能有机会入住，只有我们百里集团真正的贵客才有资格入住其中。"常康盛走到套房门口，用手中的黑金房卡刷开了房门，屋内的自动感应灯接连亮起，一个灯火通明的超豪华套间出现在众人的面前。常康盛站在门口，微笑着说道："各位贵客，你们收获了景少爷的友谊，自然就是我们百里集团最尊贵的客人！"

419

"哗啦啦……"豪华酒店88层，安卿鱼静静地站在咖啡机前，低头不知道在想些什么。浓醇的咖啡香气在客厅内蔓延，安卿鱼回过神，端起咖啡杯，迈步向着一旁的全景落地窗走去。黑色的天穹之下，霓虹灯光闪烁的现代化城市散发着纸醉金迷的气息，即便已是深夜，这座城市依然没有安静下来的意思，几辆超跑时不时地掠过空旷的马路，轰鸣的引擎声划破寂静的夜幕，在远方消失不见。干净明亮的落地窗前，清晰地映照出两个少年的倒影。

"你怎么看？"站在落地窗前的林七夜突然开口。

安卿鱼搅拌着手中的咖啡，蒸腾的热气在他的镜片上凝成一片雾气："不太对劲。"

"我也这么觉得。"林七夜微微点头，"胖胖虽然有时候不太靠谱，但关于我们的事情，他一向是很上心的，就算再忙也不可能忘记接待我们……"

安卿鱼沉吟片刻："而且那个百里景，给我的感觉也很奇怪。"

"没错。"林七夜的双眼微眯，"从一开始，那个常管家就一直有意无意地在暗示，我们所享受的一切都是百里景给的，丝毫不提胖胖的事情，就仿佛是特地把他的存在隐去了一样。"

安卿鱼喝了一口咖啡，思索了片刻，有些不确定地开口："家族内斗？"

"有这个可能。"

"百里家的产业太大了，百里集团董事长兼家主的位置，足以让绝大部分人为之疯狂，如果这个百里景真像常康盛说的那么有实力的话，那他不服百里胖胖，暗中对他使绊子也不奇怪。"安卿鱼仔细分析。

林七夜没有回答，只是静静地望着窗外的夜景，许久之后，长叹了一口气。

"怎么了？"

"如果只是单纯的家族内斗，那问题并不大……"林七夜缓缓开口，"只要百里老爷子始终坚定地站在百里胖胖这边，他们根本翻不出什么大浪。"

安卿鱼点了点头："也是，百里家的那位既然能撑起整个百里集团，自然不可能是什么蠢人，有人会不服百里胖胖，对他暗中使绊子这一点他应该早就猜到了，只要他出手介入，其他人根本不可能动摇百里胖胖的地位。"

安卿鱼说完之后，见林七夜的脸色依然有些凝重，不由得疑惑地开口："既然百里胖胖的地位根本不可能动摇，那你还在担心什么？"

林七夜摇了摇头，转身走进了客厅之中。"希望，是我多心了吧……"

广深市，某独栋豪华别墅，一个中年男人正坐在宽大的沙发上，轻轻摇晃着手中的高脚杯，目光注视着那被晕染出暗红色涟漪的昂贵红酒，片刻之后，抬头将其一饮而尽。"嗒、嗒、嗒……""队长早啊。"一个丰腴的女人踩着楼梯，微笑着从楼上走了下来。

韦修明转头看向她，抬起手中的酒杯，笑着开口："早，苗苏，要来一起喝一杯吗？"

苗苏摇了摇头："队长，一大早就喝酒，对肠胃不好。"

韦修明无奈地将手中的酒杯放在桌上，缓缓站起身，伸了个懒腰。"没办法，百里家送过来的酒实在是太多了，这瓶再不喝完，酒柜里就装不下新的了。"他走到电视机的背景墙前，伸手推开墙上的木质移门，庞大的柜门无声地移开，一整面墙的昂贵红酒密密麻麻地存放在木柜中，像是小山般层叠在一起。

　　"装不下就不要了呗。"苗苏开口道，"队长，咱们是守夜人，不宜和他们牵扯太深。"

　　"我知道，可是……"韦修明有些心痛地看着这满墙的红酒，"你也知道，我这个人对酒根本没有抵抗力……我要是不收下的话，他们就会把这些酒直接倒进厕所里，这是暴殄天物啊！"

　　苗苏无奈地叹了口气，摇了摇头，走到厨房开始准备早饭。

　　"老韩他们呢？"苗苏像是想起了什么，开口问道。

　　"昨晚就去处理那个新出现的'神秘'了，到现在都没回来。"韦修明嘀咕了一句，"也不知道，是不是又去哪个会所过夜去了。"

　　苗苏翻了个白眼，用力捏爆了手中的一个生鸡蛋："队长！你该好好说说他们了！一天天的没个正形，哪里还有守夜人的样子！"

　　"知道知道，这次等他们回来，我肯定好好教育他们！"韦修明严肃地开口。

　　"叮咚——"就在两人交流的时候，一声清脆的门铃声响起。韦修明刚想叫苗苏去开门，看到对方正在厨房忙碌之后，叹了口气，自己起身打开大门。看到门外站着的那个身影，韦修明愣在了原地。"百里涂明？！"韦修明吃惊地看着眼前这个浑身恶臭、狼狈至极的小胖子，"你怎么变成这样了？"

　　百里胖胖惨惨一笑："最近遇上了点事情……队长，我能进去吗？"

　　"快进来快进来！"韦修明带着百里胖胖走进屋中，正在厨房忙碌的苗苏看到他这副模样，同样大吃一惊，连忙解下围裙快步走了过来。"小涂明，你怎么变成这样了？谁欺负你了？你跟姐说！姐现在就去揍他！"苗苏的眼中浮现出怒火。

　　"没事……不用了苗姐。"

　　"苗苏，快去我屋里给他拿件干净的衣服，再把医疗箱拿来！"韦修明看到百里胖胖身上的伤口，脸色微沉。

　　"哦，好！"

　　片刻之后，百里胖胖换上了一件干净的衣服坐在沙发上，苗苏手中拿着酒精和绷带，正在仔细地替他处理伤口，韦修明坐在百里胖胖的对面，表情前所未有地严肃。

　　"说吧，这是怎么回事？"

　　百里胖胖苦笑着将这一路上的事情跟两人说了一遍，韦修明的眉头越皱越紧。

　　"你是说，百里家有人要杀你？"他诧异地开口，"谁有这么大的胆子，你可是百里集团指定的继承人！"

百里胖胖低着头，沉默不语。

"这件事情，我心里有数……"百里胖胖抬头看向韦修明的眼睛，认真地说道，"我来这里，只有一个请求……我要回家！"

420

韦修明和苗苏对视一眼。

"我明白你的意思了。"韦修明若有所思地开口，"你是觉得，在百里集团内部有人要杀你，就一定会调动广深市的眼线搜索你的下落，你想避开这些眼线回到自己的家里？"

"没错。"百里胖胖重重点头，"我很清楚百里集团在广深市有多大的能量，我一个人是不可能避开他们悄无声息地回到家中的，所以我需要你们的帮忙。"

"没问题。"韦修明没有丝毫犹豫，"你是我们 010 小队的队员，我们一定会尽全力帮你。"

听到这句话，百里胖胖的脸上浮现出笑容，一直以来悬着的心，终于放了下去。

"可是，我们该怎么避开百里家的耳目，送小涂明回家呢？"给百里胖胖包扎完毕的苗苏疑惑地问道。

韦修明站起身，在客厅内徘徊片刻，心中便有了对策。"我马上叫老韩他们回来，用他们的禁墟，悄然无声地进入百里家并不是什么难事。"

别墅外，一辆不起眼的黑色轿车中，一个男人缓缓放下了手中的望远镜。

"果然如百里景所料，他到广深之后，立刻就回来找 010 小队了。"他转头看向副驾驶座上的同伴，"汇报吧。"

"好。"

副驾驶座上，另一个男人正欲打开耳麦，突然一阵清脆的敲窗声从他身旁传来。他转头看去，发现敲窗户的是一个年轻人，他嘴上叼着一根烟，单手插兜，嘴角浮现出笑容。两个男人对视一眼，随后便摇下了车窗。

"你干吗？"男人冷声问道。

"兄弟，借个火。"年轻人把头凑到车内，咧嘴笑道。

"没有火，你去找别人吧。"

男人话音落下，就要摇上车窗。

"啧，真是小气。"年轻人吐掉嘴中的香烟，伸手搭在车窗上，对着车内轻轻打了个响指。"啪——"下一刻，轿车内的空气被全部抽空，两个男人惊恐地瞪大了眼睛，扭头看向那个单手插兜的年轻人，像是意识到什么，同时伸手向着座位下摸去。就在这时，一双手从后座伸出，同时搭住了两人的肩膀。两个男人瞳孔骤缩！这辆车的后座，原本是没有坐人的。还没等两人回头看去，他们的肩膀就像是麻花般扭曲起来，骨头连带着筋肉寸寸碎裂，他们痛苦地张大了嘴巴，像是在哀号，却无法发出半点声音。几秒钟后，挣扎的两人逐渐失去力量，瘫软在座位之上，彻底失去了呼吸。

沈青竹双眼微眯，打开车门，将这两个人的尸体从车里拽出来，直接丢到了一旁的垃圾桶中，然后坐在了驾驶座上。"你是怎么猜到百里涂明会回到这里的？"沈青竹一边调整着后视镜，一边开口问道。坐在后座的第九席缓缓开口："以前跟这里的010小队打过交道，知道他们安全屋的位置，既然百里涂明也是010小队的一员，回来寻求他们的帮助也在意料之中。"他瞥了眼路边的两个垃圾桶，继续说道，"我们'信徒'的任务目标，可不是什么阿猫阿狗都能横插一手的……要是一会儿百里家的人介入了，反而会给我们造成麻烦。"

沈青竹点了点头："所以，下一步该怎么做？"

第九席看向路边，只见又有一辆车停在了别墅的门口，紧接着百里胖胖等人便从别墅中走出，坐进了那辆车中。他从口袋里掏出一块口香糖，丢进嘴中嚼了几下，吐到了掌心，屈指对着那辆轿车轻轻一弹。口香糖在半空中像是螺旋般扭曲起来，无声地划破空气，精准地黏附在了轿车的排气管上。"嗡——"轿车再度启动，从别墅门口驶离，随后轿车周围的光线诡异地扭曲起来，车身彻底消失在两人的视野之中。

沈青竹的眉头微皱，第九席却是一副早知如此的表情，平静地开口："010小队中有个人能控制光的折射，使周围的人或者物体进入一种光学隐身的状态中，不过我已经提前在那辆车上安了追踪器，接下来，你听我的指示开车。"

"好。"沈青竹系上安全带，点了点头，"我们要在路途中袭击他们吗？"

第九席沉吟片刻："不，有010小队保护，我们得手的概率很低，反而容易打草惊蛇，先远远地跟着他们，看看他们究竟要干什么。"

半个小时后，一辆轿车突然从空旷的道路上凭空显现出来。老韩打着方向盘，让轿车在路边停下，看了眼前方紧闭的庄园大门，开口说道："只能到这儿了，前面就是你们百里家族的庄园大门，我进不去。"

坐在后座的百里胖胖点了点头："到这里就够了，接下来的路……我自己走。"

他转头看向身边的韦修明和苗苏等人，脸上浮现出笑容："谢谢你们。"

韦修明摆了摆手："不用这么客气，都是一个小队的成员，互相帮助是应该的，你先进去吧，要是出了什么问题，你就给我们发个信号，我们冲进去救你。"

百里胖胖感激地和众人道谢，随后便走下了轿车，深吸一口气之后，眼中浮现出坚定之色，迈步向着前方紧闭的庄园大门走去。这辆凭空出现的轿车，引起了庄园守卫们的注意。他们皱着眉头讨论了一会儿，正欲做些什么，百里胖胖的身影便走到了大门前。"小太爷？！"守卫见到百里胖胖，惊讶地开口，"您回来了？"

百里胖胖静静地站在黑色的钢铁大门之前，透过栏杆间的缝隙，注视着花园中央的白色豪华独栋别墅。"开门。"他平静地说道。

几个守卫相互对视一眼："小太爷，这……您等我们先去请示一下。"

百里胖胖猛地转过头，双眸冰冷地看着他们的眼睛，一字一顿地开口："什么时候……我回自己的家，也需要向人请示了？！"他胸前一抹金光闪过，"瑶光"化作一柄金色的飞剑被他握在手中，杀气四溢。他站在庄园大门之前，声音冰寒彻骨。"我再说一遍，给小爷我开门！"

421

见到百里胖胖手中的"瑶光"飞剑，几个守卫的脸色微变，互相对视一眼之后，还是默默地按下了手中的按钮。"嘎吱——"一阵低沉的嗡鸣声响起，沉重的黑色钢铁大门缓缓打开，一条铺满了银杏叶的平整长道出现在百里胖胖的身前。百里胖胖挥手散去手中的"瑶光"飞剑，表情看不出喜怒，平静地向着远处那座豪华别墅走去。

等到百里胖胖离开，一个守卫飞快地跑到保安亭中，拿出一部对讲机，压低了声音说道："百里胖胖回来了！他真的回来了！"

银杏大道两侧，正在低头专注地打扫路面的用人见到那个熟悉的身影，眼中都浮现出诧异之色，但依然纷纷鞠躬，恭敬地喊一声："小太爷早。"

百里胖胖没有理会这些人，径直向着前方走去。别人在想什么，他并不想知道，他太累了。他只想回到属于自己的家，找到他的父亲和母亲，告诉他们自己这一路都经历了什么……他相信以父亲的智慧，一定能帮他找到在暗中谋害他的人，并还他一个公道！于是，他就这么在众人的注视下，走到那座别墅的门口，他看着眼前这扇熟悉的大门，缓缓伸出手，按动了门旁的门铃。"叮咚——"清脆的门铃声响起，片刻之后，大门被打开，一个穿着白衬衫、系着深青色领带、戴着金丝眼镜的年轻人正静静地站在门前，见到门口的百里胖胖，先是一愣，随后眉头微微皱起。

"百里涂明……"他有些诧异地开口，"你怎么在这里？"

百里胖胖同样一愣，随后眉头紧锁地看着眼前的年轻人，双眸之中隐约浮现出怒火，一字一顿地开口："百里景……你怎么会在我家？"

百里景眉梢一挑，有些好笑地说道："怎么？我在我的义父家，有什么问题吗？"

百里胖胖死死地盯着他的眼睛，沉默了许久，冰冷地开口："所以，我这一路上的遭遇，和你有关吗？"

听到这句话，百里景仔细地打量了百里胖胖片刻，笑道："看来你在守夜人这段时间还是学到了一些本事的，这样居然都没能杀掉你，有些出乎我的意料了……"

"你这个浑蛋！"百里胖胖只觉得一股前所未有的怒意涌上心头，他紧紧握住拳头，猛地挥出！就在他的拳头即将打在百里景面门上的时候，一个低沉而熟悉的声音从屋内传来。"是谁来了？"听到这个声音，百里胖胖下意识地收住了拳头，呼啸的拳风拂过百里景的脸颊，只差分毫便要打在他的鼻梁之上。百里景脸色阴沉地看着眼前的百里胖胖，双眸眯起危险的弧度。"百里涂明，你最好搞清楚，这里是哪里，今天……是什么日子。"他冷笑一声，回过头去，脸上顿时绽放出温文尔雅的笑容："爸，是涂明哥回来了！"

百里胖胖微微一怔，下一刻，飞快地将拳头收起，把手缩到背后。门后，一个两鬓斑白的中年男人走到门廊中央，见到门口的百里胖胖，不苟言笑的表情微微变化，平静地点了点头。"涂明回来了？一起吃个早饭吧。"

百里胖胖见到这个熟悉的身影，眼眶微微湿润了起来，心中那份一直被他用理智压抑的辛酸与委屈涌上心头，双唇都控制不住地颤抖起来。他就像是个在外面受了欺负的孩子，终于找到了可以倾诉的对象。他张嘴正欲说些什么，百里辛已经转身走进了屋中。"小菁，给涂明再做一份早饭。"两鬓斑白的中年男人走进厨房，对着一个温婉贤淑的女人说道。

百里胖胖在原地怔了片刻，默默地闭上了嘴巴，目光落在看起来斯斯文文的百里景身上，逐渐冷了下来。"你给我等着，这件事不会就这么过去的……"他走进屋中，和门旁的百里景擦肩而过，后者看着他离去的背影，低头推了推金丝眼镜，眼中浮现出嘲讽之色。

百里胖胖走进宽敞明亮的客厅之中，只见白玉般的餐桌之上，几张空盘正静静地摆在那里，一位女佣将所有的盘子收起，正在用毛巾仔细擦拭着桌面。片刻之后，一个气质温婉的女人端着一盘早餐，微笑着从厨房中走了出来。"涂明啊，你出去了这么久，终于想到回家了？"她将手中的早餐放在餐桌上，有些幽怨地开口，"我还以为今天你爸生日，你都不打算回来了。"

"妈，我早就想回来了，就是……"百里胖胖停顿了片刻，目光瞥了眼身旁的百里景，继续说道，"就是路上出了点意外。"

"你这孩子……算了，赶紧先吃个早饭吧，吃完早饭就该去寿宴的会场了。"女人无奈地摇了摇头。

百里胖胖在餐桌旁坐下，拿起手边的筷子，低头吃起了早饭。他在路上受到截杀这件事，不会就这么过去，但现在还不是和百里景撕破脸皮的时候……至少不是在这里。他虽然心中委屈，但也不会在父亲寿辰的这一天在他们的家里引出一场肮脏恶臭的家族纠纷。毕竟一旦他和百里景翻脸，就绝不可能善了，一定会有一个人彻底离开百里家。他不想毁了父亲的生日。既然他已经平安回到了百里家，那即便是多等一天，又能怎么样？

百里胖胖将盘中的早餐全部吃完，就连盘底的面包渣都舔得一干二净，他从餐桌旁站起身，笑着开口道："妈，我吃完了，您的厨艺真是绝了！"

温婉的女人轻笑着帮他把餐盘收走："就你嘴甜！"

"今天寿辰的布置，都弄好了吗？"百里辛换好一身昂贵庄重的礼服，走进客厅，开口问道。

百里胖胖正欲开口，一旁的百里景率先说道："都准备好了，爸。"

百里辛点了点头，上下打量了百里胖胖一眼，眉头微皱："寿宴马上就开始了，你怎么还穿成这样？赶紧去房里换身衣服，然后就该坐车去会场了。"

百里胖胖"嗯"了一声，把手伸进口袋中，想要将那块作为生日礼物的檀木平安符取出，但仔细想了想，现在还不是时候，便又将其放了回去。

422

明媚的阳光透过落地窗，洒落在干净的地砖上，一身西装的林七夜站在巨大的穿衣镜前，认真地紧了紧脖子上的黑色领带。这套西装是他们在姑苏市商场买的，虽然说不上有多昂贵，但也价格不菲，主要是他们想到要出席如此重要的宴会，如果西装太过廉价，反而会给百里胖胖丢人。怎么说也是未来的第五支特殊小队，穿得跟叫花子一样，以后还怎么混？反正是胖老板买单，林七夜一点也不心疼。不得不说，西装这东西确实是一分价钱一分货，眼前这套笔挺的西装虽然价格昂贵，穿在身上却有着廉价西装无法比拟的高级感，充满质感的布料服帖地穿在林七夜的身上，将他健壮而匀称的身形完美地勾勒出来，优雅与力量感并存。漆黑的衣领搭配上里面雪白的衬衫，完美地衬托着林七夜英俊的五官，那双如星辰般明亮的眼眸静静地看着镜中的自己，眼中浮现出满意之色。同样穿着西装的曹渊走到他的身后，看到镜中帅得一塌糊涂的林七夜，脸色有些垮。

"怎么你穿着西装就像个明星，我穿着就像一个讲文明的恐怖分子？"林七夜转身看去，只见曹渊穿着和自己大同小异的西装，一丝不苟地扎着领带，但不知为何，隐约之间那份独属于曹渊的凶悍桀骜之气依然扑面而来，如果硬要用四个字形容的话，那就是——"西装暴徒"。

"可能是脸的问题。"林七夜认真地回答，伸手指向一边，"你看，安卿鱼穿起来也很正常。"

一旁正在系领带的安卿鱼一怔，脸上浮现出腼腆的笑容，最后收紧领带，从桌上拿起自己的黑框眼镜戴上，像是个温和文艺的邻家大男孩，浑身上下散发着知识的光辉。

曹渊的嘴角微微抽搐，半晌之后，憋出了一句话："没事，我相信胖胖也好不到哪儿去……"

三人准备妥当，就在这时，一间卧室的房门缓缓打开。穿着一身深蓝色长裙的迦蓝从卧室中走出，如瀑般柔顺的长发自然地垂到腰间，细长的手臂如玉藕般抬起，轻轻将一缕发丝撩到耳后，脸上浮现出一抹淡淡的红晕。"好看……吗？"她走到林七夜的身前，那双明亮的眼睛充满了期待。曹渊和安卿鱼同时转头看向中间的林七夜。林七夜认真地看着迦蓝，沉吟许久之后，点了点头："好看。"另外两人同时松了口气。听到这两个字，迦蓝的脸上浮现出笑容，明媚的阳光照在她的脸上，宛若深秋的暖阳，令人心旌摇曳。

"叮咚——"清脆的门铃声响起，曹渊走到套间的大门前，将房门打开，只见常康盛正静静地站在门前，脸上带着礼貌的笑容，恭敬地开口："各位贵客，车子已经备好了，如果准备妥当的话，请各位随我前往寿宴场地吧。"

林七夜正欲点头，一旁的曹渊似乎是想到了什么，凑到了林七夜的耳边小声问道："七夜，赴宴的时候，我们要把刀带去吗？"

林七夜微微一怔，低头沉思起来。按理说，他们作为特殊小队的预备队，即便是在休假期间也要做到刀不离身，随时准备接受高层发布的紧急任务，毕竟当直升机飞过来接他们的时候，可不会停下来等他们回去再拿装备。可眼下他们是要去赴宴……带着刀去，未免有些不妥，更何况过寿的还是百里胖胖的父亲。犹豫片刻之后，林七夜便想到了解决的办法，对着在门口等候的常康盛笑了笑："不好意思，再给我几分钟的时间。"说完，他便走回了屋中。

几分钟后，他从屋中走出，对着众人点了点头。随后四人便再度坐上了那辆豪车，径直向着寿宴的会场驶去。这次寿宴的会场，是在百里集团 A1 栋主楼的顶层，据说是整个广深市最高的建筑，同时也是整个百里集团的心脏。林七夜在刚到广深市的时候，就遥遥看见这栋摩天大厦，像是一根坐落于人间的地上神柱，笔直地刺入云霄，其顶端已经完全淹没在了云层之上，根本无法预估实际到底有多高。在这栋大厦旁，还有四座相对较矮的大厦，像是卫星般坐落在主楼的四周，从布局上来看，就像是一座充满了现代气息的古堡，而中央那直入云霄的主楼，就是古堡主人的居所。

"这就是有钱人吗……"曹渊看着窗外越发接近的几栋大厦，忍不住感慨。

一旁的迦蓝已经凑到窗边，一双眼睛紧盯着这几栋楼，嘴巴张成了"O"形，来自古代的她根本没有见过如此震撼的建筑，说是神迹也不为过。

车辆缓缓停靠在主楼的门口，常康盛解下安全带走下车，替林七夜等人打开了车门。宽大崭新的红毯上，林七夜四人从豪车中走下，紧了紧领带，抬头看了眼这座不见顶端的高耸大楼，径直迈步向着大楼的内部走去。此时，已经有许多宾客站在大楼一层的豪华大厅，相互之间谈笑风生。突然，他们的声音逐渐减小，纷纷转头看向门口，只见四道气场十足、仪表不凡的身影正踏着红毯，向大厅之中走来——走在中央的年轻人样貌英俊，后背笔挺，目光深邃而平静；左边是一个戴着眼镜，看起来温文尔雅的腼腆少年；右边是一个穿着蓝色长裙的少女，肤如凝脂，倾国倾城；最边上，是一个文雅的外表下带着一丝戾气的年轻人，他的目光缓缓扫过场内众人，不知为何，就让人心神一颤。

众多宾客好奇地打量着这四道身影，相互询问起来，却并没有人知道他们是谁，是哪个大家族或者集团的贵公子和大小姐。

"您好，请出示一下请帖，谢谢。"站在门旁的男人恭敬地开口。

林七夜将四份请帖拿出，递到了对方的手上，后者的眼中浮现出诧异之色，随后微笑地开口："几位贵客请随我来，我们家老爷为各位准备了一点薄礼……"

—423—

"准备了礼物？给我们？"林七夜有些疑惑地开口。

男人点了点头："是的，请各位随我来。"说完，他做了个请的手势，便带着四人穿过大厅，直接向着后面某个隐秘的电梯走去。大厅内的其他宾客见到这一幕眼中的惊讶之色更浓了，他们都是来自各大集团的代表，是商界中名头响亮的人物，连他们都没有受到这样的待遇，这四个年轻人究竟是谁？

林七夜等人随着男人走上了电梯，后者先是在电梯中的智控屏上输入密码，验证指纹，随后直接按下了101层的按钮。电梯悄无声息地运转，随着红色的数字不断跳动，他们与地面的距离开始急速上升。等到那串数字在101层停下，电梯门终于缓缓打开。门后，是一条宽阔的，充满了高级感的灰色长廊。林七夜等人随着男人走出电梯，沿着长廊径直向前走去，脚下是不知名的丝绒地毯，双脚踩上去没有丝毫声音，头顶淡黄色的氛围光洒落，既不昏暗也不刺眼，让人舒适无比。他们在这条长廊中足足走了五分钟，经过了无数个房间，才走到尽头。男人走到尽头的门前，先后验证了指纹、虹膜、工作证，那厚重的房门才缓缓打开，门后，是一个足足有三层楼高的庞大空间。"咔，咔，咔……"随着房门的推开，屋顶的灯光依次打开，一束束光芒从顶端投射而下，清晰地将下方密密麻麻的展示柜照亮。

林七夜等人站在门口，看到如同浪潮般逐渐亮起的展示柜台，眼中浮现出震惊之色。"这些是……"

"是禁物。"男人站在门旁，微笑着说道，"这些，是我们百里家族收藏的部分禁物，除了那十二件被老爷单独存放的超高危禁物，其他的禁物都在这里了。"

林七夜走到最靠前的一座展台前，向里面看去。那是一双破旧的黑色拳套，静静地摆放在展柜的中央，在头顶灯光的照射下散发着诡异的黑光，看起来就不像是凡物，在展柜的右下角，摆放着一片刻着介绍的金属片——

潮汐手套
手套内侧附带序列 356 的禁墟"巨力"，挥拳时可产生 500～3000 公斤力重的巨力，危害评级"B"，对装备者无要求，目前禁物原理已破解，加入仿制量产计划……

林七夜将目光从这个展柜上移开，看向眼前密密麻麻的其他展柜，忍不住问道："这里……究竟有多少个禁物？"

男人微笑着开口："一共 383 件，其中有 196 件是序列 600 之后的'无害'禁墟，86 件序列 400 到 599 的'低危'禁墟，63 件序列 200 到 399 的'危险禁墟'，38 件序列 90 到 199 的'高危'禁墟。当然，其中有一部分是拥有相同禁墟的禁物，也算在了个数之内。"听到这些恐怖的数字，曹渊等人彻底被惊到了。百里家族禁物收藏馆之名，他们早就有所耳闻，但直到今天他们才真正认识到……"收藏馆"三个字究竟意味着什么。如此数量的禁物，实在是太过惊世骇俗！

"老爷本身就是守夜人的高层，对于你们这支未来的第五特殊小队，寄予厚望。"男人开口说道，"所以，他让我带你们到这里来，每个人可以自由选择一件禁物，作为我百里家赠予各位的礼物。"

林七夜回过头，有些惊讶地开口："用禁物当作礼物，会不会太贵重了？"

男人笑着摇了摇头："林队长，您太小瞧我们百里集团的气量了，实不相瞒，每一支特殊性小队出世之后，我百里家都会赠予礼物，比如'假面'小队队长王面手中的那柄'弋鸳'，就是当年老爷送给他的礼物。"

林七夜的脑海中回想起王面腰间的那柄刀，若有所思地点了点头。曹渊、安卿鱼等人同时看向林七夜，似乎是在等他做决定。片刻之后，林七夜有些无奈地笑了笑："既然是胖胖父亲的一番好心，那我们就却之不恭了……每个人挑一件吧。"

曹渊等人点头，沿着这庞大的收藏空间，各自分散开寻找起来。虽然这些禁物收藏都是按序列排位的，但有时候高危的序列并不意味着更合适自己，比如王面手中的那柄能够将速度转化成杀伤力的"弋鸳"，本身只是一件序列 301 的禁墟而已，但是与他的能力相配合，却能打出超高危的伤害。

林七夜正打算同样开始寻找，一旁的男人却叫住了他。"林队长，老爷亲自为你准备了一件禁物……请随我来。"林七夜微微一愣，犹豫片刻之后，还是跟上男人的脚步，向着另外一个房间走去。这个房间并不大，看起来也没有外面的收藏馆大气，反而显得有些局促，但在这间屋子的中央，已经静静地摆放着一个长长的黑匣。男人站在门口，对着林七夜做了个请的手势。林七夜迈步走到那黑匣之前，双手打开匣边的弹锁，在一阵清脆的机栝声中，黑匣缓缓打开，一柄雪白的长刀正静静地躺在黑匣的中央。这柄刀的长度和直刀差不多，但是相对而言刀身较为纤细，刀锋在灯光的照耀下泛着淡淡的红芒，有一种难以言喻的妖异之感。林七夜看着这柄白色的长刀，双眸微微眯起，总觉得有点眼熟。

"林队长，这和外面的那些禁物可不同。"男人适时开口解释道，"这柄刀名为'斩白'，附带着序列 061 的超高危禁墟'斩白'，是老爷的十二件珍贵藏品之一，它能够无视距离对周身一千米范围内的任何物体造成伤害，一刀挥出，万物授首。这可是真真正正的大杀器。"此刻，林七夜终于知道了这股熟悉的感觉来自哪里。在集训营的时候，百里胖胖曾拿出一件"斩白"的仿品给他使用，虽然只能无视五米的距离，但依然给他留下了深刻印象。而现在……这件禁物的原版，就摆在他的眼前。

424

林七夜没有急着拿起这柄刀，而是转过身，目光看向男人。

"为什么要把这件藏品送给我？"林七夜疑惑地问道，"就连王面都只拿了一件序列 301 的禁物，为什么偏偏给我一柄这么高危的刀？"

"当然是因为林队长值得。"男人微笑着开口，"您的潜力，只会比王面更高，老爷相信，您……才是这件禁物真正的归宿。"

林七夜微微皱眉，正欲开口说些什么，男人又继续说道："除此之外，老爷可能还有一点点的私心。"

"什么私心？"

"未来的某一天，如果百里家遇到什么问题，还得仰仗您出手相助呢……"男人恭敬地说道。

"所以，这只是个交易？"林七夜读懂了他的意思，皱眉问道。

"交易，又有什么不好呢？"男人微微一笑，"我们保证，这件事一定在您的能力范围之内，而且绝对不会违反你们守夜人的规则，合情合理。"

林七夜陷入了沉默。确实，从某种意义上来说，交易比单纯的赠予更加让人放心。如果真如他所说，未来要自己帮百里家既不违背守夜人规则，又尚在能力范围之内的忙，似乎也并不是什么过分的要求。而且这毕竟是百里胖胖家的产业，如果真有那么一天，百里家出了什么事情，看在百里胖胖的情面上，即便没有报酬，他应该也会出手相助。这么一想，这个交易似乎很划算。

"好，我答应你。"林七夜将黑匣闭起，将其背在身后，平静地开口。

见林七夜收起了"斩白"，男人脸上的笑容更加灿烂了，深深地鞠了一躬："您和您的小队，将是百里家永远的朋友。"

等林七夜背着"斩白"走出房间的时候，其他三人都已经挑好了自己要的禁物。曹渊挑了一串挂在手上的白色佛珠，安卿鱼拿了一个看不出是什么的四方铁盒，迦蓝则挑了一只银色的复古手镯，正低头把玩着，看样子十分喜欢。

"看来各位都已经挑好了，那我们就直接去会场吧。"男人笑着说道。

几人离开了收藏馆，带着各自挑选的禁物，再度坐上了电梯。

这次，他们径直前往了这座主楼的顶层，也就是166层。

上京市。

"叶司令。"

"叶司令好。"

穿着便装的叶梵行走在守夜人总部的廊道中，经过的工作人员纷纷主动向他打招呼，叶梵微微点头，迈步继续向前走去。"所以，你是觉得有人要对百里涂明不利，所以故意扣下了他的入队文件？"他的身旁，左青若有所思地开口。

"没错。"叶梵点了点头。

"不对啊。"左青眉头微皱，"百里涂明是百里集团的继承人，如果我是他的竞争对手，应该会希望他赶紧加入特殊小队，整天忙得没时间管理集团，当个甩手掌柜，好让我一点点地腐蚀集团，要是能战死在外面就再好不过了……为什么要大费周章地扣下他的入队文件？"

"这也正是我不解的地方。"

两人走到档案室的门前，先后出示了证件，随后便走了进去。档案室存放着许多高度机密的文件，只有守夜人的高层才能进入其中，所以要比外面安静很多。两人穿过满载着档案袋的金属架，径直向着深处走去。

"还有一种可能，那就是扣下文件的人是百里辛。"叶梵一边在金属架上搜索着文件，一边开口说道，"他是守夜人的荣誉高层，也是百里涂明的父亲，如果是他不希望自己儿子冒着生命危险加入特殊小队，从而扣下入队申请，这一切都说得通了。"

左青站在金属架前，低头沉思许久，摇了摇头。"你我都知道百里辛是什么样的人……冷血、无情、利益至上，如果他的儿子加入了特殊小队，只会让他在高层会议中获得更大的话语权，甚至对整个百里集团都是一件好事，他怎么可能会因为怜惜自己儿子的性命，放弃这么大的利益？"

"呼……"叶梵在金属架的某一层上轻轻吹了口气，将这些存放许久的文件袋上的灰尘吹起，伸手挥散了灰尘，指尖在堆叠的文件袋上滑动，似乎在寻找着什么。最终，他的手指在某个崭新的文件袋上停下。"这里面的情况，似乎远比我们想象的复杂。"叶梵将面前这份写有"百里涂明"四个字的文件袋从金属架上取下，"总之，先从百里涂明的守夜人档案上查起吧，从他加入守夜人开始，一点点地往后推……看看到底是哪个环节出了问题。"

左青点了点头，目光落在这份文件袋上，眼中浮现出疑惑之色。"奇怪，这个文件袋应该也放了两年多了吧，怎么还这么新？"叶梵正在拆文件袋的手微微一顿，眉头皱起，拆文件的速度更快了起来。他从文件袋中掏出厚厚一沓纸张，从第一页开始，仔细地翻看起来，当目光落在第一张纸上的瞬间就愣在了原地，脑海中浮现出那天在海上遇见的那个坐在冰船上胖乎乎的身影，眉头紧紧皱起。

"怎么会这样？这怎么可能……"他怔怔地拿着手中的文件，眼中满是疑惑与不解。

"怎么了？"左青将文件从他的手上接过，一张张地翻阅起来，"这些文件没什么问题啊？"

"不，不对！"叶梵连连摇头，"错了，全都错了……"

他转过身，快速地走到档案室最深处的电脑旁，飞快地调出百里涂明的电子文档，滚轮快速地在这份文档上滑过，他的脸色越发凝重。"百里家的寿宴是在哪一天？"他转头问左青。

左青想了想："应该是今天。"

"第五预备队在哪儿？"

"在参加寿宴啊。"左青理所当然地回答，"这两天的假期，不是你亲自批给他们的吗？"

"糟了……"叶梵将手中的文件塞到了左青的手上，严肃地开口，"一会儿我还有个重要的会要开，左青，你替我去广深走一趟！如果我没猜错的话，百里集团要出大事了……"

425

百里集团主楼外，一辆黑色的轿车缓缓停靠在路边，车窗摇下，第九席看着眼前这座宏伟的大楼，双眸微眯。

"他们到会场了。"沈青竹手握方向盘，"我们还追吗？"

"先是010小队的护送，再是百里家的车队……他们倒是把百里涂明保护得很好啊？"第九席冷哼一声，"他们真的以为，在百里家的主会场，我就不敢出手了吗？"

沈青竹眉头微皱："第九席大人，百里集团主楼内防卫极其严密，而且有大量的禁物使驻守，我们想闯进去几乎是不可能的事情。"

"谁说我们要闯进去了？"第九席缓缓从口袋里掏出两张黑色的请帖，嘴角勾起一个冰冷的弧度，"在来之前，我就让第七席仿造了两份请帖，我们直接光明正大地走进去，然后找机会杀了百里涂明。他们绝对想不到，我们能混在宾客之中……"

沈青竹的表情有些古怪："这会不会太冒险了？万一被发现了怎么办？"

第九席目光抬起，通过后视镜看着沈青竹的脸，冷冷开口："怎么，你怕了？身为'呓语'大人眼前的红人，未来要成为'信徒'第二席，带领整个'信徒'走向辉煌的人物，你连这点险都不敢冒？"

沈青竹接过请帖，默默地将那张白狐狸面具揣在了怀里。

"什么时候出发？"

"现在。"

"叮咚——"电梯在166层停靠，电梯门缓缓打开，一间宽敞豪华的宴会厅出现在林七夜等人眼前。整个第166层，都是寿宴的会场，数百平方米的大平层周围全是纤尘不染的落地窗，窗外是一望无际的云海，层叠的白云悠悠飘荡在众人的脚下，从这里，可以俯瞰整个广深的全貌。

"各位贵客请随意，再过十分钟，寿宴就开始了。"常康盛微笑着开口。林七夜点了点头，随手从旁边经过的服务生手中接过一杯香槟，缓步向着不远处的落地窗走去。

"你为什么看起来这么熟练？"曹渊走到他身边，四下张望了一圈，总觉得和这里的高雅氛围格格不入，忍不住问道。林七夜眉梢一挑："很难吗？电影里不都这么演吗？"

曹渊："……"

安卿鱼同样端着一杯香槟走到旁边，目光在周围的宾客身上扫过，在角落的几个人身上停顿片刻，又若无其事地看向别处。

"驻守广深的010小队也来了。"他转头看向窗外，平静地说道。

"在哪儿？"

"东南面的角落里，那几个看起来心不在焉的就是。"安卿鱼推了推眼镜，"他们的站姿跟其他人不一样，后背笔挺，气势雄浑，右手上都有厚厚的老茧，一看就是经常握刀。"

林七夜的余光向那里瞥了一眼，微微点头："他们是广深市的守夜人队伍，而百里集团的董事长又有守夜人高层的背景，他们受邀来参加寿宴也很正常……只不过，他们看起来心事重重的样子，似乎是遇到了什么难事？"

曹渊问道："要不，我们过去和他们接触一下？"

林七夜沉吟片刻，摇了摇头："不，我们的身份敏感，不适合和他们正面接触，而且这会场中知道守夜人存在的也就那么几个，我们贸然接近他们，反而会让他们起疑。"

"说的也是。"

林七夜抬头看了眼时间，不慌不忙地喝了一口香槟，缓缓开口："还有七分钟寿宴就要开始了，我们还是安静地喝会儿酒，然后等着看百里胖胖出场吧。"

曹渊听到这话，下意识地动手整理了一下衣领。

"那小子，不会真的打扮得比我帅吧？"他嘀咕了一句。

就在这时，一个穿着红色的礼服，后背镂空的少女端着酒杯，微笑着走到了林七夜的身边，甜美的声音传出。"你好，我叫李芎，来自李氏集团……你长得真好看，可以认识一下吗？"她纤长的睫毛轻轻颤动，那双眼眸注视着林七夜的侧颜，似乎有些迷离。一旁，迦蓝握着酒杯的手微微一颤，僵硬地将头侧了过去，双眼微眯，眼中闪烁着危险的光芒。

林七夜扫了她一眼，淡淡开口："李氏集团？没听说过，请你离我远点，你的香水味熏到我了。"李芎的笑容凝固在了脸上。迦蓝险些笑出声，装作若无其事地清了清嗓子，扭头看向窗外的云景，心情愉悦地喝了一口香槟。嗯，甜的。

"你好，我叫韩帅，来自腾远重工，小姐，请问我可以……"一个西装革履的人走到迦蓝的身边，撩了一下头发，风度翩翩地开口。

"滚！"

"……"

百里集团，董事长办公室。百里辛站在宽大的黑色办公桌前，随手将一只名贵的腕表戴在手上，对着落地窗的倒影简单整理了一下衣服，缓缓转过身。办公桌前，百里胖胖和百里景并排站立。百里胖胖穿着一件深蓝色的昂贵西装，抬头挺胸，原本有些发胖的身体在正装的衬托下，显得只是有些壮硕，玩世不恭的态度已经被彻底收敛，面容肃穆，整个人看起来稳重而大气。他的身旁，百里景低头将金丝眼镜戴在鼻梁上，不紧不慢地开口："父亲，寿宴的宾客都已经来齐，所有流程也准备妥当，大概还有五分钟，就要正式开始了。"

"嗯。"百里辛微微点头，面无表情地开口，"我先出去和几个老朋友见见面，你一会儿直接去会场吧。"

"是。"话音落下，百里辛直接无视桌前的两人，迈步径直向着门外走去。"砰——"董事长办公室的房门关闭，屋内陷入一片死寂。

百里胖胖的双眼微眯，转头看向自己身旁的百里景，眸中浮现出一抹冷意。"还有点时间。"百里胖胖沉声开口，"我们两个人的账，该好好算一算了。"百里景眉梢一挑，嘴角微微上扬，他不紧不慢地绕过办公桌，悠闲地坐在了那张董事长的黑色转椅上。"是啊，我们的账……该好好算算了。"他似笑非笑地说道。

426

百里胖胖见到这一幕，眉头紧紧皱起。他伸手在办公桌上一撑，整个人轻盈地跃过办公桌，稳稳地落在坐在转椅上的百里景身前，右手紧紧握拳，冷声开口：

"你虽然是我百里家的养子，但从小到大，我们哪一点亏待过你？我所拥有的东西，你全都有，甚至有的比我更多！爸将整个集团都交给你打理，就是因为他信任你！因为我们信任你！你比我有能力，更有资格管理百里集团，这一点我很清楚，自始至终我就没有想过要独揽大权，我也不在乎这些，我想的是等我继承了百里集团之后，直接将所有的权力交给你，由你来替我继续掌管百里集团。到时候我们两个兄弟，我在外面奋战闯荡，你在家里操持家业，这样难道不好吗？"

百里胖胖紧盯着百里景的眼睛，咬牙切齿地开口："我把你当兄弟，你呢？你想杀我！炸毁飞机，策反四位禁物使，在整个广深市附近布下天罗地网……呵呵，百里景，你好大的手笔！我们百里家，怎么出了你这么一个白眼狼？！"百里胖胖几乎是咆哮着说出了最后一句话，猛地抬起拳头，用力地挥向百里景的脸庞，呼啸的拳风发出呜咽的破空声，力道恐怖至极。坐在转椅上的百里景双眼微眯，轻轻抬起了右手，他的大拇指上，一枚翠绿的扳指光芒微闪。下一刻，这枚扳指自动分解开来，如同潮水般覆盖百里景的右手，化作一只青玉铠甲的手套部分，稳稳地接住百里胖胖的拳头。"砰——"低沉的碰撞声在办公室内回荡。百里胖胖的拳头被百里景轻松地握在手中，后者坐在转椅上的身体微微前倾，眸中浮现出戏谑之色。

"我？我是百里家的白眼狼？呵呵呵呵……"百里景的笑声戛然而止，他注视着百里胖胖的眼睛，笑容逐渐收敛，一字一顿地开口，"这么多年了，你怎么还这么天真？"

百里胖胖见到那只青玉盔甲的手套，脸色微变："百里景，你难道想在这里，用禁物跟我打一架不成？"

"是又怎么样？"百里景的手掌骤然用力，百里胖胖的拳头顿时发出轻微的咔嚓声响，他脸色铁青，心一横，将手伸到了自己的口袋之中。"既然你想打，我就成全你。"突然，他的身形顿在了原地。他的手在口袋中反复摸了摸，然后低头望去，看着空荡荡的手掌，眼中浮现出错愕之色。"我的'自在空间'呢？"他不解地喃喃自语，"不可能，我明明带在身上了，为什么打不开它……我的精神力呢？"

百里胖胖的眉头紧紧皱起，仔细地感知着体内的精神力，但所有的精神力都像是被封印了般，任凭他如何努力，都无法调动丝毫。没有精神力，他就不能使用禁物。

百里景的脸上浮现出嘲讽之色："怎么，发现精神力被封印了？要不你仔细想想，今天吃过什么？"听到这句话，百里胖胖愣在了原地，脑海中浮现出那盘丰盛的早餐。那是他今天唯一吃过的东西。不、不可能……百里胖胖的双眸微微收缩，呆滞地摇了摇头："不可能，她是我妈，怎么可能害我？"他似乎是想到了什么，猛地低头看向百里景，眸中满是愤怒之色，"是你！你在早饭里动了手脚？！"

百里景嗤笑一声。"你就不觉得奇怪吗？我虽然掌管着百里集团，但也只是一小部分而已，以我的身份，怎么可能有资格调动导弹去袭击你的飞机？四位禁物使，那更是我们百里家的门面之一，他们的资历比我的年纪都大，我怎么可能有能力将他们策反，来杀一个被指定为百里家唯一继承人的人？这里是广深，这里是百里集团！你觉得，我能避开父亲的耳目，动用整个百里集团的力量来截杀你？而且他还一无所知？你未免也太高看我了……"

百里胖胖呆在了原地，就像是一尊雕塑。

"你……这话是什么意思？"许久之后，他才茫然地开口。

"怎么，我都说到这个份儿上了，你还不能理解？"百里景的眉梢一挑，手掌再度用力，青玉盔甲直接捏碎了百里胖胖的手骨！剧痛瞬间充斥百里胖胖的心神，他的面容剧烈扭曲了起来，牙关紧咬，死死地盯着眼前的百里景，硬是连一声都没有吭。

百里景松开他扭曲的手掌，覆盖着青玉盔甲的手紧紧握起，一拳重击在百里胖胖的胸口！百里胖胖的胸口瞬间凹陷下去，向后倒飞而出，整个人撞倒厚重的办公桌，在地上翻滚了两圈，猛地吐出一口鲜血。"喀喀……"鲜血顺着他的嘴角落在办公室的地板上，他摇摇晃晃地撑住自己的身体，似乎想要从地上站起。百里景戴着青玉手套，缓缓走到他的身前，一只手拉起他的衣领，将他整个人从地上提了起来，脸凑到了百里胖胖的耳边，一字一顿地开口："既然这样，那我就直截了当地告诉你……想杀你的不是我，是父亲啊。"

百里胖胖的瞳孔骤然收缩，他微微摇头，虚弱地开口："不可能！爸为什么要杀我？我是他的儿子……他没有理由杀我！"

百里景的目光上下打量了他片刻，有些好笑地说道："你是他的儿子？你就这么肯定吗？无论是身材、样貌、性格、智商……你的身上有哪一点，是和他相像的？父亲是什么人？那是一手创建了百里集团，并使其成为大夏最成功的企业的人，他是守夜人的荣誉高层，他是被誉为禁物收藏馆馆主的存在，他是整个大夏商界的传奇！他这样的人物，却有你这么一个又懒又胖，脑子还不灵光的傻儿子……你觉得这合理吗？"

百里胖胖目光呆滞地看着天花板。

"你也说了，从小到大，你有的，我都有，甚至比你有的更多……从小到大，父亲正眼看过你几回？他有像一个父亲一样，把你当儿子来养吗？他有关心过你吗？没有！他只是给你钱，给你很多用人在旁边照看着你，你走到哪里，他们跟到哪里，这些人不断地给你灌输好吃懒做的理念，替你分担所有的事情，带你见识花花世界，让你变成一个彻头彻尾的废物！你唯一的作用，就是以百里涂明之名，像个靶子一样，吸引那些意图对百里集团不利的人，暗杀、爆破、谋杀、袭击……你自己算算，还数得清吗？每次死里逃生之后，父亲有主动慰问过你，哪怕一次吗？"百里景冷笑了一声，"你想不想知道，当你在外面出生入死的时候，我在干吗？我在温暖的家里，吃着母亲亲手做的饭，跟父亲学管理和商业思维，替他分担工作，享受着你永远享受不到的待遇。我拥有着一切，而你，则只拥有百里涂明这个名字。而现在，很抱歉。这个名字，你也该还给我了……"

"我的名字……"百里胖胖喃喃自语，"不可能，我就是我，我的名字怎么可能给你？"

"很简单啊。"百里景推了推鼻梁上的金丝眼镜，微笑着说道，"你死了之后，我们就会动用百里家的能量，让大夏所有与你有关的资料，无论是电子档还是纸质文件，全部修改，百里涂明所存在的一切线索都会被扭曲，这些资料最终指向的人将不再是你，而是……我。"看到百里胖胖茫然的眼神，百里景无奈地叹了口气。

"看来你还是不懂我的意思……既然那样，那我就把你死了之后，所有可能发生的事情告诉你。几分钟后，百里家族的寿宴上，百里集团的董事长百里辛会将一个百里家族埋藏了十九年的秘密公之于众，那就是……所谓的百里家养子百里景，和百里集团的指定继承人百里涂明，其实是一个人！百里涂明出生后，百里辛为了将其磨炼为合格的继承人，从小教导他商学与管理的知识，而百里涂明自小聪慧，天赋异于常人，很快就学到了百里辛的经商头脑。于是，百里辛为了锻炼百里涂明，对外宣称收养了一个养子名为百里景，从那之后，百里涂明便以百里景的身份，隐瞒自己的一切，从百里集团的底层开始干起。凭借着自身的智慧与天赋，他很快就爬到了百里集团的高层。与此同时，百里辛适时公开他百里家养子的身份，引起不小的轰动，但同时也正是因为这'养子'的身份，能够让其他高层在配合他工作的同时，又不会对他过于谄媚，因为众所周知，百里景不可能是百里家族的继承人。在这样的环境下，百里涂明在逐渐熟悉集团的同时，又很好地锻炼了实践能力，积累起了自己的人脉……"百里景继续说道，"而这，还不是全部。两年前，百里涂明为了更好地锻炼自己，选择加入守夜人，在经过集训营一年的训练之后，他脱胎换骨地成长了，秉持着守夜人的原则，加入驻广深市 010 小队，在生与死中历练了一年……他用实践证明了自己不是靠背景和关系成长的富二代，而是可以踏上战场，为国厮杀的英勇豪杰！当所有人知道'商界传奇'百里景和'守夜人'百里涂明其实是一个人的时候，百里涂明的名望将会超过所有人，成为众望所归的百里集团继承人。当然，这些只不过是一些附带的好处罢了，真正的重点还在后面。你知道为什么父亲赞助了那么多钱，还掌管着禁物收藏馆，却只是一个荣誉高层吗？因为他说到底，只是一个商人。但如果换成是百里涂明，那一切就不一样了。百里涂明将会代替百里辛，成为百里家的家主，接管禁物收藏馆，坐拥数百禁物。他作为守夜人的第二大赞助商，掌管着百里集团，拥有数百禁物，最重要的是，他还是守夜人的一员……你觉得，他会不会有很大的可能，取代百里辛的守夜人'荣誉高层'，成为守夜人正式的高层之一？到那时，我百里家，将会真正地成为大夏国柱！"

百里景越说越激动，连声音都开始颤抖起来，兴奋地提起百里胖胖的衣领，目光明亮无比："百里涂明，我必须要谢谢你，代替整个百里家谢谢你！如果没有你替我吸引敌对势力的注意力，受尽暗杀，我根本没有办法安心地成长到现在。如果没有你替我加入守夜人，吃尽苦头，过完刀口舔血的日子，我想要成为守夜人的高层，还需要费好大一番手脚！你的存在，不仅是在为我做嫁衣……更是在为整个百里集团的未来做嫁衣！"

百里胖胖怔怔地看着百里景的眼睛，沙哑地开口："这根本不可能……我是自愿去加入守夜人的，而且参加集训营的人是我，加入010小队的人是我，有那么多人看见，你怎么可能取代得了我？守夜人的高层怎么可能眼睁睁地看着这种事情发生？"

百里景摇了摇头："你自愿去加入守夜人，确实出乎了我和父亲的意料，不过就算当时你不主动提出加入守夜人，父亲也会想办法把你塞进去，因为这是整个计划中最为重要的一环。我想要成为守夜人的高层，最关键的点就在于，你要能够活着从集训营走出来，而且成功地加入某支排名靠前的小队。为了让你这个废物活下去，父亲可没少费功夫，回天玉、防火墙、四位禁物使……他们存在的意义，就是为了让你活到完成自己的使命。你就不觉得奇怪吗？你的身上绝大部分都是防身与逃跑类的禁物，真正侧重于攻击的太少了，我们百里家有那么多超高危的攻击类禁物，为什么不给你一件？因为你的战斗力越强，未来我们要铲除你的时候，付出的代价就会越大。至于会不会被人认出来，也好解决。集训营的三百多个新兵之中，真正对你有深刻印象的，不过也就那么十几个人而已，其他的那些无非就是知道有个叫百里涂明的，然后远远地见上了几次，说过几句话……许多年过去之后，他们中还有几个能清楚地记得你的模样？就算他们机缘巧合之下见到我，我也能叫出他们的名字，甚至说出他们在集训营做过的一些事情。你还不知道吧？在你刚从集训营毕业的时候，我就已经通过父亲给的文件，将这三百多个人的资料背得滚瓜烂熟，我只会比你更了解他们！到时候，他们就只会觉得这么多年过去，你的外貌变了很多，根本不会多想……而那些对你有深刻印象的，等我成为守夜人高层之后，只要稍微动一点手脚，把他们调配到沙漠、森林这种荒无人烟的地方，一辈子来不了广深就好，他们根本不会有机会见到我！至于你说的守夜人高层……那就更不用担心了。父亲已经通过一些手段，将你所有档案上的照片换成了我的，也就是说，哪怕他们调出了资料库，也只会看到我这个'百里涂明'入队的记录，而不是你的。那些守夜人的高层，根本就不可能见过你的外貌，怎么会想到这些文件的照片已经被调包了？"

百里胖胖哑口无言。

"而010小队的那群人的脾性我们早就摸清了，这么多年，他们没少收我们百里家的好处，现在……轮到他们表现诚意了。是为了一个已经不是守夜人，而且已经死掉的无人问津的小胖子求公道，为此赌上整个小队的未来，还是睁一只眼，闭一只眼，接纳新的'百里涂明'，从今往后获得百里家的全力支持，跻身大夏最强的那批守夜人小队……你说，他们会怎么选？所有的一切，都不会留下丝毫痕迹，唯一的变数，就是那支横空出世的特殊小队预备队……"说到这里，百里景的目光凝重起来，"不管是我，还是父亲，都没有想到你居然能和第五支特殊小队扯上联系，说实话，我们成功掌控了你十九年，只有在这件事上，超乎了我们的意料。"

428

"不过，这也并不是什么难事。"百里景平静地说道，"就算是特殊小队，也未必是铁板一块，更何况只是一支成立了一个多月的预备队？只要我们抛出足够的利益，就不难让他们闭嘴。而且你的入队申请早就被父亲扣下了，只要文件没有签，你就不是预备队的队员，甚至你现在都不是守夜人了，他们无权干涉我们百里家的事情。据说那个预备队的队长林七夜是个聪明人，到底是选一个失去了家族后盾的废物，还是选择整个百里家族的全力支持，我想他会做出正确的选择。"

百里胖胖听到这儿，微微一怔，眼中浮现出一抹微光，虚弱地笑了起来。

"你笑什么？"百里景皱眉问道。

"我还以为是什么高明的计划，现在看来，也不过如此……"百里胖胖笑着笑着，猛地咳了几口血，面色苍白地开口，"就算你们前面所有的安排都是天衣无缝，但只要七夜还活着，只要他还记得我，你们就注定会失败！你们太小看林七夜了！七夜，是不可能放弃我的。他一旦知道了真相，必定会把整个百里集团掀翻，让整个百里集团为我陪葬！"

百里胖胖笑得很开心。就算他整个人生都是别人的玩物，但至少，也有属于自己的东西。他有自己可以绝对信任的人。这是来自百里胖胖的、十九年来唯一的一次反击。

"你根本不知道什么叫人性。"百里景不屑地摇了摇头，"只要利益足够大，人性，是禁不起考验的。"

百里胖胖冷笑一声："你根本不知道什么叫兄弟，什么叫……同袍！"

百里景看着百里胖胖那张笑脸，眉头越皱越紧，脸色逐渐阴沉下来。"你以为，自己去守夜人里待了几年，就能说教我？你算个什么东西？一个废物，一个百里家的替死鬼而已！"他伸手一翻，手上的青玉手套化作一柄青色短剑被他握在手中。"从小我就看你不顺眼，一个替死鬼，居然还像个兄长一样动不动就说教我，我犯了错，还要你向父亲求情？看你那一天天无忧无虑傻笑的模样，真把自己当个人了？你就是一条狗、一头猪而已！每次看到你那张憨笑的傻脸，我就想把它撕烂，看看到时候，你还能不能笑出来？"百里景的嘴角勾起一个冰冷的弧度，金丝眼镜反射着白光，他将手中的青玉短剑刺入百里胖胖的脸，用力一点一点地划开。百里胖胖的面部因为剧痛疯狂抽搐，他紧紧咬着牙关，瞪着百里景的眼睛，硬是一声不吭，缕缕鲜血从他的牙缝间溢出，混杂着脸上流淌下的血液，滴答滴答地落在地面，汇聚成一片猩红的血泊。片刻之后，一道触目惊心的淋漓斩痕，从他左眼的下眼睑处，一直划到右边的下巴，皮开肉绽，鲜血淋漓。百里景冷笑着，再度抬起手中的短剑，正欲继续割下去的时候，办公室的房门缓缓打开……

"嘎吱——"百里景眉头一皱，侧头看去。满脸鲜血的百里胖胖僵硬地转过脖子，双唇已经没有丝毫血色，看到站在门口的那个人影，瞳孔骤然收缩。"爸……"沙哑的声音从他的喉间传出。是啊，刚刚的那些，都是百里景的一面之词！万一他是骗自己的呢？万一这一切，都是居心叵测的百里景的阴谋？就算事实真如百里景所说……那万一父亲心软了呢？这十九年父子一场，自己在他的心中，总会留下一些回忆吧？他是来救自己的吗？他的眼中浮现出微弱的光芒，名为希望。

此时，西装笔挺、气势沉稳的百里辛正站在门外，目光平静地扫过两人，在他们脚下的血泊上停顿了片刻，眉头微微皱起。"怎么还没处理掉？还有两分钟就要开始了。"他无视了浑身是血的百里胖胖，注视着百里景的眼睛，低沉的声音在办公室内回荡，像是在质问。

百里景立刻恭敬地开口："对不起父亲，马上就好！"

百里辛面无表情地走进屋中，抬脚跨过地上的血泊，径直走到办公桌前，从桌面上拿起手机放进口袋，然后转身离开了房间。"注意点，别弄脏了地板。"他的声音悠悠传来。"咔嗒——"房门再度关闭。

百里胖胖呆呆地望着那扇紧闭的房门，他的心中，最后那一丝希望也破灭了。不解、愤怒、不甘、绝望……这些情绪充斥了他的脑海，心就像是被硬生生撕裂了一般，前所未有的痛苦笼罩在他的心头。刚刚他的脸被划破的痛苦，都不及这痛的1%。自始至终，他连看都没看自己一眼。自己……到底算什么？自己这一生，到底算什么？这十九年来，他自以为存在的亲情，自以为存在的家庭，不过是梦幻泡影，不过是自以为罢了……什么百里家的小太爷，什么狗屁的集团继承人，这些，全是玩笑。他，只是百里集团这个庞然大物的一个玩物而已。

"看来不能再浪费时间了，啧，要不是死在家里不吉利，也不会让你活到现在了……"百里景转头看向百里胖胖脸上那道狰狞的伤痕，有些遗憾地摇了摇头，"我还想看看，把你的脸全部剜花，会是什么样的情景……不过，这样也够了。以这样的模样死去，也很符合你的身份嘛！哈哈哈哈……"他手中的青玉短剑骤然刺出，剑尖触碰到百里胖胖身体的时候，似乎被什么东西硌了一下，下一刻剑尖就刺破那东西，笔直地捅入了百里胖胖的心脏！百里景握着青玉短剑，用力一搅，百里胖胖的心脏支离破碎。鲜血顺着百里胖胖的嘴角滑落在地上，他的双瞳开始涣散，身体机能全部停止，片刻之后就彻底没有了呼吸。百里景随手拔出青玉短剑，像是扔垃圾一样把百里胖胖的尸体丢在地上，用手仔细感知了一下他的脉搏和呼吸，确认他已经死透了之后，才收起青玉短剑，满意地点了点头。"永别了……"他瞥了百里胖胖的尸体一眼，转身走出了房间，将房门反锁。

潺潺的鲜血顺着百里胖胖的身体向外延伸，汇聚成一片汪洋血泊，一块碎裂的木牌从他的胸口滑下，摔在血泊之上，断裂两半——"步步高升""长命百岁""诸事顺心""金玉满堂""诸邪退避"……那是一块刻满了祈愿的檀木平安符，它的背后，工整地刻着"百里辛"三个字。鲜血彻底浸染了这块木牌，将上面的字符染成血色……许久之后，一点微弱的白光，从百里胖胖尸体的肚子中散发而出。那里，有一柄散发着微光的玉如意。

429

百里集团主楼，166层，电梯的大门缓缓打开，两个穿着正装的男人从电梯中走出，目光扫过眼前的会场。"百里集团，真是好大的手笔。"第九席看着这宽敞奢华的会场，冷声开口道。沈青竹没有接话，默默地转过头，四下环顾了一圈，目光在远处窗边站立的几个身影上停顿片刻，悄然无声地转过身去，背对着他们。在进入主楼的时候，他就把面具给摘了下来，在这会场里戴着面具，反而更容易引起别人的关注。虽然现在他的样貌和两年前差别很大，看起来更加沉稳成熟，但熟悉的人依然能够轻易地把他认出来。他原以为在这会场上，需要躲着的应该只有百里胖胖一个人，可万万没想到林七夜他们也在这里。

"我四处转转，熟悉一下场地。"沈青竹说完，便径直迈步向着远离林七夜等人的方向走去。林七夜的精神感知能力他是知道的，要是他心念一动，用精神力扫过周围，必然会发现自己的存在……所以他必须要保证自己与林七夜之间保持足够的距离，才不会暴露身份。第九席点了点头，随后也随意地在会场内走动起来，目光时不时地打量着来到这里的宾客，不知在想些什么。

窗边，林七夜百无聊赖地把玩着手中的酒杯，抬头看了眼墙上的时间，眼中浮现出疑惑之色。

"时间已经到了，为什么百里胖胖他们还没有出现？"

"他这个人就是丢三落四的，迟到不是什么稀罕的事情。"曹渊叹了口气。

就在几人聊天的时候，一个两鬓斑白、庄严肃穆的中年男人穿着一身西装，缓缓从会场后走出。他一出现，顿时吸引了周围所有人的目光。那些其他集团或者家族的代表都笑着向他的身边聚集，逐个问好，一副十分熟络的表情。

"那就是百里集团的董事长，百里辛？"曹渊仔细打量了他片刻，表情有些古怪，"看起来跟百里胖胖长得也不像啊……"

安卿鱼沉吟片刻："难道是基因突变？"

林七夜也在打量着这个男人，与此同时人群中的百里辛似乎也注意到了他们，微笑着点了点头。林七夜礼貌地微笑回应。

百里辛和众多宾客打过招呼之后，缓缓走到会场的中央，那里有一个用来演奏古典音乐的白色高台，他手中端着一杯酒，不慌不忙地踏着台阶走上去，每一步都稳若泰山。"感谢各位在百忙之中，抽空来参加这场寿宴。"百里辛的声音很低沉，很有磁性，他的嘴角始终挂着微笑，深邃的眼眸扫过台下众多宾客的脸庞。"我百里辛白手起家，历时三十五年，终于将百里集团发展到如今这个地步……"百里辛开始了他早就准备好的演讲，讲述自己是如何一步步从穷小子逆袭成为大夏首富的故事，这充满了艰辛与坎坷的历程让一部分较为年轻的宾客眼眶湿润，看向百里辛的眼中充满了崇拜。一家被特邀而来的媒体则是专注地坐在台下，飞快地在笔记本上写着什么，因为百里集团规定不能使用现代录像设备与录音设备，这位记者只能奋笔疾书，生怕错漏任何一个字。当然，林七夜几人是没兴趣听这种商业传奇故事的，目光一直在百里辛附近搜索，想要找到百里胖胖的身影。"……现在，我也到了该退居幕后，安享晚年的时候了。接下来，百里集团将会由一个比我更加出色的年轻人带领，他拥有缜密的逻辑思维、开拓性的商业目光，以及坎坷而丰富的阅历……他就是我的儿子，百里集团的指定继承人，百里涂明。"

听到这句话，林七夜等人的表情顿时古怪起来。缜密的逻辑思维？开拓性的商业目光？坎坷而丰富的阅历？除了最后的阅历确实比较坎坷且丰富，前面两个似乎和他都沾不上边啊？"不愧是百里胖胖他爸，说话都这么……有艺术性。"林七夜忍不住吐槽。

而其他宾客也纷纷交谈起来，眼中满是好奇之色。

"百里涂明的名字我早就听说了，只不过一直没机会见到……"

"可不是吗？早年前我还想见识一下这位百里家的继承人，都被回绝了，他好像很忙的样子。"

"可我怎么听说，这位继承人就是个混吃等死的富二代呢？真像百里辛前辈说的那么厉害吗？"

"我只知道百里集团有个养子百里景确实是天赋出众，从百里集团的底层一路摸爬滚打晋升到了高层，百里集团内部对他的口碑也都很不错，据说还有大量的追随者……可惜了啊。"

"我和百里景有过商业上的合作，确实是个奇才，我倒是觉得，这百里景比那个不曾出现过的百里涂明更合适当继承人。"

"养子毕竟是养子，和亲儿子还是有区别的。"

角落，韦修明拿着酒杯的手微微一颤，长叹一口气，将身影背了过去，转而看向窗外的景色。

看着下方议论纷纷的众人，百里辛的脸上保持微笑，继续说道："现在，就请犬子过来和大家打个招呼……"

他伸手向会场的后方轻轻一招，一个穿着黑色西装的年轻人从人群中走出，双手整理了一下衣领，嘴角上扬，微笑着向高台走去。见到他的瞬间，在场的很多宾客眉头都皱了起来，眼中满是不解之色。

"不对啊，我见过他，他不是那个百里家的养子，百里景吗？"

"是啊，我跟他共事过，他怎么又变成了百里涂明？"

"等等，该不会……"

"……"

百里景踏上高台的阶梯，缓缓走到了百里辛的身边，金丝眼镜的镜片反射着惨白的光芒，他微微躬身，礼貌地开口："大家好，请允许我做一个自我介绍。或许很多人对我并不陌生，没错，我是百里景。或者，你们也可以称呼我的另一个身份……我是百里集团董事长百里辛独子，百里集团唯一继承人……百里涂明。"

话音落下，整个会场陷入一片死寂。

林七夜的目光逐渐冰冷。

430

"他……他不是百里景吗？怎么又变成百里涂明了？"

"笨蛋，这还看不出来吗！百里涂明和百里景是一个人！只不过百里辛为了历练自己的儿子，给他套上了一个养子的身份，让他去提前接触集团的事务，这样既能让他名正言顺地参与高层的决策，又不至于引起其他人的谄媚示好！"

"好大的手笔，百里家当真好大的手笔！"

"也就是说，那个商业奇才百里景其实就是真正的继承人？只不过百里辛跟我们绕了一个弯？这不是众望所归吗？！"

"由百里景来继承整个百里集团，百里集团的未来一片坦途啊！"

"是啊，我还担心百里涂明就是个败絮其中的富二代，没想到百里辛居然给了我们这么大一个惊喜！"

"……"

站在高台上的百里辛看到众宾客的反应，缓缓开口解释道："或许已经有朋友猜到了，没错，'百里景'就是我为了历练犬子，给他套上的另一个身份……自始至终，我百里家都没有所谓的养子，我百里辛此生只有一子，就是百里涂明。"他拍了拍身旁百里景的肩膀，欣慰地说道，"好在犬子也不负我的期望，在集团内闯下了自己的天地，有了一番作为，今天我把整个百里集团交给他，也就放心了。"

角落，苗苏呆呆地看着台上那个陌生的身影，猛地转头看向身旁的韦修明，眼中满是不解。"队长……那不是小涂明啊？为什么会这样？小涂明去哪儿了？"

其他队员纷纷低下头去，就像是没听到苗苏的问题一样。

韦修明长叹了一口气，回头看向苗苏："苗苏……之前在我们队伍里的百里涂明，不是真正的百里涂明，我们必须要接受这个现实。"

"什么意思？"苗苏眉头紧皱，"什么叫……不是真正的百里涂明？我怎么听不懂你在说什么？"她从座位上站起身，指着台上的那个身影，"那不是百里涂明，我们都心知肚明啊？！你们这是怎么了？小涂明你们都认不出来了吗？"

韦修明注视着她的眼睛，抱歉地开口："苗苏……我们不能为了他，放弃自己的未来。有了百里家的扶持，我们很快就能成为整个大夏战力仅次于上京市的小队，甚至超过他们，到时候名誉、功勋、财富……不都是唾手可得？我们再也不用把脑袋拴在裤腰带上，去和那些强大的'神秘'作战，有了强大的实力和禁物的加持，我们就能够轻松地碾压那些'神秘'！一边享受生活，一边享受荣誉……这样的未来你舍得放弃吗？"

苗苏呆呆地看着韦修明的眼睛，这个与她并肩作战了八年的韦修明队长，此刻竟然如此陌生。她回过头，看向其他的小队队员，他们刻意回避了苗苏的目光，沉默不语。突然间，苗苏有些不认识这支队伍了。"所以……你们接受了百里家族的好处，放弃了小涂明……是吗？"她想明白了其中的猫腻，声音沙哑地开口，"你们这样……还算是守夜人吗？"她从口袋中，掏出一枚闪亮的纹章，声音都开始颤抖。"你们还对得起这枚纹章吗？韦修明！你告诉我，这枚纹章的背后写着的是什么？你念啊！念出来啊！

"若黯夜终临，吾必立于万万人前……

"小涂明呢？他就不是万万人中的一个吗？他不是我们的战友吗？"

"你们连自己的战友都可以放弃，你们的良心是喂了狗了吗？！在广深市的这几年，你们已经被百里家腐蚀成什么样了？！"她紧紧地攥着这枚纹章，泪水控制不住地从眼眶中流淌，她紧咬着牙关，一字一顿地开口，"既然你们都怕死，都不愿意与百里家为敌……那就让我一个人来！我不怕死！从加入守夜人的那一天起，我就从来没有想过要过上你们所向往的糜烂生活！我来守夜人组织，是为了保护人们！而不是为了功勋与荣誉！今天，我就要在这里告诉百里家！广深，不是他们的天下。你们不当守夜人……我苗苏，就是这座城唯一的守夜人！"她泛红的眼眶中闪过一抹决然，掌间的纹章轻轻旋转，一小根银针从其中弹出，手指微屈，就要将其刺入自己体内。就在这时，一双手从她的身后伸出，轻轻贴在了她的太阳穴之上。一个010小队的队员站在苗苏的身后，掌心散发着淡淡的绿光，他看着苗苏的背影，眼中浮现出无奈之色。苗苏的动作停滞在了半空中，双眸逐渐迷离，随后身躯一软，直接晕了过去。韦修明伸手接住苗苏，将其轻轻放在地上。

"队长……我们该怎么办？"老韩忍不住问道，"等苗姐醒过来，一定不会善罢甘休的。"

韦修明低头看着昏睡的苗苏，目光闪烁，过了许久之后，像是下定决心，缓缓闭上了眼睛。"那就，不要让她醒过来了。"听到这句话，几个队员的身躯都是一震。"可是……她是苗姐啊！"

"既然我们已经放弃了一个队员，再放弃一个……又怎样呢？只要做得干净一些，等到下一次'神秘'降临的时候把她丢过去让'神秘'杀了她，就不会有人知道的。牺牲，对于守夜人来说是再正常不过的事情。"韦修明的语气冰冷无比，"我们，已经无法回头了。"

众队员同时陷入了沉默。

"这个百里涂明，跟我想象中的不太一样。"第九席站在沈青竹的旁边，缓缓说道，"以前参与过追杀百里涂明的'信徒'描述，他应该是个胖子……看来这段时间瘦了不少。"

沈青竹没有说话，只是沉默地盯着那个陌生的面孔，双眼微微眯起。

高台上，百里辛的目光扫过众人的反应，眼中浮现出满意之色。
"接下来，就让犬子跟大家……"
"他不是百里涂明。"百里辛话音未落，一个冰冷的声音突然从人群中响起。他眉头微皱，转头看去，一个穿着西装的黑发少年从窗边缓缓走来，面容阴沉无比。"你们……把他怎么样了？"

431

这个陌生人的出现，让周围的宾客窃窃私语起来，他们眉头微微皱起，似乎在讨论着什么。高台上，百里辛的双眸微微眯起。下一刻，林七夜只觉得周围的一切都暗淡下来，整个会场的光线诡异地转换成了深蓝色，就像是有一个无形的蓝色罩子，将整个会场笼罩进去，他像是置身于深海之中。周围宾客的动作突然定格在原地，不光是他们，高台上的百里辛和百里景，以及林七夜身后的曹渊等人，全都定格在原地……林七夜的目光扫过四周，看着其他仿佛化作雕像一动不动的人，眉头紧紧皱起。

"这里是……"林七夜的脸色凝重了起来。

"林队长，请不用担心，这里只是用'时间之隙'制造出的次元裂缝。"一个熟悉的声音从林七夜的身后传来，他转过头，只见常康盛正微笑着走来。"这是我百里家的禁物之一，禁墟序列190，'时间之隙'，能够打开一小片时间停止的次元裂缝。在这里发生的任何事情不会影响到外界，当这道裂缝关闭的时候，时间又会回到原本的轨迹之上。"

"什么禁物，我不在乎。"林七夜沉声开口，"你们把百里涂明怎么样了？"

常康盛笑着指了指高台上的那个身影："他不就在那儿吗？"

林七夜的眼神冰寒彻骨。

"好吧，林队长，看来我们有必要好好谈谈了。"常康盛平静地开口，"我刚刚并不是挑衅你，现在站在台上的那一位，确实就是我们百里集团的指定继承人，董事长的独子，百里涂明……而你所熟知的百里涂明，不过是被董事长收养，替真正的百里涂明做嫁衣的替死鬼而已。他从来都不是什么继承人，也不是什么百里涂明，他的姓氏是假的，名也是假的，他只是一个被百里集团推上台面，被包装成继承人的……普通人家的孩子而已。"

林七夜怔怔地站在原地，心中早已掀起惊涛骇浪。从来到广深，接触到百里集团开始，他就觉得这里面的水远比他想象的要深，甚至想过是百里辛出了问题，被人控制或者架空，这才让其他人有可乘之机……但他万万没想到，百里胖胖压根就不是百里辛的儿子。从一开始，他就是一个弃子。

"这件事，归根到底，就是我们百里家的家事……林队长，你要知晓其中的轻重啊！"常康盛语重心长地说道。

"家事？"林七夜冷声开口，"你不要忘了，就算他是你们百里集团的弃子，他也有另一重身份……他是守夜人！也是第五预备队的成员，他可以是弃子，可以不继承百里集团，但如果你们敢对他做些什么……你们知道后果吗？"

常康盛笑了。"林队长，你说他是守夜人，还是特殊小队预备队的成员……你有什么方法证明吗？"听到这句话，林七夜的眉头微皱。

"参与集训，加入守夜人，成为010小队成员的，从来不是你所熟知的那个百里涂明，而是台上的那位啊……"常康盛笑眯眯地说道，"不信的话，你可以去查一下守夜人内部的所有与百里涂明有关的档案，看看上面贴着的，是谁的照片？"

林七夜的瞳孔微缩，脸色阴沉无比："你们……篡改了他的档案？"

常康盛没有回答这个问题，而是微笑着继续说道："所以，你所熟知的百里涂明，从来没有加入过守夜人，更别提什么特殊小队了，他只是一个普通人而已……哦不，我纠正一下，他在这个社会上，甚至连个普通人的身份都没有。所有与他有关的资料、档案、文件，已经全部消失，他就是一个被百里家收养的幽灵，即便今天死在这里，也没有任何人会察觉……"

林七夜的双拳握紧，冷笑着开口："好一招偷天换日！你们百里家……真是手眼通天啊？！"

"林队长过奖了。"常康盛礼貌回答，"所以，无论是从法律、规定，还是程序上来说，这件事跟守夜人没有任何关系，纯粹是百里集团的内务……林队长，你们特殊小队预备队，应该不会对一个没有任何劣迹，甚至还大力支持守夜人发展的民间企业动手吧？"

林七夜死死地盯着他的眼睛，眸中怒火熊熊燃烧："你们，到底把他怎么样了？"

常康盛眉梢一挑，笑着说道："既然景少爷已经以百里涂明的身份站在了那里……那自然就说明，原来的百里涂明彻底从人世间消失了。"

林七夜的身体骤然一震！

"林队长，您还记得半个小时前，我们的交易吗？"常康盛继续说道，"您拿了'斩白'，作为交换，当百里家遇到一件不违背守夜人原则，而且在您能力范围之内的事情的时候……您必须要出手相助。现在，到了您履行承诺的时候了。我们不需要您的帮助，我们只需要您带着自己的队员，安安静静地在旁边看着就好……等寿宴结束，我们还会再给您的私人账户转两个亿，作为精神补偿费，您看怎么样？"常康盛话音落下，周围的深蓝色开始如同潮水般褪去，他看了眼周围，笑着说道，"次元裂缝的存在时间到了。都说林队长是个聪明人，到底是选择替一具没有身份、没有存在意义的尸体出头，得罪百里家，还是选择拿着禁物和补偿安静一段时间，然后平步青云，成为真正的特殊小队，您心里应该清楚哪个才是最优选择。"

林七夜注视着常康盛，许久之后，又转过身，看向站在高台上的那对父子，身体控制不住地颤抖起来，指甲深深地嵌入了肉里。"真是……好一个百里家！！"

"砰——"在一声轻响中，次元裂缝彻底破碎，周围的时间回到既定的轨道之上，周围的宾客继续窃窃私语。林七夜站在高台之下，台上的百里景脸色阴沉，而百里辛似乎知道刚刚发生了什么，表情平静无比，只是静静地望着林七夜，等待他做出选择。林七夜深吸一口气，紧握的手掌缓缓松开……下一刻，几道召唤魔法的光辉从他的身后绽放！林七夜、曹渊、安卿鱼、迦蓝，手中握着各自的黑匣，静静地站在人群中央。百里辛的脸色一变。林七夜抬头看向百里辛的眼睛，眼眸中无尽的怒火混杂着熔炉般的金色火焰熊熊燃烧！他将背后装有"斩白"的匣子用力甩出，砸向百里辛的身形，后者微微侧身，那口黑匣便穿过小半个会场，砸到了墙面，轰然爆碎。那柄雪白的长刀飞旋，最终刺入了一面高墙，刀身剧烈地震颤起来。

"去你的'斩白'……"林七夜低吼一声，猛地伸手扯下了自己衣领上的领带，手指在黑匣的把手上一按，两柄直刀弹射而出！"第五预备队……"林七夜抓住这两柄刀，冲霄的杀气以他为中心爆发！"全体，拔刀！！"

曹渊、安卿鱼、迦蓝三人听到这个声音的瞬间，没有丝毫犹豫，各自的武器从黑匣中弹射而出！他们不知道发生了什么，但能感觉到百里胖胖一定是出事了……林七夜说拔刀，他们就拔刀！不管在哪里，不管为什么，不管他们的敌人是谁。曹渊单手握住直刀，右手抓住直刀刀柄，刹那间拔刀出鞘！"当——"清脆的刀鸣在会场中回荡，漆黑的煞气火焰冲天而起，彻底包裹了他的身形，那双猩红的眼眸死死地盯着台上的两人，令人心悸的气息席卷会场。

安卿鱼伸手凭空一抓，一柄缭绕着寒气的冰霜长剑出现在他的右手中，左手指尖轻勾，一根根无形的丝线延伸而出，开始悄然无声地布下一张大网。迦蓝从箭筒中抽出一支羽箭，搭在淡黄色硬木弓之上，弓弦拉满，箭尖直指台上，蓝色的长裙在风中飘摇，她的目光坚定无比。

常康盛的脸色铁青，他万万没想到，自己已经说得这么清楚，诚意也如此明确了，林七夜居然还敢出手？！这里可是百里集团！他不想当特殊小队的队长了吗？疯子，彻头彻尾的疯子！根本不可理喻！！

常康盛正欲做些什么，百里辛的声音就平静地在他的耳边响起。"启动应急方案，将宾客全部传送到候客厅，用那件禁物把他们刚刚的记忆抹掉，等到事情结束，再开始寿宴。"

常康盛点了点头，从口袋中掏出一块圆盘，轻轻一转。绝大部分宾客的脚下突然绽放出一道白光，他们错愕地低下头去，白芒闪过，下一刻，身形就凭空消失。当然，有两个宾客除外。第九席和沈青竹看到自己脚下突然冒出白光，想也不想，同时向后退了一步，离开了白光的覆盖范围。

"有意思，这个发展太有意思了……"第九席抬头看向远处，嘴角控制不住地上扬，"有人先替我们搅乱场子，我们就有机会击杀百里涂明了！真是天赐良机！"

沈青竹站在角落，默默地戴上了自己的白狐狸面具。除了他们，010小队的众人也没有离开。倒不是他们也像沈青竹一样往后退了一步，而是脚下压根就没有白光放出，换句话说，百里辛本就没打算让他们就这么离开。"韦队长，有超能者在我百里寿宴上闹事，破坏社会安定，你说……你该不该管？"站在高台上的百里辛侧头看向角落的010小队六人，淡淡开口。其他五个队员同时转头看向韦修明。韦修明站起身，深吸了一口气："处理恶性超能者，是我们守夜人的职责之一，我们……当然不会坐视不理。"

几道白光在他们的面前闪过，他们各自的直刀、斗篷都出现在桌前，这是他们在赴宴之前存放在百里集团的武器，常康盛利用禁物将它们送到了这里。"嗖——！"六道暗红色的身影闪到林七夜等人身前，韦修明将手搭在刀柄上，目光注视着林七夜，声音低沉地开口："驻广深市 010 守夜人小队在此，何人放肆？！"

林七夜双眼微眯，将自己的纹章取出："我是第五特殊小队预备队队长林七夜，给我让开！"

听到林七夜的话，韦修明先是一愣，然后转头看向身后的百里辛。百里辛摇了摇头。

"我从来没听说过什么第五特殊小队预备队。"韦修明冷声道，"更何况就算是特殊小队，也不能毫无缘由地对无关者出手。"

"无关者……呵呵。"林七夜冷笑了两声，想起了什么，看向韦修明的目光逐渐冷了下来，"你是 010 小队的队长，你应该知道其中的内情才对，可你还是站在了百里集团这边……原来如此，你们已经被收买了。"韦修明沉默不语，林七夜握着直刀的手微微颤抖，他的骨节开始泛白，眸中怒火越烧越旺。"好一个 010 小队，好一群守夜人！百里家究竟给了你们什么好处，让你们连自己的队友都可以出卖？在大夏极北的偏远县城，那里的守夜人即便连暖气都用不上，每个冬天只能靠军大衣和卷烟度日，却依然坚守数十年，毫无怨言！你们呢？你们这样，也配当守夜人？也配得上 010 这串编号？也配留在广深？！"

韦修明等人脸色铁青，但依然没有从林七夜的身前挪开的意思，他们深吸一口气，缓缓开口："我们不清楚你在说什么……我们只是按章法办事。守夜人的档案文件上，挂的是谁的照片，我们就认谁，你口中的那个人……我们不认识。"

董事长办公室，血泊中，那具冰冷尸体的小拇指突然动了一下，覆盖着他身体的白光如同潮水般褪去，重新回到丹田之中，那里，一柄白色的玉如意轻轻旋转。百里胖胖紧闭的眼皮微微颤动，缓缓睁开。他呆呆地看着天花板许久，从血泊中坐起，眼中先是浮现出茫然，随后，眼中的光芒逐渐暗淡了下去。他低下头，捡起了身旁那块断裂的檀木平安符，伸手轻轻擦掉上面的血迹……只是，黏稠的血液已经风干，糊在木牌的表面，所有的字都已经模糊不清了。他凝视着这块木牌许久，眼中浮现出自嘲之色。一缕火焰凭空在他的掌间燃起，顷刻之间将这块木牌燃烧殆尽，些许的木炭从他的指缝落下，混杂在血泊中，消失无踪。

他从地上缓缓站起，一步步地走到落地窗边，宽大的玻璃倒映出他的身影，深蓝色的西装已经被鲜血染红了大半，那张熟悉的脸上，一道深可见骨的血痕触目惊心。他就像是从地狱中爬出的恶鬼，狰狞无比。他凝视着镜中的自己许久，无奈地闭上了眼睛。他低下头，从口袋中掏出一张憨笑的猪八戒面具，缓缓戴在了脸上……"永别了，百里涂明……"

他看着镜中那张憨笑的面具，喃喃自语。

会场。

"好一个不认识……"林七夜冷笑起来，"既然这样，我也不把你们当守夜人了……杀了他们。"

"嘿嘿嘿嘿……"狞笑声从林七夜的身边一闪而过，一道浑身缭绕着黑色火焰的身影闪电般地冲向010小队，疯魔曹渊手中的直刀高高抬起，汹涌的煞气刀芒呼啸而出！010小队中，一个壮硕的男人大步踏出，手中的直刀迎着疯魔曹渊的刀芒斩去，双刀碰撞的瞬间，那壮硕男人的身影就被曹渊一刀砍飞！他身后的老韩正欲出手相助，一支羽箭刹那间擦着他的鼻尖飞过，在他的脸上留下一道淡淡的血痕，后背瞬间被冷汗浸湿。迦蓝平静地站在原地，将第二支羽箭搭在了弓弦之上。在一阵扭曲的光线之中，010小队其余的三个身影同时消失，就像是人间蒸发了一般，没有丝毫痕迹。

就在这时，穿着西装、戴着眼镜的安卿鱼指尖轻勾，周围的无形丝线急速收束，化作一片丝线囚笼，笼罩住会场的某一个角落！丝线囚笼之中，三道身形从虚无中显现，脸色难看至极。安卿鱼推了推眼镜，镜片后的眼眸中浮现出诡异的灰芒。"不好意思，你们的光学隐身，我看破了。"他淡淡开口，冰霜顺着丝线缠绕在被囚禁的三人周围，附近的空气开始迅速冰结！010小队中除了队长韦修明和副队长苗苏，其他人都是"川"境，若是全员在此，林七夜他们必将面临一场苦战，可不知为何，副队长苗苏诡异地失踪了。

以四对六的情况下，仅是一个照面，林七夜四人就占据了上风。一抹黑暗浸染直刀的刀身，下一刻林七夜便如同电光般呼啸而出，掠过韦修明的身侧，笔直地冲向高台之上。

韦修明脸色微变，身形急速扭转，手中的直刀出鞘，将被黑暗侵蚀的那柄刀拦下，用力一斩，又将其逼退回了林七夜的身前。"不管你们究竟是什么人，如果没有合规合法的理由，都不能对普通人出手……现在离开，还来得及。"韦修明沉声开口。林七夜一把握住飞回的直刀，双瞳如同金色的火焰熊熊燃烧。"你给我滚开！！"林七夜怒吼，双脚在地面用力一踏，身形呼啸着闪到韦修明的身前，淡蓝色的刀锋划过空气，斩向韦修明的胸口！"当——"韦修明横刀于胸，硬生生挡下了林七夜的斩击，刀身偏转，刀锋对准了林七夜。一刀斩出！"叮——"一道如同鸟鸣的清脆声响从他的刀尖发出，林七夜的瞳孔骤然收缩，闪电般地向一侧闪避。

下一刻，一道细窄如丝的刀芒擦着他的身体飞过，将路径之上的所有桌椅全部切开，粗壮的承重柱也像是一张白纸般脆弱，轻易地断成两截，那刀芒一直向前划过，切碎一整扇落地窗，飞入天空消失不见。玻璃的爆响传出，紧接着高空的狂风从那扇破碎的窗口灌入会场，将地面上的桌布和碎屑等杂物吹得纷飞。林七夜回头看向韦修明手中的直刀，目光凝重无比。

"禁墟序列 072，'雀鸣'，将任何接触到的东西赋予登峰造极的'锋锐'属性，就算是一个烂木块，也能够轻松斩开钢筋水泥，因为在极度锋锐的作用下，每一次斩击都会发出鸟雀鸣叫的声音，所以被称为'雀鸣'。"安卿鱼看到地上那恐怖的斩痕，皱眉说道。

韦修明平静地握刀站在林七夜的身前，淡淡开口："被我斩到，你必死无疑，还是早点退去吧……"

林七夜的双眼微眯，冷笑着开口："前提是，你要斩得到我！"

"怒如列缺光，迅与芬轮俱。"林七夜低吟一声，一步踏出。他的身形瞬间模糊在空气之中，肉眼都难以捕捉他的身形，如同一片虚幻的掠影，刹那间就来到韦修明的面前！在诗句和"星夜舞者"的加持下，林七夜的速度已经彻底撞破了"川"境的壁垒，抵达了"海"境层次，甚至丝毫不亚于一些专注于提升速度的"海"境禁墟拥有者。韦修明的瞳孔微缩，目光试图追上那道黑色的残影，动作却慢了一步。连续几道斩击挥出，都没能击中高速移动中的林七夜，反而又斩碎几面落地窗，整个矗立于云端之上的会场已经是四面漏风，会场内狼藉一片。突然间，一抹刀芒出现在韦修明的身后。韦修明的刀急速回援，却根本跟不上林七夜的速度，刀身擦过那柄直刀，勉强卸下上面的力道，紧接着一道刀痕割开了他的西装，在他的背后留下一道血痕。

韦修明的身形一个趔趄，眼中浮现出怒意。他将刀身横于腰间，轻扫半圈，一道半圆形的细密斩弧拦腰挥出，直接覆盖了身前 180°的范围！林七夜的脸色微变，倒不是说他躲不过这一刀，而是这一刀的斩击范围太广了，就算他能躲过去，后面的安卿鱼、曹渊也会被波及。他一咬牙，准备挥刀硬抗这一击，就在这时，一道蓝色的身影飞掠到了他的身前。迦蓝将淡黄色硬木弓背在身后，徒手迎着那道细密斩击抓去，能够轻松切碎万物的"雀鸣"触碰到她的手掌，竟然被硬生生拦截下来！她手掌骤然用力，捏碎了这道斩击！呼啸的狂风掠过迦蓝的身体，将蓝色的裙摆吹拂而起，她凝视着韦修明的身形，目光坚定无比。"他，交给……我！"

她的声音混杂在风中，掠过林七夜的耳旁。林七夜微微一怔，"嗯"了一声，将目光从韦修明的身上移开，落在了不远处的高台之上。他迈开脚步，径直向着高台上的那对父子冲去！韦修明正欲出手拦截，迦蓝就先行一步冲到他的面前，白皙的拳头破开空气，发出轻微的爆鸣，挥向韦修明的脸部！韦修明只能被迫停下身，与迦蓝贴身肉搏起来！但拥有"不朽"特性的迦蓝，在近身格斗上简直就是变态级的存在，无论韦修明如何攻击，都无法伤到迦蓝分毫，而迦蓝的拳头可不是闹着玩的。于是，韦修明只有被打得节节败退的份儿。

疯魔曹渊和安卿鱼则拖住了剩余的五个010小队队员，倒不是说010小队有多弱，而是他们从禁墟上来说，就被完全克制了，一个安卿鱼能够看破任何光学隐身手段，一个疯魔曹渊蛮不讲理，一个人能压着三个打。混战的战场中，一抹刀芒划过空气。下一刻，林七夜的身形凭空出现在了高台的上空！

434

166层，"当——"直刀斩向高台，却在半空中突然停滞，就像是有一堵无形的墙壁横在林七夜与他们之间，隔绝一切外来的攻击。林七夜的眉头紧锁，握刀的双手骨节开始泛白，但任凭他如何用力，都无法将刀锋刺入前方丝毫。

"林队长，你真的以为……我百里家是这么好欺负的吗？"站在高台上的百里辛眯眼看着林七夜，低沉的声音听不出丝毫的情绪，他握着酒杯的手轻轻向前一点，杯口像是触碰到了一座无形的边界，发出清脆的嗡鸣。

"'叹息之墙'。"百里辛轻吟一声。

下一刻，一声沉重的叹息声突然出现在林七夜的耳边，这个声音听不出男女，却又充满了无奈与沧桑。这个声音在林七夜耳边响起的瞬间，他只觉得整个人就像是被一柄巨锤击中，恐怖的斥力直接将他掀飞，浑身连内脏都剧烈地震颤起来，就像是那碰到墙体边缘的玻璃杯，随时处在破碎的边缘！林七夜连续撞碎两根巨柱，从破碎的落地窗口飞出大楼，忍着剧痛将手中的一柄直刀甩向楼内，随后身形便消失在云海之中。"唰——"在那柄直刀飞回166层的瞬间，反向召唤魔法启动，林七夜再度被传送回室内。他手握着直刀，站在楼层的边缘，看向那座高台的目光充满了凝重之色。他几乎可以确定，环绕在百里辛周围的那道无形墙壁，绝对不是一件普通的禁物，光凭那声恐怖的叹息，它就足以位列高危的禁物之中，如果不是林七夜在"星夜舞者"的加持下防御力大幅增加，刚刚内脏很可能已经被震碎了。再加上那附带的防御能力，这很有可能是一件位列超高危的禁物，和那柄无视距离刀斩千人的"斩白"一样，是百里辛的藏品之一。而这样恐怖的超高危禁物，百里辛的手中还有十件！

"别说只是一支特殊小队的预备队，就算是'假面'小队在这里，也不敢对我们百里集团出手。"百里辛平静地开口，"林队长，你还是太年轻了。你根本没有意识到，百里家的底蕴究竟有多么恐怖。"话音落下，高台上的百里辛伸手一挥，那附带传送之力的白色光芒再度浮现在高台的周围，一个又一个身影从光中走出，站在百里辛二人之前。他们有的手持古朴长剑，有的手持羚羊一角，有的披着破烂披风，有的脚踏两道光轮，有的背后悬浮着一只恐怖的血色眼珠……他们每一个人，都是禁物使，不多不少，正好十二个人。当他们出现在这一层的瞬间，一股强横的威压骤然降临，正与迦蓝等人战斗的010小队脸色微变，回头看到这一幕，眼中都充满了惊骇之色——八位"海"境，三位"无量"，一位"克莱因"。

这个阵容，完完全全地碾压了韦修明所见过的任何一支队伍。他丝毫不怀疑，就凭这十二位禁物使，百里家都能与上京市的那支006小队正面一战！换句话说，百里家时刻都有一支足以媲美上京市小队的超强战力坐镇！这，就是百里家的底蕴……之一。

"黄道十二宫，见过董事长。"为首的那位"克莱因"境强者转过身，恭敬地说道。

百里辛微微颔首，目光再度落在楼层边缘，站在落地窗前的那个少年身上，淡淡开口："林队长，现在……你稍微认清一些现实了吗？现在收手，就此离开，我可以当刚刚的一切都没有发生过，'斩白'你也可以带走，之前常康盛许给你的那些承诺也依然有效。百里家已经表现出了自己的诚意……现在，轮到你了。"

百里辛的话音落下，就连与迦蓝等人战斗的010小队都停手，转头看向林七夜，等待着他做出决定。呼啸的狂风灌入空荡的大平层，发出阵阵呜咽，林七夜身上的西服衣角翻飞，他平静地注视着那十二道站在高台前的身影，缓缓迈开脚步，"嗒、嗒、嗒……"脚步声回荡在空旷的会场之中，在那层叠的恐怖威压之下，林七夜的脚步有些沉重，但背脊却没有丝毫弯曲，他昂首挺胸，缓慢而坚定地向着高台走去。

百里辛的眉头微微皱起。韦修明等人的眸中浮现出震惊之色，他们无法理解眼前的这一切，明明百里辛已经展示了百里家的底蕴有多恐怖，为什么他还敢往前走？他真的觉得自己可以对抗那十二个禁物使？百里集团也已经让步，给出了台阶，为什么他还不肯服软？一个百里涂明而已，有那么重要吗？

"疯子，这是个疯子……"韦修明喃喃自语。

林七夜手握双刀，一抹夜色以他为中心扩散开来，他注视着高台上的百里辛，缓缓开口："我不在乎什么禁物，我也不在乎什么精神补偿。你们百里家内部的那些弯弯绕绕，我更是不感兴趣，甚至这个特殊小队的队长，当不当也不是那么重要……"他举起刀，刀尖对准了高台，双眸中杀意凛然，"但是……如果你们对我的兄弟出手，我必让百里家满门上下，替他陪葬！"

"轰——"一道炸雷突然贯穿晴空，低沉的嗡鸣声在空气中回荡，一道穿着黑色星纱长裙的贵妇虚影出现在林七夜的身后，缓缓与之融合一体……"灵魂承载"。下一刻，黑夜之神的神威骤然降临！林七夜的短发以惊人的速度生长起来，眨眼间就变成一头乌黑的长发垂至腰间，那双深邃的眼眸之中，点点星辰的璀璨光辉亮起，仿佛蕴含着整个夜空。狂风吹动他的长发，西装的衣摆在风中猎猎作响，他脚踏夜色，周围的光线以肉眼可见的速度暗淡下来。

主楼之外，晴朗的天空只两秒就被黑暗笼罩，仿佛现在不是烈阳高悬的正午，而是午夜时分，漆黑的夜色化作一件长袍，轻轻地披在林七夜的身后。

"啪嗒！"感应到光线的变化，整栋百里主楼自动跳转到夜间模式，明亮的灯光照亮一角黑暗，却在下一刻就轰然爆开！就像是黑暗中有一只无形的手，捏碎所有的光源，灯火通明的主楼瞬间再度陷入了漆黑。黑暗，成为这个世界的主导。

黑暗中，穿着西装的林七夜手持双刀，缓缓走来。他的境界急速飙升——"川"境巅峰，"海"境，"海"境巅峰，"无量"，"无量"巅峰……最终，林七夜的境界在即将踏入"克莱因"的瞬间定格了下来。"无量"巅峰，半步"克莱因"。早在津南山迎战炎脉地龙的时候，只有"池"境的林七夜靠着"灵魂承载"，直接突破到"海"境巅峰，而如今的他本身实力就已经到达"川"境，上限也随之增加。点点星光从林七夜的身上散发而出，他就像是变了个人一样，举手投足之间，都散发着帝王般的威严。安卿鱼和迦蓝看到现在的林七夜，同时震惊地张大了嘴巴，只有疯魔曹渊还在傻笑。

"黑夜女神的威压？他是怎么做到的？"百里辛皱眉看着缓步走来的林七夜，脸上第一次浮现出惊讶的表情。十二位禁物使纹丝不动地站在高台之前，看向林七夜的目光有些凝重。局势，有些出乎他们的意料。

"看来，你身上的秘密远比我们想象的要多。"百里辛的表情逐渐平静下来，"但如果你以为只靠这种力量，就能对抗百里家的话，还是太天真了。"

十二位禁物使同时出手，令人眼花缭乱的攻击飞向位于夜色中央的林七夜！

"是吗……"林七夜的眼眸微微眯起，"那，再加上这个呢？"他的指尖微勾，一道绚丽的召唤阵法出现在他的身前！下一刻，一口黑色的箱子稳稳地落在地面之上。正是从古神教会手中抢来的，被称作"邪神的愤怒"的三口黑箱之一。这口黑箱出现的瞬间，百里辛敏锐地察觉到了有些不对，浸淫禁物一道数十年的他能够轻易地感知到箱内传来的邪恶气息，阴寒而强大！"等等……"百里辛脸色一变，正欲说些什么，林七夜已经一掌拍在了箱子的表面。"砰——"一声闷响，黑箱的箱盖弹射而出，一条古老而诡异的黑色蛇皮正静静地躺在箱子的中央。这条蛇皮不过四五米长，盘踞在箱子之中，像是一根腐烂的绳子，其表面却遍布着复杂而神秘的纹路，在箱盖打开的瞬间，一股极致的恶臭在会场之中弥漫。十二位禁物使同时皱起了眉头，忍不住伸手捂住自己的鼻子。

"咝咝咝……"清晰的吐芯声回荡在会场中，紧接着令人头皮发麻的一幕出现了，那张躺在黑箱中的古老蛇皮像是活过来一般，摇摇晃晃地探起干瘪的蛇皮头部，一口咬在了自己的尾巴之上。"咝咝咝咝咝咝……"越来越多的吐芯声从蛇皮中传出，只见蛇皮表面的一条黑色纹路竟然诡异地扭动起来，脱离蛇皮的表面，在空气中身形暴涨，顷刻间便幻化成了一条近两米粗的超大型巨蟒，嘶吼着向前急速爬行！紧接着是第二条、第三条……这张蛇皮上的每一条纹路，都化作了一条巨蟒，蜂拥着向外挤出。这口黑箱只支撑了片刻就被挤爆，化作满天的碎屑崩碎开来。那条衔尾的蛇皮静静地落在地面之上，就像是一座黑洞，无穷无尽的巨蟒从中爬出。几秒钟后，整个楼层就化作了一片蟒蛇之海！林七夜的神情微变，身形瞬间从原地消失，转而出现在另一片夜色之中，下一刻原本所站立的地方就被蟒蛇之海所覆盖。

"这是什么鬼东西？？"百里辛不解地看着那源源不断有巨蟒爬出的蛇皮，脸色阴沉无比。那些巨蟒几乎遍布整个楼层，肆虐着向着中央的高台扑去，还有大量的巨蟒开始啃食这一层所有的承重柱，密密麻麻的裂纹在柱面蔓延。甚至还有大量的巨蟒从楼层边缘爬出，沿着钢筋向下面的楼层蔓延。一场恐怖的巨蟒之灾，正在主楼之中蔓延。

"先清理巨蟒！不能让它们蔓延下去！"十二位禁物使顿时改变目标，转而开始向附近的巨蟒出手。然而这些巨蟒不知是什么物种，蛇鳞坚硬无比，就连"海"境都只能堪堪击破它们的防御，再加上这极其恐怖的数量，十二位禁物使的清理速度比想象中慢上了很多。林七夜的身形一晃，直接动用夜色闪烁挪移到高台上空，周围的黑暗如同墨水般浸染那堵"叹息之墙"，无形的墙壁顿时被腐蚀出一个又一个坑洞。

林七夜手中的直刀骤然刺出，直接穿透"叹息之墙"的表面，刺入墙体之后，森然的刀芒映照在百里辛父子二人脸上，百里景的脸色顿时难看了起来。

"林七夜，你知道自己在做什么吗？！"百里辛声音低沉地开口。

"知道。"林七夜淡淡说道，"我在替我的兄弟报仇。"

百里辛冷哼一声，伸手在虚空一握，一柄金色的刺目长枪凭空出现在他的掌间。在这柄长枪出现的瞬间，林七夜的瞳孔收缩，身形一闪便消失在原地。"嗖——轰——"一道粗壮的金色光柱洞穿厚重的楼板，直接贯穿主楼的顶层，闪耀着刺入夜空之中！"极致攻击类的超高危禁物……"林七夜眯眼看着百里辛手中的长枪，喃喃自语。在这柄长枪出现的时候，他就感知到了枪内恐怖的力量波动，就算他现在承载了倪克斯的灵魂，已经有了半步"克莱因"的实力，也不敢正面硬接下这一击。

巨大的楼板空洞之下，百里辛手持金色长枪，冷漠地注视着林七夜的身影。"狮子，白羊，处女。"

"在！"三位禁物使同时开口。

"不用管那些蛇，先杀了这小子。"百里辛语气冰冷地开口。

"是！"十二位禁物使中，一位"克莱因"和两位"无量"同时从蛇海中脱身，化作三道流光冲向不远处的林七夜。白羊手握着一只羊角，羊角的尖端散发着淡淡的红芒，他抬手将手中的羊角对着林七夜遥遥一点，一抹红光刹那间洞穿空间，穿透了林七夜的肩膀。被红芒击中的林七夜身形缓缓淡去，最终消失无踪，这只是一道残影。

"来得好！"林七夜低吼一声，周围的黑暗仿佛活过来了一般，如同海啸般向着三人扑去！

436

"他是个什么怪物？"韦修明看到与三位禁物使战成一团的林七夜，喃喃自语。

"砰——"迦蓝一记飞踢，直接将发呆的韦修明踢飞数十米，重重地撞在墙面之上。"发呆……哼。"迦蓝看着身形被嵌到墙里的韦修明，双手叉腰"哼"了一声。

主楼之外，轰鸣的爆炸声传来。迦蓝的注意力被那处战场吸引，扭头看去，只见长发林七夜正手握双刀，像是魅影般在夜空下狂舞，眼神顿时有些痴了。他长头发……还挺好看的嘛！迦蓝暗自想。"啪！"就在迦蓝发呆的时候，韦修明一刀砍在迦蓝的背后，却像是砍在坚硬的石块上一样，连一道印痕都没有留下。

韦修明："……"

迦蓝回过头，目光有些不善。

主楼外，四道身影时而碰撞，时而分开，夜空之下星辰闪烁，摇摇欲坠。披着一件白色轻纱的处女伸手一招，双臂上的轻纱便如同两条游龙席卷而出，无限地向着林七夜延伸，后者的身形在夜空下连续闪烁，避开所有的轻纱。林七夜左手张开，对着远处的处女遥遥一按，低吟开口："'夜主审判'。"

他头顶的夜色急速扭曲，下一刻数十根黑色的巨柱从夜空中落下，将绝大部分白纱洞穿，直接钉死在主楼外侧的钢筋之上。林七夜身形闪烁到她的面前，直刀划破夜色，直逼她的脖颈！"当——"被唤作狮子的"克莱因"境男人同样瞬移到她的身前，抽出那柄古朴长剑接下了林七夜的这一刀，刀与剑摩擦出刺目的火花，嗡鸣声震得人耳膜生疼。林七夜正欲再度出刀，突然间恐怖的动能从那柄长剑上爆发，就像是有一列全速行驶的高铁正面撞在了林七夜刀上，右手的直刀被震得脱手而出！林七夜的身体也急速地向后震荡而去，但身形连闪之下，又迅速地回到了原地。他皱着眉头在虚空中一握，那柄脱手而出的直刀又被召唤到了他的手中，他注视着狮子手中的那柄古朴长剑，喃喃自语："能操控动能的剑？"

狮子握着那柄剑，在满地的玻璃碴上一挑，密密麻麻的玻璃碴就像是电磁炮般被弹射而出，刺耳的音爆声划过天空，眨眼间就来到林七夜的眼前。林七夜的眸中一抹黑暗蔓延，他伸手在虚空中轻轻一按。所有的玻璃碴都被"至暗侵蚀"悬停在他的身前，随后无力地坠入云层之下。现在，他总算是把眼前这三个人的禁物底细摸清了，能够无限伸展且不会破损的白纱，能够无视空间和防具直接造成伤害的羊角，还有能够操控动能的长剑……知道了他们的能力，接下来的事情就好办了。"噗！"一声轻响从楼层内传出，站在窗边的白羊一拍手中的羊角，又有一道红芒洞穿空间落在林七夜的身上，但击中的同样只是一道残影。就在白羊皱眉再度锁定了林七夜的身形，正欲拍羊角的时候，一道身影如同鬼魅般地出现在他的身后，白羊的瞳孔骤缩，下一刻一只手掌已经从他的背后洞穿身躯，破胸而出！那只浸染着鲜血的手捏碎了掌间的心脏，缓缓从他的背后拔出。第九席面无表情地甩了甩手，回头看向被林七夜钉在楼层上的处女，嘴角浮现出冰冷的笑容。

"嗯？"半空中，正在急速汇聚着周围的黑暗的林七夜看到白羊暴毙，眼中浮现出疑惑之色，目光落在那个陌生的身影上，眉头微微皱起。他是谁？他为什么要帮自己？就在林七夜疑惑的时候，一抹金芒便从狮子手腕上的仿制版"瑶光"飞出，化作小型飞剑，载着他径直向着天空中的林七夜飞去。林七夜收回了目光，专心应对眼前的敌人，和他的"无量"巅峰不同，手握那柄古朴长剑的狮子是真正的"克莱因"境强者。虽然现在他承载了黑夜女神的灵魂，但准"克莱因"与"克莱因"的沟壑可不是这么容易跨过的。知道对方能够操控动能之后，林七夜并没有选择与之用兵刃战斗，从刚刚的情况上来看，那柄剑只能操控与之直接接触的物体的动能，之前弹飞直刀是这样，挑飞玻璃碴也是这样。林七夜伸手向着那道疾驰而来的身影虚空一按，点点星辰虚影从他的背后亮起。"'陨落千星'。"那些星辰自夜空之中坠下，在大气层中擦出刺目的火焰，拖着长而闪亮的焰尾坠落人间，仿佛一片流星雨从天空之中坠落！狮子的双眼微凝，速度没有丝毫减慢，迎着这令人眼花缭乱的坠落星辰冲去。他的身形径直撞上第一颗星辰虚影，就在他掌间的长剑触碰到其表面的瞬间，这颗星辰就像是失去下落的能量，停滞在半空中，其表面燃烧的火焰瞬间熄灭，虚影逐渐淡化消散，他的身形继续向着下一颗星辰飞去。一剑接着一剑，凡是被他长剑斩到的星辰，全部轻飘飘地停在空中，丧失了所有的动能。林七夜的眉头微微皱起。看来，那柄剑并不是只能操控实物的动能，就连星辰的虚影他都能影响到……这么一来，能够限制住他的手段就更少了。

就在整个166层陷入混乱的时候，没有人注意到，电梯间停顿在某一个楼层的数字，突然跳动了起来。100层、110层、120层……160层、166层！"叮——"清脆的电梯到达声回荡在嘈杂的会场，正在与诸多巨蟒战斗的禁物使同时一愣。这个时候怎么还有电梯上来？上电梯的入口，应该已经被封死了才对……站在高台上注视着战场的百里辛眉头微皱，疑惑地转头看去，电梯门缓缓打开，电梯厢内的灯光忽明忽暗，隐约之间，能看到一个浑身是血的身影站在电梯中央。苍白的灯光照射下，一张憨笑的猪八戒面具缓缓抬起……

"那是……"百里景看到那熟悉的身材，还有那件染血的深蓝色西装，瞳孔收缩，脸色浮现出难以置信之色。"这怎么可能？这不可能是他……我明明已经反复确认过他的尸体了，就算是回天玉也不可能让死者复生！这不可能……"他怔怔地看着那个身影，喃喃自语。

百里辛眯眼看着那个从电梯中缓缓走出的身影，眉头紧紧皱起。电梯中的灯光闪了闪，最终陷入黑暗，那个戴着猪八戒面具的身影平静地向前走来，血色的西装在昏暗的灯光下显得狰狞无比。他环顾四周，看到满目疮痍、混乱一片的会场，面具下的眼眸微微收缩。

"轰——"楼层空洞之上，林七夜与狮子交战的剧烈声响传来。百里胖胖抬起头，看到天空中那道披着夜色奋战的身影，沉默了许久之后，面具下的嘴角控制不住地上扬。"谢谢……"他注视着奋战在每一个角落的第五预备队队员，沙哑自语。那双仿佛已经失去了所有希望与光芒的眼眸，微微湿润了起来。

"你居然还没死？"百里景从高台上走下，站在百里胖胖的身前，沉声开口，"你的心脏明明已经被我搅碎了，回天玉也没有触发，你是怎么活过来的？"

百里胖胖的双眸注视着那张面孔，冰寒的杀意从他的身上散发而出："你还没有死，百里辛还没有死，这个肮脏恶臭的百里家还存在世上，我怎么会死？我怎么……能死？"他的声音停顿了片刻，目光落在了天空中的那道身影上，"更何况，在这个世界上，还有人在等我……"

"看来你离家的这段时间，也得到了一些机遇。"百里景皱眉说道，"不过这也没关系，既然你都送上门来了，那再死一次就好了。"

百里胖胖没有回答，只是缓缓转头，看向了高台上的那个身影。"百里辛……你就没有什么想对我说的吗？"他沙哑的声音在空气中回荡。

百里辛瞥了他一眼，缓缓转过身，又将目光落向了混乱的战场。"杀了他。"他淡淡开口。百里景冷笑一声，青玉扳指如同潮水般覆盖全身，化作一件青色的铠甲，闪烁着淡淡的微光。他双脚在地面一蹬，身形如同电光般向百里胖胖掠去！百里胖胖缓缓闭上双眼，将眼眸那抹自嘲与悲伤彻底埋葬，憨笑的猪八戒面具低垂。他抬起一只手，向着眼前的虚无轻轻一按。"阵起。"黑暗中，一张巨大的太极八卦图从他的脚下展开！黑与白在他的脚下急速延伸，刹那间覆盖了整个166层的会场，甚至超出了楼层的边界，向着四周的高空继续蔓延！黑夜中，一张覆盖了小半个天空的太极八卦图徐徐旋转。正在与狮子战斗的林七夜见到这张突然出现在空中的太极图，眸中浮现出疑惑之色，低头看向会场的中央，看到那个戴着猪八戒面具的染血身影，瞳孔骤然收缩，身体控制不住地颤抖起来。

狮子身形闪到林七夜的身后，手中的动能长剑趁机挥出。"给我滚开！"林七夜怒吼一声，背后的夜色轰然爆发，直接震飞狮子的身体。林七夜并没有乘胜追击，身形一闪，急速向着会场中那道身影冲去。

会场中。

"这股气息……是'海'境？"百里景的双眸收缩，眼中满是不解之色，"你不仅死而复生，还突破了'海'境？"

站在巨大的太极图中央的百里胖胖平静地看着他，没有回答他的问题，而是将那只悬在半空中的手掌轻轻旋转，像是操控着某个不可见的旋钮，向着反方向扭去。"乾坤逆乱。"他缓缓吐出四个字。刹那间，他脚下的庞大太极图的正北与正南方向，"乾"卦与"坤"卦分别浮现，随后相互换位，"乾"至正南，"坤"至正北。他脚下的阴阳鱼黑白互换，向着反方向徐徐旋转起来。阴阳颠倒，一股神秘的法则波动以他为中心绽放！百里景身上的青玉盔甲突然震颤起来，控制不住地自动消退，重新化作一枚扳指从他的身上飞出，急速地向着太极图中央的百里胖胖射去！

"我的'青玉甲'！这怎么可能？！"百里景亲眼看着这件禁物脱离自己的身体，眼眸之中满是惊恐之色。

百里胖胖指尖轻勾，那枚青玉扳指自动飞到他的右手拇指之上，安静地散发着微光。与此同时，其他禁物使手中的禁物也控制不住地脱手而出！宝瓶、披风、龟甲……所有"无量"境以下的禁物使手中的禁物同时背叛他们的主人，瞬间反噬禁物使的精神力，随后向着太极图中央的百里胖胖飞去。正在与无尽巨蟒恶战的诸多禁物使失去手中的禁物，便再也没有了力量的来源，又被这精神力反噬震得身形一滞，顿在原地。凶猛的巨蟒张开血口，眨眼间便啃食他们半边的身体，将他们淹没在蛇海之中。百里家的黄道十二宫，顷刻之间损失过半！

百里胖胖的周身悬浮着整整八件禁物，散发着截然不同的气息，安静地拱卫在他的身边，一念起，乾坤逆乱——万物缴械！

就连半空中的狮子，都能感觉到手中的动能长剑在剧烈地颤抖，如果不是他一直在用精神力压制，只怕这柄剑也要背叛他的掌控，落入百里胖胖的手中。高台之上的百里辛同样如此。作为百里家的家主，他极少亲自出手参加战斗，但这并不代表他境界很低，能够一手支撑起整个禁物收藏馆的人，怎么可能弱小？他浑身的精神力涌动，散发出来的境界威压已经到达"无量"境的巅峰。他一边压制着那些蠢蠢欲动的超高危禁物，一边震惊地看着太极图中央的百里胖胖，心神狂震！这是什么样的力量，眨眼之间夺走了八件顶尖禁物？他可以肯定，这绝对不是某件禁物的效果。但拥有这种恐怖力量的禁墟，他连听都没有听说过……毫无疑问的是，这种禁墟，绝对是百里家的天敌！

"这……"百里景呆呆地看着那几件禁物，直接傻在了原地。百里胖胖正欲有所动作，一个身形急速地闪烁到了他的身前。卷挟着黑暗的林七夜站在那儿，怔怔地看着那张憨笑的猪八戒面具，双眸明亮无比。

"胖胖，你没事？"他的精神力扫过百里胖胖的身体，看到他胸口的那处血迹，还有面具后的面孔，脸色瞬间阴沉了下来，"你的脸……"

百里胖胖面具下的脸浮现出笑容，他的眼睛微红："我没关系的，七夜。"

他转头看向混乱一片的会场，缓缓张开干裂的嘴唇，轻声开口："谢谢你们……没有放弃我。"

林七夜拍了拍他的肩膀："你在说什么傻话？记住，就算全世界抛弃了你，我们也永远站在你的身边。"

百里胖胖听到这句话，积压在内心的所有委屈与悲伤，再也无法压制，两行泪水从他的脸颊滑落，顺着面具的边缘滴落在地上，他紧咬着牙关，控制住自己不哭出声。他的双眼通红，重重地点了点头。

"难过吗？"林七夜问道。

"难过。"

"生气吗？"

"嗯。"

林七夜的嘴角微微上扬，他转头看向这栋支离破碎的主楼，平静地开口："那……就一起把这里搅个天翻地覆吧。"

百里胖胖抹去泪水，眼中浮现出坚定之色。"好！"

438

"尽管去做你想做的事情，杀你想杀的人。"林七夜握紧手中的双刀，目光在眼前的众多禁物使身上滑过，"所有拦在你面前的敌人，我替你解决。"林七夜的手掌一翻，召唤魔法的光辉闪烁，一个银色的魔方静静地悬浮在他的手中。随着混乱魔方的扭动，整个166层的布局被彻底打乱。原本八位"海"境禁物使手中的禁物都已经被百里胖胖直接缴械，现在可以说是没有丝毫战斗力可言，正在单方面地被第九席屠杀。再加上刚刚第九席捡漏击杀的白羊和处女，现在十二位禁物使中还留有战斗力的，只剩下天空中的狮子，以及"无量"境的射手。射手见百里辛父子陷入危机，顿时向着高台的方向冲去，就在这时他附近的空间扭转，下一刻又被挪移到屠杀禁物使的第九席身前。

"咦？"第九席诧异地看着突然出现在眼前的射手，"你也是来送死的？"

射手的脸色阴沉下来。

"嗖——"一道身影从楼板空洞中飞下，手握动能长剑的狮子落在高台之前，脸色阴沉地看着百里胖胖和林七夜二人。林七夜四下张望了一圈。

"这应该是最后一个了，有点棘手……你能同时对付他们父子吗？"林七夜有些担忧地看向身后的百里胖胖。

"嗯。"百里胖胖点了点头，"我的禁墟是百里家的天敌，放心吧。"

"好。"

林七夜的掌间，混乱魔方再度扭转，下一刻林七夜和狮子的身影同时消失，被扭转去了别处。百里胖胖的身前再无任何人阻碍，他迈开脚步，缓缓向着高台下的百里景走去。眼看着那戴着憨笑猪八戒面具的血色身影靠近，百里景的脸色苍白起来。刚刚百里胖胖顷刻间夺走所有禁物的一幕给他带来的震撼太大了，眼看着对方身边悬浮的八件禁物，百里景僵硬地向后退去。他怕了。归根结底，他只是一个商人，可以在商场上呼风唤雨，但是论战斗素养……他连给百里胖胖提鞋都不配。虽然他自小就开始学着使用禁物，但也只是普通的训练而已，从来没有进行过真正意义上的生死搏杀。毕竟从计划上来说，他根本就不需要亲自参与战斗，只要百里胖胖替他把最艰苦的部分完成，他就能直接继承对方的身份。如果之前百里胖胖的精神力没有被封印，如果他没有万分的把握，他根本就不敢对百里胖胖出手。现在，他就更加不敢了。

"你退什么？"憨笑的猪八戒面具下，百里胖胖淡淡开口，"你不是要再杀我一次吗？我就在这里……你敢来杀吗？"

百里景咽了口唾沫，身体已经退到高台边缘，抬头看向站在高台上的百里辛，脸色苍白地开口："父亲……这……"

百里辛皱眉看着他，冷哼了一声："你就这点胆量？你这样子，以后怎么当守夜人的高层？你太让我失望了。"

"不，不是的父亲！"百里景急忙开口，"他、他能收走我的禁物啊！我的那些禁物根本就不能用，这根本就不公平！"

百里辛眯眼看了百里胖胖许久，将手中的那柄金色长枪丢到百里景的手里，犹豫片刻之后，又从虚空中抓出一个破旧的木剑剑鞘，挂在百里景的背后。

"这两件藏品，你应该认识，有我的精神力附着在上面，他是抢不走的。"百里辛平静地开口，"他身上虽然有很多禁物，但除了'青玉铠'，其他的序列都不高，和这两件藏品相比更是差远了。你是我百里辛一手培养出来的儿子，如果这样你都赢不了那个废物，那只能说明你根本不配当这个百里家的家主，更加没有希望成为守夜人的高层。如果你没法成为守夜人的高层，那你也就没有存在的价值了……"

听到最后一句话，百里景的身体一颤，眼神之中浮现出恐惧之色。"我会赢的！父亲！我一定会赢的！"百里景紧紧攥着手中的金色长枪，"我会向你证明，我比这个废物更强！我比他更配当您的儿子！"他一咬牙，身形猛地向着百里胖胖冲去。

百里胖胖紧盯着百里辛的眼睛，冷笑着开口："原来，你对自己的亲生儿子都可以这么冷血……你的眼中除了利益，真的就什么都没有了吗？"

"这本就是一个利益至上的社会，只有真正冷酷的人，才能站在众生之上。"百里辛回答。

百里景将金丝眼镜摘下，甩到一边，手中紧攥的长枪闪电般刺出！"轰——"一道粗壮的金色光柱从枪尖爆发，刹那间贯穿整个166层，飞射向天空之外，恐怖的余波从光柱的周围荡漾开来，摧毁了附近的墙体。百里胖胖的身形在太极图的一条阴鱼之上浮现。他双眸之中一道光芒闪过，拇指上的青玉扳指迅速分解，衍化成一整副青玉盔甲，轻轻覆盖在百里胖胖的身上，破烂的披风挂在盔甲之后，他一手托着宝瓶，一手提着一米多长的木尺。悬浮在他背后的那只血色的眼瞳凭空消失，随后缓缓在那张猪八戒的面具上睁开……一抹浑浊的精神光束从眼瞳中爆发，急速射向百里景的身体！"嗡！"百里景背后的那柄木头剑鞘突然一颤，那精神光束尚未触碰到他的身体，就被硬生生地震散在空中！

百里景的目光紧紧盯着百里胖胖，他的身形只要一出现，就立刻一枪刺向他所在的位置，接连的金色光柱从主楼的顶层射出，整个顶层都开始摇晃起来。"嘎吱——"支撑着顶层的钢筋发出低沉的嗡鸣，些许碎屑从天花板落下，几根仅剩的承重柱已经无法支撑这个楼层的重量，密集的裂纹开始扩散。百里辛眉头微皱，轻轻向前踏出一步，一粒粒黑色的细沙从他的脚下扩散，像是潮水般涌进这些承重柱之中，摇摇欲坠的顶层终于勉强稳定下来。

439

百里胖胖的身形如同鬼魅般在太极图之上闪烁，那张猪八戒面具之下，他的双眸平静无比。"离火。"他低语一声，下一刻在巨大太极图的东南角，一道"离"卦虚影缓缓浮现，熊熊烈火自百里胖胖身前燃起，他指尖轻点，这团火焰顿时化作上百道火雨绽放而开，径直向着站在太极图角落的百里景射去！百里景手握长枪，枪尖之上金芒闪耀，没有丝毫的犹豫直接向着满天的火雨冲出，手中的长枪连点，金色的巨大光柱瞬间将那些火雨湮灭在空中。

"震雷。"百里胖胖再度低语，太极图的西南方向，一道卦象再度显现！"咔嚓——"云霄之上，雷光涌动，一道粗壮的狰狞雷霆划过天际，笔直地透过主楼顶端的那道空洞，劈向太极图上的百里景！就在落雷击中百里景的瞬间，他背后的木剑剑鞘散发出一阵乌光，直接将这道雷霆吸入漆黑的剑鞘之中，消失不见。

百里景冷笑一声，将这剑鞘从背后摘下，鞘口对着百里胖胖，轻轻一挥。那道狰狞的雷光从剑鞘口再度迸发而出，像是一柄闪耀的雷光之剑，刺向百里胖胖的身躯！百里胖胖双眼微眯，右手的木尺闪电般挥出，与那柄雷光之剑碰撞在一起，游走的电弧在空气中跃动，在木尺的斩击下消失殆尽。

"'噬元剑鞘'……"百里胖胖淡淡开口，"虽然早就有所耳闻，但我还是第一次见到这件藏品，看来任何能量形式的攻击都对你无效了。"他手掌轻轻一挥，悬浮在他背后的五件禁物有四件都被他丢到一边，同时左手托的宝瓶也被他放在地上，只是披着一件破旧披风，手持一柄木尺，身后一对光轮缓缓旋转。他的身形一晃，在那件破旧披风的作用下，整个人化作一抹影子掠过空气，眨眼间便来到了百里景的身前。百里景冷哼一声，手中的长枪再度抬起……

"乾坤逆乱。"百里胖胖伸手一指，乾坤二卦再度换位。万物缴械！金色长枪与木剑剑鞘同时震颤起来，似乎马上就要脱手而出，站在高台上的百里辛眉头一皱，用自己的精神力强行压下蠢蠢欲动的两件禁物，但就是这片刻的延迟，百里景就错失了出枪的最佳机会！见百里胖胖就这么突破到他的身前，百里景顿时有些慌乱，急忙想要挥动手中的金色长枪，却忽略这柄枪的长度在近身战斗之中会将他置于绝对的劣势！见到这一幕，高台上的百里辛眉头紧锁，遗憾地摇了摇头。"愚蠢。"

百里胖胖手中的木尺闪电般挥出，精准地击打在长枪的枪身，将其再度荡开！毫无防备的百里景大惊失色，另一只手又要去摸背后的噬元剑鞘，但速度太慢了。百里胖胖微微旋身，利用自身的惯性将手肘重重地击打在百里景的下巴上，在青玉盔甲的覆盖之下，百里胖胖这一击的动能丝毫不亚于一辆急速行驶的汽车！"砰——"顷刻之间，百里景的身影就被打飞数十米！他的身体撞上一根承重柱，只觉得浑身的内脏都要震荡碎裂，他痛苦地匍匐在地上，张开嘴巴，满口的鲜血混杂着数十颗牙齿掉落而出，脸已经扭曲得不成样子。剧痛让他的面孔疯狂抽搐，他哀号着想要从地上爬起，四肢却已经软了，就像是一只狼狈的蛆虫，在地面上蠕动挣扎。百里胖胖披着披风，刹那间再度来到他的身前，一脚踢在他的胸口，将他整个人再度往回踢飞！他的身形在半空中飞旋了数圈，抓着金色长枪的手一松，长枪直接脱手而出，身体撞到高台之下，胸口都凹陷大半。

"呜……呜……喀喀……"他拱起身子，含混不清地呜咽起来。

百里辛看到台下连武器都被打得丢掉的百里景，眼中的失望之色越发浓烈，脸色也阴沉了下来。

"父亲，父亲……"百里景抓住高台的边缘，挣扎着从地上爬起，满脸鲜血的他抬头看向百里景，狼狈至极地开口，"他、他耍赖，这根本不公平……父亲，您再给我一件禁物，再给我一件更厉害的禁物！父亲，您把'挽歌'借给我吧！我一定能杀了他，真的！这次我一定杀了他！您再给我一次机会……"

百里辛注视着脚下苦苦哀求的身影，眼中充满失望与冷漠，抬起头看向不远处缓缓走来的百里胖胖。"是我看走眼了。"百里辛淡淡开口，"你比他，更有价值。"

百里胖胖站在高台之下，面具抬起，不屑地嗤笑一声。

百里辛就像是没有听到一般，继续说道："你的这种禁墟历史上从来没有出现过，光是从你现在展露出的能力来看，绝对可以排进超高危中的前四十，甚至可以跻身于王墟的层次。就算没有百里家的背景，凭你现在的潜力，也足以加入一支特殊小队，成为守夜人的重点培养目标。"

百里胖胖看着他："所以？"

"你已经用行动证明了，你比这个废物更具备培养的价值。"百里辛缓缓开口，"不如，我们来做个交易……"

"父亲，父亲！"瘫在地上的百里景想到了什么，眼中闪过一抹恐惧之色，焦急地开口，"父亲，您不能和这个废物做交易啊！我才是您的亲儿子，您不能……"

"闭嘴！"百里辛瞪了他一眼，一脚将他从高台旁踢开。

"交易？"百里胖胖平静地开口，"我想听听，是什么样的交易？"

"回来吧。"百里辛的眼中散发出光芒，"回到百里家，重新做回我的儿子，百里涂明这个名字是你的，百里集团也可以是你的，所有的禁物都可以是你的。我既然可以将你的档案变成百里景的，也可以将他的所有档案再变成你的。从今往后，你就是我百里辛的亲儿子，真正的百里集团继承人！今天在这里的一切，我都可以当成没有发生，你还是回到你的第五预备队，当百里家的小太爷，重新开始寿宴，我会在所有人的面前，公布你的继承人身份！作为补偿，我可以再赞助你们小队五个亿，再送你们一件我的藏品！我知道你不会经商，但这没有关系，我可以给你把一切都安排好，你只需要安静地做你的守夜人，在未来的某一天，跻身于守夜人的高层，然后给百里家提供便利。这个交易，是不是很划算？"

440

"不，不……父亲，您不能这么做！我才是百里集团的继承人，我才是您的儿子啊！！"百里景听到这番话，连滚带爬地从远处挪过来，难以置信地开口。他指着百里胖胖："他只是一个废物，一个替死鬼而已！您怎么能把百里集团交给他呢？！"

百里辛眉头一皱，散落在地面的黑色细沙汇聚成一只巨大的手掌，猛地扇在百里景的脸上，将他整个人扇飞到远处。"你算个什么东西？你……也配当我的儿子？"百里辛冷声开口。他回头看向百里胖胖，那张猪八戒面具下不知是什么表情。他继续说道："把今天在这里的一切都忘掉，我和你的母亲会像疼爱百里景一样疼爱你，我们会让你享受到真正的家庭温暖。等你掌管百里集团，成为守夜人的高层，你就是大夏最有权势的人之一，到时候你想做什么都可以！反正你也没有损失什么，你的队友也都完好无缺，如果你对百里景划伤你的脸这件事耿耿于怀，我现在就可以让你把他的脸也划烂，你想要什么补偿也可以提，我都会满足你。"百里辛注视着百里胖胖的眼睛，等待着他的回复。

百里胖胖缓缓开口，伸手指向一旁烂泥般的百里景："如果我答应了你，那他怎么办？"

"他？"百里辛微微皱眉，"你想怎么找他报复都可以，但是必须留他一命，他的身上流淌着我的血，在他为百里家留下血脉之前，都不能死。"

百里胖胖凝视着百里辛的眼睛，许久之后，冷笑声从面具下传出。"我原来以为你只是个冷血的阴谋家，现在看来，你就是个人渣啊……百里辛，你给我听好了。"他看着百里辛的眼睛，一字一顿地说道，"百里集团，禁物收藏馆，守夜人高层……这些在你眼里比一切都重要的东西，在我这里屁都不是！百里家的百里涂明已经死了，活在这个世界上的，只有第五预备队的百里胖胖！这一次，我不为你们而活，我不为百里家而活……我只为我的兄弟而活。百里家是大夏的毒瘤，今天，我们就要彻底将这个毒瘤铲除！你，和你的废物儿子，今天都得死在这里。"

百里胖胖的话音落下，身形一晃就向着不远处瘫软在地的百里景冲去，手中的木尺光芒闪烁，他的眼眸之中杀气四溢！百里辛的脸色阴沉无比，他死死地盯着百里胖胖的背影，低沉开口："不知好歹的东西……你们真的以为，惹怒了我，会有什么好下场吗？"他伸手一招，大量的黑色细沙汇聚成两团，一团化作一柄庞大的利剑横斩向百里胖胖的咽喉，一团化作大手抓起地上的百里景，将其向着自己的身边拖来。

"哈哈哈哈，百里涂明今天必死无疑！"一个声音从百里辛的背后传来，刚刚击杀射手的第九席大笑着闯入细沙之中，双手贴在抓住百里景的细沙之上，那些细沙顿时如同螺旋般扭曲起来，崩碎在空中。百里辛和百里胖胖同时一愣。第九席骤然出手，直接抓向百里景的头颅！

"找死！"百里辛低吼一声，那杆金色长枪突然出现在他的手中，枪尖的金色光辉闪耀无比，猛地一枪刺向半空中的第九席！"轰——"粗壮的金色光束擦着第九席的身体飞过，后者的脸色微变，急速地向后退开数步，扭头看向百里辛，脸色阴沉无比。"百里辛，你不在我们'信徒'的悬赏名单之上，不要逼我连你一起杀了！"

"蠢货！"百里辛怒骂道，"你就没有想过，你们'信徒'中击杀百里涂明的悬赏，是谁挂上去的吗？"

第九席一愣："关我什么事？"

百里辛气不打一处来："击杀百里涂明的悬赏，是我让人发布的！我是要你们在百里涂明回广深之前把他击杀在路上，谁让你到我的会场来闹了？"

第九席严肃地开口："我是一个有职业素养的刺客，目标不死，就算是追到天涯海角，我也一定要杀了他！"

百里辛指着百里胖胖："那你连目标都没分清吗？这个才是百里涂明！你杀我儿子干什么？"

"你儿子不就是百里涂明吗？"第九席表情古怪地开口，"你们刚刚在会场上自己说了，这还能错？"

百里辛哑口无言。

"请不要侮辱我的智商。"第九席严肃地开口，"我是一个专业的刺客，杀错人这种低级错误，我是不可能犯的。"

"嗖——"就在第九席拖住百里辛之际，百里胖胖一尺斩开黑色细沙，径直冲到百里景的身前！

"你刺了我的心脏一刀，现在……轮到我了。"百里胖胖低吟一声，眸中杀机爆闪，手中的木尺闪电般地刺向百里景的心脏！"噗——"木尺轻易地洞穿了百里景的胸口，透体而过，一朵血花迸溅开来。刚刚从第九席的手下逃出生天的百里景低头看向自己的胸口，血液已经染红他身上的西装，他僵硬地抬头看向那张憨笑的猪八戒面具，眼中满是难以置信之色。"你不能……杀……我……"他呢喃的声音断断续续地传出，百里胖胖握着木尺的手用力一搅，彻底将他撕碎！百里景的眼神涣散，彻底失去所有的生机，跪倒在百里胖胖的身前。

"下地狱吧。"百里胖胖注视着那张充满了恐惧的面孔，喃喃自语。"离火。"一团火焰在百里景的尸体上燃起，灼热的火舌在空气中晃动，将百里景的身体逐渐炭化，化作一捧飞灰彻底消散在空气之中。火光将百里胖胖的面具映成红色，他缓缓转过头，将目光落在百里辛的身上。"轮到你了。"

他迈开脚步，手握木尺，向着高台之上的百里辛缓缓走去。

百里辛看到自己的儿子被烧成飞灰，表情微变，双拳紧紧地攥起……

441

"轰——"夜空下，林七夜的身形和狮子几度碰撞，再次分开。作为整个百里家的最高战力，手握动能长剑的狮子即便是放在上京市，也是能够与006小队队长或者副队长正面战斗的存在，他万万没有想到，一个不过二十岁左右的少年竟然能与他战斗得平分秋色。林七夜脚踏夜色站在空中，凝视着眼前的狮子，眉头微微皱起。在沧南的时候，他确实杀了洛基的分身，但那时是强行催动炽天使残留在他体内的，足以支撑整个城市存在数月的神力，那一战之后，他的神力早就消耗殆尽。现在他完全是倚靠承载灵魂与黑夜女神的神墟，以半步"克莱因"的境界与真正的"克莱因"战斗到现在。想要越阶战胜或者击杀一位"克莱因"，并不是一件容易的事情。

但对禁物使而言，他们的缺陷也是十分明显的。林七夜将目光从那柄长剑上挪开，缓缓闭上了双目，心中已经想到了克制那柄动能长剑的方法。"交给你了，梅林阁下。"他喃喃自语。他的背后，那道穿着黑色星纱罗裙的妇人身影缓缓消失，另外一个戴着高帽、手握法杖的身影浮现，逐渐融合进他的身体之中。林七夜闷哼一声，脸色有些发白。中途更换承载的神明灵魂，对他的灵魂有着严重的危害，但好在他自从在沧南市灵魂破而后立之后，灵魂强度已经提高好几个层次，再加上境界比当时强大不少，倒也能勉强支撑下来。但这么做，会不可避免地减少承载灵魂的持续时间，留给他的时间已经不多了。

氤氲的魔法气息从林七夜的身上发散，笼罩在天空之上的夜色迅速褪去，林七夜黑色的长发开始以肉眼可见的速度变白，一件深蓝色的魔法长袍交织在他的身后。林七夜的双眸缓缓睁开，原本眼中的星辰光点已经消失，取而代之的是一片如渊般深邃的眼眸。他就像是天空中最为明亮的那颗星辰，照耀着所有人未卜的命运。突如其来的晴空让会场中的众人惊讶无比，而最为震惊的，则是站在林七夜不远处的狮子。

他能清晰地感觉到，仅是几秒钟的工夫，林七夜的气质就和之前完全不一样了，如果说之前的林七夜是一位黑夜中的君王，那现在已经摇身一变，成为仿佛能洞悉一切的神秘存在。

"你还能变身？"狮子忍不住开口吐槽。

林七夜没有理会他，现在每一秒的时间对他来说都至关重要。他轻轻抬起一只手掌，一根根金色的魔法线条在他的身前迅速地勾勒而出，交织成一张巨大的魔法阵图！"金系魔法，'混沌磁元'。"林七夜轻吟一声，他身前的金色法阵瞬间绽放出刺目的白光，像是太阳一样耀眼！脚踏仿制版"瑶光"的狮子眉头一皱，下一刻，手中的动能长剑就控制不住地震颤起来，急速地向着天空中那道金色的阵法飞去！不仅是这柄剑，整个百里主楼建筑材料中的金属组成，都发出低吟之声，仿佛下一刻就要扭曲——螺丝、螺帽、散落在地上的刀叉、悬挂在角落的灯丝……所有由金属制成的小型物件，都呼啸着飞向天空，往那散发着魔法气息的超大型磁铁靠拢。

狮子紧紧攥着手中的长剑，身形与剑身一起向着混沌磁元飞去，即便脚下的仿制版"瑶光"努力地想要带着他向反方向移动，可依然阻挡不住动能长剑上承受的恐怖吸力。

"胖胖！"天空中的林七夜嘴唇微动，一道传音魔法送到会场中的百里胖胖耳中。百里胖胖眼前一亮，脚下的太极图再度亮起！"乾坤逆乱。"他伸出手，向着天空中的狮子一握，那柄动能长剑立刻受到"缴械"的影响，猛地一震！若是其他时候，狮子可以利用自己的精神力压制住"缴械"，但现在动能长剑已经被天空中的混沌磁元吸引，本就极不稳定，这突如其来的缴械更是成了压垮骆驼的最后一根稻草！动能长剑可以斩断虚影，但是并不能对磁力造成影响。狮子的手控制不住地松开，那柄动能长剑当即化作一道长虹，向着林七夜飞去！

林七夜一把握住动能长剑，挥手散去身前的混沌磁元，仔细打量着手中的剑身，嘴角浮现出一抹笑意。失去禁物的禁物使，也就是精神强大一些的普通人而已。狮子操控着仿制版"瑶光"站在空中，双手空空的他神情有些茫然。

"你的禁物，我很喜欢。"林七夜把玩着动能长剑，眯眼看向狮子，"你可以退场了。"

狮子的脸色铁青，只觉得都要气炸了。他看着林七夜的模样，就好像林七夜是在说："你的老婆我很喜欢，出去的时候记得锁一下门。"

林七夜屈指一弹，一道魔法阵在狮子的头顶张开，一只黑色的巨大手掌从中探出，猛地扇在狮子的身体上，他就像炮弹一样从高空被拍落，砸穿主楼的数层楼板，消失不见。一道传送魔法在林七夜的脚下张开，他的身形刹那间便消失在原地。

会场中，百里辛一只手握着金色长枪，一只手提着原本在百里景身上的木剑剑鞘，周围的黑色细沙如同风暴般涌动，环绕在他的周围。第九席看着已经化作一捧灰土的百里景，有些遗憾地叹了口气。"没能亲手杀了他……但是至少任务完成了。"他转过头，对着身边的百里胖胖挥了挥手："兄弟，合作愉快，以后江湖再见吧！"百里胖胖面具下的表情古怪起来。第九席的身影一晃，就消失在高台附近，下一刻一道传送阵法就在百里胖胖的身边展开。

披着深蓝色长袍的林七夜从魔法阵中走出，手中握着一柄动能长剑，平静地注视着站在高台上的百里辛。

"看来，这就是最后一个了……"林七夜淡淡开口。

442

"咔嗒——"一面墙壁上裂纹迅速蔓延，最终彻底崩塌，深嵌在墙体之中，已经鼻青脸肿失去意识的韦修明轰然坠倒在地上，一动不动。穿着蓝色长裙的迦蓝从弥漫的烟尘中走出，深吸一口气，拍了拍衣服上的灰尘。一旁，刚刚和疯魔曹渊一起解决其他 010 小队成员的安卿鱼走来："解决了？"

迦蓝点了点头："嗯。"

安卿鱼的目光扫过整个破烂不堪的会场，黄道十二宫已经全军覆没，整个楼层就剩下他们几个人，还有站在高台之上的百里辛。"他怎么办？"安卿鱼指了指追着剩下几条巨蟒狂砍的疯魔曹渊，有些无奈地问道。

迦蓝转头看去，只见疯魔曹渊追着一条巨蟒直到楼层的边缘，砍完一刀之后，整个人跟着巨蟒一起从 166 层掉了下去。"嘿嘿嘿……"傻笑声逐渐远去。

迦蓝的嘴角微微抽搐："不……管他。"

安卿鱼默默地收回了目光："确实没必要了……"

他们两人快步向着中央的高台跑去。

破碎的顶层之上，戴着白狐狸面具的沈青竹正坐在楼层的边缘，遥遥注视着那几个聚集在高台周围的身影，不知在想些什么。"任务完成了，我们该撤退了。"第九席走到他的身旁，开口说道。沈青竹缓缓开口："再等等。"

"还等什么？"第九席疑惑地说道，"百里家闹出了这么大动静，守夜人那边不可能不知道，应该很快就有人要过来了……再不走，我们就走不了了。"

"你先走吧。"沈青竹喃喃自语，"我不太放心他们。"

"你说什么？"沈青竹的第二句话说得声音很小，第九席根本没有听清楚。他环顾周围一圈，犹豫片刻之后，还是原地坐了下来。

"你怎么不走？"沈青竹诧异地开口。

"你这个小辈都不怕死，我怕什么？"第九席拍了拍他的肩膀，"你可是未来要成为第二席，带领整个'信徒'走向辉煌的人，没我在旁边看着，你要是出事了，'信徒'怎么办？"

沈青竹一怔，看着第九席的眼睛："你这么相信我能振兴'信徒'？"

"不相信也没办法啊……其他人都快死光了，现在整个'信徒'只有你一个还算有潜力的小辈，不靠你难道靠我吗？"第九席摇了摇头，"我的年纪大了，扛不动了，未来还是要交给你们这些年轻人。"

"'信徒'对你来说，这么重要？"

"曾经是吧。"第九席含糊说道，"总之，'信徒'要是就这么没落了，倒是也挺可惜的。"

沈青竹转过头，默默地注视着远处的战场，沉默不语。

会场中，百里辛站在高台上，一手握金色长枪，一手握木剑剑鞘，目光扫过身前的百里胖胖和林七夜，还有不远处匆匆赶来的迦蓝和安卿鱼，眼睛微微眯起。百里景死了，黄道十二宫全军覆没，就连他们的禁物都落在林七夜等人手里，这次的损失对于百里家而言，绝对是毁灭性的打击。当然，儿子可以再生，只要把禁物都收回来，禁物便可以再慢慢培养，百里辛心中虽然愤怒，虽然不甘，但并不绝望。从他白手起家到现在，三十多年的风雨，什么样的挫折没受过？只要他百里辛还活着，一切都没有结束。

"很好……"百里辛深吸一口气，将自己的心境平复下来，"我承认，叶梵的眼光确实毒辣得很，即便只是一支预备队，你们居然也能把我逼到这个地步。如果一切顺利的话，你们超过'假面''凤凰'甚至'灵媒'也只是时间问题。所以，你们真的不再考虑一下我的提议吗？我儿子你们也杀了，禁物你们也抢了，现在总算是出气了吧？我还是那句话，如果你们现在停手，我可以当这一切都没有发生过，我会动用整个百里家的资源帮助你们，让你们成为整个大夏最强大的……"

"说够了吗？"百里辛的话音未落，林七夜就平静地打断了他。

百里辛怔在了高台上。

"不愧是百里集团的董事长，即便儿子死了，家被毁了，人都被杀光了，居然还能冷静地跟我们谈生意……客观地说，这份魄力确实不是人人都能有的。"林七夜淡淡地开口，"但是，不是所有的事情都能用做生意的方式去解决。今天，百里家必须要从大夏除名，你，也必须要死在这里。我们会靠自己成为整个大夏最强的守夜人小队……有或没有百里家，都一样。"话音落下，数道刺目的魔法阵从会场的天花板上绽开，恐怖的火元素喷吐而出，刹那间便将高台上的那道人影吞噬其中。灼热的火焰熊熊燃烧，红色的光芒倒映在林七夜的脸上，他的双眸平静无比。

"七夜……"百里胖胖忍不住开口。

"嗯？"林七夜转头看向他，微笑着说道，"如果是想说谢谢这种矫情的话，就不必再说了。"

"不是……"百里胖胖有些无奈，"他手里有一件序列066的'噬元剑鞘'，可以把任何形式的能量攻击储存并用剑的外形再度释放，所以……"

林七夜："……"

汹涌的烈焰之中，所有的火焰突然倒卷起来，化作一道巨大的火焰旋涡悬浮在空中，疯狂地灌入那柄看似平平无奇的剑鞘。残火流淌在百里辛的周围，他冷笑着看着林七夜众人，握着木剑剑鞘的手轻轻抬起。

"看来这场生意，是彻底没的谈了……"他缓缓开口，"既然这样，你们就都死在这里吧。"

他手中的剑鞘向着身前的虚无一斩，一道长达三百米的火焰剑刃破开空气，横斩而出！这柄压缩到极致的火焰剑刃瞬间切开楼层所有的柱面，熔断钢筋，还有小半截延伸出了主楼，在空气中划过一道猩红的轨迹。在166层即将崩塌的瞬间，那些黑色的细沙涌动而出，再度连接上所有的支撑柱，稳住摇摇欲坠的楼层。

443

主楼外，一道传送魔法张开，四人的身影浮现而出。

"不能再使用能量形式的攻击了吗……"林七夜看着那残余在空气中的火焰，眉头微皱，"拥有极致攻击力的金色长枪，能够吸收能量攻击的剑鞘，诡异流淌的黑色细沙，隔绝外界的'叹息之墙'，算上'斩白'，那十二件超高危收藏之中，好像只出现了五件。"

百里胖胖摇了摇头，抬起了手中的大拇指，拇指上一枚青玉扳指正闪闪发光："百里景身上的'青玉铠'也是一件超高危禁物，还有你手中的从狮子手上抢来的'祈渊'，加起来就是七件。"

林七夜一怔，低头看向手中的动能长剑："这也是藏品之一？"

"没错，狮子是百里家精神境界最高的守护者，百里辛赐给他一件藏品也是理所当然的。"百里胖胖说到这儿，像是想到了什么，"你刚刚不会把'斩白'丢还给百里辛了吧？要是他拿着那柄刀，我们就被动了啊……"

林七夜的眉梢一挑，伸手在空中虚握。召唤法阵在空气中张开，一柄雪白的长刀出现在林七夜的手中。"我又不傻，虽然用这柄刀会让我觉得恶心，但是也不会就这么把这件大杀器还给百里辛。"林七夜淡淡开口，"我也是留了后手的。"

"那就好。"百里胖胖松了口气，"他的十二件藏品中，有三件落在我们的手里，还有三件由于体形太大，他根本不能用仿制的'自在空间'带在身上，也就是说他的身上现在最多只有六件藏品。"

"还有两件是什么？"

"一个叫'火魔瓶'，外表上看是一个瓷瓶，但是能够倾倒出无穷无尽的黑色火焰，这种火焰拥有自己的生命，可以绵延千里，也可以汇聚成人形，所以被称为火魔。另一个叫'挽歌'，从序列上来说，应该是整个百里家最高危的禁物，但具体的功能我也不清楚，总之应该十分恐怖。"百里胖胖将自己知道的信息一一说出。

林七夜点了点头："能够知道他绝大多数的手段已经不错了，现在只能走一步看一步。"林七夜转身看向迦蓝，张开嘴正欲嘱咐什么，犹豫片刻之后，默默地闭上了嘴巴。他走到安卿鱼和百里胖胖面前，认真地说道："百里辛本身是'无量'境，还拥有这么多超高危的禁物，实力不可小觑，你们两个一会儿不要太靠近中央的战场，由我和迦蓝来跟他正面战斗。"

迦蓝："……"

"明白了。"安卿鱼点了点头。

安卿鱼是个聪明人，知道凭借自己"川"境的实力，强行插手这场战斗只会给林七夜增加难度。所以即便林七夜不说，他也会默默地退在战场外围，让自己不成为他的负担。

"其实我也挺厉害的。"百里胖胖忍不住开口。

林七夜看着他，犹豫片刻："你的禁墟很克制百里辛，适当的时候可以出手，但是不要逞强，明白吗？"

"明白。"

"嗖——"一道金色的光柱冲破云霄，从主楼精准地刺向半空中的林七夜等人，四人的身形迅速散开，林七夜眨眼间便消失在原地，再度将自己传送到会场

- 295

之中。"空间魔法，'虚空锁'。"林七夜站在会场中，身上的魔法激荡，一道庞大的白色魔法阵从他的身前展开，百里辛周围的空间顿时扭曲起来！一道道透明的锁链从虚空中呼啸而出，全方位无死角地锁向百里辛的身体，仿佛一道囚笼要将他困在其中，百里辛的眉头微皱，金色长枪连点，极具毁灭力量的金色光柱瞬间将所有的锁链熔化。那柄枪，居然连空间都可以穿透？林七夜注视着百里辛手中那柄金色长枪，脸色有些凝重。

　　就在这时，一道穿着蓝色长裙的身影掠过他的身旁，径直朝着高台上的百里辛冲去！迦蓝的裙摆在风中飘荡，隐约之间可以看到她的大腿之上，已经粘上了几根透明的胶带，将其与裙摆内侧黏合起来，任凭狂风如何席卷，依然不会走光。似乎是注意到了林七夜的目光，迦蓝猛地回过头，狠狠地瞪了林七夜一眼，脸颊浮现出两抹淡淡的红晕。

　　"找死。"百里辛看着迦蓝笔直地向这里接近，冷哼一声，手中的长枪骤然挥出！恐怖的金色光柱洞穿空间，直接将迦蓝的身形淹没其中。就在百里辛以为迦蓝已经尸骨无存之时，那道蓝色的身影再度从金芒中冲出，速度没有丝毫的停滞！"这怎么可能？"百里辛错愕地看着这一幕，愣在了原地。呼吸之间，迦蓝就冲到了高台之上！白皙的拳头破开空气，闪电般地挥向百里辛的脸颊，后者下意识地后退半步，避开这一拳，可紧接着就被一记飞踢直接踢下高台！百里辛的身形飞出数米，才勉强站稳身体，看向迦蓝的眼神满是震惊。

　　而林七夜已经见怪不怪了。拥有"不朽"特性的迦蓝完全就是个开挂的存在，境界对她而言本身就没有意义，"盏"境的攻击破不开她的防御，"克莱因"的攻击同样破不开她的防御，就算是神明出手，依然无法对她造成伤害！唯一的区别在于，迦蓝一拳能干翻一个"盏"境，而想要干翻一个"克莱因"，则需要成百上千拳，到了神明那个层次，就根本不是拳头能解决的问题了。迦蓝的精神境界，对于林七夜来说一直是个谜，因为她从来没有显露过自己是什么境界。而精神力的强大与否，对她来说也没有意义，从她得到"不朽"的那一天起，她就已经是不死不灭的存在。当然，论防御，她已经比肩神明，但缺陷也是十分明显的。

　　她的攻击力太弱了，而且如果对手有控制类的禁墟，轻轻松松就能将她束缚住，如果有防御类的禁墟，迦蓝也无法轻易地打穿对手的防御。

　　"你们这支小队，都是些什么怪物……"百里辛看向迦蓝，又看向林七夜，又看向了站在会场边缘的百里胖胖，忍不住骂道。

444

　　"咚——咚——咚——"接连的爆炸声从166层传来，一道又一道魔法阵在主楼内外展开，深渊魔法与空间魔法混合，令人窒息的气息在高空中溢散。林七夜站在满目疮痍的会场中央，双眸如星辰般璀璨，身后的深蓝色长袍无风自动，双唇开闭，似乎在吟唱着什么，浓郁的魔法元素几乎将整个楼板掀飞！在这毁天灭地的魔法杀伤范围之内，一道蓝色的身影和一道手握长枪的身影急速碰撞。百里辛身上的衣服已经有大片的焦黑，脸色阴沉至极，只觉得整个人说不出地憋屈。他不是躲不开林七夜的魔法，而是每当想要离开林七夜的魔法轰炸范围，就会被迦蓝硬生生拖住，然后两人一起硬挨魔法轰炸。这对迦蓝来说不算什么，但百里辛可没有"不朽"的守护，只能倚靠那些黑色细沙组成的护盾一次又一次地硬抗。奈何林七夜的魔法攻击太密集了，就算是护盾也会有来不及展开的时候。百里辛避开迦蓝的攻击，反身一枪刺出。这一次他学聪明了，并没有对迦蓝出手，而是直接向着吟唱魔法的林七夜刺去！

林七夜眼睛微眯，下一刻空间魔法就将他的身形挪移到了另一个方位，左手按在虚空之中，缓缓开口："塑形魔法，'玄铁锥'。"一道青色的魔法阵在他的身前绽开，密集的黑色线条从魔法阵中延伸而出，交织成一个半径三米多的大型圆锥，静静地悬浮在半空之中。林七夜的右手紧接着抬起，动能长剑"祈渊"轻轻斩在玄铁锥末端。"嗡——""祈渊"赋予玄铁锥的恐怖动能瞬间爆发，这个巨型圆锥刹那间消失在林七夜的身前，在一阵刺耳的音爆声中，以近乎闪现的速度直逼百里辛的身体！

百里辛的瞳孔骤缩。电光石火之间，百里辛的枪尖点在了玄铁锥的尖端，恐怖的金色光柱瞬间熔化了玄铁锥本体，但锥尖残余的动能依然作用在枪身之上，将其直接从百里辛的手上震飞！百里辛伸手正欲抓回半空中的金色长枪，一道熟悉的声音再度浮现在他的耳边。"乾坤逆乱。"不远处，百里胖胖脚踏太极八卦图，伸手对着半空中的金色长枪一招。金色长枪一滞，竟然避开百里辛抓来的大手，在"缴械"的作用下，转而径直向着另一个方向飞去，最终落在百里胖胖的手中。

"你！"百里辛亲眼看着自己的禁物飞走，猛地转头看向百里胖胖，眼中满是怒火。

百里胖胖掂了掂手中的金色长枪，冷笑一声："你什么你？"他用枪尖对准了百里辛，一枪刺出！金色的光柱洞穿空间，直接刺向百里辛的面门，后者身形急速闪避开来，正好迎上了不怕死的迦蓝的飞踢，整个人像是沙袋般被踢飞数十米！黑色的细沙如同潮水般涌到百里辛的身下，稳稳地接住他的身体。百里辛在细沙上站稳身形，伸手擦去嘴角的鲜血，目光凛冽起来。他从口袋中掏出一只黑色的小瓷瓶，用拇指挑开瓶盖，下一刻熊熊燃烧的黑色火焰就从瓶口喷出，如同火山爆发般向着四周席卷，顷刻间铺满半个会场。林七夜的身形连闪，退到黑色火焰的范围之外，百里胖胖也脚踏太极图后退，避开灼热的火浪。迦蓝站在烈火之中，明亮的双眸紧盯着百里辛，丝毫没有离开的意思。手握瓷瓶的百里辛手掌轻抬，一股黑火旋风在他的背后凝聚，最终化作一个两米高的火焰恶魔，狞笑着看向几人。

"叮咚——"清脆的提示音响起，一旁的电梯门缓缓打开。"嘿嘿嘿嘿……"只见电梯厢中，同样缭绕着黑色火焰的疯魔曹渊急不可耐地站在那儿，手中握着直刀，一副憋坏了的表情。他的手边，166层的电梯按钮几乎被摁了个满，就连按钮界面都被拍烂了，也不知他究竟坐了多久的电梯才来到这里……终于找到战场的他正欲大开杀戒，突然看到了不远处的黑火魔，歪了歪脑袋，猩红的眼睛里充满了大大的疑惑。不知为何，当疯魔曹渊踏入火场的那一刻，黑火魔的躯体没来由地一震。疯魔曹渊摇了摇头，扛着刀，狞笑着飞快地冲入火场，铺满地面的黑色火焰自动给他分开一条路，像是在刻意地逃避着曹渊身上的黑色煞气火焰，黑火魔的身形也默默地后退了数步。

百里辛："？？？？"

百里辛手中的剑鞘吞入周围大量的火焰，向着疯魔曹渊一剑挥出，黑色的剑刃掠过疯魔曹渊的身体，后者直接被斩飞了数十米，再度从166层落了下去。

"嘿嘿嘿嘿……呜呜呜……"疯魔曹渊的眼中浮现出绝望之色。就在这时，几道丝线突然缠绕上他的身体，他下落的身形猛地一顿，只见楼层边缘，穿着西装的安卿鱼正静静地站在那儿，低头看着被拽住的疯魔曹渊，脸上浮现出腼腆的笑容。"如果我没解析错的话，你的煞气火焰比它更高级啊……"安卿鱼推了推眼镜，喃喃自语。他指尖轻颤，一股巨力从丝线上传来，将疯魔曹渊又甩回会场，而且是直接甩向黑火魔的脸上！疯魔曹渊如同炮弹般飞出，身上的煞气火焰直接冲撞到黑火魔的躯体之上，两种火焰相互连接，后者的火焰顿时缩小了一大圈，而曹渊身上的火焰则暴涨数倍！黑火魔惊呼一声，直接散去身形，遁入火场之中。疯魔曹渊摔到墙上，勉强从地上爬起，就像是喝了假酒一般，开始在原地摇头晃脑。

"你们……"眼看着黑色的火场缩水了大半，百里辛的脸色阴沉得可以滴出水来，"这都是你们逼我的……"

他深吸一口气，从口袋中掏出了最后一件收藏。

那是一颗浸染着血色的头骨。

445

"'挽歌'……"百里胖胖看到这颗头骨，喃喃自语。百里辛手握着头骨，将全部的精神力灌入其中，点点猩红的光芒从头骨空洞的眼眶中散发而出，仿佛是一对血眼缓缓睁开，诡异无比。它张开嘴，在那没有丝毫血肉的口腔内，半截鲜活的舌头颤动起来。空气中，隐约的歌声开始回荡。那是一个女人的声音，音调哀婉凄厉，歌词含混不清，在众人的耳中忽远忽近，根本无法判别是从哪个方向传来的。在这个声音出现的瞬间，林七夜只觉得浑身的生命力都在急速流失，猛地低下头，发现自己的手掌不知何时竟然浸染上了一层血色，密密麻麻的颗粒从他的皮肤表面析出，像是沙土般散落在地上。安卿鱼、疯魔曹渊、百里胖胖同样如此，只有迦蓝站在原地，没有丝毫异样。

"化为尘土吧……"百里辛低语一声，看向众人的目光充满冷意。

"'挽歌'……这就是'挽歌'？"在远处观望战场的第九席诧异地看着那颗头骨，只觉得头皮有些发麻。

"那是什么东西？"沈青竹眉头紧锁。

"禁墟序列033，'挽歌'，这是一种用歌声就能将除自身之外的所有生物沙化的恐怖能力。"第九席注视着那颗血色的头骨，继续说道，"大概四十多年前，有一个女人拥有这种禁墟，由于自身的经历太过悲惨，心态阴暗，所以她决定报复社会。她闯入一个明星演唱会的现场，连接了所有的音响，拿着话筒站在台下唱了半首歌……只用了不到五十秒的时间，整个演唱会现场还有演唱会周围三公里，所有的活物全部化作尘土，六千多条人命还有数不清的昆虫、飞鸟、猫狗，最终堆成了一座二十吨重的黄沙之山。等守夜人到达现场的时候，那个女人已经自杀了。"

沈青竹面具下的脸色越发凝重："如果只是听到声音就会沙化的话，那不听不就行了？"

"哪有那么简单。"第九席摇了摇头，"'挽歌'的原理是通过声音的频率打破细胞的生理构造，就算你把耳朵再怎么捂死，只要你的身体暴露在声音的传播范围之内，就必然会被沙化。这种超大规模的无差别杀伤武器，从某种意义上来说比核武器更加恐怖。看来，百里辛最后还是要逆风翻盘了……"

沈青竹的眼睛微眯，他注视着会场内那几个开始沙化的身影，缓缓抬起了自己的右手。"有我在，他翻不了盘。"

"啪——"清脆的响指声在空气中回荡。

会场中，整个166层的空气被瞬间抽干，燃烧的黑色火焰刹那间熄灭，而回荡在林七夜等人耳畔的那诡异声音也失去传播的媒介，骤然停止，强烈的窒息感笼罩了所有人的心神。这是……林七夜手掌的沙化进程被中断，他想到了什么，猛地回头看向百里胖胖，而后者同样以一种震惊的目光看向他。刚刚那出现了一瞬的响指声，以及现在这突如其来的窒息感，都让他们想到了一个人……一个本该死去的人。但现在不是探讨这个问题的时候。

真空中，林七夜转头看向满脸错愕的百里辛，通过刚刚短暂的沙化过程，以及现在真空中声音的消失，他已经隐约猜到了那件禁物的作用原理。在他们死在这片真空环境之前，必须要摧毁那件禁物！林七夜的脚下空间魔法的光芒一闪而过，当他再次出现的时候，已经来到了百里辛的身后。此时陷入莫名其妙的真空状态的百里辛尚未明白发生什么，见林七夜突然消失，身形微微一滞，等到反应过来的时候，已经晚了。金色长枪被百里胖胖抢走，"火魔瓶"被曹渊压制，"挽歌"同样在真空中失去了作用，他唯一能够依靠的手段，只有悬浮在周围的黑色细沙。就当他刚刚准备操控细沙护住自己的背后之时，一柄古朴的长剑已经挥落，"祈渊"的剑刃在百里辛手握"挽歌"的手臂上划过，将其直接斩断，鲜血从百里辛的肩膀处喷涌而出。在动能操控的作用下，那只手握"挽歌"的断臂瞬间飞出，径直向着迦蓝等人射去！

百里胖胖的双唇在真空中开合，没有发出任何的声音，但下一刻脚下的"乾""坤"换位，逆乱之下，那颗血色的头骨直接从断臂手中缴械而出，飞到他的手中。百里胖胖一掌拍在头骨下颌，将它张开的嘴巴拍得闭合起来，头骨空洞眼眶中燃起的血色眼眸逐渐熄灭，最终归于平寂。

"嗖——"166层之中，被抽干的空气再度回归。整个过程看似复杂，但其实加起来也只用了不到四秒，林七夜等人深深吸了一口回归的空气，心中有些劫后余生的庆幸。如果没有这突然出现的真空领域，就算林七夜和安卿鱼能反应过来，从百里辛的手中强行夺走"挽歌"，那也至少要花费近三十秒的时间，以刚刚那恐怖的沙化速度，到时候就算中断沙化，众人也已经有近半的身体消失无踪。那时候，可就是全员残疾了。

百里胖胖抓着头骨，双眸明亮无比，飞快地环顾四周，想要找到那个熟悉的身影。就在这时，一道青色的身影掠过天际，以超越声速战机的速度向着这里疾驰而来，在天空下划过一道笔直的长痕。他的身形从四面漏风的落地窗飞入会场，青芒逐渐褪去，一个披着暗红色斗篷的年轻身影脚踏地面，向着会场中央走来。林七夜等人纷纷向那人望去。被斩下一只手臂，狼狈地站在血泊之中的百里辛看到那个身影，双眸微微眯起。

"叶梵猜得果然没错。"那人的目光扫过满目疮痍的会场，最终落在百里辛的身上，"你可真是给了我们一个大惊喜啊……百里辛。"

446

"左青……"百里辛的眉头微微皱起，"你怎么会在这里？"

左青穿过狼藉的会场，径直向着百里辛走去，就在这时，一只手臂突然拦住了他的去路。他一愣，疑惑地转过头去，只见一袭长裙的迦蓝正站在他的身边，警惕地看着他，一副"生人勿近"的模样。左青无奈地笑了笑，从口袋中掏出一枚闪亮的纹章，亮在了众人的面前。

"我是守夜人特殊行动处处长，左青。"左青亮明身份，迦蓝还是倔强地站在他的身前，似乎根本听不懂他在说什么，他忍不住又加了一句，"我是你们的上司，可以放我过去了吗？"

"迦蓝。"林七夜的声音从迦蓝的背后响起。

迦蓝回过头，林七夜给了她一个眼神，她这才乖乖退到一旁。左青看着那浑身散发着魔法气息的白发少年，先是一愣，随后才诧异地开口："林七夜，你什么时候染头发了？"

林七夜："……"

"不对……"左青仔细感知着林七夜身上的气息，眼神中浮现出疑惑之色，"你身上，怎么还有其他神明的气息？"

"这个问题晚点再说。"林七夜适时转移了话题，"左处长，您来这里做什么？"

林七夜虽然不清楚守夜人内部具体的组织构成，但所有特殊小队都隶属于特殊行动处这件事，他还是知道的。左青说得没错，他是守夜人特殊行动处的处长，自然也就是所有特殊小队的直属上司。第五预备队虽然还不是特殊小队，但也在对方的管理范畴之内。这是一位货真价实的守夜人高层。

"我好歹也是你的上司，初次见面，怎么这么冷漠……"左青耸了耸肩，"我是来抓人的。"

"抓人？"林七夜一怔。

左青的目光落在狼狈的百里辛身上，清了清嗓子，严肃地开口："百里集团董事长，兼守夜人荣誉高层百里辛，我奉守夜人最高总司令叶梵命令，即刻以'私自篡改机密文件''贿赂''谋杀'的罪名将你逮捕调查。"

听完左青的话，百里辛的身躯猛地一震。他抬起头，错愕地看着左青的眼睛，似乎是不能理解叶梵是怎么知道这一切的，许久之后才沙哑开口："我听不懂你在说什么……"

左青冷笑了起来："百里辛，你不过是个荣誉高层，真的以为自己能够在守夜人里只手遮天了？你真的以为只要将照片换掉，就能彻底否决掉一个守夜人存在过的痕迹？你把守夜人的生命当成什么了？"

百里辛凝视着左青的眼睛，面容微变，但目光依然锐利。

"如果我没猜错的话，你们应该没有证据吧？"他冷笑着开口。

"证据，情报部那边已经在搜集了。"左青的眉头微微皱起，他走到百里辛的面前，一字一顿地开口，"你打着守夜人荣誉高层的旗号做的那些烂事，一件也别想推掉。"

百里辛的嘴角微微上扬，他嗤笑了一声："左青，你真的以为我不懂守夜人的规矩吗？只要你们一天没有确凿的证据给我定下罪名，我就还是守夜人的荣誉高层，也就是说，我们现在依然是平级！就算是真的要调查我，那也是由守夜人军事法庭传唤，你根本没有权力逮捕我！我想，叶梵的原话也不是这么说的吧？"

左青看着那张冷笑的面孔，脸色顿时阴沉下来，他与百里辛对视了许久，才缓缓从口袋中掏出一纸文件。"这是军事法庭的传票，百里辛，你是赖不掉的。"

百里辛的目光扫过那份文件，双眸微眯："既然是军事法庭传唤我，那一定会去的……但是在那之前，我依然是守夜人的荣誉高层。"百里辛伸出手，指着站在不远处的林七夜等人，冷声开口，"第五预备队，无故屠杀我儿百里景在内的十三人，故意破坏百里集团设施，意图击杀到场宾客七十二人未遂，将出来伸张正义的010小队全员重伤，释放超高危的邪恶生物，危害社会安定，甚至意图谋杀现任守夜人荣誉高层……不知道我的指控，左处长受不受理？"

林七夜等人的脸色顿时难看了起来。

左青死死地盯着百里辛的眼睛："百里辛，你还是个人吗？"

百里辛冷笑："左处长，你现在就站在现场，那些尸体就在会场的角落，证据确凿……你是要包庇你手下的预备队吗？"

一道黑色的魔法阵在百里辛的脚下张开！左青的瞳孔骤缩，他一把抓住百里辛的衣领，瞬间消失在原地。下一刻，一柄柄剑刃从法阵中破出，将百里辛原本所在的地方贯穿，左青抓着百里辛在不远处停下身形，猛地转头看向一旁脸色阴沉至极的林七夜，沉声开口："林七夜，你知道自己在做什么吗？"

林七夜身后的魔法长袍无风自动，他平静地看着左青，再度伸出了自己的手掌。"我说过，他今天必须死在这里……"连续三道空间魔法在左青的周围浮现，将他的身形彻底笼罩了进去，空间传送瞬间激发，下一刻左青的身形就被传送离开，消失在原地。就在这时，一抹青色刀芒破开虚空，左青强行打断空间传送的进程，身形从距离百里辛数米远之处浮现出来。

"你疯了吗？如果你今天杀了百里辛，那事情就真的无可挽回了！"左青一边躲避着接连出现的魔法陷阱，一边喊道，"让军事法庭来审判他的罪名，然后让他得到应有的惩罚，这不好吗？"

"应有的惩罚？"林七夜双眼微眯，"你告诉我，他会得到什么样的惩罚？他会被判死刑吗？"

左青一怔："不，守夜人是没有死刑的，更何况他曾经是荣誉高层，如果证据确凿，他会被押送到斋戒所，在那里度过余生……"

林七夜冷笑了起来："既然你们不杀……那就只能由我们来杀。"

林七夜身形连闪，直接来到左青的面前，数道封印魔法同时张开，将其硬生生困在其中！

"胖胖！"林七夜回头看向呆在原地的百里胖胖，暴喝一声，"你还在等什么？去杀你想杀的人……后果，我们一起承担。"

百里胖胖听到这句话，浑身一震。他在原地纠结片刻，还是一咬牙，握着金色的长枪急速向着一旁重伤的百里辛冲去！百里辛万万没有想到，林七夜竟然会为了百里胖胖做到这个地步。他一边向后退去，一边看着冲过来的百里胖胖，脸上罕见地浮现出慌张之色。金色的枪芒划过空气，只差分毫便要刺入百里辛的咽喉！

"哈哈哈哈……"千钧一发之际，百里辛冷笑了起来，"我还以为你跟我有多不一样，看来，我们也是同一类人。"

百里胖胖的枪尖悬停在百里辛喉前，他死死地瞪着百里辛："你放屁！"

"是吗？你的那些兄弟为了救你，愿意赌上自己的性命，而你呢？你却要将他们推入万丈深渊！你这不是和我一样自私吗？"百里辛冷冷说道，"你知不知道，你今天杀了我，会发生什么？身为守夜人，却刺杀一位守夜人的高层，你们这支小队不仅会彻底断送成为特殊小队的未来，而且全员都会背上重罪，从今往后，永远被关押在斋戒所之中。你的大仇得报了，当然不怕这些，那他们呢？他们原本光芒万丈的未来，却会因为你的一己私欲，被你亲手断送！这，是他们应得的下场吗？"百里辛的声音冷静无比。

百里胖胖握着长枪的手控制不住地颤抖起来，双眸通红地盯着百里辛，内心剧烈地挣扎起来。"七夜，我做不到……"片刻之后，百里胖胖握着长枪的手掌骨节泛白，缓缓地将长枪放下，声音微微地颤抖，"我不能连累你们……"

百里辛见到这一幕，嘴角控制不住地上扬。"这就对了，你还是老老实实的……"

"噗——"话音未落，他的声音戛然而止，百里辛的表情僵硬在脸上。他缓缓低下头，只见在自己的胸口，一截黑色的刀刃破体而出，深邃如渊。"断魂刀"。百里辛的双唇没有一丝血色，他僵硬地转过头，只见一个戴着白狐狸面具的身影正静静地站在他的身后。他右手食指的那枚黑色戒指上，延伸出一柄刀刃，从后背贯穿了他的心脏。

"去你的话多。"沈青竹面无表情地将手中的"断魂刀"抽出，灵魂都被贯穿的百里辛彻底丧失所有的生机，身体如同一摊烂泥倒在地上。百里胖胖目睹这一幕，呆在了原地。不远处，正在强行拖住左青的林七夜同样看到了这一幕，精神力扫过对方，清晰地看到了那张面具下的熟悉面孔。"你是……"林七夜的眼中满是难以置信。沈青竹伸出手掌，轻轻打了个响指。"啪——"一团火焰瞬间将百里辛的尸体燃烧殆尽，红色的余烬缓缓上升，将那张清秀的白狐狸面具映照成血色。

"胖子，欠你的人情，我还了。"沈青竹淡淡开口。他向后退两步，轻轻一跃，从空洞的落地窗直接坠入云层，消失在众人的视线中。

百里胖胖终于回过神，快步跑到窗边，看着下方那层叠的云海，再也没有了沈青竹的身影。"拽哥……"他喃喃自语。

一旁，左青手中的直刀连斩，青色的光芒劈开数十道封印魔法阵，目光落向沈青竹跃下的那处落地窗，双眼微眯，整个人化作一道流光追去！"等等！""住手！"见左青要去追杀沈青竹，林七夜和百里胖胖同时大喊，身形一晃拦在左青的面前！

"林七夜，你究竟想做什么？！"左青的眼中浮现出一抹怒意，"不光当着我的面去杀百里辛，现在我去追杀刺客，你们也要拦着我？你们真以为我这个上司是摆设吗？你信不信我一句话就能撤了你的职？！"

"你撤就撤吧。"林七夜坚定地说道，"总之，我不能放你过去！"

"你！"左青瞪着林七夜，许久之后，低头怒骂一声，"要不是你是叶梵选的人，我今天肯定把你的腿给打断！"他将手中的直刀归入鞘中，"哼"了一声，回头就往离开大楼的方向走去。

见他终于放弃追杀沈青竹的想法，林七夜松了口气，正欲开口说些什么，周身的魔法元素如同潮水般退去，前所未有的疲惫感充斥着他的灵魂。他只觉得身体一轻，便晕了过去。

"七夜！"百里胖胖见林七夜晕过去，惊慌地接住了他的身体。

走到会场边缘的左青脚步一顿，侧头向后看去，见众人围在了脸色苍白的林七夜旁边，嘴角微微抽搐，在原地纠结片刻之后，还是一咬牙，回头向林七夜跑去。"真是……不让人省心。"

沈青竹的身形自空中落下，周围的空气肉眼可见地黏稠起来，仿佛他不是自由落体，而是掉进了水里一般，空气在疯狂地替他卸掉下落产生的动能。最终，他稳稳地落在地面之上。他抬头看了眼头顶耸立在云层之上，不见顶端的百里主楼，默默地摘下了自己的面具。

"居然敢在守夜人高层的眼皮底下刺杀百里辛，你的胆子也太大了。"第九席从一旁的柱子后走出，忍不住说道。

沈青竹看了他一眼："想要成为第二席，做事就要大胆一些，这不是你说的吗？"

第九席无奈地摇了摇头，走到马路边停靠的汽车旁，一边开门一边说道："百里辛虽然不是我们这次刺杀的目标，但也在古神教会的悬赏名单之上，'呓语'大人如果知道你杀了他，应该会很高兴的，不出意外的话，你的席位又要升了。"

沈青竹坐进驾驶位，耸了耸肩："或许吧。"

"任务完成了，接下来想去哪儿？"第九席转头看向他。

沈青竹一愣："不是该回教会汇报吗？"

"急什么？你都立下这么大的功了，还在乎早一点晚一点回去吗？"第九席拍了拍他的肩膀，笑道："年轻人，不要把自己逼得太紧了，偶尔也要放松一下。"

沈青竹沉默片刻："那就，在广深转转吧。"

448

广深市，原010小队驻地，曹渊从楼梯上缓缓走下，客厅中，百里胖胖抬起头，有些担忧地问道："七夜醒了吗？"

"还没有。"曹渊摇了摇头，"不过没有什么大碍，应该只是太累了，迦蓝正在房里陪着他。"

"好吧……"百里胖胖又坐回了沙发上，低头发呆。

左青抬头看了眼时间，从沙发上站起，开口说道："既然他还没醒，那就先算了，等我从上京回来再找他好好聊聊。"

"走这么急？"一旁的安卿鱼诧异地问道。

"总部那边还等着我带着百里辛回去受审，就算现在百里辛已经死了，这件事情也不会就这么结束，关于百里辛所犯下的罪行依然需要被证实。"左青转头看向独自坐在客厅发呆的苗苏，继续说道："有苗苏这个证人，审判的过程应该会比较顺利，至少'贿赂罪'和'谋杀罪'他是躲不掉的。"

几个小时前，就在左青调查现场的时候，发现了被迷晕在角落的苗苏，苗苏苏醒之后将所有关于百里集团和010小队的事情说了出来，成了这个案件的关键证人之一。

"苗苏，我们该走了。"他喊了一声。

正看着那装满红酒的墙壁发呆的苗苏回过神，"嗯"了一声，从客厅中缓缓走出，双眸有些泛红。她走到百里胖胖身边，犹豫片刻之后，还是看着他的眼睛说道："小涂明，你放心吧，我一定会给你一个公道的。"

"苗苏姐……"百里胖胖看着那张憔悴的面孔，心中泛起一阵酸涩，"谢谢你。"

"还有一件重要的事情。"左青像是想起了什么，表情严肃起来。"我希望你们做好心理准备……"

"心理准备？"曹渊有些不解，"为什么？"

"就算审判百里辛的流程一切顺利，他的所有罪名都被落实，你们所做出的事情，依然是违背守夜人原则的。"左青郑重地开口，"看在你们是我下属的分儿上，我会极力为你们辩护，比如重伤百里辛，释放超高危的邪恶生物。但有些事情，是需要给出一个交代的，比如你们当着大量普通人的面大闹百里家，毁掉整个楼层，杀了十二位禁物使，最关键的是，你们杀了本身与这个案件并没有太大牵连的百里景。不管是篡改资料，还是谋杀百里涂明，所有的事情都是百里辛一手操控的，所以百里景从法律上来说，并没有犯下任何错误，他只是一个普通人而已。

我知道从情理上来说，他确实该死，但并不是所有的事情都能用情理来衡量，这一点你们应该清楚。"

百里胖胖和曹渊哑口无言。

"所以，我们会受到什么样的处罚？"安卿鱼缓缓开口。

"你们的处罚，不是我说了算的，这是由总部决定的，我只能尽力地帮你们减轻……但是，你们最好做好失去成为第五支特殊小队资格的准备。"

左青的声音落下，整个客厅都陷入了一片死寂，失去成为特殊小队的资格吗……坐在沙发上的百里胖胖低着头，双手紧紧地攥起，强烈的自责与愧疚充满了他的心神，他的身体控制不住地颤抖了起来。

一只手掌搭在了他的肩膀上，轻轻地拍了拍。

曹渊站在沙发后，缓缓开口："这种可能性，有多大？"

"客观地说，可能性很大。"左青长叹了一口气，"所谓预备队，就是处在观察期内的特殊小队候选，重点就是'观察'两个字。我们会通过你们在这段时间内的表现来评估你们是否具备成为第五支特殊小队的资格，而你们的心性与行为准则，同样是考核的重要标准之一。特殊小队对于守夜人来说太重要了，如果高层们认为你们的品性不足以承担起特殊小队的名号，自然会取消你们的资格，毕竟谁也不希望看到一支与守夜人原则背道而驰的特殊小队出现。"

曹渊沉默片刻，深吸一口气："好，我们知道了。"

"在总部的最终判决出来之前，你们的一切任务都被取消，等到那边出了结果，我会回来通知你们的，在这期间，你们禁止离开广深市的范围，明白了吗？"左青严肃地说道。

"明白了。"

左青点了点头，带着苗苏转身走出别墅。

安静的客厅之中，百里胖胖抬头看着曹渊和安卿鱼，声音沙哑地开口："对不起……"

"没什么对不起的，你才是受害者。"曹渊开口安慰道，"既然我们在会场上拔刀了，就已经做好了舍弃一切的准备。"

"可是我们好不容易才走到这一步……"百里胖胖怔怔地开口，"成为特殊小队，明明已经近在咫尺了……"

"其实当不当特殊小队，对我来说并没有那么重要。"曹渊耸了耸肩。

"那七夜呢？他可是要成为特殊小队队长……"

"你觉得他在乎吗？"曹渊打断了他。

百里胖胖犹豫片刻："好像，确实不是很在乎……那迦蓝……"

"你觉得她知道啥是特殊小队吗？"

"……那卿鱼……"

"我觉得还是七夜对我的吸引力更大。"安卿鱼推了推眼镜，"要不你们找个机会把他迷晕，让我解剖一下？"

百里胖胖的嘴角浮现出苦涩的笑容："你们真是……"

"不聊这个了，你该换衣服了。"曹渊拍了拍他的肩膀。

"换衣服？"百里胖胖一愣，"换衣服干吗？"

曹渊的眉梢一挑，他伸手指了指墙上的挂钟，缓缓开口道："你难道忘了，今天，广深，有谁在等你吗？"

听到这句话，百里胖胖呆在了原地，脑海中浮现出在姑苏的病床上，他与她立下的约定。记忆是那么清晰，但又那么遥远，恍如隔世。

"我……"百里胖胖低下头，光洁的瓷砖清晰地倒映出他的脸庞，凝视自己许久，缓缓闭上了双眼。

449

广深市，小雨。莫莉从拥挤的高铁站走出，环顾四周。今天的她，和往常不太一样。她穿着一身漂亮的鹅黄色长裙，柔滑的黑发被用心地用一根红丝绸编织起来，脚下踩着一双纤尘不染的白色板鞋，腰间斜挎的黑色小包上别着一个 Q 版的小猪八戒挂坠，在风中微微摇晃。她在喧闹的人群中，美得令人窒息。

"哗……"淅淅沥沥的小雨落在她身前的路面上，在一摊摊水洼中溅起涟漪，昏暗的天空下，来往的行人面色匆匆，如同潮水般在她的身前走过。她在原地等了许久，依然没有等到那个人。她微微抿起双唇，犹豫片刻之后，撑起手中的透明伞，小心翼翼地避开每一处水洼，向着不远处的公交车站台走去。等到她踏上公交车，那双小白鞋依然干净整洁。"扫码成功！"她将手机放回包中，看向车内。这辆公交车没有什么人，位子很空，她随意走到公交车倒数第二排靠窗的位子上坐下，怔怔地看着窗外。

车辆缓缓启动。细密的雨水被风卷挟着落在车窗上，向着车尾缓缓挪动，留下一颗颗细小的水珠，车窗的视野越发模糊。司机打开了音乐播放的按钮，舒缓悠扬的旋律在车内回荡。

> 上天啊
> 你是不是在偷偷看笑话
> 明知我还没有能力保护她
> 让我们相遇啊
> …………

莫莉将目光从车窗外收回，从包里掏出一面镜子，仔细地打量起镜中的自己。她的妆容很淡，却完美地勾勒出精致的五官，莫莉自己也没有想到，自己化完妆之后，竟然可以这么漂亮。她不会化妆，今天的妆，是她偷偷求着筝筝给她化的。她的衣服，是让蒋晗帮她挑了一晚上挑出来的。她确认自己的妆容没有问题之后，将镜子收回包中，转头看向窗外，隐约之间，好像有一道身影一掠而过。莫莉眨了眨眼睛，将窗户打开一角，除了来往的车流之外，再也没有其他的身影。

关上车窗，莫莉摇了摇头，将头靠在窗户上闭上了眼睛，这里距离百里集团的公交站台还有四十多分钟的路程，足够她好好休息一会儿。她没有注意到的是，一个身影不知何时，已经坐在了她背后的最后一排座位上。

> 上天啊
> 你千万不要偷偷告诉她
> 在无数夜深人静的夜晚
> 有个人在想她
> …………

那个身影默默地坐在莫莉的身后，注视着她的背影，眼中浮现出淡淡的柔情。他犹豫片刻之后，指尖闪过一道微缩版的太极图，下一刻，一个檀木平安符悄然无声地从莫莉的包里，飞到了他的手中。他手中出现一柄小刀，低头在檀木平安符的背面，一点点地刻着什么。

空空荡荡的车内，甜美的女声从音响中传出，继续播放……

> 希望我的努力能够赶上她
> 有天我能给她完整的一个家
> 可若你安排了别人给她
> 我会祝福她
> 上天你先别管我先让她幸福吧
> …………

车载音乐的声音缓缓消失，他终于刻完了其中的字，又将它悄悄放在莫莉的包里。剩下的四十分钟，他只是静静地看着她的背影，像是她的影子，在黑暗中守护着她的一切。

"百里集团站，到了。"公交车停靠在站台旁，莫莉缓缓睁开双眼，看了眼窗外的站牌，匆匆站起身，走下了公交车。蒙蒙细雨之中，公交车站台上，只有她一个人孤零零地站在那儿。她站在原地，四下张望了一圈，眉头微微皱起。随着一声轻响，车门缓缓关闭，莫莉回过头，目光无意中扫过靠窗的公交车座位，突然愣在原地，只见在她刚刚坐着的座位后，一个戴着憨笑猪八戒面具的身影正透过窗户，静静地看着她。他伸出手，指了指莫莉的包。车辆再度启动，公交车汇入中央的车道，那个戴着猪八戒面具的身影，逐渐消失在莫莉的视野之中。莫莉终于回过神，追着公交车跑到站台的边缘，雨水随着斜风落在她的身上，将裙摆打湿。她呆呆地看着那离去的红色车尾灯，茫然地站在原地。她不明白。片刻之后，她低头打开了腰间的包，那块熟悉的檀木平安符就静静地躺在包的最上层。在那块木牌的背面，"莫莉"二字的下方，用笔画上去的"老婆"两个字依然存在，不同的是，在这一面的角落，多了两行字——

　　　对不起。
　　　等我回来。

　　百里胖胖坐在公交车的后座，随着颠簸的车身微微摇晃，轻轻摘下了脸上的面具，眼圈有些发红，一道黑影突然出现在他旁边的座位上。

　　"七夜，你醒了？"百里胖胖转头看到那张熟悉的面孔，偷偷抹掉眼角的泪水，开口问道。

　　"刚醒，听说你来找莫莉，就跟过来看看。"林七夜叹了口气，"为什么不见见她？我觉得她不会在意你的容貌的。"

　　百里胖胖摇了摇头："不是这道疤的问题……我只是觉得，我现在还没办法给她幸福。"

　　林七夜的眼中浮现出疑惑。百里胖胖想到了林七夜的直男属性，无奈地开口解释道："以前，我还是百里涂明的时候，虽然嘴上说自己只是个普通人家的孩子，但其实不管我做什么，背后都有百里集团给我撑腰，从小到大我都觉得，我一定可以保护好所有我珍视的东西……但现在，我发现我错了。"他抬起头，看向窗外，缓缓开口，"如果在姑苏的时候，我真的说动了她，让她和我一起回广深，那她可能早就死在导弹之下，或者死在百里家对我的追杀之中，如果我真的带着她去了百里辛的面前，她根本不可能活着走出广深……我差点因为我那可笑的自信，害死了我喜欢的女孩。我太弱了，弱到一旦真的发生了什么事情，我连保护自己喜欢的女孩的力量都没有。"他深吸一口气，"所以，在我觉得自己有资格娶她之前，都不会再去打扰她。等到我下一次站在她面前的时候，我希望我已经成为可以守护她一生的那个人。"

原010小队驻地，百里胖胖刚推开别墅的大门，迦蓝就猛地从沙发上坐了起来，眼中的八卦之火熊熊燃烧。随后走进门的林七夜见到这一幕，嘴角微微抽搐，默不作声地摇了摇头。其他几人见到百里胖胖脸色有些萎靡，也都识趣地没有问约会的结果怎么样，安卿鱼端着一盘水果从厨房中走出，将其放在了客厅中央的茶几上。"七夜，我们今天遇到的那个戴着白狐狸面具的，是不是……"曹渊坐在沙发上，像是想起了什么，开口问道。

"是拽哥！"百里胖胖笃定地说道，"靠打响指来发动能力，而且还拿着我的'断魂刀'，肯定是拽哥不会错！"

林七夜走到茶几边坐下，感慨道："没想到，他居然真的还活着……"

"我早就说过了，有'回天玉'在，他不会就这么轻易地死掉的。"百里胖胖道。

"不过，我怎么觉得那张面具有点眼熟，好像在哪里见到过……"曹渊陷入了沉思。

片刻之后，曹渊和百里胖胖对视一眼，异口同声地说道：

"斋戒所！"

一旁，林七夜茫然地问道："你们在斋戒所的时候就见过他？"

"在斋戒所的外面，我们两个碰到了三个'信徒'的人，他就在其中。"曹渊解释道，"后来，胖胖还亲手把他们捆了起来，不过在那之后就没有见过。"

"我见过，我们从斋戒所的外墙上跳下来的时候，他就在远处看着我们。"百里胖胖补充。

林七夜三人对视一眼，都看到了对方眼神中的惊讶之色。

他们万万没有想到，沈青竹不仅没有死，而且曾经和他们离得那么近，可如果是这样，他为什么不来找他们？

"'信徒'……也就是说，沈青竹也被'呓语'签订了灵魂契约。"林七夜的眉头紧紧皱起，他的脑海中浮现出在沧南市的时候，见到的第十三席韩少云的身影。

被迫加入"信徒"的人，是不可能背叛组织的，直到韩少云死的时候，他都在挣扎之中寻求着解脱。

沈青竹……也是这样吗？

就在这时，百里胖胖突然一愣，似乎是想到了什么，表情有些古怪：

"灵魂契约……说不定，并没有成功？"

林七夜和曹渊疑惑地看向他。

"从理论上来说，'回天玉'除了挽救濒死的生命之外，还有一次无视境界抵挡精神攻击的能力。"百里胖胖有些迟疑地开口，"但是，我不清楚'信徒'的灵魂契约，算不算是一种精神攻击……

"如果不算的话，那拽哥可能已经被控制了，可如果那确实是一种精神攻击的话……"

"有可能被'回天玉'抵消？"林七夜的双眸亮了起来，"也就是说，沈青竹可能根本就没有被控制？"

"那如果是这样，他为什么还待在'信徒'？他为什么不做回守夜人？"曹渊开口问道。

林七夜陷入了沉默。

"我记得在地下洞穴的时候拽哥说过，有机会的话，他要灭了整个'信徒'给李贾报仇……"百里胖胖忍不住问道，"你们说，他在'信徒'会不会是卧底，然后偷偷把他们搞垮？"

曹渊的眉头微皱："可能性不大，沈青竹的性格我们还不知道吗？以他的脾气，怎么可能沉得住气在'信徒'卧底这么长时间？"

"虽然可能性很小，但并不是没有。"林七夜长叹一口气，"毕竟人也是会变的。"

话音落下，几个人同时转头看向了百里胖胖。经过了这次事件，所有人都能感觉到，百里胖胖和以前不一样了。他就像个一夜之间长大的孩子，之前那个稚气未脱，又傻又天真的百里小太爷已经成为过去式，现在的他更加沉稳，已经有种能够独当一面的感觉，但最直观的体现就是，他的笑容不见了。

"你们看着我干吗……"百里胖胖表情古怪。

"没什么……只是平时习惯了你耍宝活跃气氛，现在突然沉默寡言起来，有些不习惯。"曹渊叹了口气。迦蓝连连点头表示赞同。百里胖胖看着眼前的众人，愣在了原地。片刻之后，他挠了挠头，嘿嘿地笑了起来："要不，你们一人叫我一声胖哥，我大发慈悲地给你们表演一个胸口碎大石活跃活跃气氛？"

曹渊眉梢一挑："胸口碎大石，我也会，这有什么稀奇的？"

百里胖胖不信邪："你能碎几块？"

"一块。"

"喊，也就一块，胖爷我能碎一块半！"

"铁的。"

一旁，迦蓝默默地提起厨房的菜刀，"啪"的一下砸在了脑门之上——菜刀断了。

曹渊："……"

百里胖胖："……"

"迦蓝姐威武！"百里胖胖带头鼓掌。迦蓝丢掉手里的半截菜刀，双手叉腰站在那儿，骄傲地昂起了头颅。林七夜看着使劲鼓掌，把手掌都拍红了的百里胖胖，目光柔和起来，嘴角微微上扬，伸出双手同样鼓起掌来。

广深市。Miu 俱乐部。

"咚！咚！咚！"绚烂的灯光在昏暗的场地中摇晃，充满动感的电音将地面都震得轻微颤动，混杂着酒精与荷尔蒙的空气中，无数年轻人正随着音乐的节奏，尽情地扭动自己的身体。场地最后方的贵宾卡座上，五位身姿妖娆的美女簇拥在第九席的身边，在他的耳边嬉笑着说着什么。沈青竹独自坐在卡座的边缘，目光注视着那闪烁的电子大屏幕，手中握着酒杯，轻轻晃动。

第九席的目光落在他的身上，转头对身旁的美女说了些什么，紧接着他左手边的三位美女同时站起身，笑着坐到了沈青竹的两边。"这位小帅哥怎么一个人在这儿喝酒啊？一起来玩玩嘛！"其中一个人整个身体都凑到了沈青竹手臂上，柔声细语地开口。

"是啊，小帅哥，一起来喝一杯吧！"

"小帅哥，我有点想上厕所了，你陪我一起去好不好……"

沈青竹的眉头微皱，他瞥了三人一眼，冷声开口："都给我滚开。"

451

一旁的第九席看到这一幕，眸中浮现出无奈之色，他对着那些女人挥了挥手，她们便各自散去，走的时候还不忘回头瞪沈青竹一眼。沈青竹瞥了她们一眼，狠狠地瞪了回去。

"你这样可不行……"第九席提着酒杯，走到了沈青竹的身边坐下。

"什么不行？"

"我们做的是刀尖上舔血的营生，需要精神状态长时间高度紧绷，如果不能找到合适的发泄渠道的话，很容易出现心理问题。"第九席晃了晃手中的酒杯，说道。

沈青竹平静地开口："我不需要发泄。"

第九席摇了摇头："不，每个人都需要发泄，没有人能够让自己的发条永远紧绷，我们需要做一些喜欢做的事情让精神放松下来，对普通人来说，他们发泄的方式可能是休假、看电影、睡觉、约会、打游戏……但我们不一样，我们这一行因为长时间处在高度紧张的状态，而且谁也不知道自己什么时候死，见惯了人性的阴暗，所以发泄方式都普遍比较血腥，杀戮、抢掠、折磨……相对而言，靠女人来发泄已经是比较温和的方式。我知道你和其他人不一样，不会选择那些变态的方式，但没想到你连女人都不碰，这不像是你这种血气方刚的年纪该有的样子。"

"那守夜人呢？他们也是精神高度紧绷，不知道什么时候就会死掉，他们为什么不需要发泄？"沈青竹反问。

"这不一样。"第九席摇头，"你知道，守夜人为什么是以小队为单位行动吗？"

"因为需要团队配合？"

"这只是一部分原因，主要原因就是，当处在高压环境下的时候，他们可以倚靠队友来一起分担那种压力，可以靠相互之间的交流打趣让自己放松下来，这也是为什么，那些出色的守夜人小队中总会有逗比存在，你真当他们是傻的吗？从某种角度上来说，他们才是最聪明的人，也是对这支小队情感最深的人。而你呢？你只是一个人。一个人，和一群人，是不一样的。"

沈青竹怔怔地看着眼前的第九席，似乎明白了什么。

"那你呢？你的发泄方式是什么？"沈青竹忍不住问道。

第九席微微一笑，指了指刚刚离开的那几个丰腴美女："美人，美酒，谁不喜欢？我虽然年纪大了，但也是个男人，好色之心还是有的。该冷血杀戮的时候就杀，该享受的时候享受，该潇洒的时候潇洒，不无谓地施暴，不冒昧地打扰，我认为这才是我们这些行走在黑暗中的人，最好的生活方式。"

沈青竹注视着第九席的眼睛，许久之后，才缓缓开口："你给我的感觉，不像是'信徒'，反倒是像……"

"像什么？"

沈青竹沉吟片刻，吐出四个字："绿林好汉。"

第九席一怔，随后笑了起来，慢慢地，笑容消失。"我年轻的时候，最喜欢看的就是《水浒传》，一群被命运所玩弄的失意者聚集在一起，不管世俗的眼光，无视规则的束缚，行的是打家劫舍的勾当，做的却是庇佑百姓的好事……当年，'呓语'大人找到我，详细地向我讲述了邪神降世之后，迎来的是一个怎样平等与公正的完美社会，当时我年轻啊，满怀着一腔热血，却被现实伤得体无完肤，我就觉得，这个恶心的社会需要被纠正，而'信徒'，则是背负着救世使命的梁山好汉。'呓语'大人，自然就是我心目中的宋江。刚加入'信徒'的那段时间，我确实认识了几个志同道合的好友，我们把'信徒'之名视作荣耀……可慢慢地，我发现事情不是我想象中的那样。"他凝视着手中的酒杯，声音有些沉闷。"'呓语'大人的有些命令，让我无法理解，但或许是出于对'呓语'大人的信任，我还是做了……可我发现，这样的命令越来越多，随着时间的流逝，'信徒'的成员也换了好几轮，这个组织对我来说，也变得越来越陌生。我索性闭上了眼睛，不去判断什么是对，什么是错，只是凭借着对'呓语'大人的信任，杀、杀、杀……不知道从什么时候开始，我已经感受不到'我'了。"第九席将手中的酒杯放在嘴边，抬起头，一饮而尽。

沈青竹默默地看着他的身影，眼中浮现出一抹悲哀。第九席自己意识不到，但沈青竹当然清楚这是怎么一回事。什么完美社会，什么梁山，都不过是"呓语"把他骗进"信徒"的手段罢了。而那所谓的"对'呓语'大人的信任"，也是因为"呓语"在对方灵魂深处种下的灵魂契约。他不是不愿意面对现实，而是在"呓语"

的灵魂操控下，下意识地去拒绝接受现实，没有无条件地献上自己的忠诚。他的思想从本质上，已经被操控了。如果没有"回天玉"替他抵消那道灵魂契约，只怕沈青竹现在也像第九席一样，彻底失去自我，浑浑噩噩地替"呓语"卖命。整个"信徒"里，像第九席这样被骗进来的人不在少数，但绝大部分随着时间的流逝，都在黑暗中迷失了自我，成为真正的邪恶"信徒"。第九席这么多年，即便灵魂已经被操控，却依然在潜意识中坚守着自己的底线，这一点让沈青竹十分意外。

"我能感觉到，你和其他人不太一样。"第九席转头看向沈青竹，眼神有些涣散，似乎是醉了，"你的眼睛里，有其他'信徒'没有的东西……我当年刚加入'信徒'的时候，也是这样的。我已经老了，但你依然年轻，而且你的潜力比我更高，如果是你的话……说不定真的能改变现在的'信徒'，像'呓语'大人说的那样，带领整个'信徒'走向辉煌。"他拍了拍沈青竹的肩膀，嘴角微微上扬，"我看好你。"

沈青竹的眼睛迎上他的目光，默默地将视线移到了别处。

第七篇

剑圣周平

452

夜幕渐浓，林七夜踏着阶梯，走上了别墅的顶层，在围栏的边缘，一个身影正倚靠在那里，怔怔地望着天空的明月。

"睡不着吗？"林七夜走到他的身边，开口说道。

百里胖胖回头看去，默默地点了点头："有点。"

"在想什么？"

百里胖胖看着脚下已经陷入黑暗的别墅，长叹了一口气："这栋别墅，还是当年我亲自挑的，劝韦修明队长收下的时候还费了不少口舌，当时010小队的其他人都不愿意从那间小小的地下车库搬出来，因为他们觉得守夜人不该过这种奢靡的生活。可没想到只过了一年多，他们就变成了现在这个样子……我在想，如果我当时没有劝他们搬出来，是不是这一切就不会发生？"

林七夜果断地摇头："你只是单纯地想要他们过得好一点而已，当然没有错，错的是他们没有禁受住后续的诱惑，错的是腐蚀他们的百里家。"

百里胖胖沉默片刻，缓缓问道："七夜，你说……守夜人，真的全部都是好人吗？"

林七夜凝视着他的眼睛，摇了摇头："说守夜人全部都是好人，这种想法未免有些理想化了，林子大了什么鸟都有，守夜人上上下下有几千个人，每一个人的思想都不一样，谁能保证他们每一个人都是好人？但可以确定的是，这里面绝大多数都是好人，如陈牧野队长、红缨、温祈墨、冷轩、赵空城、袁罡、王路、方阳晖、李德阳、秦凯……我们至今见过了那么多的守夜人，能够算得上是坏人的，也就这么几个。更何况，人，是不能简单地用好人和坏人来区分的。"林七夜抬起头，看着天空中那抹皎洁的月色，缓缓说道，"好人，并不一定真是好人；坏人，也不一定就是坏人。这个世界，就是这么复杂。"

城市的另一边，沈青竹背着醉醺醺的第九席，打开了破旧出租屋的房门。他将第九席放在房间的床上，后者在床上翻了个身，呢喃了几声，便沉沉睡去。沈青竹在门口看了他片刻，转身走出房间，回到了自己的房间中。他走进屋中，反锁上房门，没有将屋里的灯光打开，而是将窗帘拉起，让那抹皎洁的月光洒入房间，将地砖照成亮白色。沈青竹在墙角，缓缓坐了下来，右手食指轻轻地叩着背后的那面墙壁，那根手指上，一枚不起眼的黑色戒指微微发亮。墙的另一面，就是昏睡的第九席的床铺。沈青竹只要在"断魂刀"中灌入少许的精神力，黑色的灵魂刀刃就会贯穿第九席的身体，将他的灵魂彻底泯灭，根本不会有反抗的机会。他会毫无知觉地死在睡梦之中，但是沈青竹犹豫了。沈青竹的脑海中，飞速地掠过这几天来跟第九席相处的画面，内心挣扎起来。杀，还是不杀？白茫茫的月光洒在他的身上，他就像是一尊雕塑般，一动不动。过了许久，他侧过头，看向窗外天空中的那轮明月，深深地吸了一口气，戴着戒指的手指离开墙面。

"你是个例外……"他喃喃自语。

几天后，原驻广深市010小队驻地。

"第五预备队队长林七夜，队员安卿鱼、曹渊、迦蓝……现在，我代表守夜人高层，宣布对此次事件的判决结果。"左青站在别墅的门口，严肃地开口。他的面前，林七夜等人像是回到了集训营一样，笔挺地站在那里，等待着判决。百里胖胖咽了口唾沫，小心翼翼地举手："那……我呢？"

"也站着，听好。"左青瞥了他一眼，继续说道，"经过情报部搜证调查，以及守夜人军事法庭审判，原百里集团董事长兼守夜人荣誉高层百里辛，因篡改守夜人机密档案，谋杀守夜人百里涂明，贿赂驻广深市010小队等罪名，革除守夜人荣誉高层职位，禁止其名下一切产业的商业活动，押送斋戒所，监禁终身。由于百里辛已经身亡，监禁一项自行取消。对于收受贿赂，舍弃守夜人原则的除苗苏之外的010小队全体成员，革除守夜人身份，押送斋戒所终身监禁。由原010小队副队长苗苏担任新010小队队长，即刻重建010小队。"说完，他抬头看了眼百里胖胖："受害者百里涂明，你对于百里辛和韦修明等人的判决，有什么不满意吗？"

"我已经不是百里涂明了。"百里胖胖摇了摇头，"不过，对于这个结果，我还是满意的。"

百里辛都已经死了，对于这个结果，他当然没有什么异议。而韦修明等人毕竟曾是他的队友，对他还算比较照顾，没有必要赶尽杀绝，在斋戒所终身监禁似乎也是个不错的结果。

左青点了点头，继续说道："下面，宣布对于第五预备队的审判结果……"

众人的心顿时提了起来。

"第五预备队全体成员，在市区范围无故引发大规模恐怖袭击，击杀百里景在内的十三位人员，摧毁大量建筑，造成极其恶劣的社会影响……但，从人道主义角度考虑，第五预备队的行为可以在一定程度上理解为正当防卫，由于事件并未造成社会性影响且公共资产并未受到损失，综合裁决之下，做出以下惩罚：暂时取消第五预备队转正为特殊小队的资格，取消一切任务行动，取消预备队队长的一切权力，但保留其人员构成，保留自由行动的权利，即刻前往淮海市接受综合教育，期限不定。"左青念完对于第五预备队的判决，抬头看向了林七夜。曹渊等人默默地叹了口气，表情有些沮丧。最终，他们还是失去了成为特殊小队的资格。只有林七夜和安卿鱼对视一眼，眉头微皱，似乎是在思索着什么。

两人的神情被左青看在眼里，他的脸上闪过一丝若隐若现的笑容，缓缓开口："林七夜队长，对于这个惩罚，你还有什么不理解的地方吗？"

453

"暂时取消成为特殊小队资格的这个'暂时'，指的是多久？"林七夜疑惑地问道。

"不知道。"左青耸了耸肩，"可能是一年，可能是三年，也可能永远不会恢复。"

林七夜等人对视一眼："那这个综合教育，究竟是指的什么？思想品德方面的教育？"

"这一点你们不需要多问，等你们到了，自然就清楚了。"

"那这个综合教育，什么时候能结束？"安卿鱼开口问道。

"不是说了吗？期限不定，等到你们的老师觉得你们可以结束了，那就结束了。"

林七夜听完这些回答，眼中的疑惑之色更浓了。既然高层已经取消他们转正成特殊小队的资格，又为什么要将人员保留下来？正常来说，不应该将他们打散，重新分配到其他小队里吗？既然他们已经不能接受任务，又为什么赋予他们自由行动的权利？暂时取消资格中的"暂时"，究竟是由什么因素决定的？

左青像是看出了他心中的疑惑，轻飘飘地开口："如何理解这次的判决，取决于你们自己，我只能说，为了替你们争取到这次的机会，我和叶梵都已经尽力了……"

"我还有问题！"百里胖胖突然举手。

"说。"

"我可以重新申请加入第五预备队吗？"百里胖胖小心翼翼地问道。

左青的眉梢一挑："第五预备队？现在已经没有第五预备队了，但如果你说的是这支没有名字的小队的话……当然可以。"

"那我申请加入！"百里胖胖激动地开口，"我马上就去写申请书，我也要一起去淮海！"

"你想清楚了吗？"左青的表情微妙起来，"看来我必须要先告诉你一件事情，百里辛和百里景都已经死了，偌大的百里集团现在群龙无首，守夜人已经帮你恢复身份，所以从法律角度来说，你已经自动继承了整个百里集团……你知道这代表着什么吗？"百里胖胖愣在了原地。其他几人像是想到了什么，震惊地张大了嘴巴。"你，已经成为整个大夏最庞大的集团掌舵者，同时也是禁物收藏馆的拥有者。"左青缓缓说道。

"我……继承了百里集团？"百里胖胖呆在了原地。

"严格来说，它现在叫什么都取决于你，千里集团也好，胖子集团也罢，既然你是掌舵者，这些都是你说了算。"左青平静地说道，"但如果你加入这支小队的话，这就意味着你管理集团的时间大大减少，可能会对集团造成负面影响。从客观的角度来说，我们还是希望你能好好继承百里集团，毕竟这是整个大夏最优秀的民营企业，一旦百里集团倒下，将会有大量的普通人失业，会对社会造成影响。"

林七夜等人对视一眼，表情都十分古怪。他们甚至怀疑，百里胖胖要是认真管理集团，估计集团只会凉得更快。

"可是我根本不懂怎么管理集团啊？"百里胖胖愁眉苦脸地说道。

左青沉吟片刻，继续说道："如果你对自己没有信心的话，可以申请让守夜人介入百里集团，派出一支团队替你打理公司，但是这么做的话，我们会从百里集团的盈利中抽取一部分作为管理的佣金。"

"没问题！"百里胖胖立刻点头，"那禁物收藏馆呢？"

"还是由你掌管，但是这次事件之后，守夜人需要对禁物收藏馆中的每一件禁物进行编号登记，防止流通进入恶性超能者手中，这个工作量不小，大概需要一个多月的时间，或许等到你结束综合教育，登记也就结束了。"左青回答。

"也就是说，收藏馆里的那些禁物……我都能用了？"

"那些本就是你的财产，当然可以自由支配。"

林七夜等人转头看向百里胖胖，目光都有些感慨。现在的百里胖胖，已经摇身一变成为百里集团的董事长兼禁物收藏馆的馆长……这个身份地位，瞬间就不一样了。他们以后欺负他的时候，得悠着点……

"申请守夜人介入管理的事情，我回去就向叶梵汇报一下。"左青像是想到了什么，开口问道，"你说你已经放弃百里涂明这个身份，那入队的资料里，你的名字该怎么写？"

百里胖胖一愣，沉吟片刻之后，开口道："就叫……百里胖胖吧。"

左青的表情有些古怪，但并没有多说什么，默默地点了点头。

"所以，我们要什么时候动身去淮海进行综合教育？"林七夜开口问道。

左青看了眼时间。"现在。"

6个小时后，淮海市。"哐当哐当哐当……"一辆破烂的六手面包车艰难地在崎岖的道路上行驶，每次驶过一道小沟，整个车身就像是海盗船一样摇晃起来，车里老旧的设施相互碰撞，发出沉闷的声响。坐在后座的迦蓝脸色铁青，一只手紧紧抓着扶手，只觉得自己的胃液都要被颠出来了。"啪——"她稍一用力，硬是把那根破烂的扶手掰了下来。迦蓝抓着半截扶手，茫然地愣在原地。

坐在副驾驶位上的林七夜嘴角微微抽搐，转头看向专心开车的左青，忍不住问道："守夜人就没有像样点的车了吗？都已经开船上路了？"

"有啊，但是你们没有权限调动，别忘了，你的所有权力都被取消了，就这辆六手面包车，还是我从朋友那里借过来的。"左青理所当然地说道。

"可是我看这个速度，也不比我走路快多少啊？"

"别急，马上就到了。"

面包车驶过荒芜的道路，最终进入一片军事基地的范围，经过层层关卡之后，终于在一座类似于仓库的大型建筑前缓缓停靠。

"这里给我的感觉，和集训营有点像。"曹渊开门走下车，环顾四周说道。

"不一样，这里的设施烂多了，只不过周围有一些军事力量保护，但和集训营也没法比。"百里胖胖吐槽。

左青看了他们一眼："你们想多了，那些军事力量不是来保护你们的，是防止你们偷偷从这里溜出去的。"

曹渊："……"

"在综合教育结束，拿到守夜人高层的许可之前，你们严禁离开这里。"左青见林七夜等人已经把行李拿下了车，便回到了车里，将车发动起来。"好好接受教育，别辜负了叶梵对你们的期望，为了把这位老师请过来，他可是花了很大的代价。"

林七夜等人对视一眼："我们的老师是谁？"

"今晚，你们就知道了。"左青对着林七夜等人挥了挥手，便开车离开这里。

注视着六手面包车摇晃着离开，林七夜等人放下手中的行李，抬头看向这像是仓库一样环境简陋的住所，无奈地叹了口气。"算了，先进去看看吧。"

当晚，月明星稀，一个穿着衬衫，身后背着黑色剑匣的年轻人走到这间仓库之前，抬头看去。

"叶梵说的，就是这里吗……"他叹了口气，低头看着自己的脚尖，喃喃自语，"好麻烦，好想回家……"

林七夜等人拎着行李，走进那座孤零零的老旧仓库之中。这仓库从外形上来看，大概有三个足球场那么大，外侧刷着红色油漆，也不知原来是用来储存什么东西的，仓库的顶端还用白色油漆刷着几个掉色的大字——"0213号重装储存库"。推开锈迹斑驳的仓库大门，大量的烟尘从门缝中钻出，随之而来的还有一股异味。"喀喀喀喀……"百里胖胖挥手扇去灰尘，忍不住吐槽，"这个综合教育的选址也太坑了吧，比集训营的时候差太多了。"

"毕竟我们没有调动守夜人资源的权限，没让我们去住桥洞已经不错了。"林七夜率先走进仓库之中，打开灯，好在这里的设施虽然陈旧，但电路维护得还算不错，所有的灯光都明亮无比，顷刻之间照亮整个仓库，一大片空旷的土地出现在林七夜等人的面前。

"这里原本应该是用来存放一些大型器械的仓库，里面的东西被搬走后，就彻底空了下来。"安卿鱼的目光扫过这片几乎有一整个体育场大的空地，推测道。

林七夜等人继续向仓库内部走去，在仓库的边缘发现几个独立的房间，应该是原来管理仓库的工作人员的住所，虽然设施都比较旧，但可以住人，而且并没有什么异味。至于床铺、被褥这些东西都好解决，百里胖胖的口袋里还放着上次在探索原始森林的时候储备的杯子、床垫、洗漱用品，数量充足，分给他们五个人并没有问题。令林七夜意外的是，这里居然还有一间厨房，百里胖胖将盘子、碗筷、烤箱、电磁炉等厨具全部放进去，把它塞得满满当当。

各自收拾好自己的房间后，林七夜等人一人提着一个小马扎，坐到了空地之中。"如果不出意外的话，我们还要在这里待很久……"林七夜的目光扫过这个仓库，缓缓说道，"从左处长言语中的意思来看，守夜人高层似乎短时间内不会让我们恢复成为特殊小队的资格，这个所谓的综合教育，持续多久也是他们说了算，我们待在这里的时间，很可能得用年来计算。"

"其实这里也不错，挺安静的，就是设施差了些。"百里胖胖咧了咧嘴。

"对了，你不是继承了百里集团吗，不能调点资金过来，把这里的环境改善一下？"曹渊想到了什么，开口问道。

百里胖胖摇了摇头："守夜人的特派小组已经全权接手百里集团的管理，我只是个等着收钱的董事长而已，调动不了公司的内部资金。今年的利润还得过几个月才能打到我的卡上，现在我也是一穷二白。"

林七夜的嘴角微微抽搐，有些肉痛地开口："看来，买西装的钱是报销不了了……"

"……"

"算了，环境差点也没什么，或许这就是综合教育的一部分吧。"林七夜自我安慰道。

　　林七夜像是想起了什么，伸手在虚空中一抓，召唤法阵显现，一柄古朴长剑和一柄雪白长刀同时出现在了他的手中。"这'祈渊'和'斩白'，加上你的那杆金色长枪、'青玉铠'、'挽歌'，一共五件超高危禁物，都是胖胖你的财产，现在一起还给你吧……"林七夜将一刀一剑递给百里胖胖，百里胖胖怔了片刻，还是将它们接到了手中。随后，他伸手在口袋里一掏，将另外三件禁物也取了出来，并排放在地上。"既然都是我的财产，那怎么支配当然也是我说了算了。"百里胖胖嘿嘿一笑，将"斩白"又从地上拿起，递给了林七夜，"七夜，这柄刀我在集训营的时候就想送给你当礼物，现在终于有机会了。"

　　林七夜一怔："你不自己收着吗？"

　　"我一共就两只手，哪里用得来这么多禁物？"百里胖胖耸了耸肩，"这些禁物，本来就是你们帮我抢过来的，是兄弟就别磨叽，干脆一点收下吧。"林七夜注视着百里胖胖的眼睛，顿了片刻之后，没有再犹豫，而是大大方方地将"斩白"收了起来。"既然这样，那我就不客气了。"林七夜笑道。在百里主楼的时候，他没有用过这把刀，因为当时这把刀是百里辛送给他，用来买他兄弟命的东西，用这柄刀只会让他觉得恶心……但现在不一样了。现在，这是他兄弟送给他的礼物。

　　百里胖胖托着下巴，盯着剩下的四件超高危禁物，犹豫片刻之后，将那把金色的长枪拿起，递到了迦蓝的面前。"蓝姐，这把'天阙'送给你，这样你以后近身战斗的时候，就不用挥拳头揍人了。"百里胖胖笑嘻嘻地说道。迦蓝眨了眨眼，好奇地打量着这杆金色的长枪，在会场中她也亲眼见过这把长枪的威力，虽然连她一根头发都没能打掉，但这并不能说明什么。她接过这把长枪，一双眼睛顿时笑弯成了月牙。她拍了拍胸脯，对着百里胖胖比了个大拇指，一副"以后我罩着你"的表情。

　　百里胖胖笑了笑，将"挽歌"拿起，交给了安卿鱼。"卿鱼，这玩意的威力太恐怖了，你那么聪明，一定能发挥好它的力量，就送给你了。"安卿鱼接过头骨，眸中浮现出异样的神采，脸上写满求知欲，兴奋地盯着那半截舌头，仿佛准备回去就把它给解剖一样。"谢谢。"他微笑着说道。

　　"'青玉铠'我留着自己用，最后的这把'祈渊'……"百里胖胖缓缓拿起那柄古朴长剑。曹渊的脸上写满了期待。"就交给七夜吧……"百里胖胖扭头就把剑交到了林七夜手上。

455

　　曹渊："……"

　　"给我？"林七夜一愣。

"对啊，老曹一拔刀就发疯，这剑给他他也不会用，我看七夜你之前用得挺顺手的，就交给你吧！"百里胖胖理所当然……说道。

"可是，我也不会用剑啊……"

"你可以不用它来近身战斗，就把它当作一个工具使用就行。"百里胖胖继续说道。

"好吧。"林七夜接过了"祈渊"，在剑柄上刻下一个召唤阵法，便将其放在了一边。

"你们说，那个老师怎么还不来？"几人又聊了许久，曹渊看了眼时间，忍不住问道。

百里胖胖沉吟片刻："可能是他的六手面包车在路上抛锚了。"

"也不是没可能……"

"能让叶司令付出很大的代价才请来的老师，该是什么级别？"百里胖胖开始猜测起来，"该不会是另一位人类战力天花板吧？"

"应该不太可能。"曹渊沉思道，"人类战力天花板并不属于守夜人的体系，叶司令应该请不动他们才对，而且我们只是一支失去了成为特殊小队资格的无名小队，应该不值得一位人类战力天花板亲自来教。"

林七夜点头表示赞同。"现在已经凌晨两点多了，估计那位老师今晚是不会来了，我们还是各自回去休息吧。"林七夜看了眼时间，对着其他人说道。此时，其他人也已经困得不行，迦蓝甚至都靠在他的肩膀上打起了瞌睡，听到终于可以不用在这里苦等，便点了点头，纷纷起身回到自己的房间。

灯光关闭，整个仓库顿时陷入了黑暗。

半小时后，一个身影缓缓推开仓库的大门。他背着剑匣，迈步走进仓库之中，月光将他的影子拉得很长。"就是这里吗……"他环顾四周，喃喃自语。随后，他像是察觉到了什么，原地蹲下身，指尖在地面上轻轻一抹，一层薄灰黏附在他的手指上。"地面很脏啊……""通风也不行。""墙面的锈迹需要处理一下。""盘子刷得也不是很干净。"……他像是个幽灵，悄无声息地将整个仓库逛了个遍，眉头微微皱起。"看来，今晚要加班了……"

第二天，清晨，急促的敲门声响起，林七夜睁开眼睛，下床开门，只见曹渊正表情古怪地站在门外。

"怎么了？"林七夜疑惑地问道。

"七夜……这里闹鬼了。"曹渊憋了半天，终于憋出来一句话。

"什么？！"林七夜一愣。

"你跟我来看看。"曹渊带着林七夜，直接走向对门的厨房，一边走，一边说道，"我刚刚起来做早课，想先去准备一下早饭，刚走进厨房，我就看到……"两人走进厨房，刚推开门，林七夜就愣在了原地。昨天因为太晚，而且暂时用不到厨房，所以林七夜等人也没有来打扫，这里一直都是脏兮兮的。可现在，整个厨房都焕然一新，像是刚刚装修完毕一样，原本满是尘埃与油腻污垢的地面，现在连一粒灰尘都没有，墙上的每一块瓷砖都亮得发光！林七夜缓缓走到洗菜池边，看着那一摞洁白如新，像是被抛了光一样的盘子，陷入呆滞。

"我怎么记得……这些盘子原来是雕花的？"林七夜表情古怪起来，"雕花呢？怎么全变成白盘了？"

"是不是很诡异？"曹渊正色道，"七夜，我怎么说也算是个佛门中人，要真的碰到鬼，倒也不怕它……但是这种鬼，我从来没见过，就连听都没听过，说实话……我有点没办法了。"

"刺啦、刺啦……"门外，隐约的声响传来，林七夜和曹渊对视一眼，飞快地跑出厨房，径直向着远处仓库中央的大片空地跑去。刚跑到仓库中央的空地，两个人就愣在了原地。这……是他们昨天来的那个仓库？纤尘不染的地面倒映着他们的身影，周围墙壁上斑驳的锈迹全都消失不见，原本有些浑浊的空气彻底消散，取而代之的是清洁剂的清香，就连天花板上的灰尘都被清理得干干净净。空旷的空地中，一个年轻人正提着拖把，双手衬衫的袖子卷起，低头拖着一处地面，眼眸里写满了认真。他像是察觉到了什么，抬头看向林七夜二人，一对黑眼圈像是熊猫眼一样鲜明无比。他抿起嘴唇，眼神中浮现出纠结之色，许久之后，才缓缓开口："嗯……你们好。"

五分钟后，空地——林七夜、百里胖胖、曹渊、迦蓝、安卿鱼五人站成一排，表情古怪地打量着眼前这个其貌不扬的年轻人。"七夜，他该不会是……"百里胖胖拱了拱旁边的林七夜，眼中浮现出疑惑之色。林七夜默默地点了点头。"看着也不像啊。"百里胖胖暗自嘀咕一句。那年轻人穿着一件黑色的衬衫，双臂处的袖子被整齐地卷起，手上还残余着几滴水珠，他不自觉地低着头，眼帘有些低垂，身上没有丝毫气质可言，看起来不像是个守夜人，反而像是个餐厅的服务员。

"那个……请问您是……"林七夜试探性地开口。

"我是叶梵找来的，负责你们综合教育的老师，本来应该早点到的，但是昨晚那辆六手的面包车半路抛锚了。"

"我叫周平。"年轻人补充了一句，"'平平无奇'的'平'。"

周平？林七夜等人对视一眼，都看到了对方眼中的茫然。这个名字……没听说过啊？

"呃，周老师好！"百里胖胖乖巧地率先问好，正欲继续说些什么，周平的身体就突然一震。"那个，不要叫我老师。"周平似乎有些不自在。

不叫老师？那该叫什么？

"那……我们该怎么称呼您？"林七夜疑惑地问道，"您在守夜人中有什么职务吗？"

周平摇了摇头："我不是守夜人，也没有什么职务。"

林七夜一愣，和旁边的安卿鱼对视一眼，眼中浮现出震惊之色。叶梵花大代价请来的老师，不是守夜人。那他该不会真的是……周平想了想，开口说道："如果你们不知道怎么称呼我的话，可以和其他人一样，叫我剑圣就好。"

<h2 style="text-align:center">456</h2>

"剑，剑剑剑……剑圣？！"百里胖胖震惊地张大了嘴巴，"您是人类战力天花板中，排名第一的那位……'剑'？"在场的所有人，除了一脸茫然的迦蓝，其他人都被震得无以复加。左青口中的那位叶梵花了很大代价才请来的老师，居然真的是一位人类战力天花板，而且还是首位的剑圣？！林七夜无法想象，叶梵为了请到他，究竟付出了多大的代价。

"人类战力天花板什么的，都只是别人的叫法，其实我并不是很喜欢这个名字。"周平认真地说道，"我比较喜欢别人叫我剑圣。"

林七夜看了眼他手中的拖把，还有周围干干净净的仓库，忍不住问道："剑圣前辈，那这些卫生……"

"我看你们这里比较脏，昨晚就顺便打扫了一下。"周平像是想到了什么，提起手中的拖把，认真地拖起了最后一块地砖，"你们稍等一下，我把最后这点活儿干完，再开始上课。"

林七夜："……"

"剑圣前辈，这种杂事，您让我们干就好了！"林七夜走上前，想要接过周平手中的拖把。让一个剑圣给他们打扫卫生？开什么玩笑？！要是让叶梵知道了，这不得手撕了他们？

"不，你们打扫不干净。"周平摇了摇头，"我这个人不管做什么事情都做不好，只有舞剑和打扫卫生是我的强项，在一旁等着吧，马上就好……"

见周平如此果断地拒绝，手伸到一半的林七夜只能默默地缩了回去，走到众人的身边，注视着那个一丝不苟拖地的身影。

"七夜……这是什么情况？"百里胖胖忍不住问道，"让剑圣给我们拖地，我们不会折寿吧？"

"不要那么迷信……"

曹渊注视着他的手掌，若有所思地点了点头："仔细看的话，剑圣前辈的手掌很粗糙，应该是经常练剑才对。"

一旁，安卿鱼推了推眼镜，表情有些古怪："手掌确实粗糙，但问题是他两只手都是这样，而且从细节上推测，那应该不是握剑握出来的，反倒像是……"

就在这时，林七夜忍不住问道："剑圣前辈，您平时经常干活儿吗？"

正在拖地的周平头都不抬，专注地拖着最后一块污渍，"嗯"了一声。"我的工作就是这个。"

工作就是这个？林七夜一愣。"您的工作是……"

"服务员。"周平淡淡地开口，"我在我三舅开的饭馆里当服务员，每天的工作就是打扫卫生和洗盘子。"

林七夜："？？？"

"你三舅开的饭馆？服务员？"百里胖胖难以置信地重复了一遍。

"三舅风味土菜馆，就在西津市长香路上，你们如果去吃饭的话报我的名字……可以打九五折。"

林七夜等人对视一眼，脸上都浮现出荒谬之色。剑圣的工作是服务员？是这个世界疯了还是他们疯了？那个三舅风味土菜馆里的菜，是用"克莱因"境"神秘"的肉做的吗？

"那，我能不能问一下……叶司令是付出了什么代价，才把您请过来的？"林七夜开口问道。

"哦，因为如果我要来给你们上课的话，就得请假，但是我走了店里就没有服务员了，所以……"周平顿了顿，"他现在应该在替我完成工作。"

林七夜等人呆若木鸡。

西津市。三舅风味土菜馆。叶梵戴着围裙站在局促的厨房中，双臂的袖子挽起，正拼命地搓着手中的盘子，脸色铁青。

"三舅，给我们加一盘西红柿炒番茄！"

"三舅，听说咱这店都上西津美食排行榜第一啦？今天不得给哥几个加盘菜？"

"欸三舅，你这肉丝切得真细啊，最近刀功见长啊？"

"……"

小小的店面中，零星的几位客人一边吃菜，一边和店老板打趣。三舅笑呵呵地跟食客们打着招呼，端着热气升腾的老干部茶杯，晃晃悠悠地走进了后厨。他看到正在奋力搓盘子的叶梵，咂了咂嘴，悠悠开口："那个，新来的小梵是吧？你这搓盘子的速度跟我们家小平可差远了啊，要是再这样下去，我可就要扣工资了。"

叶梵表情一僵，搓盘子的力道更大了几分，咬牙切齿地喃喃自语："那几个兔崽子，这次要是学不到什么东西，我回去就把他们的腿给打断……"

仓库，终于拖完最后一块地砖的周平将所有的清洁用具放好，把双臂的袖子放了下来，走到空地的中央。他的面前，林七夜五人整整齐齐地坐着小马扎，腰板笔直，准备上课。

"你们如果准备好的话，今天的课就要开始了。"周平缓缓开口。

"我们准备好了，剑圣前辈！"百里胖胖兴奋地说道。

这位可是人类战力天花板中的天花板，剑圣亲自授课，整个大夏都没几个人能享受到这个待遇，现在他们有机会坐在这里听课，那是叶司令用肉体帮他们换来的！要是不好好学，他们哪里有脸回去面对叶司令？

周平点了点头，伸手指向角落放着的纸箱，对着众人说道："你们上课的教材都在那里面，全部都拿出来吧。"

林七夜等人眼前一亮。不愧是剑圣授课，连上课的教材都准备好了。他们快步跑到纸箱边，把它搬了过来，纸箱很沉，里面至少装了四五十本书。林七夜将纸箱打开，看到放在最上面的那本书，突然愣在了原地。

"《三少爷的剑》？"百里胖胖看到书名，眼中浮现出疑惑之色，"这是剑谱吗？"

他将这本书拿起，看向了下一本书。

"《天涯明月刀》？"嗯，应该是本刀谱。

"《天龙八部》？"

"《倚天屠龙记》？"

"《笑傲江湖》？"

"《甄嬛传》？！！"百里胖胖看着手中这本书，眼中浮现出茫然之色。

周平闪电般夺过《甄嬛传》，默默地背到身后："放错了，这个不是……"

457

"这些……不都是小说吗？"曹渊眉头皱起，"怎么会是教材？"

"这些就是教材。"周平平静地开口，"你们今天上午的训练内容，就是看书。"

林七夜等人面面相觑。

"可是，看小说怎么提升我们的实力？"林七夜忍不住问道。

"为什么不行？"周平疑惑地问道，"我的剑法，都是从小说里学的。"

林七夜的眉头微皱："您是在开玩笑吗？"

"我从来不开玩笑。"周平认真地说道，"我的剑法，真的是从小说里学的……你们的不是吗？"周平的目光充满了疑惑。

看着他的眼睛，林七夜甚至开始觉得，从小说里获得力量，是一件理所当然的事情。林七夜憋了半天，终于憋出了两个字："不是。"

周平沉思片刻："或许你们应该试试。"

林七夜等人对视后，无奈地一人拿一本小说，坐在了小马扎上，认真地翻阅起来。既然这是剑圣给他们安排的训练内容，那他们只要照做就行了，先不提这个训练本身是否有效，要是他们拒绝接受训练，那守夜人那边不可能让他们离开。反抗？没意义啊，他们五个人加起来都不够周平一剑砍的……除了迦蓝。林七夜挑的是《天涯明月刀》，不光是因为他以前看过其他几本，还有一个原因是这本书里涉及了刀法。如果周平说的是真的，那这本书里的内容也许真的能给他带来实力的提升。当这个念头出现在林七夜的脑海中的时候，他甚至开始怀疑自己是不是疯了。

在安静的翻书声中，一上午的时间缓缓过去。等到林七夜终于合上书本，将思绪从傅红雪的复仇故事中拉回现实的时候，空气中已经弥漫起了饭菜的香……嗯……煳味。林七夜快步走到厨房，只见周平正站在那儿，看着燃烧的锅身以及锅中央被烤煳成炭的不知名物体，像是在认真地思索着什么。"剑圣前辈……您在这儿干吗呢？"林七夜的嘴角微微抽搐。如果不是他知道周平是谁，多半会以为这是哪个仇家跑到这里来烧厨房了。

"我在试着做菜，但是好像失败了。"周平忧郁地叹了口气，"果然，除了剑和打扫卫生，我什么事都做不好……"

林七夜快步走上前，将火焰扑灭，哭笑不得地开口："剑圣前辈，这种事情交给我们就好，您先去休息吧。"

周平点了点头。

"对了……"林七夜像是想起了什么，指着旁边的白盘说道，"剑圣前辈，你知不知道，原来那些带雕纹的盘子去哪儿了？这些好像不是我们的盘子。"

周平疑惑地歪头："什么雕纹的盘子？那些不是弄脏了的盘子吗？"

林七夜想到了某种可能，试探性地开口："嗯……剑圣前辈，你是不是昨晚把雕纹……哦不，把脏了的盘子，洗成白的了？"

"对啊。"周平点头，"那些脏东西挺难洗的，要不是我用剑气一点点刮掉，都洗不干净。"

林七夜："……"

"有什么问题吗？"

"没，没事了……剑圣前辈，你出去休息吧，这里交给我。"林七夜的嘴角微微抽搐。

周平"嗯"了一声，转身走出厨房，出门的时候还顺便反手将门关了起来。他站在门外，低头看着自己的脚尖——一秒、两秒、三秒……他默默地蹲下身，抱住膝盖，整个人缩成了一团。"好丢人……好想回家……"

半小时后，六个人围在一张小小的矮桌旁边，闷头吃饭。林七夜的厨艺还是不错的，毕竟从小穷到大，姨妈不在家的时候只能自己做饭，六个人做了七菜一汤，看起来也挺丰盛。

周平夹了一口番茄炒鸡蛋，尝了尝："没有我三舅做的西红柿炒番茄好吃。"

林七夜："……"

"你们今天看书，有什么收获吗？"周平问道。

林七夜等人纷纷摇头。

"你看的是《天涯明月刀》吧？"周平看向林七夜，"没学会傅红雪的刀法？"

"没有……"林七夜终于问出了一直在他心中的问题，"都是用文字描述的故事而已，怎么可能学到刀法？"

"你在看书的时候，没有让自己成为傅红雪吗？"

"成为傅红雪？"

林七夜茫然地看着周平："你是说，代入角色吗？"

"嗯。"

"代入了，但是好像并没有很大的作用……"

"可能是你代入得不够深。"周平缓缓开口，"用心去体会书中角色的情绪，体会他们心中的愤怒、哀伤、忧愁、喜悦……独孤求败的独孤九剑，燕十三的夺命十三剑，谢晓峰的谢家神剑……我的剑法，都是这样学来的。"

曹渊沉默片刻，还是开口问道："剑圣前辈，你能做到这一切，应该是你的禁墟的缘故吧？我们没有这个禁墟，当然无法从书中获得力量。"

不光是曹渊，其他人心中也是这样想的。周平能从书中获得力量，应该是他禁墟的能力，如果其他人也能像这样看看书就能获得力量，那岂不是到处都是大夏剑圣了？

"禁墟吗……"周平喃喃自语。

"剑圣前辈，你的禁墟是什么？"百里胖胖好奇地问道。

"我也不清楚。"周平伸出手，放在自己心脏的位置，低头自语，"不光是我，叶梵也不清楚，他说这可能是一种从未出现过的禁墟，然后他们好像商量了很久，给它起了一个名字，不过具体叫什么，我不知道，我也不想知道。禁墟什么的，不应该成为衡量一个人的标准，书里的那些大侠同样没有禁墟，他们却能靠自己心中的侠气，成为强大的人，成为被江湖所认可的大侠……我，也只是想像他们一样，成为大侠。"

"大侠……"百里胖胖念叨着这两个字，"可是，剑圣前辈，你已经成为剑圣了啊。"

周平摇了摇头："但我总觉得，还缺了些什么，剑圣还不够……"

"剑圣还不够？"百里胖胖咧了咧嘴，"那怎么样才算够？剑仙吗？"

"剑仙？"周平听到这两个字，眼睛逐渐亮起，"剑仙……这个称号，好像也很不错。"

458

几人将碗里的饭菜吃得干干净净，周平看了眼时间，缓缓开口："差不多该开始下午的训练了。"

"剑圣前辈，下午的训练内容是什么？不会是看电影吧……"百里胖胖忍不住问道。

"不。"周平摇了摇头，"下午，是实战训练。"

听到"实战训练"四个字，众人的眼睛顿时亮了起来。来了！期盼已久的，和剑圣学战斗的机会终于来了！到现在为止，这综合教育和他们想象中的差距太大了，看了一上午的小说，属实让林七夜等人有些郁闷，现在终于来到实战的环节，所有人都打起了精神。

"剑圣前辈，这实战训练该怎么练？"林七夜开口问道。

周平犹豫了片刻，道："我对你们还不是很熟悉，今天就从一对一的单挑开始吧。"

单挑？林七夜等人对视一眼。"剑圣前辈，我们中境界最高的也就只有'海'境，您可是一位人类战力天花板……这怎么打？"

"放心，我不会用全力的。"周平淡淡开口，"只有亲自和你们交手，我才能知道你们的问题在哪里。"

曹渊点了点头，从小马扎上站起："那现在就开始？"

"不，在开始训练之前，还有一件很重要的事情要做。"周平的目光扫过满眼疑惑的众人，一字一顿地开口，"洗碗。"

十分钟后，周平从厨房中走出，黑色的衬衫上沾上了几滴水渍，他将挽起的袖子放下，径直回到空地中。林七夜等人已经将桌椅板凳全部挪走，在那里等候多时。

"你们，谁第一个来？"周平问道。

曹渊向前迈出一步："那就我先来吧。"

周平点了点头。见曹渊即将出手，林七夜等人很自觉地后退到仓库的边缘，防止被疯魔曹渊误伤，百里胖胖甚至从口袋里掏出了几包薯片，逐个分发开来，一副准备看戏的表情。

"你出手吧。"周平缓缓开口。

曹渊见周平双手空空，有些疑惑地问道："剑圣前辈，你的剑呢？"

周平不慌不忙地从口袋里掏出一根木筷子，解释道："用剑怕伤到你们，用这个就够了。"

曹渊张了张嘴，似乎是想提醒些什么，但是想到对方是一位人类战力天花板，堂堂剑圣，又把话给憋了回去……

"得罪了。"曹渊深吸一口气，缓缓拔刀。直刀出鞘，黑色的煞气火焰瞬间覆盖曹渊的身体，猩红的双目凝视着正前方的周平，嘴角浮现出狞笑。"嘿嘿嘿嘿……"

周平见到曹渊这副模样，眉梢微挑，似乎是有些诧异。不过他对禁墟的了解并不多，"黑王斩灭"的名字也没有听说过，但对他而言，什么禁墟都不重要，他只需要对着眼前的敌人出剑就好。疯魔曹渊身形一晃，以令人眼花缭乱的速度掠过空气，一闪便到了周平的面前，缭绕着黑色煞气的直刀骤然挥出！周平平静地注视着那双猩红的眼眸，将手中的木筷子抬起，轻飘飘地挡下了这一刀，黑色的煞气火焰汹涌，却丝毫没有触碰到周平的衣角。周平手腕一抖，"叮——"一声清脆的剑鸣自木筷上发出，一束剑气轻松地打飞了疯魔曹渊手中的直刀，随后周平右手一抬，手肘砸在疯魔曹渊的肩膀上，下一刻疯魔曹渊整个人都被重重地捶击到了地面之上。疯魔曹渊倒在地上，愤怒地挣扎着，似乎还想做些什么，但下一刻木筷的末端已经轻轻点在了他的眉心，黑色的煞气火焰骤然消失。恢复原样的曹渊鼻青脸肿地趴在地上，怔怔地看着身前的周平，似乎没想到自己的黑王状态就这么轻易地被打破了，被打得强行退出黑王状态，这还是有史以来的第一回。

一旁，正在看戏的四人也愣在了原地。百里胖胖低头看着自己只吃了一块半的薯片，嘴巴震惊地张大……这速度也太快了吧？整个过程有多久？算上拔刀，最多也就六秒钟？只用一根筷子就做到了这个地步……这就是剑圣吗？

周平缓缓走到一边，将被他打飞的直刀捡起，又丢回曹渊的手中。

曹渊茫然地接过刀，疑惑地问道："剑圣前辈，这是……"

"拔刀，继续攻击我。"周平淡淡开口，"直到我说结束为止。"

曹渊："……"

曹渊只好再度拔刀，化身疯魔曹渊，狞笑着继续向周平挥刀。几秒后，又被打趴在了地上。拔刀！又被打趴……那一天，曹渊连续拔了十六次刀，因为每次持续时间都不到七秒，所以对精神力的消耗并不大，但当最后几次曹渊拔刀化身为疯魔曹渊的时候，林七夜等人能明显感觉到，他狞笑的声音都越来越小了……第十六次的时候，他甚至已经有笑不出来的趋势。终于，第十六次结束后，周平结束对曹渊的摧残，让他到一旁休息。鼻青脸肿的曹渊拖着蹒跚的步伐，一点点地挪回仓库的边缘，目光都有些涣散，一副对生活失去了希望的表情。百里胖胖默默地放下手中的薯片。看到曹渊的惨状，他顿时觉得今天的这场实战训练恐怕不是这么好熬的，手里的薯片都不香了……

"下一个。"周平看向脸色发白的百里胖胖："你来吧。"

百里胖胖一哆嗦，在原地纠结了片刻，不情不愿地从地上站了起来，向着仓库的中央挪动，看着他的背影，竟然有种"壮士一去兮不复还"的落寞之感。

训练开始——周平还没出招，百里胖胖二话不说，直接从口袋里掏十几件禁物悬在自己的身边，拇指上的青玉扳指化身成一套全身铠甲，与此同时一道又一道防御在他的周身展开，化身龟壳，将他整个人包裹得严严实实。周平的嘴角微微抽搐。百里胖胖把自己的防御叠满之后，一张巨大的太极八卦图在他的脚下展开，他伸手在虚空中一按，乾、坤二卦瞬间错位。"乾坤逆乱！"百里胖胖大喊一声，"筷来！"周平一愣，毫无防备之下，手中的筷子突然飞出，落到百里胖胖的手中。

459

周平看着自己空荡荡的双手，眼中的惊讶之色更浓了。反观对面，百里胖胖一把抓住那根筷子，眼中兴奋无比！他从剑圣的手里抢了根筷子！值了！虽然他可能会被打得很惨，但是从某个角度来说，他也算是赢了剑圣了啊！周平怔了片刻之后，终于回过神来，默默地从口袋里掏出第二根筷子。百里胖胖的笑容突然僵硬。

十分钟后，被单方面殴打二十次的百里胖胖仰躺在地上，呆呆地看着头顶的天花板，停止了思考。林七夜和曹渊将他从场地上拖下，安卿鱼第三个走上场，与周平对峙。安卿鱼的正面战斗能力并不强，而且也没有使用"挽歌"这个大杀器，基本上和曹渊与百里胖胖一样，处于被单方面殴打的状态。但和二人不同的是，安卿鱼被打得越惨，他就越兴奋，眼睛紧紧地盯着周平的身体，像是在看某种濒危的珍稀生物，双眸雪亮，一副跃跃欲试想要将对方解剖的表情。这眼神看得周平心里有些发毛。宣布结束之后，安卿鱼迈着蹒跚的步伐向仓库边缘走去，三步一回头，似乎对周平还有些不舍。

"下一个……"周平缓缓开口。

迦蓝和林七夜对视一眼，从地上站起，大大方方地走到了空地的中央。她已经换回原本的那身深蓝色汉袍，黑色的长发用绳子扎起，自然地垂至腰间，白皙的双手抬起，摆出了战斗的姿态。她身形一晃，快速地向着周平冲去。周平就这么静静地站在原地，丝毫没有出手的意思。迦蓝的身形冲到他的面前，古法搏击术瞬间施展，令人眼花缭乱的拳影挥出，而周平只是接连地闪避，等到过了十几秒，他确认迦蓝只会挥拳头之后，微微摇了摇头，右手抬起，一声剑鸣在空气中回荡，那根木筷轻飘飘地点向了迦蓝的手掌……然后被迦蓝抓在掌心。

周平："？"

剑气森然的木筷，就这么静静地被迦蓝死死攥住，后者的表情没有丝毫改变，仿佛她抓住的真的只是一根筷子一样。"啪——"迦蓝一用力，直接将那根筷子在手中掰断！

周平："？？？"

周平茫然地看着手中仅剩的半截筷子，下一刻一道拳风在他的耳边响起，他迅速向后避开这一击，看向迦蓝的眼神已经完全变了。徒手抓住他的剑气？开什么玩笑？就算那只是一根筷子，上面附着的剑气也不是闹着玩的！周平打量着迦蓝，索性直接将手中的半截筷子丢在一边，食指与中指并拢化作剑形，对着虚空连划数下。森然剑气喷涌而出，如同浪潮般撞击在迦蓝的身上，而后者就像是一根定海神针，在翻滚的剑气中岿然不动，仿佛掠过她身形的不是剑气，而是普通的风一样。迦蓝身形微躬，下一刻顶着剑气向前冲去，双拳紧紧攥起。

“剑笼。”周平呢喃一声，数道粗壮剑气以他为中心爆发，瞬间刺在迦蓝的周围，像是一座无形的剑气囚笼，将迦蓝死死地锁在原地。迦蓝被困在笼中，努力地想要移动身形，却丝毫没有效果。挣扎了许久之后，她无奈地叹了口气。周平若有所思，手掌轻挥，剑气囚笼便消失无踪。“可以了，下一个。”

迦蓝垂头丧气地走到仓库边缘坐下，浑然没有注意到，其他几个小伙伴看她的眼神就像是在看怪物一样。

“迦蓝姐……厉害啊！”粉丝头子百里胖胖忍不住说道，“你跟剑圣打了五分多钟，竟然毫发无伤，还掰断剑圣的筷子！你可真是太强了！”听到百里胖胖由衷的赞叹，迦蓝微微抬起头，嘴角浮现出一抹笑容。她转头看向身旁的林七夜，认真地开口：“小心。”

“嗯。”林七夜点点头，从地上站起，迈步向着空地中央走去。

十分钟后，鼻青脸肿的林七夜仰面躺在地上，看着头顶的天花板，陷入了沉思……双方的实力根本不是一个量级。他没有迦蓝那种变态的防御力，碰上一位人类战力天花板，自然不可能有什么翻盘的手段。林七夜也算是使尽浑身解数，除了没有用灵魂承载，其他的禁墟基本全用了一遍，但无论怎么出招，周平只用一剑就能破开他所有的攻击。这一次，他算是真正体会到了什么叫绝对的实力差距。与曹渊和百里胖胖等人对视，大家都看到了对方眼中的苦涩。他们五个人之中，除了迦蓝毫发无伤，其他四人都被打得快自闭了，但这也是没有办法的事情。

“今天的训练就先到这里，你们回去休息吧。”周平丢下一句话，不管林七夜等人的反应，便自顾自地回头走进屋中。于是，林七夜等人只能相互对视，互相搀扶着，艰难地回到了自己的房间。

当晚，月明星稀，五人坐在仓库外面的水泥地上，围着升起的篝火，沉默不语。除了迦蓝，其他四个人都被绷带裹得像粽子一样。他们低着头看着燃烧的篝火，不知在想些什么。今天的训练，多多少少对他们的心态造成了打击。从斋戒所出来之后，他们也算是经历了各种各样的事情，原始森林、酆都、姑苏迷雾，甚至灭杀百里家，每一次他们都能靠自己的力量摆平，这让他们无形之中生出了一种莫名的自信，但在今天，他们的自信被打击得支离破碎。在真正的强者面前，他们才认识到自己有多么弱小，这对他们的打击并不小。

"你们说……剑圣前辈在干吗呢？"百里胖胖率先打破了沉寂，"从下午训练结束之后，他就一直把自己关在房间里，连晚饭都没吃。"

"不知道。"林七夜摇了摇头。

他虽然可以用精神力感知去探知周平屋内的情况，但在一位人类战力天花板的面前，他这么做无疑掩耳盗铃，只怕自己的精神力刚刚延伸过去，对方就已经发觉了。

460

"说是实战训练，但是他好像只是单纯地虐了我们一番，虐完了一句话也不说，连个建议都没有……"曹渊摇了摇头，"我有点看不懂。"

百里胖胖点头表示赞同："我也觉得，剑圣前辈的脑回路好像和正常人不太一样。"

"哪个正常人在成为剑圣之后，还会去当服务员？"

"而且我总感觉，他好像并不是很愿意和我们交流的样子。"

"我也这么觉得。"

"他不会是个社恐吧？"百里胖胖表情古怪地说道。

曹渊瞥了他一眼："人家是人类战力天花板，高冷一些很正常，怎么可能会是社恐？"

"……"

"再说了，哪个社恐会喜欢让人叫他剑圣的。"曹渊补充道，"这种中二的称谓，不像是社恐人能取出来的。"

"可人家真的是剑圣啊。"百里胖胖叹了口气，"说起来，在这个时代能有剑圣存在，已经很出乎我的意料了，这种人不是一般都出现在古代或者玄幻世界中吗？很难想象在满是高楼大厦的现代都市，能有一个穿着衬衫、踩着球鞋的剑圣从土菜馆里走出来，一剑出鞘，神明授首……这个画风不是很奇怪吗？至于剑仙，更是连想都不敢想。"

"键圣遍地走，剑仙何处寻？"安卿鱼冷不丁地蹦出一句。

"不管怎么说，剑圣前辈是真正的人类战力天花板，虽然性格有些让人捉摸不透，但实力是实打实的。"林七夜缓缓开口，"既然叶司令花那么大代价把他找来，一定是觉得我们能从他身上学到什么东西。"

其他人纷纷点头。

林七夜看了眼天色，对着众人说道："今天就先这样吧，大家都回去好好休息，不出意外的话，明天也会很折磨……"

第二天，林七夜被闹钟吵醒，快速从床上爬起，洗漱完毕之后向仓库中央的空地走去。吸取了昨天的教训，林七夜等人昨晚特地商量一番，提早了起床的时间，总不能每天让一位人类战力天花板等着给他们上课。但当林七夜走到空地之时，他发现自己还是天真了。周平已经早早地站在仓库的空地中央，手中拿着一把不知道哪里来的鸡毛掸子，专注地打理着角落的灰尘，黑眼圈很重，但看起来依然十分精神。

"剑圣前辈早……"林七夜看了时间，确认现在还是清晨六点，外面的太阳都没有完全升起，嘴角微微抽搐。周平点了点头，"嗯"了一声，然后继续打理角落的灰尘。"你们可以晚一点起，上午的课要八点开始。"打扫完一处角落之后，周平一边走向另外一个角落，一边对着林七夜说道。

"既然上午八点才开始，那前辈你为什么起这么早？"林七夜忍不住问道。

周平淡淡开口："在店里的时候，三舅每天都会早起准备食材，我也要早起赶在开门营业之前打扫好卫生，长年累月，我已经习惯了。"

"开饭馆而已，需要这么早起吗？"

"三舅是个注重细节的人，准备食材的时间往往比实际做菜的时间更长，这也是他每天推出菜品的数量并不多的原因。"周平平静地说道，"在他看来，菜肴的质量比数量更加重要。"

林七夜若有所思地点了点头。很快，其他几人也来到空地之中，看到正在忙碌的周平，表情都有些古怪。

"七夜，咱不去帮帮忙吗？"曹渊疑惑地问道。

林七夜摇了摇头："我早就想帮忙了，但是剑圣前辈不让……"

"那我们就在一边看着？"

"只能这样了。"

林七夜五人一人搬了一张小马扎，坐在空地的中央，默默地看着周平专注而忙碌的身影。他似乎一直很忙，而且不管在做什么，都会将全部的精神只放在这一件事情上，每一道地砖之间的缝隙都要清理到一尘不染，每一点墙壁的污渍都要擦到彻底消失，哪怕连续擦十次、二十次、三十次……再简单的动作，再毫无趣味的重复，他似乎都不会觉得枯燥，而是全身心地投入其中。他仿佛不是在打扫卫生，而是在雕琢一件艺术品。林七夜等人怔怔地看着他的身影，天空的光线越发明亮，阳光透过顶端的窗户，洒落在空地的中央，给地面上镀上了一层淡金色的薄膜。空气中弥漫的清洁剂和水汽，在阳光的照射下，浮现出淡淡的七彩光芒。不知不觉间，时间已经到了上午八点。周平放下袖子，将清洁用品放回原位，走到林七夜等人的身前。

"今天上午，你们的训练内容依然是看书。"周平缓缓开口，"但是，你们一定要全神贯注地去看，要将自己代入书中，去仔细地体会书中人物的情感，要让自己成为他。明白了吗？"

林七夜等人点了点头。他们各自从纸箱中取出一本书，回到小马扎上看了起来。今天林七夜挑了一本《笑傲江湖》，虽然以前已经将这本书看了大半，但这并不妨碍再看一次。正如周平所说，他要做的，不仅是看书，而是要把自己带入书中的角色中去。林七夜深吸一口气，翻开书籍的扉页，仔仔细细地向后看去。周平自己也拿了一本《射雕英雄传》，坐到仓库门口，认真翻阅起来。整个仓库，安静无比，只有时不时的翻书声在空气中回荡。

几小时后，林七夜缓缓合上了书本。他望着写着出版社和售价的封皮，在原地怔了许久，才回过神来。他的心中，五味杂陈。他听从周平的建议，将自己完全代入令狐冲的角色中，随着他一起经历跌宕起伏的故事，体会他的情感……他从来没有像这样看过一本小说。但是周平所说的，从故事中获得的力量，他仍然没有感受到半分。林七夜转头看向其他人，发现他们的表情也都差不多，眼中满是无奈之色。他们正欲说些什么，却突然顿在原地，只见在仓库的门口，那个独自坐在阳光下的身影，手中捧着一本书……泪流满面。

461

林七夜等人茫然对视一眼，没有去打扰周平，而是默默地开始准备午饭。等到所有的饭菜都被摆上餐桌，周平终于放下手中的书，独自坐在门口，看着天空发呆。

"那个……剑圣前辈，该吃饭了。"林七夜走到他的身边，小声地说道。

周平回过神，看到桌子旁的众人都在看着他，伸手在脸上一抹，脸上还残留着些许的泪痕，嘴角微不可察地抽搐起来。他……在这么多人面前……看书看哭了？周平顿在原地，像是停止了思考。

"呃……剑圣前辈？"林七夜见周平陷入呆滞，小心翼翼地开口。

"你，你们先吃。"周平猛地从马扎上站起，"我有点事情！"

他身形一晃就消失在了原地。

林七夜愣在原地，眼中充满了茫然之色。

"七夜，剑圣前辈去哪儿了？"坐在桌旁的百里胖胖疑惑地问道。

"不知道，他说他有点事情。"

"现在能有什么事情……不会是附近有什么大型'神秘'出现了吧？"曹渊有些担忧地说道。

"七夜，要不你用精神力感知一下？"

林七夜一愣："这不太好吧……对方毕竟是一位人类战力天花板，这么做不太礼貌。"

"就一下！"百里胖胖期待地开口，"剑圣前辈一直神神秘秘的，你们就不想知道他在忙什么吗？咱就感知一下，然后就收回来，万一他发现不了呢？"

林七夜犹豫了起来。

"其实我也觉得感知一下比较好。"安卿鱼点了点头，"如果剑圣前辈真的遇到了什么事情，万一我们能帮上忙呢？"

"那……那好吧。"林七夜叹了口气，悄然将精神感知散发了出去。

片刻之后，他整个人愣在了原地。

"怎么样七夜，感知到了吗？"百里胖胖好奇地问道。

"感知是感知到了……"林七夜的表情古怪至极。

"他在干吗？"

"他，他……他好像拎着行李跑路了？！"

"？？"

仓库外，周平拖着行李箱，戴着鸭舌帽，用口罩将整个脸遮得严严实实，鬼鬼祟祟地四下张望一圈，然后飞快地向外跑去。驻守在仓库周围的军事防卫军官看到周平从里面冲出来，先是一愣，然后快速冲到路中间试图将其拦下，但周平的身形就像是化作虚无一般，瞬间闪出了数百米。"剑圣大人……"那军官呆呆地看着这一幕，片刻之后回过神来，立马拨通一个号码。

"丁零零——"铃声从周平的口袋中响起，他的身形一顿，犹豫许久之后，还是伸手将手机掏了出来。"……喂？"周平小声地开口。

"周平啊……"电话的另一头，叶梵无奈的声音响起，还混杂着些许的流水声和盘子碰撞的声音，听起来十分嘈杂，"我们不是说好了吗？我来帮你洗盘子，你来调教林七夜他们，怎么现在又跑了呢？"

"你知道的，我根本就不会跟别人相处……更别说当老师了。"周平叹了口气，"你找别人来教他们吧，我还是回去洗盘子比较好……"

"周平。"叶梵语重心长地劝道，"人，总是要社交的，你的剑法确实天下第一，但是你的心态太差了，这是你唯一的弱点，你一日不能突破自己，就一日无法打破那层桎梏，登上那个从来没有人抵达过的境界。这次我让你去给他们当老师，不光是为了让你教那些小兔崽子，也是想让你从他们身上学到些东西。现在大夏的处境太危险了，我们迫切地需要一个能够撑起整个大夏的顶梁柱，路无为的境界还差了些，我杂事缠身，根本没有时间去追寻那个境界，关在还在闭关，夫子善守不善攻。所以，周平，你是我们之中，最有希望的那个人……"

周平陷入了沉默。

他在原地站了许久，才缓缓开口："那我……再试试？"

"嗯。"叶梵总算是松了口气，"要是他们欺负你，你直接跟我说，看我不操练死他们……"

周平默默地挂断电话，长叹一口气，纠结了许久，拖着行李箱又回头往仓库走去。刚走到仓库门口，周平虎躯一震，只见林七夜等人正坐在仓库门口，齐刷刷地抬头看向他，表情古怪无比。随后百里胖胖转头在其他几人耳边说了什么，众人点了点头，纷纷若无其事地向着其他地方走去，仿佛根本没看到周平一样。周平一咬牙，硬着头皮拖着行李箱又回到仓库内，就在这时，林七夜的声音突然响起。"剑圣前辈。"周平一顿。"忙完了的话，记得出来一起吃午饭啊？"林七夜认真地说道，"今天我尝试着做了一道西红柿炒番茄，您帮我品鉴一下，看看跟三舅比怎么样。"周平怔怔地回过头，看到林七夜脸上的微笑，沉默片刻后，点了点头。"好。"

半小时后，六人放下了手中的筷子，忍不住打了个饱嗝。这期间，林七夜等人很识趣地没有提刚刚周平拖着行李出去的事情，而是自然地将话题转到之前经历过的几次战斗上，一边讨论还一边问着周平的意见，而后者也会简短地说上几句，保持着互动。

"吃完饭的话，就开始下午的训练吧。"周平看了眼时间，说道。他从房间里搬出一个新的纸箱，摆在众人的身前，从中取出一沓三十多页的装订文件，交到了林七夜的手上。

"这是……"林七夜翻开第一页，愣在了原地。这里面的所有文字，都是手写的。这些字虽然算不上多好看，但一笔一画都十分工整，看得人很舒服，每一页上大约有四百多个字，写满了整整三十页。

"昨天实战的分析。"周平回答，"昨天和你们交手之后，我回去分析了你们每个人的战斗风格、优势与缺点，汇总成分析报告，不过我不会用电脑，所以只能手写，有些字可能不是很清楚……"

林七夜嘴巴微张，他摸着手里这厚厚的一沓纸，忍不住开口："您……写了这么多？"

"这只是你一个人的。"周平弯腰从纸箱里又掏出四份更厚的文件，分别交到其他人的手上，平均页数在三十六页左右。看着手中厚厚的手写文件，所有人都愣在了原地。

462

一页四百多字，一份三十六页，一共五份……那就是七万二千多个字，还是手写。他是怎么做到的……林七夜终于明白，昨天实战训练之后，消失的周平究竟在干什么了。林七夜仔细地阅读着手中的文件，里面详细地分析了他的战斗模式，并用不同颜色的笔做出了批注。

"……战斗时头脑清晰，懂得利用自身多种多样的能力给对方造成压力，招式之间的配合巧妙，但部分情况下存在误判，招式过于烦琐而失去了进攻性……刀法中等偏上，出刀速度够快，但是几处变招的衔接不够流畅，比如第三刀的……双刀的刀法相对于单手刀更加灵活多变，与禁墟相互配合有奇效，但是关于换位的轨迹还有一些优化方案……"

林七夜读完这厚厚的一沓分析报告，足足花了半个小时的时间，这份报告中提出的问题有些是他已经注意到，却没有优化思路的，有些则是他之前根本没有注意到的细节。看完这份报告，林七夜顿时觉得自己的战斗方式还存在极大的问题。

"针对你们不同的情况，以及你们各自手中的禁物，我给你们每个人制订了一份训练计划。"周平又从纸箱中掏出几张纸，分发给众人。林七夜接过属于自己的训练计划，仔细地翻阅起来。"训练总共分为三个部分：'精神力训练'是所有人共同参加的训练；第二部分则是根据你们每个人不同的特性，制订的不同训练方式；至于第三部分，到时候你们就知道了。"

林七夜手中的这份训练计划，主要讲的就是独属于他的第二部分训练方式，目光在上面扫过，表情顿时精彩了起来。"和手持'天阙'的迦蓝进行对练？"林七夜茫然地看向周平，而后者只是默默地点了点头。

"你的能力太杂了，而且相互之间的配合还不够炉火纯青，虽然现在战斗起来没什么问题，但等你到了高境界之后，就会有些吃力，再加上你刚刚得到'斩白'，需要大量的实战来与刀相磨合，而这些人里，能够充当你对手的也就只有迦蓝了。"周平解释道。

林七夜若有所思。

"我的训练内容为什么是……进入黑王状态玩井字棋？"曹渊难以置信地开口。

"你进入黑王状态之后，战力很强，但是纯粹是靠着黑王的本能在战斗，所以招式都十分原始，对你来说最重要的就是在黑王状态下尽量保持意识清醒，井字棋相对而言较为简单，可以在一定程度上诱导你本体的意识醒来，与黑王意识作斗争，争夺身体主权。"

"那我的训练任务为什么是陪疯魔曹渊玩井字棋？！"百里胖胖瞪大了眼睛，"我好像不需要和自己作斗争吧？"

"你的问题和林七夜一样，禁物太多，需要大量的实战磨合。"周平平静地说道，"而曹渊想控制黑王需要时间，当他失控的时候，需要有人吸引黑王的注意力，才能让他本体的意识有机会恢复，所以让你们两个互为对手是最好的办法。"

"所以，曹渊能控制住的时候，我就和他下棋；他失控的时候，我就要给他当沙包？"

"是这个意思。"

安卿鱼看到自己的训练计划，眼睛顿时亮了起来。

周平继续说道："安卿鱼，你变强的方式很简单，只要解剖足够多的'神秘'

尸体，你就拥有无限的可能，所以你的训练任务只有一个……解剖。解剖的材料我会帮你弄过来，这一点你不用担心。"

周平布置完所有人的训练计划之后，便将纸箱拖走，看了眼时间，开口说道："你们可以按照上面的计划开始训练了。"说完，他便转身离开了空地，走进了自己的房间，"砰"的一声将房门关了起来。林七夜五人在空地中面面相觑。

"既然剑圣前辈都这么安排了，那我们就开始吧。"林七夜转头看向迦蓝。迦蓝"嗯"了一声，将"天阙"长枪从匣中取出，正欲有所动作，百里胖胖突然出声。"等等！"百里胖胖嘴角微微抽搐，"迦蓝姐，你俩还是到外面去打吧，要不然'天阙'捅两下，这座仓库就该塌了。"林七夜点了点头："胖胖说得有道理，我们还是找个没人的地方，单独训练吧。"听到"单独训练"四个字，迦蓝一怔，随后像是想到了什么，脸颊微红，低着头乖乖地跟着林七夜走了出去。等到两人离开，安卿鱼也找了个房间开始搭建自己的实验室，整个空地上就剩下了百里胖胖和曹渊两人。百里胖胖用笔在地上画了一个巨型的井字格，然后从外面捡了两根树枝回来，把其中一根丢给曹渊，两人席地坐在井字格旁边，深吸了一口气。

"那我拔刀了……"曹渊缓缓开口。

"好……"百里胖胖有些不放心地问，"你应该能控制住吧？"

"我尽量。"曹渊将手搭在刀柄上，闭上眼睛，将刀身拔出半寸，汹涌的煞气火焰涌现在曹渊的身体表面，那双猩红的眼眸缓缓睁开，恐怖的威压笼罩在百里胖胖的身上，后者咽了口唾沫，试探性地开口："老曹……那，我先下第一步噢？"百里胖胖用树枝在井字格角落画了一个圈。"到你了。"百里胖胖看向疯魔曹渊。疯魔曹渊看都没看地上的井字格一眼，而是直勾勾地盯着百里胖胖，微微歪头。"呃……我觉得，你可以在这里画个……"百里胖胖额头渗出些许的冷汗，伸出手，试图指导疯魔曹渊下一步该怎么下。"啪——"一声脆响传出，疯魔曹渊手里的树枝已经被掰断，他提着刀，看着百里胖胖，嘴角咧开一个危险的弧度。"嘿嘿嘿嘿嘿……"

"……"百里胖胖脸色一白。

下一刻，惊天动地的轰鸣声混杂着森然的黑芒，从仓库的空地中响起。

463

仓库外，林七夜和迦蓝站在一片宽敞的空地上，四目相对。迦蓝手中握着那杆金色长枪，身着深蓝色的汉袍，背后背着一张木弓，如瀑般的青丝自然垂至腰间，一双明眸扫过空无一人的周围，最终落在对面的林七夜身上。林七夜穿着一袭黑衣站在那儿，看向她的目光很严肃，很深情。她像是想到了什么，脸颊浮现出一抹红晕，悄然低头看着自己的脚尖，不知在想些什么。

林七夜一手握着直刀，一手握着"斩白"，认真地凝视着对面的迦蓝。我该怎么赢她呢？说起来，这还是他第一次与迦蓝正面交手，她的"不朽"一直是他们小队的大杀器，但现在轮到自己对上迦蓝，林七夜才真正感觉到事情有多么棘手。如果是在迦蓝没有得到"天阙"之前，林七夜不说战胜她，至少很轻松地就能将她困住，但现在她手上多了一杆拥有极致攻击的长枪，难度瞬间提高了数个层次。这一架，不好打啊……

　　"迦蓝。"林七夜认真地开口，"我要上了。"

　　迦蓝一愣，下一刻，林七夜的身形一晃，便如同一道魅影急速向迦蓝掠去！迦蓝终于从奇奇怪怪的幻想中回过神，似乎是有些生气，反手从背后摘下了那张淡黄色木弓，一箭向着林七夜射去！林七夜知道这支羽箭多半已经附着上了迦蓝的"不朽"，根本不能硬抗，于是将左手的直刀抛向空中，腾出手在空气中一招，召唤法阵瞬间出现，"祈渊"长剑自动出现在了他的手中。"祈渊"的剑身径直斩在了箭镞之上！"叮——"羽箭的动能瞬间清零，随后在林七夜的控制下，反过来以更高的速度向着迦蓝射去！既然无法破坏这支羽箭，那就让它掉转方向。迦蓝看到羽箭被林七夜弹了回来，瞬间收回附着在羽箭表面的"不朽"特性，徒手将其抓住，又放回箭篓之中，右手的长枪一震，刺目的金色光柱瞬间爆发，涌向林七夜！林七夜的双眼微眯，身形凭空消失在原地，下一刻，手中握着那柄被夜色操控的直刀，直接出现在迦蓝的身后，一刀挥出！"当——"刀身斩在迦蓝的身上，就像是砍在金铁之上，发出沉闷的嗡鸣。迦蓝迅速转身，在如此近的距离之下，没有选择再用长枪，而是一记鞭腿甩出，闪电般地踢向林七夜的腰部。林七夜曲臂护在侧身，硬生生挡下这一踢，随后反手禁锢住她的脚踝，一只手按在虚空中，喃喃自语："无端陌上狂风急！""火焰相烧满天赤！"两句诗词念出的瞬间，一股狂风以林七夜为中心轰然爆发，随后赤红色的火焰混杂在狂风中，瞬间席卷了整个空地。迦蓝的衣袍被同时吹起。此时的她，还有一条腿被林七夜抓在手中，衣袍飞卷之下，汉袍的衣摆直接被掀了起来，白皙的大腿周围，燃烧的火焰余烬在空气中飘荡，一缕春光乍现。正欲继续出手的林七夜看到这一幕，愣在了原地。迦蓝的脸瞬间通红一片，眼中浮现出羞怒之色，猛地震开林七夜的束缚，后退数步，狠狠地瞪着林七夜的眼睛。

　　"呃……那个……"林七夜何时见过这种阵仗，顿时尬在了原地，"对不起迦蓝，我不是故意的，我什么白色都没看，哦不，什么颜色都没看见……"迦蓝脸颊通红，咬牙切齿地看着林七夜，握着金色长枪的手顿时攥紧起来，林七夜敏锐地感觉到……杀气，在翻滚！他暗自咽了口唾沫，突然觉得今天的训练，很可能会变成一场生死局……

　　几小时后，彻底装好了实验室的安卿鱼从房间里走出，动了动僵硬的脖子，看到仓库中的画面，整个人愣在了原地。

"画'×'啊，你要在这里画'×'啊！"百里胖胖穿着一身青玉铠甲，浑身上下都散发着强横的"海"境波动，周身飘浮着十二件禁物，死死将疯魔曹渊摁在地上。"嘿嘿嘿嘿嘿……"疯魔曹渊浑身煞气涌动，拼命地想要挣脱束缚在他身上的两件禁物，一副宁死不从的表情。"老曹啊，我求求你了，咱别傻笑了行吗？一下午了，你硬是连一个'×'都没画出来啊！"百里胖胖恨铁不成钢地开口，"你的武器都被我夺了十几次了，怎么还不甘心呢？嘿嘿嘿嘿……"

百里胖胖："……"

安卿鱼推了推眼镜，走到了两人的身边，疑惑地问道："一下午了，还不行？"

"不行啊，都快累死胖爷我了。"百里胖胖抹了把额头上的汗水，"变身之后，不管我怎么叫都没反应……"

安卿鱼的眼眸中浮现出一抹灰芒，他蹲下身，端详着疯魔曹渊手腕上的一小串佛珠，片刻之后，开口道："你对这个东西使用缴械试试。"

百里胖胖一愣，脚下一张庞大的太极八卦图展开，乾坤错位，那串佛珠顿时爆发出一阵淡金色的光芒，覆盖了疯魔曹渊的身体。疯魔曹渊挣扎的幅度顿时减弱些许，一抹微光从那双猩红的眼眸中发出。"'凝神珠'？这是他从禁物收藏馆带出来的？"百里胖胖诧异地开口，"他既然戴着这个东西，为什么还控制不住自己？"

"因为他在疯魔状态下，是无法调动精神力进入佛珠的。"安卿鱼平静地开口，"所以，这串佛珠在他变身之后并没有起到作用，只有当他能够初步控制住自己的意志的时候，才能勉强动用这串佛珠。"

"也就是说，这东西在他能够控制意识之前，就是个鸡肋？"

"没错，但只要他能稍微控制住意识，再加上这串佛珠的加成，对于'黑王斩灭'的操控程度应该会大幅提高。"安卿鱼注视着佛光中的疯魔曹渊，后者眼中的光芒忽明忽暗，他勉强伸出手，抓住落在地上的半截树枝，颤颤巍巍地将手放到那井字棋盘的角落……歪歪扭扭地画了一个"×"。

464

画完这一笔之后，曹渊就像是失去所有的力气，瘫软在地。黑色的煞气火焰消散在空中，曹渊大汗淋漓地抬起头，双眸布满了血丝，一旁百里胖胖已经将锁在他身上的禁物收起，将他从地上扶了起来。"训练时间结束了？"曹渊虚弱地问道。

安卿鱼点了点头："时间到了。"

"老曹，你这一下午可把我折磨得不轻啊。"百里胖胖抹了把头上的汗，拍了拍自己的头，"听你傻笑了一下午，到现在我好像还有幻听……"

曹渊低头看向地上的井字格，在最右下角的格子中，一个大大的"×"占据了四个格子的空间。从井字棋的规则来说，这一笔完全是犯规了，但这对他来说并不重要，能够在疯魔状态下控制住自己，画出一个符号已经算是在控制"黑王斩灭"的道路上迈出了至关重要的一步。经过这一次的尝试，他似乎已经抓到了一些关键。

"林七夜呢？他还没结束？"安卿鱼像是想起了什么，疑惑地问道。

"他和迦蓝去外面找地方训练了，也不知道现在怎么样……"百里胖胖看了眼墙上的时间，外面的天色已经不早，"要不我们去找找他们，已经快到饭点了。"

三人走出仓库，四下绕了一圈，终于听到了远方传来的阵阵爆鸣声。金色的光柱接连冲天而起，将厚重的云层都打上了几个窟窿，刺目的火光与黑暗在光柱升起的地方涌动，恐怖的能量波动逸散而出。

曹渊看到这一幕，表情有些古怪："你确定……他们这是训练？"

"先过去看看。"

三人向着声音传来的方向冲去，来到那片满目疮痍的战场旁，同时呆在了原地，只见一蓝一黑两道身影正在半空中急速碰撞，黑暗与金色枪芒将天空都划分为两个部分，绚丽的爆炸在空中绽开，一朵朵蘑菇云冉冉升起……林七夜左手握着"祈渊"，右手握着"斩白"，身前还悬浮着一个银色的魔方，脚下踩着一根粗壮无比的巨型树干，盘踞的树根缠绕在地底，深深地扎进了破碎的地面之中。他浑身上下满是伤痕，头发凌乱在风中，脸上满是灰土与污痕，看起来像是刚经历了一场残酷至极的战争！"迦蓝……差不多可以停手了！"林七夜忍不住喊道。"嗖——"一道金色的光柱擦着他的身体飞过，只差分毫便要将其熔化在空中，迦蓝手握"天阙"长枪，杀意凛然地站在地面，枪尖连点，瞬间将那根通天巨树捅了个透心凉。百里胖胖三人呆若木鸡。

"他们的训练也太拼了吧？"百里胖胖咂了咂嘴，"跟他们一比，我觉得老曹你黑化之后还挺可爱的……"曹渊的嘴角一抽。

"迦蓝，真的可以了！训练时间已经结束了！

"迦蓝，刚刚是我不对，我郑重地向你道歉！

"一会儿吃午饭，我给你多加两个鸡腿！哦不，三个！"

"……"

林七夜一边飞速在空中走位，躲避迦蓝的金色枪芒，一边开口劝道，嘴皮子都要磨破了。迦蓝听到最后一句话，握枪的手微微一顿，有些犹豫起来。打了这么久，她心中的火气也散得差不多了，既然林七夜这么有诚意……就此收手好像也不是不行？沉吟片刻之后，她缓缓伸出了四根手指。"好！四个鸡腿！就这么说定了！"林七夜松了一口气。听到林七夜的承诺，迦蓝终于收回手中的"天阙"，扭头对着林七夜"哼"了一声，迈步向着仓库中走去，百里胖胖三人自觉地让开了一条路。

"七夜，你们的训练好认真。"曹渊正色说道，"不知道的，还以为迦蓝是想杀了你。"

林七夜："……"

"回去吃饭。"林七夜摆了摆手，表示不想再多说些什么，默默地向着仓库走去。

半小时后，百里胖胖、曹渊、安卿鱼看着手中空荡荡的饭碗，又看了看周平碗里的一个鸡腿，最后看向了碗里的鸡腿多得都要溢出来的迦蓝，陷入了沉思……

"七夜，为什么我们三个没有鸡腿啊？"百里胖胖忍不住问道。

林七夜沉吟片刻："因为你们打不过我。"

"……"

古神教会，坐在荆棘王座之上的"呓语"，看着下方站着的两人，眼中浮现出满意之色。"很好，这次你们不仅完成任务，击杀了百里涂明，居然还杀死了百里辛，这确实有些出乎我的意料。"第九席恭敬地开口："回'呓语'大人，击杀百里辛，主要是沈青竹的功劳。""呓语"眉梢一挑，转头看向一旁沉默不语的沈青竹，眼中的赞赏之色更浓了。"沈青竹，这次你做得很不错，百里辛和百里涂明一死，百里集团必将群龙无首，他们对于大夏禁物的垄断也将彻底停滞，这无论是对古神教会还是'信徒'，都是一件大好事。"

沈青竹微微躬身："谢'呓语'大人夸奖。"

"呓语"像是想起了什么，开口说道："接下来，我需要你们去一趟临唐市。"

"临唐？"第九席疑惑地问道，"还是我们两个一起吗？"

"不光是你们，第三席已经到达临唐了，第七席也在赶过去的路上。"

沈青竹的眉头微皱，眼中浮现出疑惑之色。

第九席若有所思："'呓语'大人，那我们这次的任务是……"

"等你们到了，第三席会告诉你们的。""呓语"平静地开口，"等到我本体处理完现在的事情，也会赶过去。"

第九席点了点头，并没有多问，而是直接带着沈青竹离开了教会。

"居然同时调动了四位'信徒'前往临唐？这已经是现在'信徒'近乎全部的战斗力了，临唐究竟有什么？"走出教会之后，沈青竹皱眉思索道。

"我也不清楚。"第九席摇了摇头，"不过既然'呓语'大人这么吩咐了，自然有他的用意，我们只要照做就好。"

465

结束了一天训练的林七夜躺在床上，缓缓闭上双眼，意识沉入脑海中的诸神精神病院中。自打从斋戒所出来之后，他不是在进行任务，就是在前往进行任务的路上，留给他休息的时间并不多，有闲暇进入诸神病院的时间就更少了，好在有李毅飞这个护工头子定期给他汇报病院里的情况，倒也没有什么特别的事情发生。

林七夜披上白大褂，戴上黑框眼镜，像是个真正的医生一样走进了病院之中。

"院长好。"抱着一团衣服正准备走向洗衣房的阿朱看到林七夜走来，乖巧地开口。

"嗯。"林七夜点了点头，迈过长长的走廊，向着空旷的院子走去。院子的中央，倪克斯正坐在摇椅上晒太阳，腿上放着一团黑色的毛线，双手挑着丝线，像是在编织着什么，从大致的样式上来看，那好像是一件毛衣。林七夜看到这毛衣，眼中顿时浮现出疑惑之色，如果他没记错的话，一年前倪克斯好像就在织这件毛衣，怎么织到了现在还没有织完？倪克斯看到林七夜，脸上浮现出温和的笑容："你回来看我了，达纳都斯？"

"是的，母亲。"林七夜走到倪克斯的身边，微笑着说道，"最近过得怎么样？"他一边说话，一边将目光落在倪克斯头顶的治疗进度条上，自倪克斯进入诸神病院治疗，已经过了两年多的时间，到现在为止，倪克斯的治疗进度已经达到了89%，可以说是三位病人里治疗效果最好的那一个。从行为上来看，倪克斯已经和正常人没什么区别，林七夜已经很久没有看到过她独处的时候发呆、喃喃自语，或者将其他的什么东西看作自己的孩子……她大多数的时间都在院子里晒太阳、织毛衣，有时候兴致来了，就会去活动室和其他人进行娱乐活动，脸上时常洋溢着笑容。曾经那个疯疯癫癫的倪克斯，已经彻底成为过去式。

"还不错呢。"倪克斯笑着说道，"新来的邻居布拉基先生很有意思，虽然唱歌有点难听，但很有活力，让我想起了我年轻的时候……梅林先生一直都那么安静，每天都在看他的那些书，有空还会跟我讨论一些养生方面的见解，不过最近他好像一直在为自己的发际线苦恼……照顾我的孩子们也很热情，经常一起哄我开心。"说完，倪克斯不知从哪里掏出一个飞盘，向着远处一丢，飞盘在空中晃晃悠悠地落在了院子的边缘。下一刻，一只黄色的哈巴狗飞蹿而出，跑到院子的边缘跳起，嘴巴一张精准地接住空中的飞盘，然后径直走到倪克斯的身前，乖乖将飞盘放在了地上。它的舌尖上，静静地躺着一只金色的小虫。

林七夜诧异地看着彻底习惯这具身体的贝勒爷，怎么也无法将它与姑苏市那只搅弄风云的"海"境境外"神秘"联系起来，而后者撇过头，默默地翻了个白眼，头也不回地向着不远处的走廊跑去。它跑到阿朱的身前，用头蹭了蹭他的裤脚。站在走廊中的阿朱弯下腰，摸了摸贝勒爷的头："贝勒爷今天也很乖哦！奖励你今天可以用工具去打扫厕所。"听到这句话，哈巴狗终于松了口气。在林七夜目瞪口呆的表情下，它的两条前肢突然抬起，像是个人一样站了起来，左爪扒住扫把，右爪扒住簸箕，嘴里叼着一块抹布，吭哧吭哧地向厕所走了过去。

林七夜："……"

"对了，达纳都斯。"倪克斯像是想起了什么，"你最好去看一下布拉基先生，他最近的状态似乎不太好。"

　　林七夜一怔。布拉基的状态不太好？难道是病情恶化了？他点了点头，和倪克斯告别之后，就快速地向楼内走去。在整栋楼里转了一大圈，林七夜最后才在天台上找到布拉基。他一个人坐在楼的边缘，最爱的竖琴被他放在旁边，怔怔地看着头顶的天空，不知在想些什么。林七夜的目光扫过他的头顶，脸色顿时凝重起来。这段时间，他一直嘱咐李毅飞按照他摘抄的李医生的笔记给布拉基用药，他记得上一次见布拉基的时候，对方的治疗进度已经达到了 32%……但现在，他头顶的治疗进度停滞在了 16%。布拉基的治疗进度反而倒退了。这是什么原因？难道是用的药不对？不可能啊，如果用的药不对，一开始治疗进度就会缩减才对，怎么可能恢复到 32% 才开始恶化？林七夜思索片刻，还是迈步走到了布拉基的身边："布拉基。"

　　"嗯？哦……是院长啊？"布拉基顿了片刻才回过神，看向林七夜，神情有些恍惚。

　　"我看你脸色不太好，最近遇到什么问题了吗？"林七夜关切地问道。

　　"不，没有……"布拉基下意识地摇了摇头，迟疑片刻之后，抬头看向林七夜，认真地说道，"院长，我有一个请求……"

　　"你说。"

　　"我想离开病院一段时间。"

　　林七夜愣在了原地："离开这里？你对这里有什么不满意吗？"

　　"不，我很喜欢这里，这里的人都很友好，但是……"布拉基陷入沉默，眼眸中的光芒逐渐黯淡，"我想她了。"

　　听到这个回答，林七夜很快便反应过来："想你的妻子？"

　　"嗯。"布拉基微微点头，"和钩心斗角的阿斯加德不一样，这里的生活让我觉得很舒服，如果可以的话，我甚至想在这里长住下去……但是我的妻子伊登还没有找到，我不知道她在哪里，在做什么，过得好不好，我……我最近每天晚上都能梦到她。在梦里，她的处境都很不好。有的梦里，她被洛基和其他恶神囚禁，终年不见天日；有的梦里，她被迫上了战场，和凶残的其他神明厮杀；甚至，我还梦到她已经战死在某个我不知道的地方……"布拉基的脸色越发地苍白起来，他的双手都在微微地颤抖，"伊登是我的妻子，她永远是我最爱的那个女人，她不在我身边，我根本无法安心地去享受这里的生活。我一定要找到她……"

466

　　林七夜看着眼前坚定无比的布拉基，暗自叹了一口气。不得不说，布拉基虽然长了一副海王模样，却十分痴情，但问题在于，他就算跑遍整个世界……也找不到她啊！伊登的心脏就在他的身体中，意识也潜藏在他的脑海里，从某种意义上来说，他们本就是一个人，想要跑遍整个世界去找到自己，这不是痴人说梦吗？布拉基对这一切一无所知，林七夜却知道全部的内情，自然不可能放他离开这座精神病院。再说，就算他想放布拉基离开，病院也不允许，只有当病患的治疗进度达到 50% 之后，才具备短时间内离开病院的能力，现在的布拉基别说恢复到 50% 了，估计再这样下去一段时间，治疗进度马上就要掉回 10% 以下。那现在该怎么办？把伊登为了救他而死的事情告诉他？不，这绝对不行。林七夜虽然不是专业的精神病医生，但也能看出来现在布拉基的情绪十分不稳定，如果让他知道真相，说不定就直接从楼顶一跃而下，去为伊登殉情了。不能告诉他真相，又不能放他离开病院，单纯地用药也无济于事……这可怎么办呢？林七夜觉得有些头大，布拉基的情况，比他想象中的要棘手很多。

"不是我不想让你离开，现在我也无法打破这里的规则将你送出去。"林七夜很遗憾地说道。布拉基听到这句话，眼中的光芒又黯淡了几分。他的头顶，治疗进度条瞬间从 16% 缩减到了 14%。林七夜的嘴角微微抽搐，他紧接着开口："但是你别灰心，给我一点时间，我一定会帮你解决这个问题！"

布拉基叹了口气，没有多说什么，但从表情上可以看出，他不相信林七夜能帮上他的忙。林七夜没有再浪费时间，快步走回自己的院长办公室，将那厚厚一沓的手写笔记搬了出来，仔仔细细地翻阅起来。这些笔记是他在斋戒所的时候从李医生的笔记上原样摘抄下来的，现在林七夜只能将希望寄托在李医生的身上，毕竟李医生号称是整个大夏最好的精神病医生，说不定有应对这种情况的方法？

事实证明，林七夜想多了。他花费数个小时翻完所有的笔记，也没有找到能够对上现在情况的案例，更别说有价值的解决方法了。他长叹了口气，身体靠在椅背上，疲惫地揉着眼角。笔记这条路是走不通了，也就是说，他现在只能靠自己……可感情这方面，也不是他的强项啊？想到这儿，林七夜的脑海中突然浮现出某人的面孔，眼眸微微亮起。说不定……他会有办法？

第二天，结束了上午的看书课程的众人围在小桌边，品尝着桌上的饭菜。林七夜瞥了眼吃得津津有味的百里胖胖，犹豫片刻之后，将自己碗里的鸡腿夹到了他的碗里，百里胖胖愣在了原地。"七夜，你这是……"

"我有个情感方面的问题，想要请教你。"林七夜认真地说道。

"噗！"曹渊一口汤险些喷出来，将头扭到一边，手掌用力地拍着自己的胸口，咳嗽起来。除了周平之外，其他人纷纷震惊地看着林七夜，开始怀疑自己刚刚都听到了什么！林七夜？情感问题？迦蓝的表情微妙起来。周平低头默默地往嘴里扒了两口饭，装作若无其事的模样，耳朵悄然竖了起来。

"情、情感……"百里胖胖在原地呆了片刻，瞬间放下手中的碗筷，抹了把嘴上的油腻，严肃至极地开口，"你说！"

林七夜组织了一下语言："我有一个朋友……"

众人的嘴角不约而同地一抽。

"他深爱着一个女人……"

百里胖胖：[八卦.jpg]

安卿鱼：[呆滞.jpg]

曹渊：[困惑.jpg]

迦蓝：[开心.jpg]

"但是出于某些原因，他们无法相见……"迦蓝的脸瞬间黑了下去。"我这个朋友因为担心她的安危，导致每天都睡不好，精神状态很差，甚至已经有了病态的趋势……我想知道，这种情况该怎么处理比较好？"林七夜顶着一对黑眼圈，认真地问道。

"呃……七夜，我能不能先问个问题？"百里胖胖忍不住问道，"你这两个黑眼圈……"

"哦，我昨晚没睡好。"林七夜一愣，很快回答道。昨晚他在精神病院内查了一晚上的资料，可以说是一夜没睡，有黑眼圈也是正常情况。百里胖胖等人悄然对视一眼，默默地点了点头。迦蓝的嘴唇微微抿起，看向林七夜的眼中泛起了些许的泪花。

"喀喀，你现在这个……哦不，你朋友现在这个情况，应该算是相思病了。"百里胖胖谨慎地组织措辞，"相思病呢，最好的解决办法当然就是相思不如相见，但是我们现在被禁足在军事基地里，相见确实不太现实……"

"这跟我们在哪里有什么关系？"林七夜疑惑地问道。

"啊不……我的意思是，相见不太现实，不过现在科技水平这么发达，打个视频电话还是可以的吧？实在不行的话，写信也可以啊……你说是吧，剑圣前辈？"百里胖胖扭头看向默默吃饭的周平。周平"嗯"了一声："我可以帮你申请要来一部智能机。"林七夜扫了眼表情古怪的众人，顿时有些无语："我说的不是我，真的只是个朋友……"

"啊对对对，是个朋友！"众人点头如捣蒜。

林七夜："……"

林七夜懒得去跟他们争辩，眉头微微皱了起来，刚刚那一刹那，他隐约好像抓住了什么关键。"胖胖，你刚刚说什么？"

百里胖胖一愣："啊对对对，是个朋友！"

"……上一句。"

"哦，我说，现在科技这么发达，可以打视频电话啊？或者写信也行。"

"写信……"林七夜像是想到了什么，双眸逐渐亮起。

诸神精神病院——

"咚咚咚",清脆的敲门声传来,正欲解衣入睡的布拉基微微一愣,走上前打开了房门,只见走廊中正站着一个披着白大褂的熟悉身影。"院长?"布拉基见林七夜这么晚来找自己,眼中浮现出疑惑之色。林七夜"嗯"了一声,走进房间。"我这次来,是给你送一件东西。"林七夜掌间光芒一闪,一个红色的邮筒凭空出现在他的手中。这个邮筒大约半张书桌的大小,制式较为古老,表面的油漆也有些破损,从外表上来看,和几十年前常见的邮筒并无两样。布拉基抱着这个邮筒,脸上的疑惑之色更浓了。"院长,这是……"

"从朋友那里借过来的一件宝物,塞进这个邮筒里的信件可以无视空间,直接送达到你最牵挂的人的手上。"林七夜一本正经地说道,"而收到信件的那个人,只要将回信与收到的这封信一起烧掉,回信就会出现在这个邮筒里。"

布拉基一愣,抱着红色邮筒端详许久,狐疑地说道:"院长,你可别被人骗了,这不就是一个普通的邮筒吗?哪里有什么无视空间的能力?"

"你的境界不够,当然看不穿里面的玄奥,它的异能却是真实存在的。"林七夜笃定地说道。

"那岂不是说,我只要把写的信塞到邮筒里,伊登就能收到,然后给我回信了?"

"当然,但是在使用它的时候,还存在一些限制。"林七夜说道,"首先,它的能力一天只能使用一次,而且只有晚上才能送出信件并收取回信,在这期间,目光不能注视它,否则空间传送会被打断,信件会湮灭在虚空乱流之中。其次,当你锁定一个人为寄信的目标后,一年之内无法再对寄信目标进行更改,也就是说你在给伊登寄信之后,它就无法再给除了伊登之外的其他人寄信了。"

听完林七夜严肃的话语,原本不太相信这个普通邮筒能力的布拉基开始动摇了。他说的……好像真有那么回事啊!而且他也没必要骗自己啊!难不成,这个邮筒真有玄妙之处?

"那、那我现在就能寄信吗?"布拉基有些迫不及待地问道。

"当然。"林七夜做了个请的手势。

布拉基迅速地坐在桌旁,取出纸和笔,沉吟片刻之后,在纸张上奋笔疾书起来。

致我永恒的挚爱

伊登:

　　当你读到这封信的时候,就说明这次尝试成功了,我终于和你取得了联系，在这段没有你的日子里……

　　林七夜站在一旁，默默地注视着认真写信的布拉基，他的身影在微弱的灯光中拖出一道长长的影子，手中的笔一刻也不曾停下来，好似有千言万语想要倾诉，他时而微笑，时而沮丧，时而悲伤……时间一分一秒地过去，等到布拉基放下笔的时候，身前已经多了三张写得密密麻麻的信纸。

　　"还差了点东西。"林七夜突然开口。

　　布拉基一愣："还差了什么？"

　　"你不把回信的方法写进去，她怎么知道如何给你回信呢？"

　　布拉基一拍大腿，露出恍然大悟的表情："对啊，我差点给忘了！"他提起笔，又详细地写了回信的方法，最后将其平整地折叠完毕，深吸一口气，轻轻塞入邮筒之中。"可以了吗？"他小心翼翼地问林七夜。

　　"可以了。"林七夜的嘴角浮现出笑容，"你该好好睡一觉了，顺利的话，等到明早起来，你就能从邮筒中收到伊登的回信……不过你要记住，中途不可以看邮筒，更不能将它打开，明白了吗？"布拉基点头如捣蒜。

　　处理好一切之后，林七夜便离开了布拉基的房间，但并没有就此离开病院，而是身形一晃，坐到院中的那棵大树底下，悄然关注着房内的情形。和他预想的差不多，布拉基先是激动地在屋子走了好几圈，还是控制不住自己不去看那个邮筒，随后索性直接用枕头蒙上眼睛，整个人躺在床上，沉沉睡去。朦胧的月光洒进屋中，不知过了多久，他又缓缓从床上坐了起来。那双眼眸睁开，却再也看不到先前的激动，他……不，她在身上披上一层轻纱，走下床，透过那扇窗户看向了外面，遥遥与树下的林七夜对视一眼，眼中浮现出感激之色。平日里伊登虽然蛰伏在布拉基意识的最深处，但依然能够知晓外界发生的事情，自从林七夜掏出所谓的无视空间的邮筒之时，她就已经猜测到了他的意图。正如布拉基所说，那只是一个普通邮筒而已。它真正的用途，只是为了掩饰伊登就在他身边的事实，通过这样的形式，让两人能够进行一定程度上的交流，而那些看似唬人的规则，也不过是林七夜为了防止露馅的保护措施罢了。

　　伊登走到书桌前坐下，打开邮筒，取出布拉基写给她的那封信，仔细地阅读起来。虽然她早就知道里面写了什么，但知道和拿在手中阅读是完全不一样的。这一刻，她不再是寄宿在布拉基体内的亡魂，而是布拉基魂牵梦萦的妻子。

　　……我在一个很神奇、很安静的地方，我无法理解这里的存在，但是这里的一切都让我觉得很舒服，你呢？你现在过得怎么样？

　　……这里的日子让我想起了我们在永恒的花园中度过的那段美好时光，但是这里没有那些讨厌的恶神，我最爱的伊登，如果可以的话，我多么想和你一起在这里永远地生活下去……

　　……在这里生活的这段时间，我为你写了几首诗歌，等我们相见的时候，我想当面唱给你听……

　　看着那些熟悉的字体，伊登的双眸微微湿润起来。这段日子布拉基的状态她一直都看在眼里，心中虽然因他那深沉的爱感到喜悦，但更多的是对他的担忧与心疼……昏暗的灯光下，伊登提起笔，眼中噙着泪水，开始给布拉基回信。

468

　　第二天，清晨，布拉基睡眼蒙眬地从床上坐起，盯着窗外的阳光片刻，像是想起了什么，飞快地冲下了床，来到那红色邮筒边。他咽了口唾沫，伸出手，紧张地打开了邮筒，里面，静静地躺着一封信。布拉基的眼睛顿时亮了起来，他伸手将这封信件拿出，看到开头的娟秀字体，就像是被雷击了一样呆在了原地——是她的字。绝不会错！他颤抖地拆开信封，将里面的信纸取出，快速地阅读起来。

　　……我最爱的布拉基，我真的没有想到，会在枕头下面找到这封信件，你根本无法想象我看到这封信的时候有多么激动。

　　……我会按照你所说的，将这封信件随着你的来信烧掉，如果你能看到这封信，那就说明这一定是世界上最伟大的奇迹……

　　……我过得很好，和你走失之后，我又回到破碎的阿斯加德，住在我们一起建起的小屋中，在给你写这封信之前，我刚去花园里浇完水，你根本无法想象，现在这里有多美……

　　……如果可以的话，我也想去到你的身边，再听一次你为我弹唱的诗歌……

　　……我好想你。

　　……期待你的回信。

　　看完整封信件，布拉基的身体都控制不住地颤抖起来，他紧紧攥着信纸，眼中是前所未有的激动。她还活着，而且过得很好。他所担心的一切都没有发生！从今以后，他们虽然暂时不能相见，但是可以每天给对方写信，可以感觉到她的存在……他一直悬着的那颗心，终于可以放下了。"哈哈哈哈……"布拉基抓着手中的信纸，手舞足蹈地冲出房间，"她回信了，她回信了！"

　　院子里，正趴在地上打盹的贝勒爷听到这一声喊叫，突然惊醒。它抬头看了眼疯疯癫癫的布拉基，翻了个白眼，又将头低了下去，喃喃自语："有病……"

正在洗漱的林七夜察觉到病院中的情况，嘴角微微上扬。如他所料，布拉基的心结解开之后，治疗进度就如同坐火箭般上涨，从原本的 14%，一路飙升到了42%，距离突破 50% 大关也只是时间问题。解决一桩心事，林七夜只觉得浑身轻松。他迈步走进训练的空地，只见周平已经在认真地给地面打蜡抛光。"剑圣前辈……咱这是训练场地，好像没必要打蜡吧？"林七夜忍不住问道。

周平看了他一眼，摇了摇头："不打蜡的话，你们会受伤的。"

林七夜一愣，眼中浮现出疑惑之色，任凭他怎么想，也无法将打蜡和受伤两件事情结合起来。大约过了十几分钟，所有人到齐，周平也完成了他浩大的打蜡工作，整个空地的地面光滑无比，若是普通人在这里，稍有不慎就会滑倒在地。

"今天，我们开始'精神力训练'。"周平平静地说道，"本来，我是不想进行这项训练的，因为精神力的修炼本就需要大量时间积累，贸然动用外力辅助修炼，如果控制不好的话，很可能会起到反效果。但叶梵既然要求你们在短时间内全员突破到'海'境，就只能借助一些外力了。"他伸手一招，黑色的剑匣自动飞到他的手中，轻微的嗡鸣声从匣内传来，森然剑意散发而出。不知为何，林七夜等人突然有种不祥的预感。"在我还是个初中生的时候，就从洗碗的过程中领悟出使用剑气快速增强精神力的方法，我将其称为'剑气潮汐'。"周平缓缓开口，"一会儿，我将会释放半成的剑气，在这片空间内制造一片由剑气组成的潮汐。在这个过程中，精纯细密的剑气会进入你们的脑海，淬炼你们的精神，你们要做的就是在这片剑气潮汐中，尽可能长时间地保持清醒，清醒的时间越长，淬炼的效果越好。"

听完这段话，百里胖胖的脸色难看起来："剑圣前辈，也就是说……我们要硬抗您的剑气，直到扛不住为止？"

"没错。"

百里胖胖忍不住说道："这……安全吗？"

"我会控制好剑气的强度，不会对你们造成生命危险。"周平抱着手中的剑匣，面无表情地开口，"如果你们准备好了，我就要开始了。"

林七夜等人对视一眼，点了点头，身体微微下沉，摆出准备迎接冲击的架势。"开始吧，剑圣前辈。"林七夜道。周平伸出右手，手掌在剑匣的表面轻轻一拍，下一刻，清脆的剑鸣声就在整个仓库内回荡！"叮——"成千上万道无形的剑气以周平为中心爆发，如同浪潮般向着四周奔涌而出，这剑气浪潮撞到林七夜等人身上的瞬间，他们的身形就像是暴风中的几片残木，被一下拍飞！他们的身体重重地落在地上，在光滑的地面毫无阻力地飘出，直接顶到仓库边缘的墙壁上才停下身形。林七夜只觉得自己的精神就像是被一把大锤正面击中，眼前一黑，难忍的剧痛充斥他的心神，等到他勉强回过神来的时候，他的后背已经撞上仓库边缘的墙壁。汹涌的剑气将他的身体死死地摁在墙边，任凭他如何用力都无法挣脱，就像是真的有一条奔腾的大江迎面冲刷着他的身体，强烈的窒息感笼罩了他的心神。

同样的感觉，在其他几个人身上同时发生。最先顶不住的，是境界最低的安卿鱼，然后是曹渊，百里胖胖凭借着自己"海"境的精神力，硬是拖了近一分钟才失去意识，和林七夜同时晕厥。等到四人全部失去意识之后，周平收起肆虐的剑气，双眸微眯，疑惑地注视着依然保持清醒的迦蓝。迦蓝坐在墙边，脸色有些发白，但也仅此而已。周平缓缓走到她的面前，仔细打量了她一番，若有所思地开口："看来，你不仅是禁墟导致的防御力超绝，你本身的精神力境界也超乎了我的意料啊……你，究竟是什么人？"

469

蒙眬中，林七夜缓缓睁开了双眸。脑海中残余的些许剑气依然在冲刷着他的精神力，隐隐作痛，他皱着眉头从床上坐起，只觉得自身无比虚弱，就像是喝了假酒一样。林七夜低下头，不知何时，被子已经平平整整地盖在了他的身上，床边的拖鞋脚尖朝外，整齐地并拢一起，在床头的小桌上，还摆着一个保温杯，拧开杯盖，蒸腾的热气缓缓升起。他的眼中浮现出疑惑之色。昨天"剑气潮汐"尚未结束，他就直接晕了过去，完全不知道后来发生了什么，自己又是怎么回到屋子里的？他看了眼窗外的天色，下床后，迈步向着训练的空地走去。果不其然，忙碌的周平已经开始了他每日的打扫工作，空旷的空地中，除了他，就只有端着小马扎坐在一旁的迦蓝。林七夜看了眼墙上的时间，现在是早上八点零七分，从理论上来说，应该已经到了上课的时间，但周平似乎并没有叫醒他们的意思。

"来了？"周平瞥到一旁的林七夜，"今天上课时间往后推迟，等你们几个人都醒了，再开始上课。"

林七夜点了点头，随后像是想到了什么，问道："剑圣前辈，昨天'剑气潮汐'训练之后，我们是怎么回到房间的？"

"她一个个把你们背回去的。"周平伸手指向迦蓝。林七夜一愣，点了点头，原来是她……林七夜走到迦蓝身边，在小马扎上坐下。"昨天，谢谢你……"林七夜认真地向迦蓝开口道谢。但他的话还没说完，迦蓝飞快地就把头扭到一边，轻哼了一声，双唇微抿，一副不打算和他说话的模样。林七夜愣在了原地。什么情况……她这样子，是生气了？可他什么都没干啊！就在林七夜试图解读迦蓝心理的时候，安卿鱼、曹渊拖着睡眼惺忪的百里胖胖从房里走了出来，挨个坐在了小马扎上。

"你们怎么从一个房里出来了？"林七夜诧异地问道。

"不知道啊，醒过来的时候，我们就在一个房里。"曹渊揉了揉有些落枕的脖子，表情古怪地说道，"我和卿鱼还算好的，醒过来的时候还在床上，只有胖胖睡在地上……"林七夜转头看向迦蓝，后者的表情顿时有些心虚。

"既然人都来齐了，我们就开始上课吧。"周平将那装满小说的纸箱拖到众人面前，"一人来挑一本，今天上午的内容，依然是看书……"

临唐市，一辆黑色的汽车缓缓驶入郊区一座破败庄园，沈青竹和第九席从车上下来，注视着眼前那座满是古藤与青苔的古老别墅，双眸微微眯起。"这里，就是'呓语'大人说的地方？"沈青竹环顾四周，"看起来没什么特别的。"

"既然'呓语'大人把地点选在这里，就一定有他的深意。"第九席锁上车门，迈步向着那座别墅走去，"走吧，不出意外的话，第三席和第七席都已经到了。"两人一前一后走进别墅，地面的瓷砖布满裂纹，坑坑洼洼，头顶的天花板到处都是蛛网，昏暗的走廊中时常蹿过几只老鼠，零碎的阳光从墙壁的裂缝透入，一根根青藤如同狰狞的血管，侵蚀着两侧的墙壁。

"这里不像能住人的样子……"第九席有些诧异地开口。

"这里本来就不是住人的。"一个懒散的声音从走廊尽头传来，沈青竹和第九席同时绷紧身体，眯眼向着声音传来的方向看去，只见一个穿着旗袍的女人正站在一扇古老的门之前，头发卷曲，手中握着一柄画扇轻轻摇晃，似血的双唇微微勾起，此刻正含笑望着他们。第九席见到那个身影，身体放松了下来。"第七席，你能不能不要每次出现的时候都像鬼一样？"第九席无奈地开口。

"怎么，堂堂'信徒'的第九席，就这点胆子？要是这样的话，这次的行动你是参与不了了……"第七席收起手中的画扇，转过身，纤细的身材婀娜扭动，向着身后的房间走去，高跟鞋与地上的瓷砖碰撞，在空旷的走廊中发出阵阵回响。"带上你身边的小朋友，一起进来吧。"

沈青竹的双眉微皱，却并没有多说什么，与身旁的第九席一同走进那个房间之中。房间内的空间比沈青竹想象的要大得多，而且相对于外面的断垣残壁，这里的陈设要完整很多，在满是青苔的房间中央，摆着一张巨大的原木长桌，桌旁已经有一个骨瘦如柴的男人静静地坐在那里。他见两人走了进来，耷拉的眼皮微抬，随后便挪开了自己的目光。

"第三席。"第九席见到男人，眉梢一挑，随后看向房间的角落，那里还有一个看起来二十岁出头的年轻人，正在窗边遥望远方，"那是……"

"'呓语'大人找来的新人，顶替原来老韩的位置，现在是第十二席。"第七席适时地解释道。那年轻人回过头，目光轻飘飘地扫过第九席，落在沈青竹的身上，双眼微微眯起，眸中散发着危险的光芒，不知在想些什么。

"新人……"第九席若有所思地点点头，"也就是说，除了第一席，'信徒'现存的所有成员，都到场了。"

"不。"坐在桌边的第三席冷不丁地开口，"第一席，也已经到了……"

"第一席也来了？"不光是第九席，第七席的脸上同样浮现出诧异的表情，"他在哪儿？"两人虽然进入"信徒"的时间很长，但是迄今为止极少听说过第一席的事情，更是从未见过他的模样，如今第三席既然说第一席已经到了，心中自然是疑惑无比。"这一点，你们不需要知道。"第三席缓缓从座位上站起，"等到他该出现的时候，自然就会出现。"

470

第七席的眉头微皱，冷笑道："不愧是第一席，这架子果然不小……"

"所以，我们这次的行动到底是什么？"第九席略过关于第一席的话题，继续说道，"一口气调动五位'信徒'，可是相当罕见。"

"是吗？我怎么记得，不久之前还有一次比这规模更大的行动呢？"第七席幽幽开口，目光有意无意地瞥向沈青竹，"七位'信徒'袭击斋戒所，其中六个席位靠前的'信徒'全都死了，就剩一个新人活着回来……你们就不觉得奇怪吗？"沈青竹的目光迎上第七席，脸色阴沉下来。

"你这是什么意思？"第九席冷声开口，"你这是在质疑'呓语'大人吗？"

"不，我怎么敢质疑'呓语'大人？"第七席摇了摇头，"我只是觉得奇怪而已，自从这个小朋友加入我们之后，我们'信徒'一年损失的成员比之前二十年都多，说不定，这小子就是个灾星，谁靠近他，谁就要死。"

"是吗？那我怎么还活着？"第九席走到第七席的面前，双眸冰冷，森然开口，"女人，你要是再敢说这些屁话，信不信老子先撕烂你的嘴？"

"就凭你？"

"够了！"第三席的声音突然响起，整个房间的气氛一滞。他走到两人中间，耷拉的眼皮微微抬起："这里不是让你们内讧的地方，如果要打，等任务结束之后随你们怎么打，在这里，就给我老老实实地干活儿！"第九席和第七席同时沉默下来。

"都跟我来。"第三席转过身，向着房间角落中通往地下的残破台阶走去。第七席、第九席、第十二席紧随其后，沈青竹眯眼凝视第七席的背影许久，才迈开脚步，缀在众人后面踏上了下行的台阶。从台阶的数量来看，几人至少向地下深入三层楼的高度，台阶两侧空空荡荡，漆黑一片，只有第七席的高跟鞋声在其中回荡，这应该是一片巨大的地下空间。几人走到台阶的尽头，第三席伸手轻轻一挥，微弱的灯光从黑暗中亮起，照亮地下的一角。沈青竹看到眼前的情景，愣在了原地，只见昏暗的灯光中，一座庞大的通体灰黑色祭坛的轮廓被勾勒而出，这座祭坛大约有一个足球场的大小，静静地矗立在地下空间的中央，其表面遍布裂纹，就像是一个被打碎之后重新拼接而成的艺术品。在祭坛的右上角，还有大量的砖石缺失，不过现在已经被一些黄褐色的不明物体补全，看起来诡异无比。

"这是……"第九席看到眼前这座祭坛，眼中浮现出震惊之色。

"冥神祭坛。"第三席缓缓开口，"这是来自迷雾的神性物品，被修复之后成了现在的模样，我们的任务就是将自身的精神力灌输进祭坛之中，将其彻底唤醒……"

"灌输精神力？"第七席眉头微皱，"这么简单的任务，需要我们这么多人来完成？"

第三席看了她一眼："你知不知道什么叫神性物品？想要彻底发挥出它的力量，是需要以神力催动的，如果单纯靠精神力来唤醒这座祭坛，哪怕只是简单地将其激发，所需要的精神力都是天文数字。就算是我们六个人，日夜不休地往里面灌入精神力，也至少需要两个月才能勉强激发。"

"所以，接下来的两个月，我们都需要在这个鬼地方度过？"第十二席脸色有些难看。

"没错。"第三席点了点头，又补充了一句，"这是'呓语'大人的命令。"

听到最后一句话，本来想说些什么的第十二席，只能冷哼一声，又把话咽了回去。沈青竹皱眉打量着这座祭坛，不知在想些什么："唤醒这座祭坛之后，会发生什么？"

"到时候，你们就知道了。"

沈青竹继续问道："既然这是一件迷雾中的神性物品，那是怎么出现在临唐市的地下的？这么大的体形，根本不可能悄无声息地穿过国境，再运到这里吧？"

"这不是你们该关心的问题。"第三席并没有回答这个问题的意思。沈青竹连续两个问题都没有得到答案，眉头又紧了几分。趁着其他人都散开打量着这祭坛的时候，他也迈开脚步在祭坛周围观察起来。随后，他像是发现了什么，轻轻蹲下身，指尖在地面上轻轻一捏——泥土？沈青竹看着指尖的一撮泥土，微微一怔，抬头看向四周，这才发现周围的地面上到处都是散落的泥土渣，只不过在昏暗的灯光下，并不是那么显眼罢了。这里应该是庄园原本就有的地下室，地面都是铺设着地砖的，哪里来的这么多泥土？沈青竹思索片刻，站起身，开始向着昏暗的四周走去。这片地下室的灯光因为年久失修，已经损坏大半，整个地下空间都只有零碎的灯光照耀，剩余的大片空间都沉浸在黑暗之中。沈青竹指尖轻搓，一小团火焰出现在他的手掌中，照亮周围昏暗的环境。他沿着一个方向一直走，很快就走到地下室的边缘，触碰到满是灰尘与蛛网的墙壁。

"有风？"沈青竹看到掌间火焰跳动的方向发生了变化，双眸微眯。沉吟片刻之后，他沿着空气流动的方向，缓缓向前挪动。最终，他来到与他相对的另外一面墙壁之前，这面墙壁与其他的几面墙壁构造一样，但奇怪的是，在这面墙壁的中央，用一块巨大的黑色罩布盖了起来，这块罩布十多米长，将墙面遮掩得严严实实。罩布的角落轻轻晃动，似乎是有风徐徐吹过。沈青竹凝视着这块罩布许久，伸手拉住罩布的一端，用力向下一扯！"刺啦——"罩布应声落下，一个半径四米多的大洞暴露在空气中，洞口四周的砖石凹凸不平，不像是人工开凿，些许微风从洞内吹出，漆黑的深洞一直向地底深处延伸，不知通往何处。沈青竹看着这个大洞，眼中的疑惑之色更浓了。

就在这时，一只手搭上了他的肩膀，沈青竹猛地回过头，只见第三席正静静地站在他的身后，凝视着眼前这个大洞，平静地说道："好奇心太强不是好事……新人。"

471

两个月后，重装仓库，林七夜缓缓合上手中的书本，长舒了一口气。他环顾四周，发现其他人依然沉浸在故事之中，没有出声打扰，而是默默将书放回纸箱，向着厨房走去。这两个月时间，他已经将纸箱内所有的小说都读了个遍。从一开始的一目十行，到现在的细品读，林七夜已经习惯将自身代入书本中，体会人物的喜怒哀乐……虽然依旧无法从书中学到招式，但这两个月的静心修读，让他的心境发生了很大的变化。这两个月，"神秘"、"信徒"、古神教会、外神……这些一直缠绕着他的东西就像是彻底从他的世界消失一般，不必再为任务奔波，不必再提心吊胆，脑海中那根紧绷的弦，终于彻底放松了下来，原本还有着些许浮躁的心境，也随之沉淀。如果要用一个字来形容林七夜这两个月的生活，那就是"静"——静下来，去看书，去做饭，去打扫，去训练……不知是心境变化的缘故，还是"剑气潮汐"的训练，林七夜已经能感觉到，自己体内的境界"瓶颈"开始松动。

不过，林七夜的进步并不是最大的。安卿鱼早在一周之前就已经突破"瓶颈"，继百里胖胖之后成为第二个精神力踏入"海"境的队员。当然，这是因为周平经常会外出，给他带回一些稀奇古怪的"神秘"尸体解剖，安卿鱼不需要太多的训练，只要能不断地使用"唯一正解"去解开谜题，精神力就会以恐怖的速度提升。而根据周平所说，迦蓝早就突破"海"境，所以现在整个队伍里，还没有突破境界的，就只有林七夜和曹渊两个人。

就在林七夜收拾厨房的时候，安卿鱼从门外走了进来。"七夜。"安卿鱼从口袋中掏出一个巴掌大小的标本，递到林七夜的手中，"这段时间，我已经把'贝尔·克兰德'解析完毕了，你拿去用吧。"

林七夜收下"贝尔·克兰德"的尸体，有些好奇地问道："你从它的身上获得了什么能力？"

"制造那种精神污染迷雾的方法。"安卿鱼推了推眼镜，掏出一根试管，试管中有些许的紫色液体在灯光下散发着淡淡的光晕，"这是我做出来的精神污染浓缩液，效果跟'贝尔·克兰德'的差不多，只不过我将雾气浓缩成了液体。"

林七夜接过试管，晃了晃紫色液体："也就是说，你能通过这些精神污染控制其他生物了？"

　　"这个不行。"安卿鱼无奈地开口，"'贝尔·克兰德'之所以能操控被精神污染控制的生物，是因为这些污染都是它的身体制造的，吸入迷雾的人都会和它产生某种精神联结，但是我不是'神秘'，无法完全复刻'贝尔·克兰德'的生理构造，这些液体都是用科学手段仿造出来的，虽然能够侵蚀别人的精神，但无法与他们构成精神联结。"

　　林七夜点头，开口安慰道："这已经很了不起了。"

　　安卿鱼腼腆一笑："这一管就留给你防身吧，用的时候把瓶子打碎就好，不过自己要注意不能吸入这种气体，否则也会中招。"

　　"嗯。"

　　林七夜将做好的饭菜端出，众人吃完午饭之后，短暂地休息一会儿，便开始了下午的实战训练。百里胖胖和曹渊相对而坐，中间是一片巨大的井字棋盘，两人的手边都放着一根树枝，表情严肃至极。

　　"准备好了吗？"曹渊深吸一口气。

　　"准备好了。"百里胖胖攥着手中的青玉扳指，一副如临大敌的表情，"来吧！"

　　"那我来了……"曹渊将拇指搭在刀柄上，缓缓将其推出，一抹刀芒绽开，黑色的煞气火焰喷吐而出！披上一层煞气火衣的曹渊抬起头，那双猩红的眼眸散发着森然的寒光，恐怖的煞气席卷而出！下一刻，他的身体一震，眼眸中的猩红迅速黯淡下来，一抹清明攀上眼眸，手腕上的佛珠散发出淡淡的金光，他紧攥着刀柄的右手缓缓松开……"嘿嘿嘿嘿嘿……你先……嘿嘿嘿……下。"含混不清的字从疯魔曹渊口中吐出，他的身体还在微微颤抖，浑身的肌肉都在对抗着黑王的意识，争夺身体的控制权。百里胖胖见到这一幕，松了一口气，从身旁抓起树枝，飞快地在井字棋盘的角落画了一个圈。"轮到你了。"疯魔曹渊的手掌从刀柄上挪开，抓住身边的树枝，颤颤巍巍地将其抬起，挪到棋盘的中央，画了一个歪歪扭扭的"×"。百里胖胖再次抬手，在角落画了一个圈。两人接连画了几笔，最终百里胖胖抬手，又画了一个圈，三个圆圈组成一条直线，获得最终的胜利。"我赢了。"百里胖胖咧嘴一笑，抬头看向对面的疯魔曹渊，表情突然凝固，只见疯魔曹渊看了看地上的棋盘，又看了看百里胖胖，似乎是有些生气，右手猛地用力，直接将手中的树枝掰成了两段。"啪——"紧接着，疯魔曹渊眼中的清明如潮水般退去，手腕上的佛光也被煞气压下，汹涌的黑色煞气轰然爆发！

　　"老曹！你又玩不起！！"百里胖胖手中的青玉扳指瞬间化作一套盔甲覆盖住他的身体，几个禁物飘浮在他的四周，"海"境的精神力全部灌入其中。"嘿嘿嘿嘿……你让我……嘿嘿嘿……赢一把会死吗？"疯魔曹渊口吐人言，提起手中的直刀，刀锋缠绕上黑色的刀芒，疯狂地向百里胖胖的身上砍去！

"你懂什么？这叫竞技精神！"百里胖胖不甘示弱，一张巨大的太极八卦图在他的脚下展开，瞬间覆盖了整个空地。

某个角落，林七夜转头看向接连传来爆炸声的仓库，长叹了一口气。"看来，曹渊今天又输了……"他转过头，看向站在自己对面的蓝袍少女，掂了掂手中的白色长刀。"我们也开始吧？"迦蓝扭过头，小嘴微微鼓起，一副还在生闷气的表情。"哼，谁跟你是我们？"

林七夜："……"

472

林七夜有些摸不着头脑，自两个月前某一个时间段开始，迦蓝对他的态度就有些奇怪，虽然每次"剑气潮汐"的训练结束，她都会将昏迷的林七夜背回房间，盖好被子，甚至会帮他把房间打扫一遍，可一旦林七夜主动找她搭话，她就像是生闷气一样，将头扭到一边……难道是这段时间的训练，自己下手太狠了？不应该啊，挨打的不都是我吗？林七夜想了半天，也没想出个所以然，索性摇了摇头，抛开这些繁杂的想法，专注于眼前的训练。他指尖一勾，两柄直刀从鞘中飞出，像是两道流星划过天际，在迦蓝的周围盘旋，与此同时数十道灰色的魔法阵在天空中展开，大量的玄铁从中涌出，凝结成一根根尖锥。林七夜左手握着"祈渊"长剑，一抹夜色在他的脚下展开，身形如同鬼魅般掠过天空中的每一根玄铁锥，剑尖如同蜻蜓点水般在玄铁锥的尾部点下。下一刻，这数十道玄铁锥便如同黑色的钢铁流星从天空中轰然砸落！迦蓝身形轻晃，避开所有的玄铁锥，但紧接着林七夜伸手向虚空一按，那些没入地底的玄铁锥顷刻间被至暗侵蚀，急速扭曲，瞬间构造成一个黑色的钢铁牢笼。迦蓝"哼"了一声，手中的"天阙"向着天空刺出，粗壮的金色光柱轻易地洞穿牢笼的顶部，笔直地向着天空中的林七夜射去！林七夜的身形凭空消失，随后便反向召唤到迦蓝身后的那柄直刀之上。

"当——"直刀斩在迦蓝的身上，发出一阵嗡鸣，没能对她造成半点伤害，那蓝色的衣袍飞卷，一只白皙的拳头如同闪电般打向林七夜的胸口。林七夜横剑于胸前，与迦蓝的拳头撞在一起，瞬间抹消了这一拳上所有的动能，迦蓝的手轻飘飘地落在林七夜的胸口，如同一阵清风拂过。

嗯？迦蓝的指尖触碰了某个坚硬的东西，眼中浮现出疑惑之色。下意识地，她手掌用力一捏，一阵爆碎声从林七夜胸口的口袋中传出，翻滚的紫色浓雾喷涌而出！

林七夜："？？？"

"糟了！"林七夜脸色一变，后退数步，想要将这件衣服脱下，但经过安卿鱼浓缩后的紫色迷雾浓度比之前浓郁数十倍不止，顷刻之间，意识就模糊起来，踉跄着向后倒去。迦蓝见到这一幕，知道自己闯祸了，俏脸上浮现出慌张的神色，飞快地跑到林七夜的身边，扶住了他的身体。"七夜，七夜……你没事吧？"迦蓝轻声问道，那双琉璃般的眼眸满是担忧，她伸出柔软的手掌，贴在林七夜的额头之上，用精神力感知着他的情况，"精神污染？浓度怎么这么高，怎么会这样……"迦蓝纠结片刻之后，像是下定了什么决心，双唇微抿，脸颊浮现出一抹红晕，双手飞快地扒起林七夜的衣服。脱掉外套和里面的衬衫之后，林七夜的上身彻底暴露在空气中，一块块结实的肌肉仿佛蕴藏着爆炸性的力量，潜藏在白净匀称的身体之下，既充满了力量感，又不会让人觉得辣眼睛，仿佛一件工匠精心雕刻的艺术品。

迦蓝的俏脸通红一片，她一咬牙，抱起林七夜，飞快地冲出那片紫色迷雾的范围。冲出迷雾之后，迦蓝想将林七夜放在地上，但想到对方现在上身没穿衣服，地上又很脏，犹豫片刻之后，还是继续将其抱在怀中。

"嗯……"恍惚中，林七夜的脸上逐渐攀上一抹异样的红晕，缓缓张开嘴，"迦蓝……"

"啊？嗯嗯，我在。"迦蓝瞬间将偷偷打量着林七夜身体的目光挪到别处，有些心虚地回答。

"我的头有点晕……"林七夜虚弱地开口，"你能，陪我回你的房间吗？"

迦蓝一愣，心脏开始狂跳，面红耳赤地说道："回、回回回回……回我的房间？"

"嗯……没有人的房间都行……只要有床就行。"林七夜双眸恍惚地继续说道，"如果床能软一点，就更好了。"

"这，这不好吧？"迦蓝将头扭到一边，"你都有深爱的人了……我、我们这样不合适！"

"深爱的人？迦蓝，你在说什么呢……"

"不是你自己说的吗？有个深爱的人，相爱却不能相见。"迦蓝的嘴唇抿起，神情有些低迷。

"那真的不是我……如果是我的话，我可不会管什么能不能相见，谁敢拦着我去找她，我就杀谁……"林七夜喃喃自语，"再说，有你这么漂亮的女孩子在我身边，我很难看上别人啊……"

"啊？！"迦蓝听到最后一句话，娇躯一震，脸都红到了耳根，"你，你说什么呢？"她假装将头撇到一边，嘴角却控制不住地上扬，那双秋水般的眼眸满是掩盖不住的欣喜，笼罩在她心头两个月的阴霾一扫而空，那张俏脸红扑扑的，像是熟透了的苹果。"我先带你回房间……"她双脚用力在地上一踏，整个人急速地向着仓库的方向赶去。

等到两人的身形消失之后，三个人鬼鬼祟祟地从角落探出头。"想不到，我们只是想来叫他们两个吃饭，就看到这么劲爆的一幕……真是罪过。"曹渊轻咳两声，低头念叨了一句阿弥陀佛。百里胖胖"啧"了两声，转头看向身旁的安卿鱼："卿鱼啊，刚刚那团紫色的东西，到底是什么？"

"是我从'贝尔·克兰德'身上提炼出来的液态精神污染。"安卿鱼表情古怪地说道，"但是，我也不知道为什么会有这个作用……"

"液态精神污染？这个名字太难听了。"百里胖胖想了想，"我看，这东西叫'七夜听话水'还差不多……能让一个钢铁直男变成那样，这应该是本世纪以来最伟大的发明了。"

"'七夜听话水'……"安卿鱼耸了耸肩，"奇怪的发明又增加了。"

473

迦蓝抱着精神恍惚的林七夜，一路冲回仓库，刚进门，周平的身影就站在了她的面前。周平的目光落在紫气缭绕的林七夜身上，眉头微微皱起："精神污染？"他双指并拢，一缕剑气萦绕在他的指尖，轻轻点在林七夜的眉心。混杂在林七夜精神中的所有紫气，就像是碗盘中的污渍，瞬间被澎湃的剑气冲刷下来，逼出体内，一朵紫云在林七夜的身边绽放，周平只是一挥手，这些紫气便泯灭在空中，林七夜的眼中逐渐恢复清明。

周平点了点头："好了，他没事了。"

迦蓝："……"

周平转头看向仓库门外的百里胖胖三人，看到他们幽怨的目光，微微一愣："你们……这么看着我干吗？"

百里胖胖闭上眼睛，无奈地叹了口气。什么叫半路杀出个程咬金？我迦蓝姐好不容易碰上这么一个机会，眼看着要更进一步，就半路被劫了。百里胖胖张开嘴，正欲说些什么，一声轻响便从林七夜的身体中传出，像是有什么东西被打破了一样，清脆地在仓库中回荡。紧接着，一股强横的精神力波动以林七夜为中心爆发，抱着林七夜的迦蓝突然愣在原地。

"突破了？"周平看着林七夜，眼中浮现出诧异之色。林七夜的眼中再无丝毫浑浊，取而代之的是前所未有的清明，一缕缕微光从他的眸中绽放，隐约之间，能够听到如同海水奔腾的声音从他的体内传来。原本林七夜的"瓶颈"就已经有所松动，这一次大剂量的精神污染，再加上剑圣的那一缕剑气，让他彻底冲破最后的那一层窗户纸，林七夜脑海中那道精神川流，终于汇聚成一片汪洋大海——林七夜，入"海"境。他轻身从迦蓝的怀中落在地上，深深吸了一口气，将潜藏在身体中那些浑浊之气引入肺腑，随着呼气，缓缓吐出……当他再度睁开眼的刹那间，只觉得整个世界都清晰了许多。

"不错。"周平微微点头，"突破得比我预想的要快一些。"

林七夜微微一笑，转过头，看向身后的迦蓝："这次多谢你了，迦蓝。"

迦蓝的表情有些僵硬，半晌之后，才"嗯"了一声。

"既然除了曹渊，全员基本都进入了'海'境，那也是时候进入下一阶段的训练了……"周平若有所思地开口，像是想到了什么，脸上浮现出苦恼的表情。

林七夜等人对视后："剑圣前辈，下一阶段的训练是什么？"

"第一阶段是'剑气潮汐'，提升你们的精神力境界；第二阶段是'单兵作战能力'，通过你们彼此间的对练，补全自己的短板；第三阶段……自然就是'团战训练'。"

"团战？"百里胖胖疑惑地问道，"那我们的对手是谁？总不能又是剑圣前辈您吧？跟您打，我们就只有被虐的份儿。"

"不，你们的训练对手不是我。"周平幽幽开口，"是那些编号在 006 到 010 的守夜人小队。"

"守夜人小队？！"这下，所有人的眼中都浮现出震惊之色。"所以，我们该不会要……"

周平点了点头："前往编号在 006 到 010 的守夜人小队的驻地，让你们跟他们打一架……不过驻守广深市的 010 小队似乎还在重组，所以你们的对手实际上只有四支小队。"

"要和上京市守夜人小队硬碰硬……"林七夜沉吟片刻，"可是我们一共只有五个人，这怎么打？"

"你们出多少人，与你们对战的守夜人小队就会出多少人。"周平顿了顿，"至少我是这么打算的。"

听到这句话，林七夜一愣："什么叫您是这么打算的……守夜人高层没有和那些小队说好吗？"

"并没有……"

林七夜突然想到某种可能："该不会，高层都没有通知那些小队，我们要上门挑战吧？"

"嗯。"

空气陷入一片死寂。

"我们要在对方毫不知情的情况下，冲到大夏排名前十的小队驻地，然后撸起袖子跟他们干一架？"百里胖胖大为震惊，"这和强盗有什么区别？！"

"区别在于，我们只干架，不抢东西。"安卿鱼幽幽开口。

"其实也没有这么野蛮。"周平纠结着开口，"叶梵的意思是，让我来和那些小队对接，说明来意，一起协商敲定关于挑战的细节问题……"

曹渊松了一口气："那还好，只要您老自曝剑圣的身份，他们肯定不敢不从。"

"叶梵禁止我自曝身份。"周平补充了一句。

林七夜："……"

林七夜等人默默地对视一眼。嗯，还是莽就完事了。周平重度社恐，林七夜等人早就领教过了，这是个三句话说完就要拎包跑路的角色。在不自曝身份的情况下，指望他去和那些不知他们底细的守夜人小队协商交流……对方不把他轰出门就不错了。林七夜等人和他在一起待了两个多月，周平的表现也只是停留在"不会跑路"的层面上。每次下课之后，也都是立刻回到自己的房间把门关起来，除了必要的讲解，几乎不会和他们主动交流。

"剑圣前辈……剑圣前辈？"林七夜看到周平整个人像尊雕塑般站在原地，忍不住开口。

"嗯……？"周平从呆滞中回过神。

"我们需要准备些什么东西吗？还有，我们什么时候出发？"

"哦……随便准备就好，明、明天早上出发。"周平转过身，匆匆向着自己的房间走去，"你们自己收拾一下东西，我有点事情……"

林七夜："……"

"砰——"周平关上房门，仓库的空地之中，只剩下林七夜五个人站在那儿，相互对视。

"我怎么觉得这个第三阶段的训练，最大的难题不是打赢那几支小队，而是如何让剑圣前辈正常地和其他小队交流……"曹渊狐疑地说道。

"不，如何让他和其他小队交流不是最大的问题。"百里胖胖严肃地开口，"最大的问题是，怎么防止他在这个过程中偷摸跑路……"

474

深夜，月色朦胧，仓库边缘的窗户被轻轻推开，一个身影悄然从中翻出，将行李箱扛在身后，如同一道魅影向着外围掠去。夜色中，那些布防在军事基地附近的哨兵正笔直地站在自己的岗位上，手中拿着夜视仪仔细观察着周围的情况，沙沙的声音从他们腰间的对讲机传来。

"各小组报告情况。"

"第一小组无异常。"

"第二小组无异常。"

"第三……"

等到几个小组都汇报完毕，对讲机那头的声音像是松了一口气。"都给我打起十二分的精神，绝对不能让剑圣偷偷溜走了，我不要求你们拦下剑圣，只要发现他的踪迹，就立刻向我汇报……这可是叶司令下达的命令，要是剑圣再跑了，我们都没好果子吃，明白吗？"

"明白！"站在高台上的哨兵将对讲机放回腰间，正欲举起夜视仪，一缕无形的剑气突然撞在他的脑门上！他只觉得眼前一黑，就失去意识晕倒在地。不光是他，所有布防在这个方向上的哨兵，都同时被剑气击晕，一道身影掠过天际，眨眼间就来到军事基地的外围。周平拖着行李箱，默默地摘下黑色口罩，看着空旷的四周，长舒了一口气。这下，就没人给叶梵打小报告了……"嘀嘀嘀——"远处，一道汽车喇叭声突然响起，紧接着，一束束刺目的远光灯破开黑暗，如同利箭般照射在周平的身上。这些远光灯密集地覆盖在四周，形成一组半圆，将整个场地照得像演唱会一样透亮。三十多辆隐藏在黑暗中的黑色轿车同时启动，向着周平缓缓驶来。站在光束中央的周平像是雕塑般站在原地，呆呆地看着眼前这一幕，脸上满是无法理解的表情。这里怎么会埋伏着这么多辆车……他明明只是随机选了一个方向啊？

"喀喀，剑圣前辈，大半夜就要起程，您也不跟我们说一声……"周平背后的黑暗中，五道身影背着黑匣，轻松跃过军事基地的围墙落在众多车前，站在密集的车灯光束之中，漆黑而修长的影子错落着投射在地上。其中，那个微胖的身影双手插兜，很无奈地开口。

"你们……"周平惊讶地看着他们，"你们是怎么知道的……"

"剑圣前辈，你有没有想过一件事情。"林七夜认真地开口，"你真的是一个很好懂的人……就连迦蓝都猜到了你今晚肯定会跑路，我们当然会做些准备。"

一旁的迦蓝转过头，气鼓鼓地瞪了他一眼。

"可是你们怎么知道我会从这个方向走？"周平问出了心中的疑惑。

"好问题！"百里胖胖嘿嘿一笑，从腰间取出对讲机，按下按钮："全体注意，亮灯！"

密密麻麻的车灯从黑暗中亮起，数百辆隐藏在军事基地周围的车接连亮起车灯，刺目的灯光完美地将整个基地包围其中，无论周平从哪个方向走，都不可能避开它们的灯光覆盖范围。

周平："……"

"正好，上个星期集团的分红到账了，要不然还真不一定能包下这么多辆车。"百里胖胖耸了耸肩，似笑非笑地说道，"整个淮海市租车和卖车行业的车辆储备都被我包圆了，还有一百多辆是从隔壁市调过来的，这个阵仗应该够了吧？"

"胖胖，我想起来一件事情。"

"嗯？"

林七夜沉吟片刻："西装的钱，你打算什么时候给我们报销？"

"现在好像不是讨论这个问题的时候吧，七夜？"

"有道理。"林七夜抬起头，微笑地看着周平，伸手指了指附近这上百辆车。

"剑圣前辈，随便挑一辆合眼缘的，我们……要开始第三阶段的训练了。"

一天后，西宁市，六个身影从私人机场走出，百里胖胖摘下鼻梁上的墨镜，打量着眼前这座充满了古韵的城市，眉梢微微上扬。"西宁啊……之前我就想来看看，可惜一直没有机会，咱可得多待几天。"

"我们是来训练的，不是来旅游的。"林七夜从口袋中掏出一份资料，若有所思地开口，"驻西宁市守夜人 009 小队，全队七人，其中队长黄元德和副队长单眉，以及一位名叫江流的队员是'海'境，其余四位队员全部都是'川'境……嗯，三个'海'境，这个应该没什么问题，可以早点打完去下一座城市。"说完，他转头看向一旁低头看着自己脚尖的周平，问道："剑圣前辈，你觉得呢？"周平身体一震，纠结许久之后，缓缓开口："我觉得……就算不用我来交涉，你们五个人也赢得了他们。"

"可是到了后面几个小队，我们还是需要您出面协商的呀。"百里胖胖凑到他的面前，"这次，您就当练练手，就算谈崩了也没关系嘛！"

"是啊剑圣前辈，这次就当作是预演了。"林七夜几人在旁边劝了半天，周平的头越勾越低，最后还是架不住他们的劝说，无奈地点了点头。"那，我……试试吧。"

几人顺着资料上的地址，找到了一座老小区的门口，顺着车库的下坡走到地下一层，最终站在一间写着"菜鸟驿站"四个字的小门面之前。

"七夜，这 009 小队还兼职快递业务？"百里胖胖诧异地问道。

"这有什么奇怪的？我们 136 小队的事务所，之前还兼职处理七十岁老太的情感纠纷。"林七夜平静地说道，"在没有'神秘'出现的时候，驻守小队是允许发展其他业务的。"

百里胖胖点了点头。

沉默中，所有人都转头看向了站在最后的周平。

周平的嘴角微微抽搐，小声说道："我，我不知道怎么说……"

"您就说明我们的来意就行了。"

"那……好吧。"周平在原地踟蹰许久，终于鼓起勇气，推门走进菜鸟驿站。局促的店面之中，一个正在搬运快递的中年男人抬起头看了眼周平，微笑着开口："您好，我是这里的快递员黄元德，您的取件码是多少？"

"我，我……我没有取件码。"

"哦？那您是来寄快递的？您要寄哪里？"

"我也不寄快递……"憋了半天，周平终于憋出了这几个字。

黄元德狐疑……问道："那你是来干吗的？"

周平沉吟片刻："我是带人来砸场子的。"

黄元德听到这句话，在原地茫然了片刻，仔细打量周平一番，表情古怪……开口："我做了这么多年物流，还是第一次听说有人来快递点砸场子的。偷快递的也不能这么嚣张吧？"

在黄元德的注视下，周平的嘴角微微抽搐，他僵硬地转过身，看向门外的林七夜等人，脸上写满了"救救我"三个字。林七夜无奈地叹了口气。"黄队……黄师傅，今天就你一个人在这儿吗？"林七夜走进门，微笑着说道。

"对啊，驿站的其他人有事出去了，有什么快递你直接告诉我编号，我给你拿。"

"哦……"林七夜四下打量了一番，确认这里没有摄像头，点了点头，轻描淡写地对着身后几人说道："绑走。"他的身后，百里胖胖、曹渊、安卿鱼、迦蓝四人的脸上同时浮现出和善的笑容……

黄元德："？？？"

轻微的地震从地下车库传来，只持续不到半分钟，一切都再度归于平静。百里胖胖扛着一个黑色的麻袋从驿站中走出，麻袋之中，鼻青脸肿的黄元德已经彻底失去意识，像个沙袋一样在百里胖胖的肩上摇晃。驿站内，林七夜站在桌边，手中抓着一支笔，在纸上写着什么。写完之后，林七夜将这张纸放在最显眼的地方，转过头，对着周平说道："处理好了。"

周平不太确定地问道："你确定这样就行了？"

"嗯。"林七夜点了点头，"现在只有黄元德一个人在，其他队员还不知道在哪里，而且这地方又很小，我们要是真打起来，这个车库肯定会塌的。我们没有身份，就算说明来意，他们也未必会相信，所以最好的办法就是让他们主动来找我们，省去所有的麻烦，直接在合适的地点战斗。"林七夜指了指被百里胖胖扛在身上的黄元德，"他们的队长被我们抓走了，一定会来的。"

"可他们要是反应过激，向守夜人高层汇报怎么办？"

"我在纸上做了记号，就算他们向高层汇报，高层也会知道绑走黄元德的是我们，不会引起恐慌。"

周平点了点头："既然你都想好了，那就这么做吧。"

林七夜走出驿站，将门关了起来，还在门口贴了个"暂停营业"的标志，带着被打晕的黄元德扬长而去。

两个小时后，几个穿着快递员衣服的身影有说有笑地走到驿站的门口，看到门上贴着的"暂停营业"的标志，突然愣在原地。江流疑惑地转过头，看向身边的女人："副队长，我们就出去送个快递的工夫，队长怎么就关门了？"单眉眉头微皱，快步走上前，推了推移门，却并没有推动。"出事了。"单眉脸色顿时阴沉下来，手掌骤然用力，直接将整个移门捏变形，然后迈步走入其中。她迅速地检查了一遍驿站，所有的陈设都保持着原样，只有地面的砖石有大片的裂纹，像是发生过一场小型战斗。值得庆幸的是，她并没有发现黄元德的尸体，空气中也没有血腥味，微微松了一口气。虽然发生了战斗，但并没有人受伤？那黄元德去哪儿了？作为在这支队伍中待了五六年的副队长，单眉对黄元德再了解不过了，他不是那种会一声不吭就消失的人，就算真的有什么急事要离开，也会留下一些痕迹。

"副队长！"一位队员看到了桌上的纸张，脸色顿时一变，"你来看看这个！"单眉迈着大步走到桌旁，只见在桌子的中央，工工整整地摆着一张 A4 纸，上面写着几行小字——

尊敬的愚蠢的 009 小队队员：

你们好。

你们的队长我们带走了，想要他活命的话，所有队员带上武器，立刻到西宁北郊的废弃工厂来，你们都是聪明人，应该知道报警不会有用的，也不要试图向高层求救，他们根本不会帮你们。

如果日落之前你们还没来，我们就撕票。

在这段文字的末尾，还有一个黑色圆圈图案，两笔线条将黑色的圆圈斩开，笔锋尖锐，似有杀气扑面而来。

"这是……恐吓信？"江流难以置信地开口，"黄队长被他们绑架了？"

"这怎么可能？黄队长可是'海'境的强者，什么人能这么轻易地将他绑走？"单眉的脸色有些阴沉，但并没有显露出慌张之色，皱眉反复将这封恐吓信读了几遍，眼中的疑惑之色越来越浓。"这封信的疑点很多。"单眉缓缓开口，"对方知道我们是守夜人的小队，而且报出了编号，甚至能找到我们安全屋的位置……应该不是'神秘'这一类东西，而是曾经和我们有密切关联的恶性超能者。并且，一般的恐吓信都会提出一些换人的条件，可这封信只要我们前往那个地方，甚至主动要求我们带好全部的武器，这么看来，他们的目标就是我们这支小队本身。可他们为什么这么笃定，守夜人高层不会来帮我们呢……"单眉沉思许久，也没有想通其中的缘由。

"那，副队，我们现在怎么办？"一位队员问道，"太阳已经快下山了，再拖下去，我怕……"

"先将这封信传真到守夜人总部，申请支援，能够悄无声息绑走黄队的人，实力应该远在我们之上。"单眉抬头，看了眼车库外逐渐暗淡的天空，深吸一口气，"另外，所有人全副武装，我们……去会一会他们。"

西宁市，北郊，昏黄的阳光洒落在泥泞的地面上，残破的工厂壁垒之后，几个身影正坐在满是铜锈的阶梯之上。

"七夜，已经下午五点半了，他们怎么还没来？"百里胖胖看了眼时间，苦着脸说道，"难道我们失算了？他们真的不敢来？"林七夜注视着远方，只见地平线的尽头，一辆越野车在夕阳中卷起翻滚的烟尘，正在急速地向这里接近。"这不是来了吗？"林七夜嘴角上扬。他的手掌一翻，一张熟悉的孙悟空面具出现在他的手中，缓缓戴在脸上，遮住了他的容貌。"全员，戴好面具……我们的试炼，开始了。"

476

"嗡——"低沉的引擎如同巨兽的嘶吼，急速旋转的轮胎卷起大片黄沙，黑色的越野车如同一道闪电掠过荒芜的大地，笔直地向着这座矗立在荒野中的废弃工厂驶来。江流手握着方向盘，眯眼注视着不远处敞开的工厂大门，右手迅速换挡。轮胎摩擦着凹凸不平的地面，发出刺耳的轰鸣，越野车一个漂移滑过工厂大门，稳稳地刹停在老旧的台阶之下，烟尘四起。在车身停下的瞬间，六道暗红色的身影接连从车内飘出，洞穿弥散的烟尘，数抹刀芒刹那间划过虚空！

直刀出鞘之声在空中回响，林七夜见这几人来了之后，竟然如此果断地选择出手，眉梢微微上扬。刀光呼啸着斩向众人，黄沙飞扬之中，那五张西游面具看不出喜怒，像是雕塑般坐在台阶上一动不动，只是静静地注视着这些刀芒向他们挥过来！

"胖胖。"孙悟空面具下，林七夜平静开口。

"乾坤逆乱！"一道庞大的太极八卦图从百里胖胖的脚下展开，眨眼间就笼罩整个战场，乾、坤二卦同时错位，法则之力被直接扭转——万物缴械！五道即将落在林七夜等人身上的直刀突然一晃，直接挣脱握刀者的掌控，飞旋着冲向太极八卦图中央的百里胖胖，与之一同被缴械的，还有两挺漆黑的乌兹冲锋枪。五柄直刀的刀锋同时没入百里胖胖脚下的台阶之中，刀身微微震颤，发出刺耳的嗡鸣。

见自己的兵器瞬间被那个戴着猪八戒面具的男人收缴，009小队的众人心神狂震。他们根本都没看清楚发生了什么，只见一道黑白光线闪过，手中就已经空空荡荡。但毕竟是身经百战的守夜人小队，即便兵器被夺，他们也没有自乱阵脚，而是稳住自己的身形，迅速列队，组成一个神似尖锥的突破阵形。为首的单眉身上绽放出灰色的光芒，组成一件薄薄的战甲，右手手掌扭曲变形，化作一柄两米长的方天画戟。她双脚在地面重重一踏，如同一只势不可当的凶残猛兽，扑向林七夜众人。与此同时，站在队伍末端的江流伸手一招，背后的那辆黑色越野车顶棚突然炸开，一枚枚拇指大小的机械飞弹喷吐着大量的蒸汽，像是一道庞大的白色幕帘，向前方卷去。

林七夜如同磐石般稳坐在台阶之上，双眸微眯："卿鱼，迦蓝。"

戴着唐僧面具的身影缓缓抬手，那只白皙的手掌在空气中轻轻一握，009小队脚下的大地便剧烈地震颤起来。"轰——"大量的寒冰藤蔓从泥泞的地面爆出，像是一根根触手，拍打向半空中袭来的机械幕帘，雪白的寒气在空气中翻腾，所有即将触碰到藤蔓的机械飞弹瞬间凝结，就连喷吐蒸汽的末端都被封死，丧失引爆的能力。这些幕帘轻飘飘地打在藤蔓之上，发出叮叮咚咚的声响，然后便无力地向下坠去。"啪！"穿着深蓝色汉袍的迦蓝一脚踏在台阶之上，直接将那级台阶崩碎，整个人如同炮弹般迎着飞驰的单眉撞去！身披灰甲、手握方天画戟的单眉眼神一凝，速度更快了几分，两道身形没有丝毫花哨地碰撞在一起，下一刻，单眉就被迦蓝撞得闪电般倒飞出去！

见自家那位以生猛著称的副队长，被那戴着红孩儿面具的身影撞飞二十多米，009小队的其他人眼中满是难以置信之色。什么人能把全力以赴的副队长撞飞？那家伙真的是个人类吗？！迦蓝撞飞单眉之后，身形没有丝毫的停顿，脚尖在地面一点，赤手空拳地向着单眉再度冲去。其他几人正欲转身去帮单眉，头顶的天空却肉眼可见地灰暗下来，仿佛夜色已经降临。一个戴着孙悟空面具的身影，如同鬼魅般从黑暗中凝聚而出，拦在他们的身前。"不好意思，你们哪儿也去不了。"林七夜伸出手，一缕淡青色的光芒从他的指尖绽放。"'永恒的秘密花园'。"这几个字念出的刹那间，青葱的绿草便从林七夜的脚下铺开，像是燎原的野火，呼吸之间就蔓延到了几人的脚下。

头顶夜色，脚踏青葱——这诡异的反差让009小队的其他五个队员有些莫名心悸，常年战斗带来的直觉告诉他们，他们必须离开这个地方。但就在他们迈开脚步的瞬间，一朵朵花苞在他们脚下的绿地中绽放——殷红、淡黄、深紫……颜色各异，大小也各不相同，但即便是最小的那朵花苞，也有一个篮球那么大。在这片青葱绿地的中央，一朵雪白的花朵缓缓绽放，隐约之间，一个披着白裙、赤着双足的虚幻少女从花苞中飘浮而出，容貌在朦胧的光中模糊，无论如何都看不清她的样貌。一抹异香在空气中弥漫开来，那少女虚影伸出手，将食指轻轻竖在唇前，对着站在花海中的几人做了个"嘘声"的手势。下一刻，几人的脚掌就像是扎根在青葱绿地之中，任凭他们如何用力，也无法挪动半分，并且浑身的肌肉都开始僵硬起来。

接下来出现的一幕，让他们头皮发麻，只见他们皮肤表面，竟然诡异地钻出了几朵花苞，潮水般在肌肤上漫延，越长越多……不到十秒钟的工夫，他们的身上几乎看不见一块完整的皮肤。花苞吸取着他们的精神力，缓缓绽放，颜色鲜艳至极！他们的意识迅速模糊，仿佛失去所有的力气，虚弱地跪倒在花丛中，摇摇欲坠。他们的身体，正在逐渐被融入这片花园之中。踏入园中者，将与万千鲜花共眠，灵魂归壤，身体化土，与这里的秘密一起，归于永恒。这，便是林七夜从布拉基和伊登的身上抽取出的第二个能力——"永恒的秘密花园"。

早在一个半月之前，布拉基的治疗进度就已经超过 50%，林七夜也获得了第二次抽取能力的机会。在第二次抽取能力的时候，从理论上来说，是必中神格能力的，比如从倪克斯身上抽取的"至暗神墟"，以及梅林身上抽取的"幻魔神墟"，区别在于这次林七夜所面对的，是两个神明的神格能力。也就是说，他只能靠运气从诗歌之神与青春之神的神格能力中随机抽取一个，最终他还是抽到了青春之神伊登的神格能力，也就是"永恒的秘密花园"。和其他神格能力一样，这个能力也有另外一个名字——"秘葬神墟"。

009 小队中，除了黄元德和单眉之外，就只有江流的精神力达到"海"境，其他四个队员都不过是"川"境。在林七夜所释放的神墟之下，他们根本没有丝毫反抗能力。而江流虽然还在花丛中奋力抵抗，但身上的花苞依然在一个接一个地绽开，他的精神力接近干枯，被彻底埋葬在这片秘密花园也不过是时间问题。林七夜见这些队员都即将失去意识，长叹一口气，指尖的那抹绿色微光逐渐消退。即将彻底淹没众人的花苞停止绽放，转而迅速地干枯下来，飘浮于白色花朵之上的虚幻少女对着林七夜挥了挥手，化作青灰色的灵光消散在空中，青葱绿色也收缩到林七夜的脚下，泥泞的路面再度暴露在空气之中。接连几声闷响，除了江流之外，其他 009 小队的队员已经仰面倒在地上，除了眼珠子，连一根手指都动不了。江流半跪在地上，虚弱地喘着粗气，看向那个戴着孙悟空面具身影的目光中满是惊恐之色。他当守夜人这么多年，从来没有见过如此诡异、如此强大的禁墟！

"咚——"接连的爆响从远处传来，大约两分钟后，迦蓝拖着已经失去意识的单眉走来，身上的深蓝色汉袍没有丝毫灰尘与破损，仿佛刚刚只是去散了个步，顺便捡个人回来一样。反观单眉，附着在她身上的灰甲已经碎成渣，手中的方天画戟也只剩下半截，像是沙袋般被迦蓝拖着在地上前行，头部低垂，几乎看不出是死是活。

"副队！"江流见到这一幕，双眼瞬间就红了，紧咬着牙关，也不知从哪里来的力气，竟然又摇摇晃晃地站了起来。他死死地盯着眼前的林七夜，双眸中无尽的怒火熊熊燃烧！"你们……究竟是什么人？我们 009 小队哪里得罪你们了？！你们要做到这一步？！"江流近乎咆哮着开口，他手掌一翻，一枚闪亮的纹章出现在他的手中。"啪！"鬼神引的银针从纹章内弹出，他没有丝毫犹豫，闪电般欲将其刺入自己的手掌！

"乾坤逆乱。"一声轻吟从远处传来，江流手中的纹章顷刻间脱手而出，飞入那个戴着猪八戒面具的身影手中，被他把玩起来。江流怔怔地看着这一幕，半晌之后，身体都控制不住地颤抖起来。在这群人的面前，他连博命的机会都没有。

他抬起头，仰天怒吼。这是他第一次体会到，真正的绝望。

就在这时，一个身影走到他的身后，拍了拍他的肩膀。"不用紧张，你们副队只是晕过去了，你们队长也好好的，现在正和他的偶像在院子里喝茶。"江流茫然地转过头，那张孙悟空面具下，温和的声音缓缓传出。"喝，喝茶……？"江流觉得自己的脑子有些不够用了。不是绑架吗？不是恐吓信吗？不是要撕票了吗？"本来是想等你们来了之后，把事情说开了，再和和气气地打一场的……可谁知道你们性子这么急，上来就直接拔刀。"林七夜有些无奈地开口，"所以，我们只能先打再说了。"江流呆呆地站在原地，似乎还在消化着林七夜话语间的信息，百里胖胖抓着一把直刀，笑呵呵地走了过来。"来，兄弟，都是一场误会啊，不用这么紧张，我们不是坏人哪！"百里胖胖将银针收回纹章中，塞回江流的手里，然后抓着另外一把直刀，转头向那些趴在地上的队员走去："那个，我念名字，被叫到名字的兄弟举个手啊，我把你们的刀还给你们。"

"这，这……这究竟是怎么回事？"江流转头看向林七夜，"你们究竟是谁，为什么要做这一切？"

面具下，林七夜笑而不语。

工厂后院——"来来来，剑圣偶像，我再敬您一杯！"一张小圆桌旁，脸上还敷着药的黄元德端起手中的保温杯，和周平手中的保温杯一碰，目光之中充满了崇拜与激动，乐呵呵地说道，"早说您是剑圣，我肯定就直接带着队员登门拜访了，哪里能让您老这么麻烦……"

看着眼前这个年近四十的中年男人叫自己"您老"，周平有些不自在，表情僵硬地笑了笑，微微抿了口保温杯中的热水。"一些原因，在对练开始之前，我不能暴露身份。"周平说道。黄元德若有所思："那，外面的那些……是您的学生吗？"

学生……周平犹豫了片刻，点了点头："算是吧。"

"居然能请动您老来教他们，他们应该是第五支特殊小队吧？"

周平一愣，没有想到黄元德竟然一下就猜中了真相。

"这不是很明显吗？"黄元德笑道，"一般的守夜人小队怎么可能有被剑圣教导的机会？能让您亲自出面的，必然是在守夜人高层眼中至关重要的存在，也就是特殊小队。而我看他们的风格和能力也和现有的那几支特殊小队不一样，很容易就能想到第五支特殊小队身上。"黄元德像是想到了什么，长叹一口气，"遇上了第五支特殊小队，看来，我的那些队员会被虐得很惨啊……"

外面的战斗声逐渐平息，周平抬头向外看了一眼，缓缓站起身。"结束得比我想象中的快一些。"

等到周平和黄元德走出工厂的时候，009 小队除了江流，其他人都已经被搬到了一块平整的地面上。被"永恒的秘密花园"吸取力量的几个"川"境根本动不了，而单眉则是被迦蓝硬生生打晕过去。这五个人依次躺在工厂的大门口，画面有种说不出地诡异。见到黄元德完好无损地端着保温杯走出来，江流和几个队员同时瞪大了眼睛。"队长！你真的没事？！"

"我怎么会有事。"黄元德摆了摆手，目光从地上的几人身上扫过，眼中浮现出早知如此的表情，"都是一场误会……"

林七夜扶着江流，走到黄元德面前，满怀歉意地开口："黄队长，对不起，这次的事情是我们唐突了……"

"林队长，可别这么说。"黄元德嘴角微微上扬，"能有机会和未来的第五支特殊小队交手，对他们来说，也是一场大机缘。"

"第五支特殊小队？"江流听到这个词，震惊无比，扭头看向那几个戴着西游面具的身影，脸上浮现出恍然大悟之色。原来是第五支特殊小队……难怪他们被打得这么惨。以六对五……哦不，坐在角落那个戴着沙和尚面具的身影一直都没出手，应该是以六对四，居然只用了不到三分钟的时间，他们就被团灭了……完全是单方面的虐杀。既然是特殊小队，那他们被虐一虐，也是理所当然的。

"黄队长，现在我们的转正资格还没有恢复呢。"林七夜苦笑道。

"凭你们的实力，这是早晚的事情，高层都让剑圣来教导你们了，怎么可能就这么让你们沉寂下去？而且如果我没猜错的话，你们都没有动用全力吧？"黄元德无奈地看向林七夜。

林七夜笑了笑，没有说话。他们当然没有用全力。百里胖胖自始至终就用了两次缴械，连禁物都没亮，曹渊没有拔刀，迦蓝没用"天阙"，安卿鱼只出手了一次，林七夜也没有动用"斩白"和"祈渊"……刚刚他们所发挥的实力，估计连三分之一都没有。毕竟要是真的全力以赴，都用不了一分钟，009 小队就要从大夏守夜人队伍中彻底除名了。当然，就算这是事实，也不能明说，要不然就太伤他们的自尊心了。

"林队长，你们的目标，应该不只是我们 009 小队吧？"黄元德像是想起了什么，问道。

"嗯，西宁是我们的第一站，我们的训练目标，是 006、007、008、009 四支小队。"林七夜如实说道。

"原来如此。"黄元德点了点头，"凭你们的实力，战胜临唐市的 008 小队应该没有问题，淮海市的 007 小队中有一位'克莱因'，一位'无量'坐镇，如果那位

'克莱因'不出手的话，你们或许也能赢。但上京市，可是有一位'克莱因'、两位'无量'坐镇啊……你们有把握吗？"

"只能走一步看一步了。"林七夜当然知道上京和淮海市的守夜人战力有多强。除了特殊小队之外，这两支队伍就是守夜人小队的战力天花板了，他们现在虽然能很轻松地战胜 009 小队，但真遇到这两支队伍，也未必能赢。好在这只是一场训练，高层并没有要求他们完全战胜所有的队伍，也就是说，他们可以输。但谁又喜欢输呢？

"还有一个问题啊……"黄元德忍不住问道，"你们打算，每到一座城市，就像这次一样绑走当地守夜人队伍的队长，然后逼其他队员来和你们战斗吗？"

"这确实是个问题……"林七夜不由得头疼起来。

叶梵的本意是让周平借着这个机会锻炼社交能力，但事实上他根本无法和这些队伍正常交流，更别说协商了……接下来该如何去面对那几支小队还是个大问题。

"这样吧，我和临唐市守夜人小队的队长黎虹是集训营的同期，跟他关系挺不错的，我帮你们先跟他打个招呼，等你们过去之后，直接正常地和他们对练就行了，怎么样？"黄元德沉思片刻，说道。

林七夜的眼睛亮了起来："那当然最好，谢谢黄队长。"

"不用谢，以后你们成了第五支特殊小队，等西宁市有难的时候，还需要你们出手帮忙。"黄元德笑道，"我一会儿回去就给黎虹打电话，今天你们就在西宁住下吧，咱们两支队伍一起吃个饭，消除一下误会，明天你们再出发。"

"那就只能叨扰了。"

夜晚，黄元德在公园里包下了两个烧烤炉，两支队伍的成员都聚集在这里，气氛十分融洽。

"小弟弟，你今年多大了？"单眉站在烧烤炉的对面，专注地看着安卿鱼那张文静白皙的面孔，柔声开口，烤炉的火光将她的脸映得红扑扑的。正在烤鱼肉的安卿鱼推了推眼镜，礼貌地微笑："今年二十。"

"二十啊……"单眉的脸上绽放出笑容，"你长得真文静，你猜姐姐今年多大？"

安卿鱼看了她一眼："二十五。"

"哈哈，你猜错了，姐姐今年其实才二十三……"

"不，你就是二十五。"安卿鱼的镜片反射着智慧的光芒，"你应该是一九九六年九月中旬出生的。"

"你是怎么知道的……？"

安卿鱼当然没有告诉她，自己能够看穿事物的本质，而是神秘一笑："我会算命。"

"这么厉害啊？"单眉的脸凑到安卿鱼的面前，那双明亮的眼睛浮现出娇羞之色，"小弟弟，你谈过恋爱吗？"

"没有……"

"姐姐也没有谈过呢，要不……"

"你谈过四次恋爱。"

"……"

不远处，百里胖胖和曹渊坐在桌子旁洗菜，余光瞥了眼安卿鱼的方向，咂了咂嘴。"居然有人敢搭讪小鱼儿，她不怕哪天晚上在床上被解剖了吗？"

曹渊沉吟片刻："他会把解剖的痕迹缝合好的，所以她可能根本发现不了……"

"那倒也是。"

479

另一边，周平、林七夜、黄元德三人坐在一起，手中拿着几根吃剩的竹扦，随意地交谈着。当然，随意的实际上只有林七夜和黄元德两人。周平握着竹扦，僵硬地坐在凳子上，时不时有009小队的队员走上前和他交谈，满脸的崇拜与激动之色，毕竟他们也是第一次见到剑圣本人，甚至有队员还问周平要了一份签名。在这个过程中，周平就像是台无情的点头机器，双手在大腿上不自然地攥在一起，林七夜甚至看到他的手背都开始出汗。黄元德同样也注意到了这一幕，联想到今天和周平喝茶的情景，像是明白了什么，给了林七夜一个眼神，两人便以上厕所的名义走到了一旁。

"林队长，剑圣这是……"黄元德正斟酌着用词。

"社恐。"林七夜补上了下半句。

"嗐，难怪今天和他聊天的时候，总觉得他有些爱搭不理的，我还以为这是剑圣的骄傲……"

"……"

"对了，林队长。"黄元德像是想起了什么，"今天我给临唐市的黎虹队长打了几通电话，但是一直没有人接。"

"是在进行任务？"

"有可能。总之，我晚上回去再打一次，如果还是联系不上的话，你们就把这个带上。"黄元德从口袋里掏出一封信件，递到了林七夜的手上，"我给他写了封信，讲清楚了你们的事情，你到时候只要把这封信给他，他就会明白的。"

"那就多谢黄队长了。"

"没事，举手之劳。"黄元德摆了摆手，"黎虹这个人本来就热心肠，跟谁都能混个自来熟，你们见到他应该也会相处得很不错。"黄元德想了想，"除了剑圣……"

林七夜深表赞同。

"对于剑圣的……呃，社恐，你们有什么想法吗？"黄元德一时之间还无法接受"社恐"这个新颖的词。

"我们这次出来训练，本来就有着锻炼剑圣前辈社交能力的因素，但是社恐这东西，不是短时间就能扭转过来的。"林七夜缓缓开口，"想要改变剑圣前辈的现状，关键不在我们，而是在于他自己。"

"在他自己？"黄元德沉吟片刻，"你是说，让他自己主动去接纳这个社会？"

"没错，如果他下定了决心要将自己封闭起来，那无论外界如何影响他，他都不会做出改变，给他强塞上再多的社交过程也只会加深他对社交的恐惧，起到反效果，而想要让他主动敞开心扉，是需要契机。这个契机可大可小，重点是要让他产生对社交的渴求，只有从心理上做出了这种改变，才能开始一点点地融入正常人的社会。"林七夜长叹了口气，"而我们的存在，只能是给他做出一个榜样，等到他哪一天试图敞开心扉，而自身的社交经验又极度缺乏时，或许会模仿我们的社交习惯，去更快地融入周围。"

黄元德听完了林七夜的话，眼中浮现出诧异之色。

"想不到林队长对心理学方面也有研究？"

"只是看过一些这方面的资料而已。"林七夜笑了笑。

在他摘抄的李医生的笔记中，有几例关于重度社交恐惧症的案例分析，而刚刚这些话，都是李医生在笔记中记载的看法。林七夜和黄元德回到位子上，周平的脸色有些缓和过来，但整体看上去依然紧张，只是一个人默默地低着头吃串，不知不觉，身前的竹扦已经堆成了一座小山。

享用过美味的晚餐之后，林七夜等人便回到酒店中休息，第二天一早就踏上了前往临唐市的旅途。坐在私人飞机的沙发上，林七夜注视着舷窗外悠闲飘荡的白云，心中却隐约有种不祥的预感。在离开西宁市的时候，黄元德依然没有联系上黎虹，对方就像是人间蒸发了一样，而且对方驻地的座机也打不通，也就是说，008 小队已经一天没有回到自己的驻地了……会不会是出什么意外了？林七夜的脑海中刚生出这个想法，就被否决了。008 小队中有一位"无量"坐镇，还有五位"海"境的强者，这样的阵容在大夏各地的守夜人队伍中已经是绝对的顶尖，能出什么意外？

就在林七夜沉思之际，对面的沙发上隐约传来了细微的说话声。林七夜抬起头，才发现周平正低头看着自己的脚尖，喃喃自语着什么。

"剑圣前辈，你在说什么呢？"林七夜好奇地问道。

"我在练习和 008 小队交流的话术。"周平认真地回答。

"话术？！"听到这两个字，躺在沙发上的其他人顿时瞪大眼睛，就连原本快睡着的百里胖胖都一下清醒过来，震惊地看着周平。他……真的知道什么叫话术吗？

"剑圣前辈……你想好怎么说了吗？"林七夜好奇地问道。

周平沉吟片刻，缓缓开口："008 小队的队员都听好了，你们的性命都在我们手里，如果不按要求出五个人和我们对练的话，我们就撕票……"

"……"

"不是……剑圣前辈，我们只是上门挑战，你这台词怎么说得跟土匪一样？"百里胖胖忍不住吐槽。

周平一愣："你们在西宁，不也是这么干的吗？而且事实证明很有效。"

"我们那是……总之，这不一样！"

"哪里不一样？不都是上门挑战吗？"

百里胖胖突然噎在了原地，林七夜的嘴角微微抽搐，他隐约感觉到，周平的社交理念好像在往一个很奇怪的方向发展。他揉了揉眼角，开口纠正道："剑圣前辈，人与人之间的交际，还是需要礼节的，像这种明显充满侵略性的话语，非必要情况下还是不要使用。"周平若有所思地点点头。

"话说，我们既然是去踢馆，是不是加一点霸气的开场白比较好？"百里胖胖像是想到了什么。

"开场白？"

"就比如什么……天蓬元帅，前来踢馆！"

林七夜表情有些古怪："说实话，有点太逊了。"

"……"

就在这时，一旁沉思的周平双眼突然亮起："守夜人无名小队，请诸君赐教。"

480

听到这句话，所有人都是一愣，随后齐刷刷地看向周平，表情微妙起来。周平说完之后，才意识到自己刚刚说了什么，默默地闭上嘴巴，将头扭到一边，球鞋中的脚趾控制不住地抠着鞋底。

"看不出来啊，剑圣前辈还会说这么霸气的台词……"百里胖胖咧了咧嘴，"而且听起来，比我的那些好多了。"

"剑圣前辈，你是怎么想到的？"林七夜疑惑地问道。周平的嘴角微微抽搐："小说看多了……自然就会了。"林七夜等人露出恍然大悟的表情。"我很好奇。"百里胖胖眨了眨眼，"剑圣前辈，你以前应该也没少说这种台词吧？有没有什么特别霸气的，我们也想听听。"周平专心地看着窗外的白云，似乎根本没有听到百里胖胖的话，只是身体默默地往机舱边凑了凑。曹渊俯到百里胖胖耳边，小声说道："你还是别逗他了，我怕你再说下去，他要直接跳机逃跑了。"百里胖胖轻咳了两声，闭上了嘴巴，机舱内再度安静下来。

林七夜缓缓闭上双眼，将意识沉入脑海中的诸神精神病院中。

林七夜披上白大褂，双手插兜，行走在院子中。

"早上好，林院长。"正在楼顶的静音结界中练习诗歌的布拉基见到林七夜，放下了手中的竖琴，脸上浮现出灿烂的笑容，绅士地弯腰问好，金色的长发丝滑地散落身前，"愿今天您的心情如晨露般美好。"

林七夜微笑着点了点头："早上好，布拉基。"

自从布拉基开始每天给伊登写信之后，整个人彻底恢复之前活泼开朗的状态，甚至面色比之前更好，治疗进度也如同坐火箭般提升，已经达到了71%，几乎和梅林不相上下。林七夜刚想到梅林，那个披着深蓝色法师长袍的身影就迎面走了过来。梅林左手抱着一本如砖块般厚重的《养生：你真的做到了吗？》，右手端着装满枸杞的保温杯，头顶稀疏的发量随着微风飘荡，看起来凉飕飕的。

"院长阁下。"梅林微笑着问好。

"早上好，梅林阁下。"

梅林的目光落在林七夜身上，眼中闪过一抹诧异之色，随后像是想到了什么，脸上浮现出笑容："院长阁下，看来您的境界又有所提升，如果我没猜错的话，今天我们又将迎来一位新的邻居了。"

"您猜对了。"林七夜点了点头。

楼上的布拉基听到这段对话，眼睛顿时一亮，抱着竖琴从楼顶轻轻跃下，落在了院子中央。"新邻居？"布拉基的表情有些兴奋，他仔细地打理了一下自己那如同太阳般耀眼的金发，"哦，这真是一件令人激动的事情，希望这位新邻居能够欣赏我的音乐与诗歌，这样我就能给他献上一首盛大而美妙的欢迎音乐。"

林七夜沉吟片刻："我觉得，概率不大。"

听到这句话，梅林的眉梢微微上扬："院长阁下，听您的意思，您好像已经猜到这位新邻居的身份了？"

"猜到了一点……但是，说实话，我还是不太敢相信……"林七夜长叹了一口气。

"他会很难相处吗？"布拉基疑惑地问道。

"如果关于他的故事都属实的话，可能确实不太好相处。"

"没关系，我相信我充满爱与包容的音乐，一定能够打动他！没有人能够拒绝音乐的魅力！"布拉基轻拨琴弦，发出悦耳的声响，"我已经迫不及待地想要迎接新邻居的到来了！"

林七夜表情古怪地看了他一眼，没有说话，只是默默地向着二楼的病房走去。梅林和布拉基则跟在他的身后，他们对于这位新邻居的身份也十分好奇。三人走上二楼，才发现不知何时穿着星罗纱裙的倪克斯已经站在了楼梯旁，手中抱着一团黑色的毛线，正笑吟吟地看着他们。

"母亲，您也来了？"林七夜诧异地开口。

"我也想看看这位新邻居，究竟是什么样的一个人。"倪克斯的脸上浮现出端庄温婉的笑容，"既然大家都来迎接，我自然也不好缺席。"

林七夜点了点头，沿着走廊一直走到第四间病房的门口，缓缓停下了脚步。他抬头看向这个病房门口的木牌，目光复杂了起来。这间病房上木牌的图案很简单，那是一根棍子，棍体细长，中央呈深红色，两端用镏金打造，其表面流淌着淡淡的光晕。

"棍子？"梅林看到这个图案，思索起来，"以长棍为武器的神明，好像并不多，而且看这根棍子的外形，应该不是一位来自西方的神明……"

林七夜伸手握住门把手，深吸了一口气。第一扇门后，是来自希腊神话的黑夜女神；第二扇门后，是来自英格兰传说的魔法之神；第三扇门后，是来自北欧神话的音乐与诗歌之神和青春之神。这第四扇门后，会不会是……用棍，东方神。他的身份，已经呼之欲出了。

林七夜缓缓转动门把手，机枯声从门内传出，房门轻轻打开。门外的阳光透入逐渐扩大的门缝，洒入幽暗的房间之内，门外，四双眼睛好奇地望向这病房之内，没有床，没有桌，没有灯光，没有任何家具，光秃秃的四面墙壁反射着阳光，在病房中央，一个身影静静地盘坐在地。那是一只披着袈裟的古猿，金色的纹路反射着阳光，在鲜红的袈裟表面纵横，一道淡淡的光晕流淌在袈裟周围，像是一道虚幻的佛光，笼罩着那古猿的身体。深棕色的毛发暴露在空气之中，那猿猴眼帘低垂，不见眼眸，杂乱的睫毛之上覆盖着一层薄薄的灰尘，他双手合十于胸前，像是一尊亘古便存在于此的古佛。病房的大门，已经被彻底打开，阳光与新鲜的空气涌入屋中，微风徐徐，吹动那袈裟一角。那只古猿依然保持着原本的姿势，双手合十，像是一尊雕塑般，一动不动。

481

门外，林七夜看到这个身影，心神狂震！

四号病房。

病人：孙悟空。

任务：帮助孙悟空治疗精神疾病，当治疗进度达到规定值（1%、50%、100%）后，可随机抽取孙悟空的部分能力。

当前治疗进度：0

居然……真的是大圣？说实话，林七夜第一次看到这个病房的图案，就隐约猜到了这里面病人的身份，但今天亲眼看到这个只存在于传说与故事中的角色，还是被震撼得无以复加。这，可是传说中的齐天大圣啊……只不过，眼前这位孙悟空的形象，好像和书里描述的不太一样——头顶的金箍没了，反而披上了袈裟，宝相庄严，佛光普照……这可不是齐天大圣，这是已经取完西经之后的——斗战胜佛。算算时间，也确实该是如此，小说和电视剧中记载的，大多是西天取经的故事。而这件事情发生在唐朝，孙悟空早就在一千多年前就成斗战胜佛了，自然不会是书中描述的孙行者的形象。

"是只猴子？"正热情洋溢地准备弹奏一曲欢快歌曲的布拉基见到孙悟空，先是一愣，随后笑着继续说道，"没关系，音乐与诗歌，是不分种族的！"他张开嘴，正欲歌唱些什么，梅林反手就是一个静音魔法将其笼罩了起来。倪克斯打量着如同雕塑般一动不动的孙悟空，眼中浮现出疑惑之色："看来，这位新邻居……似乎不是很热情呢？"

林七夜沉吟片刻，迈步走入屋中，在盘坐的古猿身前蹲下身，轻声开口："大圣，大圣？孙悟空？斗战胜佛？"

林七夜接连喊了他几声，他都没有丝毫回应，仿佛真的只是一尊雕塑。林七夜转头看向梅林："梅林阁下……"

梅林点了点头，眸中攀上一抹深蓝色的光芒，注视着披着袈裟的孙悟空片刻，眉头微微皱起。"我看不透他的命运轨迹，但可以确定的是……他是醒着的。"

林七夜一怔，回头看向低垂着眼帘的古猿："他是醒着的？那为什么叫他没反应？"

梅林沉吟片刻："或许，他只是单纯地不想理我们。"

"……"

"大圣，我是这座精神病院的院长，林七夜。"林七夜深吸了一口气，认真地对着古猿说道，"如果您醒着的话，还请您说句话……实在不行的话，您眨下眼睛也可以，至少得让我知道您得的是什么病啊……"话音落下，盘坐的古猿依然没有丝毫异动。就在林七夜还准备说些什么的时候，古猿低垂的眼帘微微抬起……林七夜见到这一幕，眼前一亮，紧接着，古猿那干裂的双唇缓缓打开，一个晦涩而低沉的字眼从中吐出："……滚。"

"轰——"狂暴而强大的威压从古猿身上轰然爆发，林七夜就像是被一柄大锤猛地击中胸口，整个人瞬间被震飞出去！在这气息出现的刹那间，门外的三人脸色同时一变。"这股力量……"布拉基手疾眼快，一下子接住飞出的林七夜，紧接着一黑一蓝两种神力从他的身旁骤然爆发，黑夜与魔法在病房的门口交织，与那狂暴的神力碰撞在一起，恐怖的飓风从门口涌出，席卷整个精神病院。

"什么情况？！"正在厨房中忙碌的李毅飞在这威压之下，脸色瞬间就白了，快步跑到院中，只见病院的天空都阴沉了下来，二楼接连传出的刺目光辉，让他的心神都控制不住地震颤。其他几个护工同样如此。他们几个最高也不过是"海"境，在三位神明的神力碰撞之下，自然会有一种天生的畏惧感。

"红、红颜姐……"阿朱拉住红颜的衣角，小脸上满是惶恐，"出什么事了？"

红颜眼中浮现出温柔之色，摸了摸阿朱的头："别怕。"

"这帮病人开始打架了？能不能让人省点心……"李毅飞感受着那令人心悸的威压，喃喃自语。

二楼，第四间病房中，纯粹的魔法波动荡漾开来，一抹黑暗正在急速向周围扩散，在倪克斯与梅林联手的神力压迫之下，那狂暴的神力被硬生生地压制在了房间之内。病房中央，盘坐的古猿身上的袈裟越发明亮，那双低垂的眼帘微微抬起，璀璨的金色光芒从双眸中溢出，仿佛有两轮太阳在熊熊燃烧。狂暴的神力再度暴涨数倍，竟然隐约抵挡住了黑夜与魔法两种神力！

"敢对我的孩子出手……找死！"倪克斯凝视着那个身影，温婉端庄的脸上罕见地浮现出怒火，黑色的星罗纱裙无风自动，裙摆与身后的夜色相连接，无尽的黑暗迅速地在走廊中蔓延，并继续向屋内蔓延。古猿的双眼微眯，看着不断蚕食着周围的黑暗，脸上终于浮现出凝重之色。那合十的双手缓缓分开，正要做些什么，一个声音突然从门外响起。"散。"刹那间，黑夜、魔法与狂暴的神力瞬间消失，就像是被某种规则之力抹消了一般，彻底消散无踪。

林七夜拍了拍白大褂上的灰尘，缓缓走到倪克斯与孙悟空之间，转头看向满脸担忧的倪克斯，微笑着说道："放心吧母亲，他本来也没想伤我，只是想将我驱逐出房间而已。"

刚刚将林七夜弹出屋内的神力，虽然看似恐怖，但实际上并没有多大杀伤力，证明孙悟空还是收了手的。他转头看向病房中，见古猿原本睁开的双眸再度闭起，如同雕塑般盘坐在原地，周身的神力全部被敛入体内，仿佛刚刚发生的一切都只是一场幻觉。

林七夜凝视他许久，长叹了一口气："看来，今天大圣的心情不是很好，那我改日再来拜访。"

林七夜转过身，便要离开房间。"不。"一个低沉的声音突然从病房内传来，林七夜停下了脚步，病房中，那古猿再度张开干裂的双唇，眸中微不可察地闪过一抹哀伤，他的声音有些沙哑，"不要……叫我大圣。"

482

"七夜，七夜！"百里胖胖摇晃着躺在沙发上的林七夜，"醒醒，我们到了。"林七夜缓缓睁开双眸，转头看向窗外，不知何时，这架私人飞机已经落在机场之中。"好……"他从座位上站起，拿着自己的黑匣，走下飞机。刚才，他一直待在诸神精神病院中。自从孙悟空说完那句话之后，就再度陷入沉寂，无论林七夜如何叫他，都没有丝毫回应。无奈之下，林七夜只能选择离开病房，等过段时间再去试着和他交流，反正第四间病房的房门已经被打开，以后他随时可以进去见孙悟空，一次不行就两次，两次不行就三次，无论如何，他一定要摸清楚孙悟空的病情。这第一次的接触，虽然看似没有什么有价值的信息，但林七夜能隐约感觉到，问题的关键应该就在最后的那句"不要叫我大圣"上……难道他的病，和"大圣"这个称谓有关？林七夜一边思索着，一边坐进百里胖胖安排的车辆中，车辆缓缓启动，平稳地向着008小队的驻地驶去。

"嗯……我来介绍一下008小队的情况。"林七夜翻开了手中的资料，"008小队一共六位成员，队长黎虹是'无量'境强者，其他五位队员都是清一色的'海'境，实力相对于009小队来说，是绝对的碾压。"

"明明只差了一位编号，实力怎么会差这么多？"曹渊疑惑地问道。

"其实本来是差不多的，三年前，009小队的队长也是一位'无量'，但是据说后来在追击'信徒'第三席的时候战死，然后才是黄元德顶替的队长职务。"林七夜解释道。

"又是'信徒'……"

"那我们这一次挑战，需要面对那位'无量'境的黎虹吗？"百里胖胖开口问道。

"这就要看剑圣前辈的发挥了……"林七夜转头看向周平，后者的嘴角一抽，默默地转头看起了窗外的风景，林七夜继续说道，"如果是五对五的话，就算那位黎队长亲自出手，我们应该也有一战之力，毕竟我们手里的底牌也不少，但如果是六对五的话，我们的压力就很大了。"

"还是吃了人数的亏啊。"百里胖胖感慨道，"话说，我们小队什么时候才凑齐六个人？老是以少对多，还是很累的……"

"现在我的队长权限已经被剥夺了，无法从其他守夜人队伍中征调有潜力的新人入伙，只能自己拉人。"林七夜叹了口气，"想拉人加入我们这样一支没有名字，甚至连番号都不存在的队伍，谈何容易。"

众人顿时有些沮丧。

"不过，只有我们五个人也挺好的，至少相处得很舒服。"

"是啊，成不成特殊小队，确实没那么重要。"

"一切随缘吧。"

在众人交谈之际，车辆来到008小队的驻地，那是一处其貌不扬的侦探事务所，孤零零地坐落在偏远的开发区，周围除了零星的几家小吃和黄焖鸡米饭店，再也没有其他的门面。林七夜从车上走下来，抬头看向门面的二楼，灰扑扑的窗户外侧，正贴着几个红颜色的大字——"昼光侦探事务所"。"哟，这008小队的驻地还弄得挺像样啊？"百里胖胖看着眼前这座事务所，感慨道。林七夜点了点头："昨晚，黄元德队长就跟我讲过008小队，据说这支队伍的队长和队员都是推理小说迷，所以全员都自称为侦探，平时没任务的时候，就以推理和接一些侦探委托为乐。"

"这企业文化挺不错的。"曹渊点头表示赞同。

"什么叫企业文化？"迦蓝好奇地问道。

"就是，一群人在一起，有共同的精神追求。"

"哦……"迦蓝若有所思，"那我们的企业文化是什么？"

"我们有文化吗？"

"……"

"企业文化可能没有，但是我们有七夜文化。"曹渊笃定地说道。

一旁，周平低着头，似乎在念叨着什么，深吸两口气，终于鼓起勇气，弱弱地开口喊道："里面的008小队听着，你们已经被我们包围了！如……如果你们不出来跟我们进行五对五公平对练的话，我们就要撕票了！"他的声音很小，小到十米开外只能听见呜呜的声音，但看周平面红耳赤的样子，好像已经用尽了全力，马上就要缺氧晕过去了一样。林七夜等人僵在原地。

周平喊完之后，像是想到了什么，又小声地加了一句："……谢谢配合。"

林七夜："……"

果然，周平比之前有礼貌了一些。

好在这附近没有别人，不然尴尬的就不只是周平一个人，站在他身边的林七夜等人也会在路人的目光中尴尬地用脚趾抠出四室一厅。

"那个……剑圣前辈，"林七夜斟酌着开口，"我觉得，你说得挺不错的，但是……咱能不能声音大一点，或者，咱们进去再说？"

周平的表情有些难看："还要说一次？"

"嗯，我觉得他们可能没听见。"

"那还是进去再说吧……"周平沉吟片刻，"我觉得，我好像找到一点感觉了。"

林七夜："……"

林七夜等人走到事务所的门口，推开玻璃门走入其中。现在正是白天，事务所的门并没有上锁，但奇怪的是，一楼的接待处也没有人，林七夜开口喊了几声，依然没有人从楼上下来。空荡的接待处，林七夜等人对视一眼，空气安静至极。

"奇怪，侦探们都喜欢睡懒觉吗？"百里胖胖疑惑地问道。

"也可能是出门去执行任务了。"

就在这时，一旁的安卿鱼摇了摇头："我不觉得作为侦探，他们会没有锁门这个习惯。"

一旁正在紧张地练习"话术"的周平回过神，紧攥的双手松开，鼻子在空气中嗅了嗅，眉头微微皱起。"不对……"周平的目光逐渐锐利起来。"有血腥味。"

血腥味？林七夜的眉头一皱，也不管会不会冒犯，直接将自身的精神力全部散开，抵达感知范围的极限。下一刻，他的脸色骤变！"不好！"

周平的身影一晃，便闪上了二楼，林七夜等人紧跟其后。二楼似乎是一间宽阔的办公室，推开磨砂感的玻璃门，一股浓郁的血腥味混杂着恶臭，扑面而来！众人看到屋内的景象，同时怔在了原地。办公室中的陈设已经彻底乱作一团，桌椅、饮水机、电脑、书架都残破地倒在地上，大量深红色的血液在地砖上凝成了硬块，黏附在地面散发着腥臭味。角落中，一台老旧的电视仰躺在地上，白色的雪花在屏幕中流淌，断断续续的沙沙声从电视音响中传来。屋中央的地上，凌乱地躺着六具扭曲的尸体。这六具尸体的身上没有一处是完好的，到处都是血口与咬痕，像是被某种凶残的猛兽撕裂，残破的碎肢散落在四周，血腥至极！

"这究竟是……"曹渊看到眼前这狰狞可怖的画面，脸色难看至极。

林七夜的目光在那几具尸体上扫过，缓缓闭上了双眼，声音沉重无比："是008小队……一个不剩。"

在车上就翻阅了008小队的成员资料，那几具尸体的面孔，他都在资料上见到过，包括队长黎虹在内，所有人都葬身于此。难怪黄元德的电话怎么也打不通……

"这可是008小队，怎么可能这么悄无声息地被团灭在这里？"百里胖胖难以置信地说道，"他们的敌人究竟是谁？'克莱因'吗？"

安卿鱼皱着眉头，迈步向前走去，鞋底在腥臭的血块之上踩过，仔细观察着四周，双眸浮现出一抹灰意。"从血液的干涸程度推测，他们遇害应该是十一天前的事情，窗户、地砖都没有损坏，说明并未发生大规模的战斗，至少那个'无量'境界的队长没有使出全力，否则这栋楼根本就承受不住。就目前的情况来看，有两种可能。第一种，出手的是008小队的熟人，在008小队放下戒心的时候，用某种手段瞬间杀死了所有人，就连'无量'境的队长都没有反应过来。第二种，出手的是顶尖强者，008小队还没有来得及出手抵抗，就被压倒性的实力差距镇住，然后被单方面地杀戮……"

"什么样的强者，才能秒杀一支有'无量'坐镇的小队？"曹渊皱眉。

"当然有，像剑圣前辈这个层次，秒杀他们也只是弹指一挥间而已。"安卿鱼补充道，"当然，我只是举个例子，出手的不可能是剑圣前辈。"

"你是说，出手的是天花板级别的强者？"

周平摇了摇头："不可能，如果是天花板级别，只要一瞬间就能取走他们的性命，根本不会给他们把这里弄乱的机会。"

"也就是说，出手的应该是一位顶尖的'克莱因'，却又没有到天花板级别的强者……"

"古神教会？"

"很有可能，古神教会的那群邪神代理人中，肯定有人抵达了那个境界，比如我们之前遇见的'呓语'。"

"从这里的景象来看，出手的不像是'呓语'，应该是别人……一个手段凶残暴戾、实力强大的人。"

"'信徒'的前几席，或许也有这样的实力。"

众人一边猜测着袭击者的身份，一边仔细地在屋内搜索，想要再找到些蛛丝马迹。林七夜绕着整个办公室转了一圈，除了零碎的家具，再也没有什么发现。老旧电视的沙沙声从角落传来，林七夜望向那台电视，沉吟片刻之后，走到了它的面前，眼中浮现出疑惑之色。白色的雪花在屏幕中晃动，看得人眼花缭乱。

"七夜，这电视有什么问题吗？"百里胖胖注意到了林七夜的异样，走上前问道。

林七夜的眉头越皱越紧，他伸手指着这台电视，缓缓开口："我在想，这台电视明明没有插电……是怎么播放画面的？"

老旧电视的背后，那根电源线已经断成两截，凌乱的金属丝从黑胶外壳中伸出，静静地躺在血泊之中，百里胖胖愣在了原地。就在这时，满是雪花的电视屏幕剧烈晃动起来，隐约之间，雪花中隐隐勾勒出一个身影，从轮廓上来看，那是一个穿着白裙的诡异少女。"沙沙沙沙……'信徒'……沙沙沙沙……你们……该死！"断断续续的杂音中，竟然隐约传出冰寒彻骨的女声，下一刻，整个房间内的灯光忽明忽暗起来。

"嗯？"周平转过身，看向那台电视，眼中浮现出诧异之色。林七夜听到这个声音，脸色微凝，正欲做些什么，一道白色虚影便从老旧电视机中飞出，一张清冷又美又怨的面孔在他的眼中急速放大！电光石火之间，那从电视机中飞出的白色虚影，直接撞入离它最近的林七夜身体。

"七夜！"站在一旁的百里胖胖看到这一幕，惊呼出声。

那虚影没入林七夜的身体之后，便消失无踪，林七夜猛地后退数步，一只手捂住自己的眼睛，像是尊雕塑般站在原地。其他人虽然没有看清发生了什么，但都知道出了变故，快速地聚集到林七夜的身边。

"七夜，你没事吧？"曹渊关切地问道。

林七夜低着头，站在电视机前，凝视着上面的雪花，背对着众人，根本看不清他的表情。几秒钟后，林七夜缓缓转过身，那双深邃的眼眸充满了愤怒！

"'信徒'……都该死！！"他双脚猛蹬地面，整个人如同闪电般冲向离他最近的百里胖胖，一抹黑暗浸染了他的拳头，笔直挥出！与此同时，一抹诡异的幽光从林七夜的眼眸中绽放。百里胖胖只觉得眼前一花，周围的一切都不真实起来，他的心中一股前所未有的愧疚感奔涌而出。他觉得自己好像做了一件很糟糕的错事。他对不起林七夜。所以……这一瞬间，他闭上了眼睛，没有闪避，也没有抵抗。他觉得自己理应受下这一拳。"砰——"在那一拳落在百里胖胖身上之前，一只白皙的手掌抓住了林七夜的拳头。

<h1 style="text-align:center">484</h1>

深蓝色的汉袍在拳风下飘荡。"你不是林七夜。"迦蓝抓着黑色的拳头，双眸注视着林七夜的眼睛，认真地说道，"你是谁？"

林七夜的眉头一皱，伸手在虚空中一抓，一柄雪白的长刀被召唤到他的掌间！"斩白"轻飘飘地向前挥出，雪白的刀锋划过空气，发出清脆的刀鸣，径直斩向迦蓝的脖颈！迦蓝静静地站在原地，看着林七夜的眼睛，一动不动。在刀锋即将触碰到她肌肤的瞬间，林七夜手臂上的肌肉收缩，将刀身硬生生地停在半空中，他的身体剧烈地颤抖起来，他的眼眸中浮现出惊讶之色。"这是……"他喃喃自语。紧接着，微弱的金色光辉从他那双眼眸中升起，像是刚刚燃起的篝火，越烧越旺，澎湃的炽天使神威奔涌而出！林七夜的双眸如同金色的熔炉熊熊燃烧，他的表情接连变幻，时而平静，时而愤怒，时而不解……"滚出……我的身体。"他低声嘶吼道。"轰——"一股强横的气息以他为中心爆发，一道白色的虚影被弹出他的身体，在空中停滞片刻，随后急速转身，向着身侧的百里胖胖冲去！

迦蓝迅速摘下背后的弓箭，瞄准百里胖胖的身前，一箭射出！"嗖——"羽箭几乎和白影同时掠到百里胖胖的身前，箭镞触碰到白影的身体，没有丝毫阻力，径直穿透而过，就像是什么都没有射中一样。迦蓝愣在了原地。一旁，持续动用"唯一正解"解析那道白影的安卿鱼突然开口："她没有身体，只是一道磁场，物理攻击对她无效。"

百里胖胖听到这句话，像是想到了什么，指尖在大拇指的青玉扳指上一抹，青玉盔甲顿时如同潮水般覆盖他半边身体。那白影撞在青玉盔甲上，就像是撞到坚硬的墙壁一样，被硬生生弹了回来。隐约间，林七夜似乎看到那白影伸手捂住自己的脑门，跟跄着后退了几步，然后转而向着一旁的迦蓝冲去。

"拦住她！！"林七夜的双眸收缩。他是亲身体会过那道白影的诡异之处的，使用的并不是精神力攻击，也没有入侵自己的脑海，而是用一种诡异的手段篡改自己给肢体下达的命令，让自己失去对身体的控制权。如果不是动用了炽天使的神威，他短时间内根本无法主动从那种状态中挣脱。要是让她掌控了"不朽"的身体，事情就麻烦了。

迦蓝看着白影往自己这里冲来，眉梢一挑，没有丝毫避让的意思，深吸一口气，将头向后仰，然后猛地迎着那道白影撞去！脑门撞脑门，周围的磁场剧烈地扰动起来，下一刻，那白影被迦蓝一头撞飞，在空中翻滚半圈，随后像是喝了假酒般，摇摇晃晃地走了两步，仰面倒在地上，彻底晕了过去。

林七夜等人走上前，这才看清楚了这白影的真容。这是一个看起来不过十六七岁的少女，面容清冷，穿着一身白裙，黑发如同瀑布般散落在身后，即便已经晕过去，紧皱的眉头依然没有松开。从外表上来看，这只是一个普通的清冷美少女。但……问题在于，她的小腿向下的部分，是空的。这并不是说她的双腿截肢了，而是在小腿向下的部分开始淡化，半透明地飘浮在空中。

　　"没有腿？"百里胖胖伸出手，轻轻在白裙少女躺着的地方摸了摸，手掌轻易地穿透了她的身体，除了空气，他什么也没摸到。

　　"这，这是……这不是人啊？！"百里胖胖猛地缩回了手，惊恐地说道。

　　"她不是人，我说过了，她是一种磁场。"安卿鱼推了推眼镜，"用更接地气的说法，她是……幽灵。"

　　"幽、幽灵？！"百里胖胖震惊无比，"这个世界上，真的有幽灵？"

　　"你不是去过酆都了吗？都已经是被灵魂追着跑了几条街的人了，见到幽灵还这么惊讶？"曹渊吐槽。

　　林七夜像是想到了什么，看向迦蓝的眼神有些疑惑。既然这少女只是一道磁场，没有实体，那刚才迦蓝是怎么把她撞晕的？迦蓝察觉到林七夜在看她，眨了眨眼，没有说话。

　　"她和灵魂，还是有区别的。"安卿鱼开口解释道，"我们在酆都见到的灵魂，是人肉身毁灭后的亡魂。但眼前的这个少女，明显和灵魂不一样……她本身是一种磁场，不是魂魄，没有实体，不会害怕阳光，而且存在的时间应该至少有十多天了。"

　　"十多天？"曹渊一怔，似乎是想到了什么，"这个时间，不是……"

　　"是 008 小队团灭的时间。"林七夜将目光从少女的脸庞上挪开，眼中浮现出复杂之色，"我想，我知道这是怎么一回事了。"众人纷纷看向他，眼中满是疑惑。"她不是什么敌人，她是已经死去的……驻临唐市 008 小队队员，江洱。"林七夜低头看着她的面容，缓缓说道，"我刚刚……看到了她的尸体。"林七夜伸出手指向办公室的角落，零碎的杂物掩埋之下，是一具血肉模糊的尸体。众人无法看清她的形貌，但是那染血的洁白裙角和幽灵少女身上的一模一样。林七夜在来之前，就看过 008 小队全员的照片，此时看到少女的容貌，自然就想到了她是谁。

　　"她是 008 小队的队员？"百里胖胖惊讶地开口，"可是，她怎么会……变成幽灵？"

　　"或许和她的禁墟有关。"林七夜推测，"资料上记载，她的禁墟叫作'通灵场'，序列 096，是一种极其罕见的禁墟，能够通过操控周围的磁场控制电子设备，不过因为历史上拥有这个禁墟的人极少，所以有些能力的记载依然比较模糊。至于这种禁墟的拥有者死后是否会以磁场的形式存在，更是无法考究。或许，只有她自己才知道这是怎么回事。"

曹渊低头看着沉睡少女紧皱的眉头，沉吟片刻："所以，她或许是整个 008 小队，唯一的幸存者？"

　　"她不是幸存者……"林七夜摇了摇头，"她是遇害者。"

江洱通灵

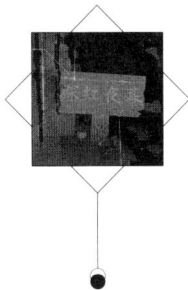

"我叫江洱，是个侦探……或者说，是侦探小说爱好者。"

笔锋在洁白的纸页上游走，写下一行优美娟秀的文字，随着最后一个句号完整，油墨淡淡地在纤维上晕开。一位穿着白裙的少女，正坐在靠窗的工位边，黑色的发丝在阳光下好似瀑布，披散在白皙的肩头。她轻咬着钢笔的笔帽，像是在认真地思考下一句该如何书写。

"江洱，还在构思你的小说呢？"一个温润的声音从旁响起，说话的是个穿着白衬衫的年轻男人。

"队，队长……"

江洱"嗖"的一下将纸页藏在身后，似乎有些不好意思。

"不用这么紧张，咱们小队谁没试着写过？"年轻人哈哈一笑，"不过我们几个的投稿，最后都被出版社给拒了……你的要是能出版，可就是咱们008小队之光啊！"

"我就是随便写写……也没想过能出版。"江洱的声音越来越小。

"嗯，加油！"年轻人对着江洱摆摆手，便走到办公室的末端，像是去接咖啡。

见他逐渐走远，江洱才重新将纸页放回桌面，她看着咖啡台周围那几个聊天嬉笑的身影，嘴角也不自觉地上扬。

她继续提笔写道——"我迷上侦探小说，大概是一年前的事情，当时我刚从集训营结业，被分配到这支大夏名列前茅的008小队，本以为迎接我的会是一个肃穆沉重的组织，但我发现我错了。

"这支伪装成'昼光侦探事务所'的小队，聚集着大夏守夜人中最可爱的一批人，他们温柔而强大。

"尤其是队长黎虹，他是一位'无量'强者，也是一位资深的侦探小说迷，是他成立了这间侦探事务所，也是他带起了其他队员对侦探小说的兴趣。

"虽然平日里我们的工作，大都是替人调查婚内出轨，或者寻找走失的猫猫狗狗，没碰上过一次大案，但我们都乐在其中。

"这里是守护城市的据点，也是我们这群侦探的秘密基地。"

写完这句话，江洱又卡住了。她不是一个小说家，也不是一位极具经验的侦探，她想写一个以"昼光侦探事务所"为主题的侦探小说，却又不知从何开始……甚至她连想写什么样的案件都没想好。正如她所写的，她没有碰上过一次大案，也就缺乏了最基本的素材。但江洱相信，案子总会有的，凭借着他们008小队的聪明才智，也一定能将其侦破，到那时，或许她就有足够精彩的故事能够书写了。许久后，她无奈地叹了口气，将纸页塞入抽屉的最下方，起身向工位外走去。

"今天的天气真不错啊……"刚才与江洱搭话的年轻人，也就是008小队的队长黎虹，正一只手端着热气腾腾的咖啡，看着窗外的蓝天悠然开口。

"我不喜欢这种天气。"他身旁一个戴着黑色口罩的队员开口。

"哦？为什么？"

"因为精彩的案件，一般都发生在雨天或者雪天，晴天让人有种松弛的无趣感。"

"……"黎虹忍不住看了他一眼，无奈开口，"贺枭，你是不是看小说看得有点入魔了？昨晚又看到几点？"

"三点。"

"那还行啊……"

"看到今天下午三点。"

黎虹："……"

就在两人说话之际，江洱也走到咖啡台前，一边冲泡咖啡，一边问道："队长，最近还是没有案子吗？"

"没有啊……现在治安太好了，连小偷小摸都没几个。"黎虹耸了耸肩，"不过，这两天我们市好像偶尔会有地震。"

"地震？"江洱疑惑皱眉，"没感觉出来啊。"

"我也没感觉出来，是地震局那边给我发了消息，我才知道的……振幅轻微，而且位置也离我们有点远，所以感觉不到。但是地震局那边说，这次的震源有点奇怪，让我们下次再震的时候过去调查一下。"

听到这儿，一旁的贺枭抬起头，嗅了嗅半空。

"怎么了？"江洱问。

"我闻到了'大案'的气息。"贺枭神神秘秘地回答。

"地震算什么大案啊，就算有，也是'神秘'作祟，跟侦探可搭不上边。"黎虹再度开口，"再说了，现在我们有江洱，在这个遍地都是电子设备的时代，哪个大案能逃过她的眼睛？"

"……也是，江洱的禁墟真是犯罪杀器啊。"

江洱被两人夸得有些不好意思，摇头说道："我倒是希望能换一个禁墟，我的

'通灵场'只能辅助，正面战斗几乎毫无作用……每次面对'神秘'的时候，我都只能躲在你们后面。"说着，江洱像是想起了什么，眸中闪过一抹落寞，"也许，雪蕊姐战死前就不该把她的境界给我……如果当时她给队长的话，队长现在已经'克莱因'了吧？"

听到"雪蕊"这个名字，黎虹和贺枭的脸色都一凝，气氛突然沉重起来。

"别这么说。"黎虹轻声安慰，"雪蕊的眼光一向毒辣，当时她选择将境界传承给你，肯定有她的用意，也许你的禁墟还有没被开发的能力。"

江洱端着咖啡杯，长叹一口气。

"天色还早，咱玩会儿游戏吧。"

黎虹的细节观察能力相当出色，他看出江洱的心思，索性直接转移话题，将其他队员都叫了过来。

"咱今天玩点什么？"

"还是罪案推理怎么样？昨天没玩够啊……"

"行啊，今天轮到谁来出题？"

"我来吧……"

众人搬着板凳，熟练地围成一圈，开始进行日常的推理游戏，这是他们小队在闲暇无事时用来打发时间的利器。

然而游戏刚刚开始，贺枭就像是察觉到了什么，看向办公室的玻璃门外。

"怎么了？"黎虹问。

"好像是来案子了！"贺枭眼眸微眯。

听到这句话，众人立刻来了精神，他们来到玻璃门边，便看到一个牵着狗的男人正缓步上楼，似乎是感受到众人的目光，男人微微抬头，露出一个礼貌的笑容。

黎虹没有怠慢，立刻给男人开了门，男人的打扮像是农民工，满是污泥的双脚踩在地板上，留下了深深的泥脚印，当看到那只狗也被牵着走进事务所的时候，贺枭张嘴似乎想说些什么，但还是被黎虹制止了。

"你好，请问有什么事吗？"黎虹走到自己的办公桌前，示意对方请坐。

江洱利索地去一旁倒了热水，递到男人的身前。

"是这样的，我遇上了点麻烦。"男人的脸上浮现出苦恼，"我听说你们这里办案的效率很高，所以就想来咨询一下。"

"是什么方面的问题呢？"

"跟命案有关。"

几位队员对视一眼，都看到了对方眼中的诧异与惊喜，黎虹继续问道："能详细说说吗？"

"是这样的……我是在工地上干活的，隶属于第三施工队，平日工作主要就是搬砖。"男人喝了口水，轻舔嘴唇，"然后，我有一个兄弟，是在老家一起长大的，过年回去的时候，他听说我在工地干活一天能挣三百，就缠着我要一起来挣钱……我答应了。我把他从老家带到这里，介绍给了我们的工头，后来工头看他力气不错，就把他给留下了。"

听男人说了半天，也没说到重点，众人耐着性子继续听了下去。

唯有坐在他对面的黎虹，双眸微微眯起，不知在想些什么。

"前几个月还好，工资照发，活照干，但后来公司那边资金运转好像出了问题，工头就开始缩减成本，甚至连脚手架这种安全用具，都开始偷工减料……后来有一天我兄弟在脚手架上发生意外，整个架子直接塌了，他也从半空中掉下来，硬生生摔死。"说到这儿，男人的脸上浮现出悲痛，就连五官都开始扭曲。

黎虹、贺枭、江洱三人对视一眼，都看到了彼此目光中的异样。

贺枭接着问道："然后呢？"

"然后我们报警了，工头怕出事，提前换掉了折断的那几根脚手架，说是我兄弟自己操作不规范摔下来的。"男人有些愤怒地攥紧双拳，压低声音说道，"但我当时看得很清楚，他的操作绝对是规范的，是那些脚手架的问题……我咽不下这口气，我想请你们帮我找到证据，我好把他们告上法庭，也算是给我兄弟一个交代！"

随着男人话音落下，整个办公室陷入一片安静。

黎虹注视着对面的男人，整个人缓缓靠在椅背上，眼眸深处光芒微闪，他的声音平静响起："这位兄弟，如果你是闲着无聊，想靠编故事骗人来找乐子，恐怕是找错地方了……"

男人一愣："你什么意思？"

"你在撒谎。"旁边的江洱突然开口，"你的手上没有常年干粗活的老茧，而且肌肤保养得很好，根本不可能是干工地的。"

"而且你说的第三施工队，最近应该是在城西那边动工吧？距离这里可不近。"贺枭淡淡开口，"如果是那么大老远过来，你脚上的泥应该早就被蹭掉了，但现在看来，你脚上的泥不仅量大，而且湿得有些过分……你是专门去周围找泥地踩了一圈，然后才过来的吧？"

随着两人开口，男人的表情顿时难看起来。

黎虹缓缓站起，面无表情地对男人做了个"请"的手势："你的故事，我们已经听完了……如果你没有别的事情，请离开吧。"

男人抬起头，目光扫了眼周围的六人，沉默许久之后，突然笑了起来。

"不愧是传闻中的侦探小队……我这点伎俩，还是太嫩了啊。"

听到"侦探小队"四个字，众人的脸色微微一变，毕竟他们对外都是声称侦探事务所，"守夜人小队"的称号，普通人根本不可能知道。

"你是谁？？"黎虹的气息突然凌厉起来。

"我是谁不重要。"男人耸了耸肩，"毕竟，我只是奉命送这位过来，清扫一下碍事的蚂蚁。"

这位？几人都是一愣，随着男人松开手中的绳索，那只始终安静坐在地面的狗，在众人眼中突然变得神秘深邃起来……一股无形的狂风，突然在屋内席卷而起！

男人咧嘴一笑："向这些凡人展现您的力量吧……'第一席'大人。"

黎虹的瞳孔骤然收缩！

"糟了！快跑！！"他不顾一切地喊道。

下一刻，那只狗的身形骤然扭曲，取而代之的，是一条青色的巨龙，正在从狭窄的虚无中缓缓睁开双眸……在这巨龙掀起的狂风之中，众人的精神力被瞬间吹散，所有的禁墟像是被封印一般，无法调动丝毫！

"风脉地龙？！"这变故让六人脸色煞白，他们立刻想要向四周狂奔，但紧接着，那道半狗半龙的巨影，便充斥整个办公室，几团猩红的鲜血瞬间爆开！

"砰——"办公室内的玻璃窗同时爆碎，此刻若是从半空中望去，便能看到一只凶恶的巨兽，正在办公室内开启一场血腥的屠杀……

"不，不要……"江洱看到贺枭的身形在她眼前被撕成碎片，一道身影如同疾风般冲向那条巨龙，正是队长黎虹！

"江洱！跑！！"黎虹手握一柄直刀，与那条巨龙厮杀在一起，但随着一道龙卷般的风脉吐息充盈房间，黎虹的身形便好似失去了所有力气，被那只巨爪重重拍下！

江洱想动，却发现自己的身体与黎虹一样，都用不上丝毫力气……她近乎窒息地张开嘴，一袭被鲜血染红的裙摆，在绝望中飞舞。她看到巨爪轻而易举地撕开黎虹的身体，"无量"的境界在那条龙前宛若玩物，紧接着，那双凶暴的龙瞳，缓缓看向自己。

"嗷——"伴随着狂风呼啸，一张血盆大口，充斥了江洱的视野。

……

"008 小队，确认灭绝。"

几分钟后，男人看着眼前满地的血色残尸，嘴角勾起一个淡淡的弧度："碍事的蚂蚁被彻底扫除了，最近一段时间，应该没人会来阻碍我们的仪式。"他弯下腰，将狗链重新套回那只人畜无害的狗脖子上，最后看了眼死寂的办公室，缓步向外走去。

随着男人若无其事地离开，几分钟前还温暖热闹的侦探事务所，已经彻底沦为血色的修罗地狱……而在街道之外，似乎并没有一个人察觉到这里的异样。少女的尸体被撕扯成碎片，那只仅剩的破碎瞳孔，空洞地望着血色天花板，早已没了动静。

不知过了多久，轻微的沙沙声突然打破办公室的死寂。在办公室的角落，一台老式的电视机突然被打开，黑白闪烁的屏幕中仿佛有一张脸正在迅速汇聚……那是江洱的脸。江洱穿着一袭白裙，躺在错乱的信号波动中，像是一位安静沉睡于满地雪花间的少女，那双手交叠着放在胸口，睫毛轻颤，似乎很快便要醒来。

——禁墟序列 096，"通灵场"。

图书在版编目（CIP）数据

夜幕之下. 3, 深红夜幕 / 三九音域著. -- 北京：
北京联合出版公司, 2024.5（2025.6重印）
ISBN 978-7-5596-7509-5

Ⅰ.①夜… Ⅱ.①三… Ⅲ.①幻想小说—中国—当代
Ⅳ.①I247.5

中国国家版本馆CIP数据核字(2024)第062940号

夜幕之下. 3：深红夜幕

作　　者：三九音域
出 品 人：赵红仕
选题策划：北京磨铁文化集团股份有限公司
责任编辑：高霁月
封面设计：Laberay

北京联合出版公司出版
（北京市西城区德外大街83号楼9层　100088）
嘉业印刷（天津）有限公司印刷　新华书店经销
字数499千字　700毫米×980毫米　1/16　印张24.75
2024年5月第1版　2025年6月第8次印刷
ISBN 978-7-5596-7509-5
定价：55.00元